网络魔形怪兽

〔德〕拉尔夫·以扫 著
李士勋 译

DAS NETZ DER
SCHATTENSPIELE

北京理工大学出版社
BEIJING INSTITUTE OF TECHNOLOGY PRESS

图书在版编目（CIP）数据

网络龙形怪兽 /（德）以扫著；李士勋译．—北京：北京理工大学出版社，2011.7
（外国青少年畅销书系列）
ISBN 978-7-5640-4742-9

Ⅰ.①网…　Ⅱ.①以…②李…　Ⅲ.①儿童文学–科学幻想小说–德国–现代　Ⅳ.①I516.84

中国版本图书馆CIP数据核字（2011）第124432号

出版发行 / 北京理工大学出版社
社　　址 / 北京市海淀区中关村南大街5号
邮　　编 / 100081
电　　话 /（010）68914775（总编室）　68944990（批销中心）
　　　　　68911084（读者服务部）
网　　址 / http://www.bitpress.com.cn
经　　销 / 全国各地新华书店
印　　刷 / 北京燕泰美术制版印刷有限责任公司
开　　本 / 710毫米×1000毫米　1/16
印　　张 / 24
字　　数 / 336千字
版　　次 / 2011年7月第1版　2022年3月第2次印刷　　责任校对 / 王　丹
定　　价 / 32.00元　　责任印制 / 边心超

假如人类的头脑这么简单，
我们还可以理解它；
假如我们这么简单，
那我们就无法理解它了。

——艾默生·普格

目　录

第一阶段　游　戏

卡　给①

卡奥斯②的门虚掩着。所罗门③杳无踪迹。真不可思议！史苔拉盯着屋门，门缝像磁石一样吸引着她的目光，她感到难以置信。她能分辨出门后房间里五颜六色的灯光。有些灯光在忽闪着。可以听到一种轻微的嗡嗡声。她小心翼翼地向门口走去，时刻准备着悄悄溜走。

“所罗门？”她叫了一声，声音里包含着疑惑。今天卡奥斯竟然没有设防！单是这么一想，她便感到毛骨悚然了。然而，她却没有听到回答。

卡奥斯的门发出一阵轻微的嘎吱声后被慢慢地推开了。史苔拉面前呈现出一幅非常熟悉的图像。她看见一张巨大的写字台，上面乱七八糟地堆放着各种器械，显得与传统的写字台迥然不同。整个房间的布置，更像是一道计算机风景线：这里到处矗立着“史前时代物种起源”的残余物。C.H.A.O.S.——卡奥斯——这个名称真是名副其实！

① 卡给（Kagee）：日语，意为影子、影戏。即借助灯烛之光，在墙上打出各种形状的手影，如皮影戏。

② 卡奥斯：史苔拉的父亲为自己的工作室起的名字，意思是“计算机控制的适用于家庭的办公单位”。外文首字母组合C.H.A.O.S.，英文原文为Computerized Home Approved Office Section，发音正好与德文Chaos相同，意思是乱七八糟，也指宇宙形成之初，一般称之为“混沌”状态。

③ 所罗门（Salomon，公元前972—前929）：以色列国王大卫之子，曾继承王位，以智慧著称。这里是史苔拉父亲的外号。S.A.L.O.M.O.N.，英文Scientific Academie Labourer Or Man Of Network的首字母组合，意为科学院辅助人员或者网络人。

这几个字母代表的是：计算机控制的适用于家庭的办公单位。这个缩写体现了所罗门的最大弱点之一：他对不断组成新的首字母缩略语有着几近狂热的爱好。

她蹑手蹑脚地走进这个“禁止入内的王国”，手里端着一个盘子，盘子上放着一块她自己特制的塔形三明治。如果所罗门因此闻到猎人的气味，也就是说，假如他发觉史苔拉跑到他的“卡奥斯”里到处窥探，那他也许会狠狠地揍她一顿。

所罗门是史苔拉的父亲，原名叫马克。在女儿看来，他有些过分地沉浸在一种对于破坏的恐惧里，尤其害怕自己的家庭成员。即使是她母亲菲菲雅娜，也不能随便动他办公室里的任何东西。对于他的独生女儿来说，这个地方简直就是个禁区。在她还很小的时候，有一次，她的皮球滚进卡奥斯里（当然那是有意的），可是还没等到她去追，所罗门就已经像美国足球队的后卫封住对手那样把她拦住了。

不少人认为，马克·卡尔德是生物控制论、生物统计学、计算机密码文、神经元网络和另外几个学科领域里最有能力的科学家之一，至于那些学科究竟为什么那么好，史苔拉也不明白。有一天，不知是谁“因为他的智慧”开始叫他所罗门。后来，所罗门这个名字果然从他的卡奥斯里产生出来，但决不会比卡奥斯这个名称出现得更早。他以自己的方式推导出所罗门（S.A.L.O.M.O.N.）这个外号。马克·卡尔德骄傲地向全体家庭成员宣布，这个名称的意思是“科学院辅助人员或者网络人”。把自己仅仅当作“辅助人员”，即便是“科学院的”辅助人员，那他也不是太当真的。不过，恰恰在这一点上，史苔拉非常尊重自己的父亲。尽管如此，在卡奥斯里开任何玩笑都是不允许的。

这时候，史苔拉已经围着这个有年头的橡木写字台转了一圈，把她的三明治放在上面。父亲之所以看重这个写字台，主要是因为它有巨大的承受力。桌面上放着三个显示器：其中一个大如烤箱，估计确实也有那么重；另外两个显示器是平面的，像两个画框。左边的那个像比目鱼似的显示器上闪烁着不同的检查数字。她知道，与显示器连接的个人电脑始终是开着的——所以，这里老是发出持续不断的嗡嗡声。通过这种连接，大学计算机教授马克·所罗门·卡尔德能够在任何时候并且从世界的任何地方关闭自己的私人实验室。

让她感到纳闷的是，今天他为什么如此狼狈地离开了自己的办公室？敞开的门清楚地泄露出他走得多么匆忙。史苔拉像一个偷窃行家那样灵巧地搜索了一下房间。假如说她已经侵入了这个“禁止入内的王国”，那么这至少是值得的。也许她会发现一点能够在电话里向母亲炫耀的最新故事，或者一个所罗门严格保守的秘密。为这个悄悄期待着的欢乐，史苔拉微笑了。

起初，她并没有发现什么新东西。在父亲的监视下，她已经把这个房间研究过十几次。她的目光扫视了一下写字台后面架子上的控制仪。她在门厅里看见的闪烁的灯光就是从那里发出来的。她仔细地打量了一下两台打印机和那台可以将文件和照片输

起初，她并没有发现什么新东西。在父亲的监视下，她已经把这个房间研究过十几次。她的目光扫视了一下写字台后面架子上的控制仪。

入计算机的卧式扫描仪。她的目光又回到写字台上，越过中号键盘上面的数字控制录像机，她轻蔑地瞟了一眼无线遥控鼠标，最后到达桌子边缘。她的目光从那儿开始向下移动。

本来，棕色的桌面下跳动着卡奥斯的心脏。现在，这里立着几个体积庞大、装满电子器件的箱子，为了及时捉住燃烧的念头和幻想并将它们塑造成型，所罗门需要一种必不可少的“坩埚”来将它们熔化。灰黄色的箱子比电脑的机箱还要多——父亲称之为简易工作站。他在这儿构思并锻造自己的新计划和新程序。他把它们变成语言、图像和声音，变成二进制的位数和字节。马克·卡尔德只要在这前面站立片刻，计算机软件便打开一个新的维度——史苔拉所知道的就是这些，不会比这更多了。

卡奥斯里有两种光。五月的太阳被封闭的百叶窗严严实实地挡在外面。只有很少的光束能侵入这个“网络人”的神秘王国。他在计算机网络中能够任意往来，就像蜘蛛在它吐的丝织成的网上爬行那样。写字台下面的阴影几乎无法穿透。几个绿色的光敏二极管在黑暗中引起了她的注意，她把自己的发现归功于它们。

只有一个不引人注目的细节。也许一个灰色的塑料板根本不会引起别人的注意。史苔拉最了解自己的父亲，她要赋予这个发现某种意义。也就是说，所罗门早已不是那种不修边幅的人了，现在他更像任何一个十分讲究的教授。甚至可以说，马克·卡尔德简直就是那种特别爱整洁的人。实际上，这种表面上看起来乱七八糟的家庭工作场所建立在一种不是每一个人都能立即领悟的内部逻辑上。这些到处可见的电缆和技术仪器掩盖着的东西，没有一件是没用的，不管是一张纸片还是一根被咬坏的铅笔，也不管是弄坏了的曲别针还是别的什么特别的废料。马克用来锻造思想所需要的一切，几乎都储存在计算机的硬盘上，或者储存在那个小巧玲珑、高高耸立在所罗门心爱的工作站上的可转换数据储存器里了。

突然，史苔拉感到像触了电一样。她再次向敞开的门外看了一眼。门厅里静悄悄的。她把脸上的一缕金发撩开，弯下腰。她的手像变色蜥蜴的长舌，目标准确地迅速伸向桌子下面，然后又马上缩了回来。她的手指上已经粘着猎物：一块带有白色不干胶贴纸的灰色塑料方块。她眯缝起眼睛，想在办公室朦胧的光线中辨认出所罗门的手迹。胶纸上用黑色尼龙笔写着几个字：卡给——网上影戏。

“网上影戏。”史苔拉若有所思地重复了一遍。她的声音有点神秘和激动。显然，她手里拿着的是所罗门开发出来的一个新游戏的测试版。他曾经多次作过某种暗示：也许那是真正带有革命性的、最新的研究成果与天才游戏思想的结合！——但是，每当她想多知道一些细节的时候，他立刻闭上嘴巴，守口如瓶，就像她用皮球做尝试的时候他所做的一模一样。

“这里面是什么，你很快就会就知道的 。”这就是所罗门简洁的回答，“此外，我要琢磨一点新东西，要出乎人们的意料，可是，假如我事先给你讲了，那以后也就不新鲜了，你说是不是？”

为什么教授们总是那么可怕地讲究逻辑？

史苔拉凝视着手指上转动着的数据载体，她在冥思苦想。这是一个磁光学磁盘。它和过时的磁盘相似，比并排平放着的两个信用卡大不了多少，但它储存的信息量却是旧式存储器的九百倍以上。在这个小东西上面可以储存整整一座图书馆。甚至还可以储存更多令人激动的东西。那会是些什么呢？

史苔拉的好奇心随着她注视这个正方形的小塑料板一秒一秒地增加。可是，她的心里却有一个声音在严肃地告诫着她。无论如何，所罗门早已宣布：卡奥斯是绝对的禁区。她没有权力在这里停留。然而，她的好奇心早已变成汹涌的潮头，威胁着要把这类顾虑冲刷净尽。理智再一次使她意识到侵犯所罗门的领土可能导致严重的后果：他将津津有味地吃掉你的早餐，然后把一年的零花钱一笔勾销，再然后给你一个严厉的惩罚（至少四个星期的禁闭），最后再把你的电脑拿走……

史苔拉停住了。不，也许他会把她的电脑给她留下的，那纯粹是出于实际的考虑。史苔拉的电脑，马克应急时要使用——他自己还特别使用了一个概念叫做“备份工作站”[①]。也就是说，假如他的卡奥斯里的计算机偶然集体“罢工”，那他就总要回来使用史苔拉的电脑。所罗门有一种明确的安全需要。因此，女儿把自己塞满绒毛动物玩具的儿童房间里异乎寻常的技术性配置，归功于父亲的这种烦琐。

只要他仍然把电脑放在她的屋里，她就不会与这个世界完全隔绝。通过因特网，她想和谁联系就和谁联系。不过，眼下她想不起一个愿意和她分享这种可能的交好运的人。

假如我现在看看这个游戏，那会发生什么情况呢？史苔拉刚想到这里，她的理智赖以建立的根据便一下子被全部摧毁了。我会把磁盘送回来的——这可不是偷窃！再说了，这个东西也没有出家门。没有人会知道的。也许我会发现游戏中的一两处错误，这就可以帮助所罗门完善他的程序。奇怪，她竟一下子想出那么多赞成“短期借出”这个游戏程序的合情合理的根据。

史苔拉端起盘子里的比萨斜塔模型，回到自己的王国，占据她头脑的只有一个念头：卡给——网上影戏。她已经听说过那么多关于它的暗示，多少也算知道一点儿了。现在，她可以亲自研究这个分外神秘的名字后面隐藏着的是什么东西了。史苔拉的心因激动而狂跳起来，她感到有些口干。咳，怎么竟然忘记从厨房带一瓶可乐来呢？

---

① 英文：Backup-Workstation.

所罗门

马克的注意力根本不能集中。如果不能马上结束讲课的话，他的身体肯定又要出现皮疹、发烧或者发出类似的征兆了。虽然他才三十七岁，但是，对这样的信号也不可掉以轻心。对他来说，过度兴奋就是毒药。

他还清楚地记得，三年前，兰德卢普教授患了脑血栓。应该承认，兰德卢普教授当时已经六十一岁，可是，对于相差二十四岁的年龄也不能期望过高。人生短暂。那是每一个人都会遇到的事情。任何时候都可能发生，不论在什么地方。

假如他知道自己是否确实把卡奥斯的门关上了该多好啊！这种不确定性就像钉子一样固定在马克的神经上。比如说，小星星——这是他对女儿的爱称——和班上的某个同学一起回家来，那个同学很可能到我的工作室里去乱窜！他也许会到处乱摸……甚至很可能会弄坏！

“你们还记得这个公式是怎样推导出来的吗？”马克向大教室里抛出一个问题，就像将面包屑抛进水池似的，他希望大学生们像鸭子争食那样抢着回答。如果可能的话，他们会去为寻找正确的答案而动脑筋，这样他就有时间寻找自己问题的答案了。

忽然，他想起两天前自己对尤尔根教授郑重其事的保证，这时他的各种念头像开了锅似的上下翻腾起来。“当然，我可以替你代星期三的课。没问题！”他只模糊地记得，自己当时一下子跳起来就冲出门外。到现在也还没有超过六十分钟！反正他还是穿过了交通繁忙的街道准时地来到大学，一进教室就开始替他的朋友上课。可是，他自己的那个卡奥斯现在处于一种什么状态呢？

奥蒂马克斯是柏林理工大学最大的教室。像在古代的露天剧场那样，大学生们坐在层层升高的座位上，俯视着正在尽最大努力捕捉，而且也想尽可能长时间抓住大学生们注意力的教授。

此刻，有几个年轻人还沉浸在自己的咖啡和可口可乐中。第一排坐着一个头发染成金黄色的女大学生，她正聚精会神地盯着马克，仿佛被催眠了似的。马克心里叹息了一下。在大学生中，马克是一位特别受女生欢迎的教授，在这方面存在着明显的不平等。她们当中有不少人对马克佩服得五体投地。马克·卡尔德是TU①最忙的科学家，不过，他不想在别的方面成为大学生们狂热崇拜的偶像。相反，如果人们询问敬仰他的女大学生们还有什么理由，那她们会一一道出他身上那些对女人具有吸引力的标志。

他的长脸虽然不那么完美，但却十分引人注目。他下巴上那一道横着的伤疤被三天一刮的短胡子遮掩着，有重要的社会活动除外。从整个体形来看，马克真可谓“仪

---

① TU：Technische Universitaet，理工大学，柏林排名第三的著名大学，位居洪堡大学（HU）和自由大学（FU）之后。

他的长脸虽然不那么完美，但却十分引人注目。他下巴上那一道横着的伤疤被三天一刮的短胡子遮掩着，有重要的社会活动除外。从整个体形来看，马克真可谓“仪表堂堂”。

表堂堂”。年轻的时候，他曾经为了在游泳比赛中获得名次而认真地锻炼过身体。出众的体质归功于一种（几乎始终如此）持久而又健康的生活方式。他的肩膀很宽，腰部很细，一米八的个子非常挺拔，此外，他还有一头浓密的棕色头发，深色的眼睛炯炯有神。

马克从西便服的口袋里掏出眼镜，十分自然地架在鼻梁上。一般情况下，他只有在计算机屏幕前长时间工作，或者在阅读字体很小的合同时才需要戴眼镜。但他现在无意识地戴上了眼镜，也是为了吓唬一下学生，暗自希望崇拜自己的女大学生因此更容易在他身上看到一副学者派头。他认为，这对克制自己的浪漫感觉特别有用。

现在，他可以更清楚地看到坐在第一排的那个女大学生了。她嘴里正在不停地嚼着什么——旁边座位上的油纸使他想起香肠面包、土豆条和奶油之类不健康食品。马克试图不理睬那位年轻姑娘饥饿的目光。

在大教室的廊台上坐着一组捣蛋的学生，他们对自己的使命显然十分认真。第一学期，他们在课堂上肆无忌惮，大声交谈，好像根本不是在上课，而是在一个发现自我的团体里进行着热烈的讨论。

马克扶了扶偏斜的麦克风，试了试声音。他几乎不能掩饰那种不守纪律的行为刺激他的神经。

“坐在上面的女士们先生们，假如你们也能注意听讲，我将非常感谢。假如你们做不到这一点，我也完全能够理解。说到底，集中注意力五分钟，不是每一个人都能做到的。不过，如果是这样的话，我请你们到门外去消磨时光。”

马克很少这样责备学生。从根本上说，这是一种弱点的标志。他被自己的神经质吸引住了。更令人惊异的是，他确认自己的斥责是有作用的。那些饶舌的大学生们虽然投来鄙夷不屑的目光，但他们毕竟还是安静下来了。

上课的时候他难受了整整三十分钟，几乎不能集中精力。作关于基础物理学的报告，对他来说那样兴奋，就像一个园丁在翻园子里的地那样。当他讲到海森贝格的测不准原理① 的数学基础时，大学生们目瞪口呆地看着他，仿佛他在用爱斯基摩语朗诵诗歌。他恨自己的职业，为自己被尤尔根说服而生气。

可是，物理学恰恰不是马克·卡尔德的重点领域。所罗门，正如同事们半开玩笑、半惊异地称呼他的那样，他是理工大学被聘用的教授中最年轻的一位。这期间，这个牌子已经挂到别的教授胸前了。马克研究的重点是计算机及其存储数据的保护程序。

① 维尔纳·海森贝格（1901—1976），德国著名物理学家，量子力学的奠基人之一，“哥本哈根学派”代表性人物，因创立量子力学而获1932年诺贝尔物理学奖。他对物理学的主要贡献是给出了量子力学的矩阵形式（矩阵力学），提出了“测不准原理”（又称“不确定性原理”）和S矩阵理论等。他的《量子论的物理学基础》是量子力学领域的一部经典著作。

他在理工大学的教授职位是他二十年来大学教学生涯的顶峰。

起初，他迷上了仿生学，这项科研主要是为了开发更好的喷气发动机、承重面或者船体，而把动物作为榜样来“设计各种建构”。后来，马克陷入大概最让他着迷的人体器官——大脑的魔力之中。无论如何，他也要弄明白大脑的作用方式，假如可能的话，他要用计算机去模仿。因此，近几年来他完全献身于神经网络的研究和开发。他的研究愈深入到自然的奇迹中去，他就愈加认识到，与人的大脑相比，计算机提供的可能性多么可怜，至少还要研发几十年来弥补落后。

这方面研究的挫折使马克变得没有自信，使他有两年时间走上了科学研究的“邪路”。不过，那些跟踪他的学术道路的人可能不这样认为。在这段时间里，马克从事着生物统计学的研究。这门学科研究人的哪些标志使人相互区别，以及怎样在技术上利用这些标志。一项实际的研究成果是一个电子守门人，他能够鉴别一个人的脸型、声音特征、指纹、虹膜和视网膜。虽然他在这条科研的岔道上过早地停止了研究，但还是取得了值得瞩目的成果。他在一定程度上完成了这个系统的一部分，他给这个系统起了一个童话般的名称：芝麻（S.E.S.A.M.），这是一个复杂名称的缩略语——“借助立体影像、声学和运动机能的协同识别系统”。后来，马克开发出来的成果被柏林数据收藏系统① 股份公司以 BioCD 的名称推向市场。

对马克来说，生物统计学方面的成就并不能填补他在清醒的神经网络研究中留下的空白。但在这段时间里，他在某个方面确定了今后的研究方向。在生物统计学研究的第三个年头一开始，他差点儿出了一个丑闻：一个瑞典的电脑黑客进入理工大学的校园网络。那个电脑黑客成功地破解了进入密码，然后把几台计算机搞得乱七八糟。马克被拉进一系列关于保护联网的计算机安全问题的讨论，更多是出于偶然。像理工大学这样的教学机构，当然想尽可能地公开。那么，怎样才能有效地防止电脑黑客的突然袭击呢？

马克·卡尔德对这个问题十分着迷。他当然知道任何一个天才的密码专家想出来的新密码，任何费尽心机开发出来的新安全系统，都只能存在一定的时间，直到多少有些天才的怪物把它撬开为止。

从引进一个安全系统到克服这种障碍，时间常常短得可怕。无数例子都说明了这个事实。连中央情报局和五角大楼这样的美国当局都成了电脑黑客进攻的对象。

必须开发出一个系统，一方面能够识别所有电脑黑客的伎俩，同时又具有人脑的灵活性和推理能力。为了发现各种各样新型的攻击，当然应该能找出一种独立的防御战略。其实这种思想仅仅是马克前几年各种研究的继续。

不久，他自己也开发出一种能够袭击个别计算机的“病毒”，一种可以在计算机

① 英文：DCS–data collection system。

网络里滋生繁衍的“龙形怪兽”和几种其他“有毒的”物种，它们同样能够把计算机里面的其他电子有机体有效地消灭掉，就像埃波拉热致人死命那样。首先，这一切的全部目的仅仅是进行司库尔（S.K.U.L.L.）试验，当然这个名字也是马克锻造出来的缩略语，它的原文是“Security Keeping Univeral Learning Lock”，意思是“保障安全、包罗万象并且有学习能力的锁”。司库尔应该像人的脑壳保护敏感的大脑不受损害那样，在因特网上或者其他局域网上保护计算机。

后来，马克认识到，有些攻击行为只能用积极的防御才能阻止。所以，他就把进攻性的试验软件部分直接安装在这个“有学习能力的锁”里面。一种数字免疫系统出现了，它不仅抵抗进攻、保护电子有机体，而且能够像人体内的白血球那样主动出击。也就是说，如果某人企图入侵司库尔保护的计算机，那么这个安全系统就会进行反击。它还能主动侵袭电脑黑客的计算机，并使之在沉重的攻击之后有几秒钟处于瘫痪状态；有时候，借助一种被称之为CIH的病毒，甚至能够使对方的全部电子技术系统长时间失灵。

马克的这一开创性安全系统正处于即将完成的前夕。只要再有几个星期，他就可以证明它是否可以完全投入正常使用。司库尔和卡给——是他想建立的两个基础，这是他的研究工作的两个成果。也就是说，司库尔是理智的产品，它在卡给里面跳动，在某种程度上就像人的心脏那样。

然而……也许一切都太晚了。在这整个工作过程中，他忽视了菲菲雅娜……是的，也忽视了史苔拉。随着他岳父的逝世，一切都变得更加乱七八糟了。他们全家一起前往康涅狄格州的布拉德福市。参加了岳父的葬礼之后，菲菲雅娜抓住机会并利用了这个“在外面的时间”。她说过，遗产问题最后只能就地解决。所以，她现在仍然待在美国——到现在已经四个月了！

马克终于将最后一张薄膜放在投影机上。课马上就要结束了。他将立刻冲进繁忙的交通中。就他记忆所及，史苔拉没留下任何信息。早上，他的脑子里还浮现出自己一天的日程：中午和她一块儿去街角的比萨饼店吃比萨饼，然后在卡奥斯里面工作几个小时，晚上和小星星一起去电影院看科幻片。现在，他不在，她一定会怒气冲天，而且非常失望，估计她会再次用整个晚上不搭理他来惩罚他。

今天，马克讲课精神非常不集中，刚下课，他就离开了大学生们。他大步流星地向奥蒂马克斯的出口匆匆走去，眼前浮现出女儿充满责备的目光。也许她会在门口迎接他，可怜兮兮地看着他一声不吭，然后默默地退回自己的房间里去。他觉得，听她大声责备要比忍受这种沉默的控诉好一千倍。但是，正如他所了解的那样，史苔拉决不会那么轻易地饶恕他。

蛋之舞

斜塔的上部已经滑落到一边。一小块面包和一片生菜叶掉在写字台上。史苔拉轻轻地诅咒了一声，急忙抓起一块纸巾擦掉桌子上的奶油。然而，在紧接着的瞬间，她被吓了一跳。

史苔拉看了一眼屏幕。一封新的电子邮件，是给她的。她放学一回到家就把自己的电脑打开了。像每天一样，电脑会在因特网上独立地查找电子邮件。这个程序每三个小时自动重复一次。

今天中午，屏幕上只显示一封信。史苔拉轻松地舒了一口气。一长串信件是上一次的事情了，这正合她现在的心意。终于，她要试玩一下卡给游戏了。当她看到电子邮件显示的发送人时，不由得呻吟起来。

这封电子邮件是她的同班男同学蒂姆·施罗德发来的。蒂姆是一个讨厌的家伙。他比史苔拉至少矮一头，很能说，好像他七岁的时候就从演说中得到过好处似的。史苔拉不信任他。班里大多数男孩子都有了女朋友，蒂姆没有。他只是坚持不懈地盯着她。甚至今天在数学课上，他的目光还像欧洲蚂蟥似的叮在她的后脖子上。他期望什么，史苔拉琢磨不透。

她一米七二的个子不仅明显地比他高，而且她也不像一般的姑娘那样对一个男孩那么有吸引力——无论如何，史苔拉的自我评价是这样，每天早晨她都在重复着这一看法。她的披肩长发虽然具有夏天成熟大麦的颜色，但却那么稀薄、平直地下垂，像蜘蛛丝那样细。尽管她拼命地吃，身材仍然那么恶心地没有什么变化。无论是臀部还是胸围，按照她心中的标准都看不出女性的特征。

这副面孔就更甭提了！史苔拉简直是绝望地在同脓包和粉刺作斗争。有时候，她虽然成功地把敌方的“将军痤疮”卷进掩护退却的战斗之中，但是每当有点儿成效，凭借大量地投入化学武器而迫使敌人即将投降时，镜子里就会出现一片新的战场。有些日子，那里就像布满火山坑的月球表面，尤其让史苔拉感到失败的是，恰恰在这种令人沮丧的时期，芝麻电子守门员仍然能够以百分之百的把握认出她来。

那么请问，这个蒂姆·施罗德以这样的顽强来引起她的注意，究竟能给他带来什么结果呢？现在，史苔拉的全部猜疑归结为，她估计在这种态度的背后有一种卑鄙的阴谋。也许是男孩子们之间在打赌。例如，假如蒂姆能够成功地赢得她的好感，那他就会被接纳进“玫瑰红豹子队”的坚强核心，或者说男孩子们总是挂在嘴上的发誓结盟的圈子，他们在校园里总是扎堆儿。

半年之前，蒂姆的试探性努力进入一个新的阶段。那时候，有人送给他一台电脑。从那以后，他就不断地给她发电子邮件。不过，史苔拉收到的那些电子邮件并不是情书。她不信任地眯起眼睛。蒂姆采取行动的方式非常难以捉摸。

瞧！最新的这封信似乎就是一个最好的证明。

流星！

本人正处于困境。：—（

你知道，施迈歇尔对我这篇关于中国哲学的作业大发了一顿脾气。明天就是月底了。如果我不能给施迈歇尔留下深刻印象，我的升级就可能成问题。你是历史课代表。你能不能继续拉我一把呢？

求求你了，别让我垂头丧气。：—（

顺致问候

蒂姆

史苔拉轻蔑地吐了一口气。现在，这个小骗子甚至用呼救来骗人了！假如他非要在她面前花言巧语不可的话，那他至少不应该叫她“流星”。再说这个外号现在也不那么新奇——史苔拉这个名字在拉丁语中就是星星的意思，从星星到流星本来不远，但这个外号有时候使史苔拉感到不那么舒服。如果他们都这么叫的话，那么对大家来说，她可能也就叫“流星”了。看来，即使对她的父母亲来说也是如此！她的母亲逗留在康涅狄格州已经有好几个月了，而她父亲则不停地工作，一旦他要提出休息的话，那也就是说他快要累死了。

史苔拉把键盘拉近一些，接着就敲起来：

蒂姆：

我的眼泪要掉下来了。：—（

如果你到现在还没有为你的作业做任何事情，那这完全是你自己的过错。此外，对我来说，宁可看看幻想故事和阿尔图斯的传说，也不想看中国哲学。你看看网站地址：http://www.schulhilfen.com 网页好了。那里你可以找到作业答案，或者方向提示。：—（

好了，从这样的网页上下载你的作业，对你来说不费什么力气的。：—（

希望，让人喜欢。：—（

史苔拉

史苔拉用鼠标敲击了一下屏幕上的“发出”条。几秒钟之后电脑接通线路：连接因特网并通过控制区将电子邮件发出。转眼之间蒂姆就会从屏幕上看到它。

最后，他到底还是使她感到有些遗憾。也许他真的陷入困境。即使史苔拉不想支持他的懒惰，但至少可以给他出个主意，告诉他怎样摆脱困境，因为跟历史教师施迈歇尔相处的确很难。

当史苔拉看到自己的信比蒂姆的信上多了两个微笑的眼睛时，她笑了一下。在因特网里，这样一些符号组合是常见的，如果人们稍微侧过头，就可以发现它们变成了面孔。通过一个微笑的眼睛，人们可以表达自己的感情，一个微笑、一滴眼泪或者一个飞吻。如果愿意这样做的话，微笑的眼睛与另外几个特殊的符号放在一起，就会在电脑空间组成一些如新版的古埃及象形文字那样的东西。

蒂姆对因特网视觉世界里的惯例和交往方式——网络礼节，还没有史苔拉那样熟悉，也没有那样丰富的想象，对史苔拉来说，在因特网上冲浪就和坐地铁那样自如。蒂姆现在只知道几个微笑的眼神，可能也知道对要强调的某件事情用星星符号镶嵌起来，但在真正的对话中，人人都会一下子就看出他是一个新手。

史苔拉舔了一下小手指，因为她在推鼠标的时候，小手指无意中陷进奶油里去了。蒂姆的电子邮件已经被她忘到脑后。磁光学软盘，那个卡奥斯里的数据载体，又在她手里转动起来。她在犹豫。难道她真的应该试试，玩一下这个卡给游戏吗？父亲会把这看做对他的信任的破坏……

咳，想到哪里去了！史苔拉听见自己深深呼出一口气。她没有拿走他的什么。再说了，他也总是爱说大话，许诺的事从来不兑现。本来他们早该一起去比萨饼店坐坐，可是今天的约定又被取消了——甚至相当仓促。她除了自己找机会之外，现在还有什么办法呢？都十六岁了，完全可以这样做。几个小时之前，她和数学老师莱保尔德发生了一场令人不愉快的争论，当时她也是自己一个人对付过来的。现在，她真的没有心思去想别的严厉批评了——即使批评仅仅出于自己的良心。

她匆忙将磁盘塞进电脑机箱规定的驱动器里，然后目标明确地移动鼠标，敲击键盘，搜寻存储媒介的内容。还在进小学之前，她就已经会摆弄电脑了。当计算机准确地按照她的要求工作时，她早就不再有那种敬畏的刺激感觉了，更确切地说，当这个高速运行的傻瓜撂挑子时，她有时候反而会产生一种同样的参与感，因为她再一次使计算机的能力达到了极限。然而，现在一切进展顺利。不大一会儿工夫，史苔拉就已经硕果累累了。

她发现了一个名叫“卡给”的目录。其中有一个程序名叫“启动”。双击之后，也就是说在短时间内连续敲击鼠标两次，屏幕上就出现了对话框，里面写着对计算机游戏者习以为常的热情问候：“欢迎安装卡给，网上影戏。”

她的目光迅速地浏览了一遍安装程序在屏幕上拉出的矩形方框里的其他文字。指示是清楚的，不会发生误解。史苔拉让鼠标划过屏幕，敲击了几个按钮，做出了这样那样的选择。然后一个令人欣慰的消息显示出来：“Setup（安装）程序已经成功地为您把卡给安装好了。为了使用网上影戏，您必须重新启动您的计算机。”

史苔拉按照这一指令重新启动计算机。紧接着屏幕变黑。电脑发出噼啪的响声。

然后出现一些不同的大多数是英文的指示。她简直能够一边睡觉一边说出每一个消息。通过 Booten（导入）——人们这样称呼那个过程——计算机里用来控制基本功能的全部程序都可以调出来，接着便可以随意启动附加的程序。

正当导入程序运行的时候，史苔拉想起了父亲曾经泄露的几个新的游戏。几年前，他在东京参加过一次国际会议。在日本，他偶然听到卡给这个词汇。翻译过来的意思也不过就是“影戏”，或者更准确地说叫“影像”。比如用两只手在一盏灯前面打成一只飞鸽的形状，那么它打在墙上的影子日本人就称之为卡给。

突然，史苔拉面前出现了一个洞穴。图像立刻充满整个屏幕。那是一个三维图像，非常清楚。洞穴盖子平坦的表面一定有一个窟窿，因为有一束闪烁的光束划过空间钻入石头洞底。摆在屏幕两边的扬声器响起轻轻的天堂般的乐声。为了加强光与影构成的游戏部分产生的印象，史苔拉激动地抓起耳机。现在，那悠扬的音响开始在她的头脑里回荡。多种音阶顺序的声响产生的效果如同一种诱人的邀请，邀你进入另一维世界，使图像显得那样真实，以至于眼睛都能感觉到它们。

史苔拉移动鼠标的时候，可以在屏幕上看到一个清楚的象征符号，像一张牌的中心，准确地说，像一张黑桃尖上的黑桃那样。黑桃头朝下，梗儿比平常看到的更长一些。当那个符号——当然这里指的是卡给的鼠标显示符号——被推到屏幕边缘时，视角便发生了变化，洞穴里现出了迄今尚未看到的一个部分。许多游戏都是这样进行的。史苔拉立即向洞穴深处巡视，她眼前展开了一个巨大的穹隆。

岩洞门口有一块奇形怪状的岩石。给人印象深刻的石棱、裂缝、阴沟和通道交相出现在洞穴更深处。她甚至能够通过转动计算机鼠标上的小滑轮，使自己的眼睛一会儿向上看，一会儿向下看。脚下只有光滑的岩石，但上面有一个边缘参差不齐的开口，可以望见一块天空，看到小鸟儿不断地飞过……不，那不是鸟儿。它们的轮廓很奇特……一定是飞蜥、齿龙或者其他会飞的恐龙。

史苔拉又把注意力集中在洞穴里。因为巨大的岩洞里没有什么东西，她便决定到洞穴的通道里去打探一番。她一边目不转睛地看着屏幕，一边把一片黄瓜送进嘴里。她决定停在一个洞口，因为那里有一点几乎不易觉察的光一闪。当她把黑桃符号推到微微闪着荧光的门口时，那光便开始闪烁起来。

“啊，你藏在这儿。”史苔拉小声说道。她很熟悉计算机游戏。那里常常躲藏着数不尽的怪物，必须用武器消灭掉它们——她害怕玩那些噼啪乱打的游戏。别的游戏，有的需要掷骰子，有的要使用鼠标或者游戏操纵杆，需要灵活性——对史苔拉来说，那些游戏大都是让人打哈欠的无聊玩意儿。除此以外，就是一些冒险游戏。人们可以把自己放进一个陌生的世界，他必须在那里或多或少地解决一些困难的任务。这种游戏要求游戏者具备一切能力，灵活性、丰富的知识和幻想能力，当然他还得有时间。

她很熟悉计算机游戏。那里常常躲藏着数不尽的怪物，必须用武器消灭掉它们——她害怕玩那些噼啪乱打的游戏。

毫不奇怪，首先是菲菲雅娜强烈的干涉使她的女儿从这样一个幻想世界又回到现实中来。但现在，她的母亲远在六千公里之外。前几年，史苔拉就已经受过几十本冒险故事、英雄史诗、骑士故事和幻想小说的熏陶，现在，她的幻想正需要新的营养。她的想象力使屏幕图像变得更深刻，更生动了。对史苔拉来说，卡给的世界现在不再那么虚幻了，也就是说，看起来很真实了。对她来说，这个洞穴，她漫游的这个洞穴，几分钟之内就变成了唯一真实的世界。

卡给王国里的生活是一种永恒的战斗。在这个洞穴连着洞穴的王国里，没有宽阔的柏油路，也没有地铁。为了深入这个由通道和拱顶组成的迷宫，史苔拉必须不断地克服一个又一个新的障碍：一个深渊，在那个深渊底下，火红的岩浆在咕嘟咕嘟响；一个地下湖泊，湖水里不停地冒着厚厚的水泡；一个杂草丛生的花园，其中的植物在拼命地向上生长；还有一个洞穴，从洞穴的顶上垂下刀子一般锋利的钟乳石——在这样奇妙的地区活动本来很平常。

后来，她才发现一些确实非同寻常的东西。一个物体立刻进入她的视野。它和周围的环境显得很不协调。史苔拉已经不知道自己在这些迥然不同的通道和一段段洞穴里勘测多久了。可是，迄今为止，她还从未见过这样的东西。

她小心翼翼地接近那个圆滚滚的庞然大物。她早已把鼠标推到一边去并抓住了操纵杆。像喷气发动机的操纵杆一样，她可以向各个方向旋转或者调头，只要灵活地控制它就行了，如果必要的话，她甚至可以让这个卡给世界头朝下……此刻，她正目标明确地一直向前。

当她来到离那个巨大的物体大约还有十步远的地方，她停住了。那个滚圆的物体使她想起一种表面布满无数斑点的漂砾，也许那上面是苔藓。在朦朦胧胧的光线里她看不太清楚。此外，那个物体还被一块陡峭的岩石挡住一半。史苔拉认为一定是偶然遇到了什么重要的东西，这是这个经验丰富的网上旅行者的直觉。

她的眼睛继续警觉地四处搜寻着。她还没有跌进任何泥沼，没有遇到从隐蔽的开口向她射来的暗箭，她脚下也没有沸腾的油湖突然形成。史苔拉大胆地接近那个物体。

正当她慢慢地围着那块岩石绕圈的时候，她忽然明白屹立在自己面前的是什么东西了。原来那是一个巨大的蛋！它不像鸡蛋那样，既有白色的，也有棕色的，她眼前呈现的是一个棕色的庞然大物，上面笼罩着一张浅绿色的网。史苔拉灵机一动……

她迅速推开操纵杆，抓过视觉手套并把它与电脑接通。用这个虚拟现实手套，她能够接触、抚摸甚至操纵那个只能在电脑空间里存在的物体——前提是游戏程序的设计者在构思软件的时候，就已经考虑到投入这个借助电缆和传感器的全封闭手套。

还真灵！史苔拉赞许地微笑了。所罗门真有两下子。她现在真的能够感觉到蛋的表面了。卡给向数据手套传递了脉冲，手套将脉冲翻译成可以感觉到的变化。反过来，史苔拉现在也能用手套导航了：当她的手指指向左边的时候，她自己就向左边移动，当她把手握成拳头时，她就突然停住，而当她的手抓住一个物体的时候，她也能感觉到紧紧地抓住了它。

蛋的表面凹凸不平，但又不是真正的粗糙。这种感觉就像用手指触摸一个放大一百倍的橘子。这个像小车一样大的披着铠甲的儿童房间里面可能藏着什么东西呢？也许是一个剑齿怪物，或者是一条会飞的恐龙？说不定那是一只巨大的鸭子？冒险游戏常常利用这种东西来骗人。人们很容易就被引诱而误入歧途。可是，卡给游戏的目的究竟是什么呢？至此，史苔拉只是这样任凭那个陌生世界的真实对自己施展着魔法，使她简直没有想到问一问这一切到底有什么意义。

突然，史苔拉笑了。所罗门总是爱开玩笑。在科学问题上，为了愚弄那些自以为了不起的专家，他很少使用自己的权力去揭露他们的半瓶醋。不，她越想越不相信自己的父亲会让什么食肉的怪物从这个巨大的蛋中孵化出来，然后才宣布游戏开始。不能就这么简单和平庸吧？

然而——这也许是她首先要完成的任务：她必须先孵化这个巨大的蛋。可是，怎么孵化它呢？史苔拉沉思起来，身子向后靠了靠，同时把已经坍塌的三明治盘子举到嘴边，把剩余的部分送进嘴里。一大滴奶油悄悄地从盘子边沿滴下来，掉在她胸前洁白的衬衫上。她没有注意到这些，因为她一直在思考，此刻才恍然大悟。

岩浆河！先前她曾经越过一道深渊，那道深渊下面闪耀着的正是危险的红色岩浆。把蛋抛进那条河里也许有些过分，但是，如果这个洞穴本来是火山发源地，那么她一定能发现别的温暖的地方，可以在那儿把蛋孵化出来，而不至于一下子就把它煮熟。

史苔拉迅速地行动起来。她将三明治一扫而光，把空盘子放在写字台上，拿掉耳机，脱下手套，从椅子上一跃而起。她身后是一个保存着各种各样计算机零件的柜子。她打开柜子的门。她的目光在胡乱堆放的插头、电缆和各种电子仪器配件中间搜寻。每当所罗门发明一个新的样机，史苔拉就要充当他的“试验兔子”。他的技术革新产品，比在商店能买到的一般要早两三年。她从电缆中拿起一个线团，将一堆鼠标推到一边。她把自己的电脑的非同寻常的配备——那副数据手套和虚拟现实眼镜，统统归功于所罗门的发明！

终于，她找到了它们。史苔拉把那些贵重的东西从纠缠在一起的电缆里清理出来。通过这种虚拟现实眼镜的帮助，她能够在这种虚幻的现实中确定方向。史苔拉又坐进她的办公椅，戴上耳机和数据手套，最后把虚拟现实眼镜架在鼻子上。现在，她的每一只眼睛前面都出现一个小小的彩色液晶屏，真的，虚拟现实眼镜使她对现实世界不再有任何感觉。那种幻想真是完美之极！

“你真是一位天才！”史苔拉小声说道，她指的是自己的父亲。他竟然想得出把这种眼镜与这样的游戏绑在一起。史苔拉能够通过自己的头的转动来改变视角。像在现实生活中一样，她能够在三维空间里自如地向周围以及上下观看，不必像先前那样仅仅通过数据手套来改变身体的实际姿势，这样她感到更灵活了。

史苔拉立刻开始探寻附近的洞穴通道。用虚拟现实手套，她可以在洞穴墙壁上划出记号，以便过后沿着原路返回来。

不知又过了多长时间，史苔拉终于获得丰富的收获。她发现了一眼泉水！泉水肯定是温暖的，毫无疑问，蛋可以在泉水里孵化。史苔拉若有所思地打量着那个令人惊异的圆形水池，晶莹透明的水柱直往上涌。厚厚的气泡不断地冒出来。人们喜欢用石头把泉水围起来。这里的情况也有些类似，只是这个巨大的水池稍微有些倾斜，这使人感到舒适。史苔拉发现对面水池边有一个出水口。可以听见水潺潺流动的声音。然后，泉水汇成一条小溪，消失在黑暗中。

史苔拉聚精会神地看着。这个浅浅的水池显得像一个理想的“蛋托”——叫它孵化器也许很合适。可是，她怎么知道盆里的水温恰好合适呢？可惜虚拟现实手套还不能感觉任何温度的差异。就在这时候她发现了植物。

在石头围着的水池另一边，水面下闪动着宽大的草叶。当附近的气泡升起时，它们甚至会浮动起来。啊，这儿适合水草繁茂地生长！史苔拉决定用这个洞穴水池进行试验。她按照刚才做的记号，一步不差地回到蛋跟前。

当她重新站在那个棕色的蛋前面时，她意识到这里还有另一个问题，她怎样才能把这个巨大的蛋通过地下通道运送到那个水池呢？史苔拉在动脑筋。即使有一辆大众牌的小面包车也难以将它运过那几条通道。即使按照游戏的内部逻辑这也是不可能的。所罗门绝对不会允许出现这样的差错。

尽管如此，史苔拉还是试了试。她用手推了推那个巨大的蛋。虽然她的手指只是在空中滑动了一下，但她还是感觉到一种明显的压力，是的，数据手套里有一种符合定律的阻力。这一想象进一步得到虚拟现实眼镜的确认：蛋在原地一动未动。也就是说，把它搬起来并运到泉水那里去就想也不用想了……

“山不转水转。”史苔拉嘟囔着说。突然，她想出一个解决办法：虽然不能把它运到泉水那里去，但她也许能把泉水引到这个洞穴里来。

史苔拉毫不迟疑地行动起来。现在，她第三次穿过它们之间的通道系统。这一次她特别注意观察地上的情况。虽然她还不能肯定，但她觉得通向洞穴的地面显然越来越低。有时候，她甚至还发现有规则的沟槽——这简直就是一条理想的小溪河床啊。

不一会儿，她又来到那个圆形水池边。她立刻沿着水池的边沿走起来，尽量保持平衡，一直走到出水口上面。她弯腰在水里的植物中摸索。很快她就发现了向小河供水的出口。史苔拉又站起来，向周围看了看。那个出口不大，如果她将自己的两个拳头并在一起，大概刚好能放进去。可是她用什么东西才能把那个出水口堵住呢？

可惜，哪儿也找不到软木塞或者类似的东西。她想起了游戏时必须把一些好像没有用的东西收集起来，以便后来能派上用场。但是，她紧张地在脑子里把到目前为止经过的卡给洞穴世界搜索了一遍，也没有想起任何可以堵住那个排水口的东西。

“那么，肯定是你忽视了它，它一定藏在这儿什么地方！”

她在泉水池里又找了一次，甚至下到水里摸索，看有没有某种塞子，可是她什么也没有找到。她在水里站着，几乎想放弃了。这时候，她又扫视了一下出水口周围繁茂的植物。忽然，她知道怎样才能把泉水引到那条小河里去了。

史苔拉涉水到池边，开始拔那些长长的水草。那种草的茎大概与她的小手指一样粗，每一根草茎上都长着二三十个细长的叶子，很像柳树的叶子。史苔拉把它们拧成绳子再打成疙瘩。然后，她满意地点了点头。现在，她手里有了一个绿草团，但是，要堵住那个出水口还嫌太小，不过用这种方法肯定是可以的。她继续拔着水草，把它们缠在一起，做成了一个越来越大的球。

一个大小正合适的绿色水草球终于做成了。她又从水池边抓起一把碎石子，和水草做的球一起塞进那个出水口。

很快，那股供给小溪的很强的水流便被止住了。只有一小股细流漏出来。史苔拉满意地点点头。塞子做成了，她的目的达到了——无论如何，在一段时间内是这样。它拦住了足够的水，池里的水位在很快地上升。

史苔拉爬出水池，看到水面和水池边缘之间的干燥区现在变得越来越窄了。正如她估计的那样，石头水池不知不觉地向那边的洞穴倾斜了。起初，只有一点点水越过池的边缘，流到地面，但不大一会儿，温暖的水就溢出水池边沿半米多宽了。一条新的泉水溪产生了。

没过多久，史苔拉就不得不在水头前面跑起来，水头目标明确，哗啦啦地穿过通道，很快地流进另一个洞穴，当然，水头会在那里被堵住。无论谁把蛋精心安排在这个地方，用这种方法也能把小溪完全引到这里——这期间，史苔拉已经深深地进入卡给世界，她根本没想到做出这样安排的那个人可能就是自己的父亲。蛋下面有一个低洼处，温暖的泉水充满了那个石“洼”，又溢出来流向别处。

“太好了！”史苔拉高兴地小声说道，身子也放松地靠在椅子背上。现在，这个巨大的蛋有了使秘密成熟所需要的热量了。这个庞大的小屋里会跳出什么来呢？希望不是什么难看的纯肉色的“塔马狗奇”①。史苔拉从来不能容忍那种虚假的小动物，比如那种愚蠢的塑料蛋玩具，需要人不断地伺候，给它吃药或者和它一起玩一些无聊的

---

① 日本生产的儿童宠物。

游戏，这样它才不至于生病。然而，把这个充满神秘的洞穴、地道和地下河流的世界变成某种小东西的故乡会令人激动得多。毫无疑问，蛋是关键。在这只蛋的帮助下，她也许会使游戏达到一个新的水平。是的，应该这样。如果它首先被孵化出来，那么一切都将是另外一个样子了……

史苔拉突然跳了起来，惊慌失措地从脸上取下虚拟现实眼镜。原来，她听见了汽车马达的声音，一种绝对不会听错的轰隆声，那是只有驯顺的沃尔沃汽车才会有的声音，它正以每分钟超过五千转的速度驶近。

她父亲马上就要冲进来了！

突然，史苔拉感到一种不适——那是突然从卡给世界回到现实中来得迅速转变造成的。然而，她没有时间去想这种虚幻的旅行病。如果所罗门在卡奥斯中闻到了她寻宝的气息，那……

她向屏幕投去最后的一瞥。那上面是一个巨大的灰褐色的蛋，正立在一汪水中。然后，为了安全地关闭，她把屏幕的亮度调低。即使偶然看到它，也不会发现她的秘密。因为电脑还在运行，蛋可以在温暖的泉水中继续成熟。

现在，一秒钟也不能耽误了。她匆忙从驱动器里拿出那个磁盘，飞也似的冲向楼梯，来到楼下。

卡尔德一家住在尼可莱湖边一所宽敞的住宅里。那是所罗门从他父母那里继承来的。他把沃尔沃汽车存放进双车库，再穿过花园来到房门口，相当精确地计算，一共需要一百五十秒钟。

以前，史苔拉曾经在这种时候计算过。幸好她此刻不是防范自己的母亲。菲菲雅娜完成同样的过程只需要一半的时间。当史苔拉怀着内疚的心情向门口走去的时候，刚到门厅就发现大门玻璃上出现了一个影子。那瘦长的一米八的身影绝对错不了。

史苔拉喘了口气。不可能！最多才刚刚过去一百秒钟。

门外那个模糊的身影一动不动。史苔拉知道这是什么意思。芝麻在检查来人的面孔。电子守门人今天又有点近视了——无论如何，它在几个小时之前既没有认出她的外表，也没有认出她的声音和嘴唇的动作。幸好这所房屋还有一副完全正常的锁。

“开门！”一个气呼呼的声音从外面传来。

史苔拉不能从芝麻的这种拒绝中获得好处。她像被钉子钉住了似的站在门厅里凝视着玻璃后面的幽灵。

一串沉重的钥匙的碰撞声响了起来。史苔拉慌乱地看着手中的磁盘，然后又看了看敞开着的卡奥斯的门。现在把软盘送进去再拿出来肯定已经来不及了。

由于发现了这个危险，屏幕上最后那幅图像奇怪地再次浮现在史苔拉的脑海里。她会意地点点头。没有问题，那只蛋确实是一把钥匙。如果她的偷窃行为露出马脚，那么父亲可能永远不会再让她干别的了。不，绝对不能发生这样的事情。只要她使用这把钥匙，她就能闯开一个新世界的大门。

错失良机

大教室已经被抛到脑后去了。马克正走在六月十七日大学旧主楼的走廊里，马上就要来到通向校园后院的出口了。他看了看表。小星星一定早就回到家中。答应她共进午餐的约定又告吹了。估计她又会用那种充满化学制剂、没有营养、几乎全是由人造色素和有毒防腐剂拼凑而成的三明治充饥，正在喝着那种小罐饮料。为了打击他，她只要这样做就行了。史苔拉早就知道他的最敏感部位在什么地方。

马克匆匆地走在校园那条庄严的林荫道上，西服的后摆轻轻地飘扬起来。物理系的新教学楼就在对面。路上点缀着黄色的斑点。在这美丽的阳光灿烂的五月里，树冠像在燃烧，呈现出不同层次的绿色色调。可是这一切马克根本睬也不睬。本来他早就应该从前门离开理工大学了，但他现在必须给拉斯教授送一份文件，无论如何也要在上课之前到拉斯教授那里去一趟。那位头发灰白的老物理学家感激这位年轻的信息学家，说没有他的这种超出一般研究水平的帮助，这门课可能就要被取消了。马克被老科学家的魅力征服了。临别，老教授又迅速地将一包要带给理论物理研究所的文件塞到他的手里。马克是一个彬彬有礼的人。他微笑着。新楼虽然不顺路，但他可以很快地过去，把文件放在秘书处没有任何问题。

事后，他简直想打自己一个耳光。现在，他自己也是整个大学里最受尊敬的教授之一了，而且仅仅因为年龄的差异，十岁，最多二十岁，同事们都认为他可能会在事业的轨道上飞黄腾达。然而，最让他生气的是他的心特别软。事情总是这样：首先，他不能拒绝，结果他的家庭不得不承担后果。幸好他踩了急刹车。再过两个月，这学期的课就结束了。然后他就可以好好放松一下了。他轻松地出了一口气——在某种程度上，这也是为自己将来独立开业当公司老板的预先投资。不久他就要开始新的生活了。

正当马克想急忙冲进新楼的大门时，一位年轻的女子，更确切地说是一位姑娘站到他面前。看起来她顶多十九岁，头发黄里透红，有一张漂亮的、也许可以说是男孩子般的面孔。

“哈罗，所罗门，”她问候教授，“我就知道会在这儿碰到你。”

马克看着女大学生，仿佛刚从梦中清醒过来似的。他太了解她了。她是自己最宠爱的学生，因为在这期间，他已经把她当作毕了业的助教那样对待，所以他们之间便产生了一种同事般的关系。在信息学和软件技术系，耶西卡·保罗克是他最大的希望。她在信息密码编程理论方面是一个天才！

“耶西，我简直没有注意到您。”

“这我早就习惯了。”耶西卡大笑着说，同时两个深深的酒窝出现在她脸颊上。

“我真的没有时间，耶西。我必须把这些文件送到秘书处去，然后得赶快回家。我不在家，女儿正在饿肚子呢。”

“难道她还要您喂吗？”

“胡说。她已经十六岁了！”

“开个玩笑嘛。”

马克有些窘迫不安。“您别生气。实际上我的心早就不在这里了。”

“可是，您人仍然在这里，卡尔德教授。如果我替您送文件，那我现在能不能在这里问您一个问题？”

马克教授舒了一口气。“那倒不错，耶西。什么问题？”

“关于最新的密码点的谣言。就是谣言说的为‘布鲁费施算法’找到的‘缩写’。”

“您知道我对这个问题的观点。您的电脑黑客同事和那些人一样需要公开，需要密码编程方法。我不相信在这件事情上会有什么成果。”

“不用事先检验一下吗？”

“迄今为止，不但没有密码点，连我们的数字犯罪破译者也没有弄出什么具体的真正能够进行探讨的东西。”

“假如我有一点具体的可测试的东西呢？”这时，耶西卡的酒窝又明显地呈现出来了。

马克的眼睛睁得比先前大了一倍，说：“您大概又去过刑事犯罪现场了，是吗？”

耶西卡明白他的诙谐，嫣然一笑，说：“对美国国家安全局来说，可能一切都是‘刑事犯罪’行为，如果毁坏了一种最安全的密码编程系统的话——在这方面，算法甚至不是来自当局。”

“起初，人们也想到 DES ① 算法的 S 盒子。但是，为了简化这件事情：如果布鲁费施真的能够被撬开，而不必在整个钥匙房间里寻找的话……”

“……那么，一个怀有恶意的怪人几百万年以前就获得他的猎物了。”耶西卡理解地微笑了。

“那好吧，您赢了。等一等，今天是星期三，十三号。明天……不行，后天吧，星期五下午我给您留点时间。但是六点钟我必须到家。”

“去给女儿喂饭。”

“您对自己的教授多少应该表示一点尊敬才是。”

耶西卡微微一笑，说：“我知道，我知道，所罗门。我比您的女儿史苔拉只大两岁。

---

① 英文Data Encryption Standard的缩写，意为数据加密标准。

我可以做她的姐姐。我比理工大学里所有帮教授工作的同事都小，而且连大学也没有毕业……我还忘记了什么？”

“您把最重要的都说了。”

“那就星期五见？”

“好。三点钟，在我的办公室。我等你。再见，耶西。”

当马克开着自己的沃尔沃汽车在柏林大街上巧妙地超车行驶的时候，他想起了耶西卡·保罗克，然后，他微笑了。他并不反对她有时候和自己开开玩笑。那姑娘确实聪明。还在上小学的时候，她就听了成人的计算机课。他第一次发现她的名字是在密码编程专业杂志上。刚刚十四岁她就能够开发出破译美索布达米亚楔形文字的程序。他之所以能对此记忆犹新，是因为他在那同一时期和那个面部毫无表情的姑娘有了第一次接触……

一声很响的汽车喇叭声使马克打了一下方向盘。真及时。他没有注意到自己的车已经向右偏离了车行线。再偏斜一点儿他就会和旁边车行线上的车碰到一起了。当他的车又回到白线内自己的车行道上时，他的思绪又回到了过去。

他一向不特别喜欢看见小星星接近他的“计算机控制的适用于家庭的办公单位”。即使对他的妻子菲菲雅娜来说，卡奥斯也是一个禁区。但是，在差不多四年前，当那些面无表情的先生们前来造访之后，他刚刚开始患上的过敏症就完全地变成了一种狂热。

那些男人来自联邦新闻局。一定是研究所里的某一个人闲扯过他。马克给了方向信号并向左拐进麦瑟达姆街。他微笑了一下并纠正自己的想法：胡说，大学不是联邦新闻局或者美国国家安全局那样的秘密警察机构。无疑，全世界的大学之间和大学与研究机构之间都可以进行竞争。不受军事机构、秘密警察或者企业雇用的科学家是一种极其饶舌的人。一旦这个物种里的一个向前迈出重要的一步，他就会被督促发表一篇论文或者出一本书。即使联邦新闻局和在国际上活跃着的美国国家安全局没有搭上你的电话线或者用因特网连接，他们也能不费吹灰之力就获得他的司库尔方案。

当联邦新闻局的官员们表示他们对马克的研究成果感兴趣时，他首先以为陷入了一个蹩脚的间谍电影之中。他的“保障安全、包罗万象并且有学习能力的锁”恰恰适用于保护敏感的数据。而现在两个男人坐在他的办公室里，他们的微笑那样不自然，就像财政部的官员们那样，他们试图爱护备至地教导他，联邦新闻局将有兴趣把他的司库尔技术用于“某种特殊目的”。

马克断然拒绝了。他的类癫狂症复发了——健康不能完全不考虑。虽然他无法掩饰自己粗暴的态度，但他还是保持冷静和礼貌，带着几分恭维将两位官员礼送出研究所。不过没多久，他们又回来了。这一次他们和信息技术系主任兰德卢普教授谈了。

不管用什么方法他们都要达到目的，要说服特别高尚的科学家与他们合作。

无论如何，过了整整五个星期之后，马克才引起人们的注目。他偶然看到兰德卢普与联邦新闻局的信，请求解释几个技术上的细节。换句话说：对那些先生们来说，马克的研究成果有些地方无法理解。兰德卢普无拘无束地把他请进自己的办公室谈话，中间他出去了一会儿。这时候，马克的眼睛无目的地左右看着，忽然，他的目光落到一封有他的名字的信上。信纸头上印着：联邦新闻局。对马克来说，不去看一看是怎么回事，那是不可能的。他把那张信纸从一沓信中抽出来，迅速地扫了一眼。兰德卢普教授回到办公室，看到这种情况，觉得他的这位同事很令人生气。马克被关了禁闭，甚至因此受到威胁，要中止他的整个研究工作，或者把他调到别的研究所去，他应该知道尊重道德和纪律。争论从未结束。几天之后，兰德卢普在理工大学的富兰克林大楼里突然中风，死在送往医院的路上。

正当马克的沃尔沃汽车在柏林赛车道路段咆哮起来时，他对那中止整个研究工作之后的奇怪静寂忽然感到惊异起来。兰德卢普教授的继任者和联邦新闻局在他面前都不再提起这件事情。

因此，马克就开始了一段感到越来越不被信任的时期。有几个星期之久，他开汽车的时候经常看反光镜，他觉得很有必要。打电话时，他也尽量避免任何表示亲热的词汇。他的怀疑从未得到证实，然而他感到自己被监视、被窃听、被试探。甚至在家里也是如此。

在那几个星期里，卡奥斯增加了现在这套设备，这里变成了一个高科技的城堡。因为每一件电子仪器都发出背叛的光，马克不假思索地把自己的办公室变成了一个法拉第的笼子，并且为此安装了一套故障报警装置。他投资了相当大的一个数目购置了普遍地用于窃听的所谓风暴计算机。他当然知道，对一个实际上具有无限手段装备起来的情报机构来说，这种保护措施本身只能是一种讨厌的需要用相应的技术配备克服的障碍。但是，他的研究成果可以用于一种特殊目的的想法，和他的研究目的恰恰格格不入，他感到无法容忍。每个人——也许这是有限制的——甚至每个企业，都有权获得一个受到保护的范围。世界上任何机构都不应该擅自侵入一个私人的领域。这根本不可能得到马克的帮助！所以，他不愿意把任何不经过试验的东西拿出来，这样他的工作成果就不会落入居心不良者手中。

马克扳动方向灯操纵杆，开入转弯的车行道，将车速减到五十迈。也许他在拒绝菲菲雅娜和小星星进入卡奥斯的时候态度太生硬了。这种折磨人的思想渐渐地凝成一种真正的内疚情结。也正因为如此，他决定改变自己的职业并以此摆脱联邦新闻局。

但愿他不要错过跳槽进入新生活的机会。在过去的这些年里，他用来搞研究的时间超过了和菲菲雅娜结婚以后共同生活的时间。正因为这个原因，菲菲雅娜现在已经在布拉德福的娘家逗留三个多月了。她对他的一切都会改变的保证越来越不信任了。他不能责怪她。可是，如果菲菲雅娜现在还不回来……

又一次险些出事使马克的思路中断。不，交通和自己的生活，一切都还在掌握之中。为了家庭的未来，现在采取行动还为时不晚。为此所需要的财政基础他也已经具备。主要问题是司库尔，那个在他迄今为止的研究基础上建立起来的安全系统。但是，如果他的公司到十月一日才正式接受这个系统，那么，除了这个严肃的产品以外，还有别的事情可做，那就是在“游戏”这个词汇真实意义上的一件事情。马克对此念念不忘。

他想借助卡给游戏把新一代的计算机游戏引进生活中来。卡给是一种寻找和冒险的游戏，他可以从自己的电脑开始，把它扩展到整个因特网中去。所谓的卡给，或者影子，会躲藏在全球各地它能找到的迥然不同的计算机上。每一个这样的概念都是这样一把隐蔽的钥匙。游戏的目的在于通过卡给的链条找到一个游戏伙伴，一件宝物或者另一个寻找对象。在这种情况下，既可以一个人寻找，也可以和别人一起寻找，或者阻止另一个人去寻找，他们可以在全世界的任何一个地点进行这种游戏。有相应的计算机和因特网连接，每一台电脑都可以一起玩一场卡给游戏。

马克笑了。他要把这个影戏软件作为与大学同事们告别的礼物，给大家一个特别的惊喜。他想把一个特别的卡给游戏版本放入大学的网络里。作为一般的计算机游戏，它的使用者首先是大学里好奇的女秘书和感到无聊的大学生。不过，这个卡给版本远远超过仅仅作为游戏这个目的。它是这样一种程序，人们可以把它称作“特洛伊木马”。那些特洛伊人把他们神秘的内核隐藏在表面的伪装下面。

马克的特殊卡给游戏是一种“病毒”。不，不是破坏某一台计算机里的数据或者造成其他损害的那种一般的计算机病毒。它只是一个告别的问候，它将在最后上课那天出现在每一台计算机的屏幕上。当然，那只是一个戏剧性的前奏曲，然后，全部字母和数字在整个屏幕窗口上被粉碎，像雪片似的散落到地上；接着，窗口像触礁的船一样向一边倾斜，灰色的字母一起流进窗口框上的一个小洞；再接着，屏幕逐渐暗下来，如同没有星光的大海上的夜晚；最后，受到惊吓的坐在电脑前的人，就能读到从漆黑的大海深处慢慢升到水面上来的他个人的问候卡，开始很不清楚，朦朦胧胧，随后会变得越来越清晰。

接下来，电脑又可以像先前那样使用了。游戏本身在电脑里只剩下一个标志，几乎就像一张名片，上面只简单地写着一个日文的词汇——卡给。这是马克精心制作的，他不想用自己的试验病毒造成任何损害，而是想指出计算机系统多么脆弱——与此同时，这种介绍也是一个广告形式，不仅介绍了他的安全系统司库尔，而且也是他的卡给游戏本身为自己做广告。

他的沃尔沃汽车终于拐进特里斯坦大街。马克的思绪回到他一上课就开始惦记着的事情。假如他还记得就好了！卡奥斯的门到底关上了没有？他向理工大学同事们表示的简短问候还没有全部完成。在目前状况下，这个程序还不允许在任何与因特网连接的计算机上打开。

马克被一种不好的预感驱使着，汽车在柏油路上开得飞快。他老远就用遥控器打开了自动大门。当他到达打开的大门前时，他把车退到一档，拐进院子，发动机大吼了一声，比平时更快地开进车库。当他穿过花园向房门匆忙走去的同时，头脑里转动着期待中的迎接他的场景。

他让史苔拉白白地等待，等得那样久。这样的情况已经不是第一次了。她的情绪一定不是最佳状态。在这种情况下，每当他像往常一样心情愉快、脚步轻松地走进来时，都只能使整个事情变得更加糟糕。也许悄悄地溜进来并出其不意地突然出现更好。如果他马上招认，也许会得到赦免。

马克在大门周围包了一圈半米宽的砂石板。在马克右边门框的软砂石板上镶着一块不锈钢钢板，钢板上开着许多大小不同的孔。这就是他的芝麻电子守门人。马克在一个方形的小窗口前面站好，那个窗口后面有一个照相机的眼睛在窥视着。在正常情况下，右边的一排二极管亮起来，表示它已经确认了，但是，此时此刻，那些灯一个也不亮。

马克叹息了一声。最近一段时间，他的生物统计学进入系统不断地出问题。无论如何，他设计的识别系统是在三个特征中至少识别两个就可以进入房门。除了来人的面孔之外，它也可以识别声音和说某一句暗语时的口型。马克还是相信芝麻不会对他不灵。

“芝麻开门！”马克无拘无束地说。

没有反应。那些二极管仍然不亮。

“芝麻开门！”现在，他的声音里含有几分恼怒。

守门人凝视着他。镶嵌着玻璃的大门仍然关着。

“开门呀！”马克对着不锈钢钢板上无动于衷地凝视着他的眼睛怒吼起来，然而他的发怒对它没有丝毫影响。

马克的牙缝里挤出一声诅咒。现在，他无论如何不必再克制自己的情绪了。他伸手到西便服上衣兜里，掏出那串沉重的钥匙，笨拙地把门钥匙插进锁孔，把门打开。

五月的阳光射进门厅。马克的高大身影清清楚楚地投射在水磨石地板上。他仔细地听了听。上面，史苔拉的房间里没有一点儿声响。平常，如果她不在做家庭作业或者认真地摆弄电脑，就是在试验立体声音响设备的功能。可是现在全无声息。这所房子好像没有人居住似的。

突然，左边传来一个声音，那是从厨房和餐室方向传来的。

“所罗门？是你吗？”

原来史苔拉在家！现在，我要保持冷静。

“你在等别的什么人吗？”马克咬着下嘴唇。听起来有点挑衅的味道。

“妈妈怎么样了？”史苔拉迅速地回答道。

一针见血！马克不得不与史苔拉谈菲菲雅娜。他慢慢地走进餐室，餐室是一个很长的房间，完全是用樱桃木装修的。灯光从外墙上三个小窗口流泻下来。可是，这里没有史苔拉的踪影。

“你在厨房里吗，小星星？”

“你可以来找我。”

“这是什么意思，史苔拉？我知道你在生我的气。你也有充分的理由。可是，我难道不应该有机会辩解一下吗？”

马克仔细地倾听着，但是，既没有回答，也听不到一点儿声响。如果史苔拉在摆弄她的那些不健康的食品，平常总会发出一点声音来的。他顺着长长的红木餐桌向厨房走去。

“史苔拉？你不觉得每一个被告都有权要求一个光明正大的审判吗？”

马克进了厨房。厨房里空荡荡的。中间的工作台上有一片“大屠杀”的残余，一粒沙拉菜，几个西红柿，好几个煮过头的鸡蛋，这就是他为生活付出的代价。他也发现了火腿、沙拉米香肠、奶油和其他作料，马克由此推断，史苔拉的情绪好像并没有降到最低点。在这种情况下，他很可能会被剩下的土豆或者沙拉菜根打一下。

从厨房穿过一个小门厅可以走向餐室、地下室以及其他房间，此外也可以回到门厅。通向那里的门是敞开的。

“小星星，你到底在哪儿？”马克有些不耐烦地喊道。他对女儿的这种奇怪的捉迷藏游戏还不熟悉。

“我在这儿呢，在门厅里。”史苔拉快快地回答道。

马克叹了口气，跟着女儿来到房子一进门的门厅里。

史苔拉手里端着一大杯可口可乐迎接他。她脸上的表情混合着不安和无法掩饰的恼怒。她一张开嘴，马克就知道他最担心的事情即将得到证实。

“哈哈，所罗门。我们中午一起到比萨饼店吃午饭又变成了一次难忘的回忆。无论如何，必须尽快弥补。可惜现在我没有时间陪你了。我有几件事情要去完成。”

马克忍气吞声。如果现在回答她的声音太大，一切都将变得更糟。他追上女儿。“小星星，听我说。你说得对。我答应你一起去吃午饭，可是，这中间又发生了事情。”

“这中间总是有事情。”

“这不对，小星星……”马克结结巴巴地说，“是的，可能你说得对。所以我要改变这种情况。很快我就有比现在更多的时间在家里了。以后，如果你愿意，我们可以每天都去吃比萨。”

“你现在又许起以后不能履行的愿来了。”史苔拉的眼泪都快要出来了。

“那我们今天晚上就去补。”马克急忙说道。他了解女儿的情绪。事后，她常常一连几天都没有一句话。“我对我认为一切神圣的东西发誓，小星星。如果你愿意，我们今天晚上去看电影，然后，我们买一个巨大的比萨饼，饱餐一顿。同意不同意？”

史苔拉的眼睛向父亲射出一点光芒。可以听见可口可乐玻璃杯里轻轻爆裂的气泡声。

“我现在有事。”她又重复了一遍。说完她突然转过身，迈着沉重的步子走上楼梯，向自己的房间走去。马克狼狈不堪地站在门厅里。在一般情况下，一个父亲不应该做出这样的姿态，但是，自己的负疚感使他不能做出恰当的反应。菲菲雅娜已经清清楚楚地向他表示过，她现在多么不乐意回到柏林，不愿回到他的身边。眼下，史苔拉又是一会儿这样一会儿那样地和他闹别扭。他已经等得太久了……也许扭转这种局面真的已经太晚了。

马克心情阴郁地在门厅里东张西望。这时候，他的呼吸一下子停住了。卡奥斯的门虚掩着。他加快步子穿过走廊，冲开卡奥斯沉重的橡木门。他的工作室看起来和他几个小时之前离开的时候一样。百叶窗是落下的，整个房间里闪烁着微弱的光。马克打开门旁的灯开关，进了办公室。他的眼睛落在地板上、柜子上，沿着书架，最后落在那厚重的写字台上。他看不出有任何改变的迹象。大概一切都像他离开的时候一模一样。

突然，他感到脊背一阵儿热一阵儿冷。他迅速地围着写字台转了一圈，然后坐到椅子上。他弯下腰，看着脚旁边的阴影——他轻松地呼出一口气。

他的工作站光盘驱动器里伸出一个灰色的光盘。上午，当他很晚才突然想起要代尤尔根教授上课的事情时，急得火烧火燎，所以光盘虽然弹了出来，但他并没有像平时那样把它放到安全的地方。相反，他却忘得一干二净，把所有的东西那么一丢就冲出了大门。

现在，他放松了一下，拿出软盘，把它送到墙上安全的地方。然后又回来，坐到写字台前面。他摇了摇头，不再去想如果有人发现了光盘驱动器里的光盘并且把网上影戏打开的话，将会发生什么样的事情！

龙的常识

大约过了几分钟，史苔拉稍微恢复了自制。在与父亲相遇之后，她心里相当乱。刚才她在楼下自编自导的这段小插曲并不乏讽刺意味。

她在门厅里意识到没有机会把卡给游戏软盘直接送回卡奥斯，突然灵机一动，抽身进了厨房。为了实现她的计划，她必须让父亲短时间离开门厅。幸好，这座旧房屋

“小星星，你到底在哪儿？”马克有些不耐烦地喊道。他对女儿的这种奇怪的捉迷藏游戏还不熟悉。

“我在这儿呢，在门厅里。”史苔拉快快地回答道。

的平面设计提供了许多捉迷藏的可能性。

当所罗门慢慢地向厨房走去的时候，史苔拉端着可口可乐杯子穿过旁边的过道回到了门厅，并从那儿进入卡奥斯。用了不到几秒钟，她就把软盘送回了原处。她正要离开父亲的办公室，突然发现了一片面包屑，那肯定是中午从她的盘子里滑落在那儿的。她迅速消灭了可能泄露她曾来过的蛛丝马迹，悄悄地溜到门厅里，然后在那儿出现在父亲面前。

一句话就可以扭转局面。史苔拉对所罗门的不守信用表示的激动，和她的眼泪一样，都不是装出来的。每当谈到父亲混乱的时间安排时，她就感到无可奈何。

但是，她现在渐渐地安静下来了。同时，她听到了一种先前没有察觉的噪声。那是从电脑风扇传来的轻微的嗡嗡声。原来电脑仍然开着！她差点儿忘了那只蛋的事情。她的记忆猛然苏醒了，所以心里很紧张。这期间，卡给世界的地下洞窟里可能过去了多长时间呢?

史苔拉转动了一下房门钥匙。她不想再次受到出乎意料的袭击。假如所罗门真的想不打招呼就进来，对他来说，被锁上的门就是一个明确的信号：我讨厌你，别打搅我。

现在，史苔拉又全身心地投入自己的“技术公园”里，她的同龄人没有一个像她那样有一个迷上计算机的父亲，这样的设备他们只能做梦去想。她带上数据手套、耳机和虚拟现实眼镜。她没有打开屏幕，因为借助那种眼镜她就已经处在那个陌生世界的中心了。

史苔拉屏住呼吸。她立刻发现了已经发生的变化。虽然那个庞大的灰褐色的蛋仍然立在温暖的包围着它的水洼里——但这种飞跃先前是没有的。史苔拉慢慢地靠近它。她仔细地听了听。起初听到的只是水的咕嘟声，但接着……

这时，他听到了一阵轻微的爆裂声。她好奇地研究起那个从上面向下伸展的裂纹。在这儿！她再次听见了一阵声响。这一次它更像一只蟑螂发出的声音，接着又是一声几乎听不见的爆裂声。

史苔拉的心猛烈地跳起来。这时候，她又听见了一声更大的声响，尖锐刺耳，这是一种悲哀的尖叫吗？她不能做出判断。突然，她惊呆了。

完全出乎史苔拉的意料之外，蛋上又出现了一道新的裂缝，而且不容置疑地噼啪响了一下。她不由自主地倒退了几步，但眼睛始终没离开那只蛋。蛋壳上的裂缝越来越明显了，还时不时地颤抖一下。各种各样的响声充满了地下洞穴，其中还夹杂着越来越频繁的令人同情的呻吟声。史苔拉不由自主地向发出呻吟声的地方靠近——但她马上被吓得重新退了回来。

一块三角形的蛋壳像从弹射器上弹出来似的从顶端跳起来，从蛋壳上滑落下去。

史苔拉一动也不敢动。她紧张地向开口下面的黑暗中张望。她相信那里面有个什么东西在蠕动，不过她不能肯定。

史苔拉在考虑，是否应该向与耳机连着并通过一个弓形支架伸到嘴唇前面的麦克风说点什么。也许那个小生命很胆怯。不，还是保持安静，等一等更好。

又一块蛋壳被弹起来，落在几米之外的地上。这时史苔拉看见蛋壳里面有两个亮点，像两个萤火虫在黑暗中发出荧光。有时候它们会突然熄灭，然后马上又亮起来。那个圆圆的，稍微有点椭圆的亮点好像直对着史苔拉。那肯定是眼睛。

还没等她做出反应，一个脑袋已经从破蛋壳上面伸了出来。史苔拉屏住呼吸。一只小龙好奇地睁开眼睛，尖叫了一声。也许那是一种问候。看样子它并不那么可怕，更像是有些诉苦的样子。大概它饿了。

现在，小鸡儿——就像人们习惯叫大眼睛的小动物那样——冲破一大块蛋壳，至少已经伸出蛋壳三分之二了。一个有鳞片的身躯挣出被冲破的孵化室。它的身躯一闪一闪地发着绿光，但在它那长长的脊背上却有一条闪着红光的锯齿形的背鳍。开始，人们可能会把这个小东西和一只巨大的长着蝙蝠翅膀的蜥蜴相比。它的头上有几个锋利的尖刺，刺下面有两个很灵活的耳朵。尾巴尖上有一个红心形状的装饰。

“哎，你到底是什么？”史苔拉小声问道。她和这个小东西说话就像和一个胆小的小动物说话那样，必须首先获得它的信任。“如果是小龙，那你的身子也太长了。”史苔拉自言自语地咕哝着，“可是，你的翅膀和短腿使你既不像蛇，也不像虫……”史苔拉张口结舌，不知道该怎么说了。因为她对中世纪骑士小说颇有研究，所以她终于找到了正确答案。

“你是一条龙形怪兽。”她脱口而出。

一声亲切的吱吱声，好像这个刚刚诞生的怪物给她肯定的回答似的。

史苔拉还记得，龙形怪兽是一个特殊种类的龙。在旧版画中，它们被描绘成各种各样的形状：有翅膀的，没有翅膀的，长的，短的，往往都会喷火，但几乎都面目狰狞，非常可怕。大约在一千二百年前，它们白天聚集在一起兴风作浪，使世界不得安宁。所以龙形怪兽也就成了披甲带盔的英雄们首先追杀的对象。如果一位骑士成功地用长矛刺死了一条这样的“害虫”，那么他就制作一个特殊的徽章并画上那条被杀死的龙形怪兽的图像。最后，这种极高的荣誉就导致了这种身上长着鳞片的动物趋于灭绝。

然而，中世纪的宫廷随行猎人忽视了一个龙形怪兽的蛋。史苔拉高兴地看着这个可爱的小东西，给它起了一个名字：“德拉基！”这个名字是她随意想出来的。史苔拉觉得这个名字很合适，就顺口说道：“让我们现在就出发吧，德拉基！”

“德拉基？”那个浑身鳞片的小东西突然重复了一遍。

史苔拉吃惊地向后靠在椅子背上。“你竟然会说话！”

那个又绿又红的龙形怪兽声音很高，有点儿像人们想象中的会说话的猫在发怨言。

即使这类非同寻常的生灵现在真的还大量存在，富于幻想的史苔拉与它们和睦相处也没有任何困难。

她估计得对，德拉基饿了。不管怎么说，她有与人造小动物交往的经验。今天，她不愿意再回忆那些事情，她曾经在几个星期里把一批“塔马狗奇”养大，然后又把它们安葬在特别建立起来的“因特网”墓地里。也还有一些虚拟的家畜，其中有芬芬——一个介于海豚和鸟之间的动物，还有几个阿尔比亚世界的小精灵之类的命运之神。此外，她还一直按时操作罗曼策程序，为了使她的电脑硬盘——像一个有许多房间的房屋那样——可以随时搜查。在这样一个虚拟的家里生活着一条小狗叫巴赛特，一旦人们不知道如何继续玩下去，就可以向它提出问题。但是，巴赛特狗仅仅是一个可爱的包装起来的帮助系统，所有人造的“生命形式”都只能在一个很有限的时间内吸引人。

与德拉基在一起就不同。虽然她认识它才几分钟，也许可以说几个小时——现在，时间对她来说完全不重要——它却使她感到那样真实、那样生动，以至于她感到前面可能会出现一个折磨这个小动物的陷阱，于是她就想把电脑关闭。可是，这个龙形怪兽以后会遇到什么样的情况呢?

德拉基是一个爱学习的生灵——史苔拉觉得“动物”这个概念原本是不合适的。德拉基不仅能够自己说一些简单的句子如“我饿了”或者“我要玩”——命运之神在玩创造游戏时倾向于这些发育不全的词汇。现在，这条小龙看起来却好像真的想与她交谈并且愿意表达自己的感情似的。

当然，德拉基饿了，史苔拉突然面对这样一个任务：为她的龙形怪兽寻找食物。幸好这还只是最简单的练习。她想起刚才在泉水池里看到的植物。她用诱惑性的呼唤引导着这个小龙来到泉水边并拔出一把鲜嫩的水草。她几乎还没有把那些滑腻的水草伸到它的嘴边，德拉基就像小兔子似的吃了起来。一转眼，那把水草就被它吃了个精光。

当德拉基专心吃草的时候，史苔拉像轰炸似的抛出一连串的新词汇。她指着一块大岩石说：“石头。”她又拔出一把水草，说道：“这是大叶藻，对，大叶藻很好吃。”德拉基听话地重复着自己听见的词汇，不一会儿，它自己就能造出简单的句子了。

“德拉基想吃更多的大叶藻，大叶藻很好吃！”

“你真可爱，小家伙。”史苔拉夸奖她的好学的小龙。然后，她突然产生了一个念头。好几年前，她跟母亲学会了一种“神秘的语言”。那是他们一家刚从美国搬到柏林之后不久。菲菲雅娜的父母亲都是德国人，所以她也能说一口很好的德语，就像史苔拉掌握的英语一样好。但是，菲菲雅娜说不好柏林方言。那时候，她教刚刚七岁的女儿学习那种神秘的语言，作为交换，史苔拉也教母亲怎样才能听懂柏林人讲话。从两种“方言”中发展出一种不了解内情的人根本无法理解的语言。“伊克黑克雷菲克，韦舍斯雷菲斯，奥赫侯赫雷菲赫，尼西黑西雷菲西。”用标准德语来说就是：“我也不知道。”或者：“坎斯特坎斯特乐凡斯特，得黑雷飞，米尔黑尔雷菲尔，马儿哈尔雷法儿，得黑雷飞，石图尔胡勒夫尔一得黑雷飞，耶黑雷非一本黑雷芬？”对一般人来说根本无法理解，这句话的意思是：“你能不能把那块涂好的面包给我？”

德拉基学习一种新的语言没有困难。时间过得飞快，不久，史苔拉就能相当好地与它进行对话了。当然，德拉基的语言运用还不能像一个大孩子那样成熟，更不用说像一个成人了，可是，它看到这个朦胧的世界到底才不过几个小时呀。

“史苔拉？你在那儿和谁说话呢？”

门口的敲门声完全出乎史苔拉的意料。她扯下虚拟现实眼镜，有一瞬间，她完全不知所措了。

“我……我只是坐在电脑前面，”她大声回答道，同时竭力使自己的声音带着几分不快。也许这样会使所罗门不再提出好奇的问题。

“马上就到午夜了，小星星。你该慢慢地想到睡觉啦。”

听见这个突如其来的提醒，史苔拉咬着自己的下嘴唇。她用稍微缓和一些的声音回答道：“我马上关机。晚安，所罗门。”

门外沉默了片刻。显然所罗门的头脑在转悠：还有什么要问的吗？史苔拉知道他的保留剧目：半心半意地警告，不要花那么多时间玩电子游戏；不堪信任的道歉，因为他再次失信；笨拙的想用玩笑来改变她情绪的尝试，这也许只有把统计学作为主要研究方向的神经信息学家能够笑得出来。不过这一切都不必了，最后只剩下一句伤心的话：“那好吧，晚安，小星星。我爱你。”

脚步声在走廊上越来越远了。楼梯嘎吱响了一下，她知道，所罗门下楼了。他肯定又要在他的工作站一直工作到三点。史苔拉没有兴趣再戴上虚拟现实眼镜。我爱你！父亲上一次说这句话是什么时候？一定是很久很久以前的事情了。她突然感到非常痛苦，她很内疚，因为她瞒着所罗门拿了他的卡给游戏，而且下午又那么令他失望。

她拿起电脑屏幕旁边的电话。在家里，内部电话机也被当作谈话的设备使用。如果她现在给坐在卡奥斯里的父亲打电话，对他说几句表示和解的话，那么他也许就不会像往常那样用工作来窒息自己的失望，而赶快去睡几个钟头了。

史苔拉又把听筒放下了。拨一个两位数的电话号码，她下不了这个决心。她心里不明白，为什么不能和所罗门倾心交谈。因为瞒着他玩了游戏而感到害羞？还是完全荒疏了表达自己的感情，害怕再一次感到失望？

她心情忧郁地脱下管子般细的牛仔裤，扔在写字台前面的椅子上，然后脱下粘上奶油的T恤衫和白色网球袜子。她套上另一件长及膝盖的T恤衫，钻进被窝。

最后她关了灯，但电脑仍然开着。也许德拉基还醒着，想在没有她的情况下去认识一下自己的世界。

史苔拉虽然不相信在自己感情激烈起伏的海浪上能够入睡，但是电脑轻微的嗡嗡声还是使她渐渐地睡着了。在梦中，她坐在一条龙的脊背上飞越岩石嶙峋的高山、又宽又深的大峡谷和湍急的河流。

一阵轻轻的敲门声唤醒了史苔拉。

“小星星，该起床了！再过三刻钟就要上课了。”

她呻吟了一声，转过身。

“快起来。”所罗门催促道，“早点已经准备好了。我送你去学校，免得迟到。”

史苔拉抓过枕头，盖住自己的脑袋。为什么父母总是以为上学就能把他们的孩子从床上叫起来？又过了半天，她才从沉睡中回到现实。她马上又想起过去的一天。她心里明白，所罗门总是把她往好里想。昨天晚上他说了，不能就这么简单地置之不理。也许这比一个和平的许诺更多些。

史苔拉晕头转向地下了床。她去洗澡的时候，瞟了一眼嗡嗡响着的电脑。本来她很想知道现在德拉基变成什么样子了。也许它像那些短命的命运之神那样早已寿终正寝了，它们从蛋壳里出来以后，顶多活十五个小时，它们的生命必须换成一个写着丰富内容的墓碑。她叹息着走进门厅，在身后锁上屋门。

今天早晨，镜子里的目光显得有些振奋。粉刺将军已经率领大部队撤退，只剩下一个投机倒把的商贩。史苔拉不想和它们进行和平谈判，于是她又抓起皮肤清洁膏。

稍后，她走进餐室。“哈罗，爸，对不起，我睡了那么长时间。”

父亲精神不振地望着她，问道 :“你身体好吗，小星星？”

“夜短了一点儿，可是——”

“我必须再和你谈一谈，史苔拉。关于昨天的事情，我真的非常遗憾……”

“可是，今天你做的烘玉米片很成功，所罗门。”

马克忍耐着性子。史苔拉不想和他谈昨天的事情，而他不知道为什么。难道还是为了昨天的失约吗？他无可奈何地说道 :“和每天早晨的一样。”

“不，平时做的都太软。你是刚刚把牛奶倒进去的，对不对？”

“你认为我们今天晚上能不能……不，对不起，在我又做出错误的许诺之前——我真的再也不想这样做了——明天晚上……今天晚上开董事会，可能会拖很久。反正明天我们要一块儿吃晚饭，然后让我们好好谈谈，同意吗？”

史苔拉把满满一勺玉米片薄饼送进嘴里，嚼着。“看看吧。”这就是她的全部回答。

在学校里上课的时候，她好像在无人的沙滩上散步。她的精神根本不能集中。头两节课，她老想自己对父亲采取的态度多么愚蠢。后来，她又想到那个家伙献媚的目光。历史老师没有长篇大论，而是直截了当地叫学生蒂姆·施罗德宣读自己的作业。

原来，他的关于中国哲学的报告不是借口，而是有背景的。史苔拉确实静静地倾听了一会儿她的秘密崇拜者令人惊异、内容丰富的引言。显然这是他从因特网里找到的。他还真行。在他结束自己的报告并用令人惊异的认可目光表示他的献媚之前，史苔拉的思想早已又开了小差。

她对卡给的兴趣超过了过去熟悉的任何游戏。人造的生命是否真的能够在电脑里发育成长？也许这就是父亲每谈到家庭的未来时就朦胧暗示的那个开拓性的新发现，她父亲一直热心进行着那项研究。

不管怎么说，她早已把德拉基放在心里。那个小龙形怪兽好像很听她的话——和所罗门相反，也不像她的母亲，她不在家已经三个多月了。德拉基很愿意听她的，虽然它只是一个人造的生灵。它向她学习，甚至连她的某些习惯用语，它也像一个缺乏独立性的学生那样接受了，对它来说，养母是世界上最重要的人。她几乎总是走在前面，就像那个行为研究家康拉德·洛伦茨那样，他养的那群小鹅，也总是寸步不离的跟着他——这是她在生物课上听到的。

当最后一节课的下课铃声响起来的时候，史苔拉以最快的速度离开了教室。蒂姆根本没有机会对她的帮助表示感谢。

她终于又回到家中。她的第一个也是唯一的念头是她的电脑。装满书籍和本子的书包被随便的扔在地板上。全套耐克运动服和鞋子也被她甩在书包旁边。她坐进自己的办公椅，弯曲着两条腿，膝盖顶着写字台的棱，打开了她的电脑。

因为她已经几个小时没有在电脑旁边，私人侦探已经开始工作。像她的许多东西那样，这也是从父亲那儿得到的。进入程序的软件是德国波鸿鲁尔大学的研究人员开发出来的，所罗门只是在神经元网络基础上为设计提供了支持。私人侦探通过一个摄像机工作，它直接显示在电脑屏幕上。镜头从使用者的面孔上完成一个推荐样板，然后与电脑数据库里面的脸型比较，如果相符合，入口便自动开启。史苔拉高度评价这个私人侦探，因为它总是自动地接受她。不像父亲的芝麻，不管多少粉刺布满了她的面孔，对那个程序好像都无所谓似的。私人侦探还从来没有把她挡在她的电脑之外。

电脑的定时检查信件助手发现了一封新的电子邮件。在“关于”栏里写着“谢谢”两个字，发信人蒂姆·施罗德。史苔拉把信箱的按钮点到最小化，然后按了另一个按钮，接着屏幕上就显示出另一个词汇：卡给。

她借助自己的装备：虚拟现实手套和虚拟现实眼镜及耳机，开始寻找德拉基。有几分钟，她很担心那条小龙真的会像塔马狗奇、芬芬和命运之神那样已经进入虚拟的涅槃世界，可是，那个龙形怪兽竟然像一只蜻蜓那样从一个洞窟里迎面飞了过来。

德拉基还活着！它甚至非常兴奋。最让史苔拉感到惊奇的是：它好像还认得她。她还没有完全进入卡给的世界，屏幕上的摄像机就使她忽然想起了什么。所罗门一定会考虑到在游戏里也为这台电脑搞一个链接。

“你到哪儿去了？”小龙问候自己的养母。

史苔拉目瞪口呆了。她真的没有想到自己养育的宠物具有这样强的独立生活能力。

“去学校了。”她回答道。

“什么是学校？”

“一所房子，在那里……应该学到很多东西。”

“在学校里都学习些什么？”

“比如中国哲学。”

“什么是中国哲学？”

“孔夫子说过：‘己所不欲，勿施于人。’这就是中国哲学。”

“说下去。”德拉基的求知欲无法满足。过了一会儿，它甚至提出了一个奇怪的问题。

“你知道宝物被藏在什么地方吗，史苔拉？”

这个问题让史苔拉感到出乎意料有两个原因。第一个原因是：德拉基第一次叫了她的名字；第二个原因是：它认为自己说的话是真实的。与她的期待不同的首先是龙形怪兽也不知道秘密宝物藏在什么地方，接下来，它的话就更让她感到吃惊了——它甚至主动地提出建议。

“那就让我们一起去寻找宝物吧！”

“可是，到哪里去找呢？”

“我们必须找到第一个卡给，也就是影子，史苔拉。”

“一个卡给？”

“我们必须找到第一个卡给。”德拉基耐心地重复了一遍。

“那到底是个什么东西呢？”

又是一个令人吃惊的回答——现在，德拉基几乎像一个东方的哲学家那样说道：“任何东西都会投射出自己的卡给，无论它多么小。如果你想找到它本身，那你就必须去找它的卡给。”

“卡给？”史苔拉小声说道。直到现在她对这个词汇的特殊意义还没有认真地想过。耳机上敏感的麦克风仍然接收着她的微弱的声音，德拉基把这看做是一种进一步解释的要求。

“卡给就是一个影像。所有的影像放在一起就是一个拼图。如果你把它们都正确地拼起来，那么你就找到了你要找的东西。”

一阵兴奋的刺激掠过史苔拉的脊背。“那我们就开始吧，德拉基。我建议，你在前面探路，我在后面跟着。”

“我不懂你的话，史苔拉。你能不能把最后那句话用另外的词汇重复一遍？”

史苔拉没有耐心地呻吟了一声。“你这个小笨蛋，请帮助我。寻找卡给。”

“我会帮助你的，史苔拉。跟我来。”

“德拉基，我认为这个念头不是你自己的。”

“我不懂你的话，史苔拉……”

“算啦。”史苔拉的声音压倒了小龙的声音，“去找那个小拐杖，嗯，我说的是去找那个卡给，德拉基。去找宝物。”

德拉基出发了。它消失在一个洞穴通道里，为了不让它那个尾巴尖上的红心在眼前消失，史苔拉不得不匆忙地赶上去。很快，小龙就是一条出色的警犬，在危险的深渊边缘或从火红的岩浆河旁边经过的时候，它总能找到一条安全的小道，但在解决逻辑性的任务时，还得靠史苔拉。

不管是由于偶然还是德拉基的引导，几分钟之后，史苔拉发现了一块石碑。石碑磨得很光滑，笔直地立在一个洞窟里。起初，她以为碑上模糊的文字是一种日耳曼语的古老文字，就像传说或故事书里讲的那样，可是，当她走到石碑后面才发现，那不是一般的字母——说得更确切些，只是那些由于风吹日晒而剩下的几个弯弯曲曲、残缺不全的字母的影子。但是，只要懂得那些基本的规则，辨认词汇的意思还是不难的。

它的意思是“爆发”。

“爆发？这是什么意思？”德拉基问道。

史苔拉用最简单的词汇解释着，同时考虑着这个概念在寻找宝物时可能会给她什么样的指示。

火山爆发将流体的岩浆从地球内部喷射到地面上来。它仅仅把从前藏在里面的东西暴露出来。“我们必须注意那些会变化的洞窟！”她突然想到这一点，“也许通过一次地震，更可能因为一次火山爆发……德拉基，到那种乱七八糟地堆在一起的地方去寻找，那里最下面的东西被翻到了最上面。”

史苔拉已经不止一次对德拉基的迅速理解能力和敏感的嗅觉感到惊异了。不久，它就真的找到了一个巨大的洞穴，在那雾气腾腾的洞穴内部，高高耸起一个已经熄灭的火山。

史苔拉立刻开始寻找。她开始从圆球的顶部沿着螺纹状的旋转痕迹向下面搜寻。德拉基给她提示，到火山边缘一带去翻找。

这一次龙形怪兽找到了一个卡给，也就是说找到了一个影像的载体。那是一块透明的六角形的水晶手指，那里面立着一个卡给。

史苔拉和她勤劳的龙形怪兽一起工作着，慢慢穿过没有尽头的洞穴迷宫。当他们终于找到宝物时，已经过去了几个小时。但是，时间过得这么快，史苔拉一点儿也没有觉察。她在寻找卡给的时候采取的战略、方式和方法，如怎样探听信息和掌握困难的情况，所有这些，都是龙形怪兽从一根管子里吸出来的，就像从一块海绵里吸出水那样。

窗外，太阳正在将最后的一道温暖的霞光投射在房屋上和花园里，史苔拉这才感到肚子饿了。她的胃咕咕地叫起来。从吃过早点到现在，她什么也没吃，可是，先前她却一点儿也没有感觉到饿。

星期五的情况基本上和头一天差不多。史苔拉把与父亲一起吃早点限制在最短的时间内。上学对她来说变成了折磨。她的思想总是在围着一个绿身子、红脊背的龙形怪兽转。

一到家她就坐到电脑前面。今天，德拉基给了她一个新的任务。去抓一个把洞穴迷宫变得不安全的猛兽。正如德拉基所说的那样，那个猛兽比它大很多倍，而且最喜欢把令人感到恶心的胆汁喷到它所碰到的每一个生灵身上，并把洞穴弄坏，咀嚼岩石如同吃黄油奶酪，此外，它还有许多别的坏习惯。要想战胜那头猛兽，把和平还给洞窟世界，需要投入几种真正的武器。但是，只能通过一张词汇的影像之网才能获得那些武器，而且必须首先去寻找那些词汇的影像并把它们拼接起来。

史苔拉又和龙形怪兽一起在洞穴世界里漫游起来。他们完成了一些几乎是超人的工作，度过了一个下午。对她来说，整个下午都是在跟踪那个猛兽，从远处看，它就像霸王鲸赖克斯一样。这时候，她又在一条洞穴通道里奔跑起来，因为追逐者沉重的脚步声正从背后传来——为了战胜它，武器已经有了：一个涂了硫酸的盾牌，一个坚韧的头盔和一把火红的能够穿透恐龙鳞片的宝剑——这时候，一阵清脆的铃声把她吓得跳起来。

那铃声当然不是从耳机里传来的，那显然是门铃声。史苔拉把虚拟眼镜向上推了推，看了一眼电话显示屏上的数字钟表，六点整。这是她和所罗门约定的时间！难道他真的准时回来了？可他为什么要按铃呢？即使芝麻守门员拒绝他进来，他也总是随身带着家里的钥匙。

史苔拉和她的龙形怪兽一起躲进旁边的一个小洞。霸王鲸赖克斯轰隆隆地跑了过去。她自己可以随时退出卡给世界，可是，为了保护德拉基，她使用了这个计策。小小的龙形怪兽肯定不会长到和那个脾气暴躁的家伙一样大。

铃声再次响了起来。史苔拉觉得铃声听起来特别讨厌。她很不甘心地把那些电子辅助器械取下来，咚咚地跑出房间，下了楼梯。

当她在门厅里使劲拉开大门的时候，看到面前站着一个年轻的女子，简直还是一个姑娘，比她几乎大不了多少。

“你好，我是耶西卡·保罗克。”陌生人立刻说道。她像史苔拉一样穿着蓝色的牛仔裤，一件黄色的波罗T恤衫，上面印着一个很大的体育用品公司的名称，看起来，她好像是下一届奥林匹克运动队的主力队员似的。

“我不要进什么健身房，我已经有五双运动鞋了。”史苔拉很不友好地回答道。她根本不能想象现在还有什么比拯救洞穴世界更重要的事情。

“我是你父亲的同事，虽然我学的不是信息学，而是别的专业。那么说，你就是史苔拉，对吗？”

“如果你已经这样熟悉我们的家庭关系，你也应该知道，我们的女主人星期二就回来，她比我整整大三十岁。”

“你父亲在车库里，他马上就来。”耶西卡没有理会史苔拉的注解，想给她一个旁敲侧击，“我恰好打搅了你的什么重要的事情，对吗？”

“我不知道那与你有什么关系。”史苔拉迅速地转过身，走进门厅。大门虽然开着，但她却故意不请那个女大学生进来。

当她在楼梯上向自己的房间走去的时候，她问自己，父亲心里在想什么呢，把这样一个人带回家里来。早晨还信誓旦旦地保证说晚上要和女儿进行一次认真的谈话。难道他要这个耶西卡在场吗？她到底是谁？他竟把她带到这儿，带回家里来，带到他的最神圣的地方？平时单单进入卡奥斯周围这个圈子，他就像禁止死人似的拒绝每一个人。为什么他就不怕这个姑娘？

对史苔拉来说只有一个理由：那就是父亲一定有了情人。所罗门的轶事几年来一直在女大学生们中间传播着，她们对他崇拜得五体投地，好像他是一位著名的好莱坞演员似的。每当听到这些谣传，他总是大笑不止，好像笑那些不值得严肃对待的青春期迟到的狂热女孩儿似的。但现在——菲菲雅娜不在家还不到四个月，他就公开地把女大学生圈子中间的一个弄到了手。他甚至有勇气把她介绍给自己的女儿。虽然史苔拉的猜测不一定正确，但她没有兴趣彻底检验自己的怀疑。她很恼火，因为有人如此粗暴地把她从幻想世界拉了出来，她心里乱极了，因为她真的不能解释，母亲为什么要在康涅狄格州逗留那么长时间，难道仅仅为了分外祖父的遗产吗？

这样的情况当然是事先安排好的。史苔拉对父母之间的关系感到忧虑也不是从这个耶西卡·保罗克出现在门口时才有的，问题是他们两个人之间还能不能和好。可是，这个问题，恰恰是这个问题，只能到最后才能向所罗门提出来。史苔拉知道自己不能再采取那种“鸵鸟政策”了，但她至少想把这种对峙——以及与此相关的令人不舒服的真实——尽可能长久地拖延下去。

“史苔拉？”

所罗门低沉的声音从下面传上来。只有在极少的情况下，他才这样使用她的正确名字。为什么恰好现在使用呢？估计是因为那个耶西卡。史苔拉没有吭声。

“小星星，请下来，我要向你介绍一个人。”

没必要，最好叫她出去。我已经见过她了。你的新人长得不错。那个红黄头发女郎，身材健美，鼻子上有几个可爱的雀斑！

忽然，她又不得不想到星期三那天，他对她说“我爱你”。她深深地吸了一口气。也许她错怪了自己的父亲……

她费力地从床上坐起来，因为她刚才任性地倒在床上。现在，她慢慢地向门口走去，顺着楼梯来到门厅，并且乖乖地站到那位陌生姑娘面前。

真是一个奇迹，耶西卡姑娘竟然已经上了大学。史苔拉估计她顶多只有十八岁。她这个年龄怎么就能成为父亲的同事了呢？史苔拉想，还是不提这个问题了吧！此外，看起来，耶西卡有那样一种惊人的美！即使当模特儿，她的面孔也算绝顶漂亮，可是，史苔拉没有发现她脸上有一个粉刺。这种印象立刻被记在陌生者的账上。

“你们已经正式介绍过了。”所罗门打破了史苔拉冷冰冰的沉默，“耶西卡·保罗克是我们大学里有史以来注册的大学生中最有能力的一位年轻女士。”他立刻为史苔拉的第一个指控提供了相反的理由，“她在密码编程方面的知识，首先是那些有创意的想法，最近几个月非常有力地推动了我的斯库尔研究计划。我很高兴耶西卡能到我们家来。”

史苔拉没有答话。她该说什么呢？

“你父亲和我今天下午还坐在一起谈论了密码分析方面的问题。”现在耶西卡插话说道。她一点儿也没有表露出自己已经觉察到史苔拉的态度冷淡，反而显得特别亲切，“五点钟的时候，所罗门忽然看了看表。他说今天和你有一个重要的约定，绝对不能迟到。可我们还没有把全部细节谈透，所以我就跟着到你们家来了。在开车的路上我们把要谈的都谈了。现在，我马上乘下一班公共汽车回家，然后你们就可以安静地谈你们的问题了。”

史苔拉完全心烦意乱了。这个耶西卡怎么知道，今天还有一个家庭谈话写在活动日程上？如果她真要打什么主意，那么，她为什么非要在今天晚上这个本来完全不合适的时候来这里呢？可能她真的只是一个有礼貌的大学生，像许多崇拜父亲的大学生一样，没有什么更多的意思。

在门厅里发生的不协调气氛没有逃脱所罗门的眼睛，他匆忙说道：“本来史苔拉和我今天晚上要去看电影，然后一起去吃饭。现在我们可以把两者的顺序颠倒一下。如果我们现在一起去库达姆大街，找一个合适的饭店，那我们不就一举两得了吗？您，耶西，就不用再摇摇晃晃地坐车穿过柏林，我们大家也会热乎乎地吃饱肚子。当然是我请你们。怎么样，这是不是一个好主意？”

史苔拉真想大喊一声“不”，但是，起码的礼貌阻止了她那样做。也许，问题更在于她那刺痛了的良心。不管怎么说，她还是因为偷了父亲的游戏软件而感到有些内疚。

耶西卡也有些迟疑。所罗门把这种沉默看作矜持的认可，说道：“好极了，那我们就赶快上车吧。”

当沃尔沃在柏林赛车道上飞驰的时候，所罗门又报道了关于这位杰出助手的另一些细节：耶西卡是一个特别疯狂的计算机迷。对因特网，她像一个天生有经验的海熊那样精通。

有时候，耶西卡尴尬地笑笑，脸上露出两个深深的漂亮的酒窝。这算什么才能，她对史苔拉肯定地说。她有更多的理由感激所罗门。她把他看作自己的导师，很赞赏他。当然，这一切都仅仅是在学术的层面上。

当然！史苔拉本来最喜欢大笑。她想，原来耶西卡确实是这位漂亮教授的一个崇拜者。可是，她有什么权力占有她父亲那么多时间，甚至还是在家里，与此同时，为什么她——所罗门的“小星星”，几乎得不到这样的机会呢？

史苔拉简直想号啕大哭一场。找一个可以把全部愤怒都发泄到他身上的人，虽然有些自私，但是她也感觉到有些东西和她的妒忌并不一致。当她那样被人不客气地从卡给世界里拉出来的时候，她觉得自己像被推土机推着走似的被动。

所罗门建议到欧洲中心的意大利餐馆去吃晚饭。不一会儿，他们三个就一起坐在朦朦胧胧的餐馆里了。那是今年以来的第一个不冷不热的夜晚，隐蔽的扩音器里播送着软绵绵的南国音乐。尽管如此，气氛还是不那么融洽。史苔拉仍然对这位非常亲切的女大学生怀着几分不信任，这一点她也让对方明显地感觉到了。为什么这个耶西卡对所有的挑衅都那么熟视无睹呢？她真的想做出一副好像赢得了史苔拉信任的样子？估计还没有人告诉她那是多么困难。史苔拉不得不接连感到失望。终于，她不再仅仅为了能赢得一个新的客户而把自己的信任像广告礼物那样慷慨地送给别人。

看得出来，这种情况使所罗门感到很痛苦，因为史苔拉绝对不想通过自己的努力使他们的谈话变得轻松一些。谈话终于转向编码方法、互换编程和密码拉丁语，这些东西她连一半也不懂。当她父亲中间起来上厕所的时候，史苔拉更进一步陷入了困境：耶西卡·保罗克索性转过身来正面对着她。

“你以为你父亲和我之间反正有点什么，是不是？”

史苔拉的肺部痉挛了。她忽然不能正常地呼吸了。她真的这么容易就被人看透？

耶西卡大笑起来。“我很理解你，史苔拉。你父亲在大学里的确有许多崇拜者。我真的也是其中之一。”

原来果然不错！史苔拉心想。

“但是，可能不是你现在心里想的那种。”耶西卡立刻接着说道，“所罗门是我碰到的一位最有能力的科学家，他的确给了我一个很好的机会。我很感激他，并且感到他太好了。有时候我们甚至谈到自己的私事。但你必须相信，就这么多。你不用担心什么。”

“这句话说起来容易，可是，我怎么知道那是不是真的呢？”史苔拉像一条被逼进困境的小狗那样咬住不放。

“我认为你的这种拒绝态度有一个完全不同的原因。”

史苔拉的眼睛眯缝起来，说：“那会是什么呢？”

耶西卡立刻提供了答案：“你想念自己的母亲。此外，你父母亲之间的危机似乎在逼近。你感觉到了，虽然你不愿意看。对你来说，和你的父亲说这样的事情是困难的，因为你们之间的关系变得陌生了。他把精力都用在别的事情上，而且已经太久了。”

史苔拉仍然有一种必须抗拒的感觉。“我不知道密码分析学家还能这样好地洞悉别人的心理活动，也许你应该改变一下自己的专业。”

耶西卡微微一笑，想把一只手放到史苔拉的胳膊上。然而，史苔拉把胳膊抽了回去。她只是说：“在心理分析学上，我可能是一个饭桶。不，这种情况原本十分简单，史苔拉。我从前的情况和你现在的情况十分相似。我母亲已经去世，那时候，奥里——我的弟弟和我都还很小。尽管如此，我们还是很想念母亲。我们的父亲很伤心，有几年之久，我们几乎不能和他说话。所以，我们很少有机会把自己的问题向他倾诉。”

“你讲的这一切，好像今天不再是什么干扰了似的。”史苔拉说，她的敌意已经比先前少多了。

耶西卡摇了摇头，说：“从那时候到现在，已经发生了很大的变化。不过这是另一个故事了，以后有机会我也许会讲给你听。无论如何，我父亲又结婚了，米丽娅穆，他的新婚夫人，成了我最好的女友。这下子治愈了很多创伤。”

“也就是说，生活中还是有大团圆的结局。”

“你现在心里很乱，也许很苦闷，史苔拉。但我再次告诉你：我很理解你的心情。无论什么时候，如果你心里有什么话要说，女人对女人说的话，那么你就打电话给我。我们可以再见面。”耶西卡弯下身子像对她发誓似的小声说道，“如果你不喜欢IRL——你知道，就是现实生活——那么，我们也可以在一个匿名的环境里碰头。你可以每天晚上十点到十一点在聊天室里找到我。这个你知道吗？”

“你忘记我是所罗门的女儿了吗？我早就是这种聊天室的常客了，那时候，我的同学们还在玩她们的贝贝娃娃呢。”

“对不起。我本应该想到的。”耶西卡从大学公文包里抽出一个笔记本，潦草地在那上面写了一个因特网的网址，放在史苔拉面前。“如果你以后有什么要说的，可以在那儿见到我。”

“最近我很少去聊天室。”史苔拉迟疑了一下说道。尽管如此，她还是把那个地址装进自己的口袋里，“在那里，人们谈论的都很空，没有什么内容。此外，女性的假名一出现，马上就会被调戏。”

耶西卡幸灾乐祸地笑了笑，说：“每个人都在一个聊天室里，谁想说什么就说什么。别的人只听你聊，你用的是外号。你给自己再起一个名字。你可以自称兰采劳塔或者美林——我听说你有一个弱点，喜欢阿尔图斯传说和幻想故事。当然，在聊天室里……”耶西卡指了指她裤兜里的那张写着因特网地址的字条说道，“你不要怕那些咄咄逼人的家伙……我们也许可以成为一个非同寻常的群体。除此之外似乎也没有什么害处。”

“你在聊天室里用的什么假名？”

“我叫艾莱克特拉。”耶西卡脸上的酒窝又出现了，“在我给你的那个地址后面，隐藏着一个虚拟现实的聊天室——真的很有趣，你不仅仅能够阅读那些内容丰富的谈话，而且能够看见谈话的人。你立刻就会认出艾莱克特拉的化身：我的代表形象是绿头发，太空服，身上有两个小翅膀，飞来飞去。”

“听起来真刺耳！”史苔拉的脸上第一次现出笑容。原来这个耶西卡真的很可爱。

就在这时候，史苔拉发现父亲正向她们走来。他的出现在她们之间引起了一种反应，那种反应大概只有了解她们许多希望的破灭史的他才能理解。那种反应大大地超过了她对耶西卡——一个她母亲的竞争对手的妒忌。现在，它重新唤起了史苔拉的不信任。突然，她重新向后靠到椅子背上，把两臂交叉在胸前，说道：“当然，我父亲肯定已经对你说过，对于科幻电影我已经没什么兴趣了。艾莱克特拉和兰采劳塔将不会相遇。”

这时候，耶西卡也发现了自己的导师。奇怪的是，她对史苔拉情绪的突变一点儿也没有生气。

“我发现，你们谈得很投机！”

“纯粹技术方面的东西。我们在谈因特网。”史苔拉回答道。

她父亲大笑着摇摇头说：“和耶西在一起谈论别的东西几乎是不可能的。”

“现在我必须走了，”耶西卡直截了当地说道，“我已经窃取了你们那么多时间。”

马克还想表示不同意见，但当他看见女儿的面部表情时，又把话咽了回去。为了她的良好合作和今天这个“亲切的晚上”，他再次向耶西卡·保罗克表示感谢。然后就剩下了他们父女俩了。

“现在我们干什么？你还有兴趣看电影吗？”

史苔拉迟疑了一下说道：“老实说，我宁可回家去。”

“我想也是这样。让我们赶快付款，然后离开这里。”

当沃尔沃沿着库达姆大街向下开去的时候，史苔拉和自己的父亲的对话几乎没有超过三句。汽车驶上高速公路以后，马克打破了沉默。

“你大概特别不能容忍耶西卡·保罗克，是吗？”

史苔拉瞟了父亲一眼，又把眼睛盯到公路上。“你和她有点什么，对不对？”

一个明显的长时间的沉默。史苔拉本想暗示她的赞成，可是她父亲这时候却口吃起来：“你……你……是不是认为，我和耶西卡·保罗克有那种男女关系？”

史苔拉把头转过来对着自己的父亲，她问：“说出是或者不是，并不那么困难吧，你爱这个耶西卡吗？”

马克爆发出一阵大笑。“喔，是的！我爱她，小星星。她是一个天才。我在耶西卡那个年龄应该说已经相当有判断力，但她在二十岁的时候就已经是要么领导一个大学，要么成为被全世界的警察局和秘密警察追逐的电脑黑客。因此我爱她。但是，这和我与你母亲的那种感情没有关系，如果你指的就是那种感情。”

“那么，菲菲雅娜为什么还不回家？”

马克的微笑一扫而光。他呆滞地凝视着高速公路。这一次的沉默比几秒钟之前的沉默更长。

他们回到家以后，马克请自己的女儿到客厅里坐。史苔拉倒在两个大皮沙发中的一个上面。马克问她想不想喝一杯冷牛奶，她拒绝了。他随即坐到另一个长沙发上，坐在离她最近的一头。他点亮了一支蜡烛，这是大屋里唯一的光亮。他把两只胳膊放到膝盖上，向女儿敞开心扉，讲了自己内心的感情，这是很久很久以来的第一次。

史苔拉怯生生地倾听着父亲的话。他说，一年来，他和菲菲雅娜之间愈来愈频繁的争吵逃不过她的眼睛。史苔拉的母亲对他只投身于工作而不顾家再也不能容忍了。

马克向她保证要改变这种情况，也就是说，他想从教学的岗位上退下来，成立一个自己的软件公司；这个公司很小，一目了然，也许就是一人公司，可以在家里干的公司。“那你就干呀！”菲菲雅娜曾经愤怒地说道。可这不是一天两天就能完成的事情。她也不愿听关于这方面的解释。他在努力争取时间。他不得不在要工作还是要家庭之间做出抉择。

然后就是菲菲雅娜父亲去世。史苔拉对故事的发展了如指掌。外公死于一种慢性病，早就在预料之中。尽管如此，她还是首先感到难以接受，几乎和当时外婆去世时的情形一模一样。对她来说，外公外婆的话，听起来仍然和从前一样带有异国的情调，因为到布拉德福市去探亲的机会太少，菲菲雅娜没有机会和父母发展那种真正深刻的关系。所以，父亲的去世在她心里产生的创伤也就不那么深。对所罗门来说肯定也是如此，无论如何，他在这件事情上从来没有表现出特别的悲伤。

他们全家一起到康涅狄格州参加了葬礼，但菲菲雅娜没有跟他们一块儿回来。作为唯一活着的家庭成员，她不想简单地把处理遗产的事情交给一个律师去办理，这是她的理由。此外，她还没想好是否把布拉德福市的房子卖掉。

“她还没有把房子卖掉。她住在外公的房子里根本不想回来。”史苔拉终于说出了压抑已久的心里话。

父亲把头摆过来摆过去，说：“她想是想过，只是还没有做出决定。最近她在电话里又说，为了弄清问题在什么地方，她还需要一点时间。”

“难道这意味着她想永远在美国待下去吗？”

“我对她说了，夏季学期结束后，一切都将是另一个样子，可我不知道她会不会相信。”

“她有表示怀疑的一切理由。”

马克直视着女儿的眼睛问：“你是不是想说，你同样也有对这个世界、首先是对我不信任的一切理由？”

史苔拉避开了父亲的目光，凝视着跳动不停的蜡烛火苗反问道：“难道这不是一样吗？”

马克在回答之前思索了很久，最后说：“也许你是对的。女儿理应从自己父亲那儿得到比我迄今为止给你的更多的注意，一个女人也理应从她丈夫那儿得到比你母亲从我这儿得到的更多的尊重。可惜我意识到这一点有点晚了。我几乎担心已经太晚了。”

“那么，你当真要成立一个自己的软件公司吗？”

“是的，小星星！计划已经有了，我想提供的产品可以说已经完成。”

“如果你早一点这样公开地说了，菲菲雅娜和我可能就容易相信了。”

马克低垂着头。这一点他原本是知道的。然后，他第一次向史苔拉讲述了联邦新闻局的故事。也许他当时的反应有些过激，因为直到今天，联邦新闻局也没有再来找他。可是，他越清楚地认识到自己的斯库尔检测器多么具有开创性，以及如果落入坏人手里会造成什么样的损害，他就越要把自己的工作包裹得严严实实。

史苔拉觉得这个表白像轻轻地敲了一声定音鼓似的。这一切听起来多么像一个间谍故事，对她来说，轻信父亲的这个自白是困难的。但是，父亲悔恨的面部表情化解了她的怀疑，平时他脸上的表情一向是快乐的。

“可是，联邦新闻局只是一个机关。”她若有所思地说道，“德国又不是一个香蕉共和国。你自己也说过，你的发明可以用来对付有组织的犯罪。如果联邦新闻局得到你的斯库尔检测器，难道真的有那么严重吗？”

“比这更严重，小星星。为了试验斯库尔的安全性能，我开发了一个程序，它超过了任何病毒或者其他不良的软件。实际上它有能力感染一切计算机系统。现在，这个软件的一部分甚至已经注入斯库尔检测器本身，但我的安全系统应该有能力在进攻者来袭时进行积极的抵抗，所以对斯库尔本身的试验是无害的，它根本不会造成损害。可是，如果它落入坏人手里，就很容易变成一个危险的武器。”

“变成武器？这不是有些太夸张了吗？”

“不久前，美国国家安全局已经把强大的数据密码程序升级为武器并且禁止输出。不要低估一个软件程序的作用，小星星。像美国国家安全局那样的情报机构可以用它来窃听整个因特网。实际上，它可以打入连接的每一台计算机。你能想象我们的计算机里储存了多少数据吗？”

史苔拉耸了耸肩。

“实际上是全部数据！至少在工业国家里，每一个人都活两次：一次是有血有肉的人，另一次是作为二进制数位和字节的虚拟人。还有我们自己电子版本的个别部分，它们被存入许多不同的地方，使滥用变得很容易。用我的程序当然可以像玩儿似的进入那些计算机，并把所有的信息收集到一起。再也没有秘密可言。乔治·奥维尔的小说《一九八四》一下子成了现实：‘老大哥’① 在窃听你，他无处不在，而且无时无刻不在窃听你。在我们的国家里，曾经有过一个时代，那时候，某些人只剩下一个刺在身上的号码，小星星。从类似情况收回同情可能比拒绝一些人更容易——我不想变成一个为这种阴谋活动创造技术基础的人。”

“可是，我们不是生活在一个民主国家里吗？我想说的是，这里确实有那种数据保护委托人。他们决不允许发生这样的事情。”

马克不得不微笑了，他说：“对不起，小星星，我不是笑你。不过你不要抱那么大的希望。如果联邦共和国不发动国家窃听攻势，那么别的国家也会搞。联邦新闻局会把自己的超级窃听程序送给美国国家安全局或者自己的兄弟单位，然后同样用它侵入公民私生活的领域。不久前我看到《时代周刊》上面一篇关于美国情报局的文章，它把硬件和软件零部件制成标本，让‘敌对国家’毫不引人注目地得到它们。你看到国家机构到底多么值得信任了吧。但是，假设联邦新闻局和它的全部盟国机构超越一切怀疑之上，那会怎么样呢？那么，敌国的情报机关就会光临，从我们的朋友那里窃取这种技术并肆无忌惮地使用。不，人们将永远不能持久地抵抗那样一种使用新技术的欲望，如果他们希望从中得到好处的话就不会管那种新技术多么卑鄙和不道德。正如我已经说过的那样，我真的不想成为那个打开潘多拉② 盒子的人。”

“那你怎么能够阻止别人这样做呢？”

“将来总会有人那样做的。但我还是能够用我的斯库尔挡住那种电脑黑客的进攻。谁要是使用了这个程序，谁就会感到比较安全。”

“你开发了这样一个到处都可以进入的实验程序。可是，我不能想象，每个人都会使用你的安全系统。那么，如果有人偷了你的超级鞭炮，那可就是一个相当大的失败了。”

马克苦笑了一下说道：“当然你说得对。这就是我为什么在卡奥斯周围搞得如此神秘的缘故。”

史苔拉变得警觉了。她肯定立刻想到了卡给游戏，便问道：“我们的房子恰恰不是科诺克斯城堡。如果有人破门而入，把你的全部计算机都搬走了怎么办？”

“仅仅这样还不是灾难。”马克微笑了，“我这个密码编程专家不是白吃饭的。第一，我的软件的重要组成部分是锁定的，没有进入密码，对任何窃贼来说，它们都是一些

① Big Brother，“老大哥”，乔治·奥维尔小说《一九八四》中的独裁者。

② 潘多拉，希腊神话中火神用黏土做成的地上的第一个女人。她有一个装着疾病和灾难的盒子，那个盒子被称为万恶之源。

完全没有用处的东西。第二，我把几个主要的模块保存在一个秘密的地方。只有解开了密码并且拥有全部模块，他才能造成损害。”

“相当狡猾！可是，你不是说过有一种游戏吗？卡给或者类似的什么东西。它和这个斯库尔程序没有关系吧，或者……”

马克微微一笑。“那好吧，既然我已经完成，我也就可以马上对你讲述这个小小的秘密了。你说得对。本来卡给只是我时刻惦记着的一个产品。”

“它究竟有什么特别的地方呢？”

“我曾经对你讲过，那个词汇是在日本的一次学术讨论会上偶然听到的。它的含义也就是‘影子’的意思，捉迷藏或者追逐游戏，看情况而定，但绝不是打球游戏，也不是胜利者最后血肉横飞的游戏。卡给要求的是悟性。”

“我们班上有许多人，只知道到处去做头发。对你来说，她们不可能成为客户。”

“这你不用感到失望，小星星。卡给绝对不是掷色子那样无聊的游戏。那里面隐藏着许多内容。它不仅可以一个人在电脑上玩，而且，真正有意思的是进入因特网。”

“怎么玩呢？”

“向玩卡给游戏的人提出任务——例如，去寻找一件宝物，他只有寻遍因特网才能解决。玩游戏者坐在电脑前面，卡给程序为他把宝物藏起来。但是，也可以由全球各地的许多人参加寻找。按这种方式，互联网就变成了一个网上影戏，有猎人，也有被追逐者。后者寻找一个隐身之处，隐身之处在游戏的过程中还会变换，因此游戏对他们来说不会变得无聊。那时候，它们留下一串由所谓的‘影像’组成卡给足迹。对寻找者来说，每一个影像都是最终答案的一块马赛克拼板。”

这些东西对史苔拉来说已经很熟悉了。但是，她仍然好奇地问父亲游戏中还有什么东西隐藏着：“难道这就是全部吗？”

“要想认识全部细节，你就必须亲自试一试卡给——我答应你，不久你就有机会。但是，也可能留下错误的足迹。为了把自己或者把一件东西隐藏起来，卡给游戏在世界范围的网络里面利用了各种各样的藏身之处——这你是知道的，这个具有服务功能的计算机就叫做服务器。卡给可以像每一个人那样把服务器当成隐蔽所，它允许存储使用者和客户的数据。”

“你能不能举一个例子？”

“当然。我们就拿美国新闻广播电台（CNN）为例。它在因特网上有一个服务器，也就是一台计算机，它具有你可以随时从中调取世界各地最新消息的功能。与卖报亭里的一张地方报纸相比，它的优点在于 CNN 向自己的用户提供预选功能。你订阅的不再是一堆纸，看报时你不得不麻烦地从中选择对你来说重要的文章，但在那里你可以随意选择自己感兴趣的版面。”

“怎样继续下去呢？”

“十分简单。你可以在一个菜单里确定自己感兴趣的题目重点，比如体育、股市或其他一切与密码学有关的内容，随之你会立刻得到相应位置的服务。”

“现在我明白了你的意思。可是，这和卡给有什么关系呢？”

“这个游戏可以使用预定题目的起首字母来组成一个卡给。”

“听起来很复杂。”

马克自信地微笑了一下。“其实并不复杂。如果你不愿意，你根本觉察不到你躲在 CNN 的服务器里。这个游戏就是让你在虚拟世界里漫游。CNN 的计算机在这里可以表现为一个城市，你可以在这个城市的土地登记局里寻找你的影子，就像寻找一个真正的不动产目录里登记的内容那样。”

“令人糊涂！现在我有点明白了。”

“是吗，哪些地方？”

史苔拉大吃一惊地望着父亲。她差一点儿露馅了，于是马上掩饰道：“我认为我现在慢慢地明白你的游戏怎么玩了。如果我想象一下，这个游戏场地就是整个世界，然后……然后……我想不出用什么词汇表达！”

“我希望用户的反应完全像你一样。卡给真的会提供一些东西。也许有一天，一组分散在世界各地的志同道合的人，晚上在一次谈话里‘会面’，而且在一起玩一场卡给游戏，这会成为世界上最自然不过的事情。如果事情开始了，而且首先能够带来一点儿小小的收入，然后，就会有几个别的有用的想法等着开发。”

“喔？那是些什么想法呢？”

“我想在那个大陆上搞一个向游戏者提供不同虚拟世界的服务器，现在媒体集团的计算机、政府部门或者工业部门的计算机，自然只保证一个有限的活动空间。在我的服务器上，可以用现实的速度向人们提供幻想的世界、有异国情调的城市、中古时期的城堡，以及再现其他许多真实的东西。也就是说，提供各种游戏的可能性，使每一个家庭里有普通电脑的人都累得筋疲力尽。”

“尽管如此，可能有些人会感到你的游戏要求太高。不是每一个人都像福尔摩斯侦探案中的主人公夏洛克·福尔摩斯那样聪明。”

马克顽皮地一笑。“对这种情况，我还想出了另一种特殊的东西。”

“啊？”史苔拉已经想到会是什么了。

“嗯，嗯。一个助手。”

“这你没有说过！”

“是的，以后应该有各种不同的助手，目前暂时只有一条龙形怪兽，一条非常活泼的小龙。”

“它有什么好处呢？”

“刚才说了，它只是一个助手。小龙是一个人造的具有天然禀赋的生灵，在很难接近的地方，它能够找到前进的路，能够走出迷宫，发现隐秘的小道儿。这个小小的虚拟造物是最新技术研究的成果。”

“我估计这是你的研究成果，对吗？”

“是的。我把自己关于人工智能和神经网络的全部知识都装进去了。有时候，我自己也觉得它像一个真实的生灵。与它在一起玩的时间越长，它向自己的“先生”学习的东西就越多……”

“或者向它的小女主人。”

“当然。此外，我还把斯库尔检测器的几个部件装在了小龙身上。”

“那是什么呢？”

“那个小东西是一种超级电脑黑客。它会利用一切可能的手段，把影子隐藏在因特网的某个地方，一般情况下任何人也找不到。”

“那是合法的吗？”

“当然，在最后一个版本里，我会把这些可能被看做刑事犯罪的东西统统拿出来。此刻，我已经在密码信号里把斯库尔检测器密码简单地转到一些更大的隐蔽所了。”

“那个龙形怪兽一定会成为一个真正的密探！”

“现在，这个游戏版本甚至还隐藏着一个出乎意料的东西。我想给理工大学的同事们开一个小小的玩笑。现在真的很秘密，你绝不能把这些消息泄露给任何人，听见了吗？”

“当然不会。”史苔拉简直不能相信，父亲突然之间能这样无拘无束地和她谈话。

“一旦我把‘切除’版本做好，你就可以首先试一试了。”

父亲的这个许诺让史苔拉在他面前意识到自己的行为很不光明正大。他完全公开对自己讲了那些她一向认为最重要的秘密，而自己还一直把两天前到卡奥斯里翻查、“借”了那个软盘的事情对父亲保持沉默。也许她会用几句真诚的话语来消除自己的负罪感，但是，这样的事情她还不习惯，所以她的反应比心里想的更生硬，冷冷地说：“你总是把我当成你的试验兔子。”

马克显出一副吃惊的样子，说：“我不知道你是这样看待这件事情的。”

史苔拉因此恨自己，而且差一点儿又更深地戳了父亲的伤口。

“你认为，如果你对母亲讲了刚才你对我讲的这些话以后，她真的会回来吗？”

马克迟疑了一下。“我希望她能回来。”他终于回答道。他的声音听起来有点悲伤。他刚才讲自己工作时的那种欣喜转眼间消失得无影无踪。

“上完最后一节课，我就飞往美国。当然你也一块儿去。如果我不能成功地把菲菲雅娜接回来，那么……那么……”

脱逃

周末，史苔拉的大部分时间都是在她的电脑前面度过的。所罗门坐在下面他的卡奥斯里。关于启动新公司的倒计时无法遏制地在他脑海里转悠，手上的工作堆积如山。

无论如何，史苔拉和父亲敞开胸怀地谈了一次话，这种情况已经很久没有了。他们一起吃了饭，晚上一直谈到深夜。尽管如此，史苔拉仍然有足够的时间去关照洞穴世界的安全。

星期五，史苔拉根本没有机会戴上她的虚拟现实眼镜，但星期六一吃完早点，父亲就消失在他的卡奥斯里，她也立刻打开了进入卡给世界的窗口。

德拉基正迫不及待地等着她的到来。“大哈莱法比斯特西斯特莱飞斯特杜胡莱夫亚哈莱法恩德痕得莱芬德里希费希雷费希。”它用那种神秘语言明白无误地表达了自己的迫切心情。

史苔拉表示道歉。昨天晚上，她在和父亲谈话的时候，差点儿“愚蠢地”改正了自己的态度，现在，她把自己的房间，把卡尔德家别墅之外的世界早已又忘得干干净净，只剩下那个洞穴迷宫，只剩下卡给世界。

这一天，史苔拉清洗了阿斯马登的黑暗统治者曹贡的岩石王国。那个蹲伏在地下宫殿里的黑暗暴君，在洞穴通道里对洞穴里的居住者制造恐怖——史苔拉不习惯与生性亲切的小精灵接触，也不习惯它们各种各样令人反感的行为。有时候，曹贡把它们放到锅里煮，然后又把它们变成黏糊糊的极野蛮的禽兽。曹贡把自己的野蛮行为看作是对一切拒绝缴纳贡品者实行的惩罚。也就是说，谁想获得赦免，谁就得让他从血管里吸血，同时，他还要求令人无法忍受的捐税，或者要求借贷者支付闻所未闻的高利贷。

毫无疑问，必须把曹贡除掉！但是，怎样才能除掉他呢？德拉基说：要想进入他的宫殿，阻止他继续作恶，必须找到七把钥匙。在龙形怪兽帮助下，史苔拉实现了这个目标。

星期一和星期二，她一回到家就不得不为对付困难的考验而受煎熬。一种特殊的“疾病”使阿斯马登王国里的灯光慢慢地，但却无法阻挡地熄灭了。正当女管家玛尔塔在下面和学者因家务问题进行斗争时，史苔拉和德拉基在上面修好了阿斯马登王国患了“肺结核”的灯。

龙形怪兽向自己的养母透露了心中担心的事情：一个古老的预言曾宣告，火山爆发将使洞穴世界覆灭，而且时间很精确，就在这个星期二。只有当它找到七个白色的叫“拉古奇”的动物——一种会飞的蜥蜴——才能扭转这种不幸。这一次史苔拉费了很大力气才找到那种无色小动物飞翔的踪迹，在德拉基的帮助下，她最后也成功了。

星期三。自史苔拉从卡奥斯里面拿走了那个猎物以来，七天已经过去。第八天，她们又做了一次新的激动人心的冒险。卡给好像取之不尽似的。它决不会变得无聊。德拉基和往常一样有着旺盛的求知欲。

这一天没有收到多少电子邮件，更不用说很多邮件了，只有一条信息，仍然是那个固定的大量邮件的发送者发来的。提示栏里写着收信人将在未来的几个星期内发财。史苔拉看也没看就把它删除了。

当她再次戴上耳机和虚拟现实眼镜并把数据手套戴到右手上的时候，德拉基立刻用一句当天有效的命令欢迎她。

“去寻找走出洞穴迷宫的道路。”

史苔拉不知道龙形怪兽什么时候讲正常的话，什么时候用神秘的语言。这一次的命令说得清清楚楚。尽管如此，为了保险起见，史苔拉还是追问了一句。

“在卡给之外到底有没有一个世界？”

“是的，有一个。”德拉基说道，“我们必须找到一条通向那里的道路。”

不知为什么，史苔拉感到这个任务有些特别。她觉得这个命令突破了尚未言说的规则。迄今为止，卡给游戏只是在阿斯马登的岩石世界里进行。现在，龙形怪兽突然要求从这里冲出去。

“哎，这是什么意思？”史苔拉耸了耸肩。她估计，在克服了这个无疑十分困难的任务之后，会达到一个更高的游戏水平，她肯定期望在那里遇到更加棘手的难解之谜。

下午的时光过得飞快，史苔拉和德拉基组成了一串影子。按照指示，他们必须找到一份旧文件，然后，再从一个阿斯马登的智者口中审问出他们所需的情报。简单地说就是：文件藏在一切可能或不可能的地方。他们进入了前人和古代的龙从未去过的洞穴系统的一切地方。后来，史苔拉终于感觉到从岩石上的一个窟窿里吹来一股凉风，最后的一个影像轻轻地尖叫了一声——她们就看见了光明。

德拉基立刻变得不安起来。它目标明确地向着明亮的洞口爬去。史苔拉的眼睛已经适应了那个始终黑咕隆咚的世界，现在，前面忽然变得那么刺眼。就在她的眼前，龙形怪兽变成了一个黑影。

“等等，德拉基！”史苔拉喊道，因为她跟不上了。

突然，她听见一阵幸灾乐祸的笑声。听起来好可怕，根本不像原来的那个可爱的小龙形怪兽了。尽管如此，她知道那声音肯定是从它的嗓子里发出来的。

史苔拉立刻站住了。一股冷气掠过她的脊背。有点儿不对头！她只能看见德拉基的脊背，虽然如此，她还能觉察出它的变化。她不安地，甚至带有几分恐惧地问道：“你怎么了，德拉基？”

这时候，那个龙形怪兽转过身来。史苔拉的血液一下子凝固了。她看到的是一个无比狰狞的鬼脸，正幸灾乐祸地张着大嘴，露出满嘴尖利的牙齿。

“德拉基？”她的声音颤抖起来。不，这不可能是她那个亲切可爱的小龙形怪兽。

那个细长的龙形怪兽的身体轮廓很快就看不见了，只剩下那张越来越大的血盆大口，正滴滴答答地淌着白沫，简直是垂涎三丈。

史苔拉听到了一声可怕的令人胆战心惊的咆哮。龙形怪兽的大嘴覆盖了她的整个视野，她能看见它的牙齿，一条通红的大舌，还有那个颤抖着的小舌。接着——完全出乎意料之外——那个浑身鳞片的怪物原地旋转起来。

转眼间，史苔拉就只能看见那个心脏形状的尾巴尖了。然后，她周围就变得一片漆黑。

史苔拉听到了一声可怕的令人胆战心惊的咆哮。龙形怪兽的大嘴覆盖了她的整个视野，她能看见它的牙齿，一条通红的大舌，还有那个颤抖着的小舌。接着——完全出乎意料之外——那个浑身鳞片的怪物原地旋转起来。

第二阶段　扩　散

惊慌失措

史苔拉把眼镜扯下来。她急促地呼吸着，出了一身冷汗。

“你在胡思乱想吧！”

这种不满情绪不是针对龙形怪兽，而是针对她的父亲，针对这位天才的编程专家的。所罗门怎么能这样戏弄她呢？她差点儿被吓死了。

喘了一阵之后，她不知所措地又看了看那漆黑的屏幕，然后又怀疑起来。她开始慢慢地意识到，这次令人毛骨悚然的告别中的每一个细节，都是她的小德拉基准备好的。

她又小心翼翼地戴上虚拟现实眼镜飞快地看了一眼。眼镜的两个微型屏幕上仍然是漆黑一片。她又打开了电脑屏幕，那儿也是漆黑一片。她用灵巧的手指在键盘上敲击了几下。屏幕变得“灰蒙蒙”的，没有任何噪声——这是安全的征象，说明她的计算机已经“上吊”了。

“我觉得我发现了你这个超级游戏中的一个错误，智慧的所罗门。”史苔拉勉强地微笑了一下。肯定，对这个意想不到的转变只能这样解释。

她关闭了电脑，静静地从一数到十——这是她的全部“混乱”了的数据重新安全地回到计算机里的时间——然后，她重新开机。电脑启动之后仍然和先前一样。一个星期以来，这种情况还是头一次。

当驱动程序被调出的时候，史苔拉立刻开始寻找卡给。

杳无踪迹。

起初，她认为这是一个错误。不管怎么说，在安装之后，她没有再检查过自己的硬盘。她想，也许只是名字在她存储的程序目录里漏掉了。她开始到处寻找，然后——这时候她已经基本上绝望，她启动了 Roomancer 程序并且给她的虚拟警犬巴赛特一个任务，让它去追捕卡给。

“笨蛋！”史苔拉生气地评论她那个一无所获归来的电子警犬。巴赛特什么也没找到，“你应该去跟德拉基学上几天。”

史苔拉绞尽脑汁地琢磨着到底发生了什么事情，一直到晚上。突然，她想起一个专门的“乌替里替”——一个可以用来探查硬盘上每一个比特的程序，但是，这个寻找帮助提供的结果也是“0”，这是所罗门的一种表达方式。

马克下午很晚才回家。当他借助十分合作的芝麻守门员飘然而入时，发现史苔拉有些异样。女儿搂着他的脖子，吻了他的脸颊。这可不是她经常做的事。她不断地避开父亲的目光，为他准备了一份嫩麦粒肉饼，并亲自送进微波炉里去热。他迷惑不解地望着女儿。

她把为父亲做的饭菜摆到餐桌上之后，便走到饭桌最远的另一头坐下，静静地看着他，像一只羚羊观看一头狮子将怎样津津有味地吃它的同类那样。她一声不吭。

史苔拉本想和父亲好好谈谈心里话，但现在，在被禁止的卡给游戏成果这么快地变得令人扫兴的时候，内疚像海啸的波涛那样使她感到不安。

如果她向父亲指出卡给程序中的错误，也许他会很感激她。任何软件生产厂家都不期望用户的计算机出现死机，甚至根本不会希望史苔拉经历的那样可怕的情形。如果他买来的东西——卡给游戏——自己逃之夭夭，那就更加令人感到痛苦了。

所有这些她都想到了，可是，怎么才能既引起他对这种缺陷的注意，又不至于暴露自己的过失呢？本来她不该管那敞着门的卡奥斯，或者进一步说，她本该顺手把门关上，连向那个所罗门的禁止入内的王国里看一眼都不要看。然而，这两种情况她都没有做到。

也许父亲自己能够找到缺陷在哪里，史苔拉心中的一个声音这样安慰着她。或许她早晚会为自己的闯入而忏悔，但不是现在。他们的关系刚刚缓和，她不想让父亲知道自己的女儿竟然是这样一个诡计多端的姑娘而破坏了这种和气。

“一切都好吗，小星星？”

史苔拉吃了一惊。“什么？”

“看起来，你好像有心事。也许我不该这么问，我完全摸不透你的心思。”

“希望是这样。”

“你说什么？”

“现在我不想说这个。”

“但愿不是害相思病。”

“爸爸！现在不要谈这个，我想先自己解决。也许我以后会对你说的。”她避开父亲审视的目光。

“那好吧。”他终于说道，“你知道吗，你和你母亲一模一样，乍一看，你比她更令人猜不透。”

史苔拉不置可否地耸了耸肩。“可能吧。”

“你想不想……宁愿找一个女人谈谈你的问题？”

“是不是和耶西卡·保罗克？”

“比如说她吧。”

“谁说我有问题？”

“我。”

“现在，我可不可以回自己的房间？”

“奇怪，你问我这个问题。我不反对，不过我有一个请求，小星星。”

史苔拉叹了口气。“什么？”

“我认为，星期五我已经向你表明，我对重新敞开心胸的谈话多么严肃认真。如果你什么时候也能这样谈出自己心里的想法就好了。”

史苔拉像穿上了一件紧身衣似的感到浑身不自在。“我已经对你说过了，我只是需要更多一点时间。”

“好了，好了，小星星。我不想强迫你。”所罗门用叉子把饭送到嘴边，但却让它停在半空中，“啊，对了，还有整整七个星期，然后，我们就飞往那个国家。今天我已经为我们订了两张机票，回程票三张。”

接下来的几天，史苔拉忍受着严重的不知所措的折磨。一方面是为失去德拉基而难过，另一方面是为所罗门的态度的转变。

父亲对于将来的美好设想好像是严肃认真的。机票当然仅仅是一个象征——在某种程度上是一纸证明，非非雅娜将回到家庭怀抱中来。此外，他也尽最大的努力，在自己紧张的日程中给史苔拉留出更多的时间。有时候，她感到受不了他对她的监护。星期四晚上也是这样，那天，他再次把那个女大学生带回家来。

“所罗门认为，你想和一个女人谈话的需要可能比你自己承认的要强烈得多。”耶西卡·保罗克微笑着解释道。

她们一起坐在史苔拉的房间里。所罗门很随和地待在下面的客厅里。史苔拉仍然不能无拘无束地面对别的姑娘，她一向如此。

“你现在果然变成心理分析学家了。”

耶西卡用食指敲打着下巴上的酒窝，同时咄咄逼人地看着史苔拉。“最近，你父亲好像发生了很大变化，工作的时候常常心不在焉。前天他坦白地告诉我，他的课程到学期结束就停了。然后他要离开大学，连几次短时间的出国访问都放弃了。我听到这个消息，差一点儿从凳子上摔下去。”

史苔拉不知道自己应该为耶西卡感到惋惜呢，还是应该为父亲的撤退计划感到高兴。“对你来说这肯定是一个沉重的打击。”

“你父亲是我的导师，我非常感激他。他要亲自为我物色一个新的导师，在我的博士论文方面他也愿意帮助我——正如他自己承认的那样，并不完全是无私的。”

史苔拉警觉起来。“喔？”

“是的。所罗门对我讲，他打算成立一个软件公司，为了把自己近几年开发的软件变成经济效益。为此他也需要临时工作人员。”

“这时候，他当然会想到你。”史苔拉的疑心病又犯起来了。在这方面，她一点儿也不想尊重事实，她把这个姑娘看作所罗门曾经透露其未来计划的第一人。更确切地说，她的心中充满了新的妒忌，现在她必须和耶西卡·保罗克分享这个秘密。这个女大学生到底是什么人，刚上完第一学期课就获得父亲如此的信任。为此，她不得不等待十六年，而耶西卡·保罗克几个月就做到了。

耶西卡没有回应史苔拉的话中带刺。为了避免使她们的谈话进入危险区，她接着说道：“本来我们不是要谈我，而是想谈谈你。”

“这个你可以免了。”史苔拉气呼呼地说道，“所罗门以为我有相思病，或者类似的东西。完全是胡扯！”

“所罗门虽然是一个男人，对于我们女人的感情天生就近视，但我觉得他并不是瞎子，肯定有什么事情让你感到不安。”

“也许吧。”

“你不想谈是什么事情？”

“猜猜看。”

耶西卡低下头。“我知道。尽管如此，说不定什么时候，你可能就会有那种需要。那时候，如果你愿意，你就给我打电话，或者访问我的布莱克桑① 网址。”

史苔拉皱起眉头。“布莱克桑？”

“聊天室，就是我最近给你留下的那个地址。”

那张纸条还在史苔拉的裤兜里。她觉得那条管子似的牛仔裤实际上就长在她的身上。这时候，她顺手掏出那个被揉搓得皱皱巴巴的纸条，念出耶西卡的网址：

http://www.blaxxun.com

---

① Black Sun，布莱克桑，即黑色的太阳。

“我压根儿就没有想到，这是黑太阳的意思。”

“你只要大声地把它念出来，就明白了。”

“这个服务器的名称有什么更深的含义吗？”

“当然。估计你还没有看过尼尔·施太凡松的书《Snow Crash》(大雪纷飞)吧？”

史苔拉耸了耸肩。“你们什么也没告诉我。”

“那本书里描写了一个名叫梅塔费尔苏木的虚拟世界。那个世界的中心矗立着一座大建筑物，名字叫黑太阳。眼下，施太凡松的小说已经成为人们趋之若鹜的畅销书了。几个迷上了计算机的加利福尼亚人大概对那本书的印象非常深刻，竟然立刻就把他们的软件公司改名为黑太阳。你必须下载黑太阳服务器的Ccpro程序，用这个程序你可以在自己的电脑上把小说的场景变得和现实的情况惊人的相似——前提只有一个，你的硬盘要足够大。”

“这个你可不用操心。”史苔拉大言不惭地笑了，“我的计算机配置是父亲的工作站应急系统，其速度之快，任何程序也不会迫使它屈服。”

“那么你就看一看黑太阳吧。”

这时候，史苔拉才忽然意识到，耶西卡又把她的话引了出来。因此她宁愿简短地回答：“看吧，也许。”

她们俩沉默了一会儿。耶西卡好奇地观察着她的电脑，尤其是配置的全套装备：数据手套、虚拟现实眼镜、耳机、屏幕上面的摄像机……

“好几年前，我就希望有这样一套东西了！”耶西卡赞叹不已地说道，“我的电脑是我用各种牌号的零件组装的。那些零部件有的是别人送的，有些是帮助别人时的实物报酬，有时候是用奖金买的。”

“用奖金？”

耶西卡耸了耸肩。“比如什么‘青年研究’啦，或者类似的比赛。”

“你的脑袋一定很聪明，耶西！”史苔拉大笑起来，这是她今天晚上第一次完全无拘无束地笑。她不知不觉地被这位女大学生征服了。

友谊正是史苔拉缺少的东西。作为理工大学成就卓著的教授和也算小有成就的自由女记者的女儿，她想要什么就有什么，但就是在交朋友方面不顺利。在许多年前，她跟父母一起迁居柏林，因此失去了自己童年的小朋友。在一个新的不习惯的环境中，她起初感到自己是一个陌生人，后来，当她在周围赢得了几个比较亲近的朋友以后，她经历了几次苦涩的失望。许多同龄的孩子对她的奇特“玩具”的兴趣大于对她本人的兴趣。这引起了她的猜疑和莫大的反感，就像后来她父母亲的婚姻危机开始迫近时，她不得不忍受的那样。这期间，她觉得与世隔绝完全正常，相反，和一个陌生人无拘无束地在一起几乎就不可能了。

耶西卡对她讲了自己的童年，讲她的双胞胎弟弟奥利弗——一个喜欢幻想的艺术家，还讲了她早已去世的母亲。当史苔拉知道耶西卡的父亲是前亚洲博物馆的馆长并因此也有教授的头衔时，她们之间的另一道墙就崩塌了。这个女大学生没有必要在她面前献媚讨好。

然后，耶西卡·保罗克又讲述了自己的嗜好：密码编程。对一个姑娘来说这是极不平常的。早在童年时期，她就自创过一种神秘的语言；在一段时间里，这种语言甚至达到正常德语完全能够对应理解的程度，并且只用那种惯用语来表达。

“我也有那样一种神秘语言！”史苔拉让她感到惊讶地插话道，并立刻举了几个实例，证明她也会说那种难懂的语言。

耶西卡立刻思索了一下史苔拉自创语的体系，但她没有吹嘘自己更独特、更复杂的神秘语言，而是马上开始把两者联系了起来。

不久，两个姑娘的谈话越来越深入，任何不知情的人听了都只能摇头。她们从柏林方言开始，使用一种扩展词汇，听起来就像把非洲的部落语言和少量的汉语，再加上一点儿北美印第安人纳瓦部落的语言混合在一起似的。这中间还不断地夹杂着她们俩因对自己的神秘语言的狂热而发出的笑声。

所罗门被这种提高的噪音分贝所诱惑，突然出现在她们门口。

“嘿，你们好像玩得非常高兴。很好，你们已经成了朋友！”

史苔拉根本没有听见父亲来，她吃了一惊，所罗门的话立刻唤醒了她心中原来的担心。他为什么老是这么热衷于让自己的女儿和这个女大学生在一起呢？耶西卡作为朋友或者姐姐，史苔拉还可以想象，但是要做后妈肯定不行！

她马上意识到自己正无拘无束地在和这个可能成为母亲的竞争对手一起有说有笑。她感到自己成了一个叛徒。幕布完全自动地降了下来——史苔拉根本不能抗拒，演出结束！她刚好还能放弃这样一个朋友。

“现在我想睡觉了。”

史苔拉的话冷冰冰的，显示出要保持距离。这种突如其来的转变也使耶西卡感到有几分不快。她告别了——态度是友好的，但很严肃。所罗门表示可以送她回家，但她拒绝了。

不久，史苔拉就躺在自己的床上，把脸埋在枕头里，这样所罗门就听不见她的哭声了。她恨自己的所作所为。很久以来，这是她第一次那么亲切地在这里接待别人，而她一点儿也没有意识到自己伤害了别人。为什么她就不能信任别人？真的，耶西卡·保罗克已经足够久地容忍了她的这种情绪！但她今天也实在太过分了；她从来不能正确地处理一件事情，总是把所有的事情都搞得一塌糊涂！

对史苔拉来说，那个星期最后的一天剩下的唯有折磨。她对自己很不瞒，所罗门能感觉到她的恶劣情绪。虽然卡给游戏的冒险已成往事，但她的精神仍然不能集中起来。众所周知，禁果的滋味虽然有些甜蜜，但必须为充分消化付出代价，可能会微微有点肚子痛，然而谁也不愿意把这种痛苦说出来。更为严重的是，她不能让任何人来分担自己的痛苦！所罗门对女儿的偷窃行为至今仍然一无所知。

此外，史苔拉仍然不甘心就这么不了了之，让那个迄今为止最令她激动的游戏消失在数据的无底洞里。一连几天，她一直在思考着父亲的话。那个程序里还隐藏着许多东西，里面包含着比以合法的方式在商店柜台上买到的游戏更多的东西，毫无疑问。所罗门也讲过，卡给必须“阉割”；目前的版本应该赠给大学里的同事们，让他们有“一个特别意外的惊喜”，可惜他没有说这个得意的结果在什么地方。如果它就这样自动地消失了，那它就肯定不在这里面。这种怀疑让她想到，可能是一个星期之前自己的电脑出了问题，而不是它逃进了虚拟的涅槃境界。

这种不安使她几乎拒绝了外部世界的刺激。蒂姆·施罗德曾经几次想和她交谈，但是她根本不理睬他。卡尔德的女儿的这种“出神”逃不过老师们的眼睛。他们大多数都觉得这种状态有点不正常，所以他们立刻和史苔拉的家长取得了联系，其中的英文教师甚至颇为这个姑娘担心。

史苔拉是个很好的学生，迄今为止，还没有看到她有什么明显的缺点。英文课当然是例外了，这和她的经历有关。十六年前，她出生在加利福尼亚，说的却是从母亲那里学来的、地道的新英国方言。

菲菲雅娜的父母是第二次世界大战前夕来到美国的。祖父是当时德国最有声望的法学家。当法律在德意志帝国时期被越来越多地塞进纳粹的政治外衣里的时候，他便决定离开德国了。稍后，他携带妻子和孩子一起乘轮船来到纽约。在美利坚合众国，卡尔·凯斯勒，菲菲雅娜的父亲，继续从事自己的本行。战后，他甚至被聘为美国康涅狄格州纽黑文名牌大学的经济法学教授。

菲菲雅娜在德文和英文两种语言环境中长大，后来她的女儿也和她一样。史苔拉的父母亲是在伯克利相识的。当时，马克是一个很有希望的德国博士研究生，已经在波士顿读过两个学期。菲菲雅娜的学习目标则是新闻学，她还没有毕业就和已经取得博士学位的马克结了婚。不久以后，史苔拉出生了。她在加利福尼亚生活了六年，一块儿玩的小朋友什么肤色的都有。她定期去康涅狄格州看她的外祖父和外祖母。她像千千万万的孩子一样是一个幸福的小姑娘。这期间，马克已经获得博士头衔并在专业杂志上发表了一系列的文章，成为国际知名的科学家。就在这个时候，马克收到一封从故乡城市柏林寄来的很有诱惑力的信。一位不是小人物的双博士克劳斯·欧伯迈耶教授，柏林理工大学联络与信息技术研究所神经元信息处理专业的领导人，他使用各种方法，不断地召唤在伯克利备受赞扬的年轻科学家。

菲菲雅娜，史苔拉的母亲，此刻正作为自由新闻记者为《时尚》《大都会》《玛丽·克莱瑞》，以及别的有威望的妇女杂志撰稿。她的工作并没有把她拴在加利福尼亚，是的，在欧洲有“一个新的根据地”，她很受出版社的欢迎，所以她就同意迁居柏林。

对史苔拉来说，虽然没有语言适应方面的困难，但是，从熟悉的和并不复杂的加利福尼亚到常常使人感到僵化和呆板的德国，适应这种环境的转换还是不那么容易。果然，史苔拉开始把自己包裹起来，与环境保持距离——对这个姑娘来说，当时是无意识的。在大多数时候，她都是自己玩自己的，很少和别人交往，即使有也是非常表面的。

就这样，史苔拉·卡尔德变成了一个难以捉摸的姑娘，只有在出乎意料地发言时才会引起大家的注意。尤其在计算机常识课上——她专心听讲，当着全班同学的面公开指出教师的一些小缺点和不够准确的地方，但却更经常地和教师邵克夫人讨论英语的细微之处。

不错，邵克夫人是史苔拉的英语教师，她顽强地为国家规定的剑桥英语而斗争。相反，史苔拉则更喜欢使用自由的立场：有时候，她用一些只有加利福尼亚人熟悉的表达方式使女教师的神经感到紧张，然后，她就用她那闻所未闻的新英国方言和邵克夫人对峙起来。

尽管如此，黑尔嘉·邵克是一个非常好的教育者，她能够允许这种挖苦的话打断自己的思路。她知道史苔拉的生平，十分了解她那些不稳定的情绪变化。不管怎么说，她每一次都能使这个性格内向的姑娘心服口服，在期末学习成绩单上可以清清楚楚地查到，史苔拉的英文是她唯一的始终获得高分的学科。

从龙形怪兽以奇怪的方式失踪，到她在某种程度上重新回到日常生活中来，整整经过了两个星期。

在这期间，马克为赢得女儿的信任而斗争着。史苔拉不能不搭理他的努力，事实上，她真的又渐渐笑逐颜开了。他们甚至一起在万湖湖畔的沙滩上度过了一个星期天。唯有对卡给的思念仍然像一个看不见的屏障立在她和父亲之间。马克把她这种阶段性的沉默——因为他根本不知道其中的缘由——归咎于棘手的家庭状况。他把全部希望都寄托在即将到来的前往康涅狄格州的旅行上。

六月五日，星期五，马克和她的女儿此时此刻都不能想象那天的结果会产生什么样的影响，至于卡尔德的家庭将会受到什么样的影响就更没有什么预兆了。

“看这儿！”马克一动不动地说道，勺子里的麦片又掉进碗里，他着魔似的看着左前方的报纸。

“又发生了地震，还是政治家的丑闻？”史苔拉漫不经心地问道。

“不，是别的。”所罗门回答，他的声音说明他被那篇文章攫住了。“奇怪！”过了一会儿，他说道，“昨天出了两起‘计算机事故’，一起在澳大利亚，一起在美国。”

“是用户中了病毒倒了胃吗？”史苔拉问道，这时候她也变得警觉起来。

所罗门皱起眉头盯着报纸。“你的猜测还真差不多，澳大利亚矿山协会计算机控制的掘进系统失灵，他们的公司靠开采蛋白石和宝石矿挣钱。在正常情况下，他们的无人驾驶巨型卡车会自动地把没有使用价值的那一层石头运到矸石坡上并倾倒在那里。但是，昨天装有防滑链的卡车如同发了疯似的横冲直撞。起初，它们像接受了命令似的直接向设备管理处和计算机控制中心开去，并把矸石倒在那里，然后控制中心就一命呜呼，而怒气冲冲的卡车则开进寻宝者的居住区休息去了。当时竟然没有一个人受伤，简直是一个奇迹。”

“寻宝者？”史苔拉若有所思地重复了一遍。

“我指的当然是矿工。”

“啊哈！那么另外一个‘事故’是什么呢？”

“芝加哥第一国家银行的中央计算机完全崩溃；大部分客户的数据同时被消灭，有人想把数据保险录入，主机重新启动并再次把保险状态彻底检查了一遍，现在又可以安装恢复系统了。因为最新的一个数据保险被破坏，所以他们不得不使用一个更老的版本。报纸专访的一位专家认为，整个转账的数据补救工作几乎不可能了。这期间，第一国家银行全部瘫痪：汇款、付款业务全部停止——既不能自动取款，也没有窗口服务。这里大大小小的存款者担心他们节省的钱还有没有，与此同时，借款者却表现得幸灾乐祸，一个感到震惊的人说道：‘反正那些吸血鬼们要的利息太高。’突如其来的‘电脑记忆衰退’也许来得正是时候。根据那篇文章，只有银行计算机知道，谁什么时候存进去多少钱，谁买了多少股票或者谁抵押了多少资金。估计损失至少几十个亿，那些潮水般的为意料中的官司所付出的费用还没有计算在内。”

史苔拉两眼无神地看着前方。所罗门使用的两个词汇都曾经出现在卡给里。就像词汇的影像在他的游戏里揭开了某种联想那样。父亲说了“寻宝者”和“吸血鬼”。难道是她不久前还在寻找的那些值钱的珠宝和追逐的那个典型的吸血鬼曹贡吗？这些念头使她很害怕。不过事情实在有些荒诞，明显缺少任何现实的基础。

“你知道这全部事件中最奇怪的东西是什么吗？”

史苔拉惊慌地看着所罗门，好像刚刚从沉睡中醒来似的。“不知道，是什么呢？”

“报纸上写道，这两个事故可能是人有意识地操纵存心不良的软件导致的结果。”

“什么软件？”

“这是指一切目的在于造成破坏而开发出来的软件，也可以叫计算机病毒或者龙形怪兽……”

“龙形怪兽？”史苔拉突然害怕起来，当她意识到这种反应险些使她露出马脚的时候，马上补充道：“龙形怪兽到底是什么？”

所罗门突然起了疑心，片刻之后，他微笑着继续说道：“人们把那种存心不良的软件称之为龙形怪兽，它会独立地在计算机网络，如因特网里传播开来。”

“在某种程度上说，就是那种经常变换住处的病毒。”

“龙形怪兽？”史苔拉突然害怕起来，当她意识到这种反应险些使她露出马脚的时候，马上补充道：“龙形怪兽到底是什么？”

“一个很贴切的比喻，小星星！”

“这样一头龙形怪兽可能是澳大利亚和美国那两起‘事故’的制造者吗？”

“那是可以想象的。坦白地说，我对这个事件很感兴趣。我认为，今天，我将在研究所里伸出我的触角。如果那真是一种新的病毒，或者真有一头这样危险的龙形怪兽，那么我一定要抓住它。”

“也许你已经抓住它了。”

所罗门使劲地摇摇头说：“绝对没有。所以它们引起我的注意。我的斯库尔程序也是这样，它即将全部完成，因为它有学习能力，能在网络的帮助下，攻击一台不期而遇的计算机，甚至能进行回击。但是这头龙形怪兽——或者不管它是什么——的行为说明它很聪明。你好好想一想：那样一种偶然的‘失控’能够把巨型卡车引入矿工协会的计算机中心？我越来越清楚地想象出，那个家伙是怎样狡猾地走在了前面。无论如何我也要抓住它！”

星期五，马克寻找最新的计算机事故的原因没有取得任何进展；他忙着与外国的、首先与美国的大学和研究机构建立联系。以前他常常从这些机构得到一些别人得不到的信息，这一次却奇怪地吃了闭门羹。现在除了报纸上登的东西之外，他们什么也不知道了：肯定是一种病毒或者另外的什么病灶引发的这种事故。

连耶西卡也一无所获。从卡奥斯计算机俱乐部到在线杂志 2600，到密码站，她把所有特殊的关系全都调动起来了。

“这简直像有人紧紧地捂着箱子盖。”当最后一个谈话对象也拒绝用电子邮件回答的时候，她忽然爆出这样一句话。她无计可施了，这种情况确实非常罕见。

“奇怪，这一切只能使我更加好奇。”马克回答道，“您是不是认为那位老大哥躲在后面？”

“您指的是国家安全局吗？”

马克耸了耸肩，说：“我不认为这次袭击是一个名叫‘国家安全局’的部门亲自干的——无论如何，受到损失的是一家美国公司，那些损失，正如间断的新闻披露的那样，让华尔街都陷入一片混乱——但是……”

“……也许这件事和那些顽皮的孩子有关系，可能他们不希望有人严厉地反对他们。”女大学生接着马克的思路说道。

教授点点头。他戴上眼镜，再次浏览了一下屏幕上的最新消息。过了一会儿，他把眼镜摘下来，长出了一口气，然后对自己的女助手洒脱地说道：“周末到了，耶西。我答应了史苔拉几件事，无论如何得守信。今天我们反正不会有什么收获了，我建议委托几个人代替我们在星期六和星期天监视一下因特网。星期一早上我们再看看他们谁在全球谣言制造所里找到了有价值的信息。”

耶西卡点点头说：“您走吧，所罗门。我再给我们的代理灌输一点儿必要的查询常识，叫他们快点进入因特网。今天晚上，我将在聊天室再次向伙伴们打听一下。星期一早上八点钟再见。”

马克呻吟了一声，说：“这么说，您这个星期一开始就不得安宁了！”

耶西卡冷冰冰地笑了笑，直到露出两个酒窝为止。“特殊情况要求特别的措施。就这样吧，星期一早上八点见。周末愉快，代我问候史莕拉。”

周末出版的报纸报道了新的计算机事故。这期间，媒体纷纷瞄准了这些引起轰动的事件。像通常那样，那些不可靠的电视台和电台由于缺少观众和听众，现在也报道起一些古怪和奇特的事件，而且把那些事件大肆渲染，使人感到要想克服这种情况，只有把计算机关闭。然后,这里就出现了一些几乎是神奇的现象,成批计算机鼠标突围，就像传说中住在邻近的旅鼠，自愿成群结队地选择死亡那样。

在另外一些地方，电脑的屏幕会中断几秒钟之久，让位给一个陌生的长着大猫眼的面孔，几个自称电视计算机专家的人指出这肯定是外星人即将入侵的征兆。

除了这些怪物之外，最新报道完全是一些应该严肃对待的威胁。星期五到星期六的夜里，伦敦市和英国东南部全部断电。泰晤士河几百万人口的大城市完全坠入一片黑暗之中。谁要是没有紧急发电系统，谁就只好点蜡烛或煤油灯了。所有的交通灯全部失灵。甚至电话公司也受到损害。整个城市乱成一团达十二小时之久。专家们以为很快就能找出原因：以为是供电控制设施的一个计算机出了故障。奇怪的是，在不同的地方同时出现死机。所以，伦敦警察厅刑事部也不能完全排除成为电脑黑客瞄准的目标的可能。

“您偷走了城市的光明。”史莕拉坐在父亲旁边跟踪早餐电视新闻时迷迷糊糊地小声说道。她又回忆起不久前亲身经历的一次冒险。

从昨天晚上起，卡尔德的别墅里便几乎不断地播放电台或者电视台的报道。在卡奥斯里面，马克同时开着好几个间断新闻网页，其中出现的概念是：“计算机”“电脑黑客”或者“病毒”。

星期天，巴黎郊区的奥利国际机场电脑全部死机。意想不到地死机不但击中订票和办理登记手续的计算机，而且也使领航的雷达系统失灵。就在导航系统失灵的刹那间，城市上空差点儿出现多架飞机相撞的事故。美国航线的一架巨型喷气式客机只差一根头发丝的距离就撞到埃菲尔铁塔上去了；仅仅由于飞行员的胆量，甚至是由于他擅自行动，才阻止了一次更大的灾难。当多架飞机在天空盘旋的时候，地面上成千名乘客不得不转着圈在办理登记手续的窗前等候。

在行李交接处，成千上万的箱子全乱了。显然谁也没有注意，打印机吐出来的打印标签，目的地全不对了。直到星期天晚上，“巴黎的混乱”还没有结束。计算机顽强地拒绝恢复到正常状态，好像计算机里有一句拒绝清醒过来的咒语似的。

第三阶段　渗　透

网络龙形怪兽

所罗门吃早点时喝的咖啡浓得简直可以咀嚼，这与完美的健康使徒的行为可是自相矛盾的。这种“反常行为”总是在他处于非常状态的时候出现，但他的女儿却很喜欢这种小小的不完美。

史苔拉无精打采地看着自己的父亲，他正在用叉子把一块烤得黑糊糊的熏肉切成两半，同时他的两眼却像着魔一般凝视着碗柜上的小电视机。她自己仍然没有完全消化星期天的新闻，不能断定那是否也会产生一个卡给，一个对她来说越来越强烈怀疑的词汇。但是，她在自己的电脑上一次也没有玩过其中出现任何飞机的游戏。因为她觉得疯狂的猜测可能只是大脑的胡思乱想，所以她也就感到轻松了。忽然，她想起了白色的拉古奇，那种长羽毛的会飞的蜥蜴，所以，她对是否真的还有解除警报的机会完全不再有把握了。

这时候，电视里一个表情呆板的节目主持人微笑着报道了最新的计算机灾难。在约翰内斯堡最大的医院里，计算机网络全部被摧毁。当人们重新开机时，他们开始还以为一切都好像处于最佳状态，然后他们便发现了越来越令人不安的征象。一个病人从麻醉中醒来，发现自己的左腿没有了——本来他是因为要做盲肠手术被送到医院来的；另一个病人，扁桃腺发炎被忽略，却做了心脏移植手术。损失不大的是一个女病人——尽管病历上有明确的警告——结果还是给开了无法忍受的抗生素。她的病是一种变应性休克，已经不可救药了。

史苔拉呼吸紧张了。她有一种预感，所罗门现在一定会转过身来，用伸出的手指愤怒地指责她。在幻觉中，她看到那个面孔变成木偶的节目主持人正冷酷无情地指着她，用带着口音的德国方言向观众宣布："应该对这一切负责的是一个十六岁的名叫史苔拉·卡尔德的女学生，她住在柏林……"

"你不舒服吗，小星星？你的脸色苍白。"

史苔拉费了很大劲才把目光从电视上移开。也许是在某种程度上对南非医院病人的死亡负有责任的想法使她感到无法承受。她看着父亲的面孔，好像是第一次看到似的。"我……不……"她再也忍不住了。然而此刻有一点她是明白的，那就是她再也不能守住那个秘密了。现在，她父亲必须知道她在短短的四个星期之前干了什么。

就在这时候，门铃响了。在起初的刹那间，史苔拉大吃一惊，但她立刻就把这个干扰变成了脱身的机会。她猛地从座位上跳起来。"我去开门。"她说着就跑了出去。

当她迈着大步走到过厅时，她听见外面芝麻守门员机械的声音说道："您没有被认出来，请改变您的面部角度并重复您的暗语。"

史苔拉开了门，外面站着两个面无表情的男人。一个又高又瘦，脖子像一根细长的管子，金黄的头发稀稀拉拉，正惊慌失措地看着不锈钢钢板上那个会说话的窗口。另一个黑头发，大胡子，矮一些，上身像一个啤酒桶，皮笑肉不笑地对史苔拉说："院子大门是敞开的。"

"你们要干什么？"史苔拉问道，她觉得这两个人很可疑。瘦高个子穿的衣服是无聊的灰色方格西装，矮个子穿一件蓝色的运动西便服——说话带着不容混淆的巴伐利亚口音。

"我们想和你的父亲说几句话……你就是史苔拉·卡尔德，对吗？"

"您在这儿等着。"史苔拉又把大门关上，回到餐室。"爸爸，门口来了两个陌生人。"

"现在？早上七点半？是什么人？"

"不知道，两个面无表情的人。"

史苔拉发觉父亲的身子紧张起来。他没有再说什么便站了起来，离开餐室。史苔拉跟着来到餐室门口，在那儿向过厅看着。

"请问您有什么事情？"所罗门把门打开以后问那两个男人。

"我姓赖特哈默，叫约瑟夫·赖特哈默。"那个穿蓝色运动西便服的男人回答道，"我们是联邦新闻局的。这是我的同事西格弗里德·哈特曼。我们可以进来吗，卡尔德教授？"

"我是否可以拒绝您的要求呢？"

"我想，不必搞得那么复杂，结果不会有什么改变。"

"我想是的，那就请你们进来吧，先生们。"

史苔拉从门缝里看着那两个联邦新闻局的官员走进来。穿蓝西装上衣的男人正把一个黑色的皮夹子装进上衣口袋，估计是向所罗门出示了证件。

“这边请，我正在吃早点。如果您觉得无所谓，我们就到餐室里坐，这样您就可以在我吃完早餐的同时，简单地说明来意。”

史苔拉暗笑了一下。这样一来，那两位官员就知道应该长话短说了。为了不让他们看见，她退到厨房里。当她经过仍然开着的碗柜上的电视机时，她的目光落到电话上（所罗门在每一间屋里都安上了电话）。她还没有动脑筋想一想就按了一下自动通话设备并接通了自己房间的分机，然后就悄悄地进了厨房。

当所罗门请客人就座的时候，史苔拉嗖的一下子从另一个门走出去，来到过厅。从那儿匆忙地走上楼梯，冲进自己的房间，一把抓起正在响着的电话听筒，同时按下无声键——这样一来，就不会有什么声音传到楼下去了。

“……您的女儿呢？”她刚好听见一个人向所罗门提出问题的结尾。

“估计她回楼上自己的房间了。”他回答道。同时，他关上电视机，这样史苔拉就可以清楚地听到他们的谈话而没有背景的噪声了。“好吧，赖特哈默先生，请言归正传吧！”

“好。”那个先开口的官员认真地说道，“您很可能也听到最近几天关于计算机事故的消息了。”

“这个大概不需要我来回答。”

“不用。”那个人轻松地一笑，“正如我对您的估计那样，您好像也很重视这件事情，这样我们就不用为这件棘手的事情多说了，卡尔德教授。”

“您很会看人，赖特哈默先生。”

“那么请您让我告诉您，联邦新闻局认为，这些事件和您有关。”

他们之间出现了长时间的沉默，这时候，史苔拉试图想象此刻在餐室发生了什么。估计赖特哈默和哈特曼毫无表情的面孔可能正在她父亲的脸上寻找可以作为罪证的蛛丝马迹。也许官员们正在得意地冷笑着。现在所罗门无论如何也会变得面色苍白——在这样的情况下，他的反应通常都是这样。然后，他会满脸通红，持续十秒钟之久，然后……

“我早就听说联邦新闻局 (BND) 的人是一帮无耻之徒，但我可没有想到联邦当局现在真的是这样。您……”

“对！”史苔拉满意地确认，这正是她期望的。

“请您镇静一下，卡尔德教授先生。”激动的科学家听到一个从鼻子里发出来的声音说道，这只能是那第二个官员哈特曼，“我的同事并没有说，您本人是这些恐怖袭击的肇事者……”

“恐怖袭击？究竟什么是恐怖袭击？”

“我们指的是最近几天发生的奇怪事件，教授。”

“而你们认为我和这些事情有关？”

“大概您还记得，我们完全相信您的研究。”赖特哈默先生接着说道。

“当然，”所罗门苦涩地回答道，“但我希望 BND 最后对于它不会得到我的支持这一点是清楚的。”

“这我们知道，卡尔德教授。此外，我还可以告诉您，在信息技术方面我本来属于联邦安全局，仅仅是因为目前发生的危机我才被借调给 BND 的。”

“这反正都一样，”所罗门严词以对，“不管是联邦新闻局还是英国标准协会（BSI），你们最终都是一个目的，就是怎样接近普通公民的相关数据。”

“您不要这样说，这对我们不公平。”那个巴伐利亚人辩解道。他的声音听起来好像受了委屈似的，“如果我们窃听一个人，那是出于追踪并挫败犯罪的目的——有组织的犯罪现在都使用最新技术——包括信息技术。一个法治国家负责侦察的部门必须跟上犯罪因素发展的步伐，没有密码支持，侦察阴谋活动就太困难。”

“您不要这样说，好像联邦新闻局仅仅是一个开路先锋似的。”所罗门针锋相对地说道，“你们与美国国家安全局密切合作，实际上，那个部门截获这个星球上的每一个电话、每一个传真和每一个电子邮件，使之在它的过滤器上通过，这在专业圈子内早就是众所周知的事情。”

“我们不能为我们的美国同事说话，教授。美国遵循的是他们自己的政策。”

“那么您遵循的是什么政策呢？您为什么来这儿？”

“我们认为，有人想使用您的进入技术，卡尔德教授。”

“完全不可能。我的斯库尔检测器使用多级安全系统……”

“这我们知道。”

他们之间出现一个短暂的间歇，所罗门大概必须先消化一下这个信息。

“那么说，你们已经监视我整整一年了。”

“只是从远处，卡尔德教授。当然，我们没有为了马上向您提出下一个问题而撬开您的软件密码。对我们来说，您太善良了，教授。”

“请您现在不要试图向我献媚！如果连您都确认了我的安全系统可靠，那我究竟应该怎样对最近几天发生的计算机事故负责呢？”

“说真的，我们本来就是要向您打听这件事情的，教授。”

又出现了一阵沉默。然后，所罗门的声音听起来更像一个节目主持人：“在你们的部门里，关于斯库尔计划及其试验程序的档案肯定已经很厚了。毫无疑问，我也讲不出什么更新的东西了。然而，这里面绝对不会包含任何存心不良的软件，更不会进入另外一个计算机系统并留下一个名片。”

“留下一个电子‘指纹’，事实上我们知道这一点。英国标准协会的官员们曾经坦率地告诉我们，这里涉及一个日本的词汇，您把它作为一个即将推向市场的游戏的名称——此外，祝您成功。"

"谢谢，您要把我的软件当作有害的商品加以痛斥，那么，它怎么能使全世界的电厂停电、医院瘫痪……"

"而且把几百年之久稀有的手稿毁掉……"哈特曼附和的声音把造成损失的单子补充完整。

"您说什么？瘫痪的计算机和旧的手稿有什么关系？"

"关系很大，卡尔德教授。例如，当这台计算机控制的自动灭火装置无缘无故打开的时候，也就是说，就在两个小时之前，发生在华盛顿，美国的一些最珍贵的文献因为酿成水灾的缘故，现在已经永远失去了。"

"您知道吗，您这个消息使我对所有其他的损害更感到痛苦？"所罗门过了半天才悔恨地说道，"如果说计算机本身会控制电子时代之前的宝藏，这是我迄今没有想到的事情。"

"事实就是如此。"史苔拉又听赖特哈默继续说道，"根据我的印象，您的震惊是真实的。这使我感到安慰，它表明我没有看错您，卡尔德教授。然而，我不得不通知您一个令人感到不愉快的消息。"

马克迟疑了一会儿，然后问道："那是什么呢？"

"任何一台瘫痪的计算机都没有发现陌生的程序，既没发现病毒，也没有发现蠕虫或者龙形怪兽，连进入的文件名也没有泄漏任何痕迹——"

"……可是？"

"侦察部门在最初四个死机的计算机系统中发现了一个'指纹'，所有这几起事故都有这样一个共同的标志，因为偶然，所以无法解释。在每一个计算机的硬盘箱里都有一个标志，而且总是在同一个硬盘范围里，他的标志就是所谓的"有害地区"，这是……"

"……一个硬盘区，驱动系统不再能描述，因为它被当作已经损坏。"所罗门把官员的那句关于技术的说明说完。他的声音从史苔拉的扩音器里传出来，听起来很奇怪，像是独白："让我把剩下的话说完：您说的那个'指纹'由五个字母组成：K–A–G–E–E。"

史苔拉发出一声轻微的叫喊，幸好她没有打开麦克风。耳机里半天没有听到任何声音，然后她父亲又开始说道：

"我还是不能解释这件事。我忽然想到，对于您的报告可能只有一个回答。"

"我洗耳恭听。"

"您带来的这一切仅仅是为了说动我与你们合作，这样你们就能接近我的斯库尔检测系统了。"

"教授！"这时候，赖特哈默的声音变得严肃和咄咄逼人了，"我向您保证，我们不会强迫您公开自己的研究成果，如果您不是自愿这样做的话。我们只是想保证您的

“……一个硬盘区，驱动系统不再能描述，因为它被当作已经损坏。”所罗门把官员的那句关于技术的说明说完。他的声音从史苔拉的扩音器里传出来，听起来很奇怪，像是独白：“让我把剩下的话说完：您说的那个‘指纹’由五个字母组成：K—A—G—E—E。”

配合，以便抓住网上恐怖分子。”所罗门还没有马上做出回答，那位官员又补充说：“您考虑一下吧，尽管如此，造成这一切事件的是您的软件。如果您与当局合作，将会大大改善您的处境。”

“有没有一点考虑的时间呢？”所罗门迟疑半天之后问道。

“当然了，教授。就某些方面而言，我甚至理解您的怀疑。但我们没有很多时间，迄今为止，还没有任何内行对这些事件进行过更深入的描述。我们知道的只有一点：目前对这些打击都束手无策。为了避免这种恶意软件在全世界计算机中蔓延，人们不得不切断网络，这就等于全部关闭这个星球上的计算机。您和我都知道这意味着什么。也许这就是恐怖分子袭击的目的，这也就等于信息时代的终结。这不仅明白无误地要几百万人付出生命，而且，我们将一下子回到中世纪。我估计您也不希望这样，对吗，卡尔德教授？”

不久，那两位官员便离开了他们家。他们走之前约定很快会再次进行电话联系。

史苔拉从她的偷听位置上知道，从第五次打击以来，卡给标志奇怪地没有再出现。但是，所有其他的征兆都表明是同一个进攻者，尤其是它在冲破被击中的计算机的安全系统时没有留下任何痕迹。

马克向两位官员透露了他用现在这个卡给游戏的版本实现的计划。目前的状况——从它的作用上来说——相当于一匹特洛伊木马。在一个表面看来无害的计算机游戏下面，藏着许多重要的东西。它真的还包含一个“总密码”，也就是那个从斯库尔检测程序引出来的万能进入算法。本来这一切只是为了和理工大学的同事告别时开个小小的玩笑，游戏程序可能会变成一头龙形怪兽。大学网络里的每一台计算机都可能很快受到侵害，因为校园网络里的每一台计算机都是通过IP（网际协议）号码登记的，就像护照上的号码顺序那样，可以清楚地识别。他只是想这样来确认游戏的号码范围，使之完全不会传播到理工大学之外。

可惜他根本没有打算限制这个程序。假如有人成功地运用了这个程序，使它变成病灶，也就是变成有害的密码程序，至少在理论上是可能的；然后，这样一种突变的卡给软件完全可以进入因特网，并且散布到别的计算机网络里去。正如前面提到的那样，这纯粹是理论上的可能性，因为那种所谓的通过它可以很快理解并改变一个程序的“源密码”，将被他严密地保存起来。没有源密码，通过一个解码程序（人们称之为Deassemblieren）引导程序重新回到初始状态，可能需要几个月甚至几年时间，然后，才能透视它的全部结构。

马克答应彻底考虑这件事，考虑可能会发生什么和怎样帮助侦察部门工作，只有一点要求：他们不要期望他泄漏自己最宝贵的秘密。

"我必须向你承认一件事，爸爸。"

所罗门微笑着，但他的眼神显示出并不愉快。他坐在客厅的单人沙发上，史苔拉坐在长沙发上。

"如果是因为你从自己的房间里偷听了官员们和我的谈话——那就算了。"

史苔拉的下巴耷拉下来。"你发现了？"

"当我关上电视机的时候，我忽然看见电话上的对讲设施灯亮着。但我想，你本来就有权知道 BND 对我打什么主意。"

"我认为也是这样。但是，尽管如此……"

"我没有生你的气，小星星。"

"不，根本不是因为这个。"史苔拉忽然说道，她的眼睛湿润了。假如父亲知道她说出压在自己心上的东西多么困难就好了。然而，现在必须说出来。

"我对你撒了谎。"

他来到长沙发前，坐到史苔拉身旁，审视地看着她。"撒了谎？我觉得难以置信。发生了什么事情？你干了什么蠢事？"

现在，因为有了开始，事情就变得容易了一些。"准确地说，那不是什么真正的谎言。实际上是我隐瞒了一件事。"她含糊不清地说道。

所罗门什么也没有说，只是充满期待地挨着她。她开始进行全面地解释。她告诉父亲，她是怎样发现卡奥斯的门开着，然后发现了卡给的光盘，最后试着玩了那个游戏。她把留在记忆里的洞穴世界的每一个细节都详细地讲了，同时她获得一种印象，从游戏的过程中她觉得自己的父亲非常令人着迷，而不是那个老为自己女儿干的蠢事而恼火的父亲。当她最后讲到那个冒险的突如其来的结尾时，出现了长时间的沉默。

史苔拉感到一阵难以描绘的轻松，至少她现在已经承认了自己的过失。现在，她虽然解除了一个沉重的心理负担，但是，那种计算机事故的可怕后果仍然使她感到压抑。一想到必须对所有这些事故负责，她就感到心头压上了一块巨大的花岗岩石块。她的双手开始颤抖，然后泪水就像决堤的河流似的涌出来，连同她自己的全部苦恼。

所罗门用一只胳膊搂着她，他做得有点笨拙，他把自己的感情埋在堆积如山的工作下面已经太久了。可是，他现在必须做点什么，说点什么。此时此刻，他只是不知道如何开始。

对史苔拉来说，他的沉默比他大发雷霆更令她感到痛苦。她不想否认自己的罪责，至于所罗门是否会大吼一声严厉地惩罚她，她觉得已经无所谓了。是的，她根本不想逃之夭夭。她的嘴唇颤抖着，充满期待地望着自己的父亲。然而，父亲只是紧紧地搂着她，看着她，眼睛里充满痛苦。

史苔拉再也忍不住了。"你为什么不说话，爸爸？你为什么不发火，为什么不大喊大叫？我做的事情太可怕了。我确实应该受到惩罚，难道不是吗？"

所罗门终于开始说话了，让史苔拉感到惊异的是他的声音里没有愤怒。“那你说应该怎么处罚吧，小星星？我应该让你跪下呢，还是打你的屁股？”

“这我怎么知道，你是父亲。”

“你长这么大，就挨过我一次打。那时候，你大概一岁多，已经爬得很快了。不知怎么，你竟然爬进我的工作室，在书架的底层翻腾，把一本价值二百美元的书撕得粉碎。那一刻我非常生气，因为我无法和你讲道理，所以就不假思索地使用了暴力。”

“你打了我？”

“只有那一次。”

“原来如此，可是你从来没有对我讲过。”原本史苔拉完全不能想象父亲是一个会发火的人。他和菲菲雅娜都属于迟到的六八年那一代人，与那个时代的生活气息相适应，他们郑重其事地受过反权威的教育。一直以来，史苔拉对父母亲都是直呼其名。直到近几年这种交流方式才有所改变。

“也许因为我不想显露自己的弱点。”所罗门承认道，“此外，当时你的尿布很厚。打了那一下留在你心理上的信号可能会多于肉体上的疼痛。你哭了一分钟，以后就再也不到我的书架上乱翻了。”

“一本书可以更换，但是一个人的生命不能死而复生。”

所罗门看着史苔拉不安的样子，问道 :“你刚才说什么？”

“那个在南非的女人，那个过敏性休克的女人，我觉得是我自己亲手害了她。”她的眼泪又开始流出来了。

所罗门把女儿搂得更紧了，现在沉默已经被打破。他温柔地劝慰自己的女儿，好像在把专治创伤的药膏涂在她灵魂的伤口上似的。“小星星！你绝对不可以这样想。卡给是一个游戏，它不会杀人。应该说，我对这个版本有点失控，但是你想一想 : 在南非事件的后面隐藏着某种想法，可能还有许多恶念。对此，卡给永远没有这个能力，你不要感到自己有什么罪责。”

“可是，不管怎么说，卡给和所有这些事件有关。”史苔拉大声地喘着气，她难以安静下来。

“不，史苔拉，把这种念头从头脑里赶出去。一定还有一个人或者一伙人在这些事件后面，那个人完全有意识地策划或者指使了这些事情。也许是一帮电脑黑客。你绝对是无辜的。即使卡给是通过你的手落入某个恐怖分子手中的，你也不能为那些计算机事故负责。你想想看，一个杀人狂拿着一把菜刀一连杀死十几个人，谁也不能追究制造菜刀的人的责任。”

“那些坦克和火箭的制造者也总是这么说。”

所罗门使劲地摇头。“这句话可能有道理，但尽管如此，你的比较却是不恰当的。坦克的设计和制造目的就是用来杀人的，菜刀不是。”

“你说过斯库尔检测器能够克服任何安全系统。”

“是的，但我再次告诉你：它不含任何能够造成损害的密码。斯库尔本身就有这个能力，因为它能够持续地使进攻者的计算机瘫痪，但是，试验程序，就说这个吧，更确切地说，它是一把总的钥匙，就像每一个钥匙服务公司使用的那样。因为这样一把钥匙能够及时地打开锁，所以有些人就会获得拯救。如果有人滥用了这个公司的特殊工具并且用来作案，那么生产厂家并没有罪。”

“也许有罪，比如钥匙服务公司使用自己的工具时轻率从事。”

所罗门咽了一口唾沫，说：“如果一定要这么比较，那也最多是我的行为疏忽，我没有把软盘和卡奥斯进行保险就匆忙地离开了家。我必须自己承担责任，小星星。你的犯规行为是另外一种性质。你虽然欺骗了我，这我绝对不想美化，但是我想，这一次我们就不用打屁股了。你已经用自我责备惩罚了自己。此外，如果不是我首先犯下了不可饶恕的错误，你也肯定不会做出这样的事情来。”

史苔拉擦去脸上的泪水，问道：“那你现在想干什么呢，爸爸？”

所罗门深深地吸一口气回答道：“我将给那个 BSI [①] 的赖特哈默先生和他的 BND [②] 的同事打电话，告诉他们，他们有望和我合作了。”

“这个游戏的反应完全和预计的一样。经过学习之后，它已经逃进网络里。不幸的是，我还没有把理工大学校园网络的 IP 号码的限制输入进去。所以，这个游戏现在可能已经在因特网的任何地方了。”

星期一下午，五点钟。一个晴朗的六月天，阳光太充足了。为了仔细分析令人感到忧郁的问题，马克、史苔拉、哈特曼和莱特哈默，坐在卡尔德家餐桌周围。为了隔离炎热，史苔拉的父亲把窗户上的木板关上。这样一来，屋里的温度就舒适多了，而且笼罩着一种朦胧的气氛，因为马克通常都不开灯。

他刚才对联邦新闻局和联邦信息技术安全局的两位官员讲述了自己的女儿怎样训练卡给游戏，后来大概是因为一次“事故”，它逃进了因特网。

“这期间，它可能已经在很多计算机里筑了巢，并像一颗定时炸弹似的在滴答滴答地走着。”莱特哈默说道。

马克摇着头说：“这话可以针对卡给的突变版本——我们先这么称呼它。但是，正本的情况本质上是无害的。像突变的东西溜进不同的系统那样，它跟前一种情况相反，在那儿它最多像一个特洛伊木马：假如一个用户发现了它，他会和它玩几天，然后他就会很生气，因为那个程序会突然消失。”

---

① BSI：British Standard Institution，即英国标准协会。

② BND：Bundesnachrichtendienst，即(德意志联邦共和国)联邦情报局。

史苔拉克制地点点头。半个小时以来，她只是像一个瓷娃娃那样默默地倾听着大人们的谈话。

“可惜，我们坐在这里不是为了探讨一个无害的游戏。”哈特曼说道，“不幸的消息连续从世界各地传来。我们必须采取紧急行动。我们的专家们当然已经在积极地处理这件事，卡尔德教授，您认为搞一个能够识别卡给突变物并使之不起作用的病毒扫描仪是可能的吗？”

马克怀疑地摇着头说：“毫无疑问，BND和BSI没有杰出的理论家，哈特曼先生，在实践中，这种东西常常是另一种样子。正如您自己向我报道的那样，那个龙形怪兽仅仅在最初的四台计算机事故中留下了印记，然后我的老‘卡给’就杳无踪迹了。没有任何恶意软件的‘沉淀物’，我估计，常规的病毒扫描仪成功的可能性微乎其微。”

“听起来，好像您手里还有一张王牌，教授？”

“在您的描述中有几点使我感到还有疑问：第一点，我仍然像先前那样相信，任何网上恐怖分子都不可能仅仅在一个星期之内发现卡给游戏，解开它——也就是回到源密码、分析它并加以判断——然后还能把它变成这样一种有害的东西。第二点，您虽然说卡给突变物没有留下任何痕迹，但是，这只有在我亲自检查以后才能相信。我知道，它可能在一个数据库里，就像芝加哥第一国家银行或者别的大公司具有的那样，这是一个极麻烦的冒险。但是，正因为那些数据量太大，你们的专家可能会有所忽略。”

赖特哈默正想回答这个问题，门铃响了。

“我还没来得及告诉您，我们还有两位同事要来。”哈特曼赶忙说道。

马克眯缝起眼睛问：“这是为什么？”

“您马上就会知道，卡尔德教授。”

马克迟疑了片刻，然后转向史苔拉，对她说：“小星星，你去请外面的先生们进来好吗？”

“好吧。”

来人站在花园门口并直对着大门左边柱子上的摄像机。史苔拉从门旁的小屏幕上把他们看得清清楚楚。那两个人中有一个像哈特曼一样瘦，但却比那个身高将近两米的联邦新闻局官员矮好几头。另一个也许和她父亲差不多高，头发颜色很浅，衣服紧紧地裹在身上。

“请问您找谁？”她向对讲机里说道，声音没有着意地表现出和蔼。

小瘦子吓了一跳，另一个人微笑地带着浓重的美国口音说道：“我们和哈特曼以及赖特哈默是一起的。”

这两个是美国人！现在一切都清楚了。史苔拉尽管不能向任何人解释一个美国白种人和一个欧洲人的区别是什么，但在她看来，大洋那边的人们和这边的人还是有点不一样。她按了一下通话按钮。

“Come in.”英语从她的嘴唇里说出来，就像在 Burg King 买东西似的。她按了一下开门按钮，可是，那个高个子刚碰到园门，她的头脑里就突然冒出一个坏念头，立刻松开了按钮。那个美国人徒劳地抵着园门栅栏，然后，他重新看了看摄像机并对这种恶作剧做出善意的表情。“门没有开。”他又说了一遍。史苔拉调皮地笑了笑，又按了一下按钮。这一次她热心地帮助来访者进入了卡尔德家宽敞的院子。

两个男人沿着花园曲折的小路走上来。一会儿，他们肯定会碰到史苔拉不信任的目光。

“遇到您真好。”那个在大门口对着摄像机说话的陌生人首先说道。他的眼睛像海水一样蓝，稻草黄的头发被使劲地向后梳着，并用某种发胶定了型。“我的名字叫瓦尔特·弗里德曼，这位是杰克·H. 费茂，您的英语说得很完美，卡尔德小姐。”

“仅仅从两个字里您就能知道吗？”史苔拉针锋相对地说道。她怀疑地打量着好像很脆弱的费茂，他那厚厚的玻璃镜片后面的眼睛不停地东张西望。小个子美国人穿着亮闪闪的西服，就像一个可怕的蓝色爬行动物时时刻刻都在望着周围的天敌。

弗里德曼非常轻松、自然地微笑着，像典型的美国人那样。他说："这么说吧，我们对这次访问做了充分的准备，小姐。我们可以进来吗？"

陌生人的外表引起了史苔拉的怀疑。今天早晨出现了联邦新闻局的官员，五天之前发生了第一起计算机事故——而他们的美国同事已经“做好了充分的准备”！这意味着什么呢？她带着那两位先生来到餐室正在等着他们的人跟前，心里着实有些害怕。

当弗里德曼和费茂自我介绍说他们是美国联邦当局的人时，史苔拉和她父亲都有些惊异。费茂属于中央情报局（CIA）——以前史苔拉还从来没有看见过一个活生生的中央情报局特工人员，而弗里德曼则属于国家安全局（NSA），最近几天已经多次提到这个机构。

那个国家安全局的官员——可以感觉到他想努力创造一个不太紧张的气氛——在自我介绍的时候指出，他父亲是德国萨克森州的移民。大概是由于他的德语知识使他有机会得到这次来德国出差的任务。他和费茂在柏林台戈尔机场刚下飞机。因为他的同事不会德语，所以他请求用英语继续说下去。

“迄今为止，没有人对我说过国家安全局插手了这件事。”马克用地道的美国英语说道。他在剑桥和伯克莱逗留多年，早就会说完美的英语，因此他讲英语不会有任何问题。只有哈特曼和莱特哈默不得不聚精会神才能跟上他们的对话。不过，他们倒是不约而同地接受了这种被动的听众角色。

“总体来说，时间非常紧迫。”弗里德曼礼貌地回答说，“尽管如此，我还得表示歉意，如果我们的到来给你们添了麻烦的话。也许你们已经想到，国家安全局将在全世界范围内进行调查。”

史苔拉注意到她父亲为什么突然生疑了。也许他在考虑，有多少美国的情报机构知道他和他的工作。过了一会儿，他干巴巴地回答道："莱特哈默和哈特曼两位先生今天第一次来访。中央情报局和国家安全局肯定不是在他们来访以后才把你们送上飞机的，因此我想请你们对我说明一下理由，先生们，为什么你们特意从美国赶到我这里来？"

弗里德曼和费茂惊愕地看着他们的德国同事，好像这个问题早就解释清楚了似的。

"对不起，卡尔德教授，"这时候那个中央情报局的官员说道，"我们的时间很紧迫，到目前为止，可能还没有时间把事情的前前后后都告诉您。弗里德曼少校和我到这里来，是为了明天上午陪同您到美国去。"

"你们想干什么？"

马克像被塔兰图拉毒蜘蛛蜇了一下似的，从椅子上蹦起来，难以置信地凝视着费茂。

"您听到的话是真的，卡尔德教授。您可能还不清楚，我们现在正面临一场全球性的危机，所以美国成立了一个解决这个问题的特别工作队，教授，您也是这个工作队的一员。"

史苔拉的父亲此刻对这个消息一点儿也不满意，他的面孔显出怒火。他戴上眼镜，俯身向前，面向桌子对面的美国人，用手指着他们质问："那么，为什么要两个美国的官员——我不想用'秘密警察'这个词汇——来接我呢？"

"联合国特别指挥部已经答应，从人员上和技术上给予无限制的支持。"费茂不动声色地回答道。

"这我可以想象。可能动机不完全是无私的，对吗？"

"您想说什么，卡尔德教授？"

"在那个龙形怪兽里面藏着的技术可以自己在影子中发挥自己的潜能。如果您想解除网上恐怖分子的武装，那就清楚了，这个软件炸弹以后将会放进您的武器库中。如果我说得不对，请您纠正。"

"不是为了这个原因。"现在那个国家安全局官员弗里德曼接着说道。

"我们之所以来到柏林，是因为联合国请我们来给以公务上的帮助。我可以为您再次重复一遍，卡尔德教授，这涉及国际范围的威胁的最新发展，网络龙形怪兽工作队在联合国最高指挥部的领导之下。成立这个工作队的唯一目的，就是弄清楚一系列计算机事故的原因并阻止继续发生类似的事件。您必须相信我们。"

马克和弗里德曼的目光默默地对峙了几秒钟。突然，他的一直僵硬的面部表情变成一个疑问："网络龙形怪兽？"

弗里德曼急促有声地呼吸着点点头，说："这是一个特别的密码名称。"

马克又把眼镜拿下来，然后突然说道："明天上午，这太快了。"

"我更想今天晚上就走。"

“您怎么知道我会愿意一起去呢？”

“您不应该忘记，您和这整个乱了套的情况不是完全没有关系的。”费茂说道，他在这个美国的小组中扮演强硬派的角色。

“如果女人用他们出售的药水毒死了自己的丈夫，您想惩罚每一个药房老板吗？”

弗里德曼勉强地微笑了一下，说：“您不是药房老板，卡尔德教授。您研究的是极富爆炸性的软件。”

通过这一说明，马克的情绪才好起来。“我知道国家安全局如何想象任何一个能解开你们当局读不了的贺卡密码的人，”他挑衅地说道，“你们把每一个强大的密码看做一个武器。但是，也还有另外一种观察方法，在任何领域里都没有像在信息技术领域里那样，个人的、企业的和其他单位，包括国家机关的权利那样无法保护。因特网中的状况就像在疯狂的西部那样。此外，每个月至少出现二百五十种病毒，成千上万的病毒已经存在。先生们，有害的软件早就是一个日益严重的危险。此外，您也像我一样清楚，电脑黑客们已经推进到极其敏感的领域。在研究所里，我每天都收到这方面的报告。早在 1996 年，中央情报局的因特网网页就受到电脑黑客的袭击——费茂先生，您还记得吗？ 1997 年三月受到袭击的是美国国家航空和宇宙航行局 (NASA)。您大概不想说，我本来也从事这方面的工作吧。您在大学教授当中肯定找不到您所担心的电脑黑客。那常常是些孩子，比理查德 · 普瑞斯还小，那个十七岁的孩子，1997 年用他的那个半瘫痪的 9600 波特调制解调器和一个老掉牙的计算机，侵入五角大楼的计算机系统。所有这些都向你们表明，我的工作多么重要。我坐在这儿为全面地保护地球上每一个私人领域和每一个法人领域，只要他们还在权利和法律的基础上行动。你们可能以为我的这些话有些慷慨激昂，可是，难道这就是一个陷害我的理由吗？”

史苔拉完全被她父亲的辩护词吸引住了。她渐渐地明白了那些女大学生们为什么对这位教授佩服得五体投地。即使对桌边的那两个国家官员来说，他那火辣辣的演说也不是没发生影响。

那位中央情报局的官员费茂的身子向前伸了伸，把潮湿的手掌放在很亮的饭桌上，用带威胁的口吻平静地说道：“我们在这里不谈某些偶然的事件，卡尔德先生。如果说那些玩游戏上瘾的电脑黑客偶尔抽了个上签，袭击了中央情报局或者别的什么部门，那他们与目前发生的情况也没有什么联系。然而，不需要我向您解释，什么是‘信息炸弹’，教授。这是您本人铸造的概念，对吗？我们很有把握地了解到，您的为了全球性消灭数据的争论不久就可能变成现实。如果您想退回到充当那位无辜的药房老板的角色，那我非常感谢。然而，如果证实了您当初在自己的专业报告里描述的东西，此后您还想成为一个与毒物打交道的人吗？”

马克的脸色忽然变得苍白了。信息炸弹！他曾经提出编程学的问题，怎样才能摧毁全世界范围内计算机里存储的数据，以及那样一来可能会给人们带来什么样的严重后果。为了那场争论，他的确创造了刚才提到的那个名称。为了回答中央情报局特工人员的这些话，他需要一定的时间。

“您真的认为您得到了关于这样一种消灭全球数据的‘有保证的知识’了吗？”他再次问道，听起来他的声音显得有气无力。

“我们这里有文件，您可以亲自从我们的分析中得出一个印象，教授。”

马克点点头，两眼无神地看着桌面说：“如果我相信了您的手提箱里和笔记本电脑里的东西，那么，我的女儿和我明天可以和你们一起去美国。”

“史苔拉没有必要陪同您，教授。我们需要用您的知识来制服那个网络龙形怪兽，这个小姑娘在旁边可能只会妨碍他们。”弗里德曼尴尬地微笑了。

马克首先看了看那些官员，然后又看了看自己的女儿。史苔拉大吃一惊，因为她明白父亲眼里那痛苦的表情。

“不，”所罗门重新转向他的客人，“你们低估了卡给，因为你们不知道它的装备多么精致。最近几天发生的事件非常清楚地证明：那个突变物从我的女儿史苔拉这里获得了自己的战略‘思想’，她造就了它。我虽然能够用我的知识帮助她，引导她走一段路……”他悲哀地看着史苔拉的眼睛，“但是，最后必须你自己去制服那条网络龙形怪兽。”

纽约城

本来，人需要的东西不多，对史苔拉来说，这是一个新的经验。由于时间紧迫，现在宣布要迅速地转移。当突然发生地震或者当洪水像世界末日的骑士（象征瘟疫、战争、饥馑和死亡）那样侵袭人类的时候，即使赤身裸体地得到拯救，人们也已经心满意足了。相反，所罗门和他的女儿这次“出行”的时候显然好得多，他们的旅行包里简直装满了豪华的财富（至于铝箱子里面各种各样的东西就更不用说了）。虽然，所罗门向她做了恳切的说明，如今威胁性的灾难，从某种意义上说，比那些可怕的天灾还要严重。

凌晨四点半，闹钟就响了。他们几乎一夜没睡。对于所罗门来说，好像世界范围内全部计算机系统彻底崩溃的威胁已经变成了现实似的——官员们已经把关于事件扩大的分析和瘫痪系统“被摧毁的轮廓”拿了出来——因此他一秒钟也没再犹豫。

现在，有几十件事情需要完成。此时此刻，收拾行囊比其他事情，如通知菲菲雅娜、大学教务处、学校，以及操持家务的玛尔塔夫人都更紧迫。还有推迟约会日期和改变等待处理的供货时间。现在最重要的是——和简单的旅行包内容截然相反——必须把卡奥斯里几乎一半的设备装进去。所罗门挑选了两台笔记本电脑，一台移动打印机，一个铱电话机，以便通过卫星进行联络，好几个无法定义的带闪光二极管的塑料盒子和连接线、耳机、麦克风，甚至还有修理工具和几个别的附件。另外，还有软盘、CD 光盘、磁光学磁盘、小磁带。让史苔拉费解的是，还要带上几本真正的纸质书籍。

哈特曼和莱特哈默答应德国有关当局给予全力支持，帮助马克办理提前放假开始和办理那些特殊电子设备的出关手续。弗里德曼也保证美国的入境处和海关官员们给予马克一行同样的礼遇。他还特别强调，那里的人们怎样高度评价卡尔德作为受尊敬的计算机安全专家的合作，绝对不会因为所罗门开发的软件和计算机之间可能存在某种关联而向他提出任何赔偿要求。史苔拉的父亲虽然也这样想，但是他也自问，在德国、美国及在联合国庇护下的各个不同的突击任务参谋部里，人们是否真的会搞清这样细微的差别来。

弗里德曼在机场等候卡尔德父女和自己的同事，才刚六点半，大家都显得很疲倦，他们自从离开美国以来几乎没有睡过觉。这一行人员顺利地通过了安全检查。奇怪的是，卡尔德的行李甚至免了透视检查。“您今天是作为联合国的一级外交官旅行的。”弗里德曼微笑着说道。

当候机室广播请旅客登机时，莱特哈默和哈特曼才突然出现。在慌乱的乘客中间，莱特哈默像一艘装甲巡洋舰在竞赛帆船中间那样在前面开道，哈特曼则在后面尾随而上。

当这两个人引人注目地赶上了卡尔德父女和他们的陪同人员时，莱特哈默把一个棕色的装着当局文献的信封塞到马克手里。那个巴伐利亚人对他的迟到表示歉意，但是几个书面文件需要内政部部长亲自批准，因此才拖到最后一分钟到达。马克应该将这个信封里面的东西交给联合国“网络龙形怪兽”特别指挥部领导人。在那些文件里，联邦德国分析了当前的危机并强调给予全面的合作。此外，还保证给予受到高度评价的工作队成员马克 · 卡尔德教授无限的支持。

马克表示感谢，但是对于德国当局对他的工作的“认识确实相当迟缓”，他也不是没有嘲讽。史苔拉和她父亲的感觉相似，那就是：由莱特哈默和哈特曼代表的联邦德国显然对由美国人代表的联合国搬弄是非的角色并不那么高兴，他们宁可更积极地参与某种国际行动。

莱特哈默用巴伐利亚人的从容不迫把马克的嘲讽遮掩过去，与卡尔德父女及他的美国同事告别。哈特曼带着木然的表情重复着繁琐的程序。

刚过七点半，飞机就起飞了。从柏林首先飞到法兰克福。史苔拉在飞机上消灭了一个塑料盒里的东西，那是她在柏林台戈尔机场匆忙之中买的，一个小面包，一个苹果和一根巧克力棒，这是今天的第一次早点。在匆忙中，她几乎没有想到吃饭。

在法兰克福转机等候了大约一个半小时。史苔拉为了消磨时光在书店里随便翻弄着。忽然，她看见一本袖珍版图书，正是耶西卡 · 保罗克提到过的那本书。史苔拉的好奇心立刻被吊了起来。女大学生没有提到那个名叫黑太阳的、有时候可以从因特网访问的不详建筑物是用于何种目的。史苔拉想到飞越大西洋的若干小时可能会很无聊，于是就买了这本书。

不久，她便与父亲及美国联邦官员一起登上德国汉萨航空公司飞往纽约的班机。让史苔拉感到惊异的是，他们的座位在头等舱里。联邦情报局确实跟踪了他足够长的时间了，所罗门心想。现在，为了向他表示友好，在他的国家突然向他发出指令的时候，一张头等舱机票是最起码的礼遇。

在办理登机手续的时候，史苔拉以猛兽般的速度抢到一个靠窗的位置。她父亲坐在她旁边。系安全带的信号灯刚刚熄灭，通道另一边的弗里德曼和费茂就像两条空口袋似的吊在宽大的软沙发上了。飞机刚起飞一会儿，他们俩就都睡着了。

“我仍然没有真正明白，因特网怎样能够威胁全人类的进步。”史苔拉说着把一撮花生米塞进嘴里，那是航空小姐刚才发给她的。

她父亲摘下眼镜，任凭赖特哈默给他的那个装着文件的棕色信封滑到膝盖上。他一边怀疑地看着史苔拉吃那种咸乎乎的食品，一边回答道：“精确地说，最大的危险是我们在各个领域里都太绝对地信任计算机了。我们不仅仅把个人的数据都存储在里面，而且也把我们科学知识的大部分都放到那里面了——如果人们愿意，全人类的记忆都可以放进去。”

史苔拉从侧面仔细打量着自己的父亲说：“这是不是有点太言过其实了，智慧的所罗门？”

他微笑了，说：“还有几本印出来的书，但是那些必要的知识，那些记载我们‘世界机器’车轮前进的知识，几乎已经无例外地储存在计算机里面了。也许这就是我们的知识信仰的代价：政府、企业和所有可能的组织机构，几十年来只相信他们能够通过使用不断开发出来的更高性能的计算机和网络来增加他们的权力。但是，他们好像完全忽视了，这样一来也提高了自己受害的可能性。在全部计算机统统失灵的时候，我们所处的情况可以和人们开着汽车行驶在沙漠中心遇到轮胎爆裂却没有备用轮胎的情况相比：那时候，即使最好的汽车也没有用处了；人们不得不重新步行，经过漫长的跋涉、忍受长时间的饥渴之后，才有希望得到帮助。”

“如果人类重新步行走路，那就叫做信息炸弹吗？”

“这可能是信息炸弹造成的后果。在我写的关于信息炸弹的专业论文中，我描述了可接受事故的极限。我思考的是，如果某一个工作队——现在可能是恐怖分子、一个激进的政府或者一个刑事犯罪团伙——企图关闭全部信息系统的时候，可能会发生什么情况。”

“为了在这种情况下保护自己，难道不能有安全的措施吗？”

“是的，当然有，人们已经在做这个工作，小星星。真的！虽然它们仍然还太脆弱，但人们已经尽了最大的努力。可惜至今尚未有突破性的成果。”

“我虽然每天在因特网上冲浪，可是那后面到底隐藏着什么，直到今天我还是不清楚。昨天你谈到和疯狂的西部相比，那是什么意思？”

“起初，因特网首先是大学和研究所使用的一种设施。没有障碍地互相交流信息，早先在学院里这是一种纪律。后来，当经济界发现网络的作用时，突然爆发了一阵淘金热，有些人希望从网中获得取之不尽的财富。就像十九世纪末美国真正的淘金热那样，今天许多人也想用这种诡诈的手段迅速地发财致富。有些政府因此把因特网看作无法无天的空间，并想通过严格的法律控制它。对此，网络先锋们当然猛烈地批评。我本人也不相信国家的规定是解决问题的办法，即使出于别的原因也是如此。”

史苔拉疑惑不解地皱了皱眉。

“美国，这个疯狂的西方国家，”所罗门说道，“有完备的法律，可惜大多数的法律都不关心这个。他们屠杀印第安人，奴役黑人，一有机会就把权力握在手中。”

航空小姐给他们送来饮料。所罗门要了一杯矿泉水，史苔拉要了一杯可口可乐。

“你想怎样在因特网里阻止这样的疯狂呢，爸爸？”

“在这方面我的能力有限。不过有些技术方面的预防措施，可以限制滥用网络。”

“你认为这就像你的斯库尔那样的东西吗？”

“差不多吧。但是，筑一道防火墙可能更安全。”

“什么？”

“人们把这样的软件叫做‘防火墙’，防止不速之客侵入服务器并窃取机密信息。”

“防火墙。”史苔拉若有所思地重复了一遍，她的眼睛透过窗口，向无边无际冷冰冰、软绵绵、羽毛般的云海扫视了片刻。当所罗门的手握住了她的手时，她的精神才重新集中起来。

“你的幻想比我至少多十倍，小星星。你就把因特网想象成一个特殊的世界好了——人们说的电脑空间不是没有道理。在这样一个虚拟的空间里，每一台计算机都表现为一整座有图书馆（数据存储器）的城市、一个保安部队（进入密码、病毒扫描器等）、邮局官员（电子邮件服务）和许多别的东西。单个的服务器——城市——通过河流与运河互相沟通。在那些河流上面，数据就像船上的货物那样来来回回地运输着。城市与河流之外完全是一片荒原，那儿什么也不存在。现在，当一艘装载着货物的驳船想进城时，它就必须首先通过那道防火墙，即带有港湾入口和警卫的城墙，你就必须在那儿最精确地检查你的货物，有些不允许引进那个城市的东西必须扔掉。如果你的一个数据驳船要离开那里，它也必须通过类似的检查才能被放行。”

“这使我忽然想起一种可能。”史苔拉不由自主地笑了笑，“有时候，小船也会互相碰撞。”

“确实会发生这样的事情。在这种情况下，它们会重新出发。这里，我的例子也许会带有某种更奇妙的特征：只有当一艘船到达目的港时——大多数情况下，要经过许多中间站——它才会在那儿更具体化。在旅行的过程中，人们永远不能精确地确定某一个停留的地点。如果他的船只在途中和别的船只相撞，那么他会消失得无影无踪，马上重新出现在家乡的码头并重新开始新的尝试。”

“既然电脑空间就像一个特殊的世界，那为什么没有一种自然的规律？”史苔拉耸了耸肩。对于一个天生的传说和幻想小说的读者来说，父亲的话听起来是明白易懂的，稍微有些不太明白的是另外的问题。“既然城墙前面有严格的警卫把守，为什么有些黑客还能够成功地侵入城里呢？”

“非常简单，只要向历史书里看一眼就够了：一个城市，即使被包围得再严密，也总会有个别人能够出城或者入城。有些人会弄虚作假，进行欺骗，另一些人通过秘密的地下通道……”

“地下通道？”史苔拉惊奇地打断父亲的话，她把一缕金发从脸上撩开，“在电脑空间里也有这种东西？”

“在某种方式上是可能的，在这种情况下人们确实使用了‘地下通道’这个词，有人就是这样不被觉察地穿过了防火墙。这种情况相当复杂，但问题的答案恰恰隐藏在错综复杂的情况下，小星星。正如一个大城市那样，一个计算机网络也是由神秘的许多层次构成的。硬件和软件组成的不同控制程序形成了这样一个系统，那往往是在几十年之久的工作中成熟起来的。但是，在不断开发的过程中始终会重新出现结构方面的错误。”

“你指的是没有设置铁栅栏的地下水道或者没有锁上的后门——这样一类错误，是吗？”

所罗门不得不微笑了。“正是。慢慢你就理解了，我们的虚拟世界是怎样发生作用的。很多因素共同构成了结构的错综复杂。网络越盘根错节，它的个别组成部分就愈多种多样、愈复杂，所以也就愈加不可能采取包罗万象的安全措施。哪里有狡诈的意志，哪里就会有一条通向宝库的秘密通道……或者一个‘后门’，就像你刚才说的那样。”

“我慢慢地懂得您的学生为什么那么喜欢您了。”瓦尔特·弗里德曼的声音突然在狭窄的通道上响起来，“您用那么简单的词汇就把复杂的关联准确地描绘出来，令人印象深刻。”

“我想您睡着了。”马克感到自己被偷听了。

“国家安全局决不会睡觉！”秘密警察把黏糊糊的头发又压在软软的枕头上，微笑着说。

当自由女神像出现在舷窗外面时，史苔拉感到一阵熟悉的激动。以前她和父母至少每年回一次康涅狄格州看望外公外婆，大多数都经过纽约。然而，迄今为止，只要一看见那个在岛上高擎着火把的绿色自由女神像，她就会不安地从座位上向下出溜。

那些以严格著称的臭名昭著的移民局官员根本没有机会过问卡尔德父女的事情。弗里德曼和费茂引导他们穿过旁门，来到一间空荡荡的房间，那里面只有一张桌子和几把塑料椅子。费茂递给一个穿制服的人一份文件，那个人在上面只瞟了一眼，然后看了一眼德国人，就推开了第二道门，一道通向有无限可能性的国家的大门。

史苔拉看了一眼自己的彩色手表，她在飞机上就已经调好了纽约时间，这里现在才十二点三十五分，比在家里早六个小时。德国汉萨航空公司 LH 400 型班机降落的时间准确得令人吃惊。从降落到现在分针才刚刚走过二十个小格子——也就是二十分钟:一个入境时间的绝对世界纪录！直到现在，他们还没有想到要给菲菲雅娜打电话。弗里德曼请求他们再忍耐一会儿，为了行动上的安全，还有一些基本问题必须解释清楚。

终于又来到自由的天空下了。史苔拉期望看见一辆长长的阔气的黑色大轿车，因为在她的想象中，主人一定会准备这样的豪华轿车来迎接受到特别优待的客人的。但是，在出口处等候他们的只是一辆黄色的大出租车。马克的装满各种技术装备的铝皮箱子已经被装上车，黑人司机懒洋洋地靠在车上。史苔拉怀疑地打量着那个四十多岁的中年人，他那副黑白相间的络腮胡子使人想到被虫子咬过的地毯。瑞格舞① 嗡嗡的音乐从敞开的车窗里传出来。情形似乎有点不对劲儿，可是史苔拉说不出哪儿不对劲儿。

出租车汇入繁忙的车流之后，弗里德曼少校告诉他的被保护人，现在要把他们直接送到联合国总部去。还有不到一个小时，网络龙形怪兽工作队的会议就要开始，预计第一个发言人就是马克 · 卡尔德。

“这也太仓促了！”马克惊异地说道，“照您看来，我应该说什么呢？”

“关于信息炸弹，教授。这个国际网络龙形怪兽工作队的成员都是第一流的软件专家，但不是每一个人都了解您的工作。正如我刚才获悉的那样，大家都在迫切地期待着您的到来。这样突然……对您来说，不会给您添麻烦吧？”

“不，不，完全不。对我来说，这个题目十分熟悉。”马克回答道。不过他还是觉得，也不事先问问他就那样大方地替他做出决定，有点儿不合适。

从约翰 · F. 肯尼迪机场一路穿过纽约市奎恩区，在曼哈顿前面的最后一个障碍东河前面进入一条地下通道。被这里的居民称之为大苹果的纽约城空气闷热，弗里德曼和费茂在飞机上足足地睡了一觉，精神显得很旺盛。那个德美混血儿坐在司机旁边的位置上，他还试图向史苔拉介绍这个城市的名胜，但是，一两次过后，他很快就发现史苔拉知道的比他还清楚。最后，他就把注意力专注于街上的车辆去了。

① 瑞格舞（Reggae），西印度群岛的一种舞蹈及舞曲。

在曼哈顿，十辆车中有九辆是出租车。无论如何，只要史苔拉看着那些拥挤着前进的车辆，像旋转木马似的匆忙并且按着喇叭，她就总会有这种印象。尽管如此，她还是觉得这里的司机好像根本不管自己对手的死活，与柏林的城市交通完全不同。

史苔拉打开像保险柜似的出租车车门，站在了石子路边。当黑色皮肤的司机准备把行李搬到大楼门口的时候，她问那个国家安全局的官员："既然我父亲是那么重要的人物，那么我们为什么乘坐这样一辆十分普通的出租车？"

"您可别让比利听见，说他的黄色卡普仅仅是一辆'十分普通的出租车'。"费茂代替他的同事回答道。

"比利？"

"这辆不十分引人注目的汽车的司机。他可是真正的中央情报局的人，他的汽车是一辆高功能的防弹车，其性能超过保时捷汽车系列的任何一个型号。我们不能低估自己的对手，所以我们认为尽可能不引人注目地把您父亲和您送到这里来是恰当的。"

史苔拉惊奇地看着搬着行李走在前面的司机，心想，他为什么不穿那种聚酯西服？

她的惊奇在那座又高又瘦的办公大楼里还没有结束。他们穿过过厅进入电梯，电梯没有升到三十九层的大楼秘书处，而是向下开去。

"您要让我们看你们的酒窖吗？施拉卡巴夫人？"所罗门问道，他想的可能和史苔拉想的一样。施拉卡巴夫人也用一种放松的口吻与大厅入口迎接这些新客人的联合国女工作人员聊起天来，她不仅面孔像日本人，而且名字也像。

那个外表引人注目的女士用亚洲人的礼貌微笑着回答道："这个特别行动单位不是一个常设机构，位置好的办公室全被联合国管理委员会给别人了。此外，这件事只有联合国秘书长和网络龙形怪兽工作队的人知道。大概是不想惊动任何方面吧。"

"可是您也知道这件事。"所罗门好像对此十分惊奇地回答道。

那个日本女人仍然微笑着。"我是这个网络龙形怪兽工作队的副队长，卡尔德教授。"她说道。

教授一时不知道说什么好了，这种情况肯定不是经常发生的。在菲菲雅娜不在家期间，史苔拉始终怀着妒忌般的警觉注视着父亲的一举一动，这个善于应对的施拉卡巴夫人的回答使史苔拉很高兴，对于所罗门和这位远东美人兴奋的对话她不必多言。

会议室大约二十米长，八米宽，在联合国大厦地下第五层。施拉卡巴夫人用一把小钥匙成功地使电梯又向下面曼哈顿的岩石中开了两层。在一个木头长桌两边——除了她、所罗门、弗里德曼和费茂之外——坐着整整二十四个人，毫无疑问，他们都是全球居民的代表人物。

当所罗门在房间里把他的笔记本电脑与投影机连接起来的时候，史荅拉有足够的时间把屋里的人逐个观察了一遍。

网络龙形怪兽工作队成员来自世界各个大陆，史荅拉放弃了在简短的介绍时记住他们的名称。其中男性专家占大多数，但是在场的还有六位女士。整个工作队成员平均年龄在三十岁左右，当然有几位肯定超过五十岁。在座的人没有一个从外表一看就具备史荅拉想象的“联合国专家工作队”成员必须具备的样子。与这个工作队密切相关的应该是伪装制服、高筒长靴、钢盔或者至少应该有那种四角帽和一套令人敬畏的武装。这些东西她在这儿一样也没有发现，连一把瑞士军刀也没看见。工作队全体成员看起来大都像父亲的那些大学生，不过显得稍微大一点而已。他们的衣着很随便，牛仔裤、印着口号的衬衫，那些口号并非无懈可击，整个色调显得很普通——这一群人本身没有一点儿军事色彩！

尽管工作队成员们看起来都是完全反传统的，但是史荅拉的出现还是引起他们当中一些人的注意。有几个在涂画着，总是用一只手挡着。史荅拉听见有人说，在信息技术方面，德国人不声不响地又找到了接口，如果他们最好的电脑黑客都像奥林匹克运动会参加体操比赛的姑娘们那样年轻就好了。

所罗门很快就把笔记本电脑连接起来，并把全部插头插上。电脑支持的“屏幕报告”可以开始了。一个皮肤黝黑的男人，刚才，他一直默默地看着，现在从座位上站起来，请求窃窃私语的工作队成员们注意。然后，他不得不再三地大声请求大家安静，直到这些不习惯遵守纪律的人安静下来为止。

“亲爱的！”他开始像一位祖父问候桌边的家人那样作起报告来。说话时他露出一口雪白的牙齿，史荅拉的个人好感指数立刻上升了好几度。他的开场白继续为他赢得分数。

然后，他向来自德国的客人们作自我介绍。他的名字叫亚加夫·纳布古。他来自尼日利亚，原是酋长的儿子，毕业于牛津大学，已经在联合国工作了十七年，现在被任命为网络龙形怪兽工作队队长。他的任务是弄清当前发生的神秘计算机事故的原因，并让那位或者那些有罪的人停止自己的恶劣行径。他请卡尔德教授和他的女儿不用担心，他亚加夫·纳布古在履行领导任务的时候会跑到原始部落的偶像那里或者去请什么巫师。大家听了都哈哈大笑起来。他虽然不是计算机专家，但他拥有一个精干的“年轻人”队伍——他用这个词汇肯定是不想把女士们排除在外。

一眼就可以看得出来，亚加夫·纳布古全身心地支持这个队伍，根本不需要特别强调。对史荅拉来说，这个非洲人更像一位善良的、虽然从来没有一句严厉的话语但却仍然备受尊敬的叔叔。即使是他的年龄，也非常符合这个比喻，亚加夫·纳布古刚过五十岁。身高最多一米七十，腰部已经发胖。当然，这种情况被一件肥大的、长及膝盖以上不到十公分的大花衬衫巧妙地削弱了。他卷曲的头发很短，大络腮胡子也一样短；史荅拉从他那十分浓密、漆黑的毛发中找不到一缕灰白色的头发。这个尼日利亚人的脸上布满了麻点，但一点儿也不影响他善良的外表。此外，他有一双很大的黑眼睛，在好奇的年轻人面前炯炯发光。他好像属于那种能够吸收各种意见，小心衡量，然后才做出决定的人。

当纳布古简单地介绍了自己的经历并让每一个成员作了自我介绍之后，他就把话头交给了史荅拉的父亲。

“多谢！”马克开始说道，声音里带一点儿胆怯，就像他每次上课开始时那样。他从运动衫的上衣口袋里掏出眼镜戴上，“今天我应邀向你们报告一下我的研究工作，在某种程度上，也是参与共同工作的开始。您将很快发现，从我的理论里面可以引出几种规律，它们好像会——可惜我不得不说——确认现在的事件。”教授缓慢而又稳妥地赢得了联合国讲师的新角色。他按了一下代替笔记本电脑鼠标的无线遥控器的某一个按钮，他身后的墙上立刻出现了一个多种色彩的带有时间坐标的画面，显示的是从 1900 年至 2999 年，数字上面有一些写着文字的气球。所罗门开始讲述这个示图的意义。

“二十世纪一般被看做是原子时代，它给人类带来了 ABC 武器①。二十一世纪可以被看做是信息技术进入人类编年史的时代，今天做出的决定几乎没有一个不是以巨大的存储数据组成的信息为基础的。这个事实使一种新的威胁形式，一种最后通牒式的威胁成为可能：我把它称之为信息炸弹。”

一阵窃窃私语掠过房间。所罗门上大课的时候已经习惯了这种噪声，经过一阵短暂的演说家的间歇之后，他继续说道：“核武器，正如你们大家都知道的那样，不仅仅消灭人的生命，而且也消灭房屋和工厂；生物武器毁灭有机体的生命；一些化学武器甚至可能破坏我们整个星球上的全部氧气。日益增长的电子学的重要性显示出 E-炸弹② 在发展中，这种炸弹能够产生大量集中爆炸的电磁脉冲能量，因此，实际上它能够在相当大的范围内毁灭全部电子仪器。一种可以对准并摧毁某些计算机的武器，第一次用那种能量创造了出来，如果人们愿意这样做的话，这种武器可以把信息当作炸弹投入使用。然而，E- 炸弹有很多弱点：必须把它运送到目的地并在那里引爆。这太昂贵了，而且只能在一定的范围内产生影响，它要求有一个复杂的军事后勤部门并且会留下明显的足迹。

“相反，威胁高度发达工业社会的最新危险无所不在。信息炸弹听不见也摸不着——它只是由软件组成。尽管如此，它们在某些方面仍然被看做是比常规武器更阴

① ABC武器，三种大规模杀伤性武器的合称，即原子武器（核武器，包括放射性武器）、细菌武器或生物武器，以及化学武器。因三类武器的英文名首字母分别为A、B、C，故名ABC武器。

② 英文：E-Bomb，意为“电子炸弹”，指用电子计算机发出大量信息，导致计算机崩溃。

险的爆炸物。信息炸弹原则上可以摧毁全世界借助计算机产生和存储的全部信息。”

会议室里再次响起一阵轻轻的议论声。现在，所罗门让大家明白了，一个电脑黑客使用一台普通的 PC 机和一个调制解调器造成的损害，可能比过去一支军队造成的损害还大。信息炸弹不再是空想，从电脑空间来的实际威胁不再出人意料。所罗门没有任何歉意地表示，他本人感到惊异的只是这样的危机状况没有在更早些时候出现。

为了把一场全球数据毁灭的恐惧引到屋里的每一个人的眼前，他继续详细地介绍。他引证人口稠密地区的电力、煤气和石油供应数据，强调这一切几乎完全实现计算机控制；提到航空控制和监视系统；指出银行和交易所几乎百分之百数字化——所有这些，都是极其敏感的区域，它们的失灵可能造成整个国家的瘫痪。甚至只要有一次被电脑黑客的攻击击中，也会引发灾难性的连锁反应。上星期六伦敦大范围电力供应中断，就是这种“级联脱落现象”最好的例子。来自电脑空间的进攻已经造成人员的伤亡和物资损失！所罗门请求他的听众想象一下，这种类似的攻击波如果在十个最大的人口稠密地区发生，将会产生什么样的后果，即使这种信息炸弹的能量还没有全部激活。

“几年以前，我在一篇专业文章里描绘了一个有犯罪意识的兴趣小组怎样才能发动这样一次对‘世界记忆’的进攻。没有想到，我的思想一下子变成了现实。由此出发，我使用了一个特洛伊人进攻者的电脑游戏的形象——目的是使我的文章引人入胜。我的文章发表以后，有人在美国军队中引进了一种仅做了小小改动的电脑游戏版本 Doom（毁灭，著名的 3D 动作游戏），用来对士兵进行近战训练。然而，在我的说明文章中，这个游戏仅仅是一种佯攻，目的在于不引人注目地推动分为四个迥然不同阶段的灾难性过程的研究。

“第一阶段是游戏阶段，人们也可以把它称之为学习阶段。起跑值都是调整好的，就像每一种信息密码编程理论通过随机发动机得到一个建议数值那样，使它以后难以理解，因此也就不会遭到攻击。为了使用大家都已经熟悉的专业词汇——我称之为网络龙形怪兽——在这个阶段，它学习某些人的本领。在某种程度上，它受到人的训练或者说‘被养大’。这就产生了一个用统计的方法无法识别的个人特征，就像人们使用传统的病毒扫描仪那样。

“现在，它看起来是什么样子，在我们的网络龙形怪兽变成一个危险的突变物之前很久，就已经打上了我女儿史苔拉的印记。请允许我对这个比较做一个简短的说明：她是唯一的给予网络龙形怪兽‘情绪联系’的人。所以，她今天也坐在这里。我们只能通过她的战略思想进入网络龙形怪兽行动的世界。

“紧跟游戏或学习阶段之后的是第二阶段：扩散阶段。就像一个蘑菇，它将自己的孢子交给风，或者像一条鱼，河流将它的卵子带走，个性化的网络龙形怪兽便在因特网里成群地飞出。以生物的繁殖作为样板，我们与个别实实在在的形体没有关系，而是和电子的孢子、秧苗、转移或者某种你们偏爱的东西有关，就像一个平常的家庭兄弟姐妹之间保持的联系那样。它们只有齐心协力才能达到自己的大目标，犹如一个狩猎的集体。

“可是，这还没有达到这种程度，接下来是第三阶段：渗透阶段。网络龙形怪兽一起‘无声地’敲击着计算机的安全系统。因此必须想到，它将会神不知鬼不觉地停留在某一个地方。像这样一个真正聪明的龙形怪兽是很少会被辨认出来的，计算机系统好像在‘胡思乱想’，有时候它会自动停机，过后还可以重新启动并完成自己的服务，仿佛它还那么听话似的。”

马克意味深长地看着那些默默的、全神贯注的听众。

“然而，最后这个阶段，即毁灭阶段，那一天终将到来：在很短的时间内，全世界范围内的存储数据都将被摧毁，机器全部停顿。如果它在这儿或者那儿成功地使计算机‘重新复活’并借助数据保险使之重新启动，过不了多久，那些新的信息仍然会被消灭……”

“可是，这怎么可能呢，卡尔德教授？”一个年轻人打断了他的话。

“有多种可能性向网络龙形怪兽敞开着。”史苔拉的父亲回答道，“一方面，谁也不能精确地知道它在渗透阶段已经在计算机里沉睡了多久，但是有一点是完全可以想象的，历代计算机的全部数据保险里面都已经被那些害虫侵袭过了。另一方面，一旦龙形怪兽通过数据传输和另一台计算机连接上，它就可能已经多次袭击过那台计算机的系统。此外还会出现别的可能，你们可以查阅报告结束以后将会得到的文件。”

接着，所罗门又详细介绍了刚才勾画出来的四个阶段的细节。当他把最后一张“透明胶片”从他的笔记本电脑里打出来并作了说明以后，全场出现了较长时间的沉默。也许直到这个时刻为止，在座的人还没有一个真正地意识到，信息炸弹的威胁是多么现实，它将给人类带来多么可怕的后果。这不仅仅涉及一些数据的损失和交通和供电系统的中断，也将最终导致死亡和伤害。在全世界范围内可能会有千百万人丧生，最严重的情况简直不堪设想。史苔拉的父亲只是简单地一带而过。

“你们想象一下，假如网络龙形怪兽成功地把核大国核武器库的控制系统置于自己的控制之下，那将会产生什么后果。”

当大家的震惊稍微缓和下来以后，一场热烈的讨论就开始了。许多成员提出一连串的问题或者提出反对意见。所罗门一一给予回答并做出进一步解释。他的说明是那样可怕、那样无懈可击，谁也不能把他驳倒。

最后，沉默了很长时间的亚加夫·纳布古发言了：“如果我把目前的实际情况和您的描述做一个比较，那么，我们现在正处在您说的第三阶段，对吗，卡尔德教授？”

“请您直接叫我马克好了，纳布古先生。可惜我不得不肯定地回答您的问题。如果我的假设成立，那么我们就处在大爆炸的前夕。”

“那么，也请您叫我亚加夫好了，马克——这里我们都直呼名字吧。在我们改变话题之前，我还有一个问题：我们还有多少时间，马克？信息炸弹什么时候爆炸？”

“让我们从这儿下去，比利。”史苔拉说道。

那个中央情报局特工迷惑地看着反光镜问道：“可是，到旅馆还得过几幢大楼，卡尔德小姐。”

“比利说得对。”所罗门赞同地说道，他以为那个司机真的是出租车司机。

“可是我想买一个费尔南多的比萨饼。”

“小星星，纽约希尔顿饭店是一座四星级饭店！那里有非常好的厨师。亚加夫讲得很清楚，我们是联合国的客人，你为什么要吃比萨饼？”

“请您在这儿停一下，比利。”为了进一步表示自己的强烈要求，史苔拉从打开的间隔玻璃板伸过手去敲了敲他的肩膀。然后，她转过身用准确清晰的英语对父亲解释说，“你知道，爹地，我在纽约总是要首先拜访一下费尔南多比萨饼工厂的。”

所罗门审视地看着史苔拉的眼睛，然后叹息了一声。“那好吧，比利，我们在这里下车。不过，能否请您把我们的行李送到旅馆里去？”

“没问题，教授。”

史苔拉和马克在第42街和美国林荫大道的街角，也就是在布赖特公园对面下了车。黄色的大出租车并入车流以后，所罗门问女儿：“你到底是怎么啦，小星星？你为什么一定要下车？”

史苔拉不置可否地微笑了一下，说：“我想终于可以自由地说两句话了，从昨天开始，我们身边就全是特工人员。首先是赖特哈默和哈特曼的二重唱，然后是滑稽的费茂和弗里德曼，现在又加上这个比利。谁知道还会有多少东西藏在我们的旅馆房间里。”

所罗门揽着史苔拉的肩膀和她一起向饭馆走去。“我认为你的怀疑真的太过分了，小星星。国家安全局恰恰不是因为向可疑的人房间里安装麦克风而闻名的。”所罗门说。

“那中央情报局呢？”史苔拉固执地说，“那个弗里德曼尽量装得很亲切……”

“你必须停止不断地嘲弄他。”所罗门责备道。

“……可是我实在受不了那个费茂。”史苔拉明确地说下去，“不知怎么，我觉得那个弱不禁风的巨人总是在监视我们。你注视过他的眼睛吗，爸爸？它们在颤抖，好像他眼睛里装着一台对你不断进行探测的扫描仪似的。”

所罗门把头向后一仰，哈哈大笑起来。“你的幻想真丰富，小星星！”但是，他很快变得严肃起来，“不过，说到旅馆房间，我们也许还真得小心为妙，在那里不能说重要的事情。亚加夫最后的那个出乎意料的提问，使我觉得不对味儿。”

史苔拉的父亲说的是网络龙形怪兽工作队队长宣布的消息，整个工作队明天将把它的工作中心搬到米亚德堡里去。起初，所罗门心里完全反对这个计划。马里兰州是国家安全局总部所在地。他担心开始对国家安全局的怀疑可能很快变成现实。如果他把自己的全部装备首先放进“狮子洞”里去的话，那么，要使情报机关的那些极富好奇心的专家与斯库尔检测系统保持一定的距离，可能会变得极其困难。

亚加夫·纳布古终于用他那沉着的四平八稳的思维方式和搬家的好处说服了所罗门。国家安全局拥有最现代化的技术和功能最强的计算机设施，可以帮助他在因特网里追踪龙形怪兽的蛛丝马迹。他们甚至委托他为网络龙形怪兽工作队破例使用他的那个迄今为止严格保密、正处于试验阶段的斯库尔检测器。

“你认为我们能相信他吗？”史苔拉问道。

“亚加夫·纳布古？”

“嗯。”

所罗门稍微考虑了一会儿说：“本来我对那个尼日利亚人很有好感，我认为他没有低估我的斯库尔，或者说检测器。纳布古在联合国已经工作了多年，但是，即使他是一个很有经验的人，他对计算机的了解也不过是看别人使用而已。我认为，对我们来说，亚加夫本人没有什么好怕的；这个工作队的人我也非常喜欢，都是一些很有才干的年轻人。”

虽然史苔拉绝对不会像父亲那样这么快就相信一个人，但总的来说，她还是同意父亲的估计。

这时候，他们已经来到饭店。他们刚一进门，一位年轻漂亮、满面春风的女士就迎了上来，好像见到两位她最喜欢的客人似的。

“你们好！”她向史苔拉和所罗门问候道，“两位？抽不抽烟？”

“我们只想带走。”还没有等所罗门反应过来，史苔拉就抢先说道。

“好的。”美丽的金发女人回答道，随手递过来一个镶在透明薄膜里的菜单，“如果您决定了就告诉招待员。”说完，她就把客人引到紧挨门口的一张小餐桌旁边，然后就又热情地招待别的客人去了。

“你想带着两个热气腾腾的比萨饼穿过旅馆大厅散步吗？”所罗门震惊地问道。

史苔拉狡黠地说道：“为什么不可以？难道这不是一件令人激动的事情吗？你把看门的引开，与此同时，我就去开电梯。”

“我不知道，把简易食品带进那样一家豪华饭店里去，我总觉得很难为情。”

“费尔南多的比萨饼可不是简易食品，爸爸。你知道我多么喜欢吃吗？”

“知道。”所罗门痛苦地回答道，“这种东西在美国所有较大的城市里都有。”

不大一会儿，史苔拉和她父亲就都趴在他们宽大房间里的王后牌标准尺寸的大床上了。联合国虽然没有慷慨地给他们订豪华套间，但是，一个夜晚，这样舒适的房间已经绰绰有余。刚才，史苔拉像一个熟练的小偷似的使人感到开心，她抱着装比萨饼的盒子在穿制服的守门人眼皮底下目不斜视地大步走进旅馆，所罗门十分高兴地办完全部手续，只等着从守门人手中接过钥匙卡。

现在，他正索然无味地在挑挑拣拣地吃着，他很怀疑调味品的成分。相反，史苔拉则喜气洋洋地从面前盒子里拿起那块三角比萨饼，大口大口地吃起来，她已经很长时间没有吃东西了（他们上一顿饭还是在格陵兰大约一千英尺的高空吃的，到现在已经过去了十个小时）。

对她来说，过去这一天发生的事情就像乘火车穿过一个雷雨交加的黑夜，眼前突然闪电般地呈现出一片美丽的风景那样。在网络龙形怪兽工作队开会的时候，她几乎一句话也没有说，但是，会上其他人说的每一句话都被她记在心里。当亚加夫问她父亲，到信息炸弹爆炸还有多少时间的时候，所罗门的回答，史苔拉是不会很快忘记的：如果他考虑到迄今为止网络龙形怪兽扩散的速度，如果他观察一下迄今为止发生的攻击性事件，那么在全球范围内消灭数据的情况可能一个星期之内就会完成。史苔拉心里忽然又产生了一种负罪感，难道不正是她本人由于玩那个儿童游戏导致了这全部灾难吗？这场不幸也可能会再过几个星期发生，也可能永远不会发生，史苔拉很快又这样想了一下。可是，这样既不能使自己，也不能使在座的其他人放心。

亚加夫若有所思地点点头说："可惜我们不能去做理想的预测，而是必须从最坏的情况出发。"

史苔拉拿起另一块奶酪紧紧粘在盒子上的比萨饼，说："你真的认为信息炸弹会那么快就爆炸吗？"

要正确地解释这句话，她父亲需要几秒钟的时间。"你认为在七天以后是吗？"史苔拉继续问。

"如果我知道就好了，小星星！我觉得这个龙形怪兽简直太聪明了。有时候，我以为所有这些袭击都是经过精心策划的个别行动，总有一天恐怖分子会提出政治要求，或者出现一封敲诈信，或者类似的某种东西……"

"可是，这难以置信。"

"你这样说！工作队里的人都已经确认了我的感觉告诉我的东西。已经耽误了很多时间，也已经发生了太多的事故，我不相信那些事件将归咎于敲诈者，不管他们怀着什么动机。现在既没有发现这样一封信，也没有发现任何别的要求。"

史苔拉舔了舔右手指，她不由得想到自己以前为了引起父母的注意想出来的名堂。"也许可以说那位不明身份的人只是想引起别人注意罢了，此外没有什么恶意。"

所罗门若有所思地看着她，最后，嘴唇上掠过一丝无可奈何的微笑。"谁知道呢，可能这就是一切。也许他是一位感到绝望的天才，认为唯有这样的行动才能引起我们注意。"他说。

"就像一个打翻花瓶的幽灵，否则人们根本感觉不到它的存在吗？"

她几乎马上就睡着了，这不奇怪，史苔拉已经二十一个小时没有睡觉了。一方面，由于来美国的紧张飞行，另一方面，还要处理无数新的印象并且不断和那种对这整个事件负疚的感觉作斗争。

即使在梦中她也没有得到安宁。对史苔拉来说，生动的、细节清晰的梦境就像别人理所当然地每天看电视那样。从前，她经常像讲述情节紧张的冒险电影那样对父母讲述自己的梦境，有不少时候，她会同时从自己的幻想中产生一些非常有趣的插曲。然而，这一夜的梦对她来说却没有一点儿值得发笑的东西。

她从风云激荡的高空俯视着一座古老的城市。从遥远的地方传来一阵有节奏的噪声，她不知道那是什么声音。起初，她不得不想到曾经见过的威尼斯的房屋和宫殿，因为那些热闹的巷口无例外的都是水路，一艘艘小船在水上穿行。然后，她发现城市的图像从上面垂下，像一个人们经常在报纸和杂志上看到的猜谜游戏：那些道路和大街小巷构成了一个迷宫。从那个奇怪的城市中心耸起一个巨大的塔楼。直到史苔拉的目光慢慢地移开时——她既不知道那是什么地方，也真的没有兴趣思考那个问题——她方才认出那个风中的高塔到底是什么：那是一个巨大的核桃夹子。

正当她继续观察那个巨大的形体时，突然发现那个形体上布满了昆虫，她想，那种单调的噪声可能是它们发出来的。那种声音又使她想到她嚼碎一颗果糖时头脑里的那种咔嚓声。然后，她被一个特别的现象吸引过去：城市里所有的运河都通向中心的那个核桃夹子。虽然那个庞然大物立在山头上，像那个地方的任何建筑物那样，可是所有水路上的水都在向那上面流去。城市本身建在一个山头上，高低起伏的丘陵地带缓缓地伸向远方。然而，不管在哪里，只要有水路存在，只要它们流动着，它们就不顾重力原理，总是向那个庞然大物脚下流去。这和迷宫的意义及目的完全矛盾，按照史苔拉的观点来看至少应该是这样：迷宫应该使观察者感到迷惑，并在他到达中心之前不断地给他制造障碍。

这种印象越来越强烈，强迫她接受这样一个观点：运河是有意在跟踪她。这令她迷惑，因为运河并不想与那个巨大的核桃夹子接触。更确切地说，运河好像害怕某种不熟悉的危险，一到那里就自觉地向后退似的。接着史苔拉又看到这样一番景象：

那些船只现在变得非常清晰了，开始她看到的只是一些模糊的小点。那些小船上既没有船帆，也没有桨。船头上没有写着响亮的名称，只有一块牌子，写着什么也不能说明的号码。只有史苔拉下意识地看到了这个似乎并不重要的细节，此刻，她正在着魔地凝视着和倾听着，可怕的喧嚣声从那个巨人脚下传来。那些细长的交通工具在接触到那个巨人的底部之前，忽然被生着翅膀的幽灵提上半空，这使她血管里的血都凝固了。那些虚幻的鸟显然产生于她的最可怕的幻想，它们的身体像人，但是，赤裸裸的形体和光有皮肤没有羽毛的翅膀则显得奇丑无比；它们的面孔上长着许多

对她来说，过去这一天发生的事情就像乘火车穿过一个雷雨交加的黑夜，眼前突然闪电般地呈现出一片美丽的风景那样。在网络龙形怪兽工作队开会的时候，她几乎一句话也没有说，但是，会上其他人说的每一句话都被她记在心里。

眼睛，而且都在滴着什么，满脸都是化了脓的脓包，满嘴都是尖利的牙齿，让看到它们的人立刻浑身瘫痪。那些怪物的腰部以下变得又细又长，肋骨简直要从那发黄的皮肤里钻出来了。因此，它们那布满皱折的肚子就干瘪得像死后被冲到沙滩上的水母那样令人恶心。怪物的手上脚上都长着长长的利爪，用来及时地抓住小船并提向空中。

史苔拉屏住呼吸，紧盯着那可怕的场景。那些像匕首一样的利爪一下子就穿透了薄薄的木板。叫喊声响起来。虽然她没有看见船上任何人的面孔，但无论如何，这里那里总是有几个影子，她甚至意识到船上有人在喊救命。因为那些会飞的怪物正在把他们直接举起来，送到那个巨大的核桃夹子怪物口中，那种有节奏的声音就是从那儿传来的。那个木头怪物把小船连同船上的人一起嚼碎。此时此刻，史苔拉才意识到自己也坐在这样一条小船上。

正好最后的一条狭窄的运河已经被抛到后面。她的那条长长的小船，真的就是威尼斯的那种两头翘起的小游船，这时候也正在向那个庞然大物飘去。那个怪物立在一个圆形广场中心。小船从四面八方向那里涌去，空中充满了叫喊声。忽然，史苔拉听见一声脆响，那声音使她感到很难受，她吓得突然转过身。

原来是那种可怕的飞行怪物之一的利爪已经抓住她的小船。她大叫起来，可是那个怪物却丝毫不为所动。“不！”她大声求饶，“不要把我送给那个怪物！千万不要把我送给那个怪物！”又是一声脆响，当她在空中急速地转过身时，她又看到了另一个同样丑陋可怕的形体，它正张开大口向她狂笑，垂涎耷拉得很长。

史苔拉已经被举到空中。那些会飞的怪物把她举起来，往那个贪得无厌的怪物的大嘴里送，甚至比任何电梯都快。它们的裤子是白的，短上衣则被染成红色，还带着棕黄色的飘带，不断摆动的胡须则黑得像死神。

这可怎么办呢？她扒着小游船的边沿绝望地东张西望，向下跳进深渊是死，躲在小船里也是死。

现在，眼看着她就被送到那个怪物的嘴边了。那个妖怪的大眼睛满不在乎地俯视着她，那黑洞洞的大嘴里犹如夜晚的天空深处一样奇黑无比。那些会飞的怪物轻轻地将小船抛进它的大嘴里。

史苔拉又大喊了一声。在绝望中，她倒向一边。细长的小船猛地一撞，像一根牙签似的直立着插在庞然大物的嘴里。

史苔拉仍然在小船里，只是向下滑到船尾处。她睁大双眼，惊慌失措地看着那个怪物怎样拼命地想闭上自己的大嘴巴。但是,它的嘴巴被撑得太大,杠杆的作用失灵了。那种单调的声音虽然在城市上空哑巴了，但史苔拉现在听到的却是更加可怕的咔嚓声和嘎吱声。这条木板船薄薄的，在这样的压力下面还能撑多久呢？当小船正中间开始出现一道长长的裂缝、木板的咔嚓声越来越响时，史苔拉再次叫喊起来。

小船马上就要粉身碎骨，变成千万块碎片，就像一个核桃壳被核桃夹子挤碎的时候那样。对她来说，此时此刻还有什么得救的希望呢？史苔拉吓坏了，扯开嗓子叫喊起来。就在这一瞬间，她听见一个声音突然在她的耳旁响起来。

“史苔拉，小星星！醒一醒，你在做梦！”

那个核桃夹子形状的大怪物消失了。

“喂，小星星！你醒一醒。你刚才只是做了一个噩梦！”

史苔拉睁开眼睛，喊了一声：“爸爸？”

“是我，爸爸，所罗门，马克，随便你叫，你想叫什么就叫什么。只是不要再叫核桃夹子了，好像这个名字把你赶进一种非常恐惧的境地。”所罗门又暗示了他另外一个外号（即核桃夹子），那是由于他的能力，他能够打开计算机的密码锁，因此人家给他起了这样一个外号；他本人不大喜欢这个外号，对于一个首字母缩略语来说显得太笨拙。

史苔拉仍然惊魂未定，宽大的睡觉穿的衬衫紧紧地粘在她的身上，她出了那么多汗。“我在梦中说了‘核桃夹子’吗？”

“听得不很清楚，我能听懂的就是：不要进核桃夹子！不要进核桃夹子！”

然后，史苔拉对父亲讲述了那个可怕的噩梦。

“毫无疑问，这个噩梦是由于前两天的紧张造成的。我不是心理学家，但是，你所看到的那些图像，可以很好地说明这一点。核桃夹子在英文里也叫Cracker——我不希望我在你的梦里成为一个残忍的怪物。来自这种贪吃的木头怪物的危险可能是一种暗示，也就是说，你仍然感到自己对计算机事故负有责任。”

“原来如此，老实说，我也确实有这种感觉。”

所罗门把女儿搂在怀里，安慰着她。他重复自己在柏林时就已经提出的根据：她只是玩了一下一个无害的游戏，她和卡给游戏都不必对那些可怕的灾难负责。一定是因为有人为了达到自己的目的，利用了卡给游戏。那是一个非常顽固的人，即使是他的打击造成的后果也不能把他吓退。

史苔拉觉得这种做法十分陌生，虽然她有时候令人感到有点刺头，但她从来不会策划这样可怕的事情。这种认识慢慢地使她心情平静下来。所以，她的身体——本来还停在柏林时间里——现在才完全清醒过来。在柏林家里，现在已经上午十点半了，而在纽约城才刚刚早上四点半。

“我可以看看电视吗？”

父亲看到女儿的思想被引到另一条路上去，显然很高兴。他回答道：“我也觉得精神如鱼得水似的兴奋。放心地去打开那个匣子吧，他们九点以前才来接我们，这之前我可以把文件整理一下。然后，我想给菲菲雅娜打个电话。”

当所罗门在他的平面笔记本电脑显示器上调出他的一些文件时，史苔拉正在电视台之间转换节目。她特别喜欢在美国的酒店和汽车旅馆里这样消磨时间，这方面的情况她很熟悉。当她偶然从别的节目转到美国哥伦比亚广播公司的新闻节目时，一个引人注目的消息使她的手指从遥控器上滑落下来。几秒钟之后，所罗门也从写字台边站立起来，好奇地走近电视荧屏。

播音员正以无法掩饰的微笑宣布美国总统头一天死亡的消息。此外，同样的命运也降临到各个部和所有政府部门，有关的计算机数据无例外地记录了星期二那天突然发生的男女政治家逝世的消息。新闻播音员用一丝幸灾乐祸的微笑解释说，本来，总统还为自己良好的健康状况而高兴，现在却不得不忽然对自己的“早逝”表现出分外恼怒。

昨天晚上，专家们几乎无例外地把最新的计算机事故看作众所周知的系列事故之一。假如他们不是恰恰在星期二那天为了购买一片较远的国家房地产而非要办理官方的证明，全部的丑闻大概既不会引起总统的注意，也不会引起他夫人的关心。相反，那几个被匆忙询问的公民可能会回避那个熟悉的记者圈子，对新近发生的“事故”，他们宁可表现出很开心的样子，也不会对这位全世界最大的强人做出粗野的评论。

总统在第一次表态时宣布：他现在要求侦察部门加强调查，并将第一时间公布结果。但是无论如何，那些计算机恐怖分子还是以这个最新的攻击诋毁了这个合众国的最高机构。这可不能不给予惩罚。

“那个老家伙早就应该大发雷霆了。”比利冷笑着评论最高统治者。

“您从哪里知道的？”史苔拉问道。

“我有一个朋友在白宫工作，今天一早，他就打电话给我，因为他知道我也参与了弄清袭击计算机事件的工作。他不冷不热地说道，总统的愤怒，创造了迄今为止椭圆形办公室在这种原则问题上做出的任何纪录。”

“我希望所有打击都将限制在这样的胡闹上。我只想知道，那个或者那些电脑黑客此时此刻在想什么！”马克难以置信地摇摇头，就像他第一次从电视新闻听到这个消息时那样。

史苔拉不得不想到昨天晚上谈到的理论。

这时，比利的超级汽车已经伪装成黄色的出租车从纽约希尔顿大厦驶出。他们的目标是约翰 · F. 肯尼迪机场，他们要在那里和其他小组成员汇合，一同飞向米亚德堡。中央情报局的特工人员找到了一条靠中间的车行道。想到总统大呼救命的时候，史苔拉心中微笑了。

另一个念头把她从这幅开心的图像引开，马克试图打电话与菲菲雅娜取得联系，但却打不通。为此，他使用了自己带来的电话，因为他想，这比在旅馆里打电话更不容易被窃听。经过三四次尝试之后，他不得不在电话留言上说道：他和史苔拉现在已到美国，想尽快到布拉德福去看她，有很多话要说，“新的”未来已经开始——她知道他的意思。但是，没有她的这种未来就没有多大意思了。紧接着的几天，她可能无法和他电话联系。最后，马克说道，所以她应该定期检查电子邮件。

史苔拉对母亲没有接电话深感遗憾。为了转移自己的注意力，她看着窗外。纽约是一个各民族大融合的地方，好像所有的人都在大街上似的。

黄色出租车停在一个红灯前，史苔拉很有兴致地观察着过路的行人。引人注目的是，许多女人都穿着白袜子、运动鞋及按照商务习惯不引人注目的便装。她知道，那些女人当中的大多数人皮包里都装着高跟鞋。在办公室里她们会穿得整整齐齐，但这里，在这个市区坑坑洼洼的小土路上，穿那种纤巧的鞋子对健康是危险的。

史苔拉正想从反光镜里寻找司机的目光，开一个不大不小的玩笑，但她忽然发现比利正睁大双眼，大白眼珠和黑色的面孔形成强烈的对比。出租车后面有个庞然大物正向他们的车子猛冲过来，使他感到十分震惊。

他大喊一声：“抓紧！”

紧接着，出租车猛地射向十字路口，车轮冒起一阵黑烟。幸好，这位中央情报局特工人员以射击般的速度使他那辆黄色的出租车正好插入流水般的车队中一个空隙里。当他的车轮吱嘎乱叫划出一个向右的弧形时，沉重的车身危险地失去了平衡。

说时迟，那时快！一辆巨大的运货大卡车轰隆隆地擦着他的小车尾部开了过去。巨大的车身在十字路口上撞翻两辆小汽车，它们像小玩具车似的被甩出老远。算小汽车司机走运，捡了条命，没有撞到要害——要不是前面的安全气垫，司机的小命早就没了。

那辆大卡车没有刹车，若无其事地扬长而去。现在，他一个劲地按着喇叭，喇叭声听起来就像大海上轮船的汽笛声那样。一辆从停车处开出来的汽车司机似乎没有听见警告，结果像被汽锤砸了一下子似的退回停车处。然后，那辆卡车向左拐去，在惊慌失措的人们的视野里消失了。

这时，比利已经把车停在路边，打开了他的无线电话，通知了自己的领导。然后，他转身对已经吓得面色苍白的乘客露出一个神采焕发的微笑，同时问道：“一切都好吗？我们可以继续开车了吗？”

在去机场的路上，史苔拉没有再说一句话，她仍然惊魂未定。当比利报警的警车和救护车从楼房中间的路上一路鸣笛而来时，他已经迅速地悄悄离开了出事地点。他不想被某个迫不及待的办公人员缠住，问这问那。

“我到这个城市已经不少于十几次了，但这样的事情我还从来没有经历过。”马克终于说出这么一句。

“这可不是一般的事故。”比利回答道。

“您的意思是……？”马克问道。

“我敢打赌，那辆卡车不久就会被找到。但是，司机将逃之夭夭。”

“您大概认为……”马克不敢说出自己的想法。

“那个家伙是直接冲我们来的。”比利具体描述着他的怀疑，“如果他从后面把我们的车撞上了,那么……”他嘴里发出一阵噪声,史苔拉听着就像脖子被折断时的声音,“那可就够你们受的了。”

马克几乎还没有缓过来，他的脸色甚至比先前更苍白了。“可是，他为什么要这样做呢？”

“也许是为了阻止一位能干的教授进行最令人感到好奇的研究。”

“不，这我不相信。”马克反驳道，他把两臂交叉在胸前使劲地摇着头，“这听起来太荒诞了。我们手里还根本没有掌握网上犯罪分子的任何东西。”

“大概就是要维持现状，年轻的教授。”

“这就是绝对保密？走机场后门，还使用这辆高速出租车？”

“不管怎么说，这辆出租车拯救了你们的生命。”

“是的，没有这段故事，我们也不会陷入这样的危险之中。”

“我全知道了，你们身体怎么样？”在机场亚加夫一见面就问道，这位尼日利亚人的声音里流露出真正的担忧。

“谢谢，是有点儿不舒服。”马克有些忍不住地说道，同时，史苔拉也不住地点头。“我这里是一肚子愤怒。且不说我自己——这场‘特殊’的使命几乎要了我女儿的命，而且还是在正式开始工作之前！”

“我理解你们的愤怒，马克。我们到了米亚德堡，您和您的女儿就安全了。”

“当然，好像我觉得也是这样。”

“您想暗示什么？”

“我哪里有心情暗示什么，亚加夫。我只知道：一个打击需要准备。而我们——史苔拉和我——到今天早上出事的时候，我们来到纽约还不到二十四个小时。据说我们的到达是绝对保密的。这使我觉得，无论如何保密是不成功的。”

亚加夫看着这位怒气未消的父亲，终于点了点头。“您说得对，这的确不单单是一次事故。可惜，杰克·费茂为了去华盛顿述职，已经在一个小时之前离开纽约。否则，我会亲自对中央情报局糟糕的工作表示我的不满。”亚加夫说道。

马克把自己的怒气强压下去。要和这位尼日利亚人争吵不仅是不可能的，而且也没有任何意义。现在，亚加夫对这件事真的没有责任。马克长出了一口气。

“卡车司机是否已经被抓住了？”

“正如我在几分钟前获悉的那样，那辆牵引卡车已经找到。司机将停车计时表牌子抽了出去之后，把车停在公路和人行道中间。可惜，司机已经消失在人群中。”

马克想到比利的话，怒冲冲地点了点头。

亚加夫拍了拍激动的教授的肩膀，说：“请跟我来，马克。我们必须上飞机了，设备已经装上飞机。我听说，米亚德堡那边正热切地等待我们。”

会做梦的机器

当那辆棱角分明的大轿车把马克、史苔拉和其他成员送上一架早就等候在肯尼迪机场一个偏僻角落里的美国空军的飞机时，史苔拉感到非常惊讶。正如亚加夫已经通知的那样，中央情报局特工费茂已经到达华盛顿。可是，比利也不见了踪影，因此，送行的人是他们不认识的几位先生。看起来，他们不像前一天认识的那些人那么随便，但也不像仍然跟他们在一起的弗里德曼那样一本正经。“网络龙形怪兽工作队和计算机专家们不能单独行动。”所罗门小声对她说。这是侦察工作所必要的。目光严肃的先生们也许就是美国联邦调查局的，也可能是中央情报局的，或者——也许更加可能——就是国家安全局的人。

飞机起飞的命令已经发出，快得令人吃惊。最后一位乘客刚登上飞机，飞机便拔地而起，大家也没有感到不舒服。热闹的肯尼迪机场转眼消失在史苔拉的视野里。飞机向南方飞去。一段行程之后，飞机便到了大洋的上空，然后转了一个弯儿，向西边的马里兰州飞去。

从纽约到华盛顿东北十三公里的米亚德堡的飞行，总共不到一个小时。飞机降落在城市东南的戈达德太空飞行中心机场。从那里乘大轿车几分钟就到了国家安全局的总部。

“国家安全局是冷战时期的一个产物。”史苔拉听父亲直截了当地说道。他讲英语，声音那么大，就像没有麦克风时在教室里上课那样。他是要说清楚他的雇主是谁，可是她却觉得，这话与其说是说给她听的，还不如说是说给国家安全局的官员听的。

这样的挖苦正符合史苔拉的心思。她赞成父亲的倾向性，反对任何方式的刺探，所以她现在用甜蜜的、但却响亮的声音问道：“那你的意思是什么，爸爸？”

“国家安全局是杜鲁门总统在第二次世界大战之后下令成立的。当美国和苏联的紧张对峙越来越尖锐的时候，人们以为，为了认清对方下一步棋怎么走，必须建立这样一个有打击力量的机构。本来，国家安全局想首先袭击对方的密码，但它很快变成了冷战中的美国情报中心。此外，从来不曾有过一个决定建立国家安全局的决议。只要想一想这个部门是美国数学家的最大雇主，就足以使人感到惊异了。这个巨人在美国情报部门居然秘密存在了几十年。确切地说，我们就正在驶向一个根本不存在的‘协会’。”

“你从哪里知道这么多关于国家安全局的事情？”史苔拉大胆地问道。

所罗门幸灾乐祸地笑起来，说：“这后面隐藏着一个特权和反特权的问题。一个人要求自己的女秘书否认他自己的老板，迟早有一天他也会被她欺骗。在刺探和间谍活动中也是一样。如果一个人多年来被督促着去谈论别人的私事，然后，他早晚也会泄露自己老板的业务秘密。”

“你认为是国家安全局自己的工作人员泄露了它的存在？”

“他们甚至写了这方面的书——在一个几万人的单位里，这本来也不奇怪。”

“尽管如此，我仍然认为这是不道德的。”史苔拉和父亲之间的这场对话，几乎使人忘记了在纽约发生的灾难。他们真的重新活跃起来了。

但是，这立刻引起坐在后面的某人的抗议。一个今天才出现的工作队成员，一个红头发的高大强悍的年轻人，突然站在中间的过道里，脸上露出一副受辱的表情。

“这样的话似乎不应该出自德国人之口！”他用一种很低沉的声音鄙夷地说道，“说到底，是纳粹完善了对无辜者的专门刺探。他们凭借编程技术，首先发明了不可思议的机器，这种机器又造就了自己的信息密码编程家，今天，他们就是在世界范围内处于领先地位的专家。”

亚加夫·纳布古迅速地从自己的座位上站起来，向那个激动的大个子转过身去。但是，他还没有开口，瓦尔特·弗里德曼就发话了，他的声音很有力。

“约翰，您还是坐下吧！与纳粹的比较不但不合适，而且也没有意思。您竟然没有发觉教授只是想刺激您一下吗？从他的观点看，反对国家安全局的态度并没有什么不对。”

那个怒冲冲的大个子嘟囔了一些听不清的话，就回到自己的座位上坐下了。

“看来，这个弗里德曼不光是个跑腿的年轻人。”史苔拉用德语对父亲小声说道。

父亲点点头继续说道：“我们还是不要相信他的权威。后面那个红头发巨人好像是一个真正的爱国者，如果动起拳头来我可能要吃亏。我建议这样的谈话以后再进行吧。”

就在这一瞬间，一声急刹车宣布他们已经到达国家安全局总部。

大轿车停在一个大院门口负责警卫的小屋前。司机和一个穿制服的人说了几句话，出示了自己的证件。

“我忘记提到国家安全局隶属于五角大楼了。”所罗门对史苔拉小声说，同时用下巴暗示站在门口的警卫。

对于这一切，史苔拉一点儿兴趣也没有。虽然她发现不远处宽阔地面上的那些办公大楼不像集中营里的一排排木板房，但她还是感觉到自己像一个走在通向集中营路上的囚徒。

车门大声地响了一下打开了，一个全副武装的穿着浅灰色制服的男人上了汽车。

他大声而又清晰地宣布，他叫查尔斯·汤森特，好像大家都已经被通告过了似的，现在，他要进行一次简短的安全检查。因为工作队的成员每人都有一个有关部门发的身份证，只有那张卡可以用来验证身份。

尽管如此，查尔斯·汤森特在检查证件时还是用了很长时间。然后，那位国家安全局的官员才拖着一百二十公斤的身体，费力地穿过轿车狭窄的中间通道。检查了每个人的身份之后，那位官员终于满意了，车重新开动起来。查尔斯·汤森特坐到司机旁边的座位上，担任着导航的职务。

国家安全局的院子非常大。光是米亚德堡这儿就有几千名工作人员。大轿车拐了好几个弯，终于停在一幢很长的二层楼房前。查尔斯·汤森特现在又更换了个角色，变成了导游。

“女士们，先生们，这儿就是你们下一段时间工作的地方。你们很快就会看到，这幢大楼通向很深的地下。这里有防原子弹的地下堡垒，在这个大院里还有几个这样的地下堡垒。同时，这也是我们最具雄心的计划之一的基地。它如此机密，以至于我不能向你们泄露它的名称。”

“可是，您已经很轻松地谈论了它。”史苔拉说道，与其说她是对那位官员说的，还不如说她是自言自语。

查尔斯·汤森特的听觉显然十分敏锐，因为他没有转弯抹角，直接回答了这个年轻人缺乏敬意的注释。“为了向真理表示敬意，秘密计划的负责人想亲自对大家说明全部细节。请大家再耐心等待几分钟。”

“他刚才讲的这一切，好像在什么地方看见过。”所罗门小声地补充说。

“现在请大家跟我来。”那位自称为导游的人说道，首先下了车。

汤森特打开车门以后，车上的人员才陆续地下了车。那位官员引导大家进入那个低矮的楼房。

他们进入一个很小的门厅，站在一个关得严严实实的防弹玻璃门前。

“女士们，先生们，在这里，你们看到了许多安全措施，我们用这些措施来保护刚才提到的研究工作。这是一个生物统计学进入系统。有意思，对吗，卡尔德教授？”

所罗门好奇地向前挤了挤，这没有逃过“导游”警惕的眼睛。“这个系统到底是怎样起作用的呢？”史苔拉的父亲问道。

“完美无缺！”查尔斯·汤森特骄傲地回答，仿佛他本人就是这个系统的发明人似的。

“您不想说说？”

“不，不，教授。这个电子守门人比任何开关设备都更好。后者的钥匙可能被偷去或者被复制……”

“或者两者兼而有之？”

“这个您知道得很清楚，教授！但是，我们的进入系统却不受这些攻击影响。”

“真的？”

“是的。它用三种方法检测您的生物统计学标志：我要对着那个系统的麦克风说出一句暗语，它首先对声音进行分析。”

所罗门把手伸进裤兜里，感兴趣地向前弯了弯身，说：“妙极了！”

“是吗？这还不是全部。然后，安装在里面的摄像机便对准我的面孔进行检测。”

“这时候，它必须做点什么！”史苔拉自言自语地说。

幸好汤森特没有听见她的评论，继续说：“最后，我必须把大拇指放在这儿，这样一来，那个系统就可以分析我的指纹。然后，它才会把门打开。”

“天才的创造！”

“是吗，教授？这个东西确实绝对安全。”

“只要您的声音不是从录音带放出来的，只要呈现在这个装置前面的不是事先偷窃来的您的眼睛以及您的被切断的大拇指，那您肯定是对的。”

那位官员的脸色一下子白了。但是，当他发觉其他人都在微笑或者吃吃地发笑时，他镇定了一下，也露出一个勉强的微笑，尴尬地说：“您真会开玩笑，卡尔德教授。”

“我不想用我的注释把您从您的讲解引开，汤森特先生。我非常感兴趣的是，您的系统实际上是怎样起作用的。”

这时候，那位官员才注意地看着教授，然后又看了看门旁边装满电子设备的柱子。许多双眼睛都盯着他的一举一动。汤森特向前靠了靠，看着门旁的摄像机，把大拇指放在预先规定的扫描平面上，同时说了一个咒语：“米老鼠。”

过厅里又响起一阵吃吃的笑声。

“你们今天就能得到一个个人进入通行证，然后你们就可以在这个建筑物里通行无阻了。”汤森特怏怏不乐地说道。现在他的导游热情已经完全消失了。

玻璃门发出一阵轻微的响声后打开了。

“你应该把你的芝麻送到这里来学习。”史苔拉小声对父亲说。

“我们家里的守门人还是一个样品，和这个比起来，它已经是个白发老人了。”所罗门为他开发出来的东西辩护说，“此外，我从来没有说过那是不可逾越的。”

“奇怪，恰恰和我想的一样。”

大约三十个人的工作队分乘两部电梯被送到地下第五层。汤森特摆出一副公事公办的样子，只说了最急需的事情。离开电梯以后，这些男人和女人就来到一个不那么亲切的世界。在这里，地上是闪闪发光的灰色亚麻漆布地毡；墙上涂的是使人感到索然无味的明亮油漆；顶上，等距离的乳白色塑料灯罩下面挂着发光材料灯管。史苔拉立刻发现墙上有两部电话和三个灭火器。

“这里真舒适！”她自言自语地说道。

“你必须把这里想象为实验室，而不是周末度假的地方。”她身旁的一个女人说道。

史苔拉转过身，她看到吉米口·施拉卡巴理解地微笑着的面孔。

“您只是想说，您感到它并不那么可恶！”

“我不得不几个星期生活在这样的洞穴里。技术上美好的新世界实际上常常是相当荒凉的。”

这期间，汤森特已经把这群人带到两扇木头门前面。“请你们进去吧。在这里你们可以定定神，吃点东西。我去通知计划负责人，等会儿他就会来欢迎你们。”

史苔拉和她父亲从后面看着那个大个子秘密警察迈着大步穿过了走廊。费茂和“红发约翰”——这个在汽车里表现激动的巨人的外号是史苔拉灵机一动想出来的。

“哎呀，糟了，爸爸！”她脱口用德语说道，“这下子你可真的把那些人激怒了。现在，他们一定会在他们的头儿那里告你放肆了。”

“你对待弗里德曼也没有太尊重呀。”

亚加夫只注视着他们父女俩，听不懂他们说什么。这时候，他抓住了所罗门的臂膀。“如果我可以为你们提个建议的话，马克，请你们尽量变得随和些。我们可能要在这个地下室里一起工作几天，甚至几星期。敌对情绪只能使我们大家在达到预定目标时更加困难。”

“好吧，亚加夫。我将尽量把我反对这个组织的倾向控制在一定的范围。不过您也知道，我会直言不讳地说出自己的看法。”

“我接受您的立场，但现在您还是要克制一下。答应我好吗？”

所罗门明智地点点头道：“您的话反正不能拒绝，亚加夫。我将尽力而为，满意了吗？”

“我根本没有期望更多的东西。”那位非洲人亲切地拍拍所罗门的肩膀。然后，他对史苔拉挤了挤眼说：“此外，这同样也适用于你，Starlet。”

史苔拉像一个听话的小姑娘那样点点头。但是，接着她便皱起眉头：“Starlet？”

亚加夫轻轻地笑起来，他那长长的非洲衬衫上下跳动着。“Starlet 是拉丁文的‘小星星’。对你的父母亲来说，你出生时肯定是一颗绝对的小星星，因此他们给你起了这样一个名字。对于我来说，我才刚刚认识你一天，你当然还是一个小星星，一颗 Starlet。”

一声令人感觉幸福的“父母亲”让史苔拉联想到所罗门和菲菲雅娜。这引起了她的思索，她知道对亚加夫的说明没有什么可反驳的，但这使她感到她所处的冷漠和排斥的环境多少有些悲凉。

到汤森特强调的“计划负责人”出现在屏幕上至少经过了一刻钟。在他出现之前的这段时间里，工作队成员们吃起那些散放在长会议桌上装在塑料三角盒里的三明治。史苔拉挑了一个夹火鸡胸脯的白面包，所罗门选了一块全颗粒黑面包，还有绿色沙拉、黄瓜和西红柿。

三三两两的对话在这个设施简陋的大房间里汇成一阵相当强的噪音。每人都迫不及待地等着那个预示不祥之兆的计划负责人，这个计划如此秘密，以至于在这个地球上连它的名称都不可以提及。

当会议室的两扇门被打开时，房间里忽然出现了片刻宁静。大家都好奇地向站在门口的一个身材矮小的男人望去——尤利乌斯·凯萨生动定格。这个陌生人显然是个意大利人，至少有意大利血统，他那头浓密鬈发比汤森特的给人留下的印象更深，因为，除了几根白发之外，那鬈发像一个黑色的花环桂冠套在他骄傲的头上。那种感到自己在这个巨大的机构里地位显赫的意识，可以从他那刻意摆出的身体姿势里看出来——这里站着一个可以立刻做出重大决定的人。

这个男人的身高顶多一米六，他的黑眼睛从低垂的眼睑下面射出闪电一样的光芒，使人联想到一个始终盯住自己目标的老练策略家，那瘦长的鹰钩鼻子进一步突出了他的性格特征。

在史苔拉看来，这个地下世界统治者的衣着十分乏味。他穿着一条蓝色的西装裤子，针线却是白色的，上身穿一件短袖白衬衫，打着一条红领带，领带上印着一个无名俱乐部的有着金色和蓝色的标志。擦得很干净的黑皮鞋证明穿鞋的人很爱清洁，相反，那已经有些起皱的皮子又证明了他的节俭。也许他确实只是一个预算有限的官员。唯有他那对带毛的粉红色大耳垂有一瞬间引起史苔拉的兴趣，看起来它们就像成熟的梨果仙人掌。随后，她进一步的观察就被那个美籍意大利人的声音吸引过去了。

“我的名字叫阿尔班·凯撒·狄卡坡博士。”他自我介绍道。史苔拉不得不强忍住笑。凯撒？德语的写法是：Cäsar！十分贴切。

“从我的名字不难看出，我的血管里流着意大利人的血——或者像有些人在另外的场合说的那样——流着炽热的红色岩浆。”

狄卡坡习惯地大笑起来，这和他的自我介绍一样，使史苔拉感到如同背熟的台词。

在听众中的几个人对狄卡坡的出身介绍报以礼貌的微笑之后，他继续说道：“我在这个地下建筑里领导一个极其重要的研究计划，它要求极严格地保密。单单是这一条你们就应该明白，美国政府对众所周知的最新计算机袭击事件多么重视。当然，我毫不隐讳地说，将我的这个计划公之于众并不使我感到愉快……”

“谢谢您这样开门见山。”亚加夫一反常态地打断了计划负责人的话，“但是，把网络龙形怪兽工作队当作‘公众’看待，大概不十分恰当，狄卡坡博士。无论如何，我们在进行这项工作之前都已经最严格地保证了守口如瓶。”

所罗门把嘴贴在史苔拉的耳朵上，同时眼睛并不离开那个感情丰富的计划负责人。“你听见他在这里说‘我的’计划了吗？我称他是一个彻底的立场鲜明的国家奴仆！”

这时候，狄卡坡博士已经离开门口的位置，径直走到会议桌顶头。这样，弗里德曼、汤森特和那个红头发巨人终于也能进来了。

当史苔拉发现了红头发巨人咄咄逼人的目光时，不禁吃了一惊。难道这个美国人那么记仇，还没有忘记在汽车里的那几句挖苦？弗里德曼和汤森特正在找座位，相反，那个红约翰仍然站在门口，继续盯着卡尔德父女，直到史苔拉睁大眼睛对视过去，他才把自己的眼睛转到旁边去。

好像狄卡坡博士听见了所罗门对史苔拉的耳语似的，现在他继续讲起来，对自己的事情做出重要说明。他完全有意识地看着两个德国人说道："我听说这个房间里有几位对国家安全局及其工作持批评态度。我不认为网络龙形怪兽工作队是解决这种分歧的一个合适论坛。我的人将和你们——由联合国挑选出来的专家们——一起工作，组成一个特别工作队。但是，我还是想让你们知道，我本人和这个入侵者计划密不可分。我创造了它，因此它是我的计划，对于我来说，它永远享有优先权。"

"入侵者？"所罗门重复了一遍。

狄卡坡挺起胸脯，点点头："正是。I.N.T.R.U.D.E.R. 这个缩写的含意是：隐蔽的剥夺并逃避限制的因特网机器人①。"

想到这个缩写，所罗门的眼睛睁得越来越大了。"值得注意！"他明确地表示赞赏，"我怎么就没有想到这个名称。"

"多谢，教授。"

"我不得不承认我对首字母缩写有一种狂热，就像有些人迷恋精选的葡萄酒一样。这个名字后面隐藏的东西，我当然不那么感兴趣。我认为，'隐蔽的剥夺并逃避限制的因特网机器人'这个名称听起来不那么像新发现的盘尼西林那样。"

"当然，入侵者只是一个内部计划的名称，教授。我们不想剥夺任何不是小偷或重犯的数据材料。入侵者仅仅为美国的国家安全服务。"

"这些空话就像士兵的陈腐借口，他屠杀无辜的平民仅仅是服从命令。"

"先生们，先生们，"亚加夫·纳布古严肃地插话说，"请你们不要煽起带反面的情绪。狄卡坡博士，我只能这样理解您的开场白：如果我们在这儿第一天就这样互相刺激，那么网络龙形怪兽将丝毫得不到限制。作为工作队队长，我要求这个会在一种务实的气氛中进行下去——为了它的特殊性理应如此。我的意思是否表达清楚了？"

史苔拉看到，对她父亲来说，要保持平静多么困难。大概仅仅是为了向那位非洲人表示同情，他向后靠到椅子背上，低下头不吭声了。她觉得狄卡坡博士也并不显得满意。至此，他只是在这个地下王国里发出了自己的声音，可是忽然有人对他的权利提出要求。

"在我详细向你们介绍入侵者之前，让我把到目前为止的想法作一个简短的总结。"这个计划负责人终于说道。他一个一个地勾画了每一次"打击"的特征，正如他无例

① 英文：Internet Robot for Ulterior Deprivation and Evasion of Restrictions.

外地描述计算机意外事故那样，他提出了它们的共同点并深入分析了某些细节。在重要的地方他仅仅重复了一下大家都已经知道的东西，然后就不慌不忙地把话题转向他的结论。

“自从1997年第一次网上恐怖主义事件发生以来，国家安全局就已经彻底调查了借助和针对信息技术设施的全部打击行动。相对说来，1997年的事故还是无害的。因特网的黑老虎——塔米尔·伊拉姆解放之虎组织的一个爆破小组，用所谓的电子邮件自杀炸弹袭击了当时斯里兰卡大使馆的计算机系统。塔米尔的电脑黑客企图使电子邮件服务器瘫痪。当时他们发送了大量的邮件，全部目的只是为了引起注意。斯里兰卡自由战士的政治目标是要引起公众更广泛的注意。自那以后，我们的秘密警察就能够断定激进小组对ABC武器越来越感兴趣，尤其是在信息技术上！最近八天，计算机事故的特点使我们的大多数分析家注意到，可能是恐怖主义活动的新阶段开始了。国家安全局的专家们以82%的可靠性认为，三个月内将会出现一个维度空间的说明，正如卡尔德教授在一篇论文中描述的信息炸弹那样。”

对这段实际的而又冷静的结论，计划负责人得到的回答是迥然不同的沉默：大多数人感到震惊，有人显得迷惑，有人甚至表示怀疑。

史苔拉悄悄地弯下身子，向门口窥视，红约翰仍然站在那儿。这时候，所罗门在她旁边挪了挪身子。

“以82%的可靠性！”他悄悄地对着她的耳朵说道，“狄卡坡博士是个爱开玩笑的人。他怎么知道就不是82.1%或者是82.2%——说不定也许只有70%呢！”

计划负责人虽然注意到旁边有人窃窃私语，但并没有被他们从自己的计划里引出来，继续说道：“国家安全局认为，一定有一组动机十分明确、受过极好训练的极端分子变成了反对者，然后我们估计，那是一个激进的政府对他们的活动施加影响的结果，那些政府早就打算和西方工业国家，特别是美国为敌了。”

“现在，您是否偶然瞄准了某一个国家，狄卡坡博士？”吉米口·施拉卡巴插话道。

狄卡坡生气地微笑了一下，摸了摸后脑勺上厚厚的头发，说：“我们现在说的不是某一个电脑黑客的攻击，吉米口·施拉卡巴夫人，而是一个覆盖面很广的计划。它不是单靠盲目信仰和仇恨就能实现的，它要求极高的技术水平、足够的财政基础和秘密警察那样的准备。”

“您这样说并没有回答吉米口·施拉卡巴夫人的问题。”所罗门紧接着说。他想狄卡坡大概在怀疑哪个国家呢！

“我们相信，伊朗可能已经聘用了恐怖分子。”

所罗门耸了耸一边的眉毛，一个奇怪的微笑悄悄溜到他的嘴唇上。

这时候，一个胆怯的声音发言了。史苔拉注意到桌子对面的一个年轻人刚才一直不安地在座位上动来动去，他戴着一副圆形镀镍眼镜，一头黑色的鬈发。她还记得他叫贝尼，这是对本雅明这个名字的昵称。如果把他的弯曲的鼻子也考虑进去，那就可以知道他是一个以色列人。

当他看到狄卡坡充满期待地仰起的下巴时，他用提高的悦耳声音说道："本来我想，联合国的专家们和您的特别计划工作队集合到这个地方来，目的是为了组成一个共同的网络龙形怪兽工作队。假如您现在已经彻底地完成了这样的准备工作，狄卡坡博士，那么您现在肯定也可以出乎意料地拿出一个我们怎样才能找到恐怖分子踪迹的计划。"

所罗门向贝尼投去认可的一瞥。

然而，善于辞令的计划负责人显出一副正期待这样提问的样子。"今天早上，总统通过我的上司再次通知我，他是多么重视联合国和国家安全局的合作。这期间你们大家都已经知道，他对这个项目的兴趣也是出于个人的原因。"桌边的几个人大笑起来，狄卡坡博士头一次在自己的听众当中获得赞同，继续说："正如你们大家都知道的那样，全部的进攻都已经被导入因特网。可能你们也同样获悉，在网络里运动不留下痕迹也是不可能的。"

"国家安全局的老生常谈。"所罗门用一种单调的声音评论说。

"对我来说，否认这一点是愚蠢的，教授。但是，我们的杠杆所必需的支点恰恰在这里。"

"您的'杠杆'大概就是指您的入侵者计划吧？"

狄卡坡做作地点点头。现在他感到得心应手了。"这样一来，我们就到达入侵者这一章了。'隐蔽的剥夺并逃避限制的因特网机器人'不是人们在这个名称的基础上能够猜想出来的真正机器人。更确切地说，这里涉及的是一个半自动化的浏览系统，人——我们称之为 Cybernauten ① ——借助它可以直接而又迅速地在因特网上运动，并能打进一些可疑的计算机系统。因为，这首先是为了同网上犯罪作斗争，挫败犯罪行为和抵御间谍的进攻。"狄卡坡长出了一口气，也许是为了等候所罗门从旁边提出批评性的抗议，他停顿了片刻接着说道："为了在世界范围的网络里进行追踪，将来我们需要越来越好的技术辅助工具。此外，这期间，无论是个人还是组织，都需要不声不响地通过安全系统保护自己，我们必须首先掌握这些系统，我们想使他们停止恶劣行径。入侵者就是出于这样的原因才被开发出来的。"

"那么现在，这个入侵者里面，除了新安装进去的'万能钥匙'之外，到底还有些什么新东西呢？什么东西能使它面对传统的环球网浏览器能更快些呢？"贝尼问道，现在他已经比刚才发言时大胆多了。

狄卡坡终于可以像一个厨师长把他的令人惊叹的煎蛋端给客人那样骄傲地微笑了。

---

① 英文：Cybernauten，网上旅行者、信息空间旅行者，或者也叫网客、网友。

“入侵者在这里为一个程序服务，我们把这个程序称之为‘被控制的联想和兴奋’……”他回答道。

“在英文里简写为 CAS。”所罗门仿佛故意大声地自言自语道。

“完全正确，卡尔德教授！”狄卡坡对这种积极的合作感到高兴，“通过 CAS 程序，网上旅行者的意识里某种魔力就被激发起来，他在一个梦幻的环境里能感觉到那种刺激。对他来说，因特网就变成了一个网上的空间，这时候，网上旅行者的个人幻想就会自己决定怎样塑造这个他将穿过其中运动的虚拟世界。”

会议室里起了一阵骚动。相信一个机器的特殊意识，这个想法不能令大多数人满意。

史苔拉趁此机会用肘部碰了碰父亲。当他转过头看她的时候，她用头指了指门口。所罗门的眼睛向她暗示的方向转过去，立刻又转回来。当父亲只是耸了耸肩的时候，史苔拉便亲自去寻找那个红约翰，她发现那个大个子还在门口。但他这时候已经转过身，正在和汤森特小声交谈。

会议室里的不安稍微平静下来以后，大家都清清楚楚地听到了亚加夫嘹亮的声音：“这是否意味着您控制着您的‘网上旅行者’的大脑？”

狄卡坡大概发觉，听众的情绪由于伦理的考虑要发生转变，因此赶紧解释说：“CAS 并不意味着任何对意志的控制。人的大脑研究还远远没有达到我们给计算机编程那样的水平。除了几个给人许多期望的附件之外，可惜我们也还是不能把各种有差异的命令从我们的意识里直接转换成控制的指令。”

“好像可以把一个想出来的文本直接显示在屏幕上，是吗？”吉米口问道。

“是的。日本人在这个领域里的商业研究进展最快，他们已经能够借助思维力量推动几个笨拙的传动过程。”

“军事方面的研究状况现在是什么样子呢？”所罗门问道，“国家安全局隶属于美国国防部。我想打赌，您已经超出日本人一步，狄卡坡博士。”

计划负责人狡猾地冷笑了一声。“两步，卡尔德教授，至少两步。我们的开创性发明是所谓的神经活动共振探针……”

“简称：NARS.”

“完全正确，教授。”

所罗门趴在桌子上，身子向前倾着，怀疑地望着计划负责人的脸，说：“但我很希望您在这里没有使用性能鉴定试验（PET）技术，这是建立在测试大脑里衰变的放射性物质基础上的技术。一个网上旅行者必须在这种情况下再三地并且超过一定时间地吸进混合气体。凡是对人的肌体产生这种光辐射的任何程序我都坚决抵制。”

“我可以让您放心，教授。这和您提到的正电子放射性 X 光体层照相术相反，对于我们的神经活动共振探针来说，根本没有必要使用任何放射性的‘X 光照相成影溶剂’。不用问，你也听说过关于反潜艇发射装置（SQUID）的事情，也就是超导量子干扰器。我们的神经活动共振探针是这种生物磁场程序的进一步发展，用这种程序已经能测量最小的神经系统的电磁变化。我们对这种方法进行了一场革命。”

狄卡坡好像在说一个新的肉酱配方似的，听起来很兴奋。然而，他的注意力仍然相当集中，但他也发觉了亚加夫·纳布古的面部表情很紧张——这种出于科学专业表述的阻断火焰明显让这位非洲人感到理解上有困难。所罗门脸上越来越多的怀疑表情也没有逃过他的眼睛。因此，他用深呼吸控制着自己的热情，继续讲下去。

“我们使用神经活动共振探针是为了测量人的大脑里典型的放电模式。刚才我已经说过，整个发生作用的过程不产生有害物质。这里我们连一根电线都不必连到网上旅行者的头上。我们入侵者的神经活动共振探针部件，能够借助一个新的神经网络，在很短的时间内学会识别重新返回的放电模式并且把它们分门别类。网上旅行者在网络空间旅行时，用这种方式能够比用操纵杆或者语言指令输入更快地进行一些重要的控制行动——尽管如此，我们还是增加了神经活动共振探针，在某种程度上这也是为了更‘精密的工作’，各种可能性都预先考虑到了。”

亚加夫又一次插话道：“您刚才说的那些白日梦怎样才能产生呢？”

“梦幻，纳布古先生，我刚才说的是梦幻。”

亚加夫耐心地听着狄卡坡的说明并坚持要求做出解释。

“我们——也就是入侵者工作队——很快发现，神经活动共振探针技术不仅能够测量出大脑细胞的电子放电，而且在少作修改的情况下也能使之兴奋起来。在这里向你们解释这个过程也许离题太远，但无论如何，这个工具使我们能够从因特网里改变信息，使那些信息能够直接地传给意识。这样一来，如果愿意的话，网上旅行者就可以获得进一步的感觉。我们还远没有达到像我们的眼睛或者耳朵所能够达到的那样使听觉或者视觉达到类似的兴奋程度，但我们唤醒了联想。因为网上旅行者并没有真正地睡觉，他的感觉器官仍然能够起作用，并允许他通过一套完整的虚拟现实（VR）设施汲取整个的感觉波谱。”

“那这和做梦有什么关系？”亚加夫追问道。

“现在，网上旅行者在出发之前得到了一种药物，一种完全无害的作用物质。”狄卡坡很快补充道。这时，会场上重新掀起一阵窃窃私语声。“那种物质使网上旅行者处于一种完全放松的状态。他在词汇本来的含义上做着梦，但没有真正地睡觉，感觉器官继续接受刺激，大脑把这种刺激直接转化成联想，这种联想正符合他的梦境。”

“您可以说我理解力迟钝，博士，但我还是不完全明白。举例说吧，假如我对一个网上旅行者说话，那会发生什么事情呢？”亚加夫仍然顽强地坚持问下去，这是他身上最突出的特征之一。

狄卡坡的眉毛耸了耸，同时举起食指，说：“这个问题提得好，纳布古先生。估计网上旅行者在他的梦幻中看见了一个人——如果他确实认识您，可能的情况下，他甚至是一个黑皮肤的人——他将听到并且看见，就像对面的人询问他那样。也就是说，大脑把这种刺激直接转变成合适的梦的图像。”

亚加夫点点头，说："现在我懂了。可是，为什么要用这个……做梦的机器？您为什么要选择这样一条复杂的途径呢？难道您就不能用更简单些的综合技术同样达到您的目标？"

"不能，如果考虑到人的大脑能够完成怎样极不寻常的事情。"所罗门代替狄卡坡回答道。他很理解国家安全局为什么如此猛烈地向前推进自己的入侵者计划。"您是否曾经梦见过自己跳进一个深渊，然后又重新出现在您的床前，亚加夫？"

那个非洲人微笑了。"这种想法我真的有过。"他说。

"您瞧瞧。当您的身体向下滑时，您的大脑在那一瞬间启动了那个梦。感觉器官感觉到那种危险的坠落，可是在梦里会由此得出与清醒时坠落完全不同的结论。估计您甚至做过相当长时间的梦，几分钟，几小时，也许甚至在大白天，直到那个大坠落的时刻终于到来。但是，在现实中那仅仅不过是几秒钟。请您想象一下一个系统里的这种令人感到惊异的功能吧，人们可能用这种功能穿过网上空间，在因特网中旅行。我虽然拒绝国家安全局用这种技术追踪目标，但我同时对您在这里创建的东西也感到非常惊异，狄卡坡博士。"

狄卡坡再次对出自一个批评者之口的夸奖显示出真诚的赞赏，他甚至向马克鞠躬致谢，然后说道："多谢卡尔德教授。也许我还能够成功地化解您的其他疑虑。我将很乐意和您一起……"然后他又对史苔拉点点头，"还有您的可爱的女儿，在会议结束以后到我的办公室来谈一谈。反正我们还有几件事情必须交流。"

联合国的工作人员和国家安全局的工作人员组成的网络龙形怪兽工作队第一次关于形势的讨论，持续了大约两个小时。狄卡坡恰如其分地描述了他的入侵者计划之后，大家提出了一些程序技术方面的问题。他们分成若干工作小组，以便从不同的角度进行探讨。

当他们讨论"电子指纹"、服务器日志和类似的技术问题时，史苔拉的目光又和红约翰对峙起来。那个浑身肌肉的巨人仍然站在门口，好像他要用自己的身体和生命保卫这些人似的。他多次看着她，但是，每当她直接和他对视时，他的脑袋却马上转到别的方向去。

狄卡坡宣布第二天继续开会，好像这个工作队的头儿是他而不是纳布古似的，他继续建议每天早上九点钟在这个地下大会议室里一起看简报。在这里碰头的时候，大家可以谈论前二十四小时之内发生的事情，并决定那之后二十四小时干什么。亚加夫没有警告这个个子矮小但精力旺盛的狄卡坡的越权行为。也许他在和他私下谈话时会持保留态度。此外，他的想法和这个意见实际上也很相似，所以他也就同意了狄卡坡

“现在，网上旅行者在出发之前得到了一种药物，一种完全无害的作用物质。”狄卡坡很快补充道。这时，会场上重新掀起一阵窃窃私语声。“那种物质使网上旅行者处于一种完全放松的状态。他在词汇本来的含义上做着梦，但没有真正地睡觉，感觉器官继续接受刺激，大脑把这种刺激直接转化成联想，这种联想正符合他的梦境。”

的建议。

这次会议之后，国家安全局的工作人员带新来的同事们去看他们的住处。当史苔拉看到分给她和所罗门的双人房间有两个分开的浴室时，大为惊讶。弗里德曼坚持要自己亲自带卡尔德父女二人看他们在地下第三层的实验室设备。

“‘203号’防空壕——我们就是这样称这个秘密的综合研究所上面的三层楼房的——是这样设计的：在和外界没有任何接触的情况下，九十个人可以在这里生活五年。在为此装备的集体宿舍之外，还有几个指挥部用的房间。狄卡坡坚持把豪华间让给您和您的女儿住。此外，仅挨着的是队长纳布古先生。再过去一个门是施拉卡巴夫人。”

史苔拉立刻把几乎可以说相当舒适的房间设施看了一遍。有淋浴的浴室与客厅及有两张大床的卧室相连，客厅里有三张单人沙发，可以坐着谈话，甚至还有一张写字台。

“这里什么地方可以把我的计算机接上电源？”所罗门马上问道。

“写字台下面，您可以找到试验室内部网络的接口。您可以从那儿与那些计算机连接，能否无限制地进入因特网，以及能否保证与其他联络服务站的联系，现在我说不好。这方面的决定权在队长那里。”

“你指的是狄卡坡吗？”

弗里德曼点点头。

“从什么时候起您在他手下工作的，瓦尔特？”

弗里德曼发誓一般的微笑了：“您可以想象，本来我可以不回答您的这个问题。但是，只许你知我知：才刚刚八天，我想，也不会更多了。”

所罗门疑惑不解地耸起一边的眉毛。

“这位意大利人——这里所有的人都这样称呼狄卡坡——像着魔似的陶醉于他的入侵者计划。”弗里德曼的声音变成喃喃的低语，同时他用头暗示了一下虚掩着的屋门，好像那位小个子计划负责人就在走廊里偷听似的，“一切都得完全和绝对地服从于这个计划。我等待着，我将以最快的速度被调回我的原单位去。”

“我觉得您必须在工作队里说清楚，如果您刚加入不久就很快调走，那是令人感到惊讶的。”

“您是一个怀疑论者，不过我很喜欢您。在迄今为止的工作中，有时候我的工作甚至有生命危险，我在工作队里负责安全。狄卡坡大概认为，由于我过去的职业，可能有资格胜任这个工作。”

“您以前在哪里工作，瓦尔特？”

“这个，马克，现在真的和您无关。不过，国家安全局是一个很大的机构，它不仅仅提供现在这样的或者您一直猛烈攻击的其他工作。”

所罗门点点头，问道：“您是否知道那个意大利人为什么恰恰要求您来为他的计划工作？我指的是除了您在保安方面的能力之外。”

弗里德曼耸了耸肩，尴尬地笑了笑说："我猜想，他恰好没有一个能说流利德语并且能在二十四小时之内做好准备去欧洲旅行的人。"那位国家安全局的特工看了看手表，"我现在必须走了。请您记住二十分钟之后，您必须到安全办公室来。在那里我们接受您的生物数据，这样你们就可以在这个洞穴里自由行动了。回见。"

史苔拉和所罗门准时到达安全办公室。在那里，他们必须进行语言试验，为电子守门员想出一个暗语。史苔拉即兴地决定用"Starlet"。此外，他们又把右手拇指放在指纹扫描仪上，并且把面孔对准数字摄像机。完成这样的测量以后，加上一个上面有照片和名字的徽章，他们就可以在这个地下实验室里自由行动了。

正如史苔拉和她父亲很快就弄清楚的那样，在这种情况下的"自由"不是"无限的"，总是有几个房间或者地下综合建筑的整个侧翼把他们拒之门外；下面的整个第七层就属于这种情况。阿尔班·凯撒·狄卡坡博士的工作室也是如此。

在去计划负责人办公室的路上，史苔拉问父亲，红约翰是否引起他的注意，不论何种方式。所罗门认为，他在开会期间很少坐着，不过他没有什么值得怀疑的。如果说他对她盯住不放，大概更多的还是他在德国人讨厌的嘴巴前面咽不下那口气。那种对国家安全局大不敬的注脚，对于一个很容易激动的、只受过普通爱国主义教育的美国人来说，可能确实有点过分。就这一点而言，红约翰大概还是应该受到尊重的。他，所罗门，在这次执行任务剩下的时间里无论如何还是让着他一点为好，他建议史苔拉同样也应该如此。

卡尔德父女俩几乎刚离开下面第二层的电梯，就碰到最后一分钟谈论的那个人。那个在汽车里感情那么冲动的巨人，现在却摆出一副懒洋洋的样子。他仿佛偶然从左边向电梯走过来似的，一言不发，只是用脑袋指了指，向右边走，然后便走在前面。

现在，在直接的比较中，她的并非矮子的父亲和红约翰之间的巨大差异才引起史苔拉的注意，他几乎有两米高。和他的上司不同，他的穿着与电脑奇人的宽松衣着风格相似。他穿的是黑色牛仔裤和绿色球衣，这种衣服——尽管纽扣很少而且敞开着——但在他那结实的胸脯上仍然显得紧绷绷的。从衬衫的短袖筒里伸出肌肉疙疙瘩瘩的胳膊，比史苔拉的大腿还粗。

狄卡坡的办公室门口有一根柱形电子守门人，一次新的安检开始了。红约翰把他的大拇指放在指纹扫描仪上，看着摄像机并说了一声"火之舞"，门便轻轻地响了一声，开了一道缝。

"请您进来，卡尔德教授。"就在这时，狄卡坡的声音从门缝里传出来。所罗门推开门和那个国家安全局的人擦身而过，史苔拉紧跟着走了进去。

狄卡坡先生请史苔拉和所罗门父女坐到角落的座位上，在他的并不奢华的办公室里，这是好不容易挤出来的地方。他随便说了些关于国家地下防空壕比较狭窄的客套话，然后问客人要不要咖啡，所罗门谢绝了。

“我宁可要一杯可口可乐。”史苔拉说，这样一来，约翰就得到另外一个冰箱去取，显然她这是别有用意。总是暗中窥视着的约翰站在身边使她觉得不那么舒服。

“抽烟吗？”狄卡坡问道，说着就把烟盒递给所罗门。

“不，谢谢。我很在意自己的健康。”

狄卡坡对这个旁敲侧击报以一个微笑，右手已经伸到烟盒里说道：“可是，您不会反对吧，如果我……”

“如果您不抽，我会更喜欢。”

这位计划负责人在自己的办公室里受到这样的限制，显然有点难为情，他说：“我觉得您是一个为了自己的信念而毫不妥协的人，不管在什么问题上都是如此。”

所罗门做出一个准备站起来的姿势。“当然这是您的办公室，狄卡坡博士，在这里您抽多少都行，不过最好是在当我不在场的时候。请您再给我打电话，如果……”

“当然不行，教授。”这个小个子男人子赶紧说道，同时两只手使劲地摆动着，“不行，不行。请您重新坐下。我可以不抽烟，但是请您不要这样让我为难。”

所罗门重新坐下。史苔拉早就熟悉父亲的表演，所以一直坐着没动。

狄卡坡看到现在提出他的第一个请求的机会来了。对别人在自己的办公室里挂起禁止抽烟命令的恼怒已经一扫而光。现在，他变成了一个完全的意大利人：感情奔放，全心全意而且富于感情。

“请您让我向您卡尔德教授，还有，”他向史苔拉送过去一个温和的微笑，“还有您的可爱的女儿，表示感谢，谢谢你们应邀到我的办公室来。我的精神上有一个沉重的负担……我必须再三为今天上午发生在纽约的可怕事故表示歉意。”

所罗门真诚地表示惊异道：“为什么？”

“就是说，无论如何，我感到很内疚，说到底，如果您不启程到米亚德堡来，就不会遇到那场突然袭击。”

所罗门的前额上出现了一道深深的皱纹。他好像在思考狄卡坡到底想说什么，但却想不出来。

“幸好中央情报局的官员们训练有素，及时地做出反应，才没有发生什么事情。”

“您听我说，狄卡坡博士。我的女儿和我得到的是一次谋杀的恐吓，难道这什么都不是吗？”

“我不是这个意思，教授。我只是想告诉您，我非常高兴，在我们的队伍里有一个具有您那种能力的男人。”

这时候，有人敲门。

“这应该是麦克穆兰先生，他的手里大概都拿着东西，不能按指纹。”

“啊，为技术祝福！”所罗门说道，站起来去开门。

门外站着的却是亚加夫·纳布古。

“请原谅我迟到了。”那个非洲人向所罗门说道。

“宽恕您了，亚加夫。请您进来吧。”

“但是……”狄卡坡对网络龙形怪兽工作队队长的突然出现似乎感到迷惘。

“我请求纳布古先生参加这次谈话。”所罗门解释了亚加夫的到来。

“本来我并没有把这件事当成大事。”狄卡坡转身说道。

“请您不用担忧，博士。我充分信任纳布古先生。此外，我认为在我们工作队里合作精神是主要的，这很重要。”

狄卡坡点点头。在他身上可以清楚地看到，这个越过他做出的决定根本不合他的口味。

这期间，红约翰弄到一罐可口可乐，回到办公室来了。他把一个易拉罐连同一个塑料杯子放在史苔拉面前的茶几上，然后就坐到放在角落里的一把应急的没有软垫的椅子上。

他的上司——情绪已经在某种程度上得到调整——现在转向亚加夫。“我们刚才谈到了今天早上发生的被挫败了的与大卡车相撞的事情，纳布古先生。”

“您是否有预感，恐怖分子怎么能知道我们的时间表？”亚加夫开门见山地问道。

“估计有一个漏洞。”

“您想到有一个间谍了吗？”

“在信息技术时代，人们可以和最可靠的人一起合作，尽管如此，还是不能成功地保守机密。”

“这您必须给我进一步讲清楚，博士。”

“有多少人知道网络龙形怪兽工作队，纳布古先生。”

“没有很多。除了工作队成员之外，还有联合国安理会常务理事会——是他们提议成立这个专家组的。”

“有没有关于这次会议的备忘录？”

“当然，这很正常。但那是一次秘密会议，备忘录是用一台速记机记录并在事后打印出来的。”

“它是怎样被记录下来的。”

“用一台计算机。”

“一台暴风雨电脑。”

“您说什么？”

“那是一种特殊的安全设备。”

“一个女速记员在我们等级森严的组织里地位不是那么重要，我不能肯定她们是否有这样一种特殊的设备。”

狄卡坡很赞成地点点头。

“您是否想以此暗示，电脑里的文件可能被盗取了，是吗？”

“也许恰恰不是现在您想象的那样，纳布古先生。”

“我一向喜欢直来直去。您能不能给我说明，您到底是怎么想的呢，博士？”

“我认为，我知道狄卡坡博士想到哪里去了。”所罗门插话说道，“女速记员坐在计算机前做记录的时候，即使计算机没有以任何方式联网，即使那个软盘任何人也得不到，尽管如此，他们的记录文本可能还是被窃听了。”

“被窃听了？一台计算机？”

所罗门点点头说：“计算机、传真机、打印机、调制调解器——每一种电子仪器都发出一定的射线，传输被泄漏的信息。一个间谍离这种噪音来源越近，他就能越容易地进行窃听。”

亚加夫思考着所罗门的话。他几乎难以觉察地开始点头了。“网络龙形怪兽工作队真的可能被窃听了。但是，这仍然不能完全说明恐怖分子为什么会采取行动袭击您和您的女儿。不仅您的到达，而且我们转移到米亚德堡的时间，在任何安全会议上都没有提及。”

狄卡坡终于找到机会表演了。“我本人是这样计划的，这里，”他用右手指了指他的写字台上的计算机，“在这台计算机上。”

“您的计算机联网了吗？”所罗门问道。

“当然，正如这里的每一台计算机一样。您大概不是想暗示……”狄卡坡有点愤怒了。史苔拉觉得这个计划负责人的感情表达总是有点夸张，但他把这归咎于南欧人的秉性。狄卡坡使劲地摇着头。“您别忘记了，教授，我们是国家安全局！防火墙和其他的安全系统保护我们防止任何形式的攻击，内部的也包括其中。”

所罗门微笑着点点头说：“人们永远也不能知道，一个受了挫折的同事是否就不想加害于他从前的老板，可能仅仅出于报复。”

狄卡坡清了清嗓子说：“当然，这种可能性永远不能排除。”

“尽管如此，您是否检查过，您的实验室网络里是否可能有过一个破绽呢，博士？”

“老实说……”

“也就是说没有？”

小个子男人摇摇头说：“要确认这种事情可能也是相当困难的。”

“如果对全世界范围内的计算机事故负有责任的袭击者同样也打进了您的系统，那我就一定能够找到他们的踪迹。”

“只有在最初的四台瘫痪的计算机里我们能够找到卡给识别符号，恐怖分子恰恰不会在这里重复他们最初的错误。”

“假如您的专家们在这里有一个漏洞呢？”所罗门像某个刚刚成功完成一次杰出

打击似的微笑了一下，“不错，没有我的卡给程序的源密码，无论如何不会有出人意料的事情。”

狄卡坡在沙发里弯着身子，直盯着所罗门的脸问道：“您这是什么意思，教授？”

“非常简单。卡给在它进入的每一台计算机里都留下自己的指纹，但是，他并不总是利用‘卡给’这个词汇。”

“是吗？”

“是的。本来就不是。”

亚加夫呻吟了一声说：“您的电脑黑客真的是一群糟糕的族类！请您说得明白点，马克。”

所罗门微笑了：“非常简单：‘Kagee’有五个字母——本来只有四个是不同的——借助一个偶然的振荡器‘摇晃’一下，它们的位置就改变了。我们密码编程家称之为置换。”

“您认为您简单地改变了字母的顺序，对吗？”

“完全正确，亚加夫。一台被 Kagee 战胜的计算机——我戏称之为战利品——可能包含的字母顺序是‘Aegek’或者‘Gekea’，也就是说，对这个基本词汇的字母作任何可以想象的排列组合。”

狄卡坡向后靠到沙发后背上，从牙缝里吐出一口气来：“一种排列组合！每一个密码文都是密码编程家的锤子。我们却忽略了它。”

所罗门似乎对计划负责人的无知明显地感到高兴。他用一种宽宏大量的低音主动地建议说：“我可以向您提供合适的卡钳，如果您愿意的话。也就是说，仅仅用您自己已经掌握的知识，还不那么容易发现卡给的电子指纹。”

“五个不同的字母，其中有两个字母是一样的，可能随时因为偶然性就会在某处出现。”

“正是这样。所以我的组合算法有一个小小的特点。根据不同的情况，正如那几个字母改变顺序那样，其印记在一台计算机里可以多次被找到。那些踪迹相互之间的距离随着选择的变化而不同。如果您允许，我很乐意今天晚上就在我的房间到实验室网络里寻找一下卡给的踪迹。”

“我甚至要请求您这样做。”狄卡坡回答道，“但是，您为什么不愿意在我们的办公室……”狄卡坡下垂的眼帘又抬了起来，“很清楚，您想进入网络之时，不愿意感觉后脖子上那些始终批评的目光。”

所罗门的眼睛很快地扫了红约翰一眼。他坐在那个很不舒服的木椅子上，如同骑在一个儿童三轮车上一样。“不受任何人影响，我工作起来最有成效。”然后他看着狄卡坡回答道。

计划负责人点了点头。在所罗门同意遵守若干保密规定的前提下，他批准了。

然后，狄卡坡又向教授提出一个进一步的请求。不论寻找卡给踪迹的结果如何，他都可以放心去做，只要他知道怎样使实验室的网络不受网络龙形怪兽任何可能的袭击。所罗门的软件工具箱里是否有一个工具能够保护实验室的网络不受任何类似的攻击呢？所罗门没有多加考虑，就向博士提出几个问题。这些问题，有的博士直接给予回答，有的他先打电话和他的专家们商量以后做了回答。然后，他点点头表示满意，并答应给入侵者计划的网络装上一个卡给钻不透的“保护盾牌”。

狄卡坡大声地出了一口气，说：“我认为，我们的合作一定会取得很大成果，卡尔德教授。”

所罗门久久地看着那位计划负责人，直到他有些不安地拿起放在桌子上的一份文件。

“请不要错误地理解我的配合精神。”所罗门终于严肃地说道，同时把手放在史苔拉的手臂上，“我反对国家安全局在全世界范围内对私人生活滥用权力并没有改变。但是，今天有人对我们的生命进行了一次谋杀性的攻击行动。我将在自己的权利范围内十分警惕地做一切事情，以便避免类似的事情发生。”所罗门转向亚加夫，接着说道：“我已经答应，在他的侦察工作中支持网络龙形怪兽工作队。您可以在这上面建议，狄卡坡博士，但是，您不要对我抱有更多的期望。”

计划负责人点点头，脸上毫无表情地说：“对我来说，这就够了。尽管如此，我要对您向我们提供的帮助表示感谢，教授。可惜，现在我还必须在这里向您提出另一个请求。”狄卡坡不那么高兴地看着亚加夫，显然，他宁愿在他不在场的情况下提这样一个请求。他深深地吸了一口气说：“这涉及您的女儿，教授。”

所罗门的背部僵硬起来。“史苔拉？我的女儿为什么陪同我来，您是知道的。如果您有什么问题问她，尽管问好了。关于我的研究计划她一无所知。”

狄卡坡像寻求帮助似的看着红约翰，然后还是决定，直接地看着所罗门的眼睛。“卡尔德教授，我根本没有别的选择了。您我都知道，为了挫败全球性的消灭数据的灾难，我们还剩下多少时间。总的说来，只有一个网上旅行者能够在网上空间里查出卡给突变物的‘巢穴’，您知道，我说的是谁。我们的候选人就是史苔拉·卡尔德。我需要您的女儿。”

倒计时

“‘我需要您的女儿’！他谈论我就像谈论一件东西。我可不是一把万能钥匙，因为他自己做不出来，就可以借用。”

史苔拉迈着果断的步子在床前走来走去，不时地甩着胳膊骂那个负责人。

“我是否可以提醒你一下，你已经同意做那件事情了。”所罗门说。他坐在写字台前面，上面摆着两台已经连接好的笔记本电脑和其他仪器。

史苔拉不再走来走去，一屁股坐在床上。“那个狄卡坡在那里指责你，你自己也认了。归根结底，你的卡给程序对那些损失有责任，现在损失已经超过十亿，甚至还有那些无辜的人。”她叹息起来，“我刚才不得不又想到这些，是我引起的这场雪崩。你自己也说过，我也许是唯一能够识别卡给突变物的人。”

“尽管如此，我还是觉得，无论如何应该通知菲菲雅娜。说到底她是你的母亲。”

所罗门甚至强烈要求，接他的夫人到米亚德堡来，但是狄卡坡就是不松口，鉴于严格的保密规定，这是绝对不可能的事情。当所罗门为此顽强地坚持并且要拒绝同意史苔拉参与行动时，入侵者计划负责人仍然强烈反对。他对所罗门说了些让史苔拉觉得下流而又狡猾的话。那位计划负责人甚至突然想起一个特别不怀好意的问题：“您的入境签证在哪里，卡尔德教授？”

所罗门的脸一下子红得像岩浆一样——他的感情受到刺激，因为这的确是一个值得认真对待的问题 。狄卡坡想说的问题他已经问过了。这位计划负责人接着回答道，美国移民局对非法入境者有时候会进行严格的审查并进行诱骗。

当史苔拉听到狄卡坡的暗示时，至少和她父亲一样不知所措了。她还清楚地记得，费茂和弗里德曼在机场上是怎样通过入境检查人员身旁的房间把他们带进来的，难道这一切原来是一个预谋，是为了压服所罗门就范吗？

狄卡坡认识这个德国人，只是把他看作一位教授，而没有把他看作也是一个父亲，否则他大概就不会尝试提出这个问题了。拒绝史苔拉的母亲到米亚德堡来，更坚定了所罗门的立场。绝对不能把自己的女儿“当作试验兔子提供”给他。

狄卡坡现在把缰绳松开了一点。在亚加夫·纳布古忧郁的目光下，他向自己的客人保证，绝对不想向他们施加压力。在美国首都更大的范围里，别的官员可能不会像他那样宽宏大量。也就是说，无论如何，史苔拉也不是第一个网上旅行者。这个系统早就进行过检验，对孩子根本不存在任何危险。他卡尔德教授应该想到，到这里来是为了什么，至少“世界的记忆”系于这个游戏。

所罗门大概宁愿把自己分成两半，也不愿意把女儿交给国家安全局，可是，这时候史苔拉突然大声说道：“我同意！”

不知怎么，她觉得这件事就像她在家里的时候所罗门和她一起试验自己的仪器那样，可能和她在这里所期望的东西并没有多大的区别。这旦不过就增加了一点儿狄卡坡轻描淡写提到过的“无害的药物”而已。

当史苔拉的父亲后来勉强同意了女儿参与行动时，他向计划负责人提出了一个条件。他，马克·卡尔德，绝不把自己的女儿作为研究对象无条件地提供给技术人员和科学家那帮乌合之众。所以，史苔拉必须把她在清醒的梦中看到的和所经历的一切首先讲给他听，然后再由他向狄卡坡和入侵者计划工作队的专家们报告。

狄卡坡咽了口吐沫。但是，在他和所罗门经过一番目光的对峙之后，他终于让步了。

“你真的以为他们把你关起来了吗？”史苔拉问自己的父亲。她仍然坐在床上，两只手合在一起放在两腿之间。这个想法真的使她感到害怕了。

“也许他们是可以信任的。”所罗门说道，“我还记得这样一个事件。一个叫贝尔尼·S.的电脑黑客，联邦经济情报局几乎把他和野蛮的刑事犯一起关进监狱达一年之久。那里的服务对他来说肯定不是滋味。贝尔尼的那些书，还有他在因特网里收集到的一些信息，就是他的‘罪行’。他们就这样以损害国家安全为借口随便地把他关了起来。”

“因为‘损害国家安全’？”史苔拉若有所思地重复了一遍，“这么说，我慢慢地明白这个短语为什么那样不合你的心意了。”

所罗门严肃地点点头。

“你是否也愿意满足狄卡坡的其他愿望？”史苔拉对此提出一个请求，这个请求就像她被任命为第一个网上旅行者那样，同样使她父亲暴跳如雷。计划负责人打算，如果在技术上可行的话，请他把卡给程序里包含的‘万能钥匙’与入侵者连起来。入侵者虽然掌握电脑黑客的很多常识，但在卡给的突变物面前估计还是束手无策。只有当入侵者能够像网络龙形怪兽同样快，并能势不可当地战胜其他计算机和网络的安全系统时，才能把那个网络龙形怪兽一直赶回老家去。

在所罗门心里，产生了全面反对狄卡坡请求的想法——把斯库尔检测器用在国家安全局的程序里面——不可想象！可是，最后他在事实面前投降了：因为时间太紧迫了，不能用传统的侦察程序；必须用他的——也就是说用所罗门的——武器打击那些造成计算机事故的肇事者，否则信息炸弹很快爆炸将是不可避免的。

史苔拉不得不想到所罗门是多么疑虑重重地保护着他的卡奥斯。“国家安全局将来是否还会为了他们的目的滥用你的斯库尔实验系统呢？”她问。

所罗门的脸上开始露出喜色。他走到女儿床边，坐在她身旁，对着她的耳朵小声说道：“我不知道狄卡坡在这个房间里安装了多少麦克风。关于我的斯库尔检测器，你不必过分担心。国家安全局既不能从试验系统也不能从斯库尔本身得到源密码。他们不能继续随便地运用我的知识。卡给中的‘万能钥匙’将被我与入侵者连接起来，使它只能为我们的目的服务。此外，数字指纹会保留下来。如果国家安全局以后用我的技术窃听别人的计算机，可以在任何时候提供证明。”

史苔拉冷笑了一声，这使她感到高兴。“所以，从我们昨天到达纽约以来，你并不那么为我们的行李担心。”她说。

所罗门点点头，接着又开心地小声说道：“他们肯定已经把我的手提电脑里的硬盘全都拷贝了，此刻正绞尽脑汁怎么打开其中的内容。但是，我的源密码始终带在身上。即使他们从我这里偷去了也还是没有用，也就是说我把他们全部编成了密码，而打开

所罗门的脸上开始露出喜色。他走到女儿床边，坐在她身旁……

密码的钥匙在我的脑子里。”

史苔拉突然亲了一下父亲的面颊——他现在离她那么近，已经很久没有这样了——然后用平常的声调说道：“你真的像善良的老所罗门一样智慧。”

父亲的脸上掠过一阵红晕，不好意思地说：“多谢你的恭维。”

史苔拉抓住他的手，说：“遗憾，菲菲雅娜不能看见我们现在这样。也许她将会被你的严肃认真说服。”

“你相信这一点吗，小星星？”

史苔拉沉思地看着父亲的眼睛，然后她耸了耸肩回答说：“我还没有十分的把握，请给我一点时间。”

所罗门认真地点点头说：“随便你要多长时间，小星星——最好不要超过一个星期。”

两人都笑了。

“这期间你能找到菲菲雅娜吗？”史苔拉直截了当地问道。

“狄卡坡的话你听见了：工作队成员与外界的任何联系都一概被拒绝。他连我们通过网上空间通知菲菲雅娜我们现在的旅行都不同意。”他再次小声对着史苔拉的耳朵补充道，“一旦我们可以到上面透透空气，我就马上用我的铱电话给她通话。”

在接下来的两天里，所罗门忙着把他的斯库尔检测器和入侵者连在一起。在这里，他和国家安全局的入侵者开发人员进行了密切的合作，但除了绝对必要之外，并不泄漏他的“万能钥匙”。

就在到达的当天晚上，他把专门的寻找程序和入侵者计划的实验室网络接通了。第二天一早，他果然发现了一个卡给突变物的电子指纹。那个识别符号甚至和原文一模一样，连字母的位置都没有换。像魔鬼似的怒吼一阵的狄卡坡终于确定了对卡尔德父女进行卡车袭击的是谁。网上恐怖分子必定首先从联合国刺探出网络龙形怪兽工作队的组成，他们在“卡给之父”文件里弄清了马克·卡尔德是他们最大的敌人之后，就打进了入侵者实验室网络。然后，他们在那里找到了袭击计划所需要的全部数据。

到了晚上，所罗门已经给入侵者网络里互联的计算机进行了“免疫”处理，使之不再受网络龙形怪兽的袭击。为此，他使用了从斯库尔程序里挑选出来的部分，但并不泄漏它的整体。从现在开始，恐怖分子就不能看到联合国特别工作队打的什么牌了。敌对的双方似乎掌握着相同的“武器”。如果入侵者开发人员真的能够完成狄卡坡保证的任务，那么现在网络龙形怪兽工作队甚至就能稍微领先一步了。

所罗门在大楼深处更密封的 203 房间里，比在家里工作得更加起劲。尽管如此，他还是每天晚上八点以前拿出一个小时和史苔拉一起到大楼外面散步。这个宽敞的地方虽然不是永远没有人影儿，但从七点钟开始，可以在相当远的范围内不受监视地在那个立方体的主楼旁边的路上散步。即使真的遇到什么人，也大都是安全保卫人员。他们必须随时戴着的徽章，证明他们是具有特殊身份的国家安全局的工作人员，使他们不会碰到麻烦。

傍晚的散步还有一个特别的诱惑。现在正值夏末，夕阳把米亚德堡周围的风景浸在温暖的颜色里，连国家安全局的设施也显得更亲切了一些。史苔拉很喜欢太阳即将沉入地平线的时刻，为此她更爱自己的父亲了，他能够和她一同分享这段时间。当然她知道自己更喜欢走在父母亲两个中间，像从前一样，他们牵着她的小手，指给她看面前的世界，前面的一切几乎都是新的。

通过铱电话与菲菲雅娜的联系失败了。在这个大院里的任何角落，他的铱电话都不能达到铱卫星。估计有一个干扰电台，它的目的就是使任何入侵者不可能借助计算机迅速地从设备里盗取大批数据。

这种和外界全部的隔绝，特别是长时间逗留在三米厚的特殊水泥墙里面，使史苔拉感到精疲力竭。她感觉到自己就像一个犯人被关在最严密的拘留所里。她在这里还不断地做噩梦。

这些噩梦不再是她那一夜满身大汗醒来前梦见的核桃夹子，而是疯狂地追逐她的场景。有时候追逐她的是飞鱼，单是它们的形象就足以使她毛骨悚然了；然后是带着丑陋而又锋利的夹子的机器人在偷偷地看着她。所有的追逐者都有一个共同点：就是企图置她于死地。

所罗门感到自己应该对史苔拉的这些噩梦负责，这就促使他进行更长时间和更紧张的工作。为了史苔拉，他想通过自己的努力使网络龙形怪兽——首先是它后面的精神不正常的鬼魂——尽可能快地停止作恶。

所以，当史苔拉的父亲着魔地在几台计算机上同时编程并做着试验的时候，史苔拉就去寻找别的事情消遣。可是，除了那本她在法兰克福机场买的便宜书之外，没有别的事情好做。不过，这本书特别能转移她的注意力，在某种程度上能使她最不安的情绪渐渐恢复平静。正如她在星期四早上听到的那样，这期间，甚至美国总统都知道国际网络龙形怪兽工作队已经把全部希望放在一个来自柏林的十六岁的姑娘身上。在这件特别重要的事情上，总统宁可相信一个百分之百的美国公民，但是事情紧急，使他最终同意了这个非爱国主义角色的分配。无论如何——这至少使总统感到一些安慰——人类将感谢美国的技术拯救了他们。

史苔拉带着世界最强大的人物这样的祝福，被引进秘密的入侵者系统。此外，她的任务也使她想到了别的——对突然袭击的恐惧仍然使她感到心有余悸。

对一个真正的宇航员来说，登上火箭不那么容易，发射出去也不那么容易，所以她也必须首先学会操作这个系统。国家安全局的一个皮肤黝黑的女工程师在给史苔拉讲解。她名叫葛文，受委托来培训史苔拉。

当然，入侵者操作系统操作起来比操纵航天飞机简单得多，葛文带着灿烂的微笑补充说。她有着幼儿园女教师的性格：情绪始终很好，心平气和，不会发出任何粗暴的解释，还经常哼着愉快的歌曲。她还有女摔跤手那样的身材：身高几乎一米八，胸部丰满，肩膀和臀部同样宽阔。她那深沉的声音可以发出雷鸣，也能发出温柔的呼噜声。蓝眼圈闪闪发光，鲜艳的口红和厚厚的胭脂，清清楚楚地把这个国家的商标统统涂在她的脸上。

当史苔拉开始训练以后真的知道了她将要干的事情时，她还是有些怕了。网上旅行者乘坐的巨大的入侵者操作系统的关键部分与计算机的连接点，是一个牙科病人坐的那种椅子。房间里有可调整的坐或躺的设施，体现着特别护理组的魅力。这个房间在防空设施地下第七层。不是国家安全局的工作人员要到这里来，必须由一位入侵者计划的成员陪同。实验室的墙壁涂着浅绿色的油漆，地面铺的是灰色的瓷砖。从天花板上流泻下来明亮的氖灯光。到处都是各种仪器，主要是一些显示屏幕和监视网上旅行者身体功能的仪器。这个长方形的房间后面墙上有一个控制台，连接着其他的显示器、开关和调节器。入侵者主要通过三个立在控制台上的计算机工作站控制。实验室另一边的墙壁完全是玻璃。史苔拉旁边是一个计算机硬盘站和其他电子动物的动物园。她对面那道玻璃墙色调很深，使她几乎看不见那后面的一切——那里是一个有许多座位的观众厅。

葛文每讲十句话，就重复一次，始终如此。在入侵者实验室里，所有的机器对网上旅行者来说都没有任何危险；相反，其中的大部分，都是用来保护网上旅行者的。史苔拉虽然不懂为什么要花这么多的钱来进行免疫控制，但是，当入侵者的女工程师开始向她讲解那个牙科病人坐椅的功能时，她便渐渐地感到踏实了。

在那个房间里，除了史苔拉和她的指导者之外，还有三个国家安全局的工程师，此外还有吉米口·施拉卡巴和本雅明·伯恩斯坦（史苔拉终于知道了那个羞答答的青年的名字，大家都只叫他贝尼）。

“这是虚拟现实头盔。”葛文指着一个圆球解释，这使她想起骑摩托车时戴的头盔，“这里面有一个扩音器和一个麦克风。更重要的是，里面有一个很亮的 TFT（薄膜）显示屏。你戴上它以后，它才会向你显示出三维图像——当然，只有在产生一种感觉的时候它才会是立体的。在大多数时间里，你的眼睛只有盯着文字信息，在你的大脑里它们才会变成风景，完成说话、运动或者类似的任务。你有没有幻想，史苔拉？”

“我父亲总是说，我可以安静地从幻想中得到一些东西。”

“是的，对于入侵者来说，幻想永远没够。你的幻想愈活跃，网上空间对你来说就会变得愈生动。等我给你讲完入侵者的基本要素，我们就进行一两次试验飞行。”

葛文用很长时间向史苔拉解释了这一切。对她的学生提出的每一个问题，她都十分耐心地加以分析。吉米口和贝尼也不时地询问一些技术上的细节，但葛文很少给予其详细的说明。

星期五晚上，史苔拉学会了全部的基本操作方法，当然还没有掌握在药物影响下的系统，即在清醒的梦中进行侦察。

即使没有那种高效物质，作为入侵者在因特网中冲浪也已经是一件激动人心的事情。这种虚拟现实头盔对她头脑里的每一个动作都会做出反应。重要的信息直接出现在眼前，当她的脖子转动或者低头时，不太重要的信息会在视野里移动。不久，她甚至能够单独成功地通过意念发出简单的控制指令。在虚拟现实头盔里当然也安装了狄卡坡高度夸耀的神经活动共振探针，它能测量和评估在头脑里进行的微弱放电，即在一个神经细胞里产生的所谓“火焰”。只要有某种念头，那个系统就会做出反应，就像一个汽车司机经过相应的练习之后，简单的换挡会在下意识里完成。随着越来越多的练习，史苔拉已经能够越来越成功地发出她的思维命令。

网上旅行者——入侵者——接口的另一组成部分，是一个能够把系统十分安全地转变成行动或者书面文字的麦克风和一个可以用来在虚拟现实空间里改变方向的操纵杆，还有一个键盘，可以像在任何一个计算机上那样输入文字。

史苔拉超强的理解能力，给国家安全局的专家们留下深刻的印象。早在童年时期，她就已经熟悉了怎样和技术打交道。她用十个手指打字甚至比专业打字员还快。她的英语很好，使入侵者的语言识别功能在很短时间内便出色地显示出效果。

“我相信，现在你已经可以工作了。”第二个培训日结束时，葛文说道，“如果你也这样认为，那我们明天就进入第一个醒梦。”

史苔拉对于不得不在一种有不祥之兆的配剂影响下进入网上空间，仍然有一种不好的感觉，可是葛文大笑着对她说，她过去的大学同学大多数都是靠大量的配剂完成学业的：晚上，为了欢庆到深夜，他们使用兴奋剂；为了能睡上几个小时，接着就吃安眠片；为了上课听讲，吃提神药；考试接踵而至时，又不得不吃安眠药。令人惊异的是，许多美国人在后来的职业生活中仍然保持这样的习惯。她大笑着解释道：“如果我们有一天取消了这些兴奋剂和巴比妥酸盐，估计我们的整个经济可能就要崩溃了。”

史苔拉觉得这位女工程师对药剂在生活中的辅助作用所拥有的热情有点可怕，但是，葛文的无忧无虑至少打散了她的最大顾虑。

在星期五到星期六的夜里，所罗门和狄卡坡的软件专家们也把在卡给里工作的“万能钥匙”和入侵者连了起来。除了计划负责人和网络龙形怪兽分析家们之外，几乎没有一个人有时间去注意 203 大楼外面的最新消息。

梵蒂冈的主页被“戳”了一下子，不信上帝的人这样称呼这次袭击，使全世界对教皇的在线弥撒抱很大期望的人们感到震惊。在因特网上的虔诚祈祷，这期间变成了例行公事的转播。现在，取而代之的是无论是好奇者还是信徒都在看的一个意大利旧电影，这个电影是关于一个牧师的故事，他和上帝谈话，却一贯地不做和教会保持一致的事情。

类似的诋毁上帝的事情也袭击了另外一个因特网的网址。犹太人的在线团体被接连不断地震动了：一封为耶路撒冷哭墙的祈祷演说通过电子邮件被侮辱性地加以修改了。可惜人们发现时已经太晚。从打印机里打印出的文件的内容全是胡说八道。计算机随心所欲地把祈祷语组成了新的句子，这些句子不但没了虔诚，相反，听起来更让人觉得十分可笑。

第三则，同时也是最后一则报道，也涉及宗教领域。它在网络龙形怪兽分析家们中间引起了一片骚乱。迄今为止的电脑袭击，都被理解为针对西方世界创造的政治和经济机构。但现在，网上恐怖分子的袭击也对准了人类最神圣的财富：信仰。

引起愤怒的原因是一系列被操纵的 CD 光盘，起初是圣母教堂制作的，为了使那些长久处于压力下的信徒在忏悔之路上感到轻松一些。软件已经流通了相当长一段时间，在信教的高级管理人员中间很受欢迎。在任何地方，只要有一台笔记本电脑，就可以键入自己的罪过并且马上进行相应的忏悔：十遍万福玛利亚，二十一遍念珠祷告……

可是，现在抛售到市场上的 CD 光盘却用足够多的异常指令使忏悔的信徒们不知所措。“再来一次，安东尼欧。”还是最轻的一种。一些如“卖掉你所有的一切吧，跟我来！”这样的话实在令人费解。还有更值得注意的是这样的建议：“你不应该蔑视你的狗食盆！”

这些最新的电脑冲击波后面究竟隐藏着什么呢？人们绝望地寻找着解释，以便让这些攻击和一个怀有政治动机的极端组织的理论一致起来。

弄清这类细节问题并不是亚加夫·纳布古的任务。作为网络龙形怪兽工作队的领导，他必须总揽全局。他应该使各个小组互相配合，使他们顺利地合作。他特别重视马克·卡尔德。

他也每天多次去看望所罗门。即使他为了不受干扰地工作很少走出自己的房间，亚加夫还是像偶然经过似的到来，不是送一杯咖啡，就是打听一下工作的进度。他试图使自己在一切可能的地方变得有用。相反，那位意大利人则回避这位队长，能不见就不见。

所罗门感到自己陷入了困境。他虽然高度评价亚加夫，但他宁可不要他的干扰。也就是说，这位非洲人并不是来此消遣，只是坐一坐，看看这位德国怪人怎样工作。只要他有一点不明白，他就会提问，不弄明白决不罢休。

不管怎么说，所罗门还是完成了自己的工作定额。是的，他甚至在史苔拉登台的前一天晚上——在一次八至十小时的重点冲刺之前——仍然没有忘记和自己的女儿在国家安全局的大院里进行必不可少的散步。

这个星期五的夕阳已经快要落下去了。天空布满松散的云朵，看起来就像一群吃草的绵羊。渐渐地，夕阳把那群软绵绵的天上动物浸入火红的光里。

“不知怎么，一想到明天我就觉得不舒服。”史苔拉向她父亲坦白道。

所罗门把一只胳膊放到女儿的肩膀上。“我的感觉也一样，小星星。如果发生了什么麻烦，我们就把你和设备断开。亚加夫已经答应，狄卡坡对此也表示同意——那是迫不得已，因为他从来没有得到我的同意。”

“你对那个意大利人还有什么看法吗？”

所罗门撇了一下嘴，耸了耸肩。“我觉得他相当捉摸不透。我看他对自己的计划已经着魔。他想用权力来推动它，任何阻挡他前进的东西都一概拒绝。可是，我觉得这倒是合理的。每一个认真对待自己的研究工作的科学家，可能都应该这样做。我觉得这时间好像已经过去了好几年似的。”

“但我不这样认为。你认为我们能信任他吗？”

所罗门又耸了耸肩。“对这个问题，我认识狄卡坡的时间还不够长。我觉得和他不是那么意气相投，不过，这也不能强求。无论如何，我没有忘记他是为什么部门工作的。我对他得留点儿神，这你可以相信我。”

“要是菲菲雅娜知道我们在什么地方就好了！”

所罗门搂紧史苔拉，说：“今天我给他发了一封电子邮件。”

史苔拉推了一下父亲，惊奇地看着他的眼睛说：“可是我想……”

“我只是告诉她，我们现在已经平安地到达美国的目的地，正忙得不可开交。我们到达纽约之后只能在电话留言上简单地说两句话。现在，她至少知道我们被有关当局请去帮助解决紧急任务，一旦工作完成了，我们就去看她。”

“难道这不会激怒那个意大利人吗？”

所罗门露出一个狡黠但却非常善意的微笑，说：“我把这个邮件用我的一个128比特的钥匙锁上，并包在一个看起来无害的互联网控制报文协议邮包①里，寄往柏林理工大学的计算机。到那里以后，它才会变成一个普通的电子邮件，并通过一个翻译者II型化名回信链转发给你的母亲。国家安全局虽然拥有比世界上任何组织更多的计算机功能，但是，他们要想打开我的密码，大概需要几百万年。估计人们根本不会发现我的电子邮件，至少在它到达菲菲雅娜的信箱之前不会被发现。不过，那时候再侦察发信人已经太晚了。”

① ICMP：abbr.Internet Control Messages Protocol,即互联网控制报文协议；abbr.，互联网信报控制协议。

“刚才你说的东西我连一半也不明白……可是，如果你这样认为那就好。重要的是，母亲得到了我们还活着的信号。”史苔拉敞开胸怀，任凭温和的晚风吹拂着自己，轻松地说：“现在我觉得舒服多了。”

他们在院子里默默地走着，过了一会儿，她问道：“你这两天做的事情到底怎样了，你怎样帮助我呢？”

“嗯，让我想一想，在技术性不太强的情况下怎样给你解释最好。”所罗门用左手把头发向后梳理了一下，“你一定还记得我在飞机上给你举的一个例子吧：城市、邮局、河流，邮件在河流上被运输着，网站管理员……”

“关于网站管理员你什么也没有说过。”史苔拉打断了父亲的话。

“是吗？现在，我告诉你，是这样，如果你愿意，可以这样说，他们是为那些城市服务的行政长官。网站管理员在他们的城市里管理生活，发布一些传输数据命令，并注意借助安全人员维护这些法律和制度。如果他十分严厉，那么他也会检查哪些网上居民进入了他的城市，哪些人可以离开。”

“那怎么实现呢？”

“通过IP网际协议地址。每一个上网的人都有这样一个号码，这个号码和网上空间的任何别的公民相区别。在有些人那里，就像文身的图案一样，这个识别号码也不能改变了，在另一些人那里，它更像只能在规定时间旅行的签证。”

“我恨号码！”史苔拉厌恶地回答道。同时，她想到在柏林的时候，所罗门曾经对她讲过的关于人和纯技术交往的危险。

“这不光对你是这样，小星星。所以，你的护照上，除了一排数字之外还有一些别的说明：你的照片、生日、眼睛的颜色、国籍和你的姓名。在网上空间里完全相同。每一个人都可以得到一个生动的名字，这个名字也告诉别人一些信息，他来自哪个国家、哪个地区——这里人们把它称之为域名。如果你在因特网上冲浪，你就得常常输入这个名称，网际协议号码可能比以往任何东西都好。”

史苔拉低头沉思着。

“以后是由专门的域名服务器来进行这项服务。你只要想象一下巨大的居民登记处的官员们就行了，他们管理相互关联的名字和网际协议地址，并把第一个转换成第二个——人们就把这个工作叫做‘打开’。”

所罗门停顿了片刻，好像他的思路中断了似的。史苔拉借此机会思索着刚才听到的内容。

“本来，你问我的是完全不同的事情，”她的父亲接着说道，“你想知道我昨天和前天是怎样度过的吗？”

“我可没有这样说。”

所罗门向史苔拉挤了挤眼。“好了，好了，小星星。我已经正确理解了你的意思。

也就是说，我的斯库尔检测器你已经知道。我已经把其中的重要部分和入侵者连在一起了。现在，如果你在梦幻中穿过城市并在数据的河流上旅行的话，你身上就始终有一个虚拟现实的万能钥匙。”

史苔拉不解地看着自己的父亲说：“我怎样才能使用它呢？我大概不能像从口袋里把它掏出来并把它插进任何一个锁孔里那么简单吧，对不对？”

“这取决于你怎样建造自己的幻想，你最好把这个寻找助手想象成一只非常活泼的白鼬——你已经知道，就是那种驯顺的鸡貂，有时候它也会被训练来追逐家兔。当这样一只白鼬跑到某一个地方的时候——也许是为了寻找猎物，它一定会找到一条途径，它的细长的身体能钻进任何一条缝隙。即使在狡兔建造的有很多分叉的地洞里，这种鼬科小动物也总能够顽强地追逐到目标。白鼬甚至还是一个游泳好手，而且能抓到鱼。”所罗门肯定地点点头，仿佛特别喜欢这个比喻似的，“真的，任何东西都不会那么快地逃脱鸡貂的追捕。”

“我应该毫无顾虑地使用那把万能钥匙……哦，我的意思是放出那只白鼬吗？”

“这个任务由入侵者完成，你只要做梦就行了。只要你在头脑里想进入一个服务器，即某个城市或某个城堡，那只白鼬就会为你找到一条道路。”

星期五到星期六这天夜里，史苔拉睡得很不好。史苔拉梦见一个中世纪的小城市，她在那里的市场上成为一个出售白鼬的小商贩，等待出售活泼可爱的家兔的追逐者。

当她父亲终于唤醒她的时候，她正受到一种可怕的惊吓。“你看起来就像魔鬼弗朗肯斯坦。”她说。

所罗门不快地微笑了一下说道：“多谢。为了你今天能够与卡给和白鼬一起到幻想之国进行一次远足，我几乎工作了一整夜。”

“对不起，那并没有恶意。”

“好了。我们一起吃早点吗？还有不到一个小时，然后，入侵者工作组就将等候第一位网上旅行者到来。”

“当然，我马上就来，一分钟。”

这一分钟几乎延长到一千秒，不过，所罗门对此早已习以为常。史苔拉只带来两条牛仔裤，她穿上了那条蓝色的。为此，她选择了一件最好的衬衫。衬衫是红色的，上面印着“拯救鲸鱼”几个大字。她的光滑的金黄色头发被她用一根弹性丝带束到脑后。

他们在餐厅里和亚加夫、吉米口及贝尼一起吃过早点之后，就来到地下第七层。

红约翰让网络龙形怪兽工作队的成员进入高度安全的楼房侧翼的地下室。狄卡坡已经在那里等候。其他的工作队成员，包括联合国和美国国家安全局的工作人员几乎全部到齐。他们大多数都已经坐在那个昏暗的玻璃墙后面的观察室里。

“你好，史苔拉。”葛文喜形于色地问候她的女学生，“今天你的感觉如何？”

“就像我必须立刻坐上电椅那样。”

葛文爆发出一阵小号似的笑声。“嗯，这把椅子倒真是带‘电’的，孩子。不过，要烘焙你，这种电流强度大概不够。”

“这很令人感到安慰。”史苔拉轻轻地回答道。

葛文似乎觉得这个羞怯、苍白的姑娘在她面前很开心。她摇摇头提醒说：“我还根本不知道你这样能说会道，史苔拉，你从哪里学来的？”

“会感到痛吗？”史苔拉直截了当地反问道，她按照自己的观点理解女工程师相当多余的提醒。

“胡说！这些我都已经给你讲明白了。过来。”

葛文帮助史苔拉坐到椅子上，替她把安全带在腰部束紧。这是为了防止史苔拉的梦变得激烈起来时不小心从椅子上摔下来。然后，葛文把网上旅行者的两只胳膊分别放在两边的扶手上。操纵杆在史苔拉的右手边，左手能够舒适地够到摇摆悬臂托架，托架上固定着一个键盘。然后——为了排除正在产生的恶心感觉，史苔拉深深地吸了一口气———切都变得严肃起来了。

“使用这个小瓶就像使用很一般的喷鼻子的药水瓶一样。”葛文仍然一边解释，一边微笑，“这里面是一种生命活性物质，通过它的作用你就会进入一种梦幻状态。不要害怕：你不会感到疼痛，也没有灼热或者任何恶心的感觉。你只会感到有一点儿疲倦……”

“我会不会睡着呢？”史苔拉打断她的话问道。

葛文动了动脑袋，仿佛不知道该摇头还是该点头。“这样说吧，你将会感到像你可能会感觉到的那样。不过，你的意识中只有一部分是真正睡着的。但你的感觉器官的功能和你的反应能力甚至会大大地增强。”

“如果我进入梦幻中，会发生什么？”

“这就完全看你自己了。从以前的网上旅行者那里，我们知道，他们起初只看见一片黑暗。随后渐渐地，他们的想象力才创造出充满网上空间的图像……”

“都准备好了吗，邵梅克夫人？”狄卡坡的声音从一个麦克风里响起来。

“您稍微再耐心点儿，等我们这儿都弄好了。”葛文响亮地回答道。实验室里有很多麦克风，它们把带威胁性的声音以高保真的音质送进观察室里。

“有时候，这个意大利人的不耐烦使人神经受不了。”葛文小声地对她信任的人说道。

史苔拉不得不勉强挤出一个微笑。

“现在，你可以开始了吗，孩子？”

史苔拉咽了口唾沫，然后点了点头。

“好了。你吸入喷雾药以后，我就把虚拟现实头盔给你戴上。为了使你的神经兴奋起来，今天我们第一次使用了神经活动共振探针。你不用担心，这个东西也没有任何疼痛的感觉。就这样，现在轮到你了。”

史苔拉的目光又一次扫过整个房间。她看见技术人员在控制台前，右边是计算机，左边是昏暗的玻璃墙，她隐隐约约地可以看见那后面的观众。所罗门也在那儿，虽然他更乐意站在她身旁。但是，此时此刻，狄卡坡根本不容他商量。

正当她把那个尖端有口的棕色小瓶慢慢地送进左边鼻孔的时候，她求助似的看着身强力壮的女工程师棕色的眼睛。葛文鼓励地冲她微笑着。史苔拉的手指按住压阀，于是她感觉到激素的薄雾直接喷到她的鼻孔黏膜上。然后，她又在右边的鼻孔里重复了一下这个动作。

葛文满意地点点头，从史苔拉手里接过那个小瓶子，如同告别似的说道：“迄今为止的网上旅行者全部都是男人，你是第一个姑娘，我希望我能处在你的位置。我为你感到骄傲，史苔拉。”

然后，她就把虚拟现实头盔给她戴在头上——她的周围变成一片漆黑。

幻 想

那是一种特别难以描绘的感觉，因为它不同于史苔拉迄今为止的任何经验。有时候，她感到害怕，因为她太清楚地觉察到夜的降临，仿佛睡眠侵袭着她一般。

现在，她感到头顶上有一种像飞过大海时听到的那种轻微的沙沙声，她知道，这是安装在虚拟现实头盔里的耳机在实际上被隔离的实验室里的全部噪声——也许她只是听到了自己血管里的血液在流淌。一种很舒服的温暖在体内上升，那是一种非常舒适的感觉……

史苔拉忘记了开始时的恐惧，但那种黑暗很讨厌。她有一种感觉，仿佛她站在一个大山洞里，或者说，像站在一个巨大的石头教堂里，黑得伸手不见五指。

“有人吗？”她喊了一声，只是为了试探一下。她的声音发出多次回声。突然，她听到一声回答：“我们在你身边，史苔拉。不要害怕。”

“我根本没有害怕，我只是什么也看不见。”

“你现在处在一个虚拟的世界里，它只存在于你自己的头脑里。那里全部都是幻想，你想象的世界。让想象自由驰骋，黑暗就会消失。”

“只是幻想？”史苔拉想着。她不由得想起所罗门给她讲的关于因特网的一切，想到城市、网站管理员、水路。

她听到了一种声音，很轻很轻，起初几乎听不见。听起来就像很多声音在相互交谈：

好像在一个市场上，那里有很多人！史苔拉周围仍然一片漆黑，因此她试着摸摸窗帘或者敲击一个门，为了进入一个自己创造的世界，进入一个自己想象的王国。

突然，她感觉到了——非常清楚——她手里摸到一个冰冷的金属门把手。那个把手是圆的，像她在什么地方看到的，是一个圆球，她最近才拜访过的（奇怪的是她竟然把那个地方叫什么忘得干干净净）。她拧了一下门把手——瞧！——门开了。

史苔拉望着外面热闹的广场。广场背景里的房屋是一些衍架式建筑，稍近些的地方有一个石头水池，中间有一座海神尼普顿塑像。这位海神被一群捧着丰饶角的水妖包围着，她们在不断地往水池里面加水。

这里到处都搭起了市场的摊位，摊位上摆满了各种各样的商品，五颜六色，琳琅满目，仿佛所有东方的财富都集中到这里似的。史苔拉不安地转过身。她在惦记着什么。不是刚刚从门里出来吗？可是这儿远近看不见一个门。她处在市场拥挤的人群中心，站在一个到腰部下面那样高的桌子前，桌子上许多木头鸟笼排成一排，任凭顾客们高高兴兴地品评。

史苔拉很有兴趣地打量着那些木笼子里关着些什么。原来每一个笼子里都有一只貂。大多数是棕色的，有几只深红色的，但有一只——只有一只——是雪白的。

“啊，漂亮的姑娘，已经卖了多少了？”突然，一个声音从她身后传来。

她吃惊地转过身。面前站着一个邋遢的男人，黑头发披散着，脏兮兮的衣衫破烂不堪，裤子刚到膝盖，上面有好些补丁。他向她冷笑着，显得很无礼。看样子，他不是一个有钱的人，甚至连一副完整的牙齿也没有。

“你给我走开！”史苔拉不客气地说道。当那个流里流气的家伙气呼呼地走开时，她很惊异自己的勇敢。

另一个顾客骑着马向她走来。一看这个人就感到很顺眼，让人觉得很舒服。他的头发剪得很短，也是黑色的。看样子出身高贵，因为他的短上衣是深绿色的天鹅绒，裤子瘦瘦的，很合身，衣服裤子都是用很贵重的料子做的，不仅干净得惊人，而且上面连一个污点也没有。甚至那种高傲的对待陌生人的姿态也说明他是一个出身高贵的人，正如他那很有教养的表达方式一样。

“您好，妩媚的小姐。我原以为，在这个金色的早晨，我能看到的只有阳光最美丽，但是，现在我看见了你。啊，我是怎样的一个傻瓜呀！”

史苔拉羞怯地垂下眼帘。这时候，她才第一次看见自己的样子。她穿着一件宽大的白亚麻布衬衫和一件深灰色的短上衣，短上衣的扣子扣得整整齐齐，胸部隆起，引人注目的丰满。臀部也少见，圆滚滚的，很富于女性的特征。下面是一条长及地面的蓝灰色裙子。她感到惊异，不，简直是感到震惊。她用手抚摸了一下自己的脸，原以为那里还是那些青春痘留下来的难看的鼓包，可是她感觉到的只是光滑的、熟透的桃子那样柔软的皮肤。

史苔拉琢磨了一会儿这种变化，心中暗暗地高兴。然后，她抬起头，彬彬有礼，但却很清醒地说道:“您恭维我，高贵的先生，只是想为了讨价还价吧。但是你别骗我:我虽年轻，但不笨。”

这时候，那个陌生人大笑起来，翻身下马。“我真的很喜欢您，姑娘。告诉我，您叫什么名字？”

“这里所有的人都叫我史苔拉。”

“好像我不知道似的！”高贵的先生欢呼起来，“谁能比太阳更美丽，当然是另一颗同样光彩夺目的星星！”

“我很荣幸，请问我在和哪一位高贵的人谈话？”

“您完全可以知道。我的名字叫洛伦佐·德拉·法勒。我是埃奈萨地方长官的私人秘书。埃奈萨是幻想世界最美丽的城市。就是这位地方长官派我来看您的，美丽的姑娘。”

“那么您是来买貂的吗？”史苔拉开始和他谈起交易来了。

陌生人看着这个妩媚的姑娘，他把自己的兴奋降为一个亲切的微笑。“确实，这正是我要做的。”他回答道，“我相信我已经选中了一只。那一只，像十一月的第一场雪那样白，它使我的心怦怦直跳。我的主人肯定会为此给您一个好价钱的。”

史苔拉不安地看着那只白色的雪貂。忽然，她灵机一动，回答那位高贵的先生说:“那只雪貂不卖。”

黑头发的男子把下巴向前伸了伸，他的浓眉毛皱起来。“可是，为什么不卖呢？”他感到惊愕地问道，“这个笼子和别的笼子一样摆在您的柜台上。您已经答应卖给别人了吗？不论他是谁，我给更高的价钱。”

“我已经对您说过了，那只雪貂不卖。”史苔拉坚持说道。

“您这样做，好像那只雪貂是整个白鼬王国里的国王似的。可是，那不过是一只普通的雪貂。也好，您应该得到双倍的价钱。您不能随便地拒绝我的建议。”

史苔拉不喜欢这个自以为了不起的人用这种方式说话。既然他那么喜欢它，那他为什么又这样大不敬地对待这只白色的毛皮动物呢？也不知道她是从哪儿听来的这种知识，她果断地回答道:“这只动物就像我自己身体的一部分，我永远不会把它出手。”

“真的吗？”那个高大的男子怀疑地问道，“那么说它也有一个名字了？”

“名字？”史苔拉迟疑了一下，“当然它有一个名字。它叫……它的名字是……”

“我洗耳恭听。”德拉·法勒嘲讽地说。

“塞沙明娜！”史苔拉脱口而出，仿佛她要用这个名字刺一刺那个贵人似的。

“塞沙明娜？好一个奇怪的名字。”

“如果您不喜欢这个名字，那不是我的过错。”史苔拉大胆地回答道。

德拉·法勒好像仍然不想就此罢休。显然他很喜欢那只雪貂。“假如这只动物真是您的财产，那么您敢不敢把它放出笼来。雪貂喜欢打架。那我们就将看到，您的这只雪貂是否认识您。”

这个要求让史苔拉很不高兴。她拒绝出售这只雪白动物的原因，更多的是一种感觉，而不是一种明确的想法。可是，地方长官的私人秘书这样的人物倒也不是可以随便得罪的。

她有点神经质地摆弄着笼子的锁。

“打开呀！”那个现在已经不再那么高贵的先生嘲弄着说道，“也许它会咬您的手指头。”

史苔拉终于成功地打开了小钩子。那只雪貂早已不安地在栅栏里面等着了。门一旦打开，那只苗条的小东西就会一下子窜出去。然而，那位先生的目的大概只是为了寻开心，既不是为了脱身，也不是为了攻击她。可是，塞沙明娜的短腿很快顺着她的胳膊爬上去，蹲在她的肩膀上了。

在一瞬间，她被惊呆了。她本来不知道它会有什么打算。不管怎么说，它足有六七十厘米长，单是它的尾巴就有两拃长。过了一会儿，史苔拉肯定塞沙明娜不会去咬她的喉管，便增添了新的勇气。她甚至变得更天真可爱了。

“关于这只雪貂，现在，您相信我的话了吧？那么，现在我就请您从我的柜台前走开！告诉您的主人，今天没有雪貂给他，今天和今后几天都没有。只有他亲自到这里来为他属下的大胆向我表示道歉之后，我才会仔细听取他的要求。”

史苔拉说完就在那个气呼呼的秘书面前转过身，那个人的眼睛睁得越来越大了。

“这您可要久等了。”她听见那个感到痛苦的贵人在背后说道。紧接着，嘚嘚的马蹄声便告诉人们他已经匆匆返回了。

史苔拉松了一口气。突然，她感到左边耳垂旁有点痒。原来是那只小雪貂在嗅她。

“别闹，你这个喜欢淘气的獾！”她警告自己的这个新朋友。

“大概太阳使你感到不舒服了吧，你说我是獾。”塞沙明娜生气地说道，“那种动作敏捷的小东西除了挖地洞，在洞里打滚，什么也不会。”

当史苔拉听见自己的雪貂说起话来的时候，感到非常惊讶。“我怎么觉得你特别像一个狡猾的男孩子。”

“你叫我塞沙明娜，可是，我像你一样是个女的。”雪貂有些气恼地说道。

“那么，你除了说话的天才之外，还有什么别的能耐，让你这样低估獾的本领？”

“这你很快就会发现的。”塞沙明娜兴奋地回答道，“很快你就会明白，等着瞧吧。”

大家都还没有收摊，在今天的集市正常结束之前，史苔拉就把自己的摊位收起来准备回家了。她觉得，刚才几个小时内所做的每一个动作和每一件事都那么新鲜，同

这时候，那个陌生人大笑起来，翻身下马。“我真的很喜欢您，姑娘。告诉我，您叫什么名字？”

时又那么熟悉。

在市场的入口，也就是费尔贝巷的巷口，市财务官员卡萨塔坐在一个黑色的木头桌子旁边。桌子上摆着一个闪闪发光的黄铜装置，那是用来收这一周市场摊位租金的。史苔拉从口袋里掏出一个小小的牛角卡，上面有几个凸起的字母。她把那个小卡插进看起来很复杂的黄铜装置里，里面"当"的响了一声，同时，一条细长的至少有一码半长、手指那么宽的羊皮纸舌头滑出来。

"谢谢，发票星期一来取。"卡萨塔不动声色地说道，好像他自己就是机器的一部分似的。

史苔拉推着自己的小车从最近的小路回家了。塞沙明娜，她的雪貂坐在其中的一个笼子上享受着它新获得的自由。

正当史苔拉通过弯弯的小巷时，她的眼角瞟见一个人影儿。她扭头向右边观看，正好看见那个在市场上不怀好意地恭维她的那个不大正派的男人。他正尾随着她，躲躲闪闪地来到小巷里一座房屋后面。

史苔拉放下她的小车。那个家伙为什么盯着她？也许他想刺探她住在什么地方？在埃奈萨这样的大城市，私下里打听一个居民住在什么地方也是不正当的。在庞大的居民登记管理局里，所有的居民都注了册，任何人花很少一点钱就可以去查阅。当然，这只有当他自己已经永久地被记在一本厚厚的账本上的时候才可以。也许那个讨厌的家伙想化名活下去。

史苔拉抽出那根为了对付意外情况始终放在小车上的棍棒。她在琢磨要不要追那个家伙。

但是，在她还没有做出决定之前，塞沙明娜就已经从小车上跳了下去，跑进弯曲的小巷里。

"等一等！"史苔拉在后面喊着她的雪貂，可是，雪貂当然对她的任何要求都不理睬。史苔拉叹息了一声，只好往那个小东西跑的方向追去。她虽然是个姑娘，但她既不脆弱，也不是没有反抗能力。如果哪个半吊子货胆敢在拐弯的地方等着她，她会用手中的棍棒来打招呼的。她已经这样把好几个过分热情的崇拜者打得落荒而逃。

当她来到那个小巷的拐弯处时，也就是刚才那个跟踪者躲藏的地方，那个家伙当然早已消失得无影无踪了。然而，塞沙明娜仍然没有回头的意思。它的白色毛皮继续在小巷下面的一座大楼跟前闪烁。她看见那儿有一个人影模模糊糊地晃动了一下。"等着吧，小兔崽子，我非抓住你不可。"她自言自语地说道，同时加快了脚步。

她跑到那座可疑的楼房跟前，确信自己真的看见了门前有一个影子（奇怪，以前她根本没有注意到这个大门）。塞沙明娜蹲在那个通向狭窄的黑色大门前两层台阶的下面一级上，就在那个幽灵下面。史苔拉打了个冷战。那个幽灵好像失去了"主人"，只是一个到处游荡的没有合适身份的黑暗形体。

史苔拉放慢了脚步，她不慌不忙地接近那个高大的被涂成蓝色的建筑物。她的目光扫视了一下门旁的一个小牌子，牌子上面写着：埃奈萨市秘密档案馆。

“我根本不知道埃奈萨还有这样一个地方。”史苔拉更像是自言自语，为的是举起棍棒向那个黑影打去。

“您到这里来没有什么好找的。”那个黑影直截了当地对史苔拉说道，吓得棍棒从史苔拉手上滑落下来。同时，那个幽灵也变得高大起来。塞沙明娜逃跑似的窜到主人的肩膀上。

史苔拉只能结结巴巴地说道：“什……什么……您是谁？”

“我只是这儿的哨兵，为了不让任何见不得人的家伙前来偷窃我们的文献。”

那个警卫一边说，一边在史苔拉的眼前呈现出整个形体。她看到一个头发金黄、肩膀宽阔、头上戴着头盔的男子。他手里握着一柄长戟。对于是否应该真的把史苔拉归于他说的那种人，他显得犹豫不决。

姑娘异常缓慢地弯下身子，拾起棍棒。“不要害怕，小伙子。”她对那个几乎比她矮一头的哨兵说道，“我不会把你的秘密文献拿走。我只是在追踪一个居心不良的男人，你应该比我对他更感兴趣。奇怪的只是……只是……他怎么能这么快就消失了。”

“我什么也没有看见。”哨兵回答道。他的目光始终打量着史苔拉，不过先前目光里的严厉已经变成一种渴望。

史苔拉熟悉这种目光。她啪啪地拍了拍手中的棍棒，使哨兵的兴趣立刻收敛起来。

她一边走一边扭头对他说道：“再见，哨兵。如果你看见那个臭东西，替我多多问候他。我这里有几个漂亮的鼓包等着给他，如果需要，我可以随时恭候。”

假如那个讨厌的家伙仍然躲在某个角落里，肯定此刻也听见了他们的对话，那就希望他听见这明确的威胁之后退避三舍。尽管如此，她还是比平常更快地向家里走去。当她顺着歪斜的楼房墙壁和闪耀着金属颜色的塔楼前面走着的时候，脑子里还想着那个年轻的哨兵，不是因为他吸引人的外表，而是因为他显现时发生的神秘变化。

她家的房屋被夹在两幢大楼之间。史苔拉径直向那里走去，好像她在这里居住了多年似的——可是刚才在市场上，她连怎么回家的路线也还不能描绘。

她把装着摊位台的独轮车放在院子里，把那些笼子放在后院的棚子下面，除了塞沙明娜之外，另外那些雪貂都很沉默。她喂完了那些小动物之后，就进屋里去了。

不管怎么说，这个狭小的房屋也还有三层：底层是厨房，二层是客厅，顶层是一间更小的卧室。

像理所当然的那样，史苔拉用石头和铁打出火星，点着火，开始做饭，不大一会儿，锅里便飘出诱人的香味。

“今天晚上我们干什么呢？”过了一会儿，史苔拉问道，仿佛这已经习以为常似的。

“你马上就会知道。”那只白色的雪貂神秘地回答道。它的话音未落，就听见有人砰砰地敲起门来。

史苔拉疑惑地望着坐在桌子上的塞沙明娜。雪貂的目光盯着她，但却没有出声。

“这会是谁呢？这里不可能有人来看我，我谁也不认识呀。”史苔拉琢磨着敲门的人可能是谁，这时候她已经来到门口，用围裙擦了擦手，便拉开木头门闩，站在来人面前。

她面前站着一位衣着讲究的男孩，头发金里透红，像宫廷侍者那样整齐地把脸镶嵌在头发里。那男孩穿着一件蓝色的高领短夹袄，夹袄上垂直缝纫的双线是绿色的，像高贵家庭里的用人穿的服装那样。下面的裤子很瘦，颜色是闪亮的绿色。尖尖的皮鞋，怪怪地向上翘起。整个形象使人想起虚荣的孔雀。这种花花公子的外表和那个男孩的严肃表情形成鲜明的对照。他尽力表现出有要事的样子，好像有特别紧急的消息要传送似的。这种焦急的情况可以从他额头上的汗珠和急促的喘息声明显地看出来。

“您好，小姐。”陌生人问候道，“我有急事，可以进来吗？”说着就要跨进门来，好像得到允许了似的。

“不行！”史苔拉拦住他说道，“我怎么可以让一个满头大汗的小伙子进我家呢？”

那位信使惊惶失措地退了一步。“可是，我要对您说的话非常重要。我总不能大喊大叫让什么人都听见吧？”

史苔拉的好奇心被唤起了。也许是地方长官来要塞沙明娜的新尝试？“到底是谁派您来的？”

那个小伙子向前弯了弯身子，把手圈成喇叭放在嘴上，悄悄地说：“我是受龙形怪兽同盟的委托来的。”

“龙形怪兽同盟？——闻所未闻！”史苔拉回答道，声音却并未压低。

“嘘！”信使大吃一惊，胆怯地往小巷里左右看了看，然后又向前弯下身子小声说道，“我这里，”他拍了拍胸脯，“有一封给您的信。信上写着您必须知道的一切。”

“那就把信拿出来给我看看。”史苔拉仍然心不在焉地说道。

小伙子不高兴地从自己的短上衣里掏出一封羊皮纸卷，递给史苔拉。她从他手里接过信，冷不防就把门在他面前关上了。史苔拉走到厨房的小窗口，那是唯一明亮的可以看得见字的地方。当那个小家伙影影绰绰地出现在窗外时，她只是理解地摇摇头。那个青年的脸紧贴着牛眼玻璃，鼻子立刻碰在滑溜溜的玻璃上，这使他的脸看起来简直就像一个幽灵。史苔拉幸灾乐祸地冷笑了一声。

当她凑近一些看着那个羊皮纸上的印章时，高兴劲儿立刻消失了。在蜡封上印着一只四条腿的长着蝙蝠翅膀的龙形怪兽。

“龙形怪兽同盟。”她自言自语地说道。这可能是一个什么样的秘密团体呢？

光看这个封印，还不能说明一切，所以她就直接打开了那封信。当她看到头一行字的时候，她的眼睛立刻睁大了。这是写信人直接写给她的！

尊敬的史苔拉小姐！

正如我们所期待的那样，您以最好的成绩通过了考试。是的，我们可以向您保证，您甚至超过了我们最大胆的期望。为此，我们衷心地向您表示祝贺！

可惜我们必须抛开任何繁文缛节向您提出一个请求，请您一定要保证自己的安全。时间紧迫！我们的王国摇摇欲坠。幻想王国需要您！

所以，我们向您提出要求——不，更确切地说，是祈求！——别再犹豫不决了，立刻出发到一个叫阿米科的城市去。无论如何，您必须找到“卡给”！可惜，我们既不知道怎样才能帮助您在那个城市里的某个地方找到那些影子，也不能推荐您信任阿米科城里的任何一个居民。相反，我们劝您对这次旅行的目的一定要守口如瓶，甚至连您去什么地方也不要泄露。史苔拉，请您多多保重。

在龙形怪兽到来之前，连我们自己也没有多少保护自己的知识，只有我们已经告诉过您的这一点：寻找卡给。卡给，就是影子——那可能是一个谜语，也可能只是很少的几个字母——它能指示您找到神秘的龙形怪兽的巢穴。这必须由您自己亲自去找，最后让那些有害的怪物不再为非作歹。只有这样，您才能拯救幻想王国。因为身强力壮的龙形怪兽一旦醒来，它就会把我们的王国变成一片荒原，再也没有人能活下去，甚至连可能生存的地方都没有了。

衷心祝您一切顺利，万事如意。

龙形怪兽同盟

史苔拉的胸部急剧地一起一伏。信上的文字使她激动万分。她通过了一个什么考试？这个莫名其妙的卡给到底是什么意思？龙形怪兽同盟又是什么组织？她又看了看羊皮纸上的信，发现那个穿着蓝绿色衣服的年轻人压在玻璃窗上的扁平鼻子还在那儿。于是，她毅然从凳子上站起来，向门口走去。当她使劲拉开门时，那个信使已经站在面前，昂首挺立，倒背着手，好像他是在这里土生土长、可以随时进出并在她的厨房门口死去似的。

史苔拉抓住那个花花公子的短上衣，一把把他拉进屋里，然后随手在身后关上了大门。

“好，现在您告诉我，谁派您来的！”他命令道。

“这……这我可不能说。”那个营养良好的青年结结巴巴地说道。

“这封信要求我去一个城市，在那里我将是一个不受欢迎的人物。无论如何，您的主人或者那个写这封信的人是这样指示的。我有权利知道，派您来的人是谁，或者说，谁隐藏在这个不祥的龙形怪兽同盟背后！”

那年轻人又像刚才跑来的时候一样急促地喘息着，不过现在是因为害怕这个怒气冲冲的姑娘。“我不能说出我主人的名字。”他重复道。他确实很害怕——他想，这个回答可能会冲撞这个激动的雪貂贩子，所以马上又补充说道，“不过，我可以给您讲一讲关于龙形怪兽同盟的情况。”

史苔拉把拳头架在腰两侧，说：“说吧，我听着。”

“一个古老的预言说，龙形怪兽每一千年返回幻想王国一次。学者们没完没了地辩论，到底每一次都是同一条龙形怪兽呢，还是龙形怪兽的新一代——或者说，还是新一代的龙形怪兽在千年更替的时候溜出蛋壳。无论如何，那个预言说，千岁龙会长大，一旦它长到一定程度，它就要降临到幻想世界，不断地毁坏这个世界。凡是能幸存下来的生灵，都必须臣服于它，从此开始过着极其悲惨的生活。”

史苔拉皱着眉头看着那个年轻人说：“前景不那么诱人。”

“我只能说，您说得对，可爱的小姐。”

“不许阿谀奉承，听见了吗？您还是告诉我这个龙形怪兽同盟是个什么东西。到目前为止，你只告诉我这些消息。可是，你能肯定，在我不知道谁是我的委托人之前，我就不会有任何危险？”

“这个谁也不能说。”那个年轻人脱口而出地说道。

“你们想愚弄我吗？”

“不，”信使匆忙说道，同时把两只手在史苔拉面前摇摆着，仿佛想挡住对方凶恶的目光似的，“不，我对您说的全是实话。龙形怪兽同盟是一个秘密团体，谁也不知道全体成员有多少，据说，连谁是大师也不知道……”

“大师？”史苔拉重复说道，“是他派你来找我的吗？”

年轻人脸红了。

“啊哈，原来如此。”史苔拉说道，信使脸上的颜色足够回答她的问题，“你知道这个秘密同盟的章程吗？它的宗旨是什么？”

年轻人点头的时候，高高的衣领在抖动。“龙形怪兽同盟——正如您从它的名称上不难看出的那样——它的任务就是预测龙形怪兽的到来并遏制它造成的灾难。”

“这个名称也可以说明正好相反的意思。我怎么能知道龙形怪兽真的不是一个想夺取统治幻想王国权力的没有良心的家伙，而你的主人不是它的唯命是从的党徒呢？成为你们这样一个密谋集团的拨弄是非的成员，我一点儿兴趣也没有。”

年轻人无可奈何地绞着双手，说：“我也相信这一点！在龙形怪兽同盟里谁也不认识两三个以上的成员。泄露我们主人的名字，对我来说就意味着脑袋搬家。这是您的要求吗？”

史苔拉怀疑地打量着这个营养良好的青年。“好一个真正善良的主人！这个任务的委托人，他要保护我们的幻想王国不受损害，但是却要砍掉自己侍者的脑袋。”

“也有一些龙形怪兽同盟的信徒期望在被砍头之后将得到巨大的好处。”年轻人小声说道，尽管此刻他站在被关得严严实实的屋里，“如果龙形怪兽同盟的神秘追求被外人知道了，那么大大小小的门都将向混沌世界敞开。所以，必须严格地保守秘密。尽管如此，我还是可以向您保证，一旦您在阿米科城里找到了卡给，您将会在那里确认我的话是对的并找到我的主人。请您相信我。”

“这太让我为难了。”史苔拉回答道，那个圆圆的、月光般朦胧的绝望面孔忽然使她起了一阵怜悯，“为什么这个同盟偏偏找到我呢？”

“请您不要问我这个选择的缘由！我只是一个仆人。但据我所知：龙形怪兽同盟每过一千年选择一个具有特殊才能的人。曾经有过会飞的英雄，另一些人甚至掌握了动物的语言。”年轻人在说最后这句话时大笑了起来，仿佛这种现象现在听起来仍然十分荒诞似的。

史苔拉向他投去一道蔑视的目光，然后，她的目光就移到白鼬身上。此刻，它正像一个标本似的蹲伏在放盘子的橱柜上，静静地听着他们的对话（那个年轻人显然没有注意到塞沙明娜）。

“那好吧。”史苔拉直截了当地说道。

信使对她突然改变了主意似乎还有些怀疑。“您真的同意去阿米科城啦？”他问。

“是的！您为什么要这样问？”

“我……啊……”

“就这样好了。”史苔拉忽然摆出一副公事公办的样子，把那个年轻人推向门口，“现在，您可以走了。您完成了送信的任务，我接受了这个委托。去转告您的主人吧。”

那个穿着蓝绿色制服的年轻人还没有反应过来，就已经来到小巷里，看着大门已经紧紧地关上了。厚厚的木头门的撞击声还在他耳畔回响。

卡给片断

夜很短。史苔拉伸展四肢，从顶层卧室的窗口向外面张望。可以想象这时候正是晨曦初露的时辰。她翻身下床，在一个凳子上的脸盆里马马虎虎地洗了一把脸，就开始穿衣服。

头一天晚上她就已经把启程远行要穿的衣服准备好了，还有其他应该随身携带的一切。虽然她为了收拾行囊花了很多时间，但是，背包还是不满。一件替换的衬衫，一件雨衣，几件外衣，还有一些她自己和塞沙明娜吃的干粮以及小零碎，刀子、火石、火镰、针和线——更多的东西她就不带了。

她若有所思地注视着有两根背带的行囊，它可以背在背上。即使在这个早晨，她也还是没有想起来必须再增加一些什么重要的东西。

“你要在这里生根吗？”雪貂突然问道。

“什么？……啊！”史苔拉大笑起来，“我只是在想还缺点什么。我一向丢三落四的。”

“你的鞋是怎么回事？”

史苔拉低下头看了看自己，就像她头一天在市场上看自己那样。现在，她穿着一身结结实实的行装：上身是洁白的亚麻布衬衫，外面套着一件鹿皮坎肩，下面是鹿皮裤子和一双毛袜子。

“这可真的没法走路。”她很赞成雪貂的意见，这个小东西真可爱。她弯腰从床底下拿出一双棕色的宽松短皮靴，看上去虽然旧了点，但仍然很好。她穿上皮靴之后说道，“现在我可以出发了吧。”

“那你还等什么呢？”塞沙明娜不耐烦地说道。

塞沙明娜爬到史苔拉的肩膀上，在那儿找到了自己的位置。史苔拉又向屋里看了看，然后才走了出去。

她大步流星地穿过小巷——是的，她到底在家乡过了多长时间呢？头一天晚上，她把其他雪貂托付给邻居洗衣女工维赫明娜，请她替她照管一下，看其他客户是否还要买一只雪貂，因为她说她不能确定什么时候才能回来。也许永远都不会回来了，她想，不过她没有把这一点透露给维赫明娜。

这时候，埃奈萨的街上还没有什么人。当她穿过市场的时候，也只看见两个小贩在那里搭他们的摊位。

从宽敞的广场向四周望去，可以看到埃奈萨城的许多巨大建筑物。它们高高矗立在许多衍架式楼房之上，就像一个巨人站在侏儒们中间那样。但是，这个城市除了这些楼房之外，还有许多别的东西。城墙里的大部分地区全是荒凉的沙漠，为了生活，必须在这些地方，在辽阔的城墙边界之内，种植各种各样的庄稼和蔬菜，进行生产和建设。埃奈萨市辖区里有田野、植物园、森林、矿山、瓷器工场、纺织作坊、练兵场、休闲地、墓地和垃圾场——所有这些都是重要的或者至少是必需的。

接近这个城市的人，老远就会看见许多庄严雄伟的塔楼。那些塔楼的斜面盘旋而上，高高地耸入云霄，比那些最高大的楼房还要高得多。塔楼顶部尖尖的，像一根根巨大的刺入云天的长矛。那些巨大的建筑物，不仅使用了许多石料和木料，而且也耗用了大量的金、银、贝母、象牙、铜和钢铁。当阳光洒向这个城市时，那令人窒息的轮廓便像一个巨大的宝库那样耀眼。

然而此刻，整个天体正在地平线上面等候着渐渐隐去。史苔拉想在紧张的、无法预料会发生多少事情的一天开始之前便离开埃奈萨。那个信使的举止就像那封信里发出的警告那样，已经唤醒了她的警觉。

“你有没有一艘帕特罗那泊在码头上？”塞沙明娜问道。对雪貂来说，好像乘船是世界上最自然不过的事情似的。

“当然，”史苔拉回答道，她自己也不知道这种自信是从哪里来的。无论如何，她应该有这种能力。很快她们就来到了码头。这个码头就在市中心一道高大的城墙下面。

看着这道无法逾越的高墙，史苔拉感到一阵恐惧。埃奈萨的城墙竟然在燃烧。这并不是什么异乎寻常的事情，没有害怕的理由——连救火队的警察也不会对此感兴趣。埃奈萨的城墙始终立在日夜不息的火焰里——那是一种十分有效的药物，作用是使这个城市与一些不受欢迎的因素保持距离并引导运货的船队通过密切监视的水门。

不一会儿，史苔拉就在码头上找到了自己的小船。那只船很小，上面只容得下她和雪貂以及她的行囊。帕特罗那是一种像子弹头一样的水上交通工具，大部分是用玻璃制造的，前面尖尖的，有点像海豚的嘴。相反，尾部的直径几乎和中间一样。玻璃船体上箍着五道黄铜带子，用铆钉固定，很坚固。为了使船身稳定，船舷两边各安装着一个鱼鳍形状的横 8 字。

舱口打开才能进入帕特罗那里面，舱口原是封闭的，完全和船体焊接在一起。里面有一个座位，可以用安全带把自己固定在座位上，不是可以，而是必须。因为帕特罗那只有在幻想王国的水道上以看不见也听不见的高速度射出去，才能离开这个城市。事实上，只有知道自己已经到达了目的地，才会知道自己已经完成了旅行。

史苔拉把手放在帕特罗那的舱口上，舱口便自动地开启了，像被一只幽灵的手打开了似的。“跳进去！”她大声命令塞沙明娜，显然它并不害怕这个玻璃玩意儿。然后，雪貂一下子从她的胳膊上跳到里面的座位上，接着在船尾找到一个舒适的地方趴下了。史苔拉把自己的行囊扔进舱口，随后便跳了进去。她把背包固定好，系上安全带，然后从口袋里掏出一个小纸条，纸条上只写着一个单词：阿米科。

她的座位旁边有一排装满透明液体的玻璃管。那些玻璃管全都用塞子塞着，塞子同样也是玻璃的。史苔拉把写着旅行目的地的小纸条卷起来，打开一个玻璃管，把纸条插了进去。

她看见纸条在玻璃管中渐渐溶解。同时，玻璃管中的液体发出一种蓝光，好像单是那一行字的墨迹永远也不会产生这样的效果似的。这就是全部。现在，帕特罗那已经自动地安全抵达目的地。要启动这只小船，只要有这样一个意念就够了。史苔拉到达阿米科以后怎样进入城内，当然写在另一张纸条上。

然而，她首先必须先离开埃奈萨。这件事本身说明那不是一件轻而易举的事情。她的小船像一只天鹅那样慢慢地接近大城门以后，必须并入等候出境的由大小不同、型号各异的帕特罗那组成的长蛇阵。前面很远的码头上有一排守卫大门的小房子。检查人员就站在那些小房子前面。

这种职业显然毫无例外地吸引了那些不友好的年轻人，他们唯一的生活目的似乎就是坚持拒绝旅行者出境。每一个城市都是这样，检查员严格地守卫着大门。他们站在城门外面警惕地窥视着，把来人拦住，不合格就让他们立刻返回。站在里面的检查员则为了劝说想出去的人放弃自己的计划。如果他们找不到任何理由拒绝某人旅行，他们就会感到好像受到了人身侮辱。那属于一个检查员的职业道德，绝对不可嘲笑。

“您要去哪里？”当史苔拉等了很长时间终于排到跟前的时候，一个粗鲁的木头疙瘩似的男人大声向她吼道。他穿的衣服好像是用压了许多浅坑的铁皮做的。也许这是因为这儿经常发生“斗殴”，史苔拉心里想。那人的宽腰带上挂着一把剑。剑的宽度给她留下深刻印象。那个力大无穷的男人站在石码头上，史苔拉坐在下面的帕特罗那敞开的舱口里面。这是一个很糟糕的位置，根本无法进行自卫。那个穿铁皮衣服的男人的问话像一盆凉水浇在她头上。

她犹犹豫豫地说道：“我……我觉得我还没有确定要到什么地方去。”

“没有旅行目的地不许出境！”检查员粗暴地说道，很干脆。

“我的下一个目标是阿米科，然后是……”

“原来是去阿米科。”敲铁皮似的声音说道。他的钢盔下面镶嵌着一个没有表情的面孔。检查员开始在他的清单中寻找，那清单缠在两根棍子上。阅读清单的时候，他必须把清单展开。他检查完一部分之后，要把那一部分卷到另一根棍子上，然后再展开下一部分。他终于看完了全部清单，然后，严厉地看着史苔拉。

“怎么样？”史苔拉预感不祥地问道。

“清单上没有阿米科这样一个地方。”穿铁皮的男人粗野地说道。

“对我来说这是好事还是坏事？”

没有回答。那个男人再次慢慢地展开清单，又从头看起。但是，结果并没有任何改变。

“我找不到一个叫阿米科的城市。”

“您再想想。”史苔拉大胆地说道，因为她相信这样说可能对她有利。

“那么好吧！”检查员深思熟虑了一阵之后说道，“我找不到让您留下来的理由……”

史苔拉想，这下子可以松一口气了。

“不过……假如您有一份有效的签证，那就拿出来看看。”

这时候，史苔拉一下子傻眼了。当她登上帕特罗那的时候，她觉得到幻想王国里去旅行那么容易，可是现在，她觉得简直有着不可逾越的障碍。难道本来就是这样吗？

“我……”

“现在，把您右边的胳膊伸出来我看看。”敲击铁皮似的声音说道。

“我的右胳膊？”史苔拉慢慢地撩起右臂的衣袖。她十分惊异地发现那儿有一行分成几节的数字。

197.23.111.215

那一行不明原因的数字在史苔拉的胳膊上闪闪发光，像黄色的蜡烛火焰，当然她感觉不到任何疼痛。可是，迄今为止，她从来也没有发现过。

她在思考自己什么时候文的身，这样燃烧着的数字——或者，这到底是怎么回事，正这样想着，她看到检查员已经打开了另一份单子。这一次没有持续那么长时间，他就很快地查到了那上面的数字。

那个穿铁皮的男人从鼻子里哼出一个声音，好像马上要给史苔拉沉重的一击似的。她害怕了，这个严厉的守城官员又会想出什么鬼点子来刁难她呢？

“您可以出境了。”

史苔拉吃惊地望着那个官员没有表情的面孔。

“您没听见吗？”那个穿铁皮的男人不高兴地重复道，“现在，您可以放下胳膊准备出发了。”

史苔拉终于明白过来，匆忙地拉上帕特罗那的舱盖，通过意念的力量驾驶自己的小船向高大的水门开去。

检查员已经举起胳膊给守门的卫兵发出了信号，然后他们就分别走到两个方形的角楼里，启动嘎嘎响的机械，开门放行。当史苔拉的帕特罗那摇摇晃晃地接近燃烧着的高大城门时，她看见巍峨的角楼射击孔后面巨大的齿轮组在转动着完成自己的工作。火墙上的两扇铁门慢慢地开启了。这样一来，一条拱形的长廊打开了，从水面到顶部大约有二十五英尺高。因为这整个大门的设备在城内，外面还有一道城墙，所以看起来就像进入一条隧道似的。

“你还在吗？”史苔拉向后面喊道。

塞沙明娜立刻跳到史苔拉的腿上，在那儿卷成一团。“也许那个人是铁皮做的。我还以为你的帕特罗那在港湾里不走了呢。”

“埃奈萨的边防人员应该算是最严厉的官员了。”史苔拉回答道。她的手抚摸着雪貂，好像在保护它似的。“现在不用害怕了。这一切马上就要过去。”

“这是什么意思？”

“难道你还从未乘坐帕特罗那旅行过吗？”

“没有。那么你呢？”

史苔拉迟疑了一下。“我想，也没有，老实说，我不知道。无论如何，我的感觉告诉我……”

史苔拉没有再说下去，因为她们还在城门下面，帕特罗那里面就发生了一次可怕的冲击。然后，它就像一颗炮弹似的被射了出去。史苔拉被压到座位上，雪貂紧贴在她的肚子上。

“啊——！太好玩了！”塞沙明娜轻快地叫起来。

“对于一只雪貂来说，你相当热情。”史苔拉费力地说道。

现在她才真的相信自己失去了听觉和视觉。帕特罗那旋转了几下。哗哗的水泡变成条条蓝天。变得疯狂起来的小船终于使史苔拉渐渐平静下来，只见水路两边河岸上的树一闪而过。远处有山，可怕的巨石在阳光下闪闪发光。史苔拉没有太注意那荒凉的风景。即使帕特罗那没有以令人窒息的速度飞行，她也看不见外面的人或者动物，看不见植物和任何有生命的东西。

幻想世界的河流的确是人们从一个地方到另一个地方去的唯一渠道。如果一个人被抛在这样的荒原上，那就只能是死路一条。这就是说，太阳会在很短的时间内把那个不幸的人蒸发掉。难道同样的命运也在等待着每一个乘坐帕特罗那从水路出来的人吗？幸好这绝对是不可能的。因为即使两条帕特罗那相撞，乘坐帕特罗那的人也只是回到他们出来的城市，他们必须在那里重新出发。

在幻想王国里，纵横交叉的河流和运河无处不在，河上的整个交通，建立在一个谁也不能解释，但却是每一个旅行者都在使用的非常神秘的现象上面，那就是：流动。

当然，在幻想王国里，水的流动一般也是从高处向低处流，或者在平原上缓缓地流。然而，这些水路也还有一些特别之处。一旦目的地城市的名称在帕特罗那领航的小玻璃管内溶解了，就会有极小一部分蓝色的液体流入运河。现在，让帕特罗那下面的水流动起来，单是舵手（无论男女）的念头就足够了。就像在一条大河上那样，小船就会驶向一个方向，与此同时，可能会有另一只小船从相反的方向迎面驶来。

史苔拉在前往阿米科的路上经过了许多城市。这些水路从未——也永远不会——在开阔的原野上交叉。更确切地说，每一个旅行者通过一系列的中继站，在那里换到另一条水路上，然后才能改变方向。有时候，那里只是一些很小的、戒备不严的城堡，那些墙壁很厚的城堡日夜凝视着无比荒凉的原野。在这样的地方，除了做必要的停留之外，没有人想在那里多待一会儿。

连史苔拉在经过幻想王国里的这样一些交通枢纽的时候，也没有停留更久。中继站的检查员对过境的旅客比任何一个大城市的检查员都更宽宏大量。按照自己的职业道德，他们虽然也会拒绝任何形式的友好，但他们至少会给旅行者一张纸条，上面写着下一个中继站的名称。人们可以用这种方式在幻想王国迷宫似的河网里旅行，不至于迷失方向。

史苔拉终于到达了目的地。一直来到阿米科的城墙下，整个旅行也不过就是眨巴几下眼的工夫。现在，她必须做的事情就是进入这座城市。她想起背包里的羊皮纸信。

这些水路从未——也永远不会——在开阔的原野上交叉。更确切地说，每一个旅行者通过一系列的中继站，在那里换到另一条水路上，然后才能改变方向。

那个躲在什么也没有说明的 X 字母后面的龙形怪兽同盟写信人劝她最好秘密地进入这个城市。

阿米科没有埃奈萨繁荣。这里只有三座从远处根本认不出来的比较高大的建筑物。最明显的是一对尖塔，它们闪耀着五颜六色的光芒，好像它们是用宝石建造起来的一般。它们的轮廓给史苔拉一种陌生感，更确切地说，那是一种异国情调。闪光的双塔，像两个被削尖拉长的葱头，怪模怪样。在双塔旁边，耸立着第三座建筑物。可以想象，在双塔巨人的阴影里，它给人的印象几乎像一个侏儒。尽管如此，它也还是高高耸立在其他许多房屋之上，此外，它显得比较臃肿笨拙，使人生厌，把视线从它身上移开。阿米科就像中继站的荒凉城堡一样令人感到绝望和冷漠。

这会儿，史苔拉把自己的帕特罗那停靠在一个闪光的河湾里，仿佛这道河湾环绕着阿米科的城墙似的。她希望自己的行动一直不被察觉，因为在这座城市的三座水门前有许多帕特罗那在排队等候，坐在那里面的乘客全都把注意力集中在检查员的一举一动上。

这里，那些披戴盔甲的官员和埃奈萨城门口的检查员一样，甚至似乎更努力地献身于自己的工作。一个可怕的念头掠过史苔拉的脑海：难道人们正在通缉她？或者说——如果这种“引人注目的”接待针对的不是她——那么，难道他们已经得到了谨防可能出现间谍的警告？

“现在，一个好主意会非常宝贵。”史苔拉自言自语地说道。

“是的。”塞沙明娜好像已等待了很久似的，它坐在她的腿上说道，“你要我究竟为了什么呢？”。

“什么？你说什么？”

“无论在哪里，雪貂总是能够找到钻过去的缝隙！”

“你在想什么，难道我应该在后面跟着你从某个缝隙里钻进去吗？”史苔拉低头看着它，“我又不是雪貂！如果哪里有一个后门……或者……或者……”

“一个地道怎么样？”塞沙明娜建议道。

“可以，或者类似的地方。”

“没有问题。不过，你必须先放了我。”

史苔拉把她的帕特罗那紧紧地靠近城墙，用手轻轻地压了一下舱门。

石头城墙是倾斜的。塞沙明娜不想接触火红的城墙。它跳出小船以后便一溜烟地跑了，在阳光下看起来就像一滴闪亮的水银。

史苔拉等着。过了很久，她渐渐有些不安了。她敞开舱门，心想在这道火红的城墙下面停留的时间越久，被发现的危险就越大。一箭之地以外就是一个岗楼，那上面点着火把。一定会有哨兵想到从上面向下观察……

终于！好像过了很久很久似的，塞沙明娜终于回来了。它的毛皮湿漉漉的，身子也显得更加瘦长了。

“我以为你要把我丢在这里不管了呢。”史苔拉激动地说道，声音比本来想的更迫切。

“我找到了一个入口，但事情并不那么简单。”塞沙明娜委屈地回答道，“看起来，好像所有的缺口都是不久前刚刚堵上的一般。”

“是吗？”

“不过，塞沙明娜总是能找到一条路径！”

史苔拉松了一口气。“别把我捆绑在行刑架上。我们怎样才能进入那个通道？”

雪貂一窜，跳上帕特罗那，而不是爬进去的。史苔拉闻到一股臭味扑鼻而来。

“呸，你这只臭雪貂，你到粪坑里洗澡去了，是吗？”

“现在，你可不要这样说！马上你就会看到我为什么必须这样。”塞沙明娜对史苔拉刚才的粗鲁有些气恼。它故意慢慢吞吞地走进帕特罗那，在前面找了个位置，立在那里，胡子向前撅着，那姿势就像雕刻在船头上的动物一样。然后，它非常武断地说道：“一直往前，舵手。”

史苔拉的思想在帕特罗那下面产生了一种很弱的电流，于是舱门仍然敞开着的玻璃小船便开始向前移动起来。那只领航的玻璃管中浓重的蓝色现在只剩下淡淡的一缕了。她一旦进入这个城市，玻璃管就会变得像原来一样清澈透明。

这只玻璃小船在城墙下的运河里向前滑行了几分钟。到处都有一些矮树丛遮掩——它们是城外最后的生命前哨。几码之外，炽热的光就会像点火绒那样把它们烧焦。

“在那儿！”塞沙明娜忽然喊道。

史苔拉伸长脖子，但她什么也没有看见。她只闻到一股臭味，就像刚才塞沙明娜湿漉漉的毛皮上散发出来的味道那样。她在说话之前，不得不先强忍着自己的恶心。

“到底在哪儿啊？”

“那儿。在树丛下面。”

现在史苔拉才相信自己看到了一个黑色的半圆形洞口，只是在树枝下面的阴影里它显得更阴暗些，很不容易察觉。

“你必须小心。树丛有匕首一样锋利的刺。”塞沙明娜警告自己的女主人并且躲闪着，然后它跳进舱口，进入帕特罗那里面。

史苔拉赶快合上舱盖，单是那种臭味就已经使她感到窒息了。帕特罗那慢慢地继续向树丛中间移动。当第一根枝条顺着小船光滑的表面划过金属箍的时候，响起一阵尖锐刺耳的声音，令人头皮发麻。但是，帕特罗那上面并没有留下任何划痕，因为设计时就要求用远比这更坚固的材料。然后，史苔拉和她雪白的领航员的周围就变成了一片黑暗。

“这个城市的下水道又露出水面了。”塞沙明娜对夜晚一样黑的隧道评论说。

“下水道！啊，怪不得这么臭。你敢肯定出口没有人看守吗？”

一阵吃吃的笑声穿过黑暗。“人们好像认为钻进这样的臭污泥里是不可能的。无论如何，我没有发现那上面有人。”

史苔拉对任何陌生的东西都表示怀疑，包括人在内。所以，当她们越来越接近这个半圆形地下道的另一个出口时，尽管有塞沙明娜的保证，她还是认为一切都可能是另一个样子。这里，拱形顶部用的是没有经过任何加工的石头，既没有铁栅栏，也没有哨兵。

“你瞧，这儿没有任何人对我们感兴趣。”塞沙明娜说道。这时候，帕特罗那已经划到外面——此刻，史苔拉屏住呼吸。

“附近有几间仓库。”塞沙明娜补充说，“这时候，那儿平静得很，对你的小船来说，那是一个最理想的地方，我们在城里逗留期间，不会有人注意到它。”

“好像你把这一切都打听清楚了似的。”

“刚才你还说那样臭。但愿我没有听见这句话。”

“谁那样臭？”史苔拉说着，不由得大笑起来，“刚才你就像一只加拿大臭鼬。”

塞沙明娜觉得这个话题很有趣。也就是说，造物主赋予臭鼬一种特殊的腺体，它们使人感到恶心的分泌物能在逃亡途中打败最顽固的敌人。所以，臭味对于四条腿的猎手来说至少与高大的两条腿的人采用的战略战术同样有趣。

白鼬的家族曾经为此感到骄傲，并指出：人发明的臭弹防御战术就是向鼬学的。迄今为止，史苔拉对鼬的生活习惯虽然还一无所知，但它说话时却本能地使用了正确的语调。因此，她与塞沙明娜之间短暂的不合拍就像雪貂身上刺鼻的臭味一样很快就消失了。

阿米科城的秘密来客神不知鬼不觉地来到老港区，这是塞沙明娜精心挑选的最合适的地点。史苔拉把她的小船藏在一个昏暗的水道里，那里黑得可怕，顶多有几只蝙蝠飞进飞出。在塞沙明娜的帮助下，她从那儿上岸，走上一道台阶，便来到那个热闹的码头区。那儿的库房一部分已经倒塌。史苔拉迈开大步挨着房屋的墙根走着，好像她有紧急事情要去办理似的。在防波堤的尽头是一个宽阔的港湾，无数条运河支流从那里分出。她们俩在码头上消失在熙熙攘攘的人群中。

码头上人声嘈杂，热闹非凡。货物正从各种各样、大小不同的船上卸下来——有食品、木材、工具，有各种日用商品——与此同时，就在那边不远的地方，水上运输工具正在运送着珍贵的金银和宝石，并把它们装到大船上。

史苔拉惊异地站住，她看见一艘很大的帕特罗那，那是专门用来运输的，靠水的一边有十二个舱口，门都向上拉起敞开着。她难以置信地向货舱里面看去——然后又回头看了看城里的那一对双塔，因为从城市的任何一个地方都可以看到它们。她忽然明白塔上闪闪发光的是什么东西了：这装饰阿米科城象征的东西果然是各种各样的金银珠宝。

有人在史苔拉身后碰撞了她一下，她忽然清醒过来，这使她大吃一惊。她回头一看，原来只是一个扛布料卷的搬运工。他撞了人，连一声道歉的话也没有说，仍然径直地朝一条小巷里走去。史苔拉没说话，不由自主地跟在那个人后面。

“你到底要去哪里？”塞沙明娜被史苔拉抱着走了半天之后问道。

“我要去寻找卡给。”

“你怎么不早说。你想怎么去找？走遍这个城市的七百七十七条街道吗？”

史苔拉立刻站住。“你有什么好主意？”

“是的，我有。说到底我是一只雪貂。”

史苔拉把头向后一仰，两臂伸向天空。“现在它又要出发了！你是不是想再次把我引到某一个臭河沟里去？”

“你为什么对臭河沟那么反感？”

“说真的，明娜。如果你现在可以凭着雪貂的本能找到一条小路，使我们能尽快地带着那个影子一起离开这个令我感到十分恐惧的城市，那么……”

“你在前面那棵树底下等我一会儿，我马上就回来。”

史苔拉叹息了一声。她这个十分好动的朋友连让她答应一声的时间都没给，就闪电一般消失了。

塞沙明娜至少给她找到了一个相当安静的休息地点。它所说的树是一棵高大、茂盛、看起来至少生长了几百年的月桂树，它紧靠着一道矮墙，投下一片巨大的阴影。史苔拉在那道矮墙上坐下，把亚麻布袖子像上面卷起一圈，她在考虑，这一次雪貂可能会让她等多长时间呢。

没想到它这时候已经回来了。

“告诉我，你是否已经找到了卡给？”

“你可不要这样厚脸皮。”塞沙明娜回答道，“我虽然不是一只平常的雪貂，但我也没有千里眼。”

“那你为什么这么快就回来了？”

“因为我的直觉告诉我，应该到哪里去寻找。我甚至可以肯定，我们可以在哪儿找到。”

“啊？！”

“卡给像根大头针，我发现那个地方，恰好有一个干草堆。”

不过，那个“干草堆”显得相当坚固。雪貂选择这个地方，把这里——那个矮胖敦实的塔楼——当作寻宝的重点。史苔拉在进城之前就已经注意到它，与那对光彩夺目的双塔相比，它就像一个丑陋的侏儒。现在，围绕这些建筑物的一场激烈斗争大概不可避免了。

这座塔楼一定是这个城市最古老的建筑。它是用形状不规则的石块建造的，石头上已经长满了一片片橘黄色的斑点。正面墙上的石头看起来也已经风化。塔楼周围是一排低矮的、窗户上都装着铁格子的长瓦房，看起来，它们就像一群猪崽咬着母猪的奶头。

史苔拉若有所思地看着大门上的牌子，那上面写着：

阿米科市土地登记局

一种无可奈何的感觉非常缓慢地压倒了史苔拉。她仰起头凝视着敦实的楼房正面，忽然，她觉得这里变得不再那么无聊了。它是用巨大的石块建造的，而这些石块是从地下开采出来的。也就是说，阿米科曾经是一个寻宝者的乐园。相信自己运气好的骑士和采矿工人在这里紧挨着定居下来。大部分钻探者在这里多多少少都有权选择一块地，进行单独开采或者合伙开采。

由于在幻想的城市外面一无所有，因此一切都必须在城里制造、种植并且运输。在埃奈萨宽阔的市区里有田野和树林，而这里到处延伸着由无法估量的地下通道组成的迷宫。

“你到底知道不知道，这个城市好像是兔子建造起来的？”雪貂热情地说道。

史苔拉的眼睛仍然盯着那个牌子。“看起来你好像很喜欢这里。”

“我到底是一只白鼬！”

“好。你提醒了我。”

“这 又是什么意思？”

“白鼬不会说话，鼬科里的任何一种都不会。请你闭一会儿嘴巴。我必须想一想。”

没有回答。从现在起，史苔拉开始思考：在这个寻宝者的城市里，这个土地登记局里大概不仅有这个世界上所有房屋和不动产的目录，也一定有一个权利管理局。史苔拉渐渐明白了自己的任务多么艰巨，规模大得多么可怕。她深深地叹息一声，绝望地换了一口气。

“我们到底怎样才能在这个丑陋的秃头塔楼里找到那个唯一的词汇？或者找到一句咒语？”她把双手伸向天空，然后，又立刻让它们像沙袋似的垂了下来。

有一阵子，她们谁也没说话。忽然，有两拨人走进塔楼，看起来都是些粗野的青年男人，他们身上的衣服好像只是几层灰尘。过了一会儿，从里面出来一个人。除此以外，什么也没有发生。

史苔拉终于忍不住了。“你到底能不能说点什么呀？我想，我们俩当中你的嗅觉更灵敏。”

“不是你叫我闭上嘴巴的吗？”

史苔拉闭上眼睛，叹了口气说：“我哪里知道你这么敏感！对不起。”

塞沙明娜没有回答。

“又怎么了？”

“安静，我在思考。”

史苔拉没有理睬它的回敬。她站起来，径直走进塔楼，任凭雪貂仍然坐在台阶上。

从里面看，这座塔楼显得更大，这使史苔拉几乎失去了最后一点儿勇气。一种使人感到害怕的微弱的光，使这个土牢内部显得朦朦胧胧。她的眼睛渐渐适应了这里的昏暗之后，她发现左边有一个孤立的小屋，一个人的面孔从那里映出来。

龙形怪兽同盟大师的那封信里的话又在她的耳畔回响起来——“……可惜，我们既不知道怎样才能帮助您在那个城市里的某个地方找到那些影子，也不能推荐您信任阿米科城里的任何一个居民。”史苔拉叹了口气。她该怎么办呢？她在绝望中做出一个决定，而且把这个决定看作一个战略上的妥协——仅仅是为了安慰一下自己的良心。在下棋的时候，为了取得全局优势，有时候也必须舍车保帅。

她挺了挺身子，昂起头向小屋里的那个面孔走去。她多半是用眼角的余光看到那个面孔上面挂着的一个牌子上写着：温得利希。这是一个名字呢，还是一个警告？

“您好，温得利希……夫人，我想……请问一下！”她费了很大劲儿才挤出这样一句话。

那位女士微微一笑，没有理睬史苔拉的问题，只是回答道：“您想了解什么情况，小姐？您是想进行土地产权登记、权利登记、税务登记、财产变更登记、公司登记，还是公开财产情况宣誓登记，是有关不久就要被拍卖的部分，还是有关遗产继承资格？另外，我们还有……”

“这些我还不太清楚。”史苔拉打断了那位女看门人的回答。那个人立刻收起那原本就不自然的微笑。

“你既然不清楚，那您到底要说什么？”

“我……”史苔拉极力寻找合适的词儿。她的想法大概确实不那么恰当。“我想查一个……一个名字。”

“一个名字。”那个女士在窗口里面重复道。她想再次挤出一个微笑，但没有成功。“那好吧。那边我们至少有一些东西。要查询名字有各种人名录……”

史苔拉没有反抗，等候她再次没完没了的罗列。在沉默中，她问自己，这个苍白的女人头上那块牌子是否就是一个警告，类似“小心！狗咬人！”或者“注意！骆驼吐沫！”

当那个土地登记局的女人再也想不起还有什么人名录的种类之后，提问者说道：“我没有把握在哪一类人名录里能够找到那个名字。”

温得利希女士从她的小屋里居高临下地看了她一会儿，大约持续了一次深呼吸那么长的时间。在她用责备的目光审视了这个姑娘一会儿之后，好像破例给予宽容似的说道："对于没有特别接近的范围，我们还有一个累积人名登记处。在四楼上面，右手第一个门。"

史苔拉简直不相信自己的耳朵。心上的一块石头落了地，她大声道了一声"谢谢"，就已经转身走上宽大的圆形台阶。她远远地仍能听见那个传达室的女人大声说道："不过，您可要做好等候较长时间的准备。"

除了底层大厅之外，上面各层的设施都差不多：一离开螺旋形的楼梯，就可以看到一个环形的走廊，两边都是官员们工作的一个个小房间。

当史苔拉来到第四层的时候，她一眼就看见很多人。她首先打听好相应的查询房间排队人员的顺序。那个房间的门虚掩着，可以看到两个目光严厉的大胡子官员，但是，却看不出有任何管理系统。

除了这种清醒的洞察力之外，还要加上这样的情况：这里所有排队等候的申请者清一色都是男人，而且个个都满身尘土。在他们当中，史苔拉简直就像一头雪白的独角兽处在狼群里那样。那些等待的人也有同样的感觉，因为她从楼梯上来刚一出现在走廊上，傻乎乎地问了一声"您好"，那些人的面孔便"唰"的一下子都转了过来，并且一下子全呆住了。仿佛所有的脑袋都如同齿轮转动那样啮合在一起了。

"请问这里哪儿是队尾？"史苔拉问道。

那群人开始乱哄哄的嚷嚷起来，但是，好像没有一个知道她的话是什么意思。后来，在史苔拉右边，离他们很远的一个墙角里，有一个人说道："在塔楼的另一边，那里的人至少比这儿少一些。"

这话是一个挖掘宝石的工人说的，他根本没有抬眼看史苔拉。这时候，她听到几句粗鲁的评论。那些粗野的年轻人似乎都很喜欢这样尽可能拥挤在一起等候，尤其是，只要能够因此更近地挨着像史苔拉这样一个发育良好的姑娘，多拥挤都不在乎。她向那两个长着大胡子的官员投去一个妩媚的微笑，然后就向刚才那个人指的方向走去。

幸好那个陌生人的暗示是对的。当史苔拉被那些胡子拉碴的男人们推着并且蹭了一身灰尘之后，她发现拥挤的队伍渐渐松散了一些。她已经来到离刚才那间申请查询的房间最远的地方，这里的走廊上空荡荡的。此刻她才缓过一口气来，终于能够再次考虑一下自己的状况了。

在这儿排队等候到底有什么意义呢？她会不会得到一个答复呢？如果能，那要等到什么时候呢？史苔拉问一个肩膀瘦削的土地登记局的官员，在这里打听什么要不要出示证件。那个官员很匆忙地从这里经过，正想回自己的办公室，他对这种打搅似乎有点不大高兴，但还是回答了她的问题。只要一般的身份证就够了。每一个要求给予答复的申请都要在需求登记簿上登记。此外，就不要什么了。经过官方规定的等候时间之后，已经登记的申请者将得到一个“答复”。史苔拉向那个焦急的官员表示感谢，让他走了。

这种情况本来可以想象的！为什么阿米科的官员不能像埃奈萨的官员们一样工作呢？每一次公职行为都被记录下来，任何一个居民，没有官方的登记都寸步难行。如果她主动介绍自己是来自埃奈萨的雪貂商贩史苔拉，那她的任务也就不是秘密了。她正想绝望地走下台阶，忽然听见一个很轻的声音。

“嘘，嘘！”

史苔拉吃惊地站住了。她向周围看了看，但她只看见几个大胡子青年在偷偷地窥视她。

“嘘，嘘！”

那边！又是这样的嘘声。周围站着的人谁也不想承认那声音是自己发出的。

“史苔拉，我在这儿。”那声音又一次响起来并说道。

史苔拉终于发现那声音是谁发出的了。原来是塞沙明娜。雪貂就坐在她附近一扇很宽的门投下的阴影里。

史苔拉慢慢地接近那扇门，好像因为长时间的等候，两条腿已经十分疲倦了似的。她懒洋洋地靠着那个拱形门的木门框，塞沙明娜一下子窜到她的肩膀上。

“我找到了你可能感兴趣的东西。”那只白鼬对着史苔拉的耳朵小声说道。

“是卡给之类的东西吗？”她的声音也同样轻。

塞沙明娜叹了口气。“你为什么不能耐心一点儿？我说的是一个地方，你可能会在那里发现有用的东西。”

史苔拉感兴趣地扬起右边的眉毛说：“别折磨我，明娜！”

“这里有一个地下室，那里面有很多旧书和卷宗在发霉腐烂。来，我带你去看。你只要把我们面前的这个门推开就行了。”

史苔拉惊异地看了看这个沉重的木头门问道：“你是怎么进去又出来的？”

“我根本没有进这个门。”雪貂轻轻地笑了，“当我确认这个门是锁着的时候，我就去找另外一条路。趁那些色迷迷的年轻人还没有再次睁大眼睛，快走。”

就这样，这个漂亮的金发姑娘就在附近一个矿工偷偷射过来的目光中消失了。

“呸，这里真黑！”史苔拉小心翼翼地摸着墙壁顺着旋转楼梯往下走，一直走到楼梯道尽头，碰到一个门才停下来。“要想在那些顽强的申请者面前安全逃脱，这必定是一个秘密的逃跑之路。”史苔拉说道。

“这楼梯道就在那个厚厚的塔楼里面。”塞沙明娜解释说，“从这里，你可以到达任何一层，甚至包括从那条主要楼梯到达不了的地方。”

进口大厅的台阶上是一个很大的木头门，就像在其他各层的门一样。史苔拉看见一点灯光从一个木材天生的节子孔里射过来。也许那是人们故意打通的。不管怎么说，它所处的地方正好就在史苔拉的眼睛的高度——真好！史苔拉走近一看，在四十步开外的地方，就是那个名叫温得利希的女人坐着的小屋。越过大厅，可以看到她那稍稍偏一点的闪着奶酪微光的脸。这里看不到四层楼上拥挤不堪的任何痕迹。没有一个来访者从她面前经过，虽然此刻的机会不能再好了——显然她已经睡着了。

塞沙明娜从史苔拉的肩膀上又跳了下去，说："快来呀。还没有找到卡给。你肯定不想在这个塔楼里过夜吧，嗯？"

史苔拉当然没有兴趣在这儿过夜。她跟着塞沙明娜向下面的黑暗中走去。

幸好，土地登记局的地下室里不是那么黑暗，这对史苔拉来说是一个安慰。很快她就发现了那微弱的光源。相当高的地下室屋顶有一个孔，光就是从那儿射下来的。当然只有很少的光能射进来，估计那光源上面就是塔楼顶部，那外面就是引起史苔拉注意的建筑物屋顶。这时候，她发现了一个油灯，她不假思索地把它点上了。然而，那如豆的黄色火焰使她看到的首先是混乱，而不是一目了然。也就是说，土地登记局地下室里一团糟，简直触目惊心！

这里有无数小房间，所有的房间里都堆满了书籍和账本，大本的书、目录，有装订好的，有没装订的，成卷的图纸乱七八糟地堆在一起。靠墙的架子上全是各种各样的文献，形状不同，有大有小，好像是很随便地被堆积在这个塔楼的下面似的。混乱状况简直难以形容。这里的情况和上面楼层的设计完全不同，既没有环形走廊，也没有辐射状的外大内小的一排排房间。更确切地说，这个塔楼建筑师的设计好像就是为了完成自己的迷宫之梦似的。

不少架子上的板子因为承受不了重量而断裂，书籍堵塞了通道，使辨认方向更加困难。史苔拉在那些打开的书籍和积满灰尘的手稿上走了半天，直到无可奈何地伸开胳膊，向塞沙明娜提出了一个问题："天哪，这儿怎么能找到东西呢？"

"从那儿开始。"立在一个石墩子上的雪貂回答道，同时向一个房间耸了耸鼻子，嗅了嗅，那里有一道坚固的铁栅栏门。石头拱门旁边挂着一个落满尘土的牌子。

史苔拉跨过一堆纸和羊皮纸卷，安全地到达塞沙明娜喜欢的小房间前面。门旁那个牌子上是厚厚的尘土，顺着字母的走向柔和地鼓起来，使人仍然能想象出那些字母。史苔拉举起灯，擎到牌子前面，开始用手指清理牌子上面那层隆起的灰尘，一行变得清晰的字母当然产生了一个不解之谜。

EGE INSTU   GEFA   ESCHL   SENE   LAIMS

过了很久很久，土地登记局的地下档案室里仍然像平常一样宁静。史苔拉轻轻地念着牌子上的字，试图破解它的含义，一遍又一遍，总也解不开。

"你敢肯定我们在这里可以找到什么东西吗？"史苔拉经过长时间徒劳的冥思苦

想之后问道。

“我敢用我身上的毛皮打赌。”

“可是，我的意思是，在‘ege instu gefa eschl sene laims’这些字母里，那既不是胡说八道，也不是秘密的官方语言，它的含义我永远不会知道。那么，这里面会隐藏着什么东西呢？”

这时候，塞沙明娜开始笑起来，笑得那样响亮，持续的时间那样长，以至于史苔拉只能希望上面那个叫温得利希的女看门人仍然安安稳稳地扒在胳膊上睡大觉。但是，史苔拉对这种令她感到很不舒服的开心大笑也无计可施。

她怒气冲冲地问道：“你能不能告诉我你为什么这样开心吗？”

塞沙明娜仰面朝天，笑得在尘土中打起滚来。最后，它终于说道：“你的秘密信息其实并不那么难解。你再好好想一想，不久你就会明白那个牌子的真实含义了。”

史苔拉再次凝视着那个牌子。现在，她借助塞沙明娜的“钥匙”，不一会儿就破解了那一行字的内容。

WEGEN EINSTURZGEFAHR GESCHLOSSENE CLAIMS

（意思是：因有塌方危险而封锁起来的金矿产权）

这个谜语被解开之后，就产生了下一个问题：

“我们怎么才能进去呢？”

这期间，塞沙明娜已经重新安静下来，正在忙着清理自己的皮毛。它稍微考虑了一会儿回答道：“念一下那个牌子。”

“牌子？”史苔拉怀疑地看着那句不完整的文字，“是不是 ege instu gefa eschl sene laims？”

“我说的当然是完整的句子。”雪貂打断了她的话，“很快你就会有新的想法。”

史苔拉虽然不知道这种荒诞的游戏会把她引向何处，但是，为了让它高兴，她还是念了一遍。她把牌子上原来的文字全部念出来之后，突然听到嘎拉一声响，门开了一道三个手指那么宽的缝。

一股寒气掠过史苔拉的后背。“这儿的锁真奇怪。”她说道，其实是给自己壮胆。“让我们来瞧瞧这个门后面到底隐藏着什么。”

史苔拉还没有抓住门把手，塞沙明娜就已经溜进去了。铁门发出一阵刺耳的响声，为了紧跟着走进去，她把铁门推开一条足够让自己进去的缝隙。

这个档案室里的混乱情况和刚才通道里及外面其他房间一样。在小油灯的光里，史苔拉看到的只是一本本书籍、一卷卷纸、成捆的手稿和断裂的架子板。

“因有塌方危险而封锁起来的金矿产权。”她自言自语地说道，“还不如把最后的几个字母去掉呢,那样就成了:因有塌方危险而封锁起来。即使卡给就在这里某个地方，要找到它，也需要几个星期。”

“你就是缺乏耐心。”塞沙明娜责备自己的女主人，“你好好看着我。我给你找。”

史苔拉叹息一声，因为她不知道从哪里开始，于是就拉过一个矮脚凳，扫去上面很厚的灰尘，坐了上去。

起初，她还能观察塞沙明娜在她身边忙活着寻找路径和词汇。现在，史苔拉有了一个令人惊异的发现。雪貂根本不管那些大开本的书和各种纸筒、卷宗封面和零散单页的内容，只是用它的带毛的爪子在本子上和题目上一抹就过去了。如此而已。

“可是，你怎么知道卡给不在某一个文件里面呢？”史苔拉看了一会儿之后吃惊地问道。这期间，她对塞沙明娜的寻找方法真的怀疑起来了。

“靠直觉。”这就是塞沙明娜的全部回答。然后它继续找下去。

史苔拉又等了很久，再次怀疑起来。“可是你只是那么一掠而过，连书都不打开一下，这会有什么结果呢，明娜？”

雪貂停下来，定了定神，目光含着责备，从一个书架上向下俯视着史苔拉。“你能不能告诉我，怎样打开它们？瞧你跟前那个大开本的书足足有二十个雪貂那样重。”然后，它又自顾自地寻找下去。

史苔拉又叹了口气，集中精神修着自己的指甲，可是，由于灯光太暗，她又放弃了。她不得不继续透过书架的缝隙观察塞沙明娜的工作。

史苔拉认为自己又胡思乱想起来并没有错，这期间，雪貂已经找到第四个书架了。它像先前一样，总是从下面开始找起。这里又有两层隔板断裂，所以那些大部头的卷宗和官方的关于矿井坍塌、矿井进水和不稳定石层的登记簿乱七八糟地堆在地面上。在寻找的过程中，塞沙明娜的胡须好像根本没有碰着书。当它突然停住不动的时候，大概就意味着它已经把那堆文献彻底检查完了。

雪貂的这种突然停顿使史苔拉从自己的迷糊状态中清醒过来。“怎么啦？你是不是把灰尘吸进鼻子里面去了？”她问。

“这儿，”塞沙明娜说道，“过来，你自己看。”

史苔拉从两层踏脚凳上站起来，走过去，跪在塞沙明娜跟前。雪貂蹲伏在一本正好打开的大厚书上，而且是唯一被撕破的那一页上。现在，那一页只剩下一小半。

史苔拉立刻发现那一页并不属于那部书。整齐的表格和那下面的巨大字母明显不一致。她小心翼翼地拿起那张纸，想仔细地鉴别一下。

“又是那种东西，”史苔拉如同挨了一击似的说，“全是胡说八道！”

“你总是太快地下结论。”塞沙明娜批评道，“你再仔细看一看！”

史苔拉顺从了。她的眼睛在那些字里行间游弋，其实并不那么简单，因为看起来很讨厌的一行行字母之间几乎没有空隙。然而，她的目光忽然停住不动了。

“你怎么会发现它呢？”史苔拉感到不可思议。在那一行行字母中间出现了一个神秘的用已经死亡的最古老的日耳曼语言文字构成的词汇。现在，那个词汇直接跳入她的眼帘。可是，雪貂怎么就能找到它呢？

“我不是已经对你说过了吗？”塞沙明娜回答道。听得出，它对自己的收获感到满意。“这就是我们要找的东西吗？”

史苔拉点点头，然后又信心十足地大声念出：卡给。

她又高兴又生气。虽然她找到了第一个踪迹，可是，它现在已经完全没有价值了。对她来说，如果它指出的文本看不清或者从一开始就是半拉，那么这个卡给有什么用处呢？她生气地把那半张纸片揉成一团。

就在这一瞬间，忽然响起一阵噪声。史苔拉仰起头，赶快吹灭油灯，竖起耳朵倾听。那边！又是同样的一声响，很轻。然后是“刺拉”一下的摩擦声音。史苔拉后脖子上的头发都竖起来了。她看着塞沙明娜，把食指放在嘴唇上：现在不要出声，否则我们就全完了。

塞沙明娜也听见了那个响声。它一动不动地坐着，前爪仍然放在那个藏着神秘手稿的大书上，倾听着门口方向的动静。

史苔拉又清楚地听到了第三次碰撞声，然后又是摩擦声。听起来像用金属刮在石头上的那种声音。恐惧从她的头发根顺着脊背向下延伸。这到底是什么声音？难道温得利希夫人真的听见了塞沙明娜的笑声？如果是那样，那么，她现在一定手里拿着一根带刺的拐杖用来探路，因此才会发出那样奇怪的声响。那到底是什么呢？

史苔拉的直觉告诉她，这不是门房那位严厉的女人，她不会在黑暗中摸索。这里的小屋和过道到处都是堆积如山的书，书架东倒西歪，不开灯她是不敢到这个地下室里来的。不，一定是另外一个在外面阴影里到处游荡的人，那个人，或者也像史苔拉一样，想这样潜伏下来。这种新的想法使她再次感到一阵惊悸。她胆怯地向门口看去。

正如刚才提到的那样，这个地下档案馆里并不是完全黑暗的，从那个极小的洞孔中射下来一点微弱的自然光。史苔拉把自己的发现归功于那束光。

一个心脏形状的东西——看起来很像——出现在敞开着的小屋门口，然后就立刻消失了。史苔拉的心扑腾跳了一下。虽然它的突然出现非常短暂，却唤醒了她的一种记忆。史苔拉认出了它的轮廓，就像扑克牌中的红桃 A，带着一个不成比例的长长的“蒂”……

“德拉基，站住！”她还没弄清楚指的到底是谁就喊道。“明娜，过来！”然后她命令雪貂，同时把那半张没用的纸揉成一团扔在地上，便向那个龙形怪兽的尾巴追去。

是的，那就是她曾经看见过的小龙，一个龙形怪兽，但是……这是为什么？她怎么也想不起来了。

如果在这儿她能够马上拦住那个满身鳞片的动物，无论如何，那就既不需要寻找卡给，也不需要做猜谜游戏了。史苔拉的目光穿过门外的朦胧，同时为那条小龙绞尽脑汁。它倒是很熟悉她，但是，她却既不知道为什么，也不知道它从何而来。

突然，她听见一声新的咔嚓声。那是从左边传来的。史苔拉向那边冲过去。她看到一个巨大的影子，比她自己大得多。这个发现虽然使她感到别扭，但她还是紧跟着那个幽灵不放。

史苔拉越过一堆羊皮纸卷，轻轻地进入另一个房间。这个房间比那个装满被封锁的金矿产权档案的房间宽敞多了。书架分别靠在两边的墙上，中间也摆满书架，书架中间只剩下一条细长的通道。史苔拉就站在这样一条通道上。

她蹑手蹑脚、非常缓慢地从一个书架走到另一个书架，通过书架上的空隙左右窥视。这间小屋顶上也有一个带箅子的小洞，朦胧的日光从那儿射下来。这点光线足够她发现那条小龙了。

在这个房间里，史苔拉越是继续努力前进，她的心里就越感到不安，因为那个动物时时刻刻都有被她撞见并从她面前逃走的可能。要慢，一定要慢，她的头脑里闪过一连串不舒服的问题。我到这里来究竟是为了什么？那位神秘的X先生的信中不是说，她应该“让那个有害的怪物不再为非作歹吗”？她该如何下手或者用什么方法制服它呢？她连自己的那根棍子也没有带来，更不用说用一根长矛或者另一种传统的屠龙的武器了。肯定，一条幼小的千年龙也会进行反抗，正如那个大师的信使描绘的那种可怕的造物那样。用一部大开本的书就能把它打死吗？史苔拉表示怀疑。尽管如此，她还在向前推进。

从一个书架上伸出一根特别长的文件卷轴，卷轴的两头都用木头加固。史苔拉轻轻地把那个卷轴文件抽出来，把它当作征服龙形怪兽的武器。关于这个龙形怪兽，那个穿蓝绿色衣服的年轻人还说什么来着？它长大以后才会降临到幻想王国，并且把那里变成一片废墟。史苔拉不像上流社会的姑娘们那样脆弱而又胆怯，她经常用强有力的理由摆脱那些讨厌的男孩子的纠缠。不管怎么说，她有办法制服这条小龙！

只剩下两个横着的书架了。史苔拉的心跳到了嗓子眼里。她疑虑重重地想着自己为什么叫这条龙形怪兽“德拉基”！这个记忆从何而来？杀死这条小龙到底对不对？也许还有别的办法？

当史苔拉来到最后一个书架跟前的时候——这期间，塞沙明娜始终紧紧地跟在她后面，她把羊皮纸卷轴像连枷一样高高地举过头顶。

“德拉基，出来！”她以命令的口吻喊道。如果必要的话，她将和这条小龙进行一场战斗，但是……

进攻是那样猛烈，以至于史苔拉没有任何能力加以反抗。龙形怪兽纵身一跃，便从她头顶上消失了。

史苔拉本能地低下头。像变化莫测的幽灵一般的小龙形怪兽扇着宽大的翅膀从她头上飞过，在书架之间飞来飞去。她转着身，目不转睛地盯着它的背影。这时候，她发现那个幽灵的后背上有一个矩形的斑点——忽然龙形怪兽又不见了。

在这种情况下，史苔拉没有像别人那样垂头丧气，相反她却紧追不舍。现在，她感到自己的自尊心受到了伤害，她不想这么快、这么简单地就认输。

当龙形怪兽消失在右边的拐角后面之前，史苔拉还看到它那个心脏形状的尾巴。她在后面加快脚步追去。

在追逐的过程中，她的心情放松了一些，这期间，史苔拉不知不觉地摸清了地下档案馆的大部分房间。此刻，她只有一个想法：一定要抓住这条小龙！

她再次看到德拉基的尾巴拐了个弯就不见了，她继续追去。通过一个敞开着的栅栏门，她进入一个大房间，这个房间就和刚才那个房间差不多大。史苔拉相信自己已经胜利在望。这一次她可不想让那个龙形怪兽再溜掉了。

她随手把门关上了。

“你认为你这样做是正确的吗？”塞沙明娜问道。这时候，它又重新坐在史苔拉的肩膀上了。

“绝对有把握。”她回答道，同时抽出一根卷轴。光滑的棍子就是一件有效的武器，很像她以前家里的那根木棍。

她再次慢慢地在书架之间向前推进。当她到达第三个书架的时候，突然看见一个影子。史苔拉迟疑了一下。长长的黑影子明显的比德拉基的影子矮。它像一团云雾似的颤动着，既不散开，也没有聚集起来。

“你是谁？”那个影子忽然问道。

史苔拉突然感到自己后脖子上的头发又一下子立了起来。“我……我必须追上龙形怪兽。”她结结巴巴地说着，指了指房间的尽头。

那团烟雾变得密集一些了，现在它几乎和她在埃奈萨的城市秘密档案馆门口看到的那个幽灵差不多了。难道她落入这个几乎被遗忘了的档案馆卫兵手中了吗？

史苔拉不动声色地巡视着四周，看有没有逃跑之路。她发觉那个影子在注视着自己小臂上写着的身份证号码。当她自己也向那个并不美丽的数字标志看去的时候，她大大吃了一惊，那行字母像夜晚的火焰那样放出光芒。

“告诉我，你是谁！”那个影子又问道。现在，他的声音里带有一种威慑力，好像那行火焰般的数字泄露了什么似的。

由于那位大师在信中警告过，史苔拉的怀疑自然加强了她保持沉默的决心。她该干什么呢？是否应该用手中的棍棒把它赶跑呢？不！她放弃了这个念头。那个陌生的影子至多不过是一团黑云，大概也根本打不着。

“你是自愿来这里的吗？”那个幽灵似的影子又突然问道。当史苔拉仍然什么也不说的时候，它却神秘地说道：“要在战场的主人面前保护自己，而且要避开阿尔巴城。”

史苔拉完全不知所措了。为什么这个影子不像埃奈萨的幽灵那样现出本相呢？这个谜语般的警告是什么意思？她感到自己被一阵恐惧攫住。别相信那个神秘的幽灵，根据这些特征，她完全可以断定：隐藏在那个黑影后面的人一定心中有鬼。塞沙明娜发现女主人突然害怕起来，撒腿就跑，也害怕地忽地一声从史苔拉的肩膀上窜了下去。

当史苔拉发现自己错了的时候，已经太晚：她弄错了方向，正好跑向房间错误的一头去了！从屋顶射下来的光使她看到：那边没有门。她上当了！

她跌跌撞撞地站住，向那个幽灵转过身。那个幽灵仍然站着没有动，但是，因为史苔拉害怕起来，所以它的胆子反而明显地更大了。它开始移动起来，向史苔拉一步一步逼近。史苔拉简直不知如何是好了。她把卷轴攥得那样紧，以至于她的手指骨节都出现了白点。她每时每刻都在准备出击。然而，那个黑乎乎的云团忽然呆住不动了。

有一瞬间，史苔拉不知道如何是好。但是，她马上利用这个机会，转身逃走。也许这里还有另一个出口，或者还有别的逃跑的可能性。

当她快跑到最后一排书架跟前的时候，另一个更高大的影子出现在她面前。这个影子显然就是龙形怪兽。它向史苔拉扑了过来，犹如被一个抛石机弹射出来似的。她急忙刹住脚步站住了。龙形怪兽不早不晚在离她还有四步远的时候飞了起来。只听见屋顶上传来一声响亮的撞击声。接着当啷一声，一根金属棒子掉在地上。只差一根头发丝儿就击中了史苔拉。

那一瞬间，她还看见龙形怪兽的后背……她感到身上一阵热一阵冷。在那个射进光线的圆孔中，她看到龙形怪兽的背上那个矩形的斑点非常明亮。原来那不是别的，恰恰是写着卡给的那张纸的另一半！

可是龙形怪兽已经穿过那个圆孔远走高飞了。史苔拉最后还看见了那个心脏形状的尾巴尖。然后……她感到自己的血液开始凝固……她听见一阵大笑。那笑声使她的四肢发僵。那是一个孩子的笑声，不，不是一个孩子的声音，而是从许多孩子喉咙里发出来的声音。接着是一片静寂。

不知过了多长时间，史苔拉才恢复知觉。与龙形怪兽的相遇，那半张带有卡给的羊皮纸的发现，尤其是那种令人感到恐怖的笑声——所有这些，都使她感到绝望。

“德拉基。”为什么只有她这样称呼龙形怪兽？这个问题她怎么也想不起来了。在她的下意识中，关于这种危险生命的朦胧认识唯独她才有吗？真的，难道这就是为什么龙形怪兽同盟找到她而不找别人的理由吗？

史苔拉的手脚慢慢地又都能活动了。她的思想仍然不断地翻腾。最后这个现象使她太着迷了。突然，她想起第二种神秘的相遇……它和别的影子有什么关系呢？

她慢慢地转过身来，她还在惦记着那个矮小的影子，而她对那种飘忽不定状态感到的恐惧一点儿也不少。但是，它也不见了！史苔拉亲手关上的那个地下档案室的栅栏门被推开了一条缝。那个会说话的幽灵肯定逃跑了。

“你觉得不舒服吗？”塞沙明娜问道。这时候，它已经回到史苔拉的肩膀上，那是它最喜欢的位置。

起初她好像根本没有听见似的，仍然目不转睛地看着被打开的栅栏门自言自语地说道：“为什么所有的幽灵都逃避我呢？”

“也许你身上有什么可怕的东西。”

史苔拉让雪貂爬到她的胳膊上，这样她就能更好地看清它的纽扣般的眼睛。“我身上到底有什么可怕的东西？为什么我感到非常害怕呢？”

“我认为，我们应该从恐惧里跳出来。也许这就是问题的答案。”

“你说的到底是什么问题，明娜？”

“难道你忘记了，你必须让龙形怪兽不再为非作歹呀？”

没有忘。史苔拉怎么能忘记这个呢？但是，那种从各种危险的情况中逃脱的愉快，是一种很舒服的麻醉药，相反，那种不得不再次陷入类似状态的想象，却是一粒很苦的药丸。现在，史苔拉头脑中的这种暴风雨般的思想却使她感到安慰，她觉得是这样。

“我为什么没有早一点想到这些呢？”她有点怪罪自己地欷歔了一声。

“你到底在说什么呀？”

“那张纸的另一半！”她不知道为什么怎么也忘不了龙形怪兽的脊背，“也许它是为消灭可能泄露痕迹的全部罪证而来，我们正好打乱了它的工作。”

“如果你说的对，那么影子的内容就比你原来想象的更重要了。”塞沙明娜开心地笑着纠正说，“它之所以更重要，是因为龙形怪兽带走的那一部分可能已经没了。”

史苔拉又变得不安了。她的眼睛瞪得滚圆，她又想起了龙形怪兽的形象。“不过那张纸片只是轻轻地粘在那个幽灵的背上！要是它在逃跑的途中丢失了，那我一点儿也不会感到奇怪。去寻那张纸片，你的鼻子够灵敏吗，塞沙明娜？”

“你想侮辱我吗？我的鼻子当然足够灵敏。龙形怪兽的气味还在空中。如果我们不再傻站在这里，也许我们已经抓住它了。”

“真的？好吧，那我们还等什么呢？”

史苔拉已经把土地登记局的地下室抛到脑后。新的希望已经张开翅膀——塞沙明娜坐在她的肩膀上——她轻轻地向过厅走去。她从那里的钥匙孔中先窥视了一下那个女看门人。奇怪的是她仍然在睡觉（也许又睡着了）。经过那个小屋时，史苔拉像捕鼬猎人那样小心谨慎地踮起脚尖向门口走去。当她背后发出响声的时候，她几乎已经到了大门口。她听见“砰”的一声——实实在在——从背后传来，也许通向神秘地下室的门自己撞上了。土地登记局的“温得利希”牌子下面的那个女人忽然醒来了。

“这是怎么回事？”她向史苔拉的方向吼道。

她翘着脚尖停住不动了，不知道该说什么。终于，她回答道：“您睡着了，一定是您的脑袋撞到墙上了。”史苔拉耸了耸肩，冷笑一声。“木头碰在墙上——当然很响。”

史苔拉转过身看见温得利希脸上的变化：那个女人的嘴巴耷拉下来，眼睛瞪得老大——先是恐惧，然后便冒出火来——脸上的颜色也变成紫红……

史苔拉拔腿就跑，使出全身的力气。从背后的土地登记局传来一连串恶毒的诅咒声。她只希望那个女人别拉警报叫卫兵。阿米科的小巷从两边向后飞去。几个矿工目瞪口呆地看着这个小姑娘，她那并不女性的衣服加上一条雪白的貂皮领子显得有点不那么协调。

史苔拉的注意力完全在寻找那块长方形的纸片上。但是，无论在大街上，还是在树丛中，或者在仙人掌上，她都没有发现任何纸片。

塞沙明娜认为那张纸片仍然在龙形怪兽身上。至于它的鼻子是怎样闻到的，对史苔拉来说始终是一个谜。

她们悄悄地来到那个房屋倒塌的码头仓库附近。她刚一拐过最后一个墙角，就有一股臭气扑面而来。她的小船待在原地没有动。她赶紧跳进小船，关上玻璃窗。

塞沙明娜仍然在前面领航，向那个神秘的城墙下面的通道驶去。尽管史苔拉仍然能感觉到那种强烈的臭味，但雪貂还是能够闻到龙形怪兽的气味。它甚至说，那个身上长鳞的背上带着那张纸片的龙形怪兽走的也是这同一条道路。是的，它甚至向史苔拉说出了那个地方的名字，她必须把那个地名写在一张纸条上，放进一个导航玻璃管里去。史苔拉按照塞沙明娜说的做了。写着目的地的纸条立刻溶化成蓝色的液体，小船便立即开动了。就这样，她们神不知鬼不觉地离开了这个可怕的城市。

帕特罗那继续在幻想王国的水路网上飞速行进。史苔拉在荒原上的中转站改变了几次方向，塞沙明娜每一次都跳上岸去，过一会儿才重新返回。

“你每次出去到底都干了些什么？”当史苔拉注意到它已经这样去了三四次之后问道。

“我只是想看一下我们的航线是否正确。”

“结果呢？”

“相信我好了。我的嗅觉灵敏的鼻子，你用黄金也买不到。”

“慢慢的我也相信了你。我只是希望龙形怪兽背上的那张纸片别掉到运河里的什么地方。我们不可能在那儿停留并把它捞上来。那样一来，纸上的文字将一去不复返。”

“不用操心，到目前为止还在它身上。”

帕特罗那又经过了八九个中继站。塞沙明娜越来越有信心了，相反她却越来越没了主意。雪貂的这种能力从何而来？它不但会像人一样说话，而且能找到一切人们想找的东西。

不久，地平线上出现一个大城市的轮廓，太阳恰恰在那后面落下去。那个大城市仿佛比史苔拉看到过的所有城市都大得多，但是那里的城墙看起来却相对低一些，墙上燃烧般的红光也比阿米科城墙上的火光弱一些。

“阿芒市。”史苔拉小声说道，声音里含着崇敬，“瞧瞧那里有多少塔楼，明娜！完全像人们常常在图画上看到的大城市一样。”

“是的，对那个幼小的龙形怪兽来说，那正是一个再好不过的藏身之所。”雪貂若无其事地说道。

众所周知，阿芒市向全世界开放。来自幻想王国的旅游者在这里来去匆匆。有些人到这个城市来旅游，另一些人来这里留学，还有一些人到这里来是为了经商。也就是说，这个巨大城市的每一所房屋都是对公众开放的。任何正常的人境都畅通无阻。

史苔拉发现水上城门的石拱门下面有两个检查员。她简直不能理解，那两个穿着铁皮盔甲的人竟然坐在明亮的小屋里，从敞开的窗口可以看得清清楚楚。其中一个无聊地向游客招着手，另一个在睡觉。

“现在到哪里去呢？”史苔拉问道。

“你在码头边找个位置。”雪貂回答，“我们必须步行跟踪龙形怪兽。”

史苔拉打了个哈欠。“天快黑了，你敢肯定它在这里吗？”

“用我的胡子保证：是的！不过你现在要赶快，我几乎要闻不到它了。”

十九号码头还有一些空位置。史苔拉靠近了一个泊位。她刚一打开舱盖，塞沙明娜就跳上码头。史苔拉赶快锁好自己的帕特罗那，紧紧地跟着迫不及待的雪貂跑去。

不久，塞沙明娜又坐到史苔拉的肩膀上，因为阿芒市的街道上乱糟糟的，比阿米科码头上的人还多、还拥挤。对史苔拉来说，在这种情况下去发现一张破纸片，简直是不可能的，可是雪貂仍然信心十足。史苔拉看见城市里的许多塔楼高高矗立在屋顶的上空。有的塔楼下面粗上面越来越细，犹如海象的门牙，另一些则像摞起来的巨大的苹果。还有一些看起来很笨拙，和阿米科市土地登记局那个巨大的建筑物一模一样。前面的那些塔楼在落日的余晖中闪耀着，上面画满了艺术性很强的绘画和交织的图案，很吸引游客，后面那些则以其粗壮给人留下深刻印象。

塔楼巨大的影子潜入黑暗的街道里。

雪貂指引自己的主人沿着一道城墙的边缘向前走去，从那里走进一个越来越窄的小巷交织的迷宫。在这里，史苔拉很快就迷失了方向。有几次她相信自己是从已经走过的街角经过，然而事实却相反。后来，她又发现了一些房屋，那些特殊房屋的正面装饰是那种弯弯曲曲的图案，颜色刺眼，好像从前在哪里见过似的。

突然，史苔拉的周围变得一片静寂。她站在一个十字路口上向四面八方张望着，面前正对着一条通向一座山头上的石子路。现在，那个山头仍然沉浸在橘黄色的夕阳里。左右两边，两条土路被踏得很结实。可是那里却看不到一个人影儿。

史苔拉感到精疲力竭了。“你真的认为龙形怪兽和我们走的是同一条路吗？”她嘟囔道。

“是的。”雪貂回答道，听得出声音里有些不高兴，“不过，我们已经在同一条路上走了很长时间了。那个龙形怪兽比我想象的要机灵得多。它已经让我们兜了半天圈子。”

史苔拉呻吟起来。虽然她已经想到这种情况，但她还是埋怨地问道：“难道你不能记住走过的路吗？我反正走不动了。”

“现在我们很快就要追上它了。”

“你认为……”史苔拉突然明白过来。

塞沙明娜的胡须颤抖起来，说：“它就在我们附近。”

在没有适当武器的情况下，史苔拉弯腰捡起一块拳头大的石头。“我不知道在这里我能不能对付它。”她小声说道，同时她的目光来回地巡视着，“我觉得，最好我们能追到它的老窝里去，躲在那里比较容易。当然我必须首先知道，怎样才能使龙形怪兽不再为非作歹。”

“我可以把它的喉咙咬断。”塞沙明娜建议道。

史苔拉用责备的目光看着雪貂，问：“它跑到哪里去了？”

“那上边的小巷里。我估计，它大概躲到一幢房屋里去了……”

塞沙明娜的声音哑巴了。它抬头看着上面，脖子上的毛都竖了起来。史苔拉的目光随着雪貂的视线望去，立刻感到自己的肌肉绷得紧紧的。当她重新认出那个影子的时候，忽然感到一阵可怕的寒冷掠过全身。

现在，那个幽灵比两头公牛都更大、更长了。此时此刻，它正以极快的速度接近她们，平稳地、几乎悄无声息地从山头上顺着那条下坡路直冲下来。看样子，史苔拉这一次是不能逃脱了。它离史苔拉只剩下两幢房屋的距离了。直到此刻，她才恍然大悟。

龙形怪兽从房屋上面飞走了！史苔拉看见的只是它的影子。可是，没有太阳，它的影子是怎样投射到地上来的呢？

史苔拉没有工夫去思考这个现象，她感兴趣的是龙形怪兽，而不是它的影子。但是，这个机会又被错过了。她只是极短暂地看到那个飞行的生灵紧贴着房顶飞过，更多的是一种感觉，而不是一幅图像。然后，她就听见咔嚓一声巨响。

那是龙形怪兽的心形尾巴刮着了一个房顶，瓦片哗啦啦地掉在街道上。几块小的碎片掉到史苔拉的腿上。因为她穿的裤子比较厚，所以没事。

“我们必须紧追不舍。”塞沙明娜说道。它的狩猎本能支配着它，显然，野兽的勇猛与身体大小根本没有多大关系。

“不，”史苔拉反对，“龙形怪兽已经两次迎面飞来，每一次它都可能直接把我冲倒在地。我必须找到一件合适的武器，才能和它战斗。说老实话，我也不行了，我累得像……”

就在这时候，她看见一个东西幽灵似的飘然而下。起初她以为那是一片树叶，也许是风把它从树上刮下来的，但她马上觉察到它那个奇怪的形状——任何树都没有长方形的树叶。

她拖着沉重的步子向那堆瓦片走去，那片树叶正好落在瓦片中间。她弯腰把它拾起来，若有所思地看着手中的纸片。正如她估计到的那样：这半张带有卡给的纸也是模糊不清的。不管怎么说，她现在找到了这半张纸片，也许她能找到一个人，那个人能够破译这上面的陌生的古文字……

突然，她意识到自己犯了一个什么样的错误。她现在只有一半这种神秘的文字，而另一半却仍然留在阿米科市土地登记局！

这种无名的失望夺去了史苔拉的最后一点力量。她心不在焉地把纸片塞进衬衣的口袋里，开始向前走去。

“你要到哪里去？”塞沙明娜在后面喊道。

“不知道，最好是回家。我需要睡觉。”

“那龙形怪兽呢？”

“明天吧。”

这时候，塞沙明娜已经重新追上史苔拉并从她的后背跳到她的肩膀上坐好。史苔拉拐进一条宽些的石子路上，正东倒西歪无目的地走着。她感到自己一点儿力气都没有了——也许更糟糕的是——她失去了勇气。

使她耗尽了精力的不是寻找影子和追逐龙形怪兽，更主要的原因大概是今天的失败。龙形怪兽不见了，这一半纸片简直没有一点用处。此外，在阿米科市土地登记局出现的第二个幽灵仍然在史苔拉的头脑里盘旋。它是从哪里来的？它是否在什么地方监视她？想到这里也并没有使她更振奋起来。她毫无目的地拐进一条横着的小巷，过了一会儿，又回到宽些的路上。史苔拉远远地看到城市下面有一片树林。

塞沙明娜鼓起勇气，决定把默默无言的女主人从沉思中唤醒。“我们是不是应该在这儿过夜？然后，我明天就可以立刻继续寻找它的踪迹。”她问道。

“这对你来说有帮助吗？”

“‘味道越鲜，猎物越嫩！’一个古老的雪貂谚语是这样说的。”

史苔拉站着想了一下，终于回答道：“好吧，那我们就找一个旅馆。现在，你能帮助我吗？”

“啊，你现在终于知道高度评价我的能力了，主人！”

“现在我可没有精神开玩笑，明娜。帮我找到附近的一个旅馆，马上带我去。”

雪貂开心地吃吃笑起来。“没有比这更容易的了，你现在就站在旅馆前面。”

这个旅馆名叫核桃夹子，看起来不像一个上档次的旅馆。离下等酒吧的招徕方式实在也不远了。门口的牌子上画着一个木头核桃夹子，一个侍从穿着红夹克、白裤子和黑靴子，头上戴着一顶高高的黑帽子。史苔拉谨慎地、带有几分忧虑地看着在风中摆动着的招牌。她的感觉不好，但是，再去找别的旅馆，她实在没有力气，于是就走了进去。

酒吧内部和年久失修的门面一样。一股变质的啤酒味扑面而来；地上铺的是灯芯草草席，也已破烂不堪，需要立即更新。虽然天色已经很暗，但是除了吧台上有一盏油灯之外，旅馆老板没有点起一根蜡烛。

“一个单间住一个夜晚，可以吗？”史苔拉问道。一个肥胖的头发蓬松的男人重复了一遍。老板从头到脚打量了一遍他的客人。史苔拉的行装上还带着在阿米科土地登记局冒险的灰尘，但她给人留下的印象完全不是一副穷困潦倒的样子。那副白鼬皮的衣领——那雪白华丽的东西不可能是别的——甚至显示出她有一丝贵族的气息。

“像您这样一位漂亮的小姐到这个城市里来找什么呢？”

“难道只有事先送上一份生平材料才能在您这里得到一个房间吗？”

史苔拉因为情绪不佳而做出比平常更激烈的回答。本来她是一个很随和的姑娘。不过，她用这种声调回答显然正好打中了那个营养良好但已经有些秃顶的小老板。

“这一带有一些见不得人的流氓到处游荡。”他善意地说道，“我绝对没有把您和他们混为一谈。可爱的姑娘，我只是为您担心。我有房间给您，但好事多磨。我的女仆正在给您收拾。有几个房间长期没有人住。为了不让床单发霉，我们都是在使用之前才换上去。”

“很好。”史苔拉回答道，在宁静中她松了一口气，这就不必使用已经被某个离开的房客传染过的床单了，“现在，我能不能在您这里吃点东西呢？”

“那当然。核桃夹子早已因它的风味而名扬阿芒市内外。您认为面包夹烤火腿怎么样？”

“听起来不错，就要它吧。”

“再来罐啤酒？”

“如果有稀释的葡萄酒更好。”

“好的。请您自己选一个座位。”

当老板又补充下面的话时，史苔拉已经想避开他了：“我们这儿的顾客不一定都是上流社会的人。假如客人当中有某一位提出失礼的要求，请您告诉我，然后我会告诉他出口在什么地方。”

“请您看好您的火腿就好了。”史苔拉疲倦地微笑着说，“我知道怎么对付。”

她在酒吧的后面找到一张桌子和一个凳子。在一个角落里，只有从酒吧台上才能看到所有的客人。此刻，餐厅里只有一张桌子上有人。那儿坐着三个男人——从他们的服装可以看出他们是木匠。他们的兴趣更多地在啤酒罐上，而不是在史苔拉身上。

不大一会儿，老板就送来了一个小泥壶和一只杯子。他往史苔拉的酒杯里倒了一点儿稀释的葡萄酒并请她稍等，说马上就会把饭送来。

她点点头，勉强地挤出一个微笑。但愿老板完成他的诺言时，她仍然清醒。史苔拉让她的雪貂下来坐在凳子上，迄今为止，它一直像一个没有生命的鼬皮领子围在她的脖子上。

“你喜欢吃火腿吗？”

“最喜欢，如果我还能追赶它一会儿的话。”

“哐当”一声响，引起了史苔拉的注意。那边，灰蒙蒙的烛光里站着一个瘦削的男人，正在东张西望。那个陌生人不很高，留着一副大胡子，鼻梁细长，宽鼻头分成两半；头戴一顶毛线帽，肯定好几代以来，那帽子就是蛀虫的食物和栖息处了。身上的皮衣服让人想到，他的大部分时间可能都是在阿芒或者别的大城市的树林里度过的。他的肩膀上挎着一张弓和一筒箭，箭筒里面大约有二三十根羽毛箭。他拄着一根细长的黑橡木做的长矛，黄铜色的矛尖几乎比他还高出一码。

猎人首先看了看那三个木匠，然后发现了史苔拉。他的深色眼睛像塞沙明娜闻到某种气味时那样闪闪发光。他关上门，径直向史苔拉坐着的桌子走来。

陌生人的这种目标明确的行为通常会立刻引起史苔拉的注意。她曾经那样经常地忍受那些寂寞的“英雄”们接近的尝试，一见漂亮的姑娘，他们就把自己装扮成发情的雄鹿那样。而这个质朴的年轻人却完全不同，现在他一点也不感到惊奇地问道：“这张桌子还有空位置吗？。”

史苔拉看了一眼那个人背后空荡荡的餐厅，然后看着那个人的脸，说道：“您很幸运。我的其他同伴还没有到。您可以先坐一会儿。”

“很高兴。”猎人说，同时把他的弓和箭筒放在对面的凳子上，把桌子正面的椅子摆正。长矛仍然握在手里，拄着地。

“我叫尤特瓦尔德。”猎人自我介绍说，说话的时候向姑娘身旁的雪貂身上投去并不那么惊异的一瞥。

“我叫史苔拉。”她简短地答道。她的目光停在尤特瓦尔德的长矛上。

“您是阿芒人吗？”史苔拉和陌生人异口同声地问道。

这下子，气氛便松弛下来了，两个人都不得不大笑起来。这时候，史苔拉忽然想到，这个肯定有五十岁的男人的面部表情使她想起一个大个子男孩。也许这个已经习惯寂寞的人真的只是为了来找人进行一次引起兴奋的谈话。

“我只是路过这里。”史苔拉回避地答道，“您呢？”

“五十年来我就在这一带的树林里走来走去，设置陷阱，到市场上出售毛皮。阿芒很大，从城市的这一头到那一头大约有五十英里。”

“真大！”史苔拉惊异地回答。

“您也是猎人吗，史苔拉小姐？”

虽然尤特瓦尔德的目光对准凝神静听的雪貂，史苔拉还是不得不想到完全不同的另一种狩猎，她回答道：“您猜得不错。”

“您是专门捉雪貂的吧？”

“我捉小的也捉大的。”

“对于一个像您这样妩媚的姑娘来说，这可是一件非同寻常的技艺。”

从这个大胡子尤特瓦尔德口中说出的恭维话听起来是正直的。因此她就免去了尖刻的回答，开始和他谈起他在阿芒市的林中生活。塞沙明娜偎依在女主人身上，很快便睡着了。

这时候，老板走过来，向史苔拉投过一个询问的目光。当她微笑着摇摇头的时候，他才问尤特瓦尔德要什么。

酒吧间的光线已经太暗，为了还能够看清啤酒杯里的苍蝇，老板点亮了蜡烛并分别送到各个桌子上。慢慢地，客人越来越多，酒吧里的噪音分贝也慢慢地提高了。然后，火腿终于上来了。尤特瓦尔德要的和史苔拉一样，于是，每个人的大盘子上都有两片大拇指那么厚的蒸火腿。塞沙明娜被诱人的香味唤醒了。看到粉红色的火腿和棕色的酥饼，不禁让她口水横流。现在，她才真的感觉到自己多么饿了。

当史苔拉又要了一壶稀释的葡萄酒之后，尤特瓦尔德已经喝了三大杯啤酒。他们的谈话在继续着。终于——史苔拉在塞沙明娜的帮助下把盘子一扫而光。然后，她把盘子推到一边——她认为时机到了，于是就谈起这位猎人一进酒吧便引起她注意的东西。

“您这杆长矛真好啊，尤特瓦尔德！”

猎人的眼睛跟随着她的目光。长矛就靠在桌子边上，离他很近。“是吗？这杆长矛十分特别。”

“您卖给我行吗？”

尤特瓦尔德的面部表情显得很惊异，但很快就过去了。然后，他微笑着说：“大概您想用它来对付您刚才说的大野兽，是吗？”

“假如我说不，那就是撒谎了。您舍得卖掉它吗？”

“这杆长矛好像真的让您动心了。”

“这样说吧，我急需它。”如果这样开始谈价钱，那就太愚蠢了，但史苔拉太疲劳了，不能按照常规去讨价还价。

“我很舍不得它。”

当然！史苔拉也会这样说。“我想，您可以另外再弄一根。我知道，假如我说自己没有时间去寻找一件合适的武器，那听起来一定让人觉得很愚蠢。这样吧，给我一个明确的答复。您愿不愿意和您心爱的东西分开？为此，您可以得到四个克朗[①]。这是一个很公平的出价。”

“假如这是一杆普通的长矛，您的话可能是对的。可是，这一杆……不，四个克朗我决不能出手。我可以把我的弓箭都给您……”

“不，”史苔拉打断了猎人的话。箭最多只能给龙形怪兽挠痒痒。“我想要的是这个长武器。”

瘦猎人的眼睛在长矛的尖上游荡，好像在天空寻找北极星似的。“您真的想要它吗？我说的是，对您来说，她太长了，史苔拉小姐。”

“我急需这根长矛，”她重复说道，“我给您五个克朗。不过这是最后的出价了。”

猎人的眼泪好像时刻都可能掉下来。“这样一杆漂亮的武器！”他重新开始讨价还价。史苔拉知道他对这个售价早就很满足了，现在只是想再抬一抬价而已。“重量和一只鹰差不多，但锋利如同鹰爪。我用它瞄准目标，百发百中，即使猎物躲在一个洞穴里也逃不掉。”

“您不用给我讲述奇迹般的童话，尤特瓦尔德。您这矛头确实很好，但是，五个克朗绝对大大超过了它的价值。”

“矛头？”大胡子的声音那么尖，使他自己也大吃一惊，“我的这杆长矛，可不是炒菜的铲子，它是一杆猎人的武器。它出自名家之手，用它可以拯救生命，但也可以索取人的性命。它的尖——可以穿透一棵粗大的橡树……”

“五个克朗，一个子儿也不再多。”

猎人发出一声悲哀的叹息。“那好吧。我发现，我不能用打猎的本领给您留下印象。对我来说，如果我不断地寻找，也许还能重新弄一根这样的长矛。我接受您的钱，并不是因为您的价钱配得上我的贵重的武器，而是我感觉到您确实比我更需要它。您说的那个人大概不是您的讨厌的丈夫吧，您用这个……”

史苔拉把五个克朗塞到那个瘦男人的左手里，从那个贪婪者的另一只手里拿过那件东西。“假如我有一个像您这样的男人当丈夫，那么穿透他只用切奶酪的小刀就足够了。”她大笑着说道，接着就站起来，从桌子和顾客之间走过去了——塞沙明娜紧紧跟在后面——这时候，猎人还在数钱。

黑太阳

这张床肯定不是出自阿芒市的什么家具艺术大师之手。那只是一个木头盒子和一

① 1871–1924年间，德国十马克的金币相当于一克朗。

个草垫。至少草垫没有发霉的味道，床单也是新洗的——总而言之，在这个简陋的房间里过一夜，这些也足够了。

第二天早晨，史苔拉从深沉的梦中醒来，这大概主要归功于自己的精疲力竭。她感到四肢还稍微有点儿发僵。也许她有点着凉了。

起床之后不久，塞沙明娜就开始嚷嚷头一天晚上史苔拉因为疲倦而转移的话题。

“你总是把我的话当作耳旁风。”雪貂坚持说道。

“行了，现在让我安静一会儿好不好，明娜。我知道，那个老投机商为了那杆长矛得到了太多的钱，但是我没有时间进行长时间的讨价还价。那个尤特瓦尔德也是个好人。我愿意让他赚两个克朗。”

“再这样大方下去，你就要破产了。”

“语言的力量在于说话算数。但是，我们再遇到龙形怪兽，我就不是只用卷轴武装起来的猎人了，明娜。算了，那件事不要再提它了。现在，我们有了一件真正的武器，可以继续追逐龙形怪兽了。我觉得，现在是你向我提几个建议的恰当时刻。”

塞沙明娜发出一阵噪声，人们只能解释为那是雪貂的笑声。“事情总是这样。大人物总是把一切责任都推倒小人物头上。当然，我们要继续昨天停下来的事情。不过这里有一个很明显的问题：龙形怪兽显然飞到天上去了。”

史苔拉点点头。“我懂了。为了追赶它，你想有一副翅膀。”

“呸，胡说八道！你看我像一只蝙蝠吗？”

“本来不像。可是，假如我们倒霉的时候，那我们就不会比昨天早上多前进一步。”

“不完全如此。你手里总还有那页手稿的一半，如果必要的话，我们可以回到阿米科城，去把另外一半找回来。”

“可是，那影子的内容……唉，我也不知道。如果我不能认识它，那我们怎么去辨认它呢？”

“假如你找到一个能识别它的专家，那会怎么样呢？”

史苔拉把手稿的残片放在背包里。现在，她又把它拿出来，端详着那些陌生的古文字。“我认为，最后一个能阅读这种文字的人在一千年前就死了。”

“世界充满了奇迹，史苔拉。但是，发现那些奇迹，确实需要比意志更多的东西。人们也必须相信它们，然后才不会忽略它们。”

史苔拉若有所思地看着雪貂。塞沙明娜本身就是一个活生生的证明，它的话确实不错。“你说得对，明娜。让我们再试一试。也许我们在某个地方会找到一个可以信赖的人，我可以把手稿拿给他看，说不定他会帮助我们。”史苔拉说道。

“这我就更喜欢你了。”

“如果我想得不错，”史苔拉高兴地说道，“那么，我们在阿米科市土地登记局地下室发现幼小的龙形怪兽大概不是偶然。也可能是它愿意让我们发现它。你的看法呢？”

“你的情绪常常起伏不定，史苔拉。有时候那么低落，有时候又涨到了天上。我不太喜欢龙形怪兽。不过，人们应该对它好一点，别让它把我们都吃掉。”

“正相反，它甚至在逃避我们。”

塞沙明娜忽然叫起来：“我已经说过，你身上一定有什么让它感到恐怖的东西。”

“唉，胡说八道。我认识龙形怪兽。你想想，我怎么知道它的名字？这里，我和它之间有一个秘密……”

“那我们就不要再冥思苦想了，赶快行动吧。不然，它的足迹就冷了。”

她们简单地吃了早点，也就是面包、奶酪和水，然后和友好的老板结了账，对他的好客表示了感谢，就告别了核桃夹子旅馆。她目不转睛地盯着塞沙明娜的尾巴，手里紧紧握住新买的长矛，想了想，为什么这个旅馆的名字开始那样令人不快。终于，她放弃了。有些事情就是这样，始终是一个秘密。

但愿阿米科的那张纸片上的内容不是这种谜语。她不由自主地想到龙形怪兽背上掉下来的那张纸片。如果她不是那么愚蠢，那另一半……

史苔拉的思想卡住了。突然，在阿米科朦胧的地下室里的那一幕又清晰地浮现在她的眼前。是的，还更多些，她看到在自己的头脑里，手稿下面一半和上面的一半，也就是她背包里的那一半已经合在一起，拼成了完整的一张。就像有人把它完好无损地展现在她的眼前似的，她能够看到那上面的每一个字母。她觉得这简直不可思议，因为对她来说，那种日耳曼古老文字绝大部分都是完全陌生的，那种密集的字母，难以理解的内容绝对没有让人记住的特征。在她能恰如其分地对自己那令人惊讶的图画般的记忆感到惊奇之前，塞沙明娜的声音传到她的耳朵里。

“我们已经到了。”

史苔拉环顾四周。从昨天晚上到现在，那儿没有发生任何变化，甚至那些摔碎的瓦片仍然躺在那里。

“那现在怎么办呢？”雪貂问道。

“我们等。”史苔拉简洁地回答。

“为什么这样就好呢？”

“你自己说过，你在空中闻不到龙形怪兽的气味。也许它会回到这个地方来的。”

“我似乎已经听到了更好的计划。”

“假如你能闭一会儿嘴巴，也许我会有一个明确的想法。”

“闭嘴？”

史苔拉吸了一口气，说：“好了，听我说……”

“雪貂没有嘴，只有吻。”塞沙明娜精确地说道。

史苔拉不理它。无疑，塞沙明娜已经想出了一个厚脸皮的回答。在它的大胆指责中，最糟糕的是，在大多数情况下它都是对的。

就这样过了好半天，没有发生什么值得提及的事情。史苔拉借此机会彻底地思考了一番。她那个等候龙形怪兽的建议被塞沙明娜如此贬低了一番，经过深思熟虑之后，一个念头跳了出来：原来龙形怪兽不想攻击她们，这是十分明显的；但另一方面，它也不想逃走，而是要在这个十字路口等候她们。对于这种矛盾，史苔拉只有一种解释：不是她找到了德拉基，而是德拉基找到了她。至少是它想让自己被她发现。

当然，这个想法也还有这样那样的不足，史苔拉自己很清楚。可是，为什么龙形怪兽总是一再地从她面前逃走呢？它进行这样一种捉迷藏游戏的用意到底何在？

这期间，塞沙明娜已经把周围的小巷搜索了一遍。它甚至钻进了好几所房屋，但是无论是它的鼻子还是它的其他感觉，都没有发现龙形怪兽仍然在这里的迹象。

史苔拉的耐心同样也消失了，而头脑中的问题却逐渐增多了。她疑虑重重地看着几个过往的行人。那些本城的居民也怀疑地打量着她，有些初次看到她的凶狠目光的人甚至感到害怕。在阿芒市，一个漂亮的金发姑娘，手握一杆长矛——这本身就很有异国情调了。

她在这里到底想干什么？不但是来来往往的行人会提出这个问题，连她自己也在问。她小心翼翼建立起来的思想大厦因自己沸腾的烦恼而动摇了。现在，她站在这儿，在阿芒市一个偏僻的角落，在等待着一个奇迹。简直难以置信，她的猎物会从这儿经过，心甘情愿地把自己交给她手上的这杆标枪……长矛！她自己纠正说，同时她又想起了尤特瓦尔德怪里怪气的话。关于他的出色的武器他当时说了些什么？用他的长矛，无论对准什么样的目标，都会百发百中。

史苔拉怀疑地抬头注视着武器的尖端，另一头拄在地上。这一切很可能仅仅是“猎人的计谋”。

“你在这儿干什么呢？”塞沙明娜不安地问道。它刚刚回到史苔拉身边，看见女主人正在用手掂量着长矛。

“我不知道应该干什么，也不知道怎样才能找到龙形怪兽。所以我在抽签。”

“你指的是长矛？”

“都是一回事。”

“这，我不懂。”

“无论在埃奈萨，还是在任何其他地方，关于抽签，官方都没有一个系统的规定。我的方法是用长矛这种形式。它可以击中人们想打击的任何目标，但是，现在我要看一看，如果我什么也不想打击，那它会击中什么。”

“你能不能为我重复一遍？慢慢地说，如果可以的话。”

“你很明白我的意思，明娜。现在我把长矛向上面山头掷去，它将会插在一个地方。

下一步怎么走，答案就在那儿。”

“但愿它不要击中阿芒市的任何一个动物。”

“这个地方像一条翻了肚皮的鱼一样没有生气。”

史苔拉发现塞沙明娜的全部形体姿态都表明它很不喜欢这个计划。这个念头是有点傻乎乎的，但史苔拉在绝望中不知道怎么办。于是，她就把长矛换到右手里，水平地举起，再次平衡了一下，然后便使出浑身的力气把它往小巷上面的方向掷了出去。

长矛嗖的一声飞了。史苔拉失神地望着长矛飞去的方向。很好，她似乎变得更有力了。这对于一个姑娘来说，好像是她身材还行，只是力量不足似的。长矛像被掷石器掷出去一般，在空中划了一个长长的弧形，飞上山坡，消失在山头后面。

“好主意！”塞沙明娜抢着说道，“不过，假如你现在对我说：‘去把那根小棍捡回来。’那我就和你断交。不，换句话更好：我将咬掉你的鼻子。”

史苔拉拿不定主意地低头看了它一会儿，塞沙明娜能否完成这个任务，她没有把握。过了一会儿，她转身面向上坡的小巷。

“让我们去看看，那个东西现在到底落在什么地方。”

她迈开大步向山坡上走去，长矛只一瞬间就从这里飞了过去。她几乎还没正式地迈开步，就感觉到塞沙明娜已经跳上了她的肩头。她不由自主地打了个寒噤。

“不要害怕，咬掉鼻子的话只是一个玩笑！”雪貂安慰她说。

“你的幽默这两天有点多余，明娜。”

不一会儿，史苔拉和她的活皮领就来到那条路的最高点。完全出乎意料之外，这条小巷不是通向其他繁忙的交通要道，上面是一个宽阔而平缓的山头，整个山头就是一个巨大的绿色公园……不对，不是公园，史苔拉自己纠正说，这时候，她看见了一排排墓碑：原来这是一个墓地。

她沿着墓碑慢慢地向前走着，它们宏伟地散布在整个墓地上，就像一个久已被抢劫一空的城市最后的废墟。她好像在什么地方去过这样一座墓地。她试图回忆，但是她的记忆好像被紧紧关闭着。

石碑都一样古老，就像墓碑上的名字那样。瞧，那些墓碑上写着：葛文赫于法，阿考隆，衮特拉姆，阿达利希和梅林，佩林诺雷斯，梅希尔德，佩特罗里拉，等等，所有的名字都那样陌生。阿芒市的这些居民都是些什么人呢？他们的名字在和这里的各种天气、苔藓和枯藤蔓草的斗争中处于失败的地位。再过若干年，连他们的名字也没有人能够认出来了。史苔拉的目光扫过一片刺柏和万年青。那边也三三两两地立着高大的落叶乔木，看起来那样庄重，仿佛古代的智慧老人，令人肃然起敬。从前史苔拉很少到过这样安静而又幽深的地方。

还有一些墓碑倾斜地立在绿草丛中，有一些倒在地上，有的甚至已经破碎。很多长方形的石碑顶部都做成拱形。这种风格化的天空都雕刻着相同的母题：中间一个圆盘，一边一个翅膀。个别灰色的石板上装饰着死人的头颅，不过这种阴森森的装饰不是定规，而是例外。

史苔拉想象着长矛的飞行轨道，它一定飞过了这片墓地，但是她找遍了这一带的林中空地，也没见长矛的踪影。

“这不可能呀！那杆标枪肯定就在这里的什么地方……”

突然，她发现了它。这纯属偶然！那几乎是黑色的乌檀木枪杆插在一个枝条低垂的柳树下面。要不是风正好吹动了一下树枝，长矛还不会引起她的注意。史苔拉急忙向那棵柳树跑去。

她离长矛越近，就越觉得击中的地点太神秘。

这棵老态龙钟、弯腰驼背的柳树离那条小巷的延长线那么远，使人感到，这杆长矛肯定是用一个相当强的硬弓射到这里来的。可是，这怎么可能！也许那位猎人说的这杆长矛具有奇异的特征确实并不过分?

史苔拉分开柳树门帘一样下垂的枝条，惊异地站住了。这样的景象她可从来也没有见过！在这棵树的树冠下面，立着一块黑色的石碑，厚度至少有一只手那样宽，长矛正好从石碑中间穿过。

“今天你的牛角尖钻得漂亮。”塞沙明娜吃吃地笑着说道。

史苔拉迷惑不解地看着雪貂。因为她不知道对它的评语说什么，所以问道：“你能不能告诉我，长矛是怎样穿透石碑的？本来它应该把石碑击碎，而不是像这样穿过去，犹如穿透一块黄油。”长矛确实穿过石碑插在地上，长矛杆仍然插在石碑上。

“你不是在寻找一个追踪龙形怪兽的指示吗？”塞沙明娜说道，“你发现长矛到底击中的是什么东西了吗？”

“一块墓碑，像别的墓碑一样……不，等一下。它是黑的，与其他石碑不同。此外还有什么区别呢？”

“你过去仔细看看。”

史苔拉弯下身子，看着那块石板，石碑只到她的臀部那么高。现在，她明白雪貂的话是什么意思了。在风化的表面，在那块方石顶部拱形边缘的下边，同样也有一块圆盘。奇怪的是，这个圆盘却不带翅膀，不像史苔拉刚才所看到的其他石碑那样。

“一个黑太阳。”她咕哝道。现在，由于她把注意力集中在石碑上，而不是在长矛上，所以她又发现了一行字母。

“R. I. P.”几个字母刻在墓碑上面，意思是“愿死者灵魂安息的祈祷”。对于一块石碑来说，这没有什么特别的。然而在这三个字母下面，却有一行字：“黑色窃听者。”

史苔拉把这三个字读了好几遍，她首先想了想，然后把嘴唇做出相应的口形，这个名字听起来像一种职业。

“也许它是一个间谍，”她说，这仅仅是因为她一时想不起别的职业，“黑太阳下

史苕拉分开柳树门帘一样下垂的枝条，惊异地站住了。这样的景象她可从来也没有见过！在这棵树的树冠下面，立着一块黑色的石碑，厚度至少有一只手那样宽，长矛正好从石碑中间穿过。

面的一个间谍。现在我们能用它干什么呢？”

“布莱克桑！”塞沙明娜掷地有声地说道。

“祝你健康！”史苔拉以为它打了个喷嚏。

“这是一个名称。”塞沙明娜生气地解释说，“黑太阳是布莱克桑城的城徽。我们必须到那里去。”

史苔拉看了看雪貂，又看了看漆黑的墓碑。塞沙明娜又为她指明了道路。难道是别的什么人？为什么长矛远远地超过了正常的飞行轨道，恰恰击中了这块墓碑？为什么它恰恰击中了黑太阳的心脏呢？这里只能找出一种可能性，那就是：她们必须中断寻找龙形怪兽，前往布莱克桑。

长矛放在帕特罗那里面，紧挨着史苔拉。奇怪，她那么容易就从墓碑上把它拔了出来。那个写着目的地的小纸条在领航玻璃管中慢慢地溶解，把里面的液体染成深蓝色。

在去港口的路上，她又想起了几件她所知道的有关布莱克桑的传说。总的说来，她对那里知之甚少。那个地方处于幻想王国的边缘。甚至有人说，根本就没有这样一个地方。塞沙明娜想对史苔拉说，写在纸条上的应该是另一个名称。写“布莱克桑”这个名称，小船动起来就像老鼠拉车那样缓慢。也许这只是人们以讹传讹。史苔拉不知道塞沙明娜从哪里知道“布莱克桑”这个名称的，但是，这个名称已经证明是切实可靠的，文字的神秘力量将把她们带到正确的道路上去。

在塞沙明娜锋利的爪子下面，史苔拉顺从地让步了。与雪貂对抗反正没有意义。涉及寻找路线，雪貂具有第六感——也许它还有第七感和第八感。不管怎么说，帕特罗那不一会儿就向远方的目标飞出去了。

布莱克桑的城墙不特别高，可是它闪烁着白炽光芒。这个城市坐落在一个辽阔的平原上，所以史苔拉远远地就看到了高高的岗楼。在第一道城墙里面，还有第二道城墙，这个城市分成两部分。这在幻想王国里并不是什么非同寻常的事情。许多城市都有一个禁区，只有少数人才能到那里面去。

正当透明的帕特罗那向布莱克桑城飞驶而去的时候，史苔拉的眼睛已经盯住了城市中心那座高大的黑色建筑物。里面的城墙仿佛是从那座建筑物的中间穿过去似的，建筑物的正面在太阳光里像一只巨大的甲虫一样闪着亮光。

“这就是黑太阳。”塞沙明娜说道。为了能够更好地向四处张望，它在史苔拉的肩膀上不断地任意变换着姿势。

“黑太阳。”史苔拉咕哝着，“一座建筑物的名字，很滑稽。听起来很像一家餐馆。可是，这样一个阴森森的酒吧我还从来没有见过。”史苔拉一边沉思，一边观察那座巨大的建筑物。它仿佛是在一个正方形的地面上耸起的一座金字塔，它的尖顶被人一剑削掉。

突然，黑太阳沉到城墙的地平线后面去了。帕特罗那已经到达平原地带，开始减速向三个水城门中的一个滑去。

“他们会让我们进去吗？”史苔拉问道。

“在公共的区域里无论如何是没有问题的。如果我们要进人那个禁区，恐怕就不得不使用我的鼻子了。”

史苔拉知道雪貂的意思。无论在哪里，明娜都能找到一条路；无论在幻想王国的什么地方，只要史苔拉向它发出一个模糊的暗示，那个鼻子极其灵敏的小东西就会立刻行动。

在宽大的城门口，检查员没有找她们什么麻烦。他们以那种人们很熟悉的不友好态度——这也是他们的职业特征——给旅行者办理了手续。这时候，他们只比阿芒城睡觉的检查员稍微认真一点儿。

布莱克桑是一个小城，很多地方都像那个矿工小城阿米科。这里只有很少几个高层建筑物，外城的大部分街道都没有铺石子。当然到处都很干净，几乎连细菌都没有。当史苔拉和塞沙明娜一起来到市中心居民区的时候，她们才发现这里明显地热闹多了。

“你知道不知道，为什么很多人都相信布莱克桑只是一个传说呢？”

“你们人类的思维有时候很滑稽。”

“我不明白你的意思。”

“这不是很明显吗？你们对许多问题都有一种固定观念。可是，那种观念并不总合乎逻辑，或者总具有如四季更替那样当然的规律性。我想把这种观念和家兔的洞穴——一个已经被你们自己抛弃的秩序相比较，在这种秩序里，你们感到安全和舒适。一旦偏离了这种思维模式，你们就感到迷惑并断然拒绝，连打听一下也不愿意。在很多像这个城市那样的地方，也没有什么不同。布莱克桑恰恰就是这样一个你们正派人圈子所理解的那么一个地方，可是你们对它却置若罔闻。”

“为什么？难道布莱克桑是一个不正派的地方？”史苔拉的眼睛和嘴巴都张大了，“这里是不是那种臭名昭著的娱乐场所，为了……”

“你不要激动。”雪貂打断了她的话，“人们虽然可以在这里娱乐一下，但却不是你想的那种肮脏的方式。在这里寻找满足的人，宁可通过一种最高的充满精神生活的方式。”

“这句话又是什么意思？”

“黑太阳是学者们寻找的地方，也是赞成他们的人居住的地方。你在这里也会找到艺术家和各种各样的怪人。谁在别的地方因思想和行为感到不适，谁就到这个地方来。”

史苔拉注视着一个每走十步就停留一下并像公鸡那样叫一声的男人问道：“你还

有什么话要说吗？”

“有。人们在这里会面，为的是在黑太阳城里相互交谈。在某种程度上，这整个建筑物就是一个话匣子。”

“你想说这里是一个谈话的场所。”

为了躲闪越来越多的行人，塞沙明娜跳到史苔拉的肩膀上。“也就是这个意思。你是否注意到，那个被砍掉一角的金字塔有一部分深入了禁区。”

史苔拉点点头。

“只有精选出来的人才能到那里去。聪明人中最聪明的，或者富人中最富的。我们会找到解决办法的。”

“我们？”史苔拉有意无意地问道。

“我刚才考虑过了，我们在任何地方也不能比在这里知道更多的消息，这是幻想王国各个地区的人聚集的地方。”

“我明白了。参加谈话的圈子越精干，人们知道的消息也就越独特。”

“你很快就能学会，史苔拉。此外我们必须……”

“等一等。”史苔拉打断了雪貂的话。通往市中心的路上，人越来越多了。就在这时候，史苔拉看到一个熟人。

“你怎么了？”塞沙明娜感觉到史苔拉肩膀上的肌肉一下子僵硬起来了。

“混蛋！我不能再见到他。”

“谁呀？”

“我还不能十分确定，但我相信我看见了德拉·法勒。”

“是那个喜欢打扮的孔雀，想从你手中把我弄到手的那个家伙吗？”

史苔拉点点头：“就是他。我想知道埃奈萨地方长官的私人秘书到布莱克桑来找什么？”

塞沙明娜紧紧地偎依在史苔拉的脖子周围，小声说：“也许他还在打我的主意。”

“别怕。”史苔拉用手轻轻地挠了挠后脖子上的雪貂，“如果那个家伙想从我身边把你抢走，我会让他尝尝这根长矛的滋味。来，我们继续走吧。在人群中我们也许会甩掉他。”

从现在开始，史苔拉就小心翼翼起来，她警觉地穿过人群。平常，只有白天在设置捕捉白鼬的陷阱的树林里她才会这样谨慎。在布莱克桑市人头攒动的街道上行走，简直和在郊外森林里行走基本上没有什么不同，只是那些树木都立着不动而已。她在那儿也不会这样匆忙。相同的还有，这里和在树林里一样，没有人去注意史苔拉——至少看起来是这样。

树林里也有许多眼睛。她知道这一点。在像布莱克桑这样的城市里也是这样。塞沙明娜向她指出一条狭窄的小巷，说那是一条捷径，而史苔拉也刚好想拐进去，就在这时候，她忽然看见前面有一个相貌奇怪的生灵。一个长着人的脑袋浑身是毛的像猴子那样的生灵径直向她走来。

她立刻站住，关于猿人，她不能说什么。正当她想对那个思考着的生灵发出警告的时候——那个猿人已经从她身体里穿了过去。

史苔拉慌乱地转过身，看着那个继续向前走着的毛烘烘的造物，好像根本没有发生任何事情似的。“那是一个什么东西？”她问。

“我认为，你们称它猴子。”塞沙明娜回答道。

“但是，”史苔拉无法理解，明娜把这种相遇看得如此无足轻重，“它是从我的身体中间穿过去的。”

“这是一个艾法塔。到外面世界去跑，他们太笨。”

史苔拉让塞沙明娜爬到她的手上，她想更好地看看它的眼睛。“从什么时候起，笨蛋能够穿人而过。”

“艾法塔只是人的代表。这也就是人们为什么以为布莱克桑根本就不存在的原因之一。”

“你认为我们现在正处于一个精神的城市里，是吗？”

“胡说。艾法塔和你我一样都是实实在在的生灵。但是，他们又不在这里。我的意思是，他们不是亲自在这里。他们坐在幻想王国的某一个地方，看着一个艾法塔的镜子并让自己的化身出去旅行。于是他们就能看见自己的艾法塔看到的一切。”

“为什么那只猴子把我当作空气对待？”

“这我知道。忏悔、懒惰或者蒙上一层雾的镜子，从艾法塔的形体里你可以知道很多他的所有者的情况，不管怎样，有时候是这样。”

“那么，长着人脑袋的猴子就可能是一个很特殊的同时代人了。”

“或者他是一个躲在某种特殊面具后面的人。”

史苔拉想着刚才获得的这种经验，还感到毛骨悚然。“走，让我们走近路，尽快离开这里。”

那条狭窄的小巷和两条较宽的街道相交。当史苔拉刚好跑到第三个十字路口的时候，一个小个子男人出现在一个街角后面。这一次，没有疑问了，史苔拉立刻认出他就是那个洛伦佐·德拉·法勒，虽然他生硬的面孔没有像在埃奈萨市场上那样，为了好看而戴上友善的面具。

“抓紧！”她大声对塞沙明娜说道。然后，她转过身朝相反的方向跑去。当她回头张望的时候，她看到那位秘书也尾随而来。

这个德拉·法勒到底想干什么？仅仅为了这只雪貂，他肯定不会费那么大力气跑遍半个幻想王国。

“往哪里去？”史苔拉在下一个十字路口上气不接下气地问道。

“假如我们还想到黑太阳城里去的话，那就向左拐。”

史苔拉朝着明娜指的方向走去。德拉·法勒在后面远远地跟着。难道他并不是要跟踪我？也许他只是为了阻止别人进入黑色金字塔？史苔拉心里这样想着。

比体力显然不是埃奈萨地方长官私人秘书的本事。也许这是因为他平常出行总骑马的缘故。不管怎么说，他和史苔拉之间的距离越拉越大了。在塞沙明娜的指引下，她改变了好几次方向，并尽可能利用居民中各种人物当掩护。

“我相信，我们已经把他甩掉了。”史苔拉终于气喘吁吁地说道。她已经好半天没有看到那个德拉·法勒了。

“你还是不要这样肯定。”塞沙明娜回答道，“你还没有问过我，他到底是怎样到这里来跟踪你的呢？”

史苔拉当然不知道这是为什么。塞沙明娜的灵敏的鼻子有时候真的很讨厌。在史苔拉的头脑里，所有的东西都乱成一团，嗡嗡作响。本来她不想和它争论这个新的问题，可是，情况迫使她不得不那样做。

难道德拉·法勒或者埃奈萨的地方长官都是龙形怪兽同盟的成员，这可能吗？有人想阻止史苔拉，只是为了阻止她去揭示龙形怪兽的秘密吗？

“前面就是入口了。”

雪貂的话使史苔拉松了一口气。她向塞沙明娜指示的正前方看去。在她们刚才走的街道右边，出现了一条很短的小巷。史苔拉拐进去，一直向那个黑色建筑物走去。不一会儿，她们就来到一条大街的另一边。她惊异地看着黑太阳。这个敦实的建筑物只有一个入口。大门上面有一个不太亮的黑色半球在闪烁，直径足有两码。除了它和刻在那下面的名称之外，整个建筑物没有任何装饰。

在这座建筑物前面的广场上聚集着大约几百人，也许有上千人。他们当中有几个漫游者，很像有血有肉的人。史苔拉不想和他们说什么，可是，她觉得和那些衣着奇怪的另一个时代的人也没有什么好说的。再说，她也没有闲工夫花在他们身上，因为，此刻她仍然不得不想着那个跟踪她的人。如果德拉·法勒藏在这些乌合之众当中，那他几乎不可能被发现。

史苔拉在人群中分开一条道走着，同时不停地东张西望。“为什么这里那么热闹？”她问塞沙明娜。

“他们都想进去。”

“为什么他们不直接进去？”

“因为不是所有的人都能获得许可。”

“那我们也同样会被拒之门外。”

塞沙明娜忽然吃吃地笑起来，说：“那就让他们试一试吧。”

当史苔拉来到黑太阳厚重的大门前时，一个黑色的影子挡住了她的去路。她的肌肉不由自主地紧张起来，目不转睛地凝视着那个幽灵。这个幽灵不像阿米科塔楼地下室里的幽灵那样神情慌张，而是和埃奈萨市秘密档案馆前面的那个鬼影相似。

“您想进去，请问尊姓大名？”那个幽灵一般的形体向史苔拉吼道。

“您为什么要知道这个？”史苔拉固执地反问道。同时，她示威地用手中的长矛捅了一下地面。

“我叫欧培·阿头，在这里决定谁可以进入黑太阳。您怎么称呼？”

史苔拉想，果然又是一个把门的卫兵。那个朦胧的形体忽然变得一目了然，而且有了颜色。从一片云雾中露出一个身强力壮，穿着蓝裤子的门卫来。

“快说！”那个男人伸开两臂。他的脑袋光秃秃的，光着膀子，缠着一条通红的腰带，他似乎很为自己身上的肌肉而骄傲，肌肉系统表明，仅仅凭它们的体积就可以教训任何一个纠缠不休的来访者。

“你必须告诉他你的外号。”活皮领子趁别人不注意在女主人的耳朵边悄悄地说道。

“应该叫什么呢？”

“在黑太阳里谁都不用自己的真名实姓，随便想一个你觉得合适的名字。”

史苔拉看着大个子门卫钢蓝色的眼睛，有点犹豫不决。应该叫什么呢？那个巨人越来越不耐烦了。他不再搭理她，正要转身去问另一个人……

“流星。”

这个名称像一块湿漉漉的香皂那样一下子溜出口来。流星！听起来似乎没有什么特别的意思，就像“克特尔”或者“瓦尔特”一样。

“流星？”欧培·阿头慢慢地重复道。听起来，他已经变得礼貌多了，不过还是有点怀疑。

史苔拉不知道现在应该说“是”，还是说“不”。不管怎样回答都有可能被拒绝。这个傻乎乎的名字藏在她的大脑里某一个深不可测的地方，在这关键的时刻跑了出来。把它从这个肉山那里收回来，可能会被他看作没有自信，或者也可能会被看做撒谎。史苔拉没有回答，只是很快地点了点头。

门卫的眼睛在史苔拉的脸上停留了片刻。那两只眼睛好像冰川的冰：冷酷无情。然后，他便举起那树干一样又粗又长的巨臂，拉开门闩，打开了大门。

“欢迎您，美丽的姑娘。如果您需要什么，请只管告诉我们。”门卫说道。他虽然没有微笑，但他的话听起来已经非常得体了。

史苔拉不慌不忙地走了进去。

她一进门，一个穿红色勤务员制服的侍从立刻走过来向她表示欢迎，他恭恭敬敬地重复了一遍欧培·阿头一进来时的问话。当史苔拉把自己的外号告诉他的时候，他用水笔把那个名字写在一个铿亮的金胸针上。此刻他脸上呈现出极其兴奋的表情，好像他刚才写的是他的缪斯对着他的耳朵轻轻说出的诗句一般。然后，他用一个轻快灵活的动作把那个胸针名牌递给史苔拉，并请求她始终把名牌别在显眼的地方。因为他的上司坚持，必须戴着这个小小的标志，凡是违反这个规定的人，都将被欧培·阿头一脚踢出去。

史苔拉惊惶失措地看了一眼胸前的小牌儿，然后又看了看因高兴而神采焕发的侍从。她对那个侍从能够毫不客气发出威胁要赶走自己的客人感到惊异。那个侍从伸出胳膊讲解着建筑物的内部。他侃侃而谈，沙沙有声，说这里不但故事多，而且激动人心，祝她快乐！

使她不知所措的首先是内部空间的巨大，然后是乱糟糟的吵嚷声。黑太阳里，笼罩着一片混乱的声响。在深不可测的空间里，响着背景音乐，但是，这噪音里最响的部分是来访者的交谈声。

来访者一个个声嘶力竭，肆无忌惮。有几个客人，看样子真像一群猪，绝对不夸张。只有他们身上穿的无拘无束的衣服表现出像个人样。其实他们和那种平常喜欢哼哼的动物没有任何血缘关系。另一些人喜欢把自己打扮成魔术师。从他们现在的姿态上，史苔拉至少认出了十几种尖尖的帽子，都是这种职业的人常戴的。

“难道这些人都是艾法塔吗？”

“差不多。”塞沙明娜回答道。

史苔拉惊异地思索着这许多新的印象。大厅足有一公顷大，简直和埃奈萨的城市公园差不多。隐蔽的灯光散发着一种蒸汽般的绿光。整个建筑物的设计可以说非常简洁。这里一切都是黑色的，连桌子也是黑的；桌子都是正方形的，飘浮在距地面一定高度的位置上——桌子没有腿。由于光的反射不同，所以整个地面看起来就像一个由绿色和黑色方块组成的巨大棋盘。大厅中间有一个圆圈形状的酒吧。吧台里有好几个服务人员在给无数客人供应饮料。

史苔拉慢慢地走进闲聊着或者来回逛荡的人群中。她手中的长矛和肩膀上的白雪貂，与这个奇怪的社交场合十分协调。但是，好像没有人注意她。

她渐渐理清了这个混乱场合的秩序。黑太阳里面的客人分别属于各个不同的小组，这些小组有更多的相同的东西，那个金黄色的名牌只是其中之一。这边是一群彻头彻尾的超先锋派，大概都是艺术家——有几个看起来就像他们自己的第一件作品。另一组人，全部黑色装束，看起来行为举止都还比较文明。他们讨论着，有时候也很激动，让玻璃杯或者瓶子横飞的不过是极少数人。史苔拉猜想他们可能是些科学家。好几个小圈子的衣着色彩斑斓，难以形容。也有一些人穿的衣服看起来毫无想象力，像披着床单的幽灵表演者。他们能够进入这个建筑物的许可大概是花钱或者用其他贿赂手段买来的。

然后，一张桌子吸引了史苔拉的注意力。她刚好逛到大厅的一个比较偏僻的角落。这儿只有两个客人，他们坐在悬浮的方桌旁边，但桌子上却有三只杯子。这两个人一个像矿工，另一个老头看起来很奇怪，头上的白发全站立着，好像刚刚被闪电击中似的。

老人的脚上穿着一双特别的用皮子包起来的鞋。另一个客人简直就是田野里吓唬鸟的稻草人。他那个南瓜似的脑袋上、眼睛上、嘴上和鼻孔里都闪烁着不稳定的光。可是，这个破衣烂衫的瘦骨头架子说起话来却口若悬河，同时还手舞足蹈，仿佛一群乌鸦刚刚被他轰走了似的。

正当史苔拉想凝神注视另外一组人的时候，她的目光停留在一个人的面孔上。那个面孔虽然只是一闪而过，但那已经足够吓得她打了一个寒噤。

“德拉·法勒！他也在这里。”她低声说道。

“在哪儿？”塞沙明娜问道。

“就在那边。”史苔拉悄悄地用头指了指那个方向，“现在我已经看不见他了。”

在雪貂能够回答之前，旁边一个陌生的声音向史苔拉打了个招呼。

“这是流星吗？流星！我可没有想到。你真的来到了这里！你想象不到我多么高兴！”

史苔拉转过身，不禁大吃一惊。她面前的空中飘浮着一个姑娘——离开瓷砖地面大约有一拳头的样子——同时向史苔拉微笑着。那个漂亮姑娘的头发是绿色的，背上长着一对嗡嗡响的翅膀。她身上的衣服闪着蓝光，与在幻想王国被看做很得体的衣服很不相称，衣服紧紧地勒在身上，像第二层皮肤那样。在那个飞翔着的美人肩头却有一个隆起的鼓包。

“你不认识我吗？”那个女精灵和史苔拉不停地你我相称，“我在自己的衣服上施展了某种魔法。现在看起来不再那么臃肿了。你喜欢吗？”

史苔拉闭上眼睛，想定一定神。那个长翅膀的姑娘不仅看起来很奇怪，也很想跟着她。还有一点令她迷惑不解。她刚才看见了那个姑娘的名牌。

她叫艾莱克特拉。像她身上的一切那样，这个名字也不一般。尽管如此，她还是想起了这个名字。前两天，这样的事情已经发生多次。她见过她，而且也知道自己认识她。在阿米科市的塔楼地下室里碰到的情况和这里一模一样，那时候，她发现了德拉基的心形尾巴尖。她从哪里知道龙形怪兽的名字呢？她又是从哪里知道这个会飞的精灵的名字？

“喂，你就是我说的那个流星吗？”艾莱克特拉怀疑地对面前一直保持沉默的人说道。

“这我自己也很想知道。”史苔拉迟疑地回答道。就在这一瞬间，她想起了什么。那个念头就像德拉基、流星和艾莱克特拉等名字一样，来自她的记忆深处某个领域，那个领域好像藏在一个帘子后面。

“跟我来。”女精灵突然说道，“我们到一个私人房间里去，在那里，我们说话就没有妨碍了。”

史苔拉点点头。她这样做也许是因为那个德拉·法勒。

艾莱克特拉轻轻地扇动着翅膀，在人群中穿行，史苔拉一边跟随着她，一边琢磨，刚才发生了什么。艾莱克特拉刚才把她的话隐藏在那样一种语言的外衣里面，听起来比她自己的混合语言更加固执。尽管如此，史苔拉还是毫不费力地听懂了她的话。虽然她还没有十分明确的把握，只觉得朦朦胧胧，不可捉摸，像那个飞翔着的女精灵本身一样，但直觉告诉她，艾莱克特拉还是可以信赖的。

"这里，请进。"艾莱克特拉说着她的特殊的语言，指着一个敞开的门说道，那个门就在大客厅的边缘。

史苔拉跟着她进入一个小房间，这里除了一个很大的皮沙发，什么也没有。她觉得四肢沉重，眼球上有一种不舒服的压力。她疲倦地倒在软沙发上，把长矛横着放在大腿上。塞沙明娜趴在她的肩膀上，一动不动，完全像一个平常的皮领子。

艾莱克特拉仍然悬在空中。"在这儿我们安全些。让我们继续用我们的秘密语言交谈。这可以更进一步保护我们自己。你怎么了，流星？"

"我不知道，您……不，你指的什么？"

"你使我觉得你好像有点不知所措。"

"我觉得我被人跟踪了。"

"跟踪？这里，在布莱克桑？"

"为什么不能呢？那个家伙已经跟踪了我一段时间了。"

"难道这就是你要找我的原因吗？"

"我找你了吗？"

"你是不是吸毒了，不然，吸了什么？我怎么觉得你的话语……有点儿不合常规。我早就把这儿的地址给了你，你难道一点儿也不记得了吗？"

"说实在的，我没有忘记。"史苔拉不得不想到黑色窃听者那块墓碑，"本来，我到这里是为了寻找一个谜语的答案。"

艾莱克特拉的翅膀扇动得更快了，因此她离地面更高了。"你的话听起来很激动人心，让我洗耳恭听。"

史苔拉头脑里的一切开始转动起来。"昨天我在阿米科……哎呀，我忘了我刚才说的什么。那儿有一篇我看不懂的文字。本来我是不能说的，但我自己不知道如何继续下去。"

"关于什么事情你不应该说？"

"关于龙形怪兽。它在威胁着我们的世界。"

"你……你说的是关于那种使一个又一个城市倒塌的东西吗？"

史苔拉恐惧地吸了一口气回答："它是……"

史苔拉突然感到一种少有的眩晕。"无论如何，我必须找到龙形怪兽的窝！只有我能阻止更大的不幸事故继续发生。"

“为什么？”

“不要再问了。”史苔拉请求道。她觉得艾莱克特拉的问题停留在事物的表面，要把那个真实情况全部揭示出来，就太可怕了。“我现在就把那篇文字拿给你看。”

史苔拉从背包里掏出那半张纸片和龙形怪兽同盟给她的信。然后，她把那封信翻过来铺在地板上，开始用炭笔把那半张纸上的古日耳曼文字一行行地写了下来。这时候，连她自己也感到惊异了，她那么轻而易举地就从记忆里把那些陌生的文字一字不落地重新写下来。

“卡给？”艾莱克特拉把那全部文字看过之后，低声说道，“这是你在阿米科找到的？”

“是的，在土地登记局。”

“简直不可思议！卡给和龙形怪兽有什么关系？这是不可能的。”

“你认识它？”

“当然。”

史苔拉心里感到一阵轻松。她信任艾莱克特拉大概没有错。“你能够破译这篇文字吗？”她问。

艾莱克特拉没有立刻回答，但是，她的面孔显出一丝怀疑。“无论如何，不应该这样毫无准备。要破译它，我至少需要两三天时间。撬开这样错综复杂的密码文，这个时间是必要的。”她回答道。

史苔拉绝望地举起双臂，说:“时间是我最少的东西。龙形怪兽的力量在与日俱增。你自己已经向我确认了这一点。这张有影子的手稿是我唯一的希望……”

艾莱克特拉降落在史苔拉的脚旁边，说：“请你少安毋躁，流星。我没有说，我不能解开这些文字，只是需要一些时间。两天之后，同一时间，我们在这里会面，行吗？”

“我想……”史苔拉摇了摇头，因为她周围的一切突然旋转起来。房间里黑色的墙壁好像奇怪地变得苍白了。“我已经想过了。我来，主要的是尽可能快！”

艾莱克特拉仍然微笑着说：“好，我已经把布莱克桑这个名字给你了，你也来到这里了。当然，此刻你碰见了我，算你幸运。我已经通知了几个朋友。其中两位已经到了。老爱因斯坦和稻草人海莱西亚——也许你已经看见他们了。”

史苔拉心不在焉地点点头，她不得不再次把眼睛眯缝起来，因为她发现，她的手慢慢地变得透明了。

“艾莱克特拉！”

“什么事？”

“你听说过黑色窃听者吗？”

带翅膀的女精灵像一只发了疯的蚊子似的嗡嗡地飞起来，大笑着，令人极为诧异。“黑色窃听者？”她吃吃地笑起来，像胳肢窝被人捅了一下似的，“我是不是知道？我当然知道那个黑不溜秋的老家伙，他是我等待的第三个朋友。”

“你……”史苔拉找不到合适的词汇，她感到震惊了。

“你说，你也认识他？”

“我见过他一次。”

“他是一个真正的世界漫游者，我们的黑色窃听者。”

“我觉得他非常可怕。”

“窃听者？”艾莱克特拉吃吃地笑起来，“这是他的商务原则。他总是神秘莫测，当人们想找他的时候，永远也找不到。所以，他总是出现在别人意想不到的地方。”

“现在我得走了。”

史苔拉突然站起来。然而，那个房间忽然猛烈地摇晃起来，使她立刻跌回到沙发上。她又努力想重新站起来，这一次她成功了。

“来，我带你出去。”艾莱克特拉主动地说道，“然后，我对欧培·阿头说一声，下次继续让你进来。”

“这就是说，你以前对他说过我的外号了？”

“流星？我做得很对，是不是？”

“可是，你怎么知道……”

“我虽然认识你不久，史苔拉，但是通过所罗门，就比你想象的久多了。”

所罗门这个名字对史苔拉产生过奇特的影响。仿佛艾莱克特拉从她的记忆的某个角落把他拉出来那样。这个人刚才好像根本还不存在似的，现在她知道了，所罗门是她父亲。

史苔拉迷迷糊糊地跟在艾莱克特拉身后，跌跌撞撞地穿过黑太阳人声鼎沸的会客厅。当艾莱克特拉突然猛地扇起翅膀的时候，她们几乎要来到大门口了。

“流星，你瞧那边！”

“你说什么？”史苔拉有点口吃地说道。为了能够看得真切一些，她紧闭了一下眼睛，然后又把它们睁开。她的胃里火烧火燎，仿佛喝了硫酸似的。她真的有一种感觉，五脏六腑时时刻刻都可能熔化。“我……什么人也没有……”

“你一定哪儿不对劲。来，告诉我！也许我能帮助你。”

“不！已经没事了。你想让我看什么？”

“那后面。”艾莱克特拉开心地说道，指着那边人声鼎沸的一群会说话的猪、衣服架子、魔术师和其他人。

当史苔拉发现艾莱克特拉指的是哪些人的时候，一种恐惧掠过她的全身。那不断增长的恐惧使她的自我控制能力越来越弱，因此，她又一次感到头晕目眩，身子就像风中的树那样摇晃起来。她的手摸索着去抓一个浮在空中的桌子的边缘，可是，她碰倒了一个玻璃杯。她根本没有听见一个穿薄纱短裙的金发女客人的抗议。为了驱赶恶心的感觉，她闭上了眼睛并且摇了摇头。但是，当她稍微又能看清东西的时候，她看了看自己的胳膊，她的胳膊竟然也可怕地变得透明了。开始她以为自己也开始化为一阵风，但她很快又发现，这里的全部设施和黑色娱乐场所里所有的客人也都统统变透明了。在这一切东西后面，似乎打开了一个黑色的虚无世界。史苔拉再次眯缝起眼睛，摇了摇整个身子，像一只从水里爬出来的湿漉漉的雪貂。这下子倒很有用，她又能看清东西了。

这样一来，那个匆忙的幽灵形象又回来了，与此同时，恐惧感也回来了。那个黑暗的圆柱形的云——艾莱克特拉热烈期待的那个形象就是这样——距离史苔拉只剩下四五张桌子的距离了。她撒腿就跑。

艾莱克特拉还没来得及说什么，史苔拉就已经跑到大街上去了。她把那个金质名牌扔在欧培·阿头面前的地上，立刻朝正对黑太阳大门的那条小巷走去。她感到自己被出卖了，被伤害了。为什么艾莱克特拉事先不警告她一声呢？那好吧，她认识那个黑色窃听者。那她也可能知道，当他那阴森森的形体出现时会带来多少光明。不过，现在说什么都已经太晚了。

正当她在某种程度上和自己的争吵感觉作斗争的时候，就像和刚才那种恶心的感觉作斗争那样，她又有了一个更糟糕地发现：洛伦佐·德拉·法勒又出现了。

现在没有疑问了：那个黑头发的埃奈萨城市长官的私人秘书就是在找她，而不是找别人。就在那个稍微有点上坡的巷子里，史苔拉没有想到会在这里被发现，那个人懒洋洋地靠在一所房屋的墙上，观察着黑太阳门前发生的一切。在那个位置，他可以看见那个大建筑物的入口，而自己却不会被别人过早地发现。他的计策似乎马上就要奏效了。他推了一下墙壁，径直向史苔拉走了过去。

史苔拉胆怯地东张西望，问道：“那家伙又来了。我该怎么办，明娜？跑到黑太阳里去吗？”

“对，只要跑一段。”雪貂回答道。

“什么？为什么？”

“听我的！”

史苔拉顺从了。大约跑了二十步——她仍然能听到背后德拉·法勒的靴子踏在石子路上的脚步声——塞沙明娜大声喊道：“向左拐。进入那个有金狮子门环的大门。”

史苔拉没再问什么，就跑进那座房屋的大门。

“插上门闩！”雪貂大声说道。

史苔拉看了看沉重的锁，牢牢装在门上，锁上插着钥匙。她使出全身的力量去转动钥匙。门锁的金属销刚刚碰上，就听见门外有人猛烈地推门。

“向后院跑！”塞沙明娜急忙说道。

史苔拉加快脚步跑起来。她穿过一个小的门厅，跑进一个室内音乐厅。这个地方与黑太阳相通，所以这里的人对这种情况已经习以为常。一个姑娘手里拿着一根长矛，有一个会说话的衣服领子，本来他们正眼也不会瞧一瞧的。现在，在这个特殊的大厅里，一首十四行诗正朗诵到第三节，所以她们的出现根本没有引起他们注意。

大个子管家——他的头发虽然不多，但蓬松得像一个鸟窝。此刻，他正闷闷不乐地注视着聚集在大厅里的听众，而史苔拉已经匆忙地穿过音乐厅。可是这时候，她的长矛碰了一下大竖琴的琴弦，琴弦立刻弹奏出一声天堂般的音调。然后，她就消失在花园里。

“前面篱笆上有一个豁口，”塞沙明娜指挥她道，“出去以后是一个小巷。”

史苔拉向它指的方向走去。当她离开音乐厅的大院时，她定了定神，向左右看了看。她觉得眼前的一切又都变透明了。她深深地吸了一口气，振作了一下，还好——她的视觉又恢复了正常。

“现在回家吧，明娜。从最近的路返回。”

“可是，那个德拉·法勒还在后面跟着你。你为什么不站住，就在这里，就是现在，和他对峙呢？在你的新武器面前他不可能有什么作为。”

“不行，”史苔拉费力地说道，“不行……不行了。”她眼前的一切又开始熔化，她说：“我没有力气了。我们必须回去……到码头上去……回埃奈萨……”

她又一次感到头晕目眩。房屋和街道再次变得透明。后来，她怎么也回忆不起来明娜是怎样把她带回帕特罗那的。这种情况已经越来越严重了：她感到周围的一切全变成玻璃一样透明，她看到在那些透明的房屋和人后面有一个灰黑色的不透明的巨大平面，像一片黑色的海洋，深不可测。

在返回埃奈萨的路上，史苔拉的头脑里不停地旋转着刚才发生的事件。由于估计失误，她做了那么多错事。龙形怪兽的突然出现，地下室的追逐和那个摇晃的幽灵，使她一次次穷于应付。在布莱克桑的情况也完全一样。她至少应该给艾莱克特拉一个机会，让她解释一下自己与黑色窃听者之间的朋友关系。

还有那个洛伦佐·德拉·法勒！他到底要干什么？他的行为的确没有显示出什么善意，否则他完全可以向她大喊一声“站住”。但他没有这样做，相反他的行为那样鬼鬼祟祟！在寻找这种奇特行为答案的过程中，她又不得不想到那个龙形怪兽同盟大师的穿着蓝绿色制服的信使。他曾经悄悄地说过，竟有期望从毁灭性的远征中得到好处的龙形怪兽的信徒。难道德拉·法勒和他的主人都属于那个被误导的龙形怪兽的朋友圈子，这可能吗？因此，那个城市地方长官才派人暗中跟踪史苔拉吗？是的，难道真会有一个计划，要利用一切手段阻止她去发现龙形怪兽的老窝，去制止浑身鳞片的龙形怪兽到处胡作非为吗？

鉴于自己目前的悲惨状况，史苔拉把全部勇气集中在对付地方长官的私人秘书身上。本来史苔拉绝对不是那种性情暴躁的人，但她此刻真想从帕特罗那跳出去，随便干点什么蠢事来发泄一下心中的怒气。当然，那将肯定会成为一种自杀行为。因此，她平静下来，为了报复地方长官和他的秘书德拉·法勒，她在琢磨别的可能性。她应该比他们期待的更快露面。

这时候，她已经远远地看到埃奈萨火红的城墙了。史苔拉克制着又一次病情的发作，经过几次这样的发作之后，她已经熟悉了其中的规律：每一次开始时都感到一阵头晕。当她觉得好一点儿的时候，她就对坐在自己腿上的塞沙明娜说："现在我没有力气再让那些官员检查一个钟头了。你能把这种手续省去吗，明娜？"

雪貂感兴趣地抬起头，说："埃奈萨比任何别的城市都查得更严。不过我已经有了一个主意。"

史苔拉把帕特罗那驶入围着城墙的运河，这样的护城河在幻想王国里每一个城市几乎都一样。她刚刚为雪貂打开舱门，它就跳了出去。但是，史苔拉期望它赶快回来。

雪貂发现女主人的情况不好，所以它真的很快就回来了。这时候史苔拉果然又要休克。每一次都是这样，燃烧的城墙一变成云雾状，那后面深不可测的大海就向她面前飞来。

"急忙之中我找不到适合你进去的后门，但是，我还有一个主意。"雪貂报告说。

"快说什么主意，我撑不住了。"

"我们可以把火墙熄灭。"

"你要干什么？"

"如果墙上的火熄灭了，那这里就会出现异常的混乱……"

"那样一来，检查员就不会再管城门口了。"史苔拉接着说道，"可是，你怎么能够做到这一点呢？"

"十分简单，我将切断火焰燃烧的燃料供应。幻想王国所有的火墙都是用一种稀有的、可渗透的矿物质建立起来的，那种物质可以像蜡烛芯那样把染料吸上去。然而，一旦把供应切断，火就自然而然熄灭了。"

"对一只雪貂来说，这个想法的确很聪明，可是，对这个任务来说，你又显得太小了。你必须拧紧的那个阀门，即使对我来说也太大。即使你能做到——那么，已经吸收的燃料全部燃尽，至少也需要一个钟头。"

"那你就不用操心了。"塞沙明娜自信地说，仿佛去抓一只家兔似的。它再次要求史苔拉好好等着不要动，然后，一转眼就又消失了。

等候变成了一种折磨。她又有两次感到头晕，一次比一次严重。当塞沙明娜终于重新出现的时候，它的声音传进她的耳朵就像穿过一层棉花团似的。

"成功了，现在让我们赶快开船进城。城墙的火一旦熄灭，他们就可能会立刻把所有的城门关上。"

史苔拉照办了。她几乎不能思考了，眩晕的感觉似乎已经在她的头脑里住下来不走了。现在，她还能抵制那种周围的一切即将熔化的感觉，不过那完全靠意志的力量。可是，她还能坚持多久呢？

帕特罗那刚刚并入等候进城的小船队伍，拱形城门下面的通道就乱了起来。城内港口码头上正常的商务活动，本来从城门外就能观察到的，在很短的时间内就真正乱成了一锅粥。城墙周围的变化每一个人都看得清清楚楚。火焰越来越小，那些燃烧着的浅黄色大石块很快变成暗红色。

火墙熄灭的消息像燎原烈火，不胫而走，一下子就传遍了大街小巷。人们东奔西跑，大喊大叫，仿佛敌人已经兵临城下，马上就会冲进城里来似的。另一些人把刚才还小心翼翼地扛着的东西一扔，撒腿就跑：一卷卷丝绸，一箱箱瓷器，一摞摞机密文件……

“现在出发！”当身穿铁皮铠甲的卫兵也把注意力转向那一片混乱景象的时候，塞沙明娜大喊一声。

史苔拉用最后的一点儿力气，让她的小船向前行驶。其他等候的船只还没有启动，史苔拉的小船已经穿过城门，进入城里，在码头上找到一个停泊的位置。

回家——她的头脑里只剩下这样一个念头。她想赶快离开这个混乱的地方，远离叫喊和惊慌失措，好好地睡一觉。她费劲地从小船里爬出来，迷迷糊糊、东倒西歪地在埃奈萨的街巷里走着。塞沙明娜的声音好像从遥远的地方传来一般——“这边走，史苔拉！你必须把一只脚放到另一只脚的前面！快，我和你在一起！”——但是，她感到连接受它的鼓励也变得越来越困难。

在进入市集广场的小巷口，史苔拉扶着墙角站住了。她的脖子不想再支撑自己的脑袋，头沉重地向前耷拉着。她像一个老太婆那样喘息着。这时候，一阵麻木的感觉流遍全身。她感到周围的一切都像冰封的河面那样被冻住了。

她绝望地闭上眼睛，睁开，再闭上，再使劲地睁开。广场中间的喷泉也几乎看不清了，那后面的房屋渐渐沉入漆黑的大海，大海也要将她吞没。

史苔拉再次战胜了休克。她松开扶着墙壁的手，向前踉踉跄跄地走了一两步，然后就再也迈不开步了。她走不到自己家了。突然，一种奇怪的噪声在她的耳旁响起来，轰隆隆，犹如汹涌澎湃的大海波涛。她又失去了知觉。

观　察

阿尔班·凯撒·狄卡坡博士十分满意地看着史苔拉第一次穿越网上空间的旅行，马克则相反，始终表示怀疑。史苔拉的脑袋消失在虚拟现实头盔里之后，她的身体就明显虚弱了，马克的眼睛没有一瞬间离开自己的女儿。亚加夫、吉米口或者别人和他说话，他也只是顺便回答一下，眼睛并不瞧他们。他看到史苔拉的四肢再次紧张起来，手来回地推拉着操纵杆，有时候甚至匆忙地抓过键盘，飞快地输入简短的内容，因此，他越来越感到不安了。

当史苔拉重新抓住操纵杆的时候，他感到那样震惊，以至于吉米口抓住了他的手，紧紧地握住不放。菲菲雅娜安慰他的时候也常常这样——时间虽然很短，但那确实是真诚的一握——有一瞬间，他甚至感到她和自己站在一边。为此他感动地向她扭过头去。

“一切都会好起来的。”那个日本女人说道，同时鼓励地向他微笑着。不知怎么，马克感到像被抓住了似的。他的尴尬变成一种不得体的冷笑。吉米口不想让他误解自己，用更充满理解的声音说道：“您不需要掩饰您对史苔拉的担心，马克。我也不期望一个好父亲是另一个样子。”

“我不知道自己能不能获得这样的评语。但我要努力成为史苔拉的好父亲……”他无可奈何地耸了耸肩。

吉米口的黑眼睛闪烁着，她说：“这一点谁都看得见。我相信，史苔拉也知道。”

马克稍微放松了一些，精力又集中在入侵者实验室里。他仍然目不转睛地盯着史苔拉，此刻她躺在高高的向后仰的软沙发上。他按时检查网络空间飞行员两边各种不同的屏幕上显示的情况。它们镶嵌在有色玻璃墙上，主要是用来向后面观众厅里的人报告信息的。狄卡坡在史苔拉开始网上旅行的时候解释过这些监视仪器的功能。

图像被传送到一个五十英寸的彩色电视屏幕上，网上旅行者在自己的头盔里也能看见。一个红色的椭圆形显示出她的面部，网上旅行者可以通过转头或者低头或者通过意念任意地改变角度。大屏幕上面，一个小显示器显示网上旅行者当时所处的服务器名称和地址。主屏幕的右边还有一个更小的显示器，它的功能是描述所谓的“航行日志”。

正如狄卡坡博士解释的那样，这个记录上记载的是详细的“日记”，这里面存储了网上旅行者在网络空间停留过程中感觉到的全部内容。除此之外，还有文字、图像，有时候甚至有动画和音响数据。可惜，那位意大利人惋惜地说，现在还不能画出旅行者看到的和经历到的一切，因为这一切都只是在旅行者的幻想里发生的。狄卡坡博士用一个例子说明旅行日记的弱点：即使网上旅行者的眼睛在一台陌生的计算机上看见了消息：“您想不想阅读自述文件？”这个清醒的做梦者也很难发出什么指令。然后他接着说：“这里有一个图书馆的三维引导全息图像。请把解调器放进去，如果您有兴趣。”

狄卡坡在史苔拉开始旅行之后，曾经短时间离开观察室。除此之外，他也和别人一样紧张地追踪着这个网上旅行者的第一次远足。他发觉自己有责任对全部过程尽量深入地加以评论时，就充分显示出南欧人的活泼性格，一边说一边打着各种手势。最后，他甚至拿一个滑车游戏的例子作比喻，身体同时做出各种各样的动作，声音也变了调。几个网络龙形怪兽工作队的成员感到十分滑稽，但是，马克却心不在焉。他问自己，此刻女儿正处在一种什么样的世界里呢？

记录旅行日记的屏幕告诉他的东西不多。没有人能够想象史苔拉的大脑怎样转换因特网上少有的文字和混乱的彩色图像。马克记得自己以前经常流利地朗读一些缩写，好像它们就是一篇完整的文字似的。在类似的情况下——只有某种想象力丰富的幻想可以相比——史苔拉的下意识必须处理感觉器官传达给她的这种刺激。

中午时分，所有的显示器全部凝固，与它们一起凝固的还有马克。

“发生了什么事情？”他吃惊地问狄卡坡。

那位计划领导人给他一个安慰的微笑：“不用担心，教授。史苔拉只是睡着了。”

“她睡着了？”马克对狄卡坡的意思没有把握。在清醒与做梦之间的刻度尺上，史苔拉正在偏向哪一边呢？

“确切地说，现在她睡着了也是在做梦。这是一个完全正常的过程。别的网上旅行者做实验时，我们已经观察过了。”

“这样的情况会持续多久？”

“根据经验，大概会持续十五到三十分钟。”

“为了休息一下，这不算长。”

“对史苔拉来说就像整整一夜。”

马克边回忆边点头：“是的，我最近和亚加夫一起正好也谈过这种现象。”

狄卡坡的嘴唇上现出一丝满意的微笑：“为了使史苔拉安全地适应新的环境，我拟定了一个补充计划。她确实非常出色地通过了第一个测验。我迫切地等着看她现在怎样捕捉我们的一个小小的附加任务。”

马克皱皱眉头说：“我绝对不想让您在她的第一个幻想中给她太多压力。”

“您低估了自己的女儿，教授。我们请她到澳大利亚矿业公司的网络里浏览一下。”

“就是上星期发生的地面运输杀人狂的矿业公司吗？”

“就是那里。我们的专家在计算机程序的残余中找不到比卡给识别系统更多的东西，教授。这期间，澳大利亚那边的大部分数据都在一个替代系统中被恢复了。我非常想知道，史苔拉是否能够找到比我们更多的东西。”

“澳大利亚是否知道这次访问？”

狄卡坡的嘴唇上悄悄地溜过一个狡黠的微笑：“当然不知道。我想看一看，您的‘万能钥匙’到底有多好。”

马克不喜欢狄卡坡这种过分的热情。这个意大利人使他想起一个瓷器商。因为顾客的孩子天真活泼，他就把那个孩子捧上了天，顾客虽然知道他的用意，仍然非常高兴，终于和他们做成了生意。

正当马克想给狄卡坡一个恰当回答的时候，一只手从后面放到了他的肩膀上。他

图像被传送到一个五十英寸的彩色电视屏幕上，网上旅行者在自己的头盔里也能看见。一个红色的椭圆形显示出她的面部，网上旅行者可以通过转头或者低头或者通过意念任意地改变角度。大屏幕上面，一个小显示器显示网上旅行者当时所处的服务器名称和地址。主屏幕的右边还有一个更小的显示器，它的功能是描述所谓的“航行日志”。

吃了一惊，回头看了看。

亚加夫因伤疤而有点扭曲的脸神采焕发地对着他："对不起，马克。本来，我想请你去喝杯咖啡……史苔拉刚好睡着了。你看怎样？"

马克迟疑了一下。

"来吧。"亚加夫的手拍了一下这位父亲的后背，显然他在犹豫。"我觉得您的精神非常紧张。稍微转移一下注意力是有益的，史苔拉醒过来之前，我们就回来了。"

突然结束和狄卡坡的谈话，并不使马克感到遗憾。可是，他真的应该让史苔拉自己待在这里吗？他有点不安地看了看坐在左边的吉米口女士。"能否请您代我照顾一下？"他顺口说道。

吉米口微笑着点点头："没问题，马克。假如出什么事，我派人去叫你。"

"谢谢，吉米口。多谢！"

马克从椅子上站起来，跟着亚加夫向走廊走去。他们一到外面别人听不见的地方，亚加夫就说道："与吉米口相处很难。"

那个尼日利亚人举起双手，像杂耍艺人那样摇动着手指："她有一种闪光的性格，但有时候让人摸不透。难道女人都这样？我在从前的项目中已经和吉米口合作过。可以说，在她那种亚洲人的封闭性后面隐藏着很多东西：她是一个极优秀的电脑犯罪专家，懂得怎样正确地抓住一个人，简单地说，她能够恰当地抓住人心。"

"我认为您说得对，亚加夫。您认为，我们在按照狄卡坡的入侵者计划分析某些秘密信息时能请吉米口协助吗？"

这时候，他们俩已经来到走廊尽头的小咖啡部，亚加夫接了两杯咖啡。"请您暂时忘记您对博士的不信任，马克。他是有点过分热心，也许还有某种飞黄腾达的欲望，此外，没有什么。"

"您说得容易，亚加夫。那个被绑在试验器械上的人是我的女儿。仅仅这个念头就已经使我的胃隐隐作痛了。我将不会摆脱这种感觉——狄卡坡对我们隐瞒着什么。"

"如果有恰当的机会批评入侵者或者它的领导人，那我将是您的第一个支持者，马克。但在那之前，如果你支持我们的工作队，我将非常感激。"

尼日利亚人半闭着右眼，喝了一口滚烫的咖啡，同时，他的眼睛越过杯子的边缘，打量着马克。他看到的是一个忧心忡忡的父亲的脸，所以他又微笑着补充说："只要您不使我陷入困难的境地，您就可以在不得已的情况下求助于吉米口——但是，有一个前提，得她本人表示同意。"

"您能不能在她面前替我美言几句呢？"

"要有一个条件。"

马克惊异地把眉头皱起来。

亚加夫微笑着说："您给我解释一下，为什么您的斯库尔检测器是那样一种超优秀的东西，甚至连这位并不愚蠢的狄卡坡也紧追不舍，像魔鬼跟踪一个可怜的灵魂。”

马克松了一口气。他的嘴扭曲成一个难以捉摸的笑。他试着啜饮了一口咖啡，然而他的舌头被烫了一下。

“那好吧，”他发誓般地小声说道，“我将向您披露我的秘密。请您竖起耳朵，亚加夫：斯库尔检测器的百分之八十，现在已经装进入侵者程序里面，这是建立在愚蠢基础上的，说得好听些，是建立在轻信上面。”

亚加夫睁大了眼睛。“您到底要说什么，马克？”

“现在，很多人都为自己电脑的功能感到骄傲，但是，他们根本不能充分利用它，或者太懒，根本不去利用它。就计算机安全和数据这个题目来说，情况也完全相似。我们只谈美国微软公司的视窗系统。这个几乎覆盖我们星球的所有计算机软件所提供的安全功能，简直就是一个笑话。假如微软公司的头儿比尔·盖茨不是世界上最富有的人，人们几乎以为他的名字会在美国国家安全局的工资单上。但是，即使是视窗系统不多的几项功能也几乎没有被利用。这里就有一种所谓的‘释放服务’问题，人们可以用这种功能禁止抓取硬盘。然而，在许多个人电脑上，这种功能根本就没有或者没有充分的定义。就这一点而言，它的功能就像一个敞开大门的谷仓，亚加夫，通过这个大门——前提是那台电脑在一个网络里工作，每一个黑客都可以钻进来，在里面任意操作。我认为像比尔·盖茨那样的人想的首先是自己的钱袋。原则十分简单：越是安全，功能越少。最安全的对面可能就是功能最小。但是，一个没有相当多功能的计算机系统，在这个无情的互相斗争着的市场上就卖不出去——无论如何，迄今为止，这是一个众所周知的观点。”

“我认为，尽管如此，人们还是应该更多地考虑顾客的安全。”亚加夫说道。

“当然，您说得对。那么您要把界限划到什么地方呢？让我们从 RL ① 中举一个例子。”

“您说什么？”

“从现实生活中举一个例子。如果为了防止暗杀，把美国总统放进一个宇宙密封舱里射进环绕地球的轨道上去，可能会被保护得很好。可是相反，他为了履行自己的职务，作为活的卫星，可能会产生令人不快的结果。由此产生的后果将是一种妥协，一种涉及总统安全的妥协。”

“这使我心里一亮。当然总统有秘密服务处的保镖保护他。但是，想到您对标准软件安全的解释，我还是不得不感到惊异。现在我才真的意识到，人们忽略对自己当事人的保护是多么理所当然。”

“您的话已经被男孩比尔听到了，亚加夫！我觉得他应该把他的‘微软’公司叫‘微

---

① RL：Real Life，意为真实的生活，即现实生活。IRL：in Real Life，意为在现实生活中。

吵'①公司——那时候，人们就至少会明白问题在什么地方。无论如何，当他们下一次在联合国大厦里启动自己的网络视窗驱动系统的时候，还是应该注意看看，那里是否还有某一个谷仓敞着大门。但是当您关上它的时候，也不要以为就可以万事大吉了。”

“您这又想说什么？”

“现在，有人还可能会从后门钻进来，安装一个特洛伊木马。这才是真正的下流坯。它们完全像无害的小程序，但是，却能够神不知鬼不觉地把您计算机里的数据一篮子一篮子地装走。今天的计算机里有太多的没有关闭的小后门，那些小挂钩锁和敞开的窗口，可供闯入者使用。”

“您在这些薄弱环节安上了门闩，对吗？”亚加夫接着问道。

马克点点头。这一次他成功地喝了一口咖啡，舌头没有被烫着。“电脑黑客的标准保留节目是多种多样的。侵入的目的，是使别人的计算机瘫痪——今天常常有更简单的同步进攻或者可耻的致命飞弹。我该怎么更进一步向你解释呢？”

“好了，好了！”那个尼日利亚人举手制止了他，“您把我赶到了自己的极限。我投降。我不懂的只是：如果您刚才讲的所有这些不可理解的东西对电脑黑客来说已经过时，为什么美国国家安全局对您的程序那样垂涎三尺？”

马克神秘地笑了：“在管风琴上用尽一切办法使音调和谐是容易的，但是，目前还远远没有出现和谐的声调。”

“我明白了，问题取决于演奏者。那么，您，马克，无论如何，您好像知道怎样和电脑黑客的键盘打交道。”

“这我已经练了很久了。”

亚加夫还想说什么，忽然看见本雅明·伯恩斯坦在楼道里向他们飞跑过来。

“怎么样了，贝尼？”马克担心地急忙问道。

“不要紧张，教授，没发生什么事。不管怎么说，还没有发生。吉米口让我来告诉您，屏幕上又显示新的信息了——史苔拉醒了。”

假如人们能够那么快地阅读，那么在屏幕上呼呼闪过的旅行纪录将告诉人们若干个史苔拉在网络空间的活动。她正在继续二十分钟前中断的旅行。

狄卡坡还没有回到观察室。对他来说，在网络空间的这种跟踪旅行早已成为例行公事。所以，如果他从容不迫地回到实验室的有色玻璃后面来，马克也不能生气。

当史苔拉稍后在加利福尼亚的软件公司布莱克桑搜寻时，屏幕变得活泼起来。显然，她加入了一个有声有色的聊天。马克能够看到各种不同的艾法塔。然后，她碰到

---

① Microzoff，这里是一个文字游戏。微软是“Microsoft”；Zoff，德文里是争吵，生气的意思。“微吵”是人们对美国微软公司的贬义称谓。

了一个穿航天服的长翅膀的姑娘。她们之间的谈话很快变成一种难以理解的语言。马克模模糊糊地想起了女儿史苔拉的童年。那时候，她就常常这样说话，假如别人不明白她说的是什么，她就总是偷偷地乐。

有几分钟之久，旅行日记屏幕上显示的仅仅是一些编码的词组。然后，史苔拉就离开了布莱克桑服务器，马克感觉她离开得极其匆忙。

就在这时候，狄卡坡回到观察室，坐在史苔拉父亲后面的一个空位子上。“我听说，她还没有找到任何值得一谈的东西。”他说。

“那么，您知道的比我多。”马克回答道。

“一位同事告诉我，您的女儿在布莱克桑的服务器上使用了一种秘密语言。我认为这不太合作，教授。”

“您把这话告诉我的女儿怎么样？我又没有戴那个头盔。”

正当他想用手指着玻璃窗后面入侵者的坐椅时，实验室里活跃起来了。几个屏幕都突然变成一片黑暗。技术人员匆忙地敲击着计算机键盘，发出一阵噼啪声，一边阅读着显示器上的说明一边输入新的内容。葛文坐在带轮子的椅子上，用脚移动着在网上旅行者周围转来转去。

观察室的麦克风里响起她有力的呻吟声。对马克来说，这简直就像天使的歌声。

“我们的网上宇航员一切都好，史苔拉随时可能醒来。我们这里却出了点小麻烦。”

纪　录

史苔拉耳畔的噪声仿佛隔着厚厚的棉花，就像乒乓球那样来来回回奔忙，其间还夹杂着一些滴滴答答的声音。有人在她的头上忙活。紧接着，她就感到新鲜空气扑面而来。

“终点站到了，全体下车。”一个底气十足的女人说道，“来吧，孩子。你的旅行到此结束了，现在是吃热狗的时间。”

史苔拉的眼睛还闭着。她感到精疲力竭。另一个声音传进她的耳朵，那是一个男人的声音。

“您要试着吃一块比萨饼！”

“您说什么？”

“史苔拉好像觉得吃比萨饼就像策划一场战争。”

“卡尔德教授，我不认为……”

“小星星，”所罗门打断了葛文的话，“我给你要了一个全马里兰州最厚的比萨饼，不过，现在得请你睁开眼睛。”

史苔拉没有忽略父亲充满担忧的声音，所以她想尽量地让他高兴。她费劲地睁开眼睛，仿佛在移动非常沉重的舱壁一般。一切都显得模模糊糊。她想抬起头来，但又立刻放弃了尝试，一阵强烈的头晕目眩使她又想起了刚才经历的那个魍魉世界。

“她醒了！”葛文兴高采烈地说道。她把史苔拉的手放在她胸前，把自己浓妆艳抹的面孔向着史苔拉低下。

“难道还有理由对此表示怀疑吗？”所罗门疑惑地问道。

“开玩笑，年轻的教授。这始终只是一个时间问题。她现在有些精疲力竭，估计还有可能重新入睡。不过，这也完全正常。”

现在史苔拉能够看清葛文脑袋前面的化妆试验田了。她微笑了，虽然还显得很吃力。然后她把头转向右边，看了一眼狄卡坡不太满意的表情，马上又转过头去寻找父亲忧虑的面孔。

有一瞬间，她觉得父亲好像戴着一顶老式的插着羽毛的礼帽，不过，她闭了一下眼睛、摇了摇头之后，才觉得一切恢复了正常。

“你感觉怎么样，小星星？”

“相当紧张。”史苔拉回答道，同时努力露出一个微笑。

“如果你去踢足球，累得精疲力竭，也许我会感觉更好些。我只希望，我们已经把那些事件抛到身后。”

“没事儿。”史苔拉安慰着父亲。可是她又不能不想到世界上许多不幸的事件。所罗门虽然宣布她对此不承担责任，但是，那种感觉却不是那样。现在这种灾难性的游戏，这最微不足道的参与，不过就是感到一点儿恶心而已。

稍后，一位医生来到网上旅行者身边。史苔拉先前见过他，但是，她并不知道他的职业。他微笑着自我介绍说，他叫格瑞·盖里特，他祝贺史苔拉的第一次将近五个小时的网上空间旅行取得成功。医生告诉史苔拉，检查她的身体，纯粹是例行公事，完全不会有痛感。

教授皱着眉头同意了医生的要求。盖里特医生测量了史苔拉的血压、脉搏和她的反射，然后又做了一些别的检查。一切正常。他脸上始终带着一丝稍微有点做作的微笑。医生想知道她是否有什么不舒服的感觉。史苔拉告诉他，自己在醒来的阶段有些头晕和沉重的感觉。盖里特医生点点头，安慰道：“不必担心，那是兴奋剂的副作用，没有妨碍。”

“你瞧，”史苔拉对所罗门说，她显得比他更不在乎，“现在，我再打一个小盹，然后你必须遵守自己的诺言。”

所罗门不解地看着她。

“散步。难道你已经忘记了吗？你说今天晚上至少要把我从这个监狱里解放出去一个小时。”

所罗门轻松地微笑了："如果你还记得这个，那我就放心了。我真为你担心呢。"

"真的？"史苔拉听父亲谈论自己，感觉还不大习惯。但是，显然他确确实实在为她着想，希望使她感到舒服。她又闭上眼睛说道："我简直要累死了！你送我去睡觉好吗？"

所罗门不顾一切地亲手将自己的女儿放到一个带轮子的床上，把她推到实验室更高一侧的房间里。她闭着眼睛，听见狄卡坡要求她父亲尽快到他办公室去。意大利人的声音显得很着急。难道出什么问题了吗？

所罗门和史苔拉在亚加夫与吉米口的陪同下来到她的临时卧室。因为他们俩，史苔拉甚至又一次睁开了眼睛。

"真好，你们这样照顾我。"她忘记了一切客套。

"我们也像你的父亲一样不希望你出什么事。"亚加夫一边回答，一边把他黝黑的手放在她的手上。

"你很勇敢。"吉米口补充说，"我认为你的第一次网上空间旅行非常成功。"

史苔拉自己的推断虽然和吉米口的推断不完全一致，但以后总是可以证明的。此刻，她已经太疲倦了。

"这第一次旅行根本不能说明什么问题。它仅仅比一个试验多那么一点点儿，这种试验本来应该向我们提供更多有用的结果。"

狄卡坡在自己的办公室里来回地走着，就像马拉松赛跑开始之前进行热身训练似的。他的脸因为愤怒而变得通红，他把手握成拳头。

"我不明白您为什么这样失态，狄卡坡博士。"亚加夫从容不迫地问道，"不管怎么说，史苔拉找到了一篇密码文，这够我们的分析家啃一阵子了。如果您问我，那我认为，虽然您那么匆忙地把这个或多或少没有准备的姑娘送进网上空间去旅行，但她的第一次使命仍然是卓有成效的。此外，这里我感兴趣的是，到底什么东西促使您这样仓促行事？"

"我做的事情都是经过深思熟虑的。"这位计划领导人咬牙切齿地说，他故意忽略了亚加夫最后的提问，"但是，不管怎么说，这个……孩子使我们实验室的整个网络坠毁了。"

马克竭尽全力克制自己，不让自己对这个事件的高兴之情显露出来。史苔拉在结束自己的旅行之前不久，真的使 203 号大楼里的入侵者计算机网络瘫痪了。现在已经过去一个多小时了。此刻——马上就四点了——她还在睡觉，马克和狄卡坡一样，对这次攻击背后隐藏着什么所知甚少。一旦史苔拉醒过来，吉米口就打电话通知入侵者计划的领导人。

经过最初的检查之后，没有发现旅行日记里有任何关于行动理由的说明，相反，更多的是一些不可理解的对话。对于狄卡坡来说，后者是他生气的附加理由，但他也不得不像别人一样忍耐，直到史苔拉醒过来。马克恰好再次被看成工作队和她女儿之间的中介。只有当史苔拉把自己梦中的印象加以描述之后，有用的图像才能把旅行日记和那些印象组合起来。然后，那些分析家们才能为它们再次绞尽脑汁。

马克不喜欢狄卡坡强调的“孩子”那个词汇，所以他现在开始反击了。当他说下面这句话的时候，他的声音是尖刻的：“我是否可以提醒您一下，让这个孩子介入‘入侵者’，原本是您的主意。如果您现在想中断这个行动——那就请便。”

对马克的反击，那个意大利人现在没有像先前那样退让，相反的，他一下子便跳起来：“您，教授，为了抵制网络恐怖分子，您把自己的斯库尔检测器装进我们的网络。现在，您的安全系统在第一次考验中就失灵了。我感到，我应该试图把这次事件理解为一种破坏。”

“第一点，”马克威而不露地回答道，“您现在绝对没有掌握我的斯库尔系统，博士。我知道您是多么愿意把我的全部软件放在放大镜下面，企图深入地研究一番，但是，您没有从我这里得到这样的机会。您希望卡给的突变物不会闯入您的系统，对此，我本来就很担心……”

“可是，您的女儿刚才干了些什么呢？”

“因为她吊在入侵者上，那么，她就已经处在您的系统控制之下了。她用不着先要闯入那里面去。这是论证您的有关破坏指责论点荒谬的第二点。几分钟之前，实验室网络的遭遇，人们称之为‘谢绝服务的攻击’。这里没有任何数据被偷窃，大多数也没有被销毁，仅仅是服务器被搞垮了。”

“仅仅！”狄卡坡发火地回答道，“您可爱的女儿刚才用一种更加神秘的研究数据把严格保密的美国当局计算机网络撞到树上。您不应该把这一点若无其事地掩饰过去吧，卡尔德教授！”

“请您不要总是打断我的话。”马克居高临下地回应道，“短时间内，在我知道这个消息之前，斯库尔检测器就已经以一个异乎寻常的大数据包送给您的服务器一个致命的‘飞弹之声’。”马克的脸上了掠过一丝幸灾乐祸的微笑。“您的计算机一口把它吞了下去，然后就飞上了天。”

“您的比喻可以免去。我根本没有心情开什么玩笑，教授。注意不要再发生这样的事情。”

马克示威地从沙发椅上站起来：“我既不是您的听差，也不是您的密探，狄卡坡博士。您可以向他们发号施令，要求亲善。反正我是不会保护您的计算机系统免受这种简单的攻击。正如您所说的那样，您的值得尊敬的公司自己使用的这种技术，是为了制服‘敌人’。史苔拉在您的网络里面发现了一个明显的安全漏洞。对不对？您应该为此表示感谢，而不是咒骂。现在我要走了。”

史苔拉自己的推断虽然和吉米口的推断不完全一致，但以后总是可以证明的。此刻，她已经太疲倦了。

“马克，马克！请不要这样！”亚加夫插进来说道。他猛地站起来，试图分开这两只争斗的公鸡。“请你们考虑一下后果。当我们在这里打得头破血流的时候，龙形怪兽又要在网上活跃起来了。如果它破坏的仅仅是教皇的弥撒或犹太人在哭墙前的祈祷书，那么相对说来还不是大问题。但是，如果它明天在纽约使全城供电中断或者发生更严重的事情，那怎么办呢？”

马克看着狄卡坡，好像渐渐地平静下来。然后，他看了看工作队队长的脸。他已经学会了估价这个非洲人。为了亚加夫，他让步了。

“好吧，那么，如果我们现在终于可以谈论更加急迫的问题，你们肯定不会反对。”狄卡坡说道。他走到桌子旁，抓起厚厚一叠纸，啪的一声扔在马克和纳布古面前的圆桌上。

“这里，”他像演戏似的说道，“这是史苔拉旅行纪录的摘要。我已经请求我的专家们把您女儿在布莱克桑聊天室的情况过滤下来。正如您所看到的那样，教授，那上面不是英语。我的安全官员瓦尔特·弗里德曼说，那也不是德语。可是，天哪，那到底是什么呢，教授？”

与狄卡坡相反，当史苔拉还戴着入侵者头盔的时候，他在网上跟踪了这场对话。除了以那种孩提时代的“秘密语言”开始谈话之外，好多年前，史苔拉用这种语言使她的父母亲伤透脑筋，对此他也无从下手。他把那一叠纸推给亚加夫，摇了摇头。

“很遗憾，博士。我和您一样不能阅读这些谈话记录。”这虽然只有一半是真的，但是史苔拉使用这种难懂的语言，肯定完全是故意的。在他还没有弄清她这样做的原因之前，根本不想对这个意大利人泄露任何东西。

狄卡坡把手支撑在圆桌上，闭了一会儿眼睛。在他重新睁开眼之后，装作心平气和地说道：“教授，在一定程度上，我理解您对我个人的反感。但是，请您考虑一下刚才纳布古先生对您说的话——好像您认为他的话比我的话分量更重些。对我们工作队来说，这是一个可以想象的最糟糕的时刻。我们必须使那个网络龙形怪兽变得没有害处。因此您的女儿——一个没有经验的姑娘——在这种情况下，不能那么简单地独立侦察，通过使用一种无聊的秘密语言而把整个高含金量的工作队里其他专家挡在圈外。也就是说，如果您能够帮助破译这种秘密语言，那就请您行动起来吧。”

马克很想回击他，这种秘密语言，假如它真那么无聊，那么，这对国家安全局的尖端分析家们来说应该不成问题。但是，亚加夫恳切的目光使他没有说出这个想法。

为了使狄卡坡满意，他若有所思地再次检查了一遍史苔拉的旅行纪录。先前在屏幕上飞速扫描过的东西只能安静地慢慢看。史苔拉真的在加利福尼亚的软件公司布莱克桑里面遇到了一个艾法塔，他认识那个艾法塔的所有者。他并没有说明艾莱克特拉是谁，也没有说明他对此有多少了解。正当美国国家安全局的分析家们用高科技和贫乏的想象力努力破译澳大利亚矿业公司服务器的关键文本时，艾莱克特拉和她的朋友们首先用创意和智慧进行了深入探讨。由于她具有他们双方的能力，所以，这个绿头发的艾法塔背后的人已经做了比已经证明的更多的事情。

“我必须请您在史苔拉醒来以前保持耐心。”马克在全神贯注地凝视了那些纪录之后脱口而出地说道。

“您是史苔拉的父亲，”狄卡坡说道，“如果她使用的是一种婴儿时期的语言，那么您一定知道。”

“孩子是神秘莫测的生命，博士。您听过一种训练婴儿语言能力的牙牙之语吗？对于小孩子来说，那很有意思，可是，对于孩子的父母来说，只是可爱而已。”

“您转变了话题，教授。”

“对。我想告诉您，您钻进了一个死胡同。等一会儿，当我和史苔拉谈过话之后，您将会从我这里得到她的旅行报告。在那之前，您能否试一试，查查谁是艾莱克特拉。对于国家安全局来说，查出一个参加一次简单聊天的人并不难。”实际上，马克对这个绿头发的网上宇宙美人的灵巧太了解了。

狄卡坡露出不快的神色：“一般说来，这没有问题。可是，这个艾莱克特拉是一个非常小心翼翼的姑娘——假如那确实是一个姑娘的话。她的 IP 地址是假的，此外，她又用了一个匿名的代理服务器①。如果她仍然使用一个‘借来的’网际入口，那我是不会感到奇怪的。”

“当然我也不会感到奇怪。”马克平静而且满意地说，当他发觉亚加夫无可奈何的神色时，他转过身对那个非洲人说道：“我们的艾莱克特拉使用的服务器处于她自己的计算机和布莱克桑的计算机之间。那个代理服务器转换了她的因特网地址，使人们不能像从一般的电话接口那样追回到原来的地址。虽然可以通过法院的判决迫使她交出代理服务器的注册号码，但是这样的程序往往需要很长很长时间。”

“可是，我们却没有这样长的时间。”狄卡坡博士又插进来说道，“卡尔德教授，我再说一遍：事情太多，头绪纷繁，您不能总是留一手。您应该真诚些。”

马克神秘地微微一笑：“这句话可能适用于我们大家。”

这时候，他们之间出现了一个令人不那么舒服的间歇。这期间，马克的目光和狄卡坡的目光像两道利刃碰到一起。计划领导人的脸由于愤怒而涨得通红，但他的声音还是有节制的，终于他又问道：“您指的什么呢，教授？”

马克显出一个无辜的微笑，耸了耸肩说：“作为网络龙形怪兽工作的领导，您还有一个问题没有回答。您已经忘了吗？纳布古先生想知道，您为什么要那么仓促地在今天上午就把我的女儿赶进网络里去呢？”

① 即Proxy服务器。在互联网上完成跑腿服务。当你在浏览器中设置了某个Proxy服务器之后，由你的浏览器所发出的任何要求，都会被送到Proxy服务器上去，由这台Proxy服务器代为处理。

狄卡坡博士脸上的红色像挥发的气体那样一下子消失了。现在，他甚至显得非常苍白。他的目光与马克的目光对峙着，一时语塞了。

“如果您不把自己的底牌公开地亮到桌子上，那么，我将退出这个计划。”马克坚持己见。

狄卡坡博士不情愿地向亚加夫望去。

那位非洲人做出有利于德国人的判决：“史苔拉的参与涉及整个网络龙形怪兽工作队。我认为，您不应该对我们隐瞒什么，博士。”

狄卡坡闭上眼睛，用鼻子出气，呼呼有声。当他重新恢复正常、充满期望地看着那两位听众的时候，他显得像被捉住的小偷儿一样。尽管如此，他的声音是压抑的，向马克射过去的头一句话仍然像要重新开战似的：“您的该死的卡给雪貂把我的整个入侵者计划送进了险境。”

马克听了一愣。不知怎么,这种指责有点让他不高兴。但是,狄卡坡的激动是真的。现在他必须战胜自己，才能说出心里想说的话。

“史苔拉在她的试验旅行中闯入了我们服务器的一个秘密数据区域……”

“我认为你们这里的一切都是极其保密的……”

“请您让我把话说完！”狄卡坡说道。

亚加夫向马克点头，让他镇静。

“这涉及一个秘密的档案馆。”意大利人接着说，他的目光盯着桌面，“我们在那里保存着入侵者计划的全部设计图纸。那些数据虽然都上了锁，也进行了多重保险，但是，当史苔拉打听到我们国家安全局的服务器时，不知怎么，她还是闯进去了。我们的一个安全技术人员刚好能够制止她，没有让她钻进秘密档案里去。”狄卡坡现在才抬起头来，眼睛里现出一丝痛苦。“假如关于入侵者的设计细节被捅出去，那么，我的脑袋可能就要搬家了。”

还没等马克回答——他的回答可能没有好话——亚加夫就抢先说道：“但是，这个题目我们已经讨论过了，狄卡坡博士。网络龙形怪兽工作组不是公众，我们大家都有保持沉默的义务，就像您手下的人一样。您的担心，尤其是您刚才描绘的那一场景，我认为，即使轻点说，也太过分了。”

狄卡坡的嘴唇上似乎掠过一丝羞愧的微笑：“我生来就带着意大利人的血统，您必须原谅，我对这种秉性简直无能为力。刚才在我的实验室里当着生人的面怎么想的，我都已经开诚布公地、诚恳地说出来了。我不会在自己的心里挖掘谋杀的陷阱。”

亚加夫满意地点点头，问两只战斗的公鸡：“我们能不能一起忘记刚才发生的事情？”

狄卡坡博士松了口气，点头表示同意：“我没有问题。我像您一样希望这次行动获得卓有成效的结果，纳布古先生。”

史苔拉的父亲回答之前停顿了几秒钟，然后说："狄卡坡博士的最后一句话，我可以表示赞同。好，我同意继续干下去。但是，我有一个条件：史苔拉决不能出什么事。"

战场的主人

"幻想？"所罗门把手臂放在史苔拉的肩膀上，望着国家安全局大院边上的景色说道："这的确是一个合适的名称，小星星。"

"我几乎觉得自己真的就像在陌生世界旅行。我认为，幻想不像看电影。我身处其中……唉，我不知道怎么才能让你理解。"

"我很理解你，小星星。真实不只有一个，而是有更多。你今天认识了一个新的真实。你有点激动，这毫不奇怪。"

"真实不只有一个，而是有更多？但我觉得，只有我们生活在其中的这个世界才是唯一真实的世界。难道不是吗？"

所罗门微笑了："这个星球上的每一种造物，从根本上说，都生活在一个自己的世界里。人们说，狗只能辨别黑白两种颜色，但它们因此而具有一种特别敏锐的嗅觉——从某种观点上看来，它们的世界和我们看到的不同。在一个苍蝇或者一条蚯蚓看来，区别就更大了。"

史苔拉恶心地摇了摇头，她那金黄色的头发飞了起来。"还是不要和我谈什么虫子。当然，"她若有所思地把手举到前额，"即使每一种动物看这个世界都是不同的，那么这个世界也并不会因此而有什么不同。"

"你就那么有把握吗？对你来说，真实就是你的大脑和你的身体按照这个样子提供给你的。你知道，很长时间以来，我就在研究我们的'湿件'①，即大脑的工作方式。我的外表看起来既不是宇宙的常数如光速，也不是一个数学的事实像'1 + 1 = 2'。你所看到的，除了一个我的精神上的表现之外，什么也不是。当你的神经细胞、神经元和某些部分受到刺激兴奋起来的时候，会从中产生出一种特殊的模型……"

"你想说的是，那些数据也已经被入侵者的探针测量过了吗？"

"差不多是这样。这种精神的和神经元的图像在你美丽的脑袋里继续为我的面孔而存在。即使当你想起我或者梦见我的时候，同样是那些神经细胞受到刺激并发出电子信号——虽然我根本就不在场，但是你看见了我。这是不是说，以后，我就不再存在了呢？"

"你胡说！我希望你至少应该和我活得一样长久。"

---

① 湿件，计算机专家用语，指软件、硬件以外的"件"，即人的大脑。

所罗门把史苔拉揽过来，在她的头发上亲吻了一下。“不用担心，我会尽最大的努力。我现在想到的是要向你说明，你的世界会产生什么。它不是由形成我的面孔的原子数量组成的。你用红外线眼睛看某种东西，那里面就完全是另一个样子。这又可能很明显地影响你的世界图像。你认为唯一真实的世界在你的头脑里不过就是一个极其复杂的网络。是的，还有，用这个网络——你的大脑——你创造了自己的世界。”

“现在，你太夸张了吧！这是怎么实现的呢？”

“让我们举一个简单的例子，一把锤子——它和我的面孔一样——就其本身来说，看起来或多或少仅仅是一种不同原子和分子有秩序的堆积。这样一个东西它既没有目的，也没有名称。假如只有这样一把锤子划过宽阔的宇宙，那它可能没有什么意义。可能那把锤子本来就不是锤子，而是一颗星。只有当你认识到它的作用时，你才会用它来往墙上钉一颗钉子……”

“……或者砸在我的大拇指上……”

“……然后它就变成了你的世界里更有意义、更容易区别和更重要的组成部分了。”

“一个黑色的指甲是否那么有意义？对我来说，这一切听起来相当奇怪。”

“这种解释不是我的发明。你可以在哲学家马丁·海德格尔和毛里斯·梅劳－庞蒂的著作里读到。”

“这与我的梦有什么关系呢？”

“很简单。你的幻想不是什么虚假的世界，而是一个完全真实的世界，就像你在清醒的状态下感觉到的世界一样。你只是用另外两只向内看的眼睛看它而已。当你在网络空间里旅行的时候，我观察了你的神经元活动模型，小星星。我告诉你，那是一种真正的焰火！一个世界，一个不存在的世界是不会发生那种作用的。”

史苔拉更紧地贴在父亲身上，感到很舒服。忽然，她感到一阵战栗。“我觉得这有点太神秘了。对我来说，你和菲菲雅娜生活的世界更可爱。”

所罗门笑了：“这是一个个人口味问题。我也不想放弃你和菲菲雅娜。如果你今天决定要永远生活在幻想里，那我也会感到震撼。”

“这我可以安慰你，我……”史苔拉突然停住了，“那里发生了那么多我不理解的事情，例如那个后来变成看守大门卫兵的幽灵。我为什么会梦见那种东西呢？”

“狄卡坡对此相当激动，你几乎进入了被保护的数据区域。以后我一定会向他解释，但是不要害怕：他从我这里知道的只有一些绝对必要的东西，不会更多。”

“你早该这样做了，爸爸。另外，我差一点进入的区域，到底有一些什么样的秘密数据呢？”

“据说，可能是入侵者的设计图纸。你知道，如果狄卡坡看到自己的宝贵秘密受到破坏，他会怎样歇斯底里。不过，什么事情也没有发生。一个负责安全的人把你挡住了。我猜想，当他突然被你发觉的时候，你下意识里不知道怎样和他打交道。所以，

“……我猜想，当他突然被你发觉的时候，你下意识里不知道怎样和他打交道。所以，他首先只是一个什么也不说的幻影。直到他一点一点地显露出自己的本相，你的大脑里才从中创造出一个卫兵的形象来。”

他首先只是一个什么也不说的幻影。直到他一点一点地显露出自己的本相，你的大脑里才从中创造出一个卫兵的形象来。"

史苔拉点点头。她觉得心里一亮。"另一个影子虽然对我说了话，但却仍然完全不明确，依然是一团云雾。后来，我在布莱克桑又一次见到它，那时候，也还是那样。"

"我将再仔细看一看你的旅行纪录。除了你之外，可能还有别人也偷偷地潜入了矿业公司的服务器。当然那个人试图伪装自己，所以你看到的他只是一个幻影……"

"矿业公司？"史苔拉打断了父亲的话，直到现在，她才真正地意识到，父亲刚才说的是什么。

所罗门点点头："阿米科，这是你对澳大利亚矿业公司相当富于想象力的精神上的转译。简单地说，就是 AmiCo 这几个字母。你还记得吗？这就是那个公司的名称，他们公司的巨型卡车在上个星期疯狂地表演了一番。你被狄卡坡送到那里去了。"

"你指的是被网络龙形怪兽工作队？"

"这是你的……"

"……精神的转译。现在我明白了。尽管如此，我还是很感兴趣，想知道躲在那个幻影后面的人究竟是谁，还有，那个龙形怪兽到底是谁——奇怪，他们全都在我眼前飞走了。然后，还有一个儿童合唱队和他们那种讨厌的笑声。我心里说，这简直太可怕了！"

"大脑可以为我们拉出各种各样的声调来。当你的旅行纪录在屏幕上飞速闪过的时候，我多次观察着那看起来好像没有意义的翻译，也许是填充符号或者类似的东西。也完全可能是你的'湿件'从这种'数据的欣喜'中产生出来的笑声。"

"从一开始就想从我这里追击雪貂的那两个家伙呢？那个德拉·法勒甚至一直跟踪到最后。难道这也只是一种幻觉吗？"

"我不知道，这一切只是示范了一下，小星星。在你的梦幻里有几个东西，无论如何我必须调查一下。我注意到我们的意大利人在你进入旅行之后，曾经短时间地走出观察室。后来，在你和耶西卡会面的前后，狄卡坡也不在观察室里。"

"你这是要说明什么呢？"

"什么也不说明，现在还不能说明。"所罗门更正说，"这个奇怪的平行现象，即狄卡坡的不在场和德拉·法勒的出现，我们无论如何应该仔细地探讨一下。你的下意识和那位私人秘书的出现总是联系着一个危险的情况。对这个警告置之不理也许不够聪明。"

"那么，如果他在我的梦中再次出现，照你的看法，我应该怎样对待呢？"

"我应该让他们再给你戴上入侵者的头盔吗？——这个问题我必须彻底考虑一下。那么，尤其重要的也许是让你想一想，对这个计划你到底知道了些什么。只有这样，你才能对一些可能遇到的像德拉·法勒的那种危险有所预感，并保护自己。试一试，在你开始下一次网上空间旅行之前，必须彻底地考虑一番，你在梦幻中应该想到什么。我不能说这样做是否有用，但我还记得，当我还是孩子的时候，就经常被某一个噩梦纠缠。那时候，我就使劲地记住它，如果这个或者那个场景又回来了，那你无论如何必须立刻醒来。有一次我甚至在梦中开始说话，然后，在狮子把我吃掉之前，我就真的醒了。”

“狮子？”

“嗯，是的，那是一个非常可怕的梦。”

史苔拉点点头，眼睛亮了起来。“我将试一试。但是，我觉得对黑色窃听者的恐惧当然没有办法。根据你对我说过的这一切，我们还是连怀疑一下藏在那个影子后面的究竟是谁都不可能。”

“也许，当我们解开了那个奇怪的警告时，这个秘密就可以揭开了。那个警告怎么说的来着？”

“要在战场的主人面前保护自己，而且要避开阿尔巴城。”

“对，就是，听起来像一个谜语。好像那个黑色的幽灵想告诉你什么，同时又想防止被别人听懂似的。”

“大概是这样，他知道哪些机械套在我身上，也知道这里有网络龙形怪兽工作队的成员盯着的所有监视屏幕。”

所罗门十分缓慢地点点头:“你说得对。也许这是对他的鬼鬼祟祟行为的一个说明。但是，为什么，首先是他警告你什么？我非常想知道，谁是这个预示不祥之兆的‘战场的主人’。”

“我慢慢地清楚了，狄卡坡为什么对我的旅行不那么热情了。我把更多的问题抛了出去，能回答的却很少。耶西卡也许能帮助我们破译那张带卡给的纸片。真奇怪，怎么我一下子就想到了那种文字，虽然我把那一半留在土地登记局里。”

“这一点儿也不奇怪。卡给文字的每一个字母都在你的旅行日记里。当你想起手稿上的那种日耳曼古文字的时候，你的手在键盘上敲击，纪录上的有关段落就被拉出来了。你的手指相当快，小星星！”

对于史苔拉来说，翻开旅行纪录的命令当然是很熟悉的事情，但她从未想到自己能够通过这样一种平常的技术在自己的梦中重新找到记忆。“那些网络龙形怪兽工作队的成员到底怎么看？他们能不能破译这种文字呢？”

所罗门摇了摇头。“那些密码编程分析家都已经绞尽脑汁，但是，迄今为止都没有什么结果。那一定是一种特别难破译的密码，因为一切快速的标准程序都无能为力。此外，你的意见非常对，把这个硬果交给我们的艾莱克特拉。我相信，它会被她撬开。”

“那么说，我的旅行不是白费工夫。”史苔拉深深地出了一口气。

“是的，没有白费。我感到更奇怪的是，为什么狄卡坡那样不满意，而不是为他那寂寞的公司所取得的成绩感到高兴。”

史苔拉感到父亲的声音中带着少有的弦外之音。“你怀疑什么呢，关于那个意大利人吗？”

“那只是一个怀疑。”他犹豫着说道，“我告诉你，是因为我在你面前没有任何秘密。”

“我反正不能容忍那个意大利人。他又惹你生气了吗？”

“比这还严重，小星星。你和他的安全系统连在一起，使他对此显得相当激动。本来，我的斯库尔检测器也只是修正过的。当他把南欧人的秉性暴露无遗的时候，他说漏了嘴，那句话使我感到目瞪口呆。他说：‘您的该死的卡给雪貂使我的整个入侵者计划陷入危险的境地。’我清楚地记得他说的每一个字，尤其是卡给雪貂 那个词汇。”

“我知道你什么时候对我讲过。”

“是的，我必须好好想一想，直到我重新想起什么时候对你说过为止。比如说，绝对不是在这里散步的时候说的。”所罗门停住脚步，凝视着史苔拉的眼睛，“如果我说得不对，你就纠正。这个词汇，我只说过一次：那是今天早晨，当我叫醒你的时候。”

史苔拉的目光也盯着父亲的面孔，先是疑惑，然后陷入沉思，最后终于难以置信地说道：“难道这就是说……”

所罗门点点头：“狄卡坡确实派人监听了我们的房间。如果不是他偷听到的，就是他看了监听纪录。可是，因为父亲叫醒女儿的过程不会有什么特别重大的事件，一个窃听专家对此也不会感兴趣，所以我想，那就是他自己戴上了耳机。现在你明白了吧，为什么我在你梦见德拉·法勒的时候，首先就想到了狄卡坡。”

“我无法理解！”

“总而言之，从一开始我就对他表示怀疑。这四天当中引起我注意的还有几点不那么协调的地方。我认为，现在是彻底地探讨一下这个问题的时候了。”

“你的意见是什么呢？”

“在家的时候，你没有看见我收拾那只铝箱子吗？除了我的笔记本电脑之外，我还带了一件可爱的小玩意儿。你知道我一向都很小心。假如有什么无线臭虫[①] 在我们屋里，那我会感觉到，并且能够发射一种干扰，使它无法窃听。”

“你把整个的电台都搬来了？”史苔拉难以置信地问道。

所罗门不由得幸灾乐祸地笑了：“你知道，你在夸大事实方面多么像你的母亲吗？不，那不是什么传统意义上的电台。那种仪器完全是计算机使用者在安全上十分敏感的地方使用的正常配备。当然，如果我好好考虑一下，那么，我在一个墙壁有几米厚的防空洞里大概不会让自己去冲撞电台支持的窃听装置。他们良好的旧电缆肯定是首选。我将更深地把自己关进我们那位神秘莫测的朋友的网络之中。相信我，如果他要

① 窃听器。

窃听我们，我会逮住他的。”

史苔拉坐在床上，把两条腿架在一起，全神贯注地看父亲忙着摆弄各种电缆、夹子、塑料盒和他的笔记本电脑。所罗门再三提醒她不要对他的工作发表任何评论。她应该发出“完全正常起居时的噪声”。

散步回来以后，她先洗了个淋浴。那大约是晚上九点钟。她仍然感觉浑身无力，就像做了一个很长、很糟糕的噩梦似的。但是，在淋浴喷头下面的那种清新感觉使她在网上空间旅行后的疲劳减轻了一些。然后，她把一条大白毛巾裹在头上，在屋里大步地来回走动，一会儿坐在床上，一会儿站起来，翻了一会儿她那本廉价的书，想把书中黑太阳那一章和她梦中的回忆加以比较，要不就坐在那里喘气。

所罗门把所有这些“起居的噪声”都纪录了下来。为此，他使用了一个麦克风，那也是他装在铝皮箱子里带来的。他把笔记本电脑当录音机。接着，他再次向女儿示意，把一个手指头放在嘴唇上，好像要再次提醒她似的：即使现在也不能说话，以免泄漏什么。然后，他做的事情，史苔拉就不能全部理解了。在刚才回 203 号建筑物的路上，所罗门至少已经提前对她描述了这些措施中的几个步骤。

首先，他在写字台旁边的多用插座上插进一个插头。干扰发射器在这里找到接口。虽然他还没有发现任何隐蔽的无线电麦克风高频信号，但他的电磁感应放射波也阻碍了自己的电脑窃听。接着，他把另一个十分特别的小盒子上的连线插进网络接口。

史苔拉莫名其妙地看着，所罗门说这个小黑盒子神通广大。他戴上耳机，启动了电脑上的两个程序，调整了几个数据，当绿色的锯齿形信号猛烈颤动着出现在一个窗口的黑色背景上时，他满意地点点头。他轻轻地招手让史苔拉过去，把耳机戴到她的头上。现在，她自己听到了，一个间谍是多么容易就能够搞定窃听。史苔拉就坐在狄卡坡和红约翰之间，听他们在打电话。

她完全不理解他们的谈话。史苔拉把耳机还给父亲，点点头，撇了撇嘴。

所罗门重新调整了一下程序设置，从黑盒子里把那些数据分到不同的语言和数据通道里去。突然，他扬起了眉毛。

史苔拉惊异地耸了耸肩。他发现了什么呢？

所罗门从笔记本电脑上拔出耳机的插头，喊了一声：“哈！”

所罗门果然成功地找到了窃听器用来传输他们秘密语言的通道。

现在，所罗门轻轻地把写字台从墙根前移动了一点儿，然后跪在地上。由于电缆是敷设在坚固的防空地窖特种水泥里面的，费用极其昂贵，所以人们绝对不会想到，间谍会在实验室侧翼内部活动，而且这整个大楼都与电缆通道相连。甚至连私人居住的房间也能找到这种笨拙的灰色塑料管，它把全部电缆电线、电话线和计算机网络的电缆一股脑都包在一起。

史苔拉着迷地看着父亲怎样熟练地打开了地板上的地窖盖板，从一缕缕不同的电缆中抽出一根，用他的瑞士军刀在那上面忙活一阵。不一会儿，他就把一个敷设的接口放好，这样一来，他就能够直接地在那个所谓的广域网中的一种高速链接，即实验室电网的主要线段采取行动了。这样做是必要的，他事先已经对史苔拉讲过了，因为一般的接口都是通过过滤器工作的，所以与电网的整个频带宽度的接触从一开始就被它限制住了。

所罗门把盖板重新盖好，把附设接口小心翼翼地隐蔽在写字台后面，然后又连上计算机的一个新的接口。史苔拉看见他又启动了几个程序。屏幕上一个窗口里出现了新的绿色“发烧曲线”，和刚才用那个黑盒子时出现的曲线一样起伏不定，但却完全是另一种类型。调节器确认参数被改变了，他输入新的参数，直到两条锯齿状曲线一下子完全重合为止。

所罗门的嘴唇上露出胜利的微笑，他再次点了点头。然后，他移动鼠标在屏幕上点了一下，黑盒子里出来的绿色山峰和山谷曲线便迅速地改变了。

“这里你看到的东西，”现在他重新用正常的声音说道，“是网络里的声音信号，而这里，”他同时点了一下屏幕上的另一个按钮，“是臭虫提供的正常室内噪音。先前我不能测定它们，是因为它们只是完全正常地交织在一起。”

史苔拉睁大了眼睛说：“那么说，你真的说对了。现在，你可以用别的噪音随随便便地就把狄卡坡蒙住了，是吗？”

所罗门扭曲了面孔，像感到疼痛的时候那样。“对于蒙骗，我的理解和你的理解不同，小星星。第一，他是狄卡坡，他极不道德地动用了窃听手段；第二，他所听到的是真的，那是一些完全正常的室内噪声。”

“也许那是因为你先前录下来的东西？”

所罗门冷笑了一声说：“淋浴已经被我删除了。假如每过十分钟就流一次水，那也许太引人注目了。”

“你真狡猾，所罗门。”

“不是吗！”

“那么，我们怎样使用这种重新获得的谈话自由呢？”

“有很多事情要做。我感兴趣的是狄卡坡到底在打什么主意。无论如何，这种窃听尝试只能是从他对任何形式的‘公众’表现出的病态怀疑产生出来的。我认为我应该把这件事告诉亚加夫。”

对此，史苔拉没说什么。此前，她对这里的每一个人都是怀疑的，渐渐地，她才认可了父亲指出的这些工作队成员中的一些细微差别。

“此外，我们还有这个不解之谜。”所罗门一边看着沉默不语的史苔拉，一边继续说道：“到底谁是那个‘战场的主人’呢？我无法摆脱那种不确定的感觉，你的那个黑色的幽灵在这里向你暗示了一个非常重要的信息。”

“你看见鬼了吧，马克。”

亚加夫愤怒地从他坐的沙发椅子上跳起来。他看了一眼史苔拉。这时候，她虽然已经躺在床上，但是，还清醒地睁大双眼，一字不落地听着龙形怪兽工作队队长说的每一句话。

“那么，您怎么解释这个臭虫呢？”所罗门问道。

这位非洲人盯着笔记本电脑屏幕上跳动着的绿色曲线，摇了摇头：“我承认，狄卡坡对您，也可能对我们大家所有人做的事情都不那么光明正大，这是为了避免说‘卑鄙无耻’那个词汇，但是请您不要忘记，这里是美国国家安全局。窃听在这儿是一个好听的词汇。在情报局里寻找不合法的意识和有关侵犯别人私生活领域的问题，那是徒劳的。”

“您听，听！”

“我知道，马克。您总是坚持这样的看法，我甚至也承认您是对的。我之所以多次阻拦您，那仅仅是因为我们被命令来干这种该诅咒的事情。没有国家安全局的技术设施，我们就不能除掉那个网络龙形怪兽。而对于我们的敌人来说，您具有技术上的优势，您不是完全没有责任的，马克。”

“多谢，亚加夫。这一点恰恰使我很难过。”

那位尼日利亚人把头侧向一边，脸上露出痛苦的样子。“马克，这不是对你和史苔拉的攻击。造成灾难的人不一定总是恶人或者马虎的失职。时间和条件，可能在任何时候对任何人形成一次不幸的契机。您和史苔拉就碰到了这么一件倒霉的事情。”

“我为什么就是不能摆脱掉那种感觉呢，对狄卡坡，您有什么看法呢，亚加夫？我从未信任过他，但是现在，当我不得不想到他今天早上对我们极其私人的谈话进行了窃听之后，我就实在不能容忍了。”

“我只想说，您还是不要对某种可能性总带着那样一种固定观念，马克。放弃这种固定观念，也许会使您减轻我们迄今为止并不熟悉的精神负担。”

“事实却恰恰相反。”

“您想说什么呢？”

马克严肃地点了点头：“本周发生的这些事情，我越想越觉得可疑，狄卡坡在利用计算机事故追求一个十分个人的目标。”

“您想到了什么呢？”

“我估计，他想把我的斯库尔检测器弄到手。当他把这个万能钥匙和他的入侵者连在一起之后，那么国家安全局就可以打进任何一台计算机，但仅仅是为了窃取他想要的信息。”

亚加夫摇摇头："我不知道，马克。您是不是走得有点儿太远了？"

"我不这么认为。此外，您想想，狄卡坡任用瓦尔特·弗里德曼，难道就是因为他能讲很好的德语吗？"

尼日利亚人举起胳膊，手掌在空中转动着。"我不知道您想说明什么？"

"那就是：弗里德曼把我从柏林接来，让我在国家安全局里用我的软件帮助他抓住臆想的网络恐怖分子。"

"还有吗？"

"在我们到达米亚德堡那一天，我从弗里德曼那里知道，他本人从八天前才隶属于狄卡坡计划工作队。现在，您告诉我，亚加夫，狄卡坡在那一天，即第一个计算机事故发生的日子——也就是说，在媒体报道这次事故之前！——就决定招雇一个应该到柏林把我接来的人，难道不奇怪吗？他怎么知道，或者说，狄卡坡为什么早在那个时刻到来之前就已经估计到，几天之后将会从那个事故里引发出类似全球危机的事件呢？"

亚加夫的脸变得像黑色的玄武岩雕像。"您还能为我提供更多的如此出乎意料的信息吗，马克？"

所罗门终于成功地唤醒了网络龙形怪兽工作队队长心里的怀疑。在继续回答之前，他停顿了一会儿，让自己刚才的话继续发生影响。然后，他接着说道："我真的还有。您还记得在星期三夜里，我在狄卡坡的实验室网络里找到了卡给指纹吗？使我感到惊异的尤其是那样一个事实：虽然在四次计算机事故之后没有找到更多相应的卡给，而那个识别标志却在明码文本里。"

现在亚加夫张大了嘴，惊异得目瞪口呆了："难道这就是……"

马克重重地点点头："国家安全局知道我的斯库尔检测器的明码文本，但是，他们好像不知道还有字母顺序的互换排列。对于狄卡坡来说，他可以毫不费力地在实验室网络里通过卡给突变物虚构一次感染。现在，请您让我把我的想法说完，亚加夫。"马克的身子又向前伸了伸，然后故意用很轻、但却很有力的声音说道："我认为，狄卡坡一定在连接我的斯库尔的时候使用了他的实验室安全系统软件。同样，在把斯库尔装进他的入侵者的时候也是如此。他对史苔拉和我使用了一次谋杀行动。他把这个威胁当作表示欢迎的高压手段。恐怖分子也许只能计划自己的谋杀，因为他的实验室网络不能提供保护，因此他们只能接近重要的计划细节。可是，如果是他亲自把指纹、卡给指纹偷运进他的系统，那么，在纽约的敞篷卡车袭击事件是谁来策划呢？"

亚加夫不知所措地盯着马克的脸。为了驳倒他的想法，也许他正在寻找理由，但是能够使教授无懈可击的逻辑转向的理由他怎么也想不出来。过了一会儿，他终于摇摇头说道："一次谋杀行动！我简直不能想象……"

"当然，他不想杀掉我们。"所罗门又坐回到自己的沙发上，继续平静地说道："狄卡坡还需要我——准确地说，他还需要我的软件。难道这还不明显吗，史苔拉在他的梦幻旅行一开始就遇到了两个要追踪她的塞沙明娜的男人？”

“追踪谁？”

“卡给雪貂，先前我对您讲过的雪貂。”

“原来如此，您指的是您的斯库尔检测器！”亚加夫看了一眼史苔拉，她正裹着被子趴在床上，静静地听着他们的谈话。

“那两个家伙当中，一个对我进行恐吓，另一个向我献媚，而我总是那么漂亮，那么甜蜜。可是最后，他们两个的目的都只是想要我的白雪貂，而那个伪善的德拉·法勒一直把我追到布莱克桑的大街上。”

“你真是一个很漂亮的姑娘。”亚加夫说着给了她一个祖父般的微笑，然后，他严肃地转身向着马克说道：“您认为狄卡坡派去的两个人，只是为了向史苔拉骗取那把万能钥匙吗？”

所罗门点点头：“正是如此。也许他自己就隐藏在那个梦幻的形象后面。您还记得狄卡坡曾经短时间离开过那个房间吗？那是在史苔拉刚刚进入旅行之后不久。我一点儿也没有往别处想，因为我的注意力完全集中在自己的女儿身上。即使很晚以后，当他将门把按了较长时间的时候，我也没有认为这件事有多么重要。可是，现在——假如我联想到史苔拉关于德拉·法勒的梦和狄卡坡对雪貂的明显兴趣，那么我就要问一问，那个‘艾法塔’是否就是狄卡坡本人……”

“那个什么？”

所罗门微笑了：“艾法塔是一个人在因特网里的化身。这个词汇出自梵文，意思是一个更高级生命的替身存在于另一个人的身体内。”

“您认为艾法塔在因特网里不过就是一个肚子里会发声的布娃娃，如此而已？”

所罗门忍不住大笑起来：“一个有趣的比喻，亚加夫。但我认为，您已经明白了。不是每一个在因特网的人都需要一个艾法塔。史苔拉，如果她愿意，她在梦幻中甚至可以是一个她自己的化身，而幻想王国里的大多数人可以说就是她幻想的产物。但是，那两个艾法塔，她在埃奈萨的集市广场上碰到的那两个人物形象却不是，我这么认为。您想一想：第二个人物，埃奈萨的那个秘书，他甚至像狄卡坡一样有一个意大利人的名字，而且正如史苔拉向我描述的那样，他的外表也很像我们的计划负责人。我对这个问题考虑得越久，我就越确信，那位博士先生藏在这一切的幕后。他想让史苔拉把斯库尔检测器的保险密码交出来，因为他无法利用我为他的入侵者安装的版本。”

“难道他真的能够这样做吗？”

“不能，狄卡坡知道自己没有把握。然而，对他来说，那可能实在太诱人了。可惜他的狠毒行动最后转向了自己，他搬起石头砸了自己的脚。我相信，当史苔拉把那两个流氓追到神秘的市档案馆门口的时候，她差一点就接近了爆炸性的信息。是的，我甚至可以说，原来这才是狄卡坡为什么要那样尽可能快地脱身并委托她去访问澳大利亚矿业协会的原因。”

网络龙形怪兽工作队队长和史苔拉的父亲默默地坐了两三分钟。太多的事情一下子真相大白了。迄今为止，亚加夫的世界图像是颠倒着的。现在，他显然在考虑应该从这些新获得的认识中得出什么结论。

“只要我们还不知道狄卡坡的真实目标是什么，我们就要守口如瓶。”他最后说道。

“您还一直相信他仅仅是一个有野心的国家安全局的官员吗？”

“您对他的行为还有另外一种解释吗？用您的软件他就能把自己的入侵者变成信息战争中绝对的高级武器。您自己说过，美国在网上空间的攻击面前几乎是无法被保护的。人们可以把他的非传统的领先企图，解释为一种彻底的爱国行为。狄卡坡使我感到他完全像这样一种人，他有一点英雄主义，希望青云直上，有帝王般的收入，这将使他打破不少禁区。”

所罗门惊异地扬起眉毛:“我从您的口中听到的是怎样一种新的声调啊，亚加夫？”

“在我的队伍里，大都是一些个人奋斗型人物，有人甚至是一些相当古怪的专家。为了他们能够合作，我不得不成为一个综合性的人物。这就常常迫使我说话和做事不能反映自己的感觉。但是，现在我心里真的有一种不舒服的感觉。我们必须认真探讨一下您的怀疑了……”

“我们？”所罗门打断了队长的话。

“您已经知道我的意思。吉米口女士将会支持我们。如果您想找到进一步的证明，您还需要另外的专家协助。不用担心，我不是那第二个人。”

“您刚才这句话可有点儿过分，亚加夫。我感到，您必须知道您的队伍里发生的事情。至于‘第二个人’——我估计，您的眼里已经有了某个对象。能不能相信他呢？”

亚加夫有力的点点头。“您怎么看本雅明·贝恩斯坦？贝尼也像吉米口·施拉卡巴一样可靠，在专业上甚至比她更强。对他们俩我可以下赌注担保。”

“假如吉米口和贝尼都能获得您的信任，那我没有什么不同意见。”所罗门满意地点点头，“那么，我们这个小小的发誓结盟的小分队就应该在一起。狄卡坡想让史苔拉休息一天，后天早上进行新的旅行。我将试一试把她的下一次出发时间再推迟二十四个小时，尽管如此，到星期二，这点时间还是很紧。”

亚加夫惊异地看着马克。“很紧，为什么？”他问。

“为了弄清楚那个不祥之兆——‘战场的主人’——到底是什么人。那个黑色窃听者曾经警告过史苔拉，亚加夫！作为她父亲，我当然必须想到各种最严重的情况。”

“这意味着什么呢？”

“只要我们不知道‘战场的主人’是谁，史苔拉就处在危险之中。”

夜，静悄悄的。但是，对很多人来说，睡眠仍很遥远。

这里有一个四人小组，他们在卡尔德的房间里猜测着一个儿童谜语。无论如何，可以听到这样的声音："要在战场的主人面前保护自己，而且要避开阿尔巴城。"

史苔拉睡不着觉，睁着眼睛看着他们四个人，主要原因不是贝尼讲话的声音太响，而是他的黑色鬈发。这个美籍犹太人甚至比网络龙形怪兽工作队的其他成员更安静、更矜持。他很少说话，但是，凡是他说的事情总是有头有尾。然而他的眼睛……

当本雅明·贝恩斯坦在亚加夫·纳布古和吉米口·施拉卡巴的陪同下走进卡尔德的私人房间时，史苔拉恨不得钻进地洞里去。她穿着一件海军蓝的睡衣，睡衣胸前有一只大米老鼠，这使她感到非常孩子气。在亚加夫面前，她一点儿也不在乎，说到底他简直可以当她的爷爷。但是，在这个好奇的贝尼的眼睛里，史苔拉就觉得自己这样多少有些傻气。她把被子拉到下巴颏，脸上毫无表情。

就这样，她睁着好奇的眼睛观察了大约两个钟头。她听见父亲简短地向两位新的盟友讲述了全部理由，亚加夫先前已经对他们作了简短的说明，这一切都让史苔拉感到不安。她看到吉米口和贝尼打开了自己的笔记本电脑并且和所罗门的电脑连接起来。这样他们就组成了一个局域网络，从这里出发，通过所罗门的附加接口和入侵者实验室网络，他们就能像在任何其他地方一样进入网络空间。只有笔记本电脑的键盘发出轻微的噼啪声，亚加夫的眼睛紧紧地盯着三位寻找蛛丝马迹的专家。为了找到"战场的主人"，他们正全神贯注地在网络空间里搜寻。

所罗门对那个神秘人物的解释令史苔拉很不安，她心里不停地翻腾着，她甚至感到恐惧。可是，大家为了保护她，牺牲了应该享受的夜晚的宁静。屋子里无声的繁忙使人感到安慰，不仅对她，对亚加夫也是如此。当亚加夫在沙发里垂下了头之后，不久，睡眠也压倒了史苔拉。

一夜平安无事，没有发生新的计算机事故。网络龙形怪兽似乎在震惊宗教世界之后睡着了。难道说，这只是新风暴到来之前的宁静吗？

令人昏昏欲睡的静寂。实验室地下第六层的声音记录仪的语言传感器连一次信号也没有发出。卡尔德的房间里听到的只有正常的噪声。值得录下来的声音一点儿也没有。

"一夜平安无事。"星期天早晨，狄卡坡和亚加夫在防空会议室里讲了每天的简报之后报告说。网络龙形怪兽工作队的成员几乎全到了。连瓦尔特·弗里德曼也站在后面，靠着墙静静地注意听着，他在最近这段时间很少出现。只有红约翰缺席。

"我们的监视人员报告说，上次攻击是对天主教教会和犹太人祈祷电子邮件的攻击。”入侵者计划负责人满意地说道，“我们的分析家对昨天和今天夜里没有发生什么事件提出两种说明。这也许是下一次、也许是更响的一次长号吹响之前的深呼吸，可能是网上恐怖分子闻到了我们在追逐他们的风声。史苔拉旅行纪录中的三分之一的几个信号使我们更倾向于第二种可能性。”

“也许您忘记了第三种可能性。”吉米口疲倦地说道，“恐怖分子也想过一个平静的周末。”

整个会议室的人都大笑起来，只有狄卡坡没有笑。

“我认为，昨天下午史苔拉·卡尔德的第一次旅行并不是很有用。这期间，我更正了自己的看法。如果我们的分析家是对的，那就可能是她吸引了恐怖分子的注意力。这就使我们有机会回过头来追击那些罪犯。所以，我赞成尽快地把她重新送上旅途。”

“有没有具体目标？”一位年轻的女士插进来问道。她的皮肤看起来比亚加夫还要黑。

“史苔拉在澳大利亚矿业公司的服务器上找到了一篇密码文，可惜我们现在还不能破译出来。一旦我们成功了，那么我们就有了足够的线索进行一次新的旅行了。”

“这需要多长时间呢？”

狄卡坡知道对此不会有令人满意的回答，这使他很生气。他并非出于自愿地看了所罗门一眼，最后解释说：“卡尔德教授为我提出了一个关于史苔拉幻梦的报告。她的女儿把布莱克桑的卡给文本交给了一个局外人，那个人的身份，卡尔德父女俩不想告诉我们。我虽然认为这是公然违反我们的安全规定，但我们明天也许能够从哪方面获得新的信息。”

“最好是在星期二。”所罗门回答道。

这时候，狄卡坡的脑袋全部转过去了，说：“可是，这要等到后天！您可是说过……”

“我请求给予考虑的时间。”所罗门打断计划负责人的话，他把胳膊放在身旁女儿的肩膀上解释说，“昨天旅行之后，史苔拉仍然感到精疲力竭。目前我不能肯定地说，暂时我能不能同意再进行下一次网上空间旅行。在我女儿有真正成功的把握之前，无论如何我不会让她再承受这样的负担。根据我个人的经验，我认为解开卡给文本，三天的时间是现实的。”

“那我就不得不接受星期二了。”狄卡坡说道，一半因为推迟而失望，一半因为有希望得到教授的许可而感到轻松。

所罗门点点头：“一旦史苔拉的信息员在星期三提供谜底，我女儿将继续寻找网络龙形怪兽。如果还不行，那我认为这个时间表仍然是最好的妥协。”

起初，狄卡坡根本不想催促忧心忡忡的父亲迈出更快的步伐。在网络龙形怪兽工作队全体成员面前，这可能会给他带来某种负面的影响。此外，他又讲了国家安全局分析家们分析的结果。他们认为，史苔拉完全可能受到恐怖分子的监视——两次与虚拟生命的相遇，史苔拉认为那就是龙形怪兽，并认为，从理论上看，那就像现实中谋杀德国同事一样。假如分析家们的估计有事实根据，那史苔拉就可以重新上网旅行了。可能的话，恐怖分子会被诱出其所隐蔽的巢穴。

每次召开全体会议的时候史苔拉都保持沉默，现在她看到，父亲后脑勺的头发简直要竖立起来了。他认为狄卡坡本人应该对谋杀行为负责，其唯一目的只是一种类似电影的佯攻，为的是尽可能使马克·卡尔德做出让步。她自己对那个入侵者计划负责人根本不能容忍，即使他做出和解的姿态也无济于事。

可惜史苔拉从起床以后还一直没有能和所罗门说上话。她父亲显然有急事，因为她直到进入这个会议室才碰见他，只是在众目睽睽之下表态性地吻了一下父亲的脸颊。她觉得这立刻引起了大家的注意。她希望会议开得不要比昨天更长。可是，麻烦事已经来了，而且出自那个意大利人之口。

“也许我们必须审查一下我们对恐怖分子的战略估计。迄今为止，我们仅仅从一个被伊朗渗透的圈子出发，那些极端分子都经过良好的训练。灾难性的攻击有几种模式，从传统的恐怖袭击中我们了解这种模式：他们主要攻击国家的设施或者西方资本的代表人物。但是，现在炸弹被扔进教会和祭坛，这种情况则是少有的，难道我们的分析家们对最新的网络空间攻击犹太人和天主教教会的行动估计错了吗？”

“在海湾战争中，萨达姆·侯赛因也向以色列发射了火箭。”贝尼提醒道。

“这是对的。但是，他没有对准哭墙。”

“也许仅仅因为哭墙处于寺庙山脚下，就在岩石教堂下面。”所罗门插话道，“在网络空间里不能精确地击中目标。”

“这个问题，您的话当然是对的，教授。但我们大概不能这样简单从事。”

“当然，我也这么看，博士。也许，我们必须把兰德公司的说明放在一边，完全借助事实，从头开始。”

史苔拉看到狄卡坡的眼神惊惶失措地闪烁着。父亲的解释完全出乎他的预料之外。显然，所罗门的这发子弹击中了他的要害。几秒钟之后，狄卡坡恢复了平静，不动声色地说道：“我认为，把我们迄今为止的决定抛开，现在还为时过早，教授。但我认为您说得对，必须考虑从新的视角……”

说到这里，狄卡坡停住了话头，因为这时候查尔斯·汤森特突然冲进会议室，光是他的那个大块头就足以引起大家注意了。这个国家安全局的人像猎人那样翘着脚尖穿过会议室，把一张纸条塞到他的上司手里。

那位意大利人谢了谢汤森特，在纸条上扫了一眼。他的脸马上变得毫无表情。当他把纸条塞进上衣口袋里的时候，脸色已经煞白了。

“这一夜到底还是不那么平静，”他严肃地说道，“刚才我接到通知，三个多小时以前，通过计算机控制的一颗联络卫星失灵了。”狄卡坡从衣袋里掏出那张纸条，又念了一遍。然后，他摇摇头，表示难以置信，接着，他的目光扫视了一周之后，说道："在美国的整个东北部，通过卫星支持的各种系统全部崩溃，甚至整个电视网络都中断了。假如我们的一颗军事卫星被抓住，那就几乎不能想象会发生什么事情了！"

亚加夫·纳布古突然笔挺地站立起来问道："您刚才说什么？"

"我的意思是，对洲际导弹来说，卫星是必需的导航工具或者……"

"就是这句话！"非洲人打断了意大利人的话，"您倒是还想到了网络恐怖分子及其选择的攻击目标。也就是说，伦敦供电中断或者对议员的攻击，是攻击国家的公共设施；攻击澳大利亚的矿业协会或者芝加哥第一国家银行，显然是对准经济界和财政金融界；然后是两天前对两大世界宗教的攻击。——难道除此之外再没有任何其他的东西引起您注意吗？"

大家都望着网络龙形怪兽工作队队长，陷入了沉思，但是，没有人，包括被问的人，好像都不知道答案似的。

"请您别折磨我们。"狄卡坡催促道，"您是怎么想的，纳布古先生？"

"政治、经济和宗教是我们现代世界赖以存在的三大支柱。我们大家的生活深深地打上了它们的烙印。那么，迄今为止，恐怖分子放过了哪根支柱了呢？"亚加夫用询问的目光环视了一下大家。然而，虽然有几个人好像明白了他想指出的是什么，但却没有人敢于把自己的担心说出来。

那位非洲人意味深长地点点头："您知道答案——第四根权力支柱是军事。我认为，下一个大的打击将对准军事目标。"

沉默笼罩着整个会议室，令人感到压抑。史苔拉问自己，亚加夫说的"军事目标"是什么呢？另一些人也和她一样，默默地坐在会议桌边。

"我认为，亚加夫一言中的。"所罗门终于打破了沉默，他严肃地看着狄卡坡的眼睛并要求道："您必须立刻让人把一切与核武器有关的或者其他以任何方式由计算机控制的系统关闭，否则将会发生可怕的不幸。"

现在，各种抵制的情绪都写在狄卡坡的脸上：恐惧、束手无策、愤怒，甚至还有惊惶失措。

"您认为到底是怎样一回事，您指的是谁？"他终于脱口而出地问道，"您说的大概是国防部长吧？作为代理处研究计划负责人，我所处的地位……"

"狄卡坡博士，"所罗门打断了跳起来的意大利人，他的声音很严厉，"这里涉及的不是权限之类的问题，而是成千上万，也许甚至几百万人的生命。您曾经非常骄傲地说过，连总统的最高的特权都为您的计划让了路。现在请您打电话给您的上司，告诉他，他应该把他的火箭库关闭，否则会发生可怕的不幸。"

狄卡坡真的准备离开会议室，但是，动作却显得拖泥带水。他非常缓慢地在所罗门无情的目光紧逼之下离开会议主席的座位。

在他到达门口之前，史苔拉的父亲所罗门又大声喊道：“请您也通知俄国人。不，最好立即通知联合国安理会，网络龙形怪兽将咬住它在任何一座森林里找到的最弱的野兽。”

“今天夜里，我们把那个谜团撬开了。”

他们又聚集在所罗门的私人房间里，用“正常的居室噪声”花招迷惑了窃听装置。起初史苔拉根本不知道父亲骄傲宣布的内容。她迷惑不解地望着他那疲倦的脸。

“战场的主人，”所罗门精确地解释道，“我们现在知道了……我们相信已经知道了谁隐藏在后面。”

史苔拉的心跳加快了。她不由自主地又想起了那个可怕的幽灵。“那是谁呢？”

“真的很不容易。吉米口、贝尼和我把各种各样的在线媒体都翻腾了一遍。长话短说：你看到的那个影子指的就是阿尔班·凯撒·狄卡坡。”

史苔拉感到全身像瘫痪了似的。虽然这个揭示本来并不那么出乎意料，但还是如同遭到恐惧的突然袭击，使她感到冷冰冰的。“怎么……我想问，为什么恰恰是他？”

“很简单。他的一个名字，阿尔班（Alban），出自拉丁文，意思正好是‘来自阿尔巴城’。那个影子对你说：‘要避开阿尔巴城。’你还记得吗？”

“当然记得。他为什么叫做‘战场的主人’？”

“因为卡坡（campo）在意大利语里就是战场的意思。前面的一个音节‘狄’（di）有时候也被当作称呼尊贵的主人使用，所以称之为‘战场的主人’。狄卡坡又是意大利的美国人，所以全部吻合。”

史苔拉不安地抓住父亲的手说：“我害怕。”

所罗门把自己的女儿拉过来，让她紧紧地靠在自己身上并抓住她的手臂安慰说：“假如你不得不再次到网络空间里去旅行，那我会比昨天更密切地注意观察你。如果只是一些最微不足道的小麻烦或者我发现了任何可疑的迹象，我将立刻使旅行中断。你知道，葛文有一种解毒剂，可以在很短的时间内把你从网络空间里接回来。”。

“即使艾莱克特拉能够说出那个密码文是什么意思，我也不知道应该寻找什么。”

“想一想网上影戏：卡给。在阿米科城发现的那张纸是寻找下一个足迹的指示。这是你拿手的游戏。你给龙形怪兽打上了烙印。你只要相信自己的直觉就行了。”

“我信任塞沙明娜是不是更好？”

“它虽然能够帮助你，但最后你必须单独解开我们大家都在追逐的那个大疑团。”

所罗门秘密结盟的密谋小组工作相当困难，因为网络龙形怪兽工作队成员不能改变正常的工作日程。在这样的日程里，他们只能利用每一个非正式要求之间的间隙，只能利用休息的时候，主要在晚上。

这个星期日，史苔拉终于得到充分的休息，网上旅行造成的疲劳完全消失了。有时候，她甚至很开心地翻着一摞传播流言蜚语的杂志，那是葛文·修梅克的私人物品。网络空间的小说都太充满血腥，不合史苔拉的口味，她不愿再看下去。

在自己的房间里，所罗门坐在一个编写网络龙形怪兽程序的扫描仪旁边，这是一种寻找病毒的程序。其他计算机比目前已经临时保护起来的以免卡给突变物攻击的入侵者网络更需要保护。正如他自己认为的那样，这是一种危险的走钢丝表演。关于斯库尔检测器的知识就像他手中的平衡器。然而，他走在上面的那根钢丝很细，而对突变游戏的真正能力的认识，则像一个不了解的大海，深不可测。

直到晚上，这个密谋小组才允许在地下安装窃听系统的大楼外面进行一次散步。现在，即使狄卡坡也不敢那么大胆，在宽大的国家安全局的大院里再安装定向麦克风。

史苔拉走在父亲身旁，他们又谈起头一天的梦幻。亚加夫、吉米口和贝尼走在他们身后，离他们大约三十米。鉴于对入侵者计划负责人分裂人格的新认识，对于史苔拉来说，现在许多问题不言自明了。

“原来如此，假如我在埃奈萨知道狄卡坡或者‘战场的主人’，或者管他还有什么别的名称，曾经偷偷监视我，那我从一开始就会更加小心了。”

“‘假如’是很糟糕的参谋。你应该做的就是我昨天对你说的，强迫你自己带着你对狄卡坡和我们行动的了解去幻想王国里旅行就是了。”

史苔拉的手握着父亲的手。“希望我能够成功。那里的一切都那么现实！在幻想世界里，我完全像另外一个人。那里的史苔拉和现在你身边的史苔拉似乎没有什么关系。”她说。

“当我在控制屏幕上跟你一起旅行的时候，我并不觉得你那样陌生。”

“在你看来，布莱克桑是什么样子？”

“相当绚丽。怎么了？”

“那个肥胖的欧培·阿头就在那儿。难道他仅仅是我梦中的一个形象吗，他是不是也出现在屏幕上？”

“你是不是在问那个人物是否也是一个化身？肯定。他除了一个布莱克桑的操作员之外不是别的。他只要求访问者遵守规定。谁违反了规定，谁就会被轰出去。你为什么恰恰问到他呢？”

“唉，我只是随便问问。她叫我‘美丽的小姑娘’，是不是很滑稽？”

“难道你没有觉得你的外表本身就已经很引人注目了吗，小星星？你这样做，好像有什么不对劲似的。”

史苔拉的手使足力气握住所罗门的手指说：“在我的梦里……我指的是在清醒的梦幻里，那儿……那儿……”她好像找不到合适的词汇表达似的。

“昨天你就给我讲过，在你的梦幻里有些年轻人不断地恭维你。你要说的是不是这个意思？”

“嗯，就是这样。在幻想世界里我一定相当漂亮。无论如何，所有的人都这么说。有一次我也看了看自己——不是对着镜子，只是那样，时间很短。我有真正的……你已经知道了。”

所罗门的胳膊揽着她，对着她的耳朵小声说道：“你想说，你已经有了一切男人通常对一个好看的姑娘看重的特征。”

“差不多是这样。”

“只是差不多吗？”

“哎，爸！你讨厌。我……我……”

“你是一个相当漂亮的姑娘。”所罗门解释说，他的声音里充满了最令人信服的力量，“如果男人们这样说，那也是合情合理的。但是，你自己不要被迷惑，小星星。美言恭维可能是危险的。”

“可是，有那样的男人，他们只是想碰一下姑娘的衣服，然后……”

“不，”所罗门打断了女儿的话，“不，无论如何，不仅仅如此。”他诙谐地转动了一下眼珠，看着天空。“啊，要是菲菲雅娜在这里该多好啊！这样的谈话本来是她的管辖范围。当然你是对的，小星星，好，这个问题不一定非得今天解释不可。我认为重要的是另外一个问题。”

“那是什么呢？”

“即使你有时候对脸上的粉刺很生气，或者你认为自己的衬衫前面……嗯，你已经知道。问题根本不在这里，或者不仅在这里。更重要的是，你是什么人，你心里是否善良！有时候，你的脾气虽然不好，偶尔你也那么让人难以容忍，但你并不是一个那么有心计的姑娘。让心中的东西释放出来，然后人们才会注视你。”

“你把我说成了一个具有放射性的燃料棒。”

“现在，你又变得老成了。相信我，假如你对自己很满意的话，那么，别人也会和你很好地相处。”

史苔拉迟疑地点点头说：“我懂你的意思了。”

这时候，网络龙形怪兽工作队的那三位成员赶上了这父女俩。

“根据你的笑声可以判断，现在史苔拉的情绪好多了。”亚加夫说道。在散步之前，他就以一种不客气的语调鼓励过他。

“是的，当然。”所罗门轻松地回答道，“昨天的旅行虽然很紧张，但现在她已经休息过来了。”

“那么，我们现在应该谈一谈下一步如何继续前进了。吉米口和贝尼今天已经对你的‘秘密出口’进行了一番研究。你可以想象，要想了解一点关于国家安全局的一个秘密计划有多么困难。”

“在过去的这一夜里我们至少找到了一点新的线索。”贝尼以他那种特有的明确方式说道。

大家一起惊异地看着他。黑色鬈发的男子用中指把他的眼镜向上推了推，窘迫地耸了耸肩。“是这样，我想说，我们必须从史苔拉的幻梦中找出那个幽灵的踪迹。他给我们带来了一个关于狄卡坡的重要信息。他隐蔽自己的身份一定出于某种原因，但他能够知道一些关于入侵者计划和他的主人的事情，对我们来说这很重要，特别是首先对史苔拉很重要！你们考虑一下：最重要的是他对她说了些什么，是不是警告她在狄卡坡面前要注意。我认为，假如我们找到了那个黑色窃听者并向他提出几个问题，那我们就能知道一些关于那个意大利人的真实情况了。”

卡尔德父女俩在屋里来回走动的大多数时间里，都意识到会被监听。他们不得不向隔墙耳提供一些“正常的室内噪声”，简称“诺沃盖”。

当有人敲门的时候，月亮已经升到203建筑物顶上。

“我来开门。”史苔拉大声喊着。所罗门正在洗澡。

亚加夫、吉米口和贝尼不约而同地站在门口。史苔拉马上请他们进来。

“诺沃盖的情况怎么样了？”那位非洲人问刚从洗澡间出来的所罗门。

“迷惑程序已经为跳蚤们启动，我们可以随便交谈。我们的听众将会感到非常无聊，因为他们听到的只是每过几分钟一次的翻书的声音。”

“估计你们俩在他心中会更加受到尊敬。”吉米口大笑起来。

“问题涉及的不是一种良好的普及教育。”贝尼严肃地说道，同时把自己的笔记本电脑连在所罗门的电脑旁边。

不一会儿，他、吉米口和史苔拉的父亲就接通了国际互联网，去追踪那个黑色窃听者。所罗门说，这个名字使他想起一件事，可惜，迄今为止他还不知道那是一件什么事情。

亚加夫和史苔拉玩起卡纳斯塔游戏。他们刚好走了三步，突然一声难听的鼾声在屋里响了起来。

“这是警报声！”吉米口喊道。

“失火了？”亚加夫平静地回答道，“失火的警报声不是这种声音。让我们赶快去会议室，那里一定发生了什么相当严重的事情。”

后来，史苔拉只能回忆起，他们立刻放下手中的活计站立起来，向电梯跑去。直到她和亚加夫、吉米口和贝尼在电梯里的时候，她才发现自己的父亲没有出来。因为当时还有别的网络龙形怪兽工作队的队员，所以她也不想问别人。

会议室里已经乱成一团。队员们三三两两地散布在各处，纷纷猜测着可能发生的事情。那是十点二十分。有些人甚至已经睡觉了。

史苔拉正想转身向吉米口打听父亲，她看见父亲走了进来。

“原来你在这里！”她脱口而出地说道。她也不知道，为什么他的出现使她感到那么轻松。

“一切正常。”他回答道。然后，狄卡坡也走进会议室。

“请大家坐下。”他一边向长会议桌前头走去，一边喊道，同时举起胳膊打着手势，好像他要给一架喷气式飞机导航似的。他脸色苍白。

会议室安静下来以后，狄卡坡毫无表情地说道：“龙形怪兽又发动攻击了。”

虽然这条消息本身并不可怕——不管怎么说，这也在大家预料之中——但是每一个人都听得出来，计划负责人的声调好像预示了异乎寻常的可怕事件。狄卡坡深深地吸了一口气。史苔拉惊异地发现他的声音有点发抖。他继续说道：“情报战争的幽灵，留下了最糟糕的印记，今天晚上，它又觉醒了：我们险些陷入一场核战争。”

有些人在窃窃私语，有些人在大声发问，会场秩序大乱，直到亚加夫问到底发生了什么事情，大家才知道网上空间里最新攻击的规模。

位于美国盐湖城和位于俄国诺沃斯别尔斯克的核弹武库准确地在同一时间发射了洲际弹道导弹核弹头。没有任何人发出射击的命令，也就是说，无论美国军队还是俄国军队都没有人负责发出命令。狄卡坡纠正说，火箭可不是那么简单就可以发射的。多级安全系统阻止了任何疯子可以随便地按动发射火箭的按钮。但是，不知道在什么地方，恐怖分子一定成功地摸到了它们的操纵杆。

“据说，您的国家仍然能够击败一个即使已经成功地进行了第一次核打击的敌人，是不是这样？”所罗门显然很镇静地问道。

“是的。”狄卡坡回答道，“全部核威慑就建立在这个基础上。”

所罗门点点头：“那么，您有网络龙形怪兽的线索了。他欺骗了您的防御系统，俄国人可能要发射他们的洲际弹道导弹。您可以为此而高兴，因为他只发射了一颗火箭。”

狄卡坡的脸上又出现了无法掩饰的恐惧，说：“幸好双方的头脑都还足够清醒，他们启动了火箭的自爆机械装置系统。除了核放射污染之外，没有发生什么别的事故。”

有几个人叹息了一声，有人感到松了一口气，很多人似乎对狄卡坡玩世不恭的“幸运报道”感到震惊。

“通知了我们这件事是好的。”亚加夫终于打破了沉默说道，“我本来只希望，今天早上，您要是听了我的意见就好了，狄卡坡博士。”

“我已经，”计划负责人加重语气地说，“我已经把我们的……对不起……您的怀疑转达了，但是，正如我估计的那样，联合参谋部一致拒绝限制美国的防御能力。”他好像表示歉意似的又补充道：“克里姆林宫的指挥官也采取了同样的态度。”

“为什么双方都完全地违背了他们自己本来的愿望？”所罗门说，“我想，我们应该把这件事看作是一个警戒性射击。”

狄卡坡点头表示赞成：“无论如何，我们必须更加努力。卡尔德教授，您认为在短时间内编出一种病毒扫描程序有可能吗？这个程序要像您的斯库尔保护我们的实验室网络那样保护这个星球上的每一台计算机。”

“这个我已经想到了，”所罗门回答道，“我甚至早已开始这方面的工作。但是请您想一想，这个免疫的程序必须适应极不相同的‘肌体’，也就是‘操作系统’，这可需要几天时间。”

“您尽力而为吧，教授。如果这项工作能分配给更多的成员们来做，然后您就可以得到……”狄卡坡向亚加夫投去一道询问的目光，当亚加夫也点头的时候，他继续说道：“网络龙形怪兽工作队队长给这个想法最高优先权。假如我们不能成功地及时进行一次全球的‘注射’，那么，我们就只有一条路可走了。”

所罗门扬起眉毛表示疑问。

狄卡坡大声地呼出一口气，说：“在龙形怪兽进攻之前，我们就不得不关闭这个星球上的全部计算机了。”

那个身影极短暂地出现了一下便消失了。当史苔拉从地下第三层的电梯里出来的时候，她看见一个宽阔的肩膀和一绺红色的头发在侧翼楼道的最后一个门里消失了。

“爸爸，他又在那儿出现了。”她激动地大声说道。

紧跟着她走出电梯的所罗门只看到通向楼梯的门慢慢地关上了。“谁？”他问道。

这时候，亚加夫、吉米口、贝尼和另外几个网络龙形怪兽工作队队员也来到楼道里。

“红约翰！我完全可以担保就是他。”

“狄卡坡不是说过让他不要再纠缠我们吗？”

“你说的是约翰·麦克穆兰，狄卡坡的贴身保镖？”吉米口在史苔拉身边问道。

“就是他。刚才，他绝对不在会议室里。”

“我想知道，他要到我们屋里找什么。”所罗门充满预感地嘟哝道。他目标十分明确地往自己的房间走去。

门紧锁着，所罗门按了一下电子开关装置。随着一声轻轻地咔嚓声，门开了。他迅速地进了门。

当其他人站在敞开的门口时，他们看到所罗门如何愤怒地寻找一张纸条和一支笔，在纸上飞快地写道：

安静！不要大声说话！麦克穆兰搜查了我们的房间——也许又安装了新的窃听器！

他们几个互相交换眼色，贝尼接过所罗门的纸笔，在上面写道：

笔记本电脑！我把自己的电脑放在屋里了！现在他们知道我们发现了他们的麦克风。

所罗门露出一个顽皮的微笑，他从贝尼的手里拿过纸笔又写了三句话。

他们不知道。
我去会议室之前把电脑收起来了。
你的电脑在你的床上。

当所罗门在屋里搜寻的时候，史苔拉简直无法冷静下来。直到所罗门在某种程度上确认了没有安装新的窃听器时，她才镇静下来。但是，她还是久久地感到不舒服。不得不在一个安了窃听器的房间里居住是一回事，知道了一个陌生人侵犯了自己的私生活领域，完全是另一回事。

史苔拉仍然憋着一肚子气。在她面前狄卡坡应该小心点；还有那个红约翰。她虽然还不知道她能怎样报复他们的可耻行为，但是，国家安全局的官员应该受到惩罚。

当她入睡的时候，已经过了午夜了。所罗门的迷惑设备又发出了“诺沃盖”即“正常的室内噪声”。如果有人在倾听，那么他很快就会无聊得打起瞌睡。

所罗门还远没有安静下来。史苔拉的均匀呼吸在为他的因特网中的夜间搜寻伴奏。还有几个问题，她的梦幻旅行提出来的问题，应该刻不容缓地解决。

那根长矛对他来说依然是一个谜，史苔拉详细地描述了那件武器。他正好穿透了黑色石碑的中心——一个相当引起轰动的效果。旅行纪录里面对这一事件有几个提示，但是，要说明史苔拉的带有非常难以理解的因特网系列符号的经历是相当困难的。

这根长矛说明什么呢？马克感觉到这说明史苔拉需要不止一种保护。布莱克桑这个名称真的出现在旅行纪录的那一部分，也就是史苔拉在阿芒逗留的那段时间——即美国在线服务器——记录下来的。这也就是说，一定是有人引导她到那里去的。

直到星期一凌晨三点，他才终于解开了那个秘密。首先，那个东西很像史苔拉幻想的一个产物，AOL 的服务器里确实有，而且是以软件的形式存在！长矛是一个程序的梦幻图像，正如那个雪貂塞沙明娜一样。有人把史苔拉和一种病毒连在一起了。

开始马克不愿意相信，但是，当他想起了自己的斯库尔检测器时，他就清楚了斯库尔的弱点在什么地方了。开发检测器，不应该把它看作防御的武器，而应该看作进攻性的武器。在大学实验室的条件下，那是不必要的。是的，他根本不曾想到要阻止长矛病毒的开发者接通入侵者。也就是说，在这个时刻，当斯库尔检测器在入侵者程序里发生作用的一部分闯进名叫布莱克桑的城市里时，病毒利用了同时产生的联络关系，从另一方面打进国家安全局的计算机服务器。这样一来，连防火墙也无法察觉，因为这一切都是通过马克的秘密“旁门左道”进行的。

狡猾的家伙！马克想。虽然他本人认识这种所谓的“药物、辐射线等的每日允许摄入量”(ADI)①，在斯库尔里面就有这种相同的程序，不过，迄今为止只有少数几个电脑黑客掌握这种复杂的方法。

长矛把史苔拉引到布莱克桑并因此使她和耶西卡相遇，难道她藏在这个可以击中所瞄准一切目标的虚拟投掷物后面？

首先，马克写了一封密码文的电子邮件，在这封信里，他向耶西卡也提出了这个问题并对其他几个问题作了说明。史苔拉把这个女大学生选为盟友。马克的提示继续说明了他女儿开始干了些什么。接着他便把那个病毒包裹起来，他本来可以把它除掉，可是他不想这样做。那个和“长矛”连在一起并且总盯着她的雪貂的人，也许想用它们来追踪自己的目标，以便帮助他寻找卡给突变物。即使病毒带有攻击性，他也能够主动地向网络龙形怪兽提供一个指示。

早晨五点钟，马克将一部分已经完成的部件，组装成为一个半渗透性的坦克软件，它能够保证长矛病毒有极大的活动自由，但又能阻止它进行任何破坏性的和对入侵者进行背叛性的攻击。

马克累极了，但他的情绪还是很高涨，当太阳已经从 203 号建筑物上升起来的时候，他才上床。洲际弹道导弹事件从他眼前掠过，他不能再拒绝同意史苔拉进行新的网上旅行了。但是现在他至少做了一切应该做的，给她准备了在路上必要的装备：长矛对史苔拉不再是危险的东西了；入侵者网络里有一条新的“隐蔽的小路”，她知道在那儿必须小心。马克入睡前的最后一个念头是：“要在战场的主人面前保护你自己，史苔拉。他很危险。”

不可以忘记它！不可以忘记它！史苔拉不断地提示着任务的最重要部分。为什么父亲还是男孩时就能够成功完成的事情，她就不能成功呢？迄今为止，她一直让自己在梦幻的大海里漂泊。

不可以忘记它！无论如何，她必须成功地控制自己的幻梦。不然，她就只能成为

① ADI：acceptable daily intake，即药物、辐射线等的每日允许摄入量。

那些黑暗形象，如德拉·法勒和黑色窃听者的傀儡。

艾莱克特拉说过，他可能是她的朋友。那好吧，可是他为什么不露面呢？他的化身——竟然是这个样子——一团稳定的黑烟。对史苔拉来说，这意味着他不想暴露自己的身份，这使她生疑。但是，她决定给她的翩翩飞舞的精灵和她的黑朋友一个机会。

好，所罗门昨天对她讲了长矛的事情，不，那种长矛病毒的事情。那个东西落在墓碑的中心绝非偶然，那块石碑看起来和那个幽灵——黑色窃听者一样黑。然而，那几个字母 R.I.P. 可能有很多含义，唯独不会是“愿死者灵魂慢慢安息的祈祷”！也许是“在挑衅中不得安息”，或者“复仇好得很”，或者……唉，她不知道那到底是什么意思。

史苔拉也为自己的父亲担心，因为他一夜没有睡觉。昨天，星期一，他九点钟就起来向她讲述长矛病毒，眼睛里充满血丝。然后，他又全力以赴地投入网络龙形怪兽扫描仪的编程工作，这中间仅仅短暂地访问了一下工作队其他成员。这些天，在技术问题上他们和他站在一边。

对史苔拉本人来说，星期一过得很无聊。在这种时候阅读还是相对最舒适的事情。这使那种诺沃盖的迷惑手段变成了多余。她所做的事情简直就是那种声音的现场直播。有时候，她向父亲投去担忧的一瞥。平时他常常想到自己的健康，现在却没有工夫顾及了。即使在吃早点的时候，她也不得不看着他是怎样地把那种三明治和含有亚硝酸盐的香肠及上了色的奶酪塞进嘴里。他的身体状况令人担忧。

当她在星期二早上十点半以前坐上那个网上旅行者的坐椅、从葛文手里接过喷鼻子的小瓶子时，狄卡坡木然的面孔紧贴在观察室有色玻璃墙后面，星期天被引爆的核武器灾难产生的恐惧表情已经从他的脸上全部消失了。但是，头一次开始网上旅行的那种兴高采烈的样子也不见了踪影。这个男人心里在想什么呢？难道仅仅是过分热心使他变成了一个密探和诡计多端的人，或者，难道那后面还隐藏着更多的东西？

史苔拉呼吸均匀。幻梦中出现的偏差她现在已经熟悉了。她知道自己期待什么。不管怎么说，她相信是这样。不可以忘记它。在整个旅行中，她的头脑里不断地重复着这句话，她也不断地想到自己的任务——不可以忘记它……

黑色窃听者

包围着她的黑暗久久不肯退去。感觉告诉她，现在一定是在集市广场附近的某个地方，但这种深沉的静寂和埃奈萨那个热闹的集市广场很不相称。

“难道你已经忘记它了吗？”

她睁开眼睛，成功了。但是，她很快地又闭上了眼睛，因为从卧室窗户射进来的光使她睁不开眼。

“你说什么？”趴在她胸前的雪貂问道。它对背景的想象超过了自己的听觉。

“你说过，我们要尽快回到布莱克桑。”

史苔拉胆怯地再次睁开眼睛,这一次慢一些。她所在的房屋是不是自己的房子，她睡觉的床是不是自己的床？不过，看起来很像。窗外，朝阳已经升起，窗户玻璃却有保留地让它的光射进来。尽管如此，阳光还是让史苔拉睡眼惺忪的眼睛感到惊异。

“我怎么来到了这里？”

塞沙明娜仍然蹲在史苔拉的胸脯上，像人一样地摇摇头说：“我也这样问自己。我也不知道。我也是刚刚醒来，在外面散了一会儿步。”

史苔拉怀疑地向周围看了看。她躺在自己的床上？在家里？在埃奈萨？“你能不能肯定，我们不是在任何戏剧舞台的布景前面？”

“你能不能肯定，你自己是否一切正常？”

史苔拉坐起来。额头嚯嚯地疼，这是一种十分讨厌的信息，使她感到无法摆脱。她到布莱克桑想干什么来着？对了，为了弄清土地登记局的那张手稿，那种神秘的古日耳曼文字。现在记忆又恢复了。艾莱克特拉想帮助她破译那种难以理解的文字。

“你看见我们的女邻居了吗？”

“没有，女裁缝魏赫尔明娜在外面喂白鼬。她好像不知道我们回来了。”

“那就更好了，我们随她去吧。”

“那你的意思是我们回布莱克桑去，对不对？”

“我们当然是去那里，更准确地说我们是乘飞船去。让我赶快洗脸漱口。你是否可以想一下，我们怎样才能悄悄地出城。”

史苔拉不需要很长时间准备。像上一次旅行那样，她挑了件皮衣，背上背包。当她寻找长矛的时候，却迟疑了一下。

她觉得这个武器非常可怕。她不由得想起那个武器怎样飞出去穿透了那个黑色的墓碑。这杆长矛里面是否隐藏着某种危险呢？假如有一种力量藏在里面，那它就超出正常矛的能力，那种能力会不会反过来伤害她自己呢？

史苔拉摇摇头。这种想法大概只是一种幻象。无论如何，这根长矛把她带到艾莱克特拉身边。她抓起那根乌檀木的家伙就匆忙地出了门。

“哎？怎样通过检查那一关，你考虑好了没有？”当她大踏步地在石子路上向码头走去的时候问道。

“你今天怎么这样一本正经？”

“要尽量不引人注目，我只是不想在检查官员那里白白浪费时间。”

塞沙明娜失望地叹了口气说：“那好吧。我有一个主意，但是，我必须先到周围看看。你先到我们的帕特罗那停泊的地方去并在那里等我。很有可能我们必须赶快出发。”

这一刻，史苔拉的头疼感消失了。她觉得清醒，精神焕发，所以她对明娜的命令也认可了。雪貂立刻不知不觉地消失了，史苔拉说不清它往哪个方向跑的。她独自向港口走去。

当她快速地走在一条下坡路上的时候，她若有所思地看了一眼城市里的那些雄伟的塔楼。她忽然犹豫起来。一个念头突如其来地从她的意识深处升上来，那个念头在最初的一瞬间把她吓了一跳：在这个五彩缤纷的幻想王国旁边还有另外一个世界，而且在这个世界里还有第二个史苔拉和她密切相关，是的，她很感激自己本来的存在。

她能够感觉到脚下的石子路，附近的市场上散发出来的气味，她的鼻子能够闻出来。

一来到港口区，史苔拉就忙着寻找自己的帕特罗那。上一次她们实在太累了，她把帕特罗那停靠在什么地方，现在已经记不清了。过去多长时间了呢？一天，两天，还是三天？过了一会儿，她终于找到了自己的帕特罗那。她打开舱盖的销栓，在一张纸条上很快地写上布莱克桑几个字，把它放进导航的小瓶子里。然后就坐在里面等。

不久，雪貂塞沙明娜便回来了。它像一道白色的闪电掠过码头，它从老远就纵身一跃跳进舱里，并大声喊道：“快！开向东门！”

“可是，我应该怎么办呢？我已经对您说过了，我们要避开检查……”

“不要说那么多话，要行动！”塞沙明娜打断了她的话。

史苔拉关上舱门，校正操纵小船的意念。当小船在繁忙的水上交通网中穿行的时候，史苔拉才开始发泄自己的怒气。

“我倒是很想知道你有什么打算，明娜？不管怎么说，我是你的主人。”

雪貂吃吃地笑起来说：“不用担心，我不想和你争夺地位。否则，我就不得不自谋生路去了。”

“很滑稽！”

“我想，我们本来是朋友。”

“为什么师傅和学徒就不能交朋友呢？”

“你只要问一下，这儿谁是师傅！”

史苔拉还没有找到恰当的词儿回答，帕特罗那就已经到了东城水门前。这时候，刚好有一个由大小不同的船只组成的船队要离开这个城市。

“快点！这个船队马上就到城外。”

“我还是不明白，什么……”

“你让自己的小船跟在船队后面就行了。检查员已经检查过了，也就是说，如果我们被那些商船带上，那是不会引起注意的。检查员早已开始刁难后面的船只了。”

史苔拉当然希望塞沙明娜的计划能够实现。即使她们的身份没有问题，她也想秘密出境，不想引起检查员的怀疑。那些穿着铁皮盔甲的年轻人，总是为能把一堆卑鄙下流话加到史苔拉的头上而感到极其开心。

然而，没有人觉察到大队运输船中的一只不那么引人注目的帕特罗那。一旦到了城外，史苔拉就可以脱离船队了。

进入布莱克桑也没有遇到任何麻烦。史苔拉绕了一个弯，然后就在她的小导航员的带领下进入黑太阳。今天城里仍然到处都是人，各种各样闪闪发光的形体在史苔拉面前走来走去。开始是像人一样高的大青蛙、红色的不修边幅者，后来是满身横肉的异国女人，她们身上挂着的那么一点儿织物让史苔拉脸红。

还不见德拉·法勒的影子，要不是他放弃了跟踪，就是他变得更加机警了。史苔拉没有为他太费神。

她不引人注目地悄悄来到黑太阳的大门口。

“今天感觉怎么样，欧培·阿头？”她首先问候那个看大门的，他今天穿的和那天一样十分齐整。但他显得有点气呼呼的，不知道是不是因为访问者情绪太好。

“我应该怎么称呼您呢？”他嘟囔着说道。

“您大概没有睡好觉吧，对不对？”史苔拉问道，同时又自报家门，“流星——我的名字。”

门卫的态度马上变得彬彬有礼。他打开门，史苔拉走进乱七八糟的黑太阳大厅。

她从一个穿红裙子的猴子手里接过名牌，然后就匆忙地走进喧嚣的人群。没过多长时间，她就找到了艾莱克特拉，她正在与那个稻草人和把头发做成闪电的老头交谈。

“流星！你来的很准时。我可以介绍一下我的朋友吗？这位是海莱西亚。”她指着稻草人说道，“这位自称爱因斯坦。”

爱因斯坦，史苔拉想，只有白痴才这样自称。不过，她还是向那两位奇人亲切地点了点头。

“那边，”艾莱克特拉热情地一边唱一边说道，“哒—哒—哒—哒……那儿是我们的一位窃听者。”

史苔拉感到浑身好像瘫痪了似的。她简直连向艾莱克特拉指的方向转身看一看都感到困难。当她终于转过身时，她发现真的就是那个漂泊的幽灵。虽然那团烟雾不能提供什么线索，但她立刻就认出了那个幽灵般的形象。

“我认为他在这里不大好。”史苔拉露出了自己的牙齿，“我不相信他。他为什么要把自己藏在这样一个影子后面呢？”

“这是他的招牌，他就是黑色窃听者。他不仅仅在布莱克桑使用这个名字，而且在世界的任何地方都用这个名字。”

“这是真的。”窃听者附和道，“黑色窃听者像幽灵一样出现在整个网络的一切地方。”

史苔拉立刻认出了那个声音，恐惧像一队蚂蚁在她的背上爬过。黑色窃听者使用一种同样令人感到恐惧的语言，那是她和艾莱克特拉共同使用的语言。一方面，史苔拉感到被出卖了，另一方面，一个声音告诉她，她应该给窃听者一个机会。艾莱克特拉显然很信任他，这样是否安全呢？

没想到那个幽灵在史苔拉面前慢慢地发生了变化，他变成一个轮廓，最后，一个男人的影子站在墙根前，穿的是一条长袍，戴着一顶高高的尖礼帽。

“我们曾经相遇过了，对吗？”

黑色窃听者的话虽然非常亲切，但却不能使她把心中的恐惧赶走。她疑虑地看着那个影子，没有言声。

“那是在阿米科。”他自己回答道。

“艾莱克特拉，你怎么能够信任他呢？”史苔拉痛苦地对自己的密友说道，然而，艾莱克特拉却大笑起来。

“黑色窃听者是信得过的，流星。这一点你可以相信我。他虽然无处不在，但他也是这个世界上最大的电脑黑客。”

史苔拉在考虑艾莱克特拉使用“电脑黑客”这个概念是什么意思。这个词儿听起来就像一个矿工。但是，很奇怪，她马上就调整了自己的想法，认为那也许是一个种类的概念，和“雪貂”包含的意义差不多。塞沙明娜嗅觉非常灵敏，它把史苔拉带进土地登记局的地下室，在那里，她找到了那张神秘的卡给片断。就在那个地方，她第一次碰见了黑色窃听者。

艾莱克特拉好像在跟踪着她的思路似的，现在她说道：“让我们到私人房间里去。我们必须谈谈卡给的问题。”

她们一进那间谈话的房间，史苔拉就在身后把门关上，马上对那个黑影说道：“你和这根长矛有什么关系吗？”她同时举了一下手中的武器。

“你已经理解了这个信息。”窃听者意味深长地回答道。

史苔拉没有心情猜谜。她生气地问道：“你和它有没有关系？”

“你是想问是不是我把你引到布莱克桑来的？是的，我想和你谈一谈。”

史苔拉又感到害怕了。“你要和我谈话？为什么？”她问。

“入侵者这个词汇告诉了你什么？”

史苔拉感到一阵战栗。黑色窃听者提到的名字不仅告诉了她某种东西，而且改变了她。像先前看见埃奈萨的塔楼侧影那样，入侵者这个词汇像一把钥匙，为了唤醒她的记忆，那个幽灵把它插在她的下意识的锁上。有一瞬间，史苔拉感到心神不定。入侵者！她当然记得。那是一种令人难以置信的机器，一个做梦的机器，一个通向另一个世界的大门。那个世界叫做幻想王国。

“你为什么不回答？”那个窃听者的影子问道，“你不能回答，还是不愿意回答？”

史苔拉费了很大的力气才恢复平静。她仍然站在那个简陋的房间里，可是，她现在一下子看见并理解了一些事情，而那些事情刚才还非常陌生，是的，也就是说，刚才看起来还是绝对不可能的。黑色窃听者用他的问题揭示了她被掩盖着的记忆的另一个层面。她用发抖的声音断断续续地说道：“做……做梦的机器？”

“原来你认识它。我想也是这样。”

“为什么……我指的是你怎么知道的呢？”

“这里，你不像别的艾法塔。我认为，你很感谢入侵者使你出现在因特网上。”

“但是，做梦的机器是一个秘密！只有龙形怪兽同盟的人才知道它……”

“此刻我不能把一切都告诉你，”黑色窃听者打断了姑娘的话，“即使在这个房间里，也是隔墙有耳。但相信我，我知道你的身份证号码。从前，埃奈萨的主人为了掩盖自己的秘密颠覆活动曾经使用过它。”

史苔拉看了看自己小臂上的号码。每次一提到它，它就开始从里向外发出光来。这一次也是那样。突然她明白了：“原来你和龙形怪兽从我面前逃走的原因在这里，对吗？”

“是的，我不知道能否相信你。所以，有我的关于战场主人的谜语，我……”窃听者迟疑了片刻，“你刚才说龙形怪兽也从你面前逃跑了？”

“是的。塞沙明娜早就说过，我身上一定有什么可怕的东西，因为所有的幽灵见了我都逃之夭夭。”

“塞沙明娜？”

史苔拉上一次就感到惊奇，为什么谁也没有注意到她的雪貂。为了不让事情变得更复杂，她只是简单地说道：“一位女朋友，她帮助我克服困难。你好像也知道龙形怪兽？”

“网络龙形怪兽本来是我到这里来的原因，确切地说是它和入侵者。在后者面前，我警告你注意。目前这就够了，战场的主人无论如何不能太早地认出我的真实身份。假如发生这样的事情，那么连我也拦不住他了。”

“拦住，关于什么？”

“一切只能到时候再说，流星。你必须相信我。我不像战场的主人那样是你的敌人。不要让他再把你和入侵者连在一起。你所说的那个做梦的机器是危险的。”

没想到那个幽灵在史苔拉面前慢慢地发生了变化，他变成一个轮廓，最后，一个男人的影子站在墙根前，穿的是一条长袍，戴着一顶高高的尖礼帽。

史苔拉恐惧地盯着黑色窃听者。她不知道应该怎样对待他的暗示。她的疑虑虽然减少了一点儿，但并未完全消除。

“只有在这个幻想世界里我才能找到龙形怪兽。”她说道，“你是不是想说，龙形怪兽对这个世界并没有什么危险？”

“对于幻想世界？”窃听者小声说道，这下子史苔拉心里更乱了。“是的，龙形怪兽是一种危险。但是，你和所罗门在没有那台做梦机器的情况下去找它更好。”

“更好，对谁？是不是对你更好，因为我很快便会识破你的花招？”

黑色窃听者嘴唇上又现出一丝神秘的微笑。“你还远没有弄清我的秘密。我甚至能够因此而得到好处，如果你继续从事入侵者的工作——那就常常想着你的长矛！我的警告完全是为了你。我想拯救你，流星。”

“拯救……我？”史苔拉几乎尖叫起来，“如果你真是像艾莱克特拉说的那种难得的年轻人，那么你为什么不揭穿埃奈萨主人的阴谋？他们虽然可能是高层人物，但是，假如他们明显地损害了人民利益，那人们就能够罢免他们的职务并把他们抓起来。”

窃听者大笑起来：“你对形势的认识是错误的，流星。埃奈萨的主人直属于幻想王国的最高战争委员会，它的最重要的官员在那里都被授予高级军衔，即使幻想王国的议会也不能控制他们。如果说真的有人能够指挥他们，那么就只有一个至高无上的人。即使如此，也不能保证成功。幻想王国的当权者来来往往，但埃奈萨的黑暗统治者却依然存在。”

史苔拉必须先记住窃听者的话。那些话像一个谜，那里面每一个词句似乎都有与原文要表达的内容不同的含义。她沉重地倒在皮沙发上。渐渐地她明白了，为了找到谜底，她必须询问自己意识中陌生的、像被一道散发着香味的帘子挡住的那一面。然而，她越觉得自己明白了黑色窃听者描绘的内容指向什么地方，她就越感到不安。

她绝望地看着头戴尖礼帽的黑色窃听者，然后又望着艾莱克特拉。

“你怎么了，流星？你知道一种可以让埃奈萨的主人停止作恶的办法吗？”

“窃听者说，只有‘一位至高无上的人’能够制止他们。我相信有一条通向他的道路。”

“你指的是通向最高当权者的道路吗？”黑色窃听者惊异地问道。

史苔拉向他投以怀疑的目光。

艾莱克特拉说道：“你可以相信窃听者，流星。他是我们的朋友。”

史苔拉叹息了一声。对她来说，她现在所做的事情，好像是她的一生中最困难的一步。“我将告诉你，窃听者，你是否能够和我的母亲联系上。她的父亲，就是我的外公，是幻想王国的主人德高望重的参谋。她可能会帮助你。当然我不想对你泄露她的住址——你还必须赢得我和她的信任。我告诉你怎样送给她一个光明的信息。在那个信息里，你可以告诉她你想要她做什么并且说明你的理由。”

“谢谢你，流星。我理解你的不信任——我本人只是一个影子，因为除了必要的地方之外，我不想更多地暴露自己——但是，相信我，你不会后悔的。有没有一个秘密的暗语，这样你的母亲就能够认出我的消息是真的呢？”

史苔拉不情愿地把暗语告诉了黑色窃听者。然而，她没有忘记向他指出，她本人也想通知她关于在布莱克桑的聊天。对于菲菲雅娜来说，随时更换暗语是一件轻而易举的事情。假如他和她联系上了，他应该静静地排队等候。然后她再次警告窃听者，也许她母亲的信息已经发出了。窃听者小心地答应了。窃听者认识战场的主人，知道会受到什么样的惩罚。如果菲菲雅娜真的能够帮助他，那么他很愿意和她见面。

“希望你以后任何时候都不要让我感到遗憾。”史苔拉嘟囔说。

“相信窃听者吧。”艾莱克特拉说道，“他已经帮你做了很多事情，比你想象的还要多。”

史苔拉撩开脸上的一缕头发，用审视的目光看着艾莱克特拉，问道：“你这是什么意思？”

“我的朋友和我首先是通过窃听者的指示才来到卡给文本背后的。”

史苔拉首先惊异地看了看那个影子，然后又盯着面前飞动着的女精灵。“你认为……”

艾莱克特拉使劲点着头，说：“正如我们认为的那样，那个文本的暗语已经被揭开了。那是一个非常罕见的密码，更多的是学术的而不是实用的。估计就是这个原因，至今尚无人能够破译它。但是，多亏窃听者的灵感，我和我的朋友们才能破译了它。”

这个消息使史苔拉的情绪高涨起来。她甚至忘记了她对黑色窃听者郁积的怀疑，迫不及待地对她的绿发女友说道：“现在，别再折磨我了，艾莱克特拉。那上面是什么意思？”

“其中大部分是垃圾……”

“什么？”

“安静地听我说，流星。我说，大部分。在所有那些垃圾之间我们找到了包含着某种意义的东西，至少在句法上。”

“我一个字也听不懂。你们到底发现了什么？”

“卡给影子文本包含的唯一可理解的只有一句。它的内容是：‘真实的事情将在今天完成，而不是被发现。’”

“这就是全部内容？”

艾莱克特拉微笑着点点头说：“更多的就没有了，真遗憾。”

“我完全糊涂了。”史苔拉说道，“我本来希望，在那个手稿里写着类似‘到某某城市某某洞穴去寻找龙形怪兽，洞口的牌子上写着龙形怪兽之家’之类的句子。可是这……这让我如何着手呢？”

“听起来像一个谜语，要揭开谜语必须动脑筋思考。”黑色窃听者说道。

史苔拉又想起了关于战场的主人的思考任务，于是呻吟道：“怎么尽是这样的东西。可是，假如你足够聪明的话，那你一定早就做了，我说的是早就想过了。”

“事实上我也想过了，好像那个文本的撰写人要我们触及真实……”

“这我也明白。”史苔拉气馁地说道，“但是，某种东西要么是真实的和现实的，要么就是错误的和不存在的。虽然人们可能发现某种现实的东西，也许还会创造某种已经完成的事实，可是，难道这只是人们完成现实的方式方法吗？”

“你想一想入侵者，流星。此时此刻你不是正在创造自己的真实吗？你到底怎样称呼它的呢？幻想，如果这一切还没有使我迷惑的话。”

“你认为，那个文本讲的是关于我和这里的这个世界吗？”

“不，它不会对你泄露任何新的东西。谜语必须有另一种解法。”

“你再想一想。”艾莱克特拉又接着说道，好像黑色窃听者投给她一个球似的，“报纸、电视和收音机里的新闻……这是经常发生的事情啊，关于一幅画或者一个事件被撰写成文字，它们是那些事实完全在另一种光里的呈现！媒体把思想植入人的头脑，以后，人们就把那些思想变成自己的，这种情况并不罕见。这就是真实被造出来了，流星！也许那是人造的，但是，人们觉得它们好像是真实的。”

“等一等，等一等，”史苔拉迷惑不解地问道，“我现在还是跟不上。你们俩说的是传声筒宣布的解释和信息吗？你们认为这是‘人造的真实’吗？”

艾莱克特拉吃吃地笑起来。“假如你愿意这样说的话也可以。显然你有点糊涂了，但是黑色窃听者已经警告过我。”戴翅膀的精灵飞到史苔拉就座的沙发上，认真地说道，“注意，流星。我现在给你几个去创造真实的地址。我知道你去那个地方比我和黑色窃听者都更快更好——但是，你首先必须找到一个后门。虽然很少有这种必要，尽管如此，还是要找。你稍微看看这个位置的周围。你已经发现了一个卡给。假如在现实的工厂里某个地方有另一个卡给，那么它就会引起你的注意了。”

史苔拉垂下呆滞的目光。无论如何，她对艾莱克特拉的建议还是觉得接受不了。所以她必须再次求助于自己的小皮领，在这个黑色建筑物里它始终故意默不作声。其实，塞沙明娜早就想帮助她了。

告别的时候，史苔拉再次环视了一周，她看见黑色窃听者时，史苔拉为他帮助解开了影子文本而向他表示感谢，答应认真地对待他的关于战场的主人的警告。

艾莱克特拉再次宣布，她将每天在同一时间造访黑太阳。这虽然是一种很大的牺牲，因为这极大地缩短了她夜里睡觉的时间，但是为了朋友，她也心甘情愿。

史苔拉立刻登上旅途。她的背包里装着许多纸条，上面写着艾莱克特拉建议她去的那些地名。也就是说，现在游戏重新开始了。一个影子被找到并且被破译了，尤其是在她以前不信任的人的帮助下破译的。确定无疑的是：龙形怪兽在玩它自己的游戏，埃奈萨的主人也这样。无论在什么地方，史苔拉都将在场并努力去完成某种危险的、神秘莫测的，也可能是无法实现的任务。

现实制造者

埃姆森裴茨不大，像阿米科那样小，像阿芒市那样对外开放，像布莱克桑那样阴森森。在布莱克桑，她没有遇到什么困难就绕过了检查员，在港湾里找到一个地方把帕特罗那停泊好。当她走在埃姆森裴茨的街道上时，她很快就明白了，这里决定白天节奏的不是手工业，而是消息。

这里到处都是一些小馆子，人们坐在里面不停地和别人交谈。一些人抄写着另一些人从幻想王国最遥远的地方带来的消息。大门对大街敞开着的情况处处可见。史苔拉东一句西一句地听着。例如，他们当中一个人在讲：一个男人特别喜欢追逐善良的狗，企图咬住狗尾巴。她从另一个"新闻交易所"听到一条新闻：一颗星星从天上坠落下来，掉到一个城市的中心，可是到现在人们还没有弄清楚那个城市的名称。有些报告消息的人言过其实，非常激动，显然不会听不出来——也许他们讲完以后会得到很好的报酬。有时候，史苔拉觉得好像在什么地方已经听到过了似的，这使她至少可以想象，这里有多少故事被吹嘘传播。

难道这就是艾莱克特拉说的现实工厂吗？迄今为止，对她来说，虽然埃姆森裴茨只是和许多地方一样的一个名称，但她至少知道了这个城市主要出口的产品是什么：旧报纸和一些所谓的闪电新闻，它们通过光信号在相近的中继站之间来来回回地传输。这种建立在狡猾的镜子系统上的程序，使重要新闻和个人信息能在极短时间内越过遥远的距离。

这种新闻最优越的接收站是那些在幻想王国几乎每一个地方都存在的高大塔楼。

"你有没有一个主意，我们应该到什么地方去找卡给？"史苔拉问道，这时候，她已经在大街小巷里无目的地转悠半天了。

"你到中央信使服务局问问怎么样？那里整理并分发在各个小酒馆收集到的全部新闻。"

史苔拉突然站住不动了，一个懒洋洋的青年，靠墙站着，感兴趣地竖起了耳朵。她向他投去冷峻的目光并小声说道："你为什么不马上告诉我？"

"你并没有问我呀？"

"但是……"史苔拉叹了口气。这时候她想起塞沙明娜，这个令人惊讶的嗅觉敏感的鼻子，总是在自己向它提出要求的时候，它才行动。在这种情况下，她只好以亲切的声调请求雪貂："可爱的雪貂，你能不能带我去那个中央信使服务局？假如不太麻烦的话，你能不能马上瞧瞧卡给在什么地方？"

"没有比这更让我高兴的事情了。"塞沙明娜细声细气地说道，它马上便目的明确地指挥她，穿过城里的街道向那里走去。

在前往中央信使服务局的路上，史苔拉搜索着自己的记忆。虽然把意识的另一半长期包裹在黑暗里的那道帷幕已经消失，但仍然还有一层薄薄的纱帘，使她只能模模糊糊地看见那后面世界里的几个东西。

正当史苔拉回忆着的时候，中央信使服务局的人按照准备好的分配单子在分发各种消息。幻想王国的城市不是无选择地搞信息轰炸。更确切地说，政府部门、站点，甚至一些个人都能递交一些希望得到什么消息的单子。如果有人对猪的减肥特别感兴趣，那么他就可以特别注明。同样可以注明的还有对幻想王国里最重要的贸易场所的黄金价格，或者关于贵族和其他地位很高的人物的新闻。

史苔拉还记得，分发这种单子是对秘密新闻的最佳隐蔽。影子完全可能隐藏在这样一个愿望的单子里。可是，她怎么才能从那几百张甚至几千张单子当中把真正的卡给找出来呢？

史苔拉思考着这个问题，走过了好几条街道，直到她又想起塞沙明娜刚才说的话。于是她又请求雪貂给她出主意。

"每张单子上都有一个名字，"塞沙明娜回答道，"正常情况下都是接收者的名字。去打听寻找'卡给'的单子不就得了。这会使你取得成果的。"

这个希望首先不能确认。当这两位游客来到中央信使服务局的时候——一个十二层高的红砖大楼，笨重地像一块黄油——她们从一位异常亲切的负责分发新闻的官员手里得到一份否定的通知。他在一个大开本的书中寻找了半天，然后宣布说，没有询问关于卡给的单子。这时候，他的脸上呈现出那样一种悲哀的表情，仿佛对史苔拉因为失去某一位亲人而表示哀悼似的。

史苔拉道了谢，便离开了那座红砖大楼。"这是第一号城市。"她说道。在精神上，她已经撕碎了那张在幻想王国现实中已经变成蓝色墨水的写着名字的纸条。

"艾莱克特拉对我们说过好几个城市的名字，"塞沙明娜安慰她说，"假如我们在第一个地方一下子就找到的话，那也未免太简单了。"

史苔拉点点头，明娜说得当然对。她们一起回到码头，然后，她溶解了第二个城市的名字。

磁能市给史苔拉的印象也是一个典型的新闻城。这个地方比埃姆森裴茨稍微大一点，但在主要方面和那里一样，都是一些从事同样工作的制造现实的手工业者：只要闻到一点气味，他们每一个人都会跟着一些庸俗不堪的新闻后面跑，特别是一些引起轰动的事件或者仅仅是新近发生的事情。令史苔拉特别惊异的是，这个行业给无数人提供了工作和面包。那里一定还有另一种人，他们不能得到足够的闪闪发光的、经过艺术定型的现实图像。

磁能市里也有一个中央信使服务局。这里的服务局大楼虽然只有四层，但它的占地面积却很大，几乎和黑太阳一样宽敞，用华丽石料装饰的大门口站着守卫的岗哨。哨兵的面部表情也像那种典型的检查员的表情。

“暗语！”他呆呆地望着史苔拉。

史苔拉一下子愣住了。

“他想知道你询问的单子名称。”塞沙明娜悄悄地告诉她。

“卡给！”史苔拉嗫嚅着说道。

哨兵转动上身向敞开的大门口方向大吼一声：“卡给！”这个词汇在神秘的大楼深处发出多次的回声之后沉寂下来。

“你知道这是怎么回事吗？”史苔拉轻轻地问她的皮领子。

“他们现在去翻查总目录了，答案很快就传达出来。”

雪貂的话音未落，就听到大楼深处也传出响亮的暗语声，经过几次反复扩音之后，渐渐地清晰了。最后的三次重复史苔拉也能听见了。

“负号。”哨兵结束了那一连串的声音。

“什么？”

“暗语是错误的。”

史苔拉的手抚摸了一下肩膀上的白色毛皮。

“你还有别的纸条呢。”塞沙明娜小声说道。

史苔拉耸了耸肩，转过身离开了那个寡言少语的哨兵。

“现在往哪里去？”塞沙明娜问道。这个该打的小东西似乎也想开个玩笑。

“去……等一等。”史苔拉转动着手中的纸条，“去华尔斯特里欧——从来没有听说过这个地方。”

“那个地方专门提供商人感兴趣的东西。假如你要为自己的白鼬生意建一个连锁店的话，那你就应该首先阅读华尔斯特里欧的新闻。”

史苔拉对塞沙明娜的无所不知总是感到惊异。只进行了一般的安全检查她们俩就到达了新的目的地。原来华尔斯特里欧就在磁能市里面，可是，这里好像也很大，可以把埃姆森裴茨圈起来。除此之外，这个地方和别的地方就没有什么两样了。唯独那些房屋，在街上就可以听见大声叫喊着的新闻从每一所房屋里发出来，给史苔拉一种豪华的印象。这里还可以看到大理石的房屋正面，大玻璃窗和手里拿着各种毛巾的现实制造工人。他们大多数都是男性居民，他们的面孔反映了那些新闻非常重要。在华尔斯特里欧很少有笑声，人们更多地在玩着数字游戏。

这里的中央信使服务局大楼是一个六角星形状的建筑物。如果人们像史苔拉那样从南面接近这个大楼，就可以看到，它的六个三角形基本组成部分和六角形的中间建筑不连在一起。虽然挨得很近，但每一部分都自成一体。整个楼群都是用橘黄色的沙石建造的——很是庄严肃穆！

史苔拉可以不用说什么暗语就进入大楼的门厅。这里的地面装饰着色彩鲜明的马赛克图画，一部分图画是童话《阿里巴巴和四十大盗》。为什么恰好选择这个主题呢？——史苔拉的想象力似乎被抽走了。

她向接待处的一个高柜台走去，那个柜台是用棕黄色的石头做的，经过打磨抛光，十分明亮。柜台上面立着一排红色的玻璃球灯，像一串珍珠似的，每个玻璃球都被镶嵌在黄铜底座上。灯后面有三张微笑着的面孔，中间的那位欢迎了史苔拉并接过她的暗语。

“请稍候。”她的面部露出若有所思的表情——她虽然把头发向后梳，但显然仍很年轻。她的眼睛看着下面，可以肯定，她的手正在忙着翻那大厚本的包罗万象的登记名单。

“啊，在这儿呢！”那张面孔说道，露出一个衷心的微笑。

史苔拉以为自己听错了。“您说，您找到了卡给名单？”她问。

“当然。”一丝不悦的神情从那个人脸上飞过，但是，她接着便和蔼地说道：“在我们这里任何东西都不得带走。我马上派人给您安排一个阅览室。如果您现在想坐下来看的话？”这个问题更像一个要求，那个年轻女士强调说，同时用她那纤细、雪白的手向左边指了一指。

史苔拉扭过头，现在她才发现那边有一排铺着厚垫子的卧式沙发，离接待室不远。她向那个亲切的面孔投去一个感谢的眼神，点点头，退到一个空位置上。

这种家具那样舒适，使接触它的人立刻产生一种柔软、愉快的感觉，甚至是一种诱惑，会让人马上躺下。毫无疑问，他们在很短的时间内，便会昏昏入睡。史苔拉直挺挺地坐着，看着大厅里发生的事情。

在她身旁最近的地方，来访者有的坐着，有的躺着，有的甚至直瞪瞪地看着某一个物体。有几个还真的睡着了。在一个较远的沙发上有一个人甚至打起呼噜，那个人不仅看起来像一个伐木工人，而且也能提供相应的噪声。

不断地有人从大门口进来，另一些人则离开这幢大楼。然而，在这个神圣的知识大厅里，既不显得繁忙和拥挤，也没有不恰当的喧嚣，只有充满尊严的矜持、庄重的举止和非常的兴奋。

有几个来访者，他们现在真的引起了史苔拉的注意，他们听到喊自己的名字之后，便在穿号衣的服务员陪同下走向三角大厅的后墙，不久便消失在一条通道里，那里的许多通道都是对称排列着的，像柜台上的那些玻璃球灯罩一样。

史苔拉目瞪口呆地看着四五个人接连被送出去的戏剧般的场面，尽管如此，她还是不懂那里到底发生了什么事情。那通道后面绝对看不见什么东西，显然，不仅是射进来的光，而且连轮班进入者都一下子被吞没了。一旦来访者的一只脚跨过门槛，那个人也就不见了。

一个有礼貌的声音叫着等候者的名字，那个声音精确地和拱门上面的一个亮起来的红灯同时发出。她还没有弄清楚，自己和塞沙明娜是否应该去冒消失的风险，一个女性的声音便在大厅里响了起来："史苔拉女士，这边请。"

史苔拉做了一个深呼吸。"现在关键时刻到了，明娜。"她小声说。她的雪貂规矩地回应了一下。

史苔拉还没走到接待处的柜台，就碰到一个服务员。他同样穿着橘黄色的号衣，对这幢大楼来说，这种颜色显然很有特色。

"请您跟我来好吗？"他一边说，一边轻轻地点着头。

回答是多余的。服务员已经向前走去，史苔拉跟在后面。他们向大厅后面走去，不可能是别的方向。史苔拉心里有一种很不舒服的感觉，东张西望地看着许多拱门。服务员把客人带到最后一个拱门。拱门上的小红灯下面有一个牌子，牌子上写着 48 号。

"您的阅览室已经安排好了。"服务员低声说道，伸出双手指着黑暗的入口，"如果您愿意进去的话！"

史苔拉本来不想进去。这个入口、通道或者叫做别的什么，使她感到恐惧。可是，过了一会儿，她就意识到，自己为何而来——为了一张卡给之网！可是，迄今为止她才找到一个卡给，显然第二个卡给在这里等着她。只有当她把那些卡给一个一个地找到，她才能够完成网络龙形怪兽同盟交给她的任务。想到这里，她又深深地吸了一口气。

服务员鼓励地微笑着，史苔拉看了他一眼便走进拱门。

感觉仿佛穿过了一道头发丝那样细的温水帘子，但史苔拉身上一点儿也没有湿。她不安地向四周巡视一遍。她面前是一个三角形的房间，简单地不能再简单了。光滑的屋顶是淡红色的木板，墙上的颜色刷成奶油色，木头地板上只有两件家具，一张很大的三角形的桌子，和房间的形状很搭配，还有一把带软垫的木头椅子。

史苔拉立刻发现桌子上摆着一摞清洁的文献资料。她很快地走到椅子跟前，坐下来，把长矛靠在桌子上，把那些资料移到面前。那些资料用的是纸莎草纸，那是一种很不常见的书写纸。每一份手稿的上部都写着一种专业范围，有"交易所新闻""能源经济""旅游和交通"等。她觉得所有这些主题都说明不了什么问题。可是，难道卡给真的和这些专业有关吗？

正当史苔拉的眼睛无目的地扫视着不同的新闻时，忽然，某种熟悉的东西闯进她的眼帘。一种游戏规则，这也是来自她记忆的另一部分。要拼写出一个卡给，可以用订阅题目的首字母组成，好像谁曾经对她这样说过似的。

史苔拉想着这个问题，从椅子上站起来又坐下，开始激动地一页一页来来回回地翻起来。塞沙明娜在三角形桌面的一角找到了一个空闲的位置，坐在那里默默地看着史苔拉匆忙地翻过来翻过去。为了一览全局，史苔拉把纸莎草纸折成梯子形状，这样，每一个行业的题目都能一览无余了。她不得不承认，用词汇的首字母组合成一个词的可能性，如果不是无数的，那至少也有很多很多。究竟哪一个正确呢？

“你有没有某种预感，明娜，应该按照怎样的顺序把它们一页页地排列起来，才能找到我们需要的影子呢？”她终于无可奈何地问道。

“也许像它们开始的时候那个样子？”塞沙明娜回答道。

史苔拉的嘴张开了，然而却没有出声。她失神地望着雪貂，那个白色的毛皮动物的脸上似乎露出讽刺地冷笑。她生气地闭上嘴，又看着桌子上的文献。过了很长很长时间，她才又抬头看着雪貂。史苔拉的眼睛里含着泪水。

“我把开始时的顺序忘记了！”

“这怕什么，还有我呢。”塞沙明娜立刻回答道，一步一步向那一堆纸莎草纸文献走过去，“从交易所新闻开始。”

史苔拉翻到那一页。

“好像下一页是能源经济。”

史苔拉顺从地把那一页放到第一页后面，使两页纸上的业务范围都能看见。

“现在是旅游和交通。”

第三页找到了。

“贵金属。”

第四页。

下面接着的是：体育、脖子切割器、因特网、戏剧。

“脖子切割器？”史苔拉难以置信地问道。

“那是一个商业部门的新闻中心。”塞沙明娜回答道，好像这个回答已经足够了似的。

史苔拉摇摇头，但这样叠起来的纸张确实引起了她的注意。

“贝莱舍特（BERESHIT）。”那个顺序的主题首字母组成了这样一个词汇。

完全的静寂持续了好大一会儿，史苔拉束手无策地抬起头。

“贝莱舍特。”她又重复了一遍那些主题首字母拼出来的名字，“这是什么意思呢？”

“这就是新的卡给。”塞沙明娜镇静地回答道。

“漂亮的卡给！如果我不知道它是什么意思，我又该怎么办呢？”

“开始你也不知道土地登记局的手稿怎么办。我们将解开这个卡给的含义。”

史苔拉看着手中的纸莎草纸，好像她能够透过去认出谜底似的。她终于叹了口气。

"你说得对。好吧，让我们离开这里……"

一瞬间，她觉得好像重新掉进黑暗的通道里，惊惶地向四面张望。她背后墙上有一面巨大的镜子。镜子就在椅子的靠背后面，迄今为止，史苔拉根本没有发现它。

"难道我们必须从那里出去吗？"她疑惑地问道。

"可是，我想不出还有别的道路。"

"我简直不懂，为什么这里不能安装正常的门？"史苔拉生气地问道。

塞沙明娜开心地吃吃笑起来，又跳到史苔拉的肩膀上。"刚才建筑物的各个不同的部分没有引起你的注意吗？它们相互之间并不相连。我们早就不在进口大厅的那个三角形里面了。"

"你是不是说我们被融化了，并且被重新组合到大楼的另一个侧翼里去了？"

"大概是这样吧。"

史苔拉抓起她的长矛，厌恶地看着那个镶着金色镜框的大镜子说道："我从未想过我会心甘情愿地融化在空气里……"

突然，她呆住了。她看见镜子里面的图像后面有一个东西一闪而过。她迅速地转过身，差点儿把塞沙明娜甩了下去，可是她身后什么也没有。当她再次转过身对着镜子的时候，刚好在镜框边缘看见龙形怪兽的即将消失的心形尾巴尖。

史苔拉再次感到浑身一哆嗦。"龙形怪兽！"她结结巴巴地说出了这个词汇，"我们必须去追赶它！"转瞬之间，她就跳进镜子里去了。

这一次，她在"地点转换"的过程中没有任何感觉，因为她心里只想着龙形怪兽。她跌跌撞撞地穿过中央信使服务局的接待大厅。众人见她这样有失体统，一个个脸上露出奚落的表情，目不转睛地紧紧追踪着她的身影。服务员们纷纷摇着头，连接待处柜台上的亲切面孔都目瞪口呆了。

在出口的拱门下面，史苔拉再次看见了龙形怪兽的心形尾巴尖，一闪就消失了，同时她听见一声嘲讽的告别词：现在，我已经打出了第二张王牌！史苔拉因害怕而踉跄了一下子，差点儿跌倒——她又听见许多孩子幸灾乐祸的笑声。

她简直要绝望了。这个龙形怪兽的出现就像一只飞鸿的影子，一闪便消失了。她怎么能相信自己能够抓住它呢？

"你知道龙形怪兽飞到什么地方去了吗，明娜？"

"这是正式的寻找任务吗？"

"是的！这个卡给把我们带向龙形怪兽。如果它现在再次把我们抛到后面，那我们可能将永远找不到它的巢穴了。"

"它飞向什么地方去了，我不知道……"

"这可是你第一次……"

"……但是，如果它跑到什么地方去了，我能够闻得出来。"

“你真是太棒了，明娜！”

“这你说对了。”

史苔拉尽最大的力量跑回码头。塞沙明娜在迷宫似的城市街道上为她指引方向。一来到停泊船只的码头，这个姑娘就跳进她的水上交通工具，然后，她把一个写着目标城市名称的纸条放进导航的小瓶子里，纸条一融化，帕特罗那就开动起来了。

“那只是一个中继站。”明娜对那个没什么内容的地名作了解释，“但是，许多水路都在那里汇集。”

“这就是说，你不知道龙形怪兽落到什么地方？”

“今天，它好像要彻底抹掉它的踪迹似的。”

“啊，也许这意味着我们已经非常接近龙形怪兽的巢穴！”史苔拉激动地说道。

“别高兴得太早，这头猛兽已经几次溜到我们的鼻子底下。”

这个中继站像一个真正的城市一样大。为了检查龙形怪兽的踪迹，塞沙明娜离开了小船。但不久它就回来了，然后告诉史苔拉一个新的地名。

“难道这又是一个中继站？”

“是的，不过它在幻想王国的另一端。龙形怪兽在和我们玩捉迷藏游戏。”

“你好像觉得这也很好玩！”

“你不觉得好玩吗？”

史苔拉的怒气一触即发，她把那个名字使劲写在一块小纸条上，然后把它插进导航的小玻璃管。

到了下一个目的地，又是白费力气。史苔拉更加激动了。她肯定已经紧紧地跟在龙形怪兽后面了！为了甩掉她，龙形怪兽突然改变了方向。她感到很不舒服，又想起眩晕的感觉。第一次追踪失败的那种恶心感觉不知道什么时候又回来了。假如她周围的一切又变成玻璃那样透明的东西，那她就不可能继续追踪龙形怪兽，更不用说去向它挑战了。

接着，她来到另外几个中继站。坐在帕特罗那里面进行追踪越来越匆忙，相反，史苔拉的动作却越来越迟缓，毫无疑问，她疲倦了。龙形怪兽不断地改变方向，这使她精疲力竭。不管怎么说，她还是又找到了新的卡给。也许制服龙形怪兽的那一天还没有到来……

这时候，塞沙明娜说了一声：“马西诺夫。”

“这可是……”

“是的，一座真正的城市。”

“听说住在那里的人几乎都是学者？”

“无论如何，你们人类那样认为。”

史苔拉的笔在纸上飞快地划过，然后她就把纸条塞进导航玻璃管中的透明液体里。

帕特罗那便马上动起来了。

帕特罗那被一道激流携带着，像火箭一般迅速地向马西诺夫城射去。这个城市被一个巨大的圆顶形状的建筑物统治着。从很远的地方就能看出这个城市像布莱克桑一样有一道内城墙，这道墙也是明显地燃烧着炽热的火焰。

马西诺夫的禁区比布莱克桑城里的禁区大得多。这里，公众活动的地方基本上只有港口这个小小的市区，一块飞地，一个自由贸易区。在这里，幻想王国所有地区的有知识者和求知欲很强的人都可以会面，或多或少地交换他们的智慧。

马西诺夫的房屋严格地按照几何形状设计建造。这里的房屋有立方体、球体、锥体、长方体、金字塔和圆柱体各种形状。

“就在这儿。”过了一会儿雪貂说道。

“我什么也没有看见。”史苔拉的眼睛在塞沙明娜指的一座楼房墙上仔细地看着。可是她既没发现地道，也没发现任何别的入口。这座楼房就在禁区的边上，它的老式建筑风格——相对比较而言——与其他楼房显得不同。这座楼房高高地矗立着，令人肃然起敬，它是用雕琢过的不规则的石头建造的，所有的缝隙全部用黑色的砂浆抹平。史苔拉看见上面很高的地方有一个白色的小百叶窗，再往上便是红色的瓦顶了。

“你必须仔细看。”塞沙明娜催促道，“这里，就在你左边。”

史苔拉再一次仔细地看了看那一块块大石头，整个墙面像一块巨大的花岗岩。“很遗憾，我没有发现任何地道的入口。”

“那好吧，别找了。”塞沙明娜唐突地说道，“跟我来。”

在史苔拉惊异的注视下，塞沙明娜慢慢地向墙根前走去，直接来到一块巨大的黑石头前面，那块石头的形状使人想到乌龟。

如果再往前走，塞沙明娜就要碰着它那灵敏的鼻子了，史苔拉想。然而，雪貂径直向前走去，头也不回，接着，它的全身都进入了刚才说的那块石头里，仿佛那是一块温热的黄油似的。

史苔拉不相信自己的眼睛了，甚至当塞沙明娜从那块大石头里再次伸出脑袋对她说“怎么回事，你不愿意跟我来吗”的时候，她仍然有点不相信。

史苔拉难以置信地点点头。现在她也向墙根前走去。到了石头跟前，她仍然觉得那是坚硬的石头，上面有微小的气孔，像岩浆冷却之后的岩石那样，可以看得一清二楚。史苔拉拿出全身的勇气提起右脚伸向那块石头。无论如何她想用脚顶住那块石头。然而，她的脚一接触到那块石头，便进入墙里。然后，她的腿也进去了，紧接着她便整个消失在墙里了。

“这简直太可怕了！”史苔拉浑身哆嗦了一下。她站在一个黑乎乎的拱形地道里。这种穿墙而入和穿过一面镜子有很大的不同。在极短的瞬间，她获得了一种新的感觉，她感到自己凝固成石头了，这是一种她决不愿意有第二次的体验。

“我们必须从这边走。”塞沙明娜说道，然后便向一条倾斜的地下道走去，那里有昏暗的灯光。

史苔拉跟在雪貂后面，心里感到怏怏的。龙形怪兽也许早已飞过万重山，逃之夭夭了。

不久她就明白那种光从何而来了。那是从地道的隔离墙壁上发出来的，甚至地上也发出很强的红光，能够微弱地照亮整个地道。这个地道就在城墙下面，史苔拉甚至能感觉到火墙的炽热。尽管如此，她觉得温度还是可以忍受的，要是碰到那道火墙，就不仅仅是被烧伤的问题了。大约走了一百五十步，她们来到另一道墙壁跟前。她恐惧地看着那个透气的黑色石块。

“不要再钻了吧，明娜！”

“假如你不想失去龙形怪兽的踪迹，那就必须这样做。”

史苔拉叹息了一声。她闭上眼睛，憋住气，潜入墙中。

当她感受到新鲜空气的时候，才敢于睁开眼睛。她又站在外面了，塞沙明娜一下子跳到她的肩膀上。

“现在向右走！”雪貂命令道。

禁区里好像没有任何限制来访者的标志。直到史苔拉在路上第一次碰到人的时候，她才不得不审视一下他们的面貌。显然，这里的日常生活很严肃。这里的大多数学者都特别喜欢穿黑色的衣裳。有些人的头发乱蓬蓬的，戴着形状奇特的眼镜，有的人肩膀上扛着稀奇古怪的仪器。但是，每一个人头上和每一件东西上面都挂着科学的光环。好像知识的重负压在这里每个居民身上似的，他们不得不竭尽全力地让它们显示出来。

史苔拉看到一个穿黑衣服的先生从后面赶上来，他扛着一个由玻璃管、螺旋管和玻璃瓶组成的机器，那不是用来测量某种神秘的自然现象的机器，而是用来点燃酒精的。就在这时候，她又听见了孩子的笑声。

她的脑袋转来转去。突然，她看见一个什么东西消失在一座房屋的墙角后面。“它在那儿。追！”她不假思索地喊道，肩膀上的雪貂没有别的选择。

她向那个龙形怪兽消失的小巷跑去。她飞快地经过一个学者的身旁，那位学者急忙闪开，以免向外伸出的仪器被史苔拉的长矛碰坏。当她跑到那个墙角时，刚好看见龙形怪兽拐进另一条街道。

现在看来，在幻想王国的水路上开始的追逐，正在马西诺夫的大街小巷里继续着。史苔拉使出全身的力气跑，可是，她总是只能看见德拉基的尾巴，没有一次能看见它的全身。只有它的尾巴上那个心形的部分引诱着她，几乎像在开她的玩笑，和她捉迷藏。

史苔拉的力量渐渐地支持不住了。脚下的石子路开始软得像一块橡皮。她不得不用很大的努力才能保持身体的平衡。光滑的楼房正面开始变得苍白，好像失去了一切色彩似的。史苔拉起初把这看做是自己筋疲力尽的结果，但是，不久她就意识到那后

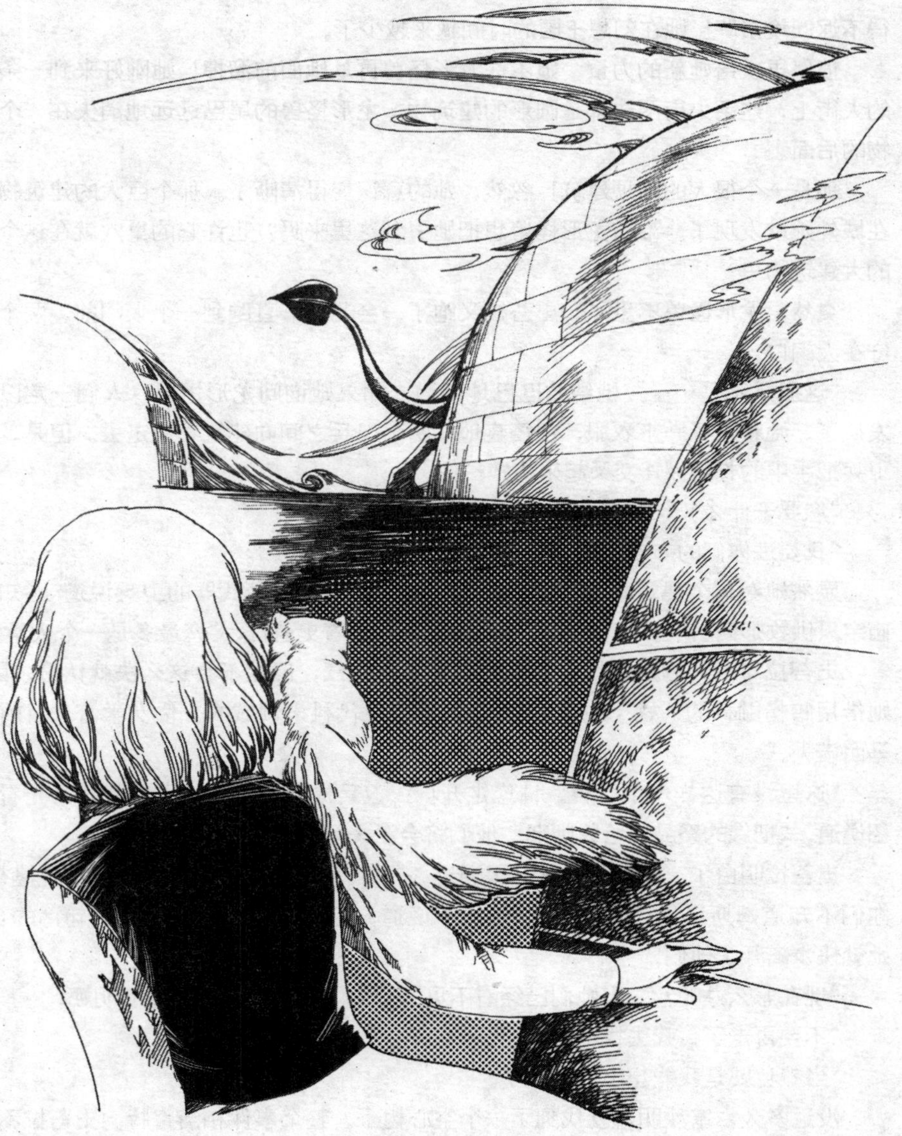

史苔拉使出全身的力气跑，可是，她总是只能看见德拉基的尾巴，没有一次能看见它的全身。只有它的尾巴上那个心形的部分引诱着她，几乎像在开她的玩笑，和她捉迷藏。

面实际隐藏的是什么。不大一会儿，她周围的一切就又变得透明起来，然后，她又不得不返回埃奈萨！她在幻想王国的时间越来越少了。

愤怒再次给她新的力量。她不许龙形怪兽再从她面前溜掉！她刚好来到一条宽阔的大街上，这条大街两边都是圆形的建筑物。龙形怪兽的尾巴远远地消失在一个建筑物的后面。

那是一个很大的圆顶建筑！忽然，她的意识变得清晰了。那个巨大的建筑物，早在城外她就发现了。难道龙形怪兽想把她引到这里来吗？也许它的巢穴就在这个圆形的大建筑物里？

突然，龙形怪兽不见了。史苔拉又跑了一会儿，一直跑到一个大门前，两个卫兵守在大门口。

“这里是不是……”她结结巴巴地问道。如果她询问龙形怪兽，人们一定以为她发疯了。她整理了一下衣服，便径直地从两个卫兵之间向建筑物里走去。但是，两个卫兵把手中的长柄板斧交叉起来将她拦住。

“您要干什么？”一个卫兵威严地问她。

“我要进你们的寺庙里去。”史苔拉简单地回答道。

显然她对这个建筑物的用途猜得不错，因为眼睛盯着武器的卫兵说道：“知识的庙宇只供牧师们出入。”他们鄙夷不屑地上下打量着史苔拉，“您最多是一个大学生。”

史苔拉对卫兵的这种目中无人的态度非常生气，但她不会这么快就认输。因此，她借用暗指鼬科的“姓”说道：“我是姆斯塔里代科学领域的一位女学者，目前客居马西诺夫。”

“这里没有这样一个学科。请您走开！”卫兵提高了嗓门，用鄙视的目光看着雪貂说道，“把您的祭品交给牧师吧。他们将会派人为您把它变成香火的。”

史苔拉明白了：她们不能从这里通过。“估计你们的小脑会对它的名字充满敬意。你们不知道姆斯塔里代的奇迹。”她大声说道，还没等他们反应过来这句话的含义，她就快步离开了他们。

“现在怎么办呢？”当她们已经看不见那个大门的时候，她问塞沙明娜。

“不要再走了，我去找一个旁门。”

“当然！要是我能想出来就好了。”

没过多久，塞沙明娜就找到了一个空心树干。整个事件相当奇特。史苔拉不得不爬到树上很高的地方，然后才能从树洞里下去，来到地下。在树根部，她碰到黏土地。这个地道和地下的管道地沟连在一起。有相当长时间，她只能借助塞沙明娜的声音来辨别方向，因为地下简直是绝对的黑暗。当她们来到圆顶建筑的地下室时——她听到自己的脚步的回声——她踩到一个火把，踉踉跄跄地差点儿摔倒。

她从背包里拿出火刀、火石，打出火星，点着了一块引火棒并点燃起火把。然后，她右手举着火把，左手拿着长矛，在地下室里开路前进。但是，她们没有发现龙形怪兽的踪影。

现在，史苔拉的眩晕发作越来越使她震动了。本来她早就应该登上归途，她强制自己去上面一层再检查一遍。塞沙明娜指给她向上走的楼梯。

科学殿堂是一座真正令人吃惊的建筑物。中心是一个巨大的圆形大厅，地面装饰着星形的马赛克图案。史苔拉发现周围有很多金光闪闪的祭坛。有一个祭坛上袅袅升起一道白烟，弯弯曲曲的白烟升向高高的圆形屋顶。中央祭坛区被无数的椅子一排一排地围起来，就像葱头的皮那样一层裹着一层。外部边缘有一条圆柱走廊，走廊外边围着一个个小房间，像花边似的镶嵌在走廊周围。

这座巨大的建筑物显得十分荒凉，好像没有一个牧师认为这里白天有必要点燃蜡烛、摆上新祭品似的。史苔拉在圆柱走廊上东张西望，研究着那一个个迥然不同的房间。她看到有的房间里放着庙宇里服务用的器具，有的房间里摆着床，有的存放着档案，有一卷卷的文献资料和书籍，但是，哪里也没有发现龙形怪兽的尾巴。

史苔拉的眩晕感觉更加强烈了。当下一次更强烈的眩晕向她袭来的时候，她就得中断寻找。她手里仍然只有那一个影子。她有些失望，甚至有些痛苦地请求塞沙明娜帮助她回家去。

经过一段她觉得好像无限长的航行之后，她们终于回到埃奈萨的城墙跟前。现在，她已经太虚弱了，根本不能再经受监察员的刁难。她只想回家，倒在床上好好地睡一大觉。塞沙明娜听到主人的这个请求，高兴地答应会尽快地满足她的愿望。当史苔拉头晕目眩地想着解开“贝莱舍特”之谜时，塞沙明娜第二次熄灭了埃奈萨城的火墙。

怀疑时刻

史苔拉的眼睑像蝴蝶翅膀一样忽闪着。她感到四肢重若千斤，甚至呼吸一下都要使出全身力量似的。她觉得周围的一切都在旋转，她处在运动的漩涡之中：人、桌子和其他东西。她远远地听到一个人大声呼唤着她的名字，试图把她从梦幻中叫醒。但是，史苔拉不慌不忙，只是感到那种铅一样的沉重，睁开眼睛那么困难。当她终于有一两次成功的时候，在模糊的景象中出现一个面孔。

一个穿着中世纪服装的男人。不知怎么，她竟然感到那种特殊的服装很亲切。那服装的色调基本上是绿色的，那个人上身穿着皮背心，裤腿很瘦，头戴三角礼帽，尖尖的帽子上插着羽毛。那个面孔慢慢地发生了变化——也许只是变得更加清晰了？无论如何，那分明是父亲的面孔。

毫无疑问，所罗门一定加入了罗宾汉迷俱乐部。这时候，史苔拉也发现了自己正在一个城堡小屋里，屋里的摆设具有斯巴达人的风格。靠墙摆着一张长桌，桌子上立着许多蜡烛。还有许多人站在她周围，他们穿的衣服都是罗宾汉式的衣服，都在向她这边看着。他们是对她感兴趣，还是为她感到担忧呢？

她张开嘴，感到很不舒服。舌头好像不愿意从上颚脱离开似的。

“这是在开化装舞会，还是在干什么？”她口齿不清地问道。

“一切都好吗？”罗宾汉问道，实际上那是史苔拉的父亲。

“不好。”

一个拯救者的面孔划过史苔拉的视野。“嘿，史苔拉。是我，盖里特医生。我要测量一下你的脉搏和血压。我觉得你的脸色很苍白，不过我们很快会让你恢复正常的。”

史苔拉注意到所罗门的愤怒目光紧紧地盯着医生的每一个动作。

“我干得很糟糕。”她舌头不灵地说道。

“你干得非常好。”葛文反驳地说道。她的头发似乎比早晨长长了三十公分。她那色彩丰富的脸上，现在又增加了一个金币那样大的美人痣，就在嘴唇上面。

“不，”史苔拉激烈地反对道，“差一点儿我就要抓住龙形怪兽了，可是，它又从我面前溜掉了。”

“你把它追到了MIT（美国麻省理工学院）的服务器上了。”所罗门加重语气地说道，“这是一个很好的成绩，小星星！也许这是一个决定性的指示。麻省理工学院有足够的科学家和仪器设计一条龙形怪兽。你完全没有理由责备自己。”

“如果不是考虑到这一点，那么，她早就把我们实验室的网络又弄死机了。”一个相当没好气的声音说道。

紧接着，阿尔班·凯撒·狄卡坡先生便出现了。

史苔拉紧紧地闭上自己的眼睛。这一切简直太荒诞了。当她想再次睁开眼睛看看周围时，仍然感到一切都很模糊。然后，那些奇怪的活动布景一个接一个的消失，直到她终于在入侵者控制室的网上旅行者坐椅上重新恢复知觉为止。这时候，她甚至能够看见狄卡坡手腕上的手表显示的数字：时间是将近四点半。

“我把你们实验室的网络弄死机了吗？”她难以置信地问道，同时转向那个曾经出现过一次的罗宾汉。

“当然。”狄卡坡怒气冲冲地回答道，“从一开始我就知道，我的实验室有孩子只会令人生气。我们这里到底不是迪斯尼乐园。”

“您应该克制一下，”所罗门对那个意大利人厉声说道，“否则，您将会为您可疑的乐园失去唯一的客人。”

狄卡坡虽然用他那黑眼睛的余光瞟了激动的父亲一眼，但还是收敛了一些。

“我们现在先把你送回你的房间，这样你就能好好休息一下。”所罗门对史苔拉说道，“这期间，那些网络龙形怪兽分析家就可以用你的旅行纪录工作了。尤其是你新找到的那个影子，我对此持乐观态度。”

在葛文的帮助下，像星期六那天一样，所罗门把史苔拉放在一个可以推走的平榻上。虽然史苔拉又闭上了眼睛，但她的听觉是清楚的，她听得见盖里特医生的声音。那个声音很轻，似乎不那么急迫。

“狄卡坡博士，我必须马上和您谈谈。”

停顿片刻之后，入侵者计划的负责人厉声说道：“现在不行，大夫。等会儿您往我的办公室里打电话。”

然后，那简短的交火便结束了。平榻在所罗门的监督下被推出了控制室。有人握住史苔拉的手。当她再次努力睁开眼睛的时候，她看见在她身边的是吉米口，然后她就睡着了。她最后的思想停在盖里特和狄卡坡之间。医生的声音听起来很令人安慰，但是，她希望所罗门不要走开。不知为什么，她感到好像有点不对头。

马克决定要进行反击了。盖里特医生最后的说明使他警觉起来，尤其是狄卡坡对此做出的粗暴反应。

在吉米口和葛文的帮助下，他把史苔拉安排睡下之后，感激地把她们礼送出门。那个日本女人似乎预感到这位父亲想单独干什么，所以就准备告辞。如果他需要帮助，他知道可以在哪里找到她。葛文则不高兴地抓起她借给史苔拉的那一摞杂志马上离开了。

关上门以后，屋里只剩下马克和睡着的史苔拉。马克立刻启动反窃听装置。他的手指仿佛在自动地工作着。医生明显担忧的原因可能是什么呢？难道在将近六个小时的网上旅行中，有什么不对头的地方吗？控制室里有那么多仪器，各种各样，此外还有旅行记录屏幕上复杂的显示。在那上面，某种现象可能会很快地被忽略。

也许最好撤回史苔拉网上旅行的许可，直到他得到满意的回答为止。入侵者系统到底有多么危险呢？马克从来没有把它看作可爱的技术玩具，但也没有把它看成虚拟炸弹。对入侵者几个铁的事实，在没有亲自获得成功的经验之前，也许他再也不愿继续进行这样的网上旅行了。

马克再次检查了自己笔记本电脑上的显示屏幕，然后，他满意地点点头。卡尔德的居室正在向窃听仪器播送室内正常的噪声。他把一个智能卡插进第二个笔记本电脑里，通过第二个电脑获得尚未解开的密码，启动不同的显示程序之后，他向后靠在椅子背上等候着。

“那么，阿米科·密欧，我们倒要看看，你究竟想在我面前保什么密。”

他觉得入侵者的电话和计算机就是为他捕鱼而创造的一般。这个计划的领导人有可能就是在实验室许多房间中的某一间里玩他的游戏。但是，也许入侵者的队伍——正如马克首先估计到的那样——根本不是按照他的密谋诡计发誓结盟的集体。否则，狄卡坡为什么会当着那么多队员的面如此粗暴地拒绝医生的要求呢?

马克等了一会儿。他双手合十,像祈祷那样放在嘴唇上。他的手指不时地触及嘴唇。他的计算机监视程序将会立刻发出声音，如果狄卡坡打电话或者在入侵者网络里迷失方向，不到五分钟，警报就会响起来。有人给狄卡坡打电话。马克戴上耳机。声波显示立刻开始启动。

意大利人拿起听筒。

“我是盖里特。”

“您说吧，大夫。现在我们没有妨碍了。”

“我们应该停止这个试验。”医生说道。他的声音听起来很急促，显然是一种担心。

“您说什么？”狄卡坡愤怒地说道。

“这太冒险了。我对医学的数据不满意。”

“不满意？您说，您对此不满意？”计划负责人居高临下地对医生说道，“我们在这里干的什么，您大概不知道吧，盖里特医生？这不是试验某种安眠药片的作用，而是为了拯救这个世界所下的特别赌注。”

“狄卡坡博士，我完全知道这不是任何药物试验。您像我一样也知道得很清楚，已经出了两次事故。我们不能像没有发生什么事情一样。作为这个行动的医务负责人，我认为这是不负责任的……”

“对这个行动负责任的是我。”狄卡坡对那位主治医生愤怒地反驳道，接下去又生硬地说道，“难道要我第二次听见你这样说话吗，大夫？否则我就不得不暂时免除您的职务。当然,我要让人把您关起来,直到网络龙形怪兽工作队的工作结束为止。现在,您的首要任务是去安静地去想一想。”

啪的一声,谈话挂了。马克几乎是屏住呼吸听完了这个简短而又激烈的对话。然后,他沉重地缩在椅子里。他的目光凝视着液晶显示屏。

盖里特医生提到两次事故！他要求停止试验无疑是很严肃的。

马克心中升起抑制不住的愤怒。他从来没有相信过那个意大利人，但是，他也从未想到他会为了追踪某种含糊不清的目标而把一个孩子送进危险之中。他合上自己的电脑，急忙拔掉秘密链接，冲出房间。

隔两个门就是吉米口的房间。

“什么事？”那个日本女人打开门时惊慌地问道。

“以后再说。”马克简单地说,“你能不能照顾一下史苔拉,我们房间的门是敞着的。”

“可是你要到哪里去？”吉米口在马克身后喊道，这时候他已经向楼梯间走去。

“我要去和一个人算账，有可能我会把他的皮剥了。”

“到底是谁……”吉米口的问题在沉重的防火门碰撞声里消失了。

马克的拳头锤在狄卡坡办公室的门上。如果没有电子守门员，他大概早就揪住这个计划负责人了。

当办公室门打开的时候，他对狄卡坡怒吼起来："现在，我想从您这里知道真实的情况。"

计划负责人在这位怒不可遏的父亲面前吃惊地后退了一步，他好像有能力应付一切情况。"请您先安静一下，教授。进来，请坐，您对我讲一讲，什么事情让您这样大发雷霆。"

马克虽然进来了，但是，他仍然太激动，不能马上坐下来。他向前弯着身子对那个计划负责人大声吼道："我将把您送进监牢，博士。对于您利用我女儿所做的事情，我称之为罪行都太轻。"

"不过，我必须对你的这种说法表示抗议。"狄卡坡回答道，他的脸涨得通红。

就在这时，约翰·麦克穆兰先生冲进来了。狄卡坡急忙用一个加重的手势拦住他，不让他对这位发怒的父亲动手。

"教授，"然后，他用示威性的语调平静地说道，"请您首先解释一下，到底是为了什么？"

马克目光炯炯地看了看狄卡坡，又看了看红约翰。他慢慢地意识到自己的行为过于急躁了。他虽然掌握了电话的录音，但那里包含的只是一些暗示。

"现在我听到一个谣言，"他终于稍微退让了一下说道，不过声调仍然很尖锐，"据说您的入侵者使用起来根本不像您对我们讲的那么安全。现在，我想从您这里知道真实情况。您的武器对网上空间飞行员到底有多么危险？不，请您让我换一个方式来表达：入侵者对我的女儿史苔拉有多么危险？"

狄卡坡的脸上没有任何表情，令人惊异地是，这个意大利人有多么巨大的自我克制能力。博士的黑眼睛在和这位父亲进行着无声的战斗。此刻，马克不得不想到自己是怎样获得这样的信息，并且自问狄卡坡会不会怀疑他，如果是这样，那么他的手也被捆住了。另外，他自己是否泄露了什么呢？

狄卡坡的脸上终于露出一丝笑容。"谣言到处都有，教授。我估计您大概嗅到了什么和入侵者毫无关系的说法。您必须知道，我们的工作队不是固定的部门，而是一个临时组合起来的与研究项目有关的集体。即使是我本人，除了完成这个令人烦恼的追踪网络恐怖分子的任务之外，也还有别的任务，最近几天连您也没有注意到这一点。"

"这不过是借口而已，博士。我想清清楚楚知道的是，现在我的女儿到底被送进了什么样的危险之中……我最想听到的就是真实情况！"

狄卡坡的电话开始响起来，但他置之不理。

"请您冷静一下，卡尔德教授。史苔拉才刚刚完成两次旅行，即使她再进行十次这样的旅行，她的身体也不会有任何问题。"

“您仍然在说，入侵者绝对没有危险吗？”

狄卡坡的电话一直在响。“任何行为，不论是技术性的还是医学方面的，您都不会得到这样的保险。但是，您想过吗，这里并不涉及长时间的使用。我估计嘈杂的迪斯科音乐或者可口可乐的享受所造成的实际危险可能更大些。当您的女儿要一杯这种棕色饮料的时候，您的反应一直是这样激烈吗？”

马克不得不忍气吞声。这个意大利人真滑头，简直像一条泥鳅，八面玲珑，无懈可击。因此，马克用一种威胁的口吻说道：“狄卡坡博士，我将仔细考虑史苔拉要不要再一次合作。但是，至少我要得到确认，证明入侵者对网上空间旅行像您一再吹嘘的那样，不那么危险，不然的话，任谁在我面前也不能拯救您。”

为了加重语气，他闪电般地扫了红约翰一眼。红约翰有点不安地寻找着他上司的目光，这时候，马克·卡尔德已经向楼梯间走去。当这位暴怒的父亲走出他的办公室时，狄卡坡这才抓起一直响着的电话。他听了一秒钟，然后把听筒递给约翰·麦克穆兰，好像他觉得有什么缺点似的，随即嘟囔道：“放下吧，可能并没有那么紧急。”

马克对自己极其不满意，他的反应过于急躁了。不仅仅因为激动——女儿因为入侵者使健康状况受到损害的危险可能是他暴跳如雷的起因。然而，当他劈头盖脸地指责狄卡坡的时候，他把自己脚下的地板也抽掉了，因为他不能对那些指责进行强有力的论证。作为秘密间谍，他现在必须立刻辞职，但他只是一个忧心忡忡的父亲！

他重新回到自己的房间，首先询问吉米口史苔拉的身体状况如何，同时又打开了反窃听设备。

“她很好，马克。她睡得像一只冬眠的熊。”

“多谢你为我跑一趟。刚才有一阵我的态度大概有点生硬，请原谅。”

“好了，你到底怎么啦，马克？我还从来没有看见你那样激动过。”

“没什么，让我们以后再谈这件事。”

吉米口的面部表情不由得显出有些不自然。马克按了一下笔记本电脑屏幕上的按钮，然后闭上眼睛，做了个深呼吸。最后这几分钟，他的神经绷得太紧。当他再次看着吉米口的时候，显得更加窘迫了。

“好了，现在我们又重新处于诺沃盖状态了。”

“反窃听设备！”吉米口女士忽然想到这个，伸出手掌拍了拍脑门，“我几乎忘记了。到底发生了什么事情，马克？首先，你的身体好吗？你显得十分疲劳。”

马克点点头，他真的很疲倦。他向吉米口说了关于盖里特和狄卡坡之间电话交谈的事情。他刚才差点儿失去控制，他指的是在狄卡坡的办公室里。吉米口女士看了一眼史苔拉，然后向马克微笑了一下。他所做出的完全是一个父亲必然的反应，她安慰他。当然，如果她处在一个母亲的位置，她也许会不顾一切地把狄卡坡的眼睛抠出来，管它什么证据不证据。

“也许我根本不需要他就能弄到一幅入侵者的图像。”

吉米口疑惑地看着他。

然后，马克讲到一位“熟人”，因为用“朋友”这个词汇也许太近了些。这涉及大脑理论专家，即图宾根马克斯·普朗克学会生物控制论研究所的华伦亭·布莱藤贝格教授。当马克还在研究神经元网络的时候，他们曾经讨论过一些极不相同的科学估价，那期间，一瓶葡萄酒有时候会变成他们俩的牺牲品。

“我将使用一条隐蔽的联络渠道给华伦亭发一个电子邮件。”马克的手指已经开始敲击键盘，吉米口站在他身后越过他的肩膀在看着。

在他的电子邮件里，这位内心始终不安的父亲使用了专业的表达方式。首先，他描述了这个计划的几个专业特点，但没有提及入侵者的名字；然后，他对最重要的问题做了如下的表达：技术和大脑研究是否进步到这样的程度，不仅能够描绘出人的精神活动，而且能够没有危险地控制受检者。

当他把这封电子邮件发出去以后，他检查了一下自己的信箱。他挺了挺后背。

“吉米口，有信。”

“你让自己的私人邮件偷偷地进入试验室网络里，会把狄卡坡气得跳起来的。”她在他背后小声说道，“假如他知道的话！那是谁发来的？”

这时候，马克已经解开密码并在一个窗口打开了邮件。“耶西卡，我在柏林大学的助教。这里，你自己看。”

吉米口女士弯下身子，靠近显示器，和马克一起阅读那一封短信。

耶西卡确认了史苔拉第一次访问黑太阳的旅行报告。她，耶西卡，认为黑色窃听者是一个可信赖的人，因为他直接警告对狄卡坡要小心：计划负责人是危险的，入侵者也是危险的。史苔拉无论如何应该离那个机器远点！黑色窃听者没有向她泄露更多东西，因为那样可能使她也陷入他所处的危险之中。耶西卡从中得出自己的结论。她迫切地警告马克和史苔拉，无论如何要多加小心，同时她保证会尽可能给予帮助，卡尔德父女俩知道在哪里能够找到艾莱克特拉。

马克向后一仰，靠在旋转椅背上，然后转动半圈，充满忧虑地看着熟睡的女儿。“先是盖里特的警告，现在是耶西卡的警告！狄卡坡的做梦机器对我来说始终高深莫测。不管怎样，我也不能再继续让史苔拉去冒风险了。一旦她醒过来，我就去找狄卡坡，对他说……”

一阵刺耳的警笛声打断了他的话，他神经质地看着吉米口。

“立刻到会议室去，马克。我把设备拆下来，你守在史苔拉这里。”日本女人摇了摇头，“我希望这只是一次火警。网络龙形怪兽一定又出击了。”

当马克来到会议室的时候，网络龙形怪兽工作队的成员几乎全部到齐。在门口，他遇到了弗里德曼。

“史苔拉一切都好吗，马克？”

他点了点头回答道：“我女儿在睡觉。此外，您最近很少露面，瓦尔特。”

弗里德曼耸了耸肩。“我的老板希望我离他远点。您认为我的出现使您感到有些迷惑吗？”

他正要回答，亚加夫的手从后面放到他的肩膀上。网络龙形怪兽工作队队长身后是贝尼。马克简单地说了一下史苔拉的情况。入侵者计划负责人要求大家安静。

狄卡坡根本不想再等待最后的迟到者。会议室渐渐安静下来，计划负责人又咳嗽了一声。他把双手支在桌子上，可能这样一来他就不发抖了。

“网络龙形怪兽又发动了袭击。”他声音沙哑地开始说道，“这一次有死伤，精确的数字还没有确定。”

会议室里响起一阵窃窃私语声，然后，入侵者计划负责人继续报道他知道的情况。纽约的交通现在绝对是一片混乱，全部调度和控制系统都发了疯，而且是在上下班高峰期。故障首先从地铁系统开始，不久就蔓延到区间交通，然后，两辆郊区火车相撞，抢救工作正在进行。但是，现在可以肯定的是：这场灾难的原因可以追溯到计算机支持的控制系统“心力衰竭，或者叫崩溃”，损失将大大超过伦敦断电造成的后果。

甚至纽约的交通信号灯也全部乱套了，狄卡坡继续报道。许多十字路口的指挥灯全部变成绿灯，这就造成了大量的事故和伤亡。像一个多星期前在巴黎发生的事故那样，纽约机场也受到来自网络空间的攻击，订票网络崩溃。相反，飞机起降控制屏幕上全都在播放“导致一次死亡的录像游戏”。跑道上差一点儿出现飞机相撞事故。一架飞机在起飞前不得不紧急刹车，因为对面有一架大型喷气式飞机要降落。这时候，那架有三百名乘客的飞机开始摇晃起来，越过跑道尽头。可是，值得庆幸的是，喷气式飞机没有起火，乘客们只有少数人受伤。

狄卡坡示威性地把一摞纸张扔在桌子上，上面的几页滑到很远的地方。“要向大家报告的事故还有很多。我也只是在几分钟之前才获悉这些消息的——有人妨碍了我去接电话。”他说这句话的时候，向马克投过去愤怒的一瞥，没有再看别人。现在，计划负责人的话变得更具体了。

“这里，我们和一种级联现象有关。每个事故导致两个新的问题。估计我们需要几天时间才能弄清楚这些事故的规模。可是，这一切当中最严重的事情是孩子的笑声。”

马克静静地听着。他想到史苔拉梦中孩子的笑声。这是某种信息，他不假思索地把这种信息转给了狄卡坡。可能正因为如此，入侵者计划负责人现在第二次看了他一眼。又是那么短暂。但是这一次，他的眼里不再含着鄙视，而是一个没有说出来的问题：来自网络空间的笑声——这到底意味着什么呢？

马克静静地听着。他想到史苔拉梦中孩子的笑声。这是某种信息，他不假思索地把这种信息转给了狄卡坡。可能正因为如此，入侵者计划负责人现在第二次看了他一眼。又是那么短暂。但是这一次，他的眼里不再含着鄙视，而是一个没有说出来的问题：来自网络空间的笑声——这到底意味着什么呢?

狄卡坡精确地为在座的人解释了他最后的这个说明：“在各种很不相同的报告里有一点是相同的：无论在火车站的候车大厅里，还是在长途汽车站的候车室里，或者在机场——到处都可以听到一阵‘许多孩子幸灾乐祸的笑声’。女士们，先生们，这是一个值得认真对待的警告信号吗？我相信，龙形怪兽有它自成一体的渗透阶段，一个明显的标志表现为纽约的许多计算机系统同时失灵。假如我们不幸而言中，那么龙形怪兽就已经处于变态之前的状态了。”

狄卡坡的声音最后变得非常坚定，他向自己的听众宣布：“我们的敌人已经离开了网络空间。现在，我们必须考虑可能发生的最严重的事情了。你们知道我指的是什么，那就是：第四阶段，破坏阶段，也就是最后的阶段，消灭一切的进攻阶段。”

马克、狄卡坡、亚加夫、贝尼和六个其他的队员坐在一起，讨论着避免破坏阶段灾难性后果的各种可能性。史苔拉还在吉米口的监护下睡觉。即使警报尖利的笛声也没能把她吵醒。马克不知道是否应该把这看作是一个好的信号。

狄卡坡刚才又重复了他曾经提过的建议：只有把全世界的计算机全部关闭，方能避免储存在计算机里的数据全部丢失。

马克对这个主意表示怀疑：把一个垂危的病人冷冻起来并不是解决办法。即使在几年之后能够没有损害地使他解冻——今天的技术状况还不可能做到这一点——假如那时候还没有什么有效的方法解除他的痛苦的话，那这对他也毫无帮助。至于说网络龙形怪兽，这意味着，即使把地球上所有计算机网络的电源接口都切断，那也只能使卡给突变物安静下来。然而，它还是躲在因特网的某一个睡着的有机体里。

“关于许多电脑病毒，大家都知道它们是牢牢地附着在主板上的，”网络工作队里的一位专家说道，“也就是说，关机在这种情况下很可能被某种东西利用。”

一位像印度人的女同事点点头补充说：“我们工作组进行过一种很令人惊异的观察。看起来，被龙形怪兽袭击过的每一台计算机在崩溃之前好像都进行过一种信息交换。卡尔德教授，那个突变物是否可能已经被塑造成一个巨大的大脑之类的东西，在一定程度上，可以称之为网络大脑（Cyberbrain）？”

马克若有所思地点点头：“有可能。即使这样，那个‘会思考的机器’也不具备我们人类的‘湿件’所具有的综合能力。您也许会想到，我曾经在一篇关于信息炸弹的文章中提到过这种考虑。假如因特网里每一台电脑是一个细胞，那么，整个大脑就会有几百万个神经元。但是，如果一台计算机或者较大数目的一批计算机能够复制人的大脑皮质锥体细胞——我们说有几千台吧——那么全球就会产生出一个很近似我们大脑的细胞密度来。”

“难道这样的共同网络表演是可能的吗？”亚加夫迫不及待地问道。

马克稍微犹豫了一会儿，环视了一下在座的人，叹了一口气。“本来，不谈我的斯库尔软件内部的东西是我的原则。可是目前，每个人大概都必须让步。从我的基本设计出发，这个系统至少从理论上认为，在这个领域里这是可能的。应该指出的是，我谈的是纯粹的假设。”

马克微笑着看了看亚加夫。“在因特网里，一个程序就是一个感到对某项任务负责的代理人，在某种程度上，它就像一个经纪人对于他的演员那样。例如，一个软件代理商可以搞到最便宜的飞机票，或者为一个历史事件收集到一切信息资料。为了达到自己的目标，他在任何情况下都在追逐一种自己的战略。这时候，他就可以利用自己的秉性和能力，感觉他周围的世界，然后从中得出自己的结论。他可以自己做出决定，制定自己的计划，在一定范围内，他甚至可以从自己的错误和成绩中学习。一句话：他可以为自己的能力感到乐观。代理人可以解决很多今天根本无法解决或者要耗费大量物力和财力才能解决的任务。”

“这个我懂。”亚加夫说道，“我不大明白的是，为什么一个代理人是移动的？迄今为止我总是在想，一台计算机只不过是一台机器，从那里可以调出某一个程序。即使软件在因特网里搜寻并订购一张戏票，它不还是在我的个人电脑上吗，难道不是这样？”

马克摇摇头说：“事实上，一个移动的代理人的确不同。他可以独立地在因特网上运动，为了同时在很多台计算机上工作，甚至能够复制自己。譬如说，当我的斯库尔检测器想进入一个服务器时，它常常分两步走：首先他悄悄地钻进一个代理模块，像一种病毒那样，或者像一批特洛伊木马那样进入目标计算机，它先在那里的驱动系统中心扎下来。这时候，它就对整个计算机或者至少对与它连在一起的计算机有了权力。在第二个阶段，那个代理人就开始与一台或者多台计算机建立自己的联系，按照这样的过程来使它们互相配合：偷偷地调出信息，目标明确地指向计算机程序控制或者使整台计算机关闭。史苔拉最近已经这样进行过两次表演了。”

狄卡坡咬牙切齿。然而，他没有继续谈及那些对他来说特别烦恼的事故。他说道：“根据现在的技术状态，一个移动的因特网代理人在目标计算机里确实和一个代理人管理程序联系在一起，否则，每一个电脑黑客都能把一个程序偷渡进任何一个服务器里，然后在那里为非作歹。您的斯库尔检测器怎么能没有美军标准（AMS）也行呢？”

“根本不行。”马克回答道，当狄卡坡感到束手无策的时候，他补充道：“管理系统的任务由程序密码接了过去，斯库尔检测器在第一个阶段就把那个密码偷运了过去。正如您肯定知道的那样，这是……”

“……很多美国大学的一个标准化计划。”那个意大利人缩短了教授的说明，“我根本不想知道得那么清楚，卡尔德教授。请您只告诉我一点：起决定性作用的不是每一个细胞相互之间的排列，而是它们相互的关联。”

“这是对的。在大脑里只有很少的由基因预先决定的‘线路连接’。其余的产生于一种自我组织的过程，这个自我组织的过程对感觉器官发生影响并在对环境不断进行反馈的过程中发展。根据同一个原则，神经元计算机网络就被设计出来了。”

“也和您的斯库尔系统的部件一样吗？”

“是的。”

“好。”狄卡坡满意地说道，“这是不是说，如果在一个孩子诞生的时刻剪断他的大脑与神经细胞之间的一切联系，那个孩子就会永远弱智？”

马克点点头回答说：“估计连存活的机会也不会有。”他预感到狄卡坡想要从这里引出什么。

现在那位计划的领导者显得很自信起来，他已经很长时间不那么自信了。“那么，我向您提出一个建议，教授，您一定会同意的。现在，史苔拉的网络空间旅行不能使我们足够快地前进。所以，我主张她的旅行到此为止。”

马克惊奇地看着狄卡坡，难道下午的那一幕使他变得更有见识了吗？还没有等他回答，意大利人就转身面向亚加夫，说出了马克早就期待的问题。

“您，纳布古先生，我也想向您提一个我觉得比长时间关闭全部计算机更有利的建议。我想到的措施可以在短时间内取得成果，请您把这个星球上的国际互联网网络关闭一个小时。”

一张网络空间明信片

“你没有任何理由谴责自己，小星星。”

史苔拉蹲在床上，正无精打采地看着前方。她的身旁是一摞纸。现在还不到晚上十点钟，她仍然感到浑身无力，比第一次网络旅行之后感到累多了，虽然她已经睡了几个钟头，也吃了点东西。吉米口暂时告辞了，但她很快就会和亚加夫以及贝尼一起回来。

这期间，马克听了史苔拉讲述的关于最后这次幻想王国的冒险，他知道史苔拉的看法。他本人对这次旅行结果的看法比自己女儿的看法更乐观些。经过短暂的停顿，他加上了诺沃盖，然后说道：“此外，我已经决定，不让你再去接近入侵者。”

史苔拉吃惊地抬起头看着自己的父亲，她知道了狄卡坡和盖里特之间的电话。“可是，爸爸，只有用入侵者我们才能抓住龙形怪兽呀！”

“在我提出这个要求之前，狄卡坡自己先建议停止你的网上旅行。我觉得这样做是对的，小星星。必要的话，我们也可以让你像通常那样用键盘上网冲浪。然后再做决定。”

“可是，时间呢？那好吧，我认为，这期间我稍微了解了一些入侵者的长处，爸。

我在网络空间里感觉到的几分钟甚至几个小时，在现实中只是几秒钟。我觉得时间过得快极了！此外……等一等……对了，你曾经说过，我在清醒的梦幻中会直觉地做出许多决定。我的反应也许和现在完全不同，在那里我的怀疑和考虑给自己设置了许多困难。你是不是这样说过？”

“当然说过，但是……”所罗门转过身，“你好像是有意识地要去进行一次更大的冒险。”

“嗯，入侵者好像不会有生命危险。”

“但是，你的幻觉令我担心。正如你说的那样，好像这一次停留的时间长得多。无论如何，为了回到现实中来，今天这一次是比星期六那一次长得多。难道你没有明显地感觉到这一点吗？”

当然是这样。网络龙形怪兽工作队的人穿的那种奇怪的服装着实让史苔拉感到头疼。如果说她现在像跑完马拉松那样感觉到缓过劲儿了，她也不会忽略这一点。“以后就不会那么糟糕了。”她息事宁人地说道，当然听起来并不那么令人信服。

“我不知道。那个黑色窃听者真的说过他愿意拯救你吗？”

“是的，他说过。他了解入侵者。可是，为什么危险和什么是危险的，他却不愿意告诉我。”

史苔拉看着旁边被子上放着的几分钟之前她刚刚阅读完的那一摞旅行纪录。很奇怪，她觉得那些丰富多彩的记忆在这里被再现出来那么少，那么索然无味。

当史苔拉把旅行纪录里的一些片断和她对幻梦的回忆进行比较的时候，她不得不多次难以置信地摇头。她把窃听者也掌握的那种秘密语言翻译过来，几乎一字不差地辨认出那次对话的每一个细节。另外，她回想起有关被感情控制的对话，有一些片断显得极其清醒。她把在私人聊天室里的第一次对话读了三四遍。

窃听者：这是真的，黑色窃听者像幽灵一样出现在整个网络的一切地方。–= #：–)

流星：我感到 * 恐惧 *。8 – o

窃听者：我们曾经见过一次面，对吗？

流星：(：– (

窃听者：那是在澳大利亚矿业协会的服务器上。

流星：* 艾莱克特拉 *，你怎么能相信他呢？（：– &

艾莱克特拉：：–）黑色窃听者是可靠的，流星。这一点你可以相信我。他虽然无处不在，：> ）但是，他也是这个世界上最厉害的电脑黑客。；–)

她歪了歪脑袋，那种简单的微笑着的眼睛令她着迷。从这里，他可以看到自己在幻梦中的面孔有时候是严肃的，有时候是快活的，同样，笑声和恐惧的声音都是她自己的。

在史苔拉为父亲和另外几个信得过的朋友描述最新的幻梦并填补了记录里面的几个空白之后，所罗门保证只以“经过过滤的形式”向狄卡坡报告。那个新的影子“贝莱舍特”是一个诱饵，根据这个诱饵也许会抓住一条小黑狗。黑色窃听者的另外那些话，所罗门认为还是不告诉他为妙。尤其是警告她注意战场的主人那句话更不能说。那句话听起来要严重得多！从现在起，他们这个围绕卡尔德的盟誓小组行事必须更加小心。

史苔拉和她父亲之间的对话半天陷于停顿状态，两个人各自想着他们的密谋行动的风险，他们在这种宁静里互相对视了一下。他们俩都知道什么东西能够使那个人动起来，只是黑色窃听者不断请求史苔拉别再戴上的入侵者的头盔。“我想拯救你”，是他的迫切要求。他所警告的地方在哪里？那种危险又是什么呢？此刻，他们父女俩想的都是这样一个问题。

就在这时，他们听见了敲门声。

“一定是亚加夫他们几个。”所罗门说道，然后就起身去开门，让他们进来。现在，这几位盟友早已成为亲密的朋友了。

史苔拉不由自主地正襟危坐在床边。今天她穿的不是那件冒傻气的睡衣。如果贝尼看见她老是穿着那件“睡袍”，一定会以为她还处在大儿童的天真阶段。

“诺沃盖？”当亚加夫、吉米口和贝尼进来之后，亚加夫首先问道。那位非洲人穿着一件花花绿绿的长衬衫，看起来就像一个漫游着的花畦。

所罗门点点头：“我们的间谍听到的只是通常的噪声。当然，我不能说这还能起多长时间的作用。”

“你觉得怎么样了，史苔拉？”非洲人首先问这个姑娘。

“我感觉，好像一台履带式推土机刚刚从我身上轧过去那样。”

亚加夫大笑起来。“可是，你看起来还好好的，小星星。”

“我感到高兴，狄卡坡变得理智了些，停止使用入侵者。”所罗门承认，“他以这种方式省去了一次不舒服的谈话，因为对手是一个更令人感到不舒服的父亲。”

亚加夫坐到墙角的一个位置上，所罗门坐到他身边。吉米口和贝尼一边连接他们的笔记本电脑，一边听他们谈话。

非洲人严肃地点点头，担忧地看着史苔拉。“我理解你的立场，马克。如果事情越来越艰难，我当然站在你这边。”

“谢谢，你不愿意像他那样逼我，但我有一种不确定的感觉。无论如何，一旦狄卡坡认为必要，他还会毫不犹豫地再次向我施加压力。”所罗门叹了一口气，“假如我们能把那个黑色窃听者从他的影子后面诱出来就好了！关于入侵者计划他知道些什么呢？我们如果没有史苔拉就必须用传统方法去寻找，也许龙形怪兽来得正及时，也许这正是窃听者的意图。”

“关于那个黑暗中的男人有什么新的东西吗？”贝尼问道。

马克点点头。“有很多呢。从史苔拉的旅行纪录完全可以辨认出来。小星星，你能不能把你最后的旅行给我们简单地总结一下，或者我……”

“好。”她挺了挺腰板说道。本来她宁愿静静地听别人讲，但她的举止不能像一个娇弱的布娃娃，或者像第一次紧张的旅行之后那样——尤其不能在这里，在那个一头黑鬈发的青年人面前，此刻他正在写字台那边坐着并看着她。

她甚至相当详细地报告了自己在幻想王国里最后的这次旅行。她讲了黑色窃听者的警告，提到艾莱克特拉破译出来的那个不解之谜。当她提到那个新的影子“贝莱舍特”的时候，贝尼的黑眼睛里闪耀出一团火焰，但他没有提问，让她继续说下去。最后，史苔拉坦白承认她对自己很不满，因为她发现了龙形怪兽，却很快又让它跑了。

“你的工作完成得非常出色。”亚加夫安慰这位网上旅行者像安慰他的专家队伍中一位完全合格的成员那样。

所罗门深深地吸了一口气。“说到那个黑色窃听者，我应该给菲菲雅娜发一个带密码的电子邮件并警告她，如果有陌生人和她联系，她应该小心谨慎。”

“在那之前，我们还要像迄今为止一样。”史苔拉插话道。

两个男人都惊奇地看着她。

在她疲倦的脸上显示出坚决的神情。“假如这个意大利人滑稽的中断计划失败的话，时间就真的有限了。仅仅用鼠标和键盘，我永远也不能及时地捕捉到龙形怪兽。我需要入侵者的头盔！此外，那个东西也不会一下子就把我弄死的。”

“可是，史苔拉！我真的不知道……”所罗门犹豫地说，“再说，我到底是你的父亲呀……”

“……作为有教育权者，你对我身体上和精神上不受损伤负有责任。”史苔拉像背书一样说道，她的头左右地摇晃着，“爸爸，我觉得情况很严重。德拉基是因为我的愚蠢行为才溜进因特网去的，现在也必须由我来抓住它。”

史苔拉的父亲和亚加夫交换了一个严肃的眼神。

“让我们再好好地讨论一下，如果问题真的这样提出来。”所罗门最后建议道，“这期间我们应该调查一下黑色窃听者关于我们的意大利人的暗示。几乎可以认定，他说的是一个黑手党。”

亚加夫怀疑地把脑袋摇来摇去。“狄卡坡动用了他的秘密窃听手段，无疑是不道德的行为。这里，我们处在国家安全局的中心，间谍活动是他们的业务之一。我们的意大利人只是在以他自己的肮脏方式履行自己的义务。”

经过一段时间的沉默之后，亚加夫又转向马克说道：“吉米口今天对我讲了你今天的窃听行动。请理解我，现在我要提一个问题，但不是指责：你认为，狄卡坡会不会得到风声，关于我们在这里用这些仪器所做的事情？”

马克的上下牙床互相磨起来。“我的怒气刚刚平息。如果狄卡坡一步一步地审查，然后他就能知道，我的消息从何而来。”

“那我们必须更加小心了。”亚加夫说道，“无论如何，要等我们知道他那不光彩的行为后面隐藏的是什么。”

“即使他知道我的铝皮箱子里还有一些坏仪器，他也不能透过那么厚的钢筋水泥墙壁确定它们是否接上了电源。一旦我们这些人准备离开房间，我就会把它们拆下来，他不能证实任何东西。”

“有一次我们几乎都飞跑出去了。”史苔拉说道。对她来说，意大利人早就应该被送进监狱，还有他的那个红头发保镖也应该一起被关进去。“你们已经忘记红约翰到我们屋里来搜查那件事了吗？难道我们不能叫警察或者告到总统或者别的什么人那里去吗？”

贝尼摇摇头，对她笑了笑说道：“假如狄卡坡按照国家的委托行事，那么，人们只会把我们投入深深的监狱，深到没有人能够听到我们求救的声音。”

“让我们不要失去更多时间。”所罗门着急地说道，“我们必须梳理一下所有的网络，也就是我们从这里能够进入的网络。如果你们认识什么人，他能够——当然在保守机密的情况下——在我们的工作中帮助我们，然后就去打通这个关系。”

“你们是否忘记了什么？”

大家都看着吉米口，她一直静静地听着大家谈话。她的下巴放在支起来的右腿膝盖上，她把脚放在椅子的坐垫上。虽然她的面部表情很严肃，但看起来仍然十分迷人。因为没有人回答她的问题，所以她就自己回答了。

“且不说我们其他小组成员为寻找龙形怪兽的踪迹都干了些什么，我们还是应该首先解决什么是或者谁是贝莱舍特的问题。估计我们必须重新启动世界上的在线数据库，为了找到这个卡给……”

“我们不必了。”贝尼打断了她的话。

“我不明白，”吉米口沉思着说道，“网上恐怖分子为什么要这样做？他们为什么给我们这样一个指示？所有这一切让我感到像是一个游戏。”

所罗门点点头。“我们恰恰是在一个网上影戏里运动着。卡给突变物是从我的游戏发展出来的。此外，网上恐怖分子的理论从来没有让我真正地信服。”

现在大家的目光又都集中在马克身上了。

“你这句话是什么意思？”亚加夫问道。

“这个我自己也还没有理出头绪。无论如何，我们的龙形怪兽好像真的留下了把我们引向它的足迹。也许它正想这样做。”

“也许它在与我们玩一场阴险的游戏。最后，当我们快接近它的时候，它就让信息炸弹爆炸。那可就真的是一个‘宇宙的起源’了，无论如何也是虚拟的世界起源了……”

史苔拉的思绪飞翔起来。她相信在刚才说的旅行中认出了一个模样，但是它不想让她看到它的全貌。在那个龙形怪兽同盟大师的信里就已经道出了类似的信息。龙形怪兽很可能把幻想王国“变成一片荒原，再也没有人能活下去，甚至连可能生存的地方都没有了”。但是，不知道出于什么原因，她觉得这种解释很难接受。难道只是因为自己想念那个可爱的德拉基，那条不会伤害任何人的小龙形怪兽吗？难道还有什么别的线索能证明龙形怪兽根本不那么罪大恶极？也许有什么信息能给她的下意识一个正确的暗示？

不久，吉米口、贝尼和所罗门就都重新聚精会神地进入几个可以进入的网络之中。虽然夜已经降临，史苔拉的眼皮也感到越来越沉重，但她还是很激动，不能入睡。

她目不转睛地看着他们繁忙地敲击笔记本电脑键盘的动作，鼠标的箭头飞快地在几个屏幕上划过。贝尼不时地抬起头看看她，她也送给他一个亲切的微笑。

所罗门将全部精力投入到他的电子邮件服务器上。他必须在黑色窃听者和菲菲雅娜联系上之前尽快地通知她。不管怎么说，还有一个可以信赖的人——他在柏林大学里的可靠助手——马克信任菲菲雅娜，相信她一定会做出正确的决定。

他把给菲菲雅娜的信息拷贝了一份发给耶西卡。所罗门对她迄今为止的支持表示了感谢并请她继续帮忙，如果有什么事情，耶西卡能够为她和史苔拉做点什么。他提到新的影子“贝莱舍特”是“创世纪”的意思，有可能是找到龙形怪兽的线索。

在发出这样两封电子邮件之后，他看了看自己的信箱。真的有一封信，是华伦亭·布莱藤贝格发来的。

科学家短短几句话包含着担忧。所罗门的问题仅仅暗示大脑扫描仪和控制器的危险性。华伦亭询问了马克斯·普朗克研究所的大脑研究专家有没有风险。根据他掌握的信息，这项技术本身没有什么损害，但是唤起梦幻的兴奋剂可能有某些副作用。

“这至少有一点东西。”亚加夫评论道。

所罗门点点头，然后又摇摇头。“可是还不够。布莱藤贝格认为机器本身没有大的危险，但我们对史苔拉不得不使用的兴奋剂了解得太少。”

“盖里特医生是否可以回答这个问题？”吉米口说道，“我感到他的良心在受到严重的折磨。”

“如果你能找他谈一谈，这是一个不坏的主意。”亚加夫说道。

吉米口戏谑地微笑了一下说：“这么说，我应该去勾引他？”

“这对你来说肯定不是一件难事，亲爱的，但你不必走得太远，那样大夫在马克面前会很不好意思，因为他背后有自己上司的威胁。但是——仅仅为了使自己的良心得到安宁，他可能会把你当做同事，小心翼翼地和你进行一次纯粹的聊天。”

吉米口点点头说：“好吧，我去做。”

就在这一瞬间，所罗门的电脑轻轻地发出“哐”的一声响。他看了看显示器。

“我又收到一封信。”

大家都充满期待地看着他。

史苔拉从床上走过来，从父亲的背后看去。

所罗门向她转过头，脸上显出惊异的神色。

“到底是谁发来的？”史苔拉急不可耐地问道。

“一个来自幻想王国的消息。”

史苔拉感到肩胛骨之间一阵发痒。“什么……你说什么？”

“你看，读发件人。”所罗门向后靠在椅子背上，这样史苔拉就可以看到显示器了。

起初，她以为这可能是一个恶意的玩笑。显示器上显示的东西使她想起那个充满怀疑的恐惧时刻。

Darklistener@ThePentagon.com

史苔拉的第一个念头：现在那个幽灵终于露出了面孔。她的第二个念头充满了惊奇。

“他在五角大楼。”

“不，他是一个促狭鬼。”贝尼很快地回答道。他冷笑着，但马上又止住了微笑，大概是不想伤害史苔拉。“这个域名‘ThePetagon.com’和狄卡坡的上司没有关系。它属于 NetForward，这是一个因特网服务站，可以登记免费电子邮件地址。我敢打赌，黑色窃听者让自己的邮件转到另一个发信人那里，通过他阅读并发送邮件。这样他就可以始终待在那里，就像你已经认识的那样：一个匿名的影子。”

“这孩子不笨。”史苔拉说道，同时用那样一种目光看了看贝尼，以至于他拿不准，她刚才说的是窃听者呢还是他本人。

那个美国人没有把握地回头看着显示器。

“我根本不是主要的收件人。”所罗门说道，“我的邮件只是作为密件抄送的隐蔽副本发来的。你们看，黑色窃听者是写给谁的，是狄卡坡。”

“点一下看。”吉米口说道，“我急于想知道，我们隐蔽的朋友要通知计划领导人什么。”

所罗门选择进入信息的“关于”栏，双击鼠标键，显示器上出现一个新的窗口。

“一张明信片！”史苔拉感到很奇怪。一切都是确定无疑的：尺寸，波浪起伏的边缘，阳光灿烂的天空。只有主题没有要唤起度假的感觉。

“这个年轻人从哪里搞到 203 号建筑物的照片？”亚加夫问道，“这个建筑物坐落

“我根本不是主要的收件人。”所罗门说道，“我的邮件只是作为密件抄送的隐蔽副本发来的。你们看，黑色窃听者是写给谁的，是狄卡坡。”

在别的大楼之间，这个角度用远距离镜头是不可能拍摄到的。摄影者必须直接站在这个大楼前面。”

“我可不相信国家安全局新近会给自己的窃听对象发什么明信片。”所罗门说道。虽然这听起来很像一个玩笑，但是，他的声音有一种威胁的音调。“你们看，他给我们的意大利人写的什么。”

阅读明信片上的文字不难，好像用很粗的黑色软笔写的几行字也并不潦草。

嗨，阿尔班！
现在你走得太远了。
我已经警告过你。仔细看我的明信片——
你清楚我知道什么。
你把自己的电缆从史苔拉·卡尔德身上取下来吧！
或许炸弹即将爆炸。

顺致亲切的问候

黑色窃听者

“看来他真幽默。”吉米口评论上述文字，“狄卡坡会怎样对待这个消息呢？”

所罗门强迫自己从桌子前面站起来。“我想，我们马上就会知道的。”

“你要干什么？”亚加夫担心地问道。

“问题很清楚了。这张明信片证明黑色窃听者是知道内情的人。他从哪里得到一张这样的照片？他知道入侵者计划。他给狄卡坡发出电子邮件使自己陷入被发现的危险。我不再相信那个无害的入侵者神话了，那个东西不是头发烘干帽，明天一早我就去找狄卡坡。”

当电梯门在防空建筑物地下第二层为马克和亚加夫打开的时候，在离他们不远的地方，吉米口·施拉卡巴已经开始和格瑞·盖里特医生进行轻松的谈话。现在是星期三早上，刚过七点，龙形怪兽工作队大多数成员都还在吃早点。选择这个时间是有意识的，马克想防止医生再次被他的上司“保护”起来。

几秒钟之后，亚加夫敲响了狄卡坡的门，这位龙形怪兽工作队队长坚持要一起进行这场谈话。此刻，狄卡坡已经坐在办公室里，似乎在期待着发生什么。开门的是红约翰，这使马克感到有些出乎意料。

“我必须和您的老板谈一谈。”所罗门直截了当地说道，然后他就拉了一把亚加夫，从红公鸡的身边进了门。“情况紧急，博士。”他说。

“到底什么事，教授？”狄卡坡不高兴地从写字台上掷过来这样的回答。他面前的桌子上，纸堆得像小山一样。“你可以看到，我很忙。‘大黑暗’两天之后将发动攻击。此外，您也早就应该坐到显示器后面并在您的龙形怪兽扫描仪……”

“问题涉及203号建筑物的明信片。”马克单刀直入地对计划负责人说道。狄卡坡的下巴一下子耷拉下来，他无话可说了。

“我得到了一份密抄的副本。”马克解释说。他完全处于暴力之下，对于站在他身旁咄咄逼人的红约翰，他根本没有理睬，他的声音里带有一种威胁的声调。“也许黑色窃听者想任凭我自己决定，是否或什么时候向您透露我知道的情况。我现在就告诉您，狄卡坡博士，您欺骗了我，而且是多次！入侵者并不成熟，是危险的。您违背了自己的良心，拿我女儿的健康甚至生命来冒险，为此您应该忏悔！”

马克正面进攻的力度在狄卡坡看似清白的外表下面产生了作用。“请您冷静一下，教授……”

“我很冷静。”

“那张照片是一个愚蠢的玩笑，教授，此外，没有什么。到处都流传着各种不同的关于国家安全局的有关消息，甚至在因特网上也有，一定是某个促狭鬼干的。”

“如果他不仅知道您在国家安全局的秘密电子邮件地址，而且也知道并非不那么重要的入侵者计划的细节的话，那么他一定是一个信息十分灵通的促狭鬼。我还清楚地记得，您是怎样对我们讲述汤森特先生的，您说这个计划那样秘密，公共舆论甚至连它的名字都不知道，而现在……”

“卡尔德教授！”狄卡坡打断了对手愤怒的发难，“我经常对您说，入侵者对您的女儿没有什么危险。但是，关于这个问题，如果您想和我争论，至少请您再等三天。您知道，一笔多么巨大的组织上的费用和这个‘大黑暗’的攻击相连。最后的成功尤其取决于您的软件，教授。此外，我已经取消了您女儿进行新的入侵者的旅行！”

马克本想再给他一个令人信服的回答，但是亚加夫的手已经重重地放在他的肩膀上。他以特有的平静而又有力的声调向入侵者计划负责人表明了自己的态度。

“狄卡坡博士，我不知道有没有许多谣言，但很奇怪，这几天我有很多消息来源都对您的入侵者持类似的保留态度。我只想对您说一说我对这些意见的看法。我觉得入侵者是一个很值得怀疑的仪器。我虽然不能提供任何技术上的说明，但是您应该相信我，博士，我有一个健康的胃，如果吃了什么腐烂的东西，它会告诉我，这是绝对可靠的。现在，我的肚子就会咕噜咕噜地响起来。也就是说，您还是收起您那种自吹自擂，请把事实告诉我，请提出一份关于迄今为止的网上旅行者及其入侵者网上飞行健康状况的报告。我给您三天时间，请您做一个可以让人理解的总结并且附上原件交到我手里。假如这之后还有怀疑，您把史苔拉·卡尔德送入严重的危险之中，那么我将让最高指挥部门插手处理这件事。如果在规定时间里我没有收到任何文件，那么我将把这看做是承认有罪，我将对您采取下一步行动。我们就这样说定了，博士？”

这位非洲人有一种天生的任何人都无法抗拒的权威。即使狄卡坡也不敢找亚加夫的理由中的漏洞——据说胃里的压痛感在世界上的任何法院里也不会被作为罪证采纳。像一条挨了打的狗，计划负责人夹起了尾巴。他现在玩弄的是时间游戏，根本没有想到用事实去辩护。

“您的要求是不可能实现的，亚加夫。当然我们的档案室里有相应的医务纪录，但是，当务之急绝对是大黑暗的攻击。这个您自己必定知道。我不相信您将来能向自己的上司拿出理由，说明您应该为这样一个无聊的医务报告而阻止这个行动。”

亚加夫板着脸，他的黑眼睛似乎直接看到狄卡坡的灵魂深处。“那好吧，”他终于同意了，“三天的期限从您的关闭行动结束之时开始。最晚在星期一晚上，我要在我的房间里看到您的报告。不然，我将把整个事件在世界舆论面前曝光，您的入侵者作为一个秘密将成为过去。”

“我不能向您透露任何东西，吉米口。”

那个日本女人越过自己的纸杯边缘看着工作队的医生，格瑞·盖里特博士。她的黑色杏眼使那位医生有些茫然。她感觉到了这一点。虽然她平时总是以专业的能力而不是以女性的魅力去令人信服，但她现在也决不想努力不让自己的魅力发生影响。

吉米口的耳朵过滤着托盘的叮当声、椅子的挪动声和食堂里的窃窃私语声——把全部注意力都集中在自己的猎物身上。她吹着滚烫的咖啡，神秘地微笑着回答说：“您来呀，盖瑞。难道您不相信我吗？我们在一个工作队里玩游戏，再说我是咱们教练的左右手。”

“狄卡坡的？这个我知道。”

“我们这个特殊单位的领导一直还是亚加夫·纳布古，你忘记了吗？”吉米口用一个狡黠的微笑削弱了她的上司。

“没有，当然没有。可惜，正因为如此，狄卡坡仍然还是我的老板。假如我向您透露了关于我们的入侵者试验系列任何医务方面的细节，那他就将把我沉入切萨皮克①海湾，每一只脚上拴两个水泥墩。”

“盖瑞！代理处又不是黑手党。”

“但是，狄卡坡是一个意大利人。他的秉性常常无法控制。”

笑声——不知怎么，桌子两边同时发出某种勉强的笑声。几分钟之前，精确地说

① 美国弗吉尼亚州东南部城市。

是七点七分，她在吃早点的时候向医生发动了攻击，找到了一个空闲的座位。当时在餐厅里虽然还有十几个人，但她的策略还是取得了成功。单是这个日本女人的光彩就把最固执的科学家转变成彬彬有礼的玫瑰骑士。像盖里特博士那样的医生也不能例外，他甚至给吉米口女士扶正了椅子。

第一杯咖啡牺牲给没有什么实质性的闲聊。接着，吉米口十分自然地问起迄今为止网上旅行者的情况。开始时有困难吗？在工作过程中出现过什么副作用吗？

盖里特本来已经封了口。他只是想和她随便地交谈一下，顺水推舟地应付应付，他内心始终在痛苦地想着千万不能泄露任何内部的情况。

“但是，您肯定可以对我讲一讲，史苔拉的‘喷鼻剂’和神经活动共振探针的互相配合是怎样起作用的，我想也许仅仅是因为那种‘喷鼻剂’。这一切实在太令人着迷了！史苔拉的那些极其出色的梦幻究竟是怎么产生的呢？”

盖里特先生首先皱了皱眉头，但他接着就微笑了。“关于这些，狄卡坡反正已经讲过了。我想，假如我再向您提供一两个事实，他也还是会留我一条命的。”

“我急于想知道！”吉米口女士从自己的纸杯里喝了一口咖啡。

“从根本上说，这很简单。大脑的大致结构您一定是熟悉的。它由大约一千亿个神经细胞组成，也就是所谓的神经元。每一个神经元可以产生一千个，甚至十万个与其他神经元的联系。在我们大脑里可能的联系总和比整个宇宙中的核子还要多。当然这只是一个纯理论上的数值，因为即使在最大的简化中，任何联系都至少需要三个院子才能容得下，这样一来……”

“哎呀，请，”吉米口打断了医生的话，突然发觉自己怎么偏偏在这项内容上显得那样陌生，于是就笑了起来：“我的专业是计算机刑事犯罪，您能不能再给我更简单地说明一下呢？”

“当然可以，对不起，吉米口。在沉思关于我们思维机器的时候，连我这样的受过专业训练的医生也会不断地进入如醉如痴的状态。我想对清醒梦幻状态的发生做另一种解释，也就是用查尔斯·斯科特·谢林顿爵士①的话。”这位博士声音虽然很低，但却为他的朗诵选择了一种庄重的声调。“大脑是一台有魔力的纺织机，在这台纺织机上有几百万个闪电般飞来飞去的小梭子，编织着一种令人迷惑、但却始终内容丰富、当然也会稍纵即逝的图像。”

“真美！”吉米口显出陶醉的样子，好像盖里特刚才为她朗诵了一首情诗似的。

盖里特窘迫地微笑着。“我又不是诗人。但我愿意向您做一点更精确的解释：我们的感觉和思维产生出来的一切，都建立在我们大脑里。对一朵花的回忆，在本质上就像第一眼看到那朵花的时候一样，激活了同一个神经元。梦幻中的图像也是以这样

① 谢林顿（1857—1952），英国生理学家，曾获1932年诺贝尔生理学和医学奖。

的方式产生的。

“您用探针测量到什么吗？”

盖里特点点头。“不仅如此。我们也能够使新线路的形成兴奋起来。这听起来更简单，仿佛就在现实中那样。也就是说，我们的神经元织物模型的综合性不仅存在于很多联系之中，而且也存在于很多层次上。两个神经细胞之间的信息交换，并不像使用一个开关那样简单。一个信号是否继续被传递，取决于非常纤细的一层层的激活状态。有时候，许多神经元必须同时点燃才能达到触发那个信号的临界值。在神经细胞的连接点上，即那些所谓的‘突触’上，到处都发生着那些复杂的电子化学过程，因为我们对它们也还不完全理解，所以我就不能向您进一步描述它们的细节了。”

“尽管如此，您还是能够造出入侵者来？”

“从根本上来说，这里没有任何异乎寻常的东西。”盖里特大笑起来。他现在已经忘记了自己的顾虑，完全沉浸在一种在一个漂亮女人面前自我表现的热情里。“人们知道电子之前很久就发现了电流。或者，他们知道利用药物，也是在我们认识免疫系统作用或者生物催化剂作用之前。因此我也就说到我的见解的核心了。”

“啊，真的吗？”

“是的。史苔拉的‘喷鼻剂’里面的生物活性物质，正如您所说的那样，除了一种合成酶之外，没有别的。我参与了它的开发研制。”

“那么，您一定为此感到骄傲了。这种介质到底是怎样起作用的呢？”

“它刺激大脑里神经元联系的形成。在通常情况下，它加强已经存在的模型，为了在清醒状态下被感觉到，他们一般都太弱。但是，网上旅行者借助喷鼻药物中的其他几种支持性活性物质就能够进入特殊的‘半睡眠’状态，我们称之为‘清醒的梦’，然后神经活动共振探针就使飞行员的某种神经元接头兴奋起来。”

“但是，梦中的图像已经……我该怎么表达呢？大脑里的这样一个模型能否变得像现实中的图像那样稳定呢？”

盖里特脸上的微笑像一个胆怯的动物那样消失了。“那种药物的剂量很小，”他绕开她的问题回答道，“它的作用最多保持六个小时。而罕见的错误的连接……正如已经说过的……”

在刚记事的时候，吉米口就已经学会了把感情隐藏在亲切的面具后面。现在，她用一个亚洲人的挂在嘴唇上的微笑说道：“对于一个像我这样的计算机软件专家来说，您对入侵者的作用确实已经做出了形象的描述，盖瑞。对于计算机我知道，一个错误的连接便能造成整台计算机死机。这样的事情也会发生在史苔拉——一个人的身上！——也许可能，我还从来没有想到过。”

大黑暗

“你说的什么，爸爸，行不行呀？”

“我要是知道就觉得舒服多了。”

“那就是说，这听起来并不那么像传奇般的马克·所罗门·克拉克·卡尔德的不可动摇的乐观主义。”

所罗门疲倦地叹了口气。“是的，真的不像。我同意了狄卡坡的建议，仅仅是因为目前拿不出什么好的主意来。”

史苔拉和她父亲坐在餐厅里，对着半空的盘子。所罗门吃了一盘绿色沙拉和一个汉堡包。对于他糟糕的健康状况来说，没有比这更好的证明了。史苔拉为他感到担忧，因为他总是日夜不停地工作，几乎不让自己睡觉。史苔拉自己虽然仍旧感到四肢有些沉重，但是一点点地在好转。

将近十一点的时候，防空地下堡垒的会议室里又进行了一次紧急谈话。白天的议事日程上只有一点：“大黑暗”的攻击行动。大量组织上的细节必须经过投票表决。世界上的全部电子技术器械应该关闭一个小时，这听起来很简单，然而，对于全体参与行动的人来说却是一个巨大的挑战。

狄卡坡在开始谈话之前拿出一份剪报，很久以来，他就把它贴在办公室的墙上，正如他自己所说的那样，他感到自己在进行入侵者计划工作的时候一再从中获得新的鼓舞。他甚至把《美国今天日报》那篇文章为同事们每人复印了一份。

那份跨地区的日报，曾报道了美国联邦调查局早先的刑警组计算机处处长基姆·赛特勒的讲话。一个被挑选出来的精锐电脑黑客部队可能会强迫美国在九十天内“屈膝投降”，这曾经是赛特勒的毁灭性的结论。他的理由是：所有对美国社会的运行必要的供应系统，都已经电脑化了。于是，时髦的口号——New Cyber Vulnerabilities 便流传开了——也就是，新的容易受到来自网络空间的攻击性，所谓新，就是因为在技术上从前还不可能有。

最后狄卡坡补充说，他的行动计划中不仅仅涉及美利坚合众国。假如这个“大国”——“在信息技术方面的进步，世界上任何国家也赶不上它”——如此脆弱，那么它就经不起这个所谓的精锐电脑黑客部队的攻击，那以后世界上会发生什么事情呢？

对这个问题，所罗门也提不出任何反对意见。然而，尽管如此，怀疑还在折磨着他。关闭因特网和一切电子仪器将在全世界引起混乱。想到那个非常可怕的后果，他不禁怀疑付出这样的代价值得吗？

狄卡坡坚决为之辩护的国家安全局关于网络恐怖分子的理论也不合所罗门的口味。那些世界范围内堆积如山的电脑事故好像有一种定式。也许他迄今为止过于注意细节，从来没有在一定的距离之外窥视一下全貌。

史苔拉用叉子叉了一小块胡萝卜，把它送进嘴里。她早已不再相信那帮政治极端分子小组的国家安全局的手枪了。她和德拉基在一起的经验，在幻想王国的冒险旅行——那一切给予她一种难以描绘的感觉：龙形怪兽就在附近。假如她在马西诺夫的时候不精疲力竭就好了！她在麻省理工学院的服务器上差点儿就把那条小龙抓住了。

当然了，她知道整个入侵者的故事多么可疑。吉米口报告了她与盖里特博士的谈话。然后，所罗门又变得那样愤怒，他恨不得再次当面教训那个计划负责人，但是亚加夫和吉米口竭力好言相劝，才把他拦住。

在所罗门对狄卡坡采取进一步措施之前，他想找到确凿的证据。所以他的脉搏一正常地跳动，他就起草了一封新电子邮件给华伦亭·布莱藤贝格。那位大脑理论家可能会告诉他，一种通过酶引起的神经元联系的兴奋能够产生什么样的后果？是否应该担心会产生长期的不良后果？即使史苔拉再也不重新和入侵者连在一起，所罗门也要知道这个问题的答案。

狄卡坡在此后的两天里就像换了一个人似的。当史苔拉星期四早上在去餐厅的路上碰见狄卡坡的时候，他甚至向她微笑。显然，这个计划负责人显得很高兴，终于可以对网络龙形怪兽工作队采取一次行动了，即使这次行动成功的希望看起来相当渺茫。

全面关闭因特网应该在6月19日星期五进行，在那之前还有大量的工作要完成。大黑暗的攻击行动实实在在地使全世界屏住呼吸。这时候，有些人想到了悲哀的“2000年问题”，相反却成了一个玩笑。当存储空间还很昂贵的时候，人们被教导说，使用计算机要求不要太高，并使他们明白，在年份的数字栏里每一个日期只存储最后两位数。然后，一个聪明的人认识到，敏捷的计算奴仆能够把2000年1月1日变成00（元）年，并以此开始新的纪年。纪年中的两个0，将使建立在纪年基础上的整个电子技术功能脱轨。国际上的使用者团体第一次正确地认识到，人们多么依赖自己的电子助手。一部分计算机系统的生产者和销售者，为这个千禧虫的问题能够进行数年之久的准备。然而，现在这个大黑暗的攻击行动留给世界的时间却只有三天！

史苔拉从一开始就对这个偏偏叫做“大黑暗”的行动表示怀疑。她不由自主地想起那个黑色窃听者。但是，所罗门给她解释说，无论哪个国家的军官，在策划任何行动的时候，从来没有不为此虚构一个名称的。

在最初的几个钟头里，大黑暗首先是一个史无前例的信息攻势。政府通过电视、电台、报刊、黑板和广播车，甚至通过因特网宣布一个消息：从晚上八点钟起把您家里的全部电子仪器关闭一个小时（当然具体时间要通过各个时区进行调整）。

大黑暗像预期的那样，立刻遭到抗议。在三天的准备时间里，人们要发出一个真正针对政府当局的冲锋。全世界建立起热线电话和因特网热线，来回答感到害怕和表示愤怒的公民提出的问题，并和他们进行谈话。为什么一个电子面包烘烤器不能使用？

因为它本身可能突然变成一个燃烧弹。为什么一个电子体温表突然不能再对小孩子使用？因为婴儿的耳膜脆弱，可能会对强烈的电流做出过敏反应。为什么全自动汽车或者电子控制的调速装置不能再使用？那个闪光耀眼的东西可能会很快地变成杀手——一个微小的转弯、一座太高的桥梁等，也许会突然发疯地使运行中的传动装置造成致命的后果。谁能够俯视一切，谁能看到生产电子开关的时候就不会出现错误，以至于那个开关将成为一个定时炸弹呢？

当然，狄卡坡知道，通过全球断电并不能解决一个面包烤炉变成燃烧弹的问题。但是，电子仪器宁可多关闭一个也不要少关闭一个，这是他的格言。

尽管如此，还会有足够多的例外情况。譬如急救中心的生命保障系统就不能断掉电源。而且，此刻正处在地球轨道上的空间梭航天飞机，不能要求宇航员让他们的电子仪器睡一个钟头吧。然后，那些极其敏感的、尤其是军事的安全系统的操作员，对他们施加任何影响，都会遭到他们的坚决反对。

“一种完全的、即使暂时的放弃一切电子设施——如通过使用 E- 炸弹——没有现实的暴力，是不可能实现的。”所罗门曾经这样预言。来自世界各地的报告证明他是对的。

晚上，在纽约的碰撞之后，所罗门完成了他的网络龙形怪兽扫描仪的第一个版本。他在好几天之前就已经开始进行了这项工作，没有他的睿智预见，这项工作绝对不会进展得这么快。这个软件将会保护世界上大部分个人电脑不受卡给突变物这一病毒的侵袭。

这期间，三十位软件专家试图将网络龙形怪兽扫描仪的入口用于别的工作平台——他们使这个程序和其他不同类型的电脑及其驱动系统相匹配。很快就可以看到，仅仅三天的时间不可能使所有类型的电脑都被保护起来。

人们只能尽力而为。从星期三到星期四的夜里，忧心忡忡的电脑用户就可以从因特网下载免疫软件的第一个版本。到星期五早上，人们就已经利用了全部可以想到的传播手段。CD 光盘被附在当天的日报上当作邮件投递到信箱里，并在各种各样的地点免费发放。被吓坏了的个人电脑使用者，可以带着自己的电脑到新设立的咨询处去，请人帮助“杀毒”。

其他方面的准备也是必要的。大多数的供电网将断电一个小时——但是，为了应付紧急情况应该准备临时发电机。核电厂可能要更长时间地停止工作，因为那里不能像一个灯泡那样一开一关。整个联络将中断——警察和军队应该出动，前往战略要地、城市和乡镇，防止发生抢劫。医院工作人员为了紧急接纳病人，忙乎了几个小时。许多城市供水将中断，因为供水是由电子系统控制的。因为谁也不知道，是否所有的发电机在断电一个小时后能够毫无问题地重新抽水，所以政府当局要求用户储备一些饮用水。

这些只是紧急而又必要的措施中几个例子而已。正如很多人希望的那样，对龙形怪兽进行决定性的打击，就像人类在危急时期那样，团结经常被认为特别重要。但可惜，就是在这种时候，也还有自私自利的人，总有人想从别人的危机中捞一把。

对于史苔拉来说，这种全球的停顿是难以忍受的。她一会儿看看自己的父亲，一会儿看看贝尼。她从葛文和吉米口身旁走过，所有的人都迫切地等待着结果，互相之间都没有很多话说。没有具体的事情可做，她的思想便完全回到那个简直难以置信的历史起点：仅仅因为她不能驾驭自己的游戏，以至于此刻全球的计算机都得关闭，以便消除可能发生的新灾难。卡给游戏可能仍然是一个无害的游戏，尽管如此，史苔拉仍然感到对这整个不幸事件负有责任。此外，她还有另一种感觉，就是她在入侵者的头盔下面好像没有竭尽全力似的。她经常想到最后一次网络空间旅行，她本来几乎要把龙形怪兽抓住了！

她就这样等待着，和自己良心上的不安作着斗争，总是对自己感到不满，连调查狄卡坡的事情也暂时停顿。然后，那个时刻终于到了。

6 月 19 日，二十点整。除了紧急值班的人员之外，网络龙形怪兽工作队全体成员都来到 203 号大楼外面。不得不关闭实验室网络和其他全部电子仪器的国家安全局人员都像背着氧气瓶的潜水员那样武装了起来，因为地下通风设施也不能工作了。所有的电灯一下子都熄灭了。大黑暗，不仅是这里，而且在全世界范围内扩展着。全世界的电子心脏停止了跳动。

经过启动时轻微的困难过后，203 号大楼的电子守门员又恢复正常了，队员们都回到防空堡垒下面。还在电梯里，亚加夫就心平气和地对狄卡坡说道：“现在，因为您坚持并实现了您的攻击行动，所以我想提醒您，博士。从现在起，我的电子手表又走起来了。您知道我指的是什么。星期一晚上我想看到您的关于入侵者系列试验的报告。您可以把这个警告理解为最后通牒。”

狄卡坡脸上刚才欣喜的微笑一下子消失了。“可是，纳布古先生，您不会忘记，我们刚才做了什么，您不为我们的成功感到高兴吗？”

“星期一晚上，博士。”亚加夫不动声色地重复了一遍，然后补充说，“我们是否可以对某些东西感到高兴，那还得看一看再说。”

史苔拉很喜欢龙形怪兽工作队队长对待意大利人的说话态度和方式。回到地下办公室，她着迷地跟踪着工作队里的联络和计算机专家们孜孜不倦地工作。他们像在一艘核潜艇里准备战斗那样各就各位。这天晚上，被分配进行工作的大多数人都在收集着各种信息。

因特网还没有恢复正常，这是因为各个不同的电话网络有的还没有接通。有些通信联络公司里的计算机还不让进入，另外一些计算机也运转不灵。奇怪的是，多少系

仅仅因为她不能驾驭自己的游戏，以至于此刻全球的计算机都得关闭，以便消除可能发生的新灾难。

统已经运行了几个月，有些甚至运行了几年，从来也没有人认真地想过关于它们的功能失灵的事情。

然后，第一批消息渐渐地传来了。起初是一点一滴的。这里发来一个传真，那里响起一阵电话铃声。进入地下室的消息越多，这一个小时的停顿造成的后果越清楚了。由于许多地方对政府部门的规定置之不理，所以有些地方就出现了交通混乱。由于功能中断，电梯卡在半空，有些化工厂发生了若干起事故，两艘货轮沉入水底，自动取款机拒绝付给客户钱款，电话中转连接错误……

也许不是所有的困难都直接与全面断电有关，有些问题迟早都可能发生。但是，现在许多人才亲身体验到自己多么依赖电子技术。是的，有些人问道，现在到底是谁统治谁，是人统治技术还是技术统治人?

午夜时分，狄卡坡才敢做第一次总结。在地下大会议室里，他向全体队员宣布："大黑暗攻击行动得到国际上绝大多数政府的支持。虽然可以抱怨有些牺牲，我们还是能够确信，我们因此从根本上避免了更大的灾难，是的，我想说避免了世界末日规模的大灾难。"

为了谈论这个行动的成就，三个钟头还嫌太短，他热情洋溢地演说着，用了很多华丽辞藻，但尽管如此，他还是不像很久以前那样乐观。

他几乎是兴奋地报告了几个存在的问题。

有些船只在大海上迷失了方向，因为全球定位（GPS）① 的卫星导航系统提供了完全没有意义的数据。有些警察平时执勤的路线也停止了巡逻，给一些犯罪分子提供了机会，突然造访了银行的金库。有些投机商，迄今为止，他们把自己的钱用来进行短期的期货交易，可能损失了几百万。一个大汽车厂的流水线上，由于完全疏忽了全体顾客的愿望，一个夜班生产的汽车全部是粉红色的。偶尔也有一些大公司的数据不知不觉地丢失了，所以，企业提出全部返工的要求。除此以外，一切都还算顺利。

美国的一个本来为此目的而设的热线电话（不完全是偶然，它就在米亚德堡国家安全局的大院里）记录了全世界各地报告的计算机反常现象。那个部门的第一个小结报告使人产生了希望：在迄今为止的事故报告中，没有一个发现网络龙形怪兽的足迹。

"请您让香槟酒的瓶塞在瓶子里多停留一会儿。"马克勉强微笑着说道。最近这三天，马克被搞得筋疲力尽，他简直不能容忍这个意大利人似乎能够忘记牺牲者及其家属的痛苦。"我完全像您一样确信，网络龙形怪兽已经结束了它的第三个发展阶段。不过，也许它正在睡觉。可能我们并没有能够摧毁它的'神经束'，它还会醒来。"

狄卡坡摆摆手，大笑起来。"您真是一个不可救药的悲观主义者，教授。不过我

① GPS：Global Position System，即全球定位系统。

并不生气。您在最后这七十二个钟头里为我们大家做了很多事情。您还是去睡一小觉吧。明天一早这个世界对您来说也将是另一个样子。”

史苔拉星期六早上睡到九点钟。没有人强迫她。没有人期待她再次戴上那个入侵者的头盔。她感觉到已经完全休息过来了，全身放松，已经很久没有这样舒服了。

所罗门的早点吃的是牛奶麦片，喝的是绿茶。一个好的征兆！史苔拉鼓励他，午饭要一份醋油绿沙拉。

“看见你这样我就开心。”所罗门微笑着说。

“只有那么一点点儿。这几天你笑得太少了。”

所罗门的脸色又变得严肃起来。“很少有值得一笑的事情。我希望，我们的这些事情都成为过去。”

“你还是不相信我们的胜利，是吗？”

“我这里还有一个怀疑。”

“狄卡坡说,我们已经去掉了E−炸弹的引信。现在,我们只要抓住恐怖分子就行了。究竟有没有关于黑色窃听者的新消息？”

所罗门摇摇头，小声说道：“为了弄清他的身份，吉米口和贝尼已经用尽了各种手段，但是，迄今仍然一无所获。在其他的因特网搜索器上也没有他。难道我们通过旅行纪录和那张虚拟的明信片不是知道得更清楚吗？难道真的能够相信，他只是一个在你的幻梦里产生的幽灵？”

这时候亚加夫和吉米口也来到餐厅，所罗门请他们坐到一起来。为了能够一起谈话，他简单地介绍了他和史苔拉刚才的谈话。

“追踪恐怖分子现在是我们的首要目标。”亚加夫点点头说道，同时他也讲了自己迄今为止的经历。

一如既往，今天他也是五点钟起床。他研究了史苔拉最后一次旅行纪录的综合报告。工作队的分析家们一致认为，龙形怪兽很可能已经在麻省理工学院的网络上筑了巢。他，亚加夫本人也认为这是可能的，所以他在七点半邀请吉米口一起和狄卡坡进行了一次谈话。他们的谈话刚刚结束。

“那个意大利人的看法是什么？”所罗门问道。

“他建议切断麻省理工学院的网络与外界的联系，然后集中目标在学院里的计算机上彻底寻找龙形怪兽之巢——他称之为‘脑干’。”

“脑干？”所罗门摇摇头，“这期间他好像曾经拒绝使用大脑一词。”

“难道你没有过吗？”

“关于这个问题我刚刚和史苔拉谈过。狄卡坡的全部自信建立在这样一种观点上：即网络龙形怪兽可能在渗透阶段的最后将像人的大脑那样组织起来。也就是说，假如人们把神经联系砍断，整个思维机器就不转了。这种类比法我认为虽然可靠，但是，人们一旦把它提出来，那也就必须不断地想到后果。”

“难道我们没有想到这个吗？”亚加夫惊异地问道，“在星期二夜里，你也同意了采取大黑暗攻击行动。”

“从那时候起，我想了很多。此外，今天早上，我在因特网上看到达马希欧教授的一个值得注意的汇编文件。我认识安东尼奥本人，他领导大学医学院神经病学科。他在自己的一篇文章中描绘了一个现象，四天之前我还不那么熟悉——无论如何，我在神经网络领域的研究已经是好几年前的事情了。”

“那么，你对达马希欧的文件特别感兴趣的是什么呢？”吉米口问道。

“令人感到惊奇的是，大脑受到损伤之后能够重新修复。它们可能导致病人丧失部分记忆，胳膊不能再灵活地运动，失明或者生活自理能力受到破坏，有几百种现象。然后，在大多数情况下，人们观察到在过了一段时间之后，有关病人的那些症状又消失了。甚至有些记忆，那些因为损伤而永远被破坏的记忆又回来了。某些观点认为，大脑像一张全息照片：个别的信息散布得很广，不仅仅存在于一个层面，而可能在一个空间里层层叠叠存在。一次‘损伤’可能只影响整个图像的表面，但是，过了一定的时候，大脑便由内向外修复了自己的记忆。”

亚加夫意识到史苔拉的父亲想说明什么。“你认为网络龙形怪兽的再现不仅是可能的，而且好像已经是事实。”

所罗门点点头。

“你刚才说过‘一段时间之后’，也许你知道得更确切一些？”

史苔拉的父亲耸了耸肩，摊开两手。“我不是预言家。但是，据我所知：在我们的大脑神经轨道上，脉冲以每小时二百五十公里的速度运动。相反，在因特网上——至少在理论上——可以达到光速。”

就在这一瞬间，贝尼跑进餐厅。他发现朋友们聚集在一张桌子旁边，便匆忙来到他们跟前。

“外面出事了。”他激动地说道。

“什么程度？”亚加夫问道。

“我看见汤森特，还有弗里德曼、约翰·麦克穆兰和狄卡坡等人，他们像受惊的母鸡那样到处乱跑。”

亚加夫吃惊地看着贝尼。桌子旁边的每一个人都想象到，这种匆忙后面隐藏着什么。他们还没来得及说什么，警报就响起来了。

从防空地下室第四层餐厅到地下第二层的大会议室的路程不远。出于安全技术考虑，这两个房间都安排在楼梯口。由于警报拉响之后地下各层的同事们都争先恐后乘坐电梯，所以他们准备徒步赶到会议室。

狄卡坡已经坐在长桌的一头，他面如死灰，两只手支撑着脑袋，显得疲惫不堪和神不守舍。当亚加夫来到他身边问他拉警报的原因时，这个意大利人只是把几张纸递给了他，连看也没有看一眼这位工作队队长。

“出了一次新的事故。”网络龙形怪兽工作队的成员差不多全部到齐之后，亚加夫开始主持会议。然后，他高高地举起狄卡坡的那几张纸，皱起眉头，归纳了报告的内容。

东京附近一列新干线特别快车闯进一条关闭的轨道。不幸的是，事故发生的时候正值交通高峰期。正如每天这个时候一样，高速火车几乎要挤破了，死亡的人数远远地超过那一次在纽约发生的事故。根据专家们的报告，这次灾难是由于两个计算机控制的道岔连接错误造成的。

亚加夫在翻开第二起事故报道之前看了看那张纸。

同样的原因——计算机错误——也应该对中国三峡大坝的不幸事故负责。不知道什么原因，全部泄水闸门被自动控制系统全部打开。由此而产生的结果是长江水位急剧上升，此刻，水位还在持续上升。现在，人们正在努力地手动关闭闸门。然而，好像新的困难早就在等待着似的，人们把事故的原因归咎于可能是闸门在巨大的水压下打开得过快。专家们认为，假如不能及时解决这个问题，由此造成的损失将在几十亿美元以上。三峡大坝在一个平均只有一公里宽的峡谷里储存了亚洲最大的河流上游不少于六百公里的水。大概谁也不能真正地想象，一个被缚住的这样规模的大江猛兽将会发出什么样的威力。

“我这里还有几个别的不太引起轰动的报告。”那位非洲人简单地总结道，脸上一副痛苦的表情。

他让那一叠纸在桌子上滑过去，这样每一个人的神经都能被刺激一下。

史苔拉讨厌这些报道，把停在自己面前的那些纸张推到别人面前。她感到一阵恶心，这时候，她忽然想起了什么！

亚加夫的目光停在狄卡坡身上，这时他把自己的印象总结了一下。“这些消息大概可以最终摧毁我们当中一些人的希望。显然马克的考虑是正确的，网络龙形怪兽只是睡了一觉。它在成千上万的计算机里打了个盹——在可能的地方破裂成最小的碎片，任何病毒扫描仪也发现不了，任何保护程序也不把它们看做是危险的东西。但是现在，当计算机重新接上电源之后，那个魔鬼又醒了，变得更加富于攻击性，造成了比以往更严重的伤亡。”

现在，狄卡坡才第一次开口讲话。他懒洋洋地抬起头，带着鼻音说道：“这是什么意思，纳布古先生？听您这样说，好像我们不是在和恐怖分子作斗争，而是在和一个独立行动的生灵打交道似的。”

“也许我们从一开始就应该这样看待它。”所罗门站起来为自己的朋友辩护道，“您知道‘细胞自动组合模型’吗，狄卡坡博士？”

“请您饶了我吧，别离题太远，我的思想真的不在您的理论上。”

所罗门没有理睬这个意大利人的话。“约翰·封·诺伊曼早在五十年代就提出几个有趣的思想，它们对我们今天寻找网络龙形怪兽可能有用。封·诺伊曼是一位数学家和计算机设计师。他在自己的模型里确定了在机器上进行自我繁殖的基本条件。那时候，他对有生命的有机物，如植物、动物和人进行了有趣的比较研究。根据他的观点，一种人造的生命——就像一种生物的生命一样——内部必须有一种‘静止的’结构图。和我们的遗传学程序完全一样，计算机的密码在被转到另一个系统之后，就创造出一个新的人造生命来。用这种方式可以永远地复制下去，不过，前提是要有一个合适的环境。植物区系和动物区系在我们的大气层里。在虚拟的生活中，在到处可见的计算机硬件和国际网络上，处处都能找到这样的环境。”

所罗门让他的圆珠笔头很响地落在会议桌上。

“而关键恰恰就在这里。关闭了因特网根本不能杀死龙形怪兽，因为它的‘基因密码’早已在全球成千上万的计算机里存储下来。即使我们能够成功地把这个明显的模型密码即它的指纹孤立起来，我的网络龙形怪兽扫描仪也永远不能完成这个工作。它虽然能够识别龙形怪兽的特征并破坏它，但是只要病灶没有找到，那个繁殖程序就总是能够被重新散布开来并被启动。”

“正如我听到的那样，为了在麻省理工学院的网络上继续追踪龙形怪兽，您已经迈出几步了。”

“正是这样。”

“那么您就应该赶快行动了，博士。网络空间最新攻击的次数和破坏程度令人担心，我们的时间真的不多了。”

“您认为……”

所罗门点点头。“第四个阶段就在我们面前：我们这个星球上所有存储在计算机里的信息将全部被摧毁。”

“这就是说，我们必须尽快迈出下面两步。”

所罗门木然地看着计划负责人问：“两步？”

狄卡坡点点头说：“第一步，我们的工作队必须立即飞往波士顿，去敲击被孤立起来的麻省理工学院的校园网络；第二步，无论如何我必须争取您的同意，送您的女儿再次和入侵者一起去旅行。”

第四阶段　毁　灭

更换场地

所罗门断然拒绝了狄卡坡的请求。是的，还有，他把计划负责人称为对公众有危险的精神变态者，带着更忧郁的表情冲出了会议室。

这下子，史苔拉的心情更加恶劣了。许多双眼睛落到她身上，好像是她发动了这一幕似的。吉米口抓住了她的手，贝尼向她点点头表示鼓励，以此给她注入一点勇气。但是，给她的还有一点别的什么东西，这种东西促使她现在要用语言来表达。

“亚加夫，假如我不用入侵者进行旅行，那会发生什么事情呢？”

非洲人对她理解地微笑了一下。“这可能是你的正当权利，史苔拉。对你来说，也许，最好是……”

“如果我们不得不用传统的手段追踪龙形怪兽。”狄卡坡说道，他对亚加夫的温柔声调感到很不耐烦，“那就可以肯定地说，我们再也抓不住它了，除非在……”

“我没有问您！”史苔拉怒冲冲地对计划负责人说道，她的手把吉米口的手握得更紧了，“我想听取工作队队长的意见，而不是您。”

狄卡坡的眼睛里射出了毒箭，但是，他没再吭声，也许他知道这个大胆的姑娘是他的唯一希望。

亚加夫好不容易才憋住微笑。“谁也不能肯定地说，我们在最后阶段能否抓住龙形怪兽。但计划负责人在这里制造的这种进退两难的局面是不容否定的。”

所有在座的人都听得见史苔拉鼻子的出气声。她的眼睛看着桌子，她点点头。又过了几秒钟，她终于又重新抬起头，望着周围的对她充满期待的面孔。“我将和我的父亲谈一谈。不管怎么说，我觉得我对这里的一切负有责任。如果我能把事情了结的话，我肯定不会逃避。”

“这是不是说，你敢再次进入网络空间？”吉米口问道。她还清楚地记得自己和盖里特博士的谈话。

史苔拉的面部表情是严肃的。她看着这个一脸不安的日本女人，然后转向亚加夫，说：“我同意，再一次进入幻想王国。”

然而，要说服所罗门同意，需要一些劝说的艺术。他完全不赞成女儿的计划。但是，史苔拉很坚决。她毫不放松，慢慢地，父亲不再反对。虽然对第二次旅行之后的幻觉她也没有把握，但是……

“我一直希望自己成为罗宾汉的女儿。”

“小星星！现在真的不是开玩笑的时候。尤其不能在这个问题上开玩笑。华伦亭·布莱藤贝格虽然还没有回答我的问题，但是，黑色窃听者的暗示和吉米口从盖里特嘴里探听到的消息，足以使我拒绝这个行动。”

“可是，”史苔拉很激动地回答道，她的声音有点颤抖，眼睛里闪着泪花，“难道我没有权利自己做出决定吗？我和你一样清楚，入侵者那个东西对我有害，可是，许多药物也有副作用。尽管如此，人们还是容忍了，并且希望最后能恢复健康。我们只剩下这一次机会了，那就是我再次进入幻想王国，在那条龙形怪兽乱砍乱杀之前抓住它！”

所罗门避开了女儿的目光。他知道，女儿是对的。然而，尽管如此，风险毕竟太大。

“我必须这样做。”史苔拉说道。她走到坐在写字台前的父亲身边，把胳膊放在他的肩膀上。“求求你了，爸爸！即使我开始要做的是最后一次，你也不可以阻止。如果我现在撤退，那么，我将永远不能面对自己镜子里的形象。”

所罗门叹了口气，说：“那好吧。”他强迫自己露出一个笑容。

史苔拉在父亲脸上出声地亲了一下。“狄卡坡说过我们什么时候飞往波士顿吗？”

“明天，上午就动身。我们还是乘军用飞机，等所有的设备全部装上去就起飞。”

当国家安全局大院的栅栏在汽车后面变得越来越小的时候，史苔拉感到少有的轻松。现在她才正确地意识到，这个被栅栏围起来的、严密监视着的地区真的像一座大监狱。不过这一切现在都已成为过去。不是她最终找到龙形怪兽的老窝，就是……她还是不要去想那种可能吧。

飞机已经停在戈达德太空飞行中心的跑道上，随时准备起飞了。那是一架麦克道内尔·道格拉斯 C–17 型飞机，是一架巨型喷气式运输机。史苔拉根本没有想到，为了对付入侵者竟需要这样一架大飞机。

这架沉重的运输机从米亚德堡东面的军用机场起飞的时候发出巨大的轰鸣声。在高空中，史苔拉还能最后看一眼国家安全局的大院。但愿她永远不要再回到那个地方。

两个小时以后，C–17 型运输机在洛根国际机场慢慢地滑进一个封闭的客机候机区。

史苔拉、她父亲、亚加夫和吉米口通过萨姆纳隧道进入波士顿市中心。因为有一个大型的集会——那天是星期日——他们不能从菲茨杰拉德高速公路前往查尔斯市，所以他们不得不从毕肯希尔山坡起就与交通繁忙的交通对抗。当他们终于来到杰姆斯 · J. 斯托若纪念馆快车道时，他们才能加快速度行驶。他们沿着查尔斯河向西到达哈佛大桥，并从那里下去开往剑桥区。

虽然这个按照英国的榜样命名的地方是一个独立的行政区，但许多人在那里只把它看做是马萨诸塞州首府波士顿的一部分。然而，剑桥区之所以更著名，是因为另外两个名牌大学：哈佛大学和麻省理工学院，简称 MIT。

史苔拉不顾司机的反对，把侧面窗户的玻璃向下旋了一些，津津有味地呼吸着波士顿的空气，好像她处在一个疗养胜地似的。她睁大眼睛看着这里的名胜，重温着前两次来访的记忆。她在分享她父亲对这个城市的爱。

在大桥后面，这辆并不引人注目的大轿车又沿着查尔斯河向东开去，不一会儿，转了个弯，开进马萨诸塞林荫大道。经过 MIT 的主楼开到 Vassar 大街，汽车停在这里的一幢很长的大楼前面。司机是一个黑头发的中年男人，很一般，面部表情不能告诉人们任何东西，他引导大家进入大楼。从里面看，这个建筑物比从外面看给人的感觉宽敞得多。史苔拉很快就会知道原因何在了。“综合建筑 20”总共由六座单独的建筑物组成。其中两座前面相接，其余的四座横在它们旁边。从空中看，它们就像一把梳子有四个齿。倒数第二座大楼 20d 号建筑物是龙形怪兽工作队下榻的地方。

在进入大楼的时候，史苔拉发现了一些穿黑制服的男人。司机向大家解释说他们是校园警察。整个建筑物因为有爆炸危险而被全部封锁起来了，纯粹的预防措施。这时候，那个脸上毫无表情的司机露出一种意味深长的冷笑。

外部的保护墙之后跟着的是第二道安全链条，这道链条应该和大学生及教授们保持一定的距离。这个安全链条是由安全服务人员组成，清一色的男人，他们的制服只有当他们成群结队出现的时候才能看得出来——官员们穿的都是黑色工作服，没有例外。这里的服务工作人员昨天晚上就已经像一群蝗虫那样降落到这里。男人们首先清理了这座大楼，接着全面检查就开始了。

令史苔拉和陪同她的其他人感到惊奇的是，瓦尔特 · 弗里德曼忽然从侧面的楼道里出现了。这位入侵者计划的安全负责人亲切地向网络龙形怪兽工作队的成员们表示欢迎。狄卡坡把他作为国家安全局的联系人和“利益代表”派到这里。“这些秘密警察部门的年轻人都还没有什么经验。”他向史苔拉的方向眨了眨眼解释说。她却假装根本没有发觉他。弗里德曼和红约翰一样，这几天几乎同样由于销声匿迹而显得精神焕发。从入侵者计划的安全负责人那里她能够期待什么呢？他最多不过就是精确地做他完全公开说过的事情。弗里德曼代表国家安全局的利益，而对史苔拉来说，这和代表狄卡坡的利益是同一个意思。

那位官员很快就又告别了。他必须利用这个校园里星期天的安静，为了安排今后几天的工作，他还有大量的事情要准备。他摆摆手，然后就消失在走廊里。

史苔拉若有所思地看着他的背影。弗里德曼不是说还有很多事情要做吗？难道狄卡坡和他的那一帮人又想出什么对付她和所罗门的阴谋诡计了吗？

“你进来吗？”

说话的是她父亲。他比她先走出几步，正站在通向旁边楼道的门口，手正抓住门把。史苔拉赶走了自己的猜疑，继续向前走去。在门口，她看见玻璃门旁边的牌子上写着：

计算机工程科学
人文科学
艺术
社会科学

“计算机工程科学？”

所罗门把旅行包换到左手，右手搭在史苔拉的肩膀上。“我以前就熟悉这个20号楼。如果我们以后有时间，我带你参观参观校园，同意吗？”

史苔拉微笑着点点头。不知怎么，这么多安全保卫人员让她感到阴森可怕。

司机把新来的人带到二楼他们的住处。他们不得不接受这种临时措施：他们利用大学的储藏室、办公室和工作室临时改造的。

“相比之下，原来的防空地下室就是豪华旅馆了。”史苔拉在司机介绍之后故意刁难地说道。

所罗门脸上挂着一丝幸福的表情：“不是吗！我在这里度过了自己生命中最幸福的岁月：纯粹的豪华，清教徒式的！美国，只有在这里是这样，唯一的目标就是对最后真理的研究承担义务……”

“你的身体真的很好吗，爸爸？”

所罗门大笑起来：“这只是一个玩笑。我曾经在这里待过，真的喜欢这里。今天是星期天，明天我一定要看看，是否能碰到几个熟人。”

“如果亚加夫和狄卡坡允许你的话。”

“胡说。假如纯粹出于保护目的把我们关在这里，那已经够了。拐弯处就是好朋友海亚特办公的地方。其实，我的兴趣当然不在老友重逢，我想知道他们当中是否有人知道一个名叫“创世纪”的计划。”

“狄卡坡说他的人好像都没有找到任何有用的东西。”

“是的，因为他拿着喷壶走来走去。”所罗门气呼呼地说道，“他认为随便什么地方都会长出一棵小草来。我也明白了，从摇滚乐队到超验论者的沉思中心，在这个名字下面人们能够找到任何可能的东西。但是，如果‘创世纪’或者希伯来语的‘贝莱舍特’是我们的龙形怪兽巢穴的标识，那么我们就必须在这里寻找它。”

“如果我进入幻梦状态，我将尽力去想到这一点。什么时候才能准备好呢？”

“狄卡坡说得到明天早上。入侵者的全部装备将在这里安装到一辆卡车上。这至少要用十五到二十个小时。直到这一切全部运行起来之后，才轮到你。”

“安装在一辆卡车上？这到底是为什么？”

所罗门耸了耸肩，回答道：“那是我的建议，是亚加夫不顾狄卡坡的反对施加压力的结果。我认为入侵者负责人确信能在这里找到龙形怪兽。如果他错了，那我们就不得不再次搬家，然后又得浪费整整一天时间。必要的时候，这辆卡车的车厢甚至可以用运输机运到别处去，那么在很短的时间内就可以完成运输任务。”

“我们下一次散步的时候，”史苔拉忽然改变了话题，“可不可以请贝尼一起来？”

所罗门扬起了眉毛问：“为什么？”

“唉，爸爸！没什么。”

“你是不是喜欢上贝尼了？”史苔拉感觉到自己脸红了，“你又来了！我只是觉得他很可爱。你不觉得吗？”

所罗门向后靠在床架上，使劲地打量着史苔拉。然后，他的脸上掠过一丝微笑。“我认为贝尼是一个很好的小伙子。我喜欢他。但是，你要再考虑一下：他，据我所知，已经二十五岁了，而你……”

“爸爸！现在不要说了。”史苔拉对父亲说道，假装使劲地向他的胸部打了一拳，“你真讨厌。难道我就不可以喜欢一个不让你马上就想到别处去的人吗？”

所罗门拉过自己的女儿，在她的前额上吻了一下。“当然，小星星。你可以这样。我甚至感到高兴，你在这次并不那么舒适的冒险旅行中学会了信赖别人。从前这对你来说是不可想象的。”

“你这是什么意思？”

“那你想一想：艾莱克特拉——我们都知道我说的是谁，亚加夫、吉米口、贝尼，也许还有那个黑色窃听者，从前你可能永远不会相信他们。”

“你还忘记了一个人。”

“谁啊？”

“你。”史苔拉用手指戳了戳刚才用拳头打过的地方，“智慧的所罗门我也相信。”

“你本来可以对我说句更好听的,小星星！”所罗门抚摸了一下女儿的头发。突然，她推了一下父亲并且看着他的脸。

“你为什么说艾莱克特拉，而不说——你认为……”

所罗门把嘴唇紧贴在她的耳朵上说道：“有可能。狄卡坡在地下室里已经窃听了我们，谁知道他又在这个窝里放了多少跳蚤？”他大声地、无所顾忌地补充说道：“现在我带你去校园里散步怎么样？”

“啊，太好了，好爸爸！”史苔拉兴高采烈地回答道，“我要看一看你从前生活过的所有地方。”

史苔拉和贝尼一起询问着MIT校园里的一切情况。所罗门随身携带着一台笔记本电脑和他的那个铱电池手机。用他们的特别身份证，他们可以进入任何一个他们感兴趣的建筑物。史苔拉看着那个著名的圆形屋顶的罗杰斯大楼，本来这是MIT校园的象征。可能并非偶然，这使她想起了梦幻中的那个科学殿堂。他们也参观了克瑞斯基大礼堂和克瑞斯基小礼拜堂，两者都是伟大的美国芬兰籍建筑师设计的。

他们放弃参观离他们比较远的不引人注目的建筑物。在校园的绿地上放着一些好像是偶然散开的光滑木块，如同孩子丢失的玩具，有时候给人的感觉那样简单，使人觉得只有鲍豪斯的直线建筑风格的信徒才会对此感到高兴。然而，这里就是从前对所罗门产生影响的地方。不太久以前，他曾经是令这里一些名教授另眼相看的最有前途的大学生。

在剑桥的时间虽然很短，但这里对所罗门后来的职业生涯产生了决定性的影响。他能够在包里装着令人瞩目的奖学金参加一个所谓的哈佛—麻省理工学院交叉注册的项目，也就是说这个项目也为麻省理工学院的大学生打开了聆听哈佛大学讲座的大门。他带着满脑袋想法回到了德国，但是一个学期之后，他又回到美国继续学习，这一次是在加利福尼亚的伯克莱大学。这里，具体地说是在洛杉矶——不久以后史苔拉也就诞生了。

前几天一直很羞怯的贝尼，为了询问史苔拉的生活经历细节，静静的点着头。

“你说什么？”

“你的经历一定很不容易。我指的是这几个不同的生活历程：先在美国成长，后来又到德国上学。我想这很不容易。”

史苔拉觉得背部痒痒的很舒服。终于有一个人好像对她表示了理解！

“我是严格地按照犹太人的传统教育成长起来的。”因为史苔拉唯一的回答只是眼睛里一道猜不透的目光，所以贝尼又补充说道：“后来在学院里，当我不用每天回到家庭的怀抱里的时候,美国的生活方式才真正地把我击倒。”贝尼尴尬地微笑着说。“对

“啊，太好了，好爸爸！”史苔拉兴高采烈地回答道，“我要看一看你从前生活过的所有地方。”

你们两个来说，现在听起来可能有些愚蠢。我是在美国的大城市里出生、长大和上学的。无论如何，我花了好几年的时间才使我的宗教之根和生活的感觉协调起来。像你那样，史苔拉，我当时也会感到相当……嗯……”

“无法弥补？”史苔拉大笑着帮他说道。

“嗯，嗯，你已经知道我的意思了。”

有一阵子，大家都各自思考着自己的问题。但后来还是导游的声音打破了沉默。

“那时候，我曾经把一个两万美金的实验命令轰到天上去了。”所罗门指着一个平屋顶建筑说道。

“他们没有因此把你赶出去吗？”史苔拉难以置信地问道。

她父亲摇摇头说：“我的教授认为，我帮助了他，发现了一个‘难看的’错误。他只是请求我，下次不要搞得太轰动。”

“后来呢？你听了他的？”

“后来，我的轰炸对象都在一万美元以下。”

三个人一起笑着看那个平顶的建筑。在这里，他们像在别处一样看到许多秘密安全官员、校园警察和其他男人、女人，他们的秘密服务单位在这里不会马上就有决定权。

“这里是一个老朋友托马叟的办公室。”所罗门在一条狭窄的楼道尽头说道。他没有敲门就走了进去，并且向史苔拉和贝尼招了招手。

“你要干什么？”史苔拉问道。

所罗门指了指手中的笔记本电脑说：“我始终还没有得到菲菲雅娜的回答。如果不是迫不得已的话，我宁可不在20d号楼里接上电源。如果说这整座综合大楼里到处都有狄卡坡的窃听器和电磁扫描仪，我也不会感到奇怪。”

在贝尼的帮助下，所罗门在一个堆满纸张的茶几上找到了一个足够安放笔记本电脑的地方。他将卫星电话线和电脑接通，几分钟之后，他就进入了因特网。

“真的来了一封电子邮件。”过了一会儿，他小声说道。他点了一下“通知”，然后通过鼠标点了一个按钮，输入密码，不一会儿就打开了一个窗口。贝尼向后靠去，史苔拉向前倾斜身子从父亲的肩膀上看过去，读起她母亲的来信。

亲爱的马克：

我十分担心你和史苔拉。你们到底陷入什么样的境地？昨天一个名叫黑色窃听者的人和我联系。他的邮件很神秘，要不是你的警告，我真的以为他是个胡思乱想的人。窃听者要求和我在现实的生活中会面，今天就要见。他要乘一架飞机来，但不愿意透漏他将从哪里来。你建议我听他说并对继续发展的情况“保持清醒”，谢谢你的信任。我首先为你们担忧，马克！你和史苔拉，

你们可以期待我的帮助。我只希望我能够做出正确的决定。

顺致亲切的问候

菲菲雅娜

“黑色窃听者要和我妻子见面了。”所罗门一边对贝尼说，一边关闭计算机，切断电源。

“我要是了解他知道什么就好了！”史苔拉说道。一想到那个黑色窃听者要到她母亲那里去，她还是感到有些不舒服。

“我相信我们很快就会知道结果。来，让我们再到外面去。假如安全人员发现我们在这里，那么，这整个下午的快乐情绪就要被他们搞糟了。”

他们一起离开了所罗门朋友的办公室。他想，无论如何明天得来拜访自己的朋友托马叟·包基欧。他对自己的突然来访肯定不会感到不舒服。很快，他们又碰见了那些公事公办的穿制服的安保人员及先前的漫不经心的陪同人员。

“他们在检查每一台计算机和联络渠道。”贝尼在向史苔拉解释，“狄卡坡从最高当局那里获得许可，切断整个校园与外界的联系。你可以想象，这对一个有八千名大学生的大学来说意味着什么。对MIT的大学领导来说，这简直是一个纯粹的噩梦！”

从七点钟开始，校园里就渐渐地活跃起来了。首先是麻省理工学院来上班的工作人员，然后是大学生们。学校假期刚刚过去，许多人终止了几个星期的平静生活，现在他们对这整个事件都很激动。

20号综合大楼前一片嘈杂声。有些人不想在外面看着自己的工作台或实验室，甚至连可能有爆炸危险的告示牌也吓不倒几个刻苦的科研人员。

就在这个时候，横着的大楼20b和20c正在为史苔拉的下一次网络旅行做着最后的准备工作。这儿停着一辆黑色的大卡车，但是，到法萨尔路那边，即20b和20f大楼向着大学校园的一边，一道白色的塑料布墙挡住了好奇者的视线。

因为工作队在十一点之前还不能投入工作，史苔拉就陪她父亲一起去拜访他的老朋友。史苔拉坐在那里，只是眼睁睁地看着他们按照单子一项一项地检查入侵者的功能，简直有点受不了了。

“在MIT校园里有没有一个名叫‘创世纪’的研究项目？”所罗门问道。

托马叟·包基欧想了一会儿，然后摇摇头回答道：“据我所知，好像没有。为什么？难道和这个神话般的事情有关？就为了这个，那些秘密警卫人员把整个大学搞得一塌糊涂？”

所罗门稍微迟疑了一下，然后点了点头：“我们猜想，这个概念可能是一把钥匙。‘创世纪’这个名字可能是一个研究项目或者一台机器。但是，我们对此没有任何进一步的信息。”

“他们肯定在追查一个严重的问题，是不是？”

所罗门决定给他的老朋友斟一杯纯葡萄酒，说道：“问题涉及这一周半以来的计算机事故。”

托马叟点了点头：“我几乎已经想到了。假如他们特意把你从柏林空运过来，那就只能是类似的事情。可惜我不能帮助你，但是，假如你愿意，我就去稍微打听一下。也许我能弄出个究竟来。”

所罗门点点头。

看着史苔拉，托马叟又补充道：“那么，你的女儿呢？你为什么把她带来？”

“史苔拉帮助我们检验一个由我编的程序，没有一个人能像她掌握得那样好。再说，结果表明也是这样。菲菲雅娜目前正在美国。我岳父去世了，她在处理遗产。”所罗门向托马叟讲述了关于卡给的整个故事。

“啊，马克，我很遗憾。”

“我们的心情这期间已经好多了。我岳父卡尔已经病了很长时间，死亡倒缩短了他的痛苦。”

他们的谈话又持续了大约一刻钟。史苔拉几乎没有听进去什么。对她来说，更重要的是感觉在父亲身边。不久，她又要孤军奋战了，重新回到梦幻之中这个想法使她那样激动，以至于她能感到来自工作队期待的压力。大家希望，是的，大家甚至相信史苔拉能够在几个小时之内的梦魇中捉住龙形怪兽。令她最感到害怕的是那种不确定性，不知道下次从网络空间里回来的时候，自己还知不知道自己是什么，或者更确切地说，还知不知道自己是谁。

孩 子

史苔拉被一阵嘈杂声惊醒，一下子从床上坐起来。

“出什么事了？”

“我要说：是人。他们经常发出这样的噪声。”

史苔拉用一种责罚的目光盯着塞沙明娜。雪貂坐在床沿上，似乎正在冷笑。“这到底是怎么回事呢？我们家门口从来没这样吵闹过。”

“也许不是这儿，可是，在别的地方，这样的情况更经常发生。”

因为这样的谈话不会有什么结果，史苔拉就下了床，匆匆地走到窗口，打开窗子。当她从窗台上探出身向外张望的时候，她发现人们正成群结队地跑过去。其中有些人显然是全副武装。

“看样子像要打仗。”史苔拉自言自语地说。然后，她突然感觉到身体内部有了活力。

她随便地洗了把脸，就匆忙地穿上行装，背上背包，拿起长矛，冲下楼梯。

“你这是怎么回事？”塞沙明娜大声喊道，差一点没跟上。

“不知道，”史苔拉侧身说道，“我有一种不祥的感觉。”

一转眼她就来到大街上。她拿着长矛，在人群里一点也不引人注目。这时候，她也戴上了一顶插着羽毛的皮帽子，她把自己金黄色的头发都塞进帽子里——这样一来，别人就会把她看作一个虽然稚嫩、但却很坚定的年轻人。

“这里发生了什么事情？”跑过了几条街道以后，她问一个满脸通红的小个子男人，显然，他是因为好奇而跟着跑的。

“您跟我开玩笑？”那个男人一边说一边继续跑着，“我们去打仗。”

“去打谁？”

“去攻城。我们要接管那座城市。”

“城市？”史苔拉一点也不明白那个男人说什么，“到底是哪座城市？”

那个红脸膛的男人耸了耸肩回答说：“不知道，不过可以肯定，那将是一件激动人心的事情。”

史苔拉在那个患有战争狂热的小个子男人身旁若有所思地又走了几步，然后就加快步伐向前走去。

不难看出，这些志愿战士以及陪同他们看热闹的人正在向东城的水门涌去。当人群从埃奈萨许多塔楼中的一个跟前跑过去的时候，史苔拉拐进旁边一条小巷，那条小巷通往大建筑物的入口。大门是开着的。她冲进去，顺着螺旋楼梯向上面跑去。

她很快来到一个从那里可以鸟瞰全城的窗口。史苔拉看到了她已经想到的景象：埃奈萨的火红的城墙就在附近一道保护墙外边，对她来说，这道保护墙似乎并不陌生。

“他们企图吞并马西诺夫。”塞沙明娜坐在窗台上评论着这个事件。

“可是，这里是……”史苔拉不能理解。幻梦中的战争——这可是绝无仅有的情况。有时候，许多城市在和平的道路上合在一起。有时候，机器在两个地方之间挖开了一条直接联系的运河，所以那些地方看起来就像一个统一的整体，有时候那些城市确实连成一体，尽管这种情况很罕见。在这样的情况下，一个城市就会像一条小船一样在大海上航行着向另一个城市驶去，当它们并排前进的时候，城墙便合二为一，变成一道城墙。可是这里……

“这里，地方长官和他的私人秘书德拉·法勒一定藏在这后面。”史苔拉咬牙切齿道，她的目光始终落在火红的城墙上。埃奈萨与马西诺夫城之间的距离正在缩小，用不了多久，它们的城墙就会碰到一起。然后，埃奈萨的军队就将势不可挡地涌进马西诺夫城。

“你认为他们是为龙形怪兽而去的吗？”

“这正是我想到的，明娜。德拉基一定还在马西诺夫城里。德拉·法勒知道这一点，为了把龙形怪兽制服，他连这样的敌人的接管都不怕。”史苔拉还清清楚楚地记得那个信使的话，就是他把龙形怪兽同盟的委托送到她的手里：如果龙形怪兽同盟的神秘追求被错误的人知道了，那么大大小小的门都将向卡奥斯敞开。恰恰就是“那些人”，似乎极其坚定地要抢在史苔拉前面找到龙形怪兽。

“我们必须前往马西诺夫！”这句话突然从姑娘的口中溜出来。

“和前面的整个大军一起进城可不是那么简单的事情。”

“你说得对。但是，假设我们能够成功地把他们甩在后面……”史苔拉抚摸着塞沙明娜的毛皮，狡猾地微笑着，“在这种情况下我们就能捷足先登，首先来到龙形怪兽跟前。”

“真狡猾！”塞沙明娜吃吃地笑起来，它立刻明白了她的计划。

不一会儿，史苔拉又走在人群中，穿来穿去，走得很快。这时候，为了尽快走到队伍前面，她偶尔也使用一下手中的长矛。那些全副武装的士兵乱七八糟地站在城墙附近的石子路面广场上，等候上面下达投入战斗的命令。

“您也属于志愿后备军吗？您已经应征入伍了吗？”忽然，一个穿着铁铠甲的上尉向她吼道。

“什么，我……”史苔拉迟疑了一下，然后，她在那个男人的头盔前面晃了晃手中的长矛，说道，“这个东西应该足以回答您的问题了。”

“用长矛您无法征服整整一座城市！”一个粗野的士兵大笑起来，但他马上又变得严肃起来，“这里的前锋部队都是地方长官的卫戍部队。您还是加入到后面的步兵队伍里去吧，注意听我们的命令。”

“这我不干，”史苔拉固执地回答道，“你们这里很需要我。”

她坚决的态度使上尉感到吃惊：“是吗？为什么呢，我是否可以问一问？”

“第一，因为我对马西诺夫了如指掌；第二……第二……”史苔拉想了想这个“第二”应该是什么，“第二，我是大虚无那边最优秀的猎人。我的长矛百发百中，任何猎物都别想在我前面溜掉。”

上尉掀起头盔，这样他就能更清楚地看看这个吹牛皮、说大话的年轻人了。可是，他看到的使他感到失望：一个纤弱的身体，穿着肥大的皮衣，脖子上套着女人的皮大衣白领子，手中只有一根长矛，此外没有别的武器。另外，这个年轻人也没有护身的铠甲，这使那位指挥官很不高兴。

“大概由于太阳长时间的照射烤坏了您的脑袋吧。”那个全身披挂着铠甲的军官终于说道，“您敢说您的长矛百发百中！连我们最好的射手也不敢这样夸口。”

“那我们就找一个目标检验一下吧！”史苔拉几乎对自己的勇敢大吃一惊。

“那好吧！”上尉冷笑着说道。接着，他抓住一个从他面前走过、毫无准备的士兵的肩膀，摘下了他的头盔。“马上就还给你。”他对那个士兵说道。然后，他把那个头盔举到史苔拉的面前。“这个您看见了吗？我将把它高高地扔出去。如果您的长矛能够击中它，您就可以和我们的前锋部队一起进入马西诺夫城并成为我们的侦察兵了。”

史苔拉坚定地点点头。她挥了挥胳膊，摆出一副要将长矛投掷出去的架势。但是，她还没有完全准备好，上尉就已经把那个头盔向空中扔了出去。那个圆滚滚的东西在空中划了一个弧线，骨碌碌地落在一辆牛车后面的石子路上，车上装满各种各样的东西。这时候那个军官的冷笑声更响了。

“那旁边。”他嘲讽地说道。

史苔拉怒冲冲地看着那个狡猾的披挂着铠甲的军官说：“可是，我还没有把长矛掷出去呢？”

没有等他回答，随后她就把长矛掷了出去。咔嚓一声，由于人声嘈杂，人们几乎没听见。现在轮到史苔拉冷笑了。

“您为什么这样厚颜无耻地冷笑？”上尉粗暴地说道，但他的眼睛里有一种不安。

“因为我刚刚成为您招募的侦察兵。”

“哈，我可还没有笑。您不要欺骗我，根本没有去看，您就知道击中了吗？”

“那么，您就自己去说服自己吧。”

“这我也愿意。”那位穿着铠甲走起路来踉踉跄跄的上尉费劲地穿过广场，绕到牛车后面。在转过牛车的一瞬间，他变成了古代战争的纪念雕像。

史苔拉跟在上尉后面。虽然她也知道一定会发生什么，但是她仍然感到很惊异。长矛穿过敞开的头盔并把它牢牢地定在地上。长矛的黄铜尖深深地插进一块铺路的石头里。那个头盔本身却一点也没有损坏。

“因为头盔上面有一点划痕，我请您原谅。”史苔拉若无其事地对那个全身披挂着铠甲的人说道。他正弯腰去拿那顶头盔，他的身体和心灵似乎都失去了平衡。

“显然，它插进石头里去了！”

“是的，实在对不起。”

上尉好不容易重新站立起来。他和史苔拉被一群窃窃私语、继而大笑着的士兵们围在中间。“假如您仍然愿意，那么，您可以加入我们的第一批冲锋队，同我们一起进入马西诺夫城。”上尉说道。

“很乐意。你们这些勇敢的士兵们到底为什么要进行这场战争呢？”

上尉目瞪口呆了，他说：“询问一个命令的意义对一个普通士兵来说是不合适的。”

“唉！”这对史苔拉来说是件新鲜事，她觉得很奇怪。

“但是，我可以向您透露，我们的地方长官想通过这次出征，追求一个崇高的目的。”出乎意料之外，上尉忽然对史苔拉小声说道。他变得爱说话了。史苔拉的杰作显然令他敬佩。"马西诺夫的科学家们大概发明了一种可以改变我们全人类命运的东西。为此，地方长官十分担心它会落入不恰当的人手里。"

史苔拉慢慢地点点头："这我可以想象。"

上尉还没有来得及分配她加入首先攻城的部队，就听见一声可怕的轰鸣。大地震荡起来。史苔拉知道这意味着什么。埃奈萨燃烧着的城墙和马西诺夫的城墙撞到一起了！

四下里立刻响起了多声部的战斗呐喊。现在，史苔拉所属部队的首领正向自己的队伍下达冲锋的命令。这时候，战士们的负重情况决定了他们的运动方式。大部分披着盔甲的士兵都骑着高头大马去迎接胜利。这期间，那些盔甲不多的步兵却不得不时刻小心别让那些战马把自己踩进泥坑里。

"现在往哪里去？"当他们越过倒塌的城墙之后，小队长问自己的女侦察员。

"往那边！"史苔拉指着正对着马西诺夫市中心圆形屋顶的大建筑物所在的方向。

在马蹄声和盔甲的碰撞声中，前锋部队闯出一条道路。城墙撞到一起的那部分城市恰好就在码头对面。征服者碰到的少数科学家和大学生都没有做出任何反抗。他们只是丢下手中的书和发明，寻找地方躲避——他们显然比那些笨重的士兵更轻松、更能随机应变。

这时，史苔拉给雪貂下达了一个任务。塞沙明娜和她小声约定了一个信号之后，便在旁边的一条小巷里消失了。它从那里沿着街道跑着，拐了个弯，然后就溜进一个很大的建筑物里。它穿过一个秘密的通道，又离开了那座大楼，最后来到一个市区。这里已经远离进城的军队，就像夏天距离冬天那样。当小分队队长发现史苔拉失踪了的时候已经太晚了。突然，他发现自己的前锋被甩在一个任何人也不能给他指出正确方向的陌生的市区里。

"你认为我们真的把他们甩掉了吗，明娜？"

"甩掉几个小时是可以肯定的。当然，他们早晚会自己找到通往大殿的道路。"

"那就让我们抓紧时间吧。"

史苔拉决定到以前寻找过程中断的那个地方，也就是那个科学的殿堂里继续寻找龙形怪兽。塞沙明娜带着她穿过城市的大街小巷。在其他市区里，敌军进城的消息不胫而走——人们叫喊着四处乱跑，他们拿起武器，组成自卫队护城——相反，在另外的市区里却一片静寂，像闭卷考试的考场那样。

史苔拉终于来到那座奇怪的有很多墙壁可以穿透的大厦。她悄悄地钻进地道，从下面穿过内部的界墙，到达禁区。埃奈萨的军队要想克服这一道界墙，可不会像冲进倒塌的外城墙那样容易。因此，史苔拉安全地一跃，赢得了时间，为了进行一次彻底的寻找，这段时间应该足够了。

在那个殿堂里，她又利用了那个把她引向地下室的秘密通道。在那里，她放出塞沙明娜去追踪龙形怪兽。假如这个殿堂不是那个可怕的怪物躲避的洞穴，那么这里至少有一些雪貂能够找到并继续追踪的痕迹。无论如何，当那些征服者的军队冲进这座殿堂的时候，她们早就远走高飞了。

当塞沙明娜潜入宽敞的地下室各层时，史苔拉悄悄地向上面走去。一到楼梯的尽头，她就开始一个个地搜查巨大殿堂里的那些圆形神龛。可是，它们全都像史苔拉上一次来访时那样空空荡荡。本来她也没有期望这里是另一个样子。

现在，她开始蹑手蹑脚地搜查圆柱走廊外围的那些房间。在她查完两个储藏室、四间卧室和一间小会议室而一无所获的时候，塞沙明娜突然回到她的身边。雪貂报告说，地下室就像经历了一场炭疽病的兔子窝那样空空荡荡。

她们又一起检查了剩下的十几个房间。这些房间的门都一模一样，人们永远无法知道那后面隐藏着什么。当史苔拉小心翼翼地推开下一个小门时，她不禁大吃一惊。

她面前站着一个黑影。对于龙形怪兽来说，那个影子太小。看起来就像她多次碰到的那个哨兵差不多。

“您是谁？”她问道，她把矛尖对准那个黑影。

那个黑影一点儿也不恼怒。“我只是这个殿堂的档案管理员。”黑影回答道。

那个黑影立刻呈现出颜色和形体。史苔拉面前站着一个瘦骨伶仃的绿发老人。他身上的衣服皱皱巴巴，像一件和尚的袈裟，腰部系着一根麻绳。档案管理员的灰绿色眼睛不安地张望着，根本不敢正视史苔拉的脸，然后，他就马上就转到姑娘身后去了。

“假如你发现了什么东西，马上发警报。”史苔拉小声地对自己的毛领说道。

“您说什么？”老人问道。

“没什么，那只是我自己的一种习惯。”史苔拉回答道。

“您是和那些野蛮人一块儿进城的吗？”档案管理员胆怯地问道。

“是的，我是说，不……要解释清楚这件事，不那么容易。假如您是问我和他们是不是一伙的，那么我就说不是。我憎恶他们侵入你们的城市。我从前来过这里。”

“您来过马西诺夫？”

“来过这座殿堂。”

档案管理员的眼睛怀疑地看着史苔拉手中的长矛，说：“您不像一个女牧师。”

“我本来也不是。我觉得你们的崇拜很可怕，请您恕我过于坦率。我到这里来，其实是为了寻找龙形怪兽。”

新的恐惧从那个男人脸上掠过，他又一次胆怯地看了看大殿的外面。然后，他匆忙地要求史苔拉道：“来，您请进来，我已经等候您多时了。”

“您怎么能……”史苔拉简直不敢相信自己的耳朵。她心里想，难道他在我第一次来访时就已经秘密地观察过，并且知道我会返回来吗？这种可能性总是有的。显然他对我因为追踪龙形怪兽而来到这里一点儿也不感到惊奇。这又是一个不解之谜！

现在，史苔拉和她的沉默的皮领及档案管理员在一个很大的房间里。这是一个巨大的图书馆，许多书架一排排伸向空中，令人感到头晕目眩。在房间的外墙上，有许多彩色的玻璃窗，散发着神奇的光芒。

“您说您正在等着我，这话是什么意思？”史苔拉问道。这时候，那个档案管理员已经把史苔拉带到后面的一排书架跟前。

“我们当中有些人早就听说埃奈萨正在接近我们。起初，我们大家都很绝望，但后来我听到一个朋友说，我们还有希望。”

“一个朋友？他也在这个殿堂里供职吗？”

“这我不能向您泄露，他的名字是一个秘密。为了方便，我们称他‘脑袋’。”

“那位‘脑袋’是否说明了他有什么根据？”

“他的确说了。他告诉我一个姑娘的名字，为了马西诺夫城重新获得自由，那个姑娘可能需要我们的帮助。现在，您来到了这里并且说出我们最可怕的传说中的龙形怪兽。您就是那个史苔拉，难道不是吗？”

“是的，就是我。”在她确实知道事情怎么发生之前，她就匆忙提出了一个泄露天机的问题：“您也属于龙形怪兽同盟吗？”

“您知道龙形怪兽同盟？”档案管理员感到非常惊异。他睁大了眼睛，不过那不是由于恐惧，而是由于喜悦。

史苔拉骂了自己一声，干吗那么性急。可是，现在事已至此，她也就只能努力把整个真相弄个明白了。“我本人正在执行它委托给我的任务。在埃奈萨的密探下手之前，我必须找到龙形怪兽。为此，您能不能帮助我呢？”

档案管理员摸了一把长着薄薄一层灰色胡须的下巴。“这个我可没有把握。”他犹豫了一下说道。

“您可能知道那个卡给……我指的是影子，您是否听说过‘贝莱舍特’这个词汇？”

档案管理员慢慢地摇摇头：“这个词汇我没听说过，抱歉。”

“那您听说过‘创世纪’吗？您能不能提供一点线索？”

档案管理员睁大的眼睛说明他知道，同时他也立刻平静下来。他拉着史苔拉的衣袖往书架之间的通道深处走了几步，然后对她小声说道：“您说出了一个巨大的秘密。您听说过‘儿童之网’吗？”

史苔拉刚想说不知道，忽然想到孩子的笑声，那个令人感到毛骨悚然的孩子们的合唱，好像龙形怪兽每一次在她面前逃脱他们就嘲笑她似的，于是说：“有可能。您为什么要问这个？”

这时候，档案管理员又变得心神不定了。在他回答之前，他的喉结已经做出了说明。“您做了一件令人难以置信的事情。”

这句话使史苔拉感到恐惧，急忙问："到底发生了什么事情？如果他们能帮助我找到龙形怪兽，那就把他们说出来吧！"

"您必须找到'编队之首'！"档案管理员迫切地小声说道，"我相信您将会找到他。也许您是唯一能够阻止灾难来临的人。"

"可是……"史苔拉绝望地寻找恰当的词汇，"我连危险从何而来和这是什么地方都不知道，我怎么能扭转局面呢？您能不能对我说得清楚一点儿？"

"我已经说了很多很多了，这里隔墙有耳。忘记所有的假象，去寻找儿童之网——真正的创世纪吧，那将变成一次新的开始。但是，他们已经对自己的计划失去了控制。现在，这个新的开始可能比我们最严重的梦魇还要可怕……"

一阵噪音——就在附近——使档案管理员大吃一惊。他的恐惧目光在史苔拉的脸上停留了片刻，那是一种默默的祈求，然后他一转身就在书架后面消失了。

"等一等！"她在后面追着说道。然而，当她跑到书架之间的通道尽头的时候，发现那里没有他的踪影。她屏住呼吸静静地倾听，根本听不到任何脚步声，档案管理员似乎消失在了空气中。

突然，她又一次听见了刚才那种噪声。一种很轻的摩擦声，好像在地上拉一块帆布似的。史苔拉嗖的一声又进入书架通道。她简直不敢喘气。真的还有人待在图书馆里！她小心翼翼地越过书上的空隙向旁边的通道里张望。她什么也没有发现，连那很轻的摩擦声也没有了。

也许那个黑色窃听者也像档案管理员那样溜之大吉了。史苔拉正想松一口气，她看到下一个通道里有个影子一晃。

她后脑勺上的头发竖了起来。虽然书架之间和书上的缝隙都很小，她还是相信自己看到的那个影子就是：龙形怪兽！

"等一等！"史苔拉说道。塞沙明娜在档案管理员消失的时候稍微动弹了一下，现在又变得十分安静了。史苔拉压低了矛尖，做好随时掷出去的准备。一种不确定的感觉告诉她，不能匆忙行事，但她做好了最坏的打算。

她轻轻地退到通道尽头，准备拐进书架之间的下一个通道，追上龙形怪兽。她又抬头看了看屋顶。这里的屋顶上没有龙形怪兽可以逃出去的圆孔。她再次擦了一下手心里的汗。现在，她已经来到通道的尽头，只要再迈出几步，她就将和龙形怪兽面对面了。

就在这一刹那间，那个幽灵出现了。

也许因为太紧张，史苔拉稍微迟疑了一下。就在这一眨眼的工夫，龙形怪兽便趁机逃走了。当它沿着书架形成的弧形通道跑走的时候，才第一次呈现出身上的颜色。史苔拉相信自己看到了一个长长的绿色大蜥蜴那样的身体，背脊是红色的。然后就听见哗啦一声木板被撞碎的声音，最后看见的还是那个心形的尾巴尖。

所有这一切都是在一瞬间发生的。半天，史苔拉才恢复知觉。“一切都在此一举了！”她坚定地说道，接着就向龙形怪兽逃跑的方向追去。

图书馆好好的门现在就剩下一堆碎木板。史苔拉跳过去。就在这时，她又听见第二声木头的碎裂声，这一次比刚才那一声更响。她顺着那个声音传来的方向跑去。这一回可不能让它甩掉了。她一边跑一边命令塞沙明娜去追。

当史苔拉离开被撞坏的大门时，看见门口的台阶上躺着两个昏昏沉沉的卫兵。他们两个被向外飞出的怪物完全惊呆了，这时候才慢慢地恢复知觉。史苔拉转身向左边塞沙明娜指出的方向跑去。

现在，那出旧戏又重演了：龙形怪兽在前面跑，她在后面追。奇怪的是，它并不张开自己的蝙蝠翅膀飞上屋顶逃走，也许它知道史苔拉手中有百发百中的长矛。她已经有多次可以投掷长矛的机会，她完全是有意识的不使用长矛，然而，她在马西诺夫的狭窄小巷里越频繁地拐来拐去，就越坚定地相信，她至少能够使自己的猎物丧失战斗力。

史苔拉和她的雪貂侦察员跑过了一条又一条街道，一个又一个广场。那里，现在到处都是激动的人群。武装起来的人群匆忙地从他们身边跑过去，他们大多数都是穿着黑衣服的科学家，手中拿着各种各样的战斗器械，冲向打进来的征服者。显然，马西诺夫根本没有自己的正规军，只有一支很小的治安部队，对于目前这种情况，他们完全不能对付。

这个印象如同狂风中被卷起的树叶在史苔拉的眼前飞过。她的注意力全部集中在龙形怪兽的尾巴尖上。那个满身鳞甲的怪物横穿过街道的时候，总要在那些匆忙奔跑的人群中引起一阵恐慌。人们惊叫着，少数几个学者做着笔记。大多数人都没头没脑地四出乱窜，因此，史苔拉的追逐变得更加困难。

她再一次从一条小巷里冲出来，准备横过一条更宽的街道，就在这时，她吃惊地发现埃奈萨的大军已经近在咫尺。史苔拉又消失在下一条小巷里，她马上就要追上龙形怪兽了。忽然，她意识到时间不多了。龙形怪兽每时每刻都可能落入那个地方长官士兵的手里，或者，她可能会再次出现头晕目眩的情况——这个想法几乎更使史苔拉感到头疼。

她必须做出决定，现在应不应该掷出手中的长矛？

“向右。”塞沙明娜在她的肩膀上对着她的耳朵悄悄地说道。史苔拉拐进一条小巷。现在，龙形怪兽距离她只有一箭之地了。史苔拉看见前面有一座尖塔。

像一根巨大的针，或者像一粒种子从地里钻出地面，拔地而起，整个尖塔仿佛都是用象牙般光滑的白色大理石建造的。宽大的塔基上有两扇大门。尖塔向上越来越细，塔尖儿耸入云霄。

龙形怪兽纵身一跃，冲进包着铁皮的大门，消失在那个神秘的尖塔里。

“它要爬到顶端。”史苔拉气喘吁吁地说道。

“假如它从那上面飞走，我们就要失去它的踪迹了。”塞沙明娜平静地回答道。

“这我绝不允许。”史苔拉在离象牙塔不远的地方说道。她不得不想到逐渐接近的埃奈萨的军队，想到龙形怪兽同盟的信，成千上万的事情在她的头脑里旋转……

“我要投掷了！”可是我不想杀死你，同时她在心里这样说道。她选择了龙形怪兽翅膀上的一个地方，击中那个地方对它不会造成致命的伤害。然后，她就掷出了长矛。

那根矛尖闪闪发光、矛身漆黑的长枪嗖的一声飞了出去。史苔拉放慢了脚步，盯着她的武器。长矛从那个被撞开的大门中间飞进去，像龙形怪兽一样消失在黑暗里。

史苔拉呼吸困难地站住了。她静静地听着，但是，她听到的只是自己的喘息声……

这时候，她听到尖塔里传来一声长长的悲鸣。听到那悲哀的声音，史苔拉的血液都凝固了。那根本不是龙形怪兽或者什么别的野兽的声音，那分明是一群胆怯的孩子的叫喊声。

史苔拉坚定不移地继续追赶，她跨进敞开的大门。只见里面光线昏暗，她的眼睛一下子不能适应。停了一会儿，她才发现向左边旋转而上的楼梯。她一步两个台阶地登了上去。

旋转而上的楼梯似乎没有尽头。令她感到惊异的是，龙形怪兽在这么短的时间里竟然登上那么高的地方。没有玻璃的窗户偶尔射进来一道光束，照亮着楼梯间。因此塔楼里笼罩着一种朦胧的光，在这种光线里，史苔拉发现这座塔根本不是用石头建造的，而真的完全是用象牙造的。一旦她离开那道射进来的光束，她幻觉中的影子就翩翩飞舞起来。有很多次，她以为看见了眼前有一个形体，但是，很快她就发现那不过是一种假象。

就这样，她不断地向上攀登。现在，每登上一个台阶都要费很大的力气。向上的通道里墙壁似乎在明显地靠近。然后她看见了自己的长矛。它插在墙上，一个圆柱形的影子在墙上不停地上下颤动着。

“你真的很顽强，史苔拉。”

那个声音听起来完全是平静的。它既没有威胁，也没有别的任何意义上的指责，甚至可以说是很亲切的。尽管如此，这位女猎手还是感到强烈的震撼。史苔拉熟悉这种孩子般的合唱声，这种声音已经几次嘲笑过她，最后是那样痛苦的叫喊声。那个幽灵在她的眼前变成了一个小男孩。

史苔拉难以置信地看着那个稚嫩的身体，他身上穿着一件肥大的白色睡衣，尽管是在这朦胧的光线里，仍然能够影影绰绰看到他的小胳膊小腿。长矛插在他的肩窝里。矛尖穿过他的睡衣，不管是不是睡衣，反正是一件简单的衣服。一块红色的斑点在袖子上不断地扩大着。孩子的头光光的，他的紫色眼睛显得格外大。眼睛里含有一丝痛苦，这种痛苦肯定比那个用武器加之于他的人感到的痛苦深刻得多。

“你是谁？”史苔拉轻轻地问道，好像她在对一个受惊的小动物说话似的。

“我们的名字是布瑞纳尔·寇若斯[①]。”

“布瑞纳尔？”这个词汇和她的某一个回忆碰到一起了，“那么，你们和龙形怪兽有什么关系呢，布瑞纳尔？”

那个小家伙回答得很认真：“我们很了解龙形怪兽。”

为了让史苔拉感到惊异，那个稚嫩的形体就在史苔拉的眼前慢慢地变成了一条龙形怪兽。史苔拉害怕地倒退了一步。龙形怪兽的翅膀那儿受了伤，长矛把他钉在了墙上，不过没有什么生命危险。

“龙形怪兽早已成为我们的一部分。”德拉基说道，一转眼它又变回那个名叫布瑞纳尔的小男孩，他严肃地补充道：“正如我们也是它的一部分那样。也就是说，如果我们说也很了解你，史苔拉，这就一点儿也不奇怪。我们早就在看着你寻找我们——不过，我们并不是总不让你发现，正如你知道的那样。”

这时候，一个遥远的回忆在她的头脑里浮现出来，那是一个十分愉快的时期，她和一条爱学习的可爱的小龙形怪兽在一起。然后，出现了一片可怕的乌云，不知出了什么事故，她和龙形怪兽分开了。“你为什么干出那些可怕的事情？”她问道。

“因为我们非常痛苦。我们真想把周围的一切都毁坏。不知道是什么在我们心中说：‘不！不要那样做。那样做不对。’可是，我们不能长时间地忍受那种痛苦。”

史苔拉知道，这个男孩，他自称是那一群男孩的发言人，他说的痛苦并不是被长矛击中的痛苦。尽管如此，她还是很快地抓住长矛，把它从墙上拔了下来。

小家伙一动不动，只是睁大祈求的眼睛看着她，同时血从他的衣服袖子上滴滴答答地流了下来。突然，史苔拉感到有一种无法遏制的冲动，她要去帮助那个稚嫩的小男孩。

“但是，必须创造一种减轻你们痛苦的药物！然后，你们就再也不会做那些可怕的事情了。”

“所以，我们把你引到这里来，史苔拉。”

在她还没有正确理解小男孩刚才说的话之前，她突然感到自己的身体发生了猛烈地震动。从那一瞬间起，她就感到周围的一切开始旋转。不一会儿，周围的一切就开始变得像洁净的冰那样透明了。这种变化来得那样突然，完全出乎她的意料之外，史苔拉几乎没来得及做出反应。

她感到一种看不见的力量在接近她。同时，一股旋风在她面前旋转起来，越转越快。这肯定不是以前的那种头晕目眩。那种力量在向下面拉她，史苔拉不得不一点点

---

① 即大脑组成的合唱队，这里指的是遗传基因。

为了让史苔拉感到惊异，那个稚嫩的形体就在史苔拉的眼前慢慢地变成了一条龙形怪兽。史苔拉害怕地倒退了一步。龙形怪兽的翅膀那儿受了伤，长矛把他钉在了墙上，不过没有什么生命危险。

地往后退。她眼前的那个男孩的脸开始变得模糊不清，可是她知道，她还不能离开他。现在不能！

她做出了最后一次绝望的努力，她把长矛横在楼梯两边的墙壁之间。她咬紧牙关抓住长矛不放，她的双脚好像已经被那种神秘的力量拉了起来。那种力量如同穿过象牙塔的一阵狂风，不过她还是抓住长矛不松手。

“到我们这里来，史苔拉！”小男孩绝望地喊着她，他还站在原来那个地方，求救般地向她伸着自己的小手，“请你别丢下我们。你必须自己到我们这里来！否则会发生一次大不幸。我们不能再长久地忍受下去了，史苔拉。如果你不能帮助我们，那么，明天这个时辰我们就将自己从痛苦里解放出来。至于那之后发生的事情，就请原谅我们吧……”

就在这一瞬间，长矛断裂了。当史苔拉被拉向下面的时候，她还看见那个小男孩怎样地转过身往象牙塔的尖顶爬去。紧接着她周围的旋风就变得更加强烈了，她实在无法抵抗。她在坠落，坠落，一直在坠向无底深渊。

然后，就是一片完全的静寂。

一条秘密信息

因为大卡车里空间太小，装不下网络龙形怪兽工作队的全体成员，所以他们就在旁边的 20d 号楼的一个房间里放了一台显示器，以便大家都能跟踪史苔拉旅行的最重要细节。大多数队员都在场，当然只有一个人缺席。

马克绞尽脑汁地思考着狄卡坡将怎样迈出下一步。他不顾计划负责人要求史苔拉继续进行下一次网络空间旅行的压力，现在竟然也堂而皇之地缺席了。虽然这并不使马克感到意外，但是他根本不喜欢这样。更确切地说，做出最后决断的时刻即将到了。

在大约半个小时之前，马克和女儿一起来到卡车前。大家都已经在等她了，因为设备试验非常成功地结束了。

马克带着不快的感觉跟踪着史苔拉使用梦幻兴奋剂的情况。葛文保证选用的是最小剂量，接着，她向忧心忡忡的父亲夸奖了这台装满技术设施的卡车。“这里面太挤了。”她说。假如他在里面，会妨碍人侵者工作队的人工作——那对他女儿来说，没有任何好处，所以他还是不要在卡车上好。

在去 20d 号楼的路上，马克碰到了亚加夫。这位队长把他拉到一个安静的角落里。“我刚才恰好无意间听到了狄卡坡和麦克穆兰的一次谈话。”那个非洲人小声说道。

“那个红约翰！”马克吐出一口气，“我以为他根本没有飞到波士顿来！”

“显然是来了。麦克穆兰向他的上司做了报告，‘对令人激动的事情感到担心’。讨论的问题是史苔拉在黑太阳聊天室里使用的秘密语言。显然国家安全局的分析家们已经成功地破译了史苔拉的秘密语言。我早就感到吃惊了，为什么他们需要那么长时间。”

马克用手指拢了拢头发。“估计国家安全局没有几个既懂德语又稍微懂一点柏林方言的人。”他口齿不清地说了句不可理解的话，又愤怒地接着说道，“为什么他们不能用更多一点时间呢？本来再有一两天就足够了。”

“事情总不那么尽如人意。”

“无论如何，他们现在知道我们了解入侵者的危险性已经有多长时间了。更严重的是：史苔拉与黑色窃听者的接触已经不再是秘密了。”

“这一切都不会使那位博士先生喜欢。”

马克愤怒地点点头：“黑色窃听者的明信片着实让狄卡坡吃了一惊——尽管他不愿意承认。但是，我希望，我们终于可以知道那个可疑的电脑黑客用自己的警告想达到什么目的了！也许你还听到那个意大利人下一步打算怎么办？”

亚加夫的脸色变得呆滞了，他说：“狄卡坡说，在下一次他不得不采取行动了。可惜，他没有说更多的。”

“我们必须弄清楚，无论如何！我现在就去临时观察室。在那里看见狄卡坡我将会感到奇怪。我们能不能二十分钟以后在校园的哪个地方碰头呢？这里的耳目实在太多。”

“当然，你说在哪里呢？”

“我带着我的电脑和卫星电话。然后，我可以随时进入网络。我相信会有一条路，在紧急的情况下仍然可以溜进入侵者的网络。”

亚加夫使劲地摇摇头说：“这不可能。整个校园的网络与外界的联系都被切断了。”

一丝隐蔽的微笑呈现在马克的脸上。“难道我不是已经对你讲过，人们都叫我核桃夹子吗？”

与亚加夫的谈话整整持续了八分钟。有时候在显示器上可以看得见史苔拉的胳膊，甚至她的腿也一起抽搐起来——此刻，她在梦幻中一定经历着非常激动的事情。狄卡坡仍然不见踪影。这时候，马克悄悄地溜了出去。

马克以工作需要他必须随时随地能够进入他的程序和数据库为借口，他总是时刻带着自己的塑料包，那里面装着他的笔记本电脑和铱电话。用这些设备他可以在世界上的任何地方做他现在要做的事情。

几分钟之后，他进入 14 号楼。这个楼群由四座大楼组成，形成一个正方形。这里面是麻省理工学院海顿纪念馆和其他图书馆、档案馆和服务部门的大杂烩。这个四方形的中央是一片天井绿地，他和亚加夫约定在这个地方碰头。

“你不觉得这里有点太显眼了吗？”非洲人看到他正在连接自己的设备时问道。

“这里每一个人都带着计算机或者别的什么奇形怪状的仪器来回走。在 MIT 带着电子玩意儿走来走去是最最平常的事情。”

“你不会告诉我每一个大学生都有一个卫星电话吧？”

“一个普通的手机看起来也没有什么特别的，就像大海中的沙粒。此外，我并不想立刻就进入网络里去。”

“那你有什么打算呢？”

自从刚才与亚加夫进行了一次秘密的谈话之后，他的脑袋里一直在转悠着一个问题：黑色窃听者对于狄卡坡的计划知道些什么呢?

马克的手指极快地在键盘上飞动着。不一会儿，窃听者的那张明信片就出现在屏幕上。他再次阅读了那封信。

亚加夫的脸上显出难以置信的神情，他问："难道你想说，有人把一个秘密的信息用密写墨水写在这张明信片上了吗？"

“正是如此。窃听者已经预见到，史苔拉的聊天室访问不会长久地保密，而且国家安全局好像百分之百地会打进我的信箱，所以，他不能把邮件直接发到我的信箱里。再说，他把它直接发给狄卡坡，在某种程度上也很正式。我得到的是一个副本。狄卡坡的人不会对那张照片浪费时间，他们会集中精力去敲击菲菲雅娜和柏林的大学生发给我的电子邮件。”

“这个家伙真的很狡猾！”亚加夫惊异地看着马克飞动的手指，紧接着他就兴奋地喊出声来："击中要害！"

“你找到了秘密信息？”

“对，我只要把他破译出来就行了。一个真正小心翼翼的电脑黑客。”马克从他的秘密文字程序上看出，在图片上还隐藏着一个文件。这种附加的信息是用细微的颜色变化编成密码的。“那个黑色窃听者会使用什么样的密码呢？”

“试用一下‘小星星’。”

敲击八次键盘之后，他摇摇头："显示错误，请下一次重试。"

“用‘阿尔班’怎么样？”

马克扭曲着面孔，但他试了一下，结果也不对。接下来他又试了一系列的密码：史苔拉、国家安全局、流星、狄卡坡、凯萨、卡尔德、窃听者……突然他的脑袋一亮。他往密码窗口里键入德文字母：Sternchen（小星星），按确认键之后马上出现了一个小窗口。

“你真是一个天才，马克！”

“不，亚加夫，桂冠应该戴到窃听者头上。看，他给我们写的什么。”

他们两个都默默地阅读着他们神奇的同谋者的通知。

嗨，马克：

我知道史苔拉的事情。我是一个朋友并愿意帮助你们。更多的我不能泄露。假如他们找到了我，那他们将把黑色窃听者的耳朵割掉。

史苔拉的处境十分危险！入侵者已经使两个网上旅行者完全失去了理智。国家安全局已经把他们送进秘密精神病院，他们在那里将永远处于朦胧的梦幻中。他们只能躺在那里，睁着眼睛，但却不能说话了。他们周围的世界已经不复存在。这样的情况绝对不能再次发生在史苔拉小姐身上！去问狄卡坡，神经增强剂有没有危险？如果他不愿意回答，那就问他汤姆·温费尔德和伊安·麦克库彬那两个网上旅行者在哪里？不过一定要小心，狄卡坡极其危险！我将尽一切努力揭露他的阴谋诡计。你的女儿给了我一个很有价值的建议。我希望，我们不久能够在IRL（现实生活）中见面。

祝你好运！ ;-)

窃听者

“狄卡坡！你这个猪狗不如的东西！”马克愤怒地说道。这时候，想到他对狄卡坡做出的让步，这使他更加激动。他虽然保持着对入侵者的怀疑，但是，史苔拉的决心和他自己的观察使他相信，再进行一两次网络旅行还不至于太严重。可是，这下子糟了！他的女儿被一种“永远的梦魇”抓住了！这个计划负责人的肆无忌惮几乎使他愤怒地跳起来。

“你现在必须保持镇静。”亚加夫急切地说道，他的手重重地压在马克的肩膀上，好像要阻止他马上跑掉似的，“为了使史苔拉和入侵者分开，我们现在能做什么呢？”

“什么也不能。”马克脱口而出地说道，“我认为……唉，我不知道。此刻，我的心里乱极了。”

“冷静，马克。我帮助你。你的愤怒是可以理解的，但是，你现在必须保持清醒的头脑。否则我们就不能帮助史苔拉了。”

又持续了好几分钟，马克才自己恢复平静。“假如我现在冲进卡车，人家可能不给我开门。我必须在这里打断史苔拉的旅行。假如入侵者停止运行了，那么他们就会用解毒药物使她醒过来。”

“这样行吗？我是说，整个校园已经和外界切断了联系。”

“也是，没有人能够出去。但也许能够成功地进来。在我的数据库里还有几个别的号码，这是MIT的任何电话簿里都没有的。它们也是实验大楼的接口，不走普通的电话线路。”

“而是？”

“通过计算机。”

“我要是能够想到就好了。”

“现在让我不受干扰地工作一会儿。”

“我同意。”

现在，马克又能集中精力想自己的问题了。虽然对史苔拉的担心和对狄卡坡的愤怒仍然像车轮似的在心中转动，他还是把那些感觉放逐到他意识中两个相距很远的角落里。

在输入第五个号码时，马克成功了。此刻，在这个没有人的大实验室里，几个隐约闪烁的光二极管闪烁起来了。马克已经进入校园网络！从这里出发进入入侵者卡车上的实验室网络简直易如反掌。他的“特洛伊人”还在那里工作着，因此他可以随便进出国家安全局的服务器。

“她还在幻梦中。”

此刻，正在天井里不安地来回走动着的亚加夫，马上回到长凳前面，看着他的平面电脑显示器。他不明白所看到的东西。

“为了把她接回来，那就割断线路或者做你必须做的事情。”

“马上。”马克点击着几个按钮，“她正在和某一个人接触。看样子很特别，他们用的好像是耶西卡的秘密语言——不，好像又不是了。好像有人把那种语言转换成为方言了。”

“这我们以后再去研究。现在马上把她接回来。”

“你说得对。”

马克用鼠标选择了另一个几乎黑色的屏幕视窗。只能看到那里有一个鼠标指针，一个闪光的符号。他输入一个“Hit−back 7”的命令，然后按了一下确认键。

“真是奇特的命令。”亚加夫自言自语地说。

“这样一来，我的斯库尔系统的积极防卫程序就启动了。”马克解释说，“这个Hit−Back命令分为好几个步骤。用Level 7我就可以使目标系统失去作用。”

“入侵者网络将突然瘫痪吗？”

马克点点头并指着另一个窗口，那上面刚刚显示“联系中断”。“它刚刚瘫痪。从这时候起，史苔拉看到的只是黑色的虚拟现实眼镜头盔。我希望她不要感到震惊。”马克说道。

“无论如何，人们将宣布这个使命结束并重新把她唤醒。”

马克严肃地点点头：“是的，这是目前最重要的事情。史苔拉必须重新醒来——而且要理智、清醒。”

音乐似乎来自一种古老的风笛，但肯定不是风笛。那种呱呱的噪声就像国王阿尔图斯在宫廷节日大宴宾客时的乐声。现在，史苔拉相信她又听到了别的声音。

此外，还有一些声音。说话的人虽然不多，但七嘴八舌，全都在说着，乱糟糟的，一句也听不明白。她想睁开眼睛。对她来说，这当然不是一件容易的事情，因为不知道哪一个促狭鬼在她的眼皮上挂了铅一样沉重的东西，可是她所看到的东西使她立刻又寻路回到黑暗之中。

她看见一个奇怪的拱形屋顶，很阴暗，只有在她的视野之外有一些微弱的火把照明。那种跳动着的火光把不安的影子投射到潮湿的墙上。那些轮廓当中有几个似乎看上去有点像刑具，是的，那个老虎凳的轮廓是不会看错的。

史苔拉害怕了。难道她自己成了这样一种残酷审问的牺牲者？仅仅是为了最终减轻一下自己的痛苦，一个人在这样的刑讯逼供之下会承认一切。她的记忆渐渐地从自己的意识深处回来了。

刚才她还在马西诺夫的大街上紧紧地追着龙形怪兽，最后进入了一个白色的尖塔，在那里，她和那个引起她同情的孩子说话。他的名字叫什么来着？布瑞纳尔？

“布瑞纳尔·寇若斯。”

“她刚才说了什么！”

这个声音使史苔拉吃了一惊。她试图再次睁开眼睛。“什么……我在哪儿？”

史苔拉的眼前晃动着一个椭圆形的大板子，上面布满了五颜六色的斑点。然后，它非常缓慢地变成一个模糊的面孔。她正想提出一个建议，给那个闪闪发光的面孔起一个名字，这时候，她的面前现出一个新的面孔。

“父亲！”史苔拉叫出声来。所罗门面部表情很坚定，可是，他为什么穿着那样一件污渍斑斑的皮背心？所罗门改换职业了吗？难道他当铁匠去了吗？或者，他为了糊口，现在竟然当上……刑讯逼供的打手？

“你已经很久没有这样称呼我了，小星星。你怎么啦……？你醒一醒，你说话呀，再说点什么！”

史苔拉口齿不清地回答了一句什么，这句话只有熟练的编程专家用善良的意愿才能破译出来：“我很好。”她已经把手放在所罗门的胳膊上，把他的身体推到一边。史苔拉感到的是一种将要被杀的恐惧。现在，她面前站着的刽子手竟然是她的生身父亲！

那个形体穿着一身黑色的衣裳，还穿一件黑色的皮坎肩，头上戴的是一顶尖尖的锥形帽子，帽子一直套到脖跟，只有眼睛、鼻子和嘴巴处开着一个个可笑的小孔。

史苔拉大喊一声，刽子手在询问他的违法者的健康状况之前，吃惊地倒退了两步。

然后，所罗门的声音又响起来。在史苔拉的视野之外，他——那个大概并非偶然的叫做狄卡坡的人——向他的刽子手倾泻着咒骂的洪流。

“为了醒来，你竟然用了四个钟头。”当所罗门终于重新出现在史苔拉眼前时说道，

"我们现在把你送到床上去，让你好好休息。"

"可是……我……"

"好了，小星星。你已经帮了很大的忙，网络龙形怪兽工作队感谢你。我们现在已经知道我们的卡给是什么意思了。"

布瑞纳尔的面孔又穿过史苔拉的记忆，像一个氦气球那样飘浮起来。她知道，她还有话要说。可是，在她说出来之前，她再次失去了知觉。

"我要把你送进监狱，您这个不负责任的混蛋！"

狄卡坡害怕地后退了一步，红约翰上前一步，站到他上司前面保护着他。六月的阳光只能使马克的脸色更加发烫，亚加夫竭尽全力阻挡他，不让他对入侵者计划负责人动手。对峙局面出现在卡车前，失去知觉的史苔拉在警觉的吉米口的监督下由葛文和盖里特博士照看着。

"这一切完全是一个可怕的误会。"狄卡坡竭力申辩道，"所以，您还是要冷静一下。入侵者的程序没有出现任何事故，任何时候都不会威胁网上旅行者的健康和生命。一定有人往您的耳朵里放进了一个跳蚤。"

但是，马克根本不想安静下来。他用食指在狄卡坡的鼻孔前戳着天空，因为红约翰拦住他，再近些他就够不到了。"我再也不相信您的无罪辩解了，博士。虽然你四个小时之前就开始唤醒她，但是，我的女儿直到现在还躺在这辆卡车里。当她刚才短暂醒来时，她显然还处于强烈的幻觉之中。这只能归咎于您的神经增强剂。"

"神经增强剂是一种非常……"

马克冷笑着，像一个打野兽的猎人看见自己的猎物那样。狄卡坡觉察到自己说漏了嘴。"是吗？我听着。您真的要承认神经增强剂是一种'非常'危险的高效物质吗？"马克逼问道。

"正相反！"狄卡坡还在固执地反抗，他强辩道，"在神经增强剂中有一种无害的NMDA受体发酵酶。这种NMDA受体是神经元、神经或者大脑锥体细胞薄膜的开关，控制神经键和细胞连接点之间的传输并发出电子化学信号。简单地说，神经增强剂只是加快了一个自然过程，这个过程就是一旦人想要记住什么，那么它就开始了。还有另外一些被普遍接受的集中精神的药物。神经增强剂仅仅是一种尚不为人知的药物。它支持大脑新的神经元的形成，通过它，大脑的"准备接受状态"就提高了神经活动共振探针的脉冲。这就是全部。"

马克很清楚地记得盖里特博士和吉米口聊天时透露的情况。狄卡坡的描述在很多点上和他说的一致。他是否能在这里——在许多证人面前——发誓，这种发酵酶的使用不会导致一种持久的梦幻状态，马克想从狄卡坡的口中得到答案。

那个家伙像泥鳅一样转变了话题："医生们似乎连一次最简单的手术也不敢打保

票。如果人们要与现代技术打交道的话，不可避免地要承担某种风险。”

“问题是应该问一问，这种风险有多大。”马克嘲讽地说道，“汤姆·温费尔德和伊安·麦克库彬两人，在您进行这种试验的时候失去了理智。他们所处的朦胧状态可以更好地证明这种风险。您还想为这种‘操作事故’辩解吗，狄卡坡博士？”

在他提到两个以前的网上旅行者时，那个计划负责人的脸上一下子像结冰似的凝固了。他失神地望着马克。“您从哪里知道这两个人的名字？”他终于咬牙切齿地问道。

“可以告诉你，从一个知情人那里！”马克回答道。

现在，狄卡坡的两颗黑眼珠简直威胁着要从眼窝里跳出来了。他的脸变成紫红，但他接着吼道：“这个爱胡说八道的家伙偷偷地告诉他们了，这个黑色窃听者或者他自称什么来着……”

“无论如何，我们总会通过计算机查到他的名字的。”亚加夫面无表情地说道，“或者，我反正能够找到汤姆·温费尔德和伊安·麦克库彬，今天晚上您不是要把报告送到我手里吗？”

“忘记那两个人吧。”狄卡坡转移话题，“无论如何，此刻应该如此。我们真的有更重要的事情要做，不管怎么说，都比侦察什么名字或者什么医学报告更重要。史苔拉在从网络空间里回来之前和别人有过两次接触。一次已经见于明码文本，但另一次——完全令人迷惑不解。我向你们保证，纳布古先生和卡尔德教授，我将把迄今为止的网上旅行者的全部文件交到你们或者联合国的其他什么人手里。但是，我们现在不能不尊重优先权。请你们帮助我利用史苔拉的旅行纪录。这里谁也不如您更了解您的女儿。假如在旅行纪录里有一个重大线索——对此我深信不疑——那么，您、我们就不应该忽略了它。”

马克一点也不相信这个意大利人的话。为了他对自己的女儿所做的这些事情，他将被送进监狱里去。对他来说，这是肯定无疑的。可是，他也感觉到，这里还有别的、更重大的事情。狄卡坡企图掩盖这个情节。所以他豪爽地许诺了交出其他网上旅行者的文件。

现在，理智在马克心里熄灭了飞腾的怒火。狄卡坡的理由并不缺少某种逻辑。即使是亚加夫也得让步，因为史苔拉大概确实发现了某种决定性的线索。

“史苔拉现在怎么样？”

“情况还算良好，贝尼。她恢复知觉从来没有用那么长时间。此刻，吉米口在她身边，因为我有事情要和你以及亚加夫谈一谈。”

“到底是什么事情？”那个尼日利亚人首先问道。他、马克和贝尼现在正在麻省理工学院的校园里散步。史苔拉一旦醒过来，吉米口会通过呼机通知他们。

“两件事：首先，我得到了华伦亭·布莱藤贝格的回答。你们还记得吗？那是我的一个老朋友，他在图宾根马克斯·普朗克生物控制论研究所工作。我曾经向他提出一个大脑'形成网络能力'人为地兴奋问题。布莱藤贝格进行了调查，明确地警告我不要做有关的试验，说那是有危险的，可能会在大脑里产生全新的开关站，被兴奋的人醒来之后将不能再消除。在这种情况下，如同他写给我的那样，'可能会给受检者造成另外的一种真实状态'。"

"这几乎正是我担心的。"亚加夫说，他的眼睛无神地望着前方。

"布莱藤贝格虽然认为他不能完全低估这样一种试验的后果，但这是一种说辞，是我们科学家想推卸责任的时候喜欢使用的说法。"

"但愿史苔拉能够不受损害地通过这一关。"贝尼自言自语地说道。当他发觉马克的目光时，窘迫地低下头。马克的一只手放到他的肩膀上。

"谢谢你，你这样为我的女儿担忧。"

"难道这不是最起码的吗？"

"你到底还要说什么？我指的是你。"亚加夫同情地问道。他的声音里带着一种无法掩饰的焦急心情。

"在最后这两个小时里，我研究了史苔拉的旅行报告。那里面确实有一段，像狄卡坡的分析家们一样，我也不能够马上破译出来。我觉得有一点很引人注目。所谓的数据库管理员，通过校园网络的因特网信息系统和史苔拉进行了联系，并提到一个'儿童之网'。等一等，我说的是旅行纪录上写的。"马克从格子衬衫胸前的口袋里掏出一张纸，"他说：'忘记所有的假象，去寻找儿童之网——真正的'创世纪'吧'。"

"你刚才说'创世纪'。"亚加夫加重语气地重复了最后一个音节。

"正是。开始我也以为那是匿名发布消息者的一个错别字，估计我们大家都是这样想的……狄卡坡的分析家和整个网络龙形怪兽工作队成员一直都在追踪一个以Genesis（创世纪）这个词汇命名的计划或者一个公司。但这个数据库管理员——不管怎么称呼他——却对史苔拉完全明确地说要去找'Geneses'①。"

亚加夫点点头。"这个我从因特网的搜索器上可以认识。那么，你在这个'Geneses'的概念下面能找到什么呢？"

"在MIT的网络里找不到。但是，后来我回忆起在这个神圣的科学殿堂里的我的大学时代。当时我也经常到哈佛大学那边去。在那个大学的将近八十个图书馆里，有大约一千一百万卷书。为了能够在那里保持一个总的概念，那里开发出一个HOLLIS②程序。这个缩写的意思是哈佛在线图书馆信息系统——一个很好的首字母缩写，对不对？无论如何我在那里的图书馆目录里找到了很多东西。我找到了一篇阿尔

① Geneses，格乃西斯；Genesis，起源，创世纪。前者是Genetic Enterprises（基因公司）两个字首尾的组合，给人造成一种假象，以为其中一个字母写错了，实则为一种文字游戏。

② 英文：Havard-On-Line Library Information System.

图尔·M·劳伊德教授的文章。他在MIT有一个讲座教授的职位，同时他又是一个基因技术公司的所有人。”

“现在我觉得有点明白了！”亚加夫声音低沉地说道，“Geneses的前面三个字母代表‘基因’或者‘基因技术’。”

“劳伊德的公司正式名称是Genetic Enterprises（基因公司）。”马克向他的朋友露出胜利的微笑，“这里还有一个文字游戏。如果你们把这两个字的首尾部分拿出来，放在一起，那不就是Geneses吗？”

亚加夫难以置信地摇摇头：“有时候人们只见树木不见森林。一个字母竟然能够造出这么多麻烦！狄卡坡知道这个了吗？”

马克点点头：“我给他打了电话。此外，网络龙形怪兽工作队的全体成员都收到了我的电子邮件。”

贝尼皱起眉头问：“小心提防，对吗？”

“我只是想避免狄卡坡在我们背后搞鬼。知道这些的人越多，他就越不能和我们玩小动作。”马克回答道。

史苔拉重新回到现实中来，更确切地说，她的精神正在恢复正常，但非常缓慢。当她晚上醒来的时候，她感到自己躺在一个像城堡那样的小房间里。她的床就放在一个壁炉旁边，壁炉里的火熊熊燃烧着。紧挨着壁炉的是一张小木桌，桌子旁边有一个身强力壮的男人背对着她坐着。那个男人穿着一件棕色的天鹅绒背心，正在一个油灯微弱的灯光里用墨水、羽毛笔在羊皮纸上写着什么。

“我在什么地方？”史苔拉的问话使那个男人伸直了后背，然后他站起来，走到她的床前。

“爸爸！”

“你好吗，小星星？不知为什么你使我感到有点儿不知所措。”

“你……这是怎么回事？这是不是戏剧舞台的布景？”

“啊，至少你的理智好像又开始工作了。我们在20d号楼的临时驻地。您想到了什么？”

“原来如此，对我来说，这儿好像是一个骑士的城堡里。”

所罗门把手指放在史苔拉的面颊和前额上。“你好像不发烧。可是，看起来你好像还处在自己的幻梦中。”

“你说的什么，我一个字也不懂……”

“那么，这就是说，盖里特和华伦亭·布莱藤贝格说得对。”所罗门怒气冲冲地说道，同时又强迫自己露出一个微笑，“对不起，小星星，我不想打断你的话。”

“我可以喝点什么吗？”

"当然。马上。"所罗门走到桌子跟前，从一把锡壶里倒出一杯水。"这儿，"他说着回到床前，把水递给史苔拉，"喝一口，你会觉得好一些。"

史苔拉把杯子举到嘴边，一气喝了半杯。突然，她闭上了眼睛，面孔扭曲。"哎，这里面根本没有气。"

当她重新睁开眼睛的时候，首先大吃一惊，因为她周围的一切又开始变化了。她周围的一切渐渐地模糊起来，起初，她以为自己每时每刻都有重新失去知觉的可能，所以，她再次闭上了眼睛，摇摇头。所罗门的天鹅绒背心渐渐地变成了方格布的衬衫，木头桌子变成简单的钢管架子和塑料桌面。桌子上的油灯也变成一个灰色的台灯，锡壶变成了一个塑料瓶，还有刚才放羊皮纸、墨水瓶和羽毛笔的地方，现在忽然变成了笔记本电脑。

"一切正常吗，小星星？"

史苔拉看着父亲充满担忧的面孔。她浅浅地一笑："我以为我刚刚参加了一次十五分钟的持续游泳训练。"

"什么？原来如此，你是想说，你的幻觉消失了。"

"如果这儿真的这么荒凉，像我感觉到的那样，那就是吧。"

所罗门的目光飞快地扫了一眼他们的临时住处。当他的眼睛再回到史苔拉身上时，发现那边亮起了一盏灯。"估计你说得对。随它去吧，重要的是，你的身体现在好多了。"

"我感到，我好像跑了一百次百米赛跑似的。"

"那么，现在无论如何，你已经到达了目的地。你现在有很多很多时间，可以好好地休息了。"

所罗门的解释在史苔拉心中引起了一个出乎意料的反应。突然，她在床上笔直地坐了起来。

"你刚才说什么？"

"你可以充分地休息，使你重新……"

"不，在那句话之前。"史苔拉不耐烦地打断了父亲的话，"你说我已经达到了目的什么的。"

"是的。"所罗门不理解女儿的这种突然的激烈反应，"我指的是那个新的卡给：Geneses，你在自己的梦幻中曾经和一个所谓的数据库管理员谈过话……"

"你指的是那个档案馆管理员吗？"

所罗门吃惊地望着她，但不得不微笑着说："当然也可以这样称呼他。也就是说，你和一个数据库的档案馆管理员进行了交谈。此外，那就不难找出谁隐藏在后面了。今天早上我们见到托马叟·包基欧之后，他不得不马上和档案馆管理员会面。为了不让托马叟的信息员丢面子，在狄卡坡面前我只字未提这件事。不管这个匿名者是谁，他对你讲了'Geneses的真正含义'。你睡觉的时候，我们已经把他找到了。有一个公司——就离这儿不远，为医药工业生产基因技术产品。他们自称 Genetic Enterprises，简称 Geneses。”

“基因技术？”史苔拉惊奇地问道。她变得不安起来，把腿伸出来，搭在床边。“我不明白！基因技术和网络龙形怪兽有什么关系？”

“我们当中的许多人也都提出了这个问题。当你刚才醒来的时候，我正在阅读阿尔图尔·M. 劳伊德的一篇学术论文，他是 MIT 的一位很有声望的教授，在大学董事会里有一个位置。这期间，我们知道，已经好几天找不到他了。劳伊德在他的文章里写道，人的思维能力可能因生物技术的干涉被提高若干倍。我们大脑的能力虽然超过任何计算机，但是，它内部的工作速度却远远地落在机器后面。劳伊德声称，在猫身上进行过一种试验，结果表明其神经细胞通过微小的基因改变之后，在某种程度上是可以从外部联网的。”

“是可以从外部联网的？”史苔拉的声音听起来很尖利。她的头脑里好像在酝酿着一场风暴。

“你怎么啦，小星星？”

“没什么，”史苔拉匆忙地克制了一下自己，“他的话是什么意思？”

“对这个问题，他理解为计算机和大脑的连接。因此，猫可以更快地思想，反过来也应该是可能的，它的大脑可以作为一种高级智能存储器来利用。”

史苔拉的脉搏跳动加快了，她的呼吸也越来越快。她不安地离开床边，走到所罗门的笔记本电脑前面，显示器上还显示着劳伊德教授的那篇文章。“不知为什么，这一切使我想到了入侵者。”她说道。

“我想到的也恰恰是这个。”

“那个档案馆管理员提到一个‘儿童之网’。还有布瑞纳尔·寇若斯……”

“谁？”

“一个光着脑袋的、看起来很痛苦的小男孩。他说，德拉基是他的一部分。”

所罗门点点头说：“迄今为止，我们还不能破译这第二次谈话。那个虚拟的小男孩说不定是被你发明的神秘语言改变了，以至于他直接地对准了你的潜意识。”

“这个我觉得并不明显。唯一引起我注意的是，他说话时使用的那种滑稽的杂音。那声音听起来就像整整一个儿童合唱队在歌唱似的。”

“所以，你的幻想给了他一个名字叫寇若斯，就是合唱队。而布瑞纳尔就是‘大脑编队’，那个档案管理员说过的。你总是让我惊得目瞪口呆，小星星！”

“原来如此，我不认为那个名字是我想出来的。”史苔拉目光呆滞的反驳道，然后，她凝视着父亲的脸，“你先前说我可能达到了目的，到底是什么意思？”

所罗门耸了耸肩回答道：“你将不会再次与入侵者连在一起了。卡车里的仪器已经在几个小时前做好了运走的准备。此刻，那辆大卡车已经在 2 号国家公路上向西开去……”

“运走了？”史苔拉恐惧地尖叫起来。

“是的，是这样。”所罗门真的为女儿担心，“那个 Geneses 公司的研究中心就在西边的列欧敏斯特，离这里大概只有四十公里。网络龙形怪兽工作队和一个经过特别武装的专家队伍想彻底检查一下那个公司。估计可能要进行一次大搜查。你怎么啦，小星星？”

史苔拉忽然感到天旋地转。所罗门急忙跳起来去搀扶她。当他把史苔拉放到床上的时候，他急不可待地问女儿：“难道你不想告诉我，你头脑里发生了什么吗？”

“他们不能冲击 Geneses 公司！”史苔拉有气无力地说道。她又感到头晕了，估计是因为呼吸太急促的缘故。她转动着眼睛，想找到一副清晰的图像。

“你刚才说什么？如果龙形怪兽确实是在那个公司里孵化出来的，那么我们就必须尽快地对那些人采取行动。”

“是的，但不是这样。你一定看过了旅行纪录，知道那个档案管理员对我说的话。他说，儿童之网可能是一个‘新的开始’。但是，他们‘可能对计划失去了控制’。”

“那么，毫不迟疑地采取行动就更重要了。”

史苔拉的脸上现出一副绝望的表情。“可是，你明白，爸爸，假如特工队的那些人溜进去，将会发生一场灾难！”

所罗门很少看见女儿这样激动。难道她正忍受着一种新的幻觉冲击吗？史苔拉像发高烧一般地看着他，额头上沁出大颗大颗的汗珠。他试图小心翼翼地去握住她的手，但是，史苔拉把手抽了回去。

“不，爸爸。布瑞纳尔对我说过，我应该到他们那儿去。你懂吗？他——那个小男孩总是以复数形式称呼自己——他对我说：‘请你别丢下我们。但是，你必须自己到我们这里来！否则会发生大不幸。’正如你在柏林的时候预言的那样，这一切都完全说中了，爸爸。难道你不记得了吗？”

当然，所罗门还记得。他渐渐地开始理解了女儿不安的原因。“那个布瑞纳尔说的不幸到底指的是什么？”他小声问道。

“这个我也不能说，爸爸。但是，听起来真的很可怕。他认为，他们不能再忍受下去了。他字字清楚地说道：‘如果你不能帮助我们，那么，明天这个时辰，我们就将自己从痛苦里解放出来。对于那之后发生的事情，请原谅我们吧！’”

所罗门弯着腰在他的女儿身上持续看了好几秒钟。他的眼睛跳来跳去，那是他激烈思考问题的标志。突然，他完全直起了身子。

“我立刻给亚加夫和狄卡坡打电话。我们必须在事故发生之前阻止对 Geneses 的突击行动。”

星期二早晨，直升机直接降落在 20 号楼群附近。

史苔拉和她父亲已经在等候。他们蜷缩着身子接近敞开的登机门。他们刚登上去，直升机就轰隆隆地离开了地面。

这个飞行器是一个相当大的机器，型号是黑鹰斯考尔斯基 UH–60。他们一系好安全带，驾驶员就向他的乘客打了个手势，让他们把耳机戴上。

“我是机长卡斯·林塞。”指挥官通过机上对讲设备做了自我介绍。他的驾驶员名字叫巴克·佛特莱。驾驶员也立刻从他的上司手里接过对讲机，继续向乘客表示欢迎。

“欢迎您登上我们的‘黑鹰’，卡尔德教授，当然还有卡尔德小姐。您有一个很漂亮的女儿，教授。”

史苔拉不能想象自己脑袋上戴着这样一套东西，也就是很大的耳麦，还能显得很有魅力，不过她还是勉强一笑。所罗门友好地点点头。

“机长，我们到列欧敏斯特国家森林需要多长时间？”

“大约二十分钟。请享受这段飞行。”

“一切都好吗，小星星？”所罗门用德语问自己的女儿，这样机上人员就听不懂了。

史苔拉的唯一回答是点了点头，然后就面向机舱的窗口，看着外面阴郁的天空。外面在下着小雨。

所罗门尊重她的沉默，她以此来向自己的父亲表示高度赞赏。在最近两个星期，她的心中形成了对任何麦克风的越来越深的反感。她没有丝毫兴趣用声音去充满机上人员的耳朵。

差不多两个小时之前，也就是六点钟，他们起床以后，她和所罗门进行了一场极不平静的对话。她醒来后首先想到的就是布瑞纳尔。还能阻止他们突然袭击 Geneses 公司的大院吗？史苔拉要求再次和入侵者连上。对此，所罗门无论如何也不允许。然后就是父亲和女儿之间激烈的争吵。

史苔拉的激动稍微平息了一点儿，她父亲总结了最新的信息之后说：基因公司的大院已经神不知鬼不觉地被特别行动指挥部领导的特工队包围了。此外，什么事情也没有发生。让他感到奇怪的只是，接受这个任务的为什么是军队，而不是美国联邦调查局。可能五角大楼想把缆绳握在自己手里。也许这样更好，他猜想。精锐部队的战士们诡计多端，即使在极端困难的条件下，他们也能够保持健全的神经。此刻，他们接到的命令只是“观察”，那么他们就只是观察动静。主要通道仍然畅通无阻。史苔拉一下子听到了那么多情况。当然，所罗门最后的信息意思是，在这之前的四个小时里没有任何人进入那个大院，也没有人离开。相反，那里就像死一般的静寂。

狄卡坡曾经建议秘密地进入那个企业的内部网络。借助入侵者，这没有任何问题，即使没有网上旅行者也能办到。指挥部多数人拒绝了切断该企业与外界的一切联系的方案。这里有两个理由。

第一个理由：已经找到了网络龙形怪兽的秘密通道，它通过这个通道进入了麻省理工学院的校园网络——在大学的无数研究计划中，有一个激光信息系统的试验。紧挨着哈佛大桥的阿石当大厦 的楼顶上，那个设备横穿查尔斯河直接向波士顿城里的约翰·汉考克塔 的塔尖发送信号。光信号在这里被转变成电磁脉冲，并直接送入城市的电话网络中。所罗门对这个发现并不感到十分惊异，因为他自己就是通过类似的“秘密通道”进入校园网络而使入侵者瘫痪的。

第二个理由：他们之所以不想动 Geneses 公司的联络设备，原因在于网络龙形怪兽——不管谁隐藏在那后面——应该尽可能久地感到高枕无忧。由于史苔拉的警告，现在对所有的参与者都拉响了警笛，即使这里还有不一致的意见。例如，在龙形怪兽的创造者对闯入他们的洞穴会采取什么态度的问题上就有不同的看法。史苔拉关于光脑袋的布瑞纳尔·寇若斯的报告损害了她的可信度。即使是入侵者计划内部的人，当然首先是计划负责人，都想把这种虚拟的相遇看作幻想的产物，而不是一种现实的威胁。然而，假如史苔拉自己准备接受入侵者最后一次进入网络空间，从那里端出网络龙形怪兽的老窝，那么，连他狄卡坡也不想设置障碍。

所罗门首先以新的诅咒拒绝了狄卡坡的建议。当他后来向史苔拉讲述这个电话内容的时候，他们之间便发生了刚才提到的那场争吵。史苔拉一方面担心入侵者和她一起干的事情，但另一方面，她更担心布瑞纳尔暗示的情况真的会发生。

她在梦幻中看到的那个纤弱的孩子一定具有一种巨大的能量。同时，他又忍受着一种难以理解的痛苦。布瑞纳尔把他迄今为止所做的事情称之为过错，然而，那些过错与二十四小时之后想要干的事情相比，显然是微不足道的事情，假如没有人把他从痛苦中解放出来的话。为此他事先请求史苔拉原谅——好像已经发生的那些灾难仅仅是一个孩子的恶作剧似的！

她怀着非常的恐惧回忆起伦敦的断电、医院的死亡事件和中国三峡大坝的悲剧……不，布瑞纳尔不能再迈出下一步。信息炸弹的点燃将导致“信息毁灭”，① 即人类曾经借助计算机存储的全部知识将被毁灭。

虽然所罗门开始时反对，但对史苔拉来说，她也没有别的选择：她把雪球滚了起来，现在也必须由她把这个巨大的、由此而产生的雪崩止住。

终于，所罗门的反对动摇了。他非常了解自己的女儿，他知道这时候再也不能说服她的固执。

最后，史苔拉伤感地看了父亲一眼——她竟然和父亲进行了那样激烈的争吵——说道：“我向你保证，爸爸，我会从幻想王国里回来的。也许我的道路很漫长，但我不会丢下你和菲菲雅娜。”

所罗门看着她，面孔痛苦地扭曲着。最后，他终于回答道：“即使这对我来说非

---

① 英文：Infokalypse.

常困难，小星星，我也不能不尊重你的意愿。假如你不得不再次进入幻梦之旅，我也不再阻拦你。可是不管你在哪里都不要忘记，我将会为你进行斗争。”

“我们马上就把你们送到下面的指挥部去。”

这句话猛地把史苔拉从自己的思绪中拉了回来。巴克，那位直升机驾驶员鬼鬼祟祟地冷笑着说道：“对不起，小姐，我没想吓着您。”

史苔拉仍然感到四肢非常疲倦，这是最后这次幻梦旅行的结果。早晨和父亲的争吵也消耗了更多的精力，好像她自己也愿意承认这一点似的。在飞机上，她虽然一直从窗口向外面看着，但实际上她什么也没有看见。现在，她才真正地看到了眼前的风景。飞机正在接近西北之字形大弯道附近的目的地。史苔拉看见了许多小的湖泊，稍远些的地方有一片森林。一切都静静地躺在铅灰色的天空下。

“看起来很像一个自然保护区。”她惊奇地说道。通过对讲设备，机上的每一个人都听得清清楚楚。巴克·佛特莱难以置信地摇摇头：“我很想知道，基因公司的人是怎么才能为这个‘工业园区’弄到许可证的。”

“估计花了不少钱。”机长林塞愤愤不平地说道。

“也许是用关系和一大把电脑黑客。”所罗门自言自语地说。

“十一点钟① 那边就是天堂池②。”巴克解释说。他指着自己说的那个方向。

“基因公司大院就在那里吗？”所罗门问道。

“是的，先生。我们当然不能降落在那么近的地方。我们的指挥部就在森林下面，离去普林斯顿的公路三百码。”

各种飞机都可以那么好地隐蔽在森林里，直到飞机降落在它们附近的一片林中空地上，史苔拉才发现它们。连载运入侵者的卡车也开到了林中的小路上，此刻正潜藏在一片棕绿色的伪装网下面。

直升机上面的螺旋翼还没有停下来，亚加夫就向直升机跑了过来。

“史苔拉的身体怎么样？”机舱的推拉门刚刚拉开，亚加夫第一句话就问道。

“情况相当好。”所罗门回答道。史苔拉也勉强地微微一笑。

“狄卡坡已经急不可耐了。让史苔拉重新连接他的机器，他几乎不能再等待了。”

这时候吉米口和贝尼也赶来了。贝尼帮助史苔拉下了飞机。

“一切都好吗？”他担忧地问道。

“我很好！”史苔拉有些夸张地说道，“你这么快就从校园里溜走了。”

贝尼不知所措地看着她。“亚加夫几乎把整个工作队的人都调到这里来了。即使没有你的帮助，我们也必须进入基因公司的内部网络。因为他们利用了所有的电脑黑客。”

---

①　正前方偏左。相当于在时钟上的位置。

②　英文：Paradiese Pond.

史苔拉低头看着地面。“这不是我想说的意思，对不起。”

“没有什么。你相信你真的能行吗？”

“再次进入网络空间冲浪？”史苔拉显出无所谓的样子，“没问题。”

在去卡车的路上，他们碰见好几个203号大楼的熟人。他也看见了瓦尔特·弗里德曼，此刻，他正在和特别行动部队的军官们谈话。当他发现了史苔拉的时候，他向她招了招手，也许狄卡坡的安全负责人在谈论可能突击的最后细节。林中空地上有很多特种兵，这非常明显。他们大多数都背着自动化的武器来回走动。突然，入侵者计划负责人进入她的视野。

“啊，我们的关键人物来了！我很高兴。”他热情洋溢地欢迎那位年轻的网上旅行者。

史苔拉站住了，凶狠地看着他说：“可是，我不高兴。”

“喔，我们的小星星今天早上情绪不好。”狄卡坡开玩笑地说道，可是，史苔拉听起来好像是在嘲笑。

“对于入侵者来说，您是不可缺少的吗，博士？”她针锋相对地说道。

狄卡坡吃惊地眨了眨眼睛。“那么，我可能是……”

“好。”史苔拉打断了那个小个子男人的话，“那么，如果我现在上车的话，您能不能待在外面。”

她说完就高高地抬起头继续向前走去，后面跟着她父亲、亚加夫、吉米口和贝尼，他们都不得不竭力忍住才没笑出声来。这时候，狄卡坡则昂然挺立，毫不退让：他一动不动地站在那里，气得脸几乎要发青了。

“难道那是绝对必要的吗？”所罗门小声地对着女儿的耳朵问道。

史苔拉向他挤了挤眼。“你要想到，那对我来说是一种良药。再说，那个家伙也活该，我做的也恰到好处。”

在网上旅行者登上流动的入侵者控制中心之前，亚加夫介绍他的德国朋友和威廉·斯莱德将军给她认识。

“威廉领导这个特种武器部队。”那个非洲人介绍说，“我们在上一次执行任务的时候就认识了。他可是一位记忆力特别强的人。”

“谢谢你的夸奖，亚加夫。”将军声音低沉地说道，同时露出一个亲切的微笑。他五十岁上下，头发金黄，剪得很短，嘴上留着一副小胡子。他的将军肚上的迷彩服微微鼓起。

斯莱德将军给教授及其女儿简单地介绍了现在的形势。他简洁而又精确地描绘了这个攻击行动的地区。基因公司坐落在一个很大的公园一般的地区，紧挨着天堂池的西岸。特种部队已经滴水不漏地包围了整个大院。通过隐蔽的摄像机，被封锁地区内的任何行动都集中到行动指挥部的车子里来。不过，现在还没有发现任何动静。除了传达室的安全保卫人员之外，整个基因公司大院像死绝了一样的安静。

“由于您昨天晚上的电话，我们把突击这个大院的行动推迟到现在。”将军说道，然后他转过身直接对所罗门说道：“如果您的女儿还有任何可能对我们的投入有用的信息，那就请她说出来。我们必须马上行动。假如有人发现了我们，形势可能会马上变得对我们不利。一旦我下达了命令，那个大门的守卫人员会马上由我的人取而代之，然后，基因公司的整个大院就将受到猛攻。”

“您不可以这样做！”史苔拉脱口而出。直到现在，面对这许多全副武装的军人和武器，她才开始意识到这场投入的危险性。这不是电脑游戏，而是人命关天的重大事件。

一个姑娘的异议使这位指挥战斗的将军有些不快。将军没有理睬那个正处于青春期的女孩，而是直接地转向令人尊敬的——同样也相当年轻的——教授。“可是，尊敬的卡尔德教授，至于我们可以还是不可以进攻，做出决定的始终应该是我们行动指挥部。”

所罗门试图使双方平静下来。正如将军可能知道的那样，他的女儿在她最后一次网络空间逗留时，听到一个值得认真对待的警告，说任何大胆的行动可能是不负责任的。他再一次向将军指出网络龙形怪兽攻击的可怕规模。无论谁在基因公司大院里牵动了那根线，都必将导致大祸临头，超过他应得的正义的惩罚。

史苔拉知道，她父亲试图调和，但是一种膨胀的感觉告诉她，在这个基因公司的大院里有几个可怕的秘密在打盹。那种秘密，迄今为止，网络龙形怪兽工作队的专家还不能解释。她简直不敢用语言来表达她的怀疑，她觉得那太可怕了。因此她只能再三含糊地暗示。她还记得狄卡坡关于第一次网络恐怖分子，即因特网黑老虎的报告。他们的目的只是想通过网络空间的恐怖袭击来引起人们对他们的注意。连小孩子有时候也渴望引起注意，他变得不守规矩，仅仅是为了引起大人重视。可是，类似的行为却可能导致全球计算机的灾难。

她的话当然不仅仅会引起斯莱德将军难以置信地摇头。把儿童的固执行为看作一个几近核战争的解释也许的确有些太离谱了。

史苔拉想起了梦幻中的那个男孩。他在忍受着难以形容的痛苦。为了摆脱这种痛苦，他把她引到自己身边，出于同样的原因，他也准备做坏事。“你必须自己到我们这里来！否则会发生一次大不幸。”她忘不了他的话。

史苔拉深深地吸了一口气，然后接着说道：“斯莱德将军，我也不能确切地向您解释，假如他们用暴力攻击这个基因公司，会有什么样的危险威胁着您的军队。但是，请您相信我：在这个大院里有某种我们无法估量的东西！可能有人在这个公园里埋下了几百磅炸药。”

她那样急切地解释，使这位顽固的军人也不得不想一想。他仔细地打量着史苔拉，在他没有马上回答之前，史苔拉又勇敢而坚定地补充说："我相信，您不能，也不愿意认真对待我说的话。但是有一点，请您不要忘记：仅仅因为我用入侵者在网络空间里旅行，您今天还站在这里。没有我，信息炸弹可能早就爆炸了。为了这件事，我拿自己的健康做赌注，最后违背了我父亲的意志。所以请您首先让我再试一试，在这件危险的事情上，用我的方式行动。假如我的使命失败了，然后您再将您的士兵投入战场去打仗也不迟。"

狄卡坡出乎意料地在亚加夫背后说了话："是的，将军，请您让史苔拉去干她的工作吧。她已经不止一次地让我们吃惊了，也许她今天还会取得成功。"

史苔拉的眼睛和将军的眼睛无声地对峙了几秒钟。然后，斯莱德将军从鼻子里哼出一股气，微笑着，点了点头。"那好吧。对我们打算在这里干的事情用'打仗'作比喻虽然太夸张，但是，你得到了你的机会。"

瓦尔特·弗里德曼的情绪不是特别好。这里面的原因不在于最近这几天戏剧性的发展，更多地在于他上司的特殊态度。狄卡坡先任命他为入侵者计划工作队的安全负责人，现在却处处妨碍他的工作。他感觉到自己像一个傀儡，他只被用来向网络龙形怪兽工作队的人传达一种感觉，在入侵者身上一切都很正常。然而，事实上真是这样吗？

多次遭贬之后，上星期一晚上，他被任命为斯莱德将军的联系人，这一次终于唤醒了弗里德曼的怀疑。在列欧敏斯特国家森林里，亚加夫·纳布古只具有观察员的身份，顶多是个顾问。而他狄卡坡本人，则和斯莱德将军平分指挥权。弗里德曼应该在两个人之间负责联络。

滑稽，这个意大利人恰恰在这时候想到了他的安全问题负责人。难道狄卡坡想把他赶到一边去？

现在距离史苔拉·卡尔德重新在卡车里连上入侵者设施，已经过了相当长时间。弗里德曼希望她走运，虽然他不能亲自这样对她说。这个有时候说话带刺儿的小姑娘使他想到自己的侄女。他喜欢史苔拉，所以，他也为从马克那儿听来的事情捏一把汗。难道围绕入侵者真的有一个危险的秘密吗？

弗里德曼完全单独地进行了一些调查。

一年半以前，入侵者计划工作人员进行了一次大换班，这对于一个科学研究计划来说不是一个小手术。在那个时期以前，他曾经获得丰富的经验，从若干谈话和大量的暗示中，他形成了一个自己的观点：凡是大换班，一定都是因为发生了最严重的事件。为了努力拯救那个计划，狄卡坡随便捏造事实，把一个严重的安全问题说成是不吉利的，要求换一班人马。狄卡坡不是一个学究。不知道在哪里，一个告密者这样对他说，那个意大利人保管着入侵者最初的全部文件。可惜，弗里德曼直到今天，仍然没有找到那批秘密文件。

林中空地上笼罩着充满期待的紧张气氛。士兵们三三两两地检查着自己的装备。另一些人在小声地交谈着。为了消除精神上的紧张，每一个人都在干着点什么，在每一次重大的和可能是危险的行动之前都会出现这样的情况。

弗里德曼向狄卡坡的移动指挥中心走去，那是一个巨大的深蓝色的活动房屋。许多粗大的电缆把奢侈的野营者与相邻的卡车联系起来。狄卡坡不仅能得到周围环境的摄像信号，而且时刻掌握着史荅拉网络旅行的进展情况。是的，还有：他能够在自己宁静的小屋里对入侵者的功能动手术。

这辆活动房屋里的技术内脏出自狄卡坡在米亚德堡的“个人控制室”。这个计划负责人，就弗里德曼所知，为了对史荅拉的网络旅行施加影响，这两天已经不止一次地来过了。早在史荅拉戴上入侵者的头盔进行第一次网络旅行的时候，他就把她送入因特网，直接进入澳大利亚矿业协会的服务器。

当弗里德曼通过一条小路向露营者的卡车走去的时候，他突然听见悄悄地说话声。车辆就停在林中空地的边缘，那两个谈话的人被树叶隐蔽着，但是声音暴露了他们。

弗里德曼放慢了脚步。终于，他停在卡车和活动房之间的伪装网下面不动了。他悄悄地环视了一下周围的情况。正是因为空地上的人都在忙于自己的事情，所以没有人注意到他。这位安全问题负责人小心翼翼地向前跨了一步。现在，那声音便听得清清楚楚了。他绝不会听错的，他们是阿尔班·C. 狄卡坡和约翰·麦克穆兰——他的左右手。

“……我们会不会还忽略了什么呢，先生？卡尔德小姐总是警告我们在基因公司前面要小心。”弗里德曼听见那正是麦克穆兰的声音。

“胡说，她只是故弄玄虚。我仍然认为：史荅拉·卡尔德和她傲慢的父亲已经成为最严重的安全风险。他们两个——首先是那个小姑娘——对入侵者知道得太多了，对这个计划没有什么好处。”

“对我们也是如此。”

“看得很准，麦克穆兰。您像我一样清楚，我们没有精确地按照规定行动，也许是不能做到。谈到这个行动的道德评估，外面的人始终把它放在重要地位，我根本不愿意说。假如卡尔德父女两个说出了他们了解的情况，那么我们——你我——可能会碰到严重的困难。假如我们完蛋了，那这个入侵者计划也就死亡了。然后，我们的国家在网络恐怖分子面前就会像那边的基因公司大院一样，只能拱手交给人家了。”

“那么，我们就只能从国家的安全利益出发采取行动！”麦克穆兰的声音听起来很有点自鸣得意的味道。

“好，那么我们俩在这里就取得一致了。现在，我们只有这一个机会了，为了国家，现在我们要做两件事：假如我们能够从基因公司的实验室里弄到对入侵者有用的东西，那么我们就有了信息时代最强大的武器。”

“那对我们的国家是好事的第二个行动呢？”

“您现在马上进入露营地，像刚才说好的那样，把神经活动共振探针的神经键调控器给史苔拉调到最高点。被这个小丫头蹬鼻子上脸我早受够了，这样，当她从那个美丽的梦中回来之后，她就再也不会醒来啦。把她结果了之后，我们再来收拾她父亲。”

史苔拉深深地吸进了几小滴神经增强剂，这种喷剂完全没有气味。她感觉到很不舒服。说真的，她甚至相当害怕。如果她再从梦幻中回来，那会有一些什么幻觉呢？

本来她就感觉到，对于进行一次新的旅行来说，她还太虚弱，但是，时间和情况不允许再等待。任何迟疑都可能更糟糕。她还很清楚地记得布瑞纳尔的话。那个小男孩规定的期限只剩下五个小时了。

尽管如此，好像是恐惧压倒了理智，没有把握的感觉在阻挡着她。虽然她还感到四肢像铅一样沉重，但幻想世界还是不想对她敞开大门。然后，她感觉到所罗门的手。在入侵者的头盔中，史苔拉看不见她父亲，但她能听见他的声音。“放松些，”他不停地重复说，“我在你身边。”

他手上的温暖对她起了镇定作用。史苔拉感到和这种使她越来越可怕的技术打交道自己不再那样孤立无援了。渐渐地，她就不知不觉地进入了那个处在清醒和睡眠之间的无人王国。

贝莱舍特

史苔拉听见鸟儿在叫。她的皮肤感觉到了太阳的温暖。现在，她小心翼翼地睁开眼睛——她不禁惊恐地跳了起来。

“我这是在什么地方？”

“无论如何，不是在家里。”一个可以信赖的声音在附近说道。

史苔拉向右边转过身去。“塞沙明娜，见到你太好了。”然后，她向四周仔细地看了看，原来自己坐在一片明亮的沙地上，远处有一丛丛灌木，近处有一道荒凉的城墙。可是，最令她感到惊异的是，她在那个城墙的外边醒来，而不是在那里面任何一个舒适的旅馆里。

“你真的不知道我们现在待在什么地方吗？”史苔拉问道，说完便站了起来。

“当然知道。这儿就是贝莱舍特，一个秘密的城市。”

“贝莱舍特？就是华尔斯特里欧的信使给我们的影子？你为什么不早告诉我有一个城市叫这个名字呢？”

“因为我当时也不知道，影戏之网还没有结好。现在情况不同了，我们到达了我们的目的地。”

史苔拉看着那个不太高的城墙。“我们的目的地？”她轻轻地重复着。

“在这个城市里我们将要分手了。”

史苔拉的眼睛不由自主地盯住她的女友，在它那雪白的身上徘徊，此刻它正蹲在她面前的地上。“你有什么要说的吗？”史苔拉问道。

“我完全是为你而生，我的使命就是在你寻找的时候帮助你。不久，这个任务就完成了。”

史苔拉咽了一口唾沫。难道这段刚刚开始的友谊真的这么快就要结束了吗？她回忆起自己和它在一起的时间。她在想，塞沙明娜都干了什么？它为什么来到自己身边？它为什么会说话？为什么具有这样的能力，让它找什么它就能找到什么？现在，完全出乎意料之外，她得到了答案。可是，知道了这些却使她感到不快。

“难道我们永远不会再见了吗？”史苔拉心情压抑地问道。

“我没有说完全是这样。”雪貂吹毛求疵地回答道，然后，它三下两下就跳到她的肩膀上，对着她的耳朵小声说道：“要永远好好地睁大眼睛，你将会在你从来没有想到的地方看到我。”

过了好一会儿，史苔拉才慢慢地理解她的小女友的话。“假如我们将要分开，那么我现在就告诉你，为了你所做这一切，我是多么感激你，明娜。我将永远不会忘记你。”

“这我可有点儿承受不起。”雪貂用它那冰凉的鼻子尖蹭着史苔拉的脸颊，“我也不会忘记你。那么，现在就让我们做我们来这里要做的事情吧！”

史苔拉又抬头看了看城墙。“你真的认为，德拉基就在贝莱舍特吗？”

“不光是它。”

“你想到了布瑞纳尔·寇若斯，是吗？”

“难道你不也是吗？”

“当然。那个两眼悲伤的小男孩总是浮现在我的脑海里。虽然我亲眼看见了他的变化，但对我来说，还是很难把他想象为龙形怪兽。”过去的事件再一次像蝴蝶似的在她脑海里翩翩飞过。然后，她仔细地巡视了一遍周围环境。正如她想象的那样，没有看到她的长矛的踪影。长矛在那种巨大的力量拉着她向下坠落的时候真的折断了。

突然，她发现了一个很小的门，木头的，就在离她们的遮阳树丛不远的地方，透过树枝的缝隙可以隐隐约约地看见小门的一部分。

“你看那边，”史苔拉对雪貂说，“一个木头门。”塞沙明娜跳上她的肩膀，让她把自己带过去。“这一定是一个后门。”

“看样子，无论如何不像一个水门。”

史苔拉不想去找一个合适的词汇回答，她集中精力看着门和门两边的情况。在幻想世界里到处都是那样，这里的城墙边上也有一条相对比较窄的植物带，水沟就被掩藏在植物里。燃烧的城墙根是一条真正的死亡地带。没有通向那个木头门的小道。这个小门似乎从来没有使用过。

史苔拉看着门板。那是由好几块厚木板组成的，还用铁条加固。虽然门上盖满了尘土，但看上去还是崭新的，就像木匠铺刚刚做好的一般。可是，门上光光的，没有任何形状的门把手。

“你打算怎么办？”塞沙明娜问道，这时候，史苔拉正向前弯下身子。

“想看看，这里有没有人在家。”

她说着，手指关节已经在门上轻轻地敲起来。她心中则暗暗地希望，龙形怪兽最好不要在这里扮演门卫。

“谁在那儿敲门呢？”

“是我……史苔拉。”

“等一等。”门里传出一个声音。

史苔拉等着。终于听见门“吧嗒”一声响，接着是“吱”的一声，很轻，门便打开了，好像有一只看不见的手把门拉开了似的。姑娘鼓起全部勇气，走了进去。

令史苔拉惊奇的是，这个门里真的没有任何防卫。她想，一定有什么暗道机关控制着这个门的开关。对贝莱舍特最初的这个认识使她耸了耸肩。

城里的大街小巷似乎都像那个自动门一样令人感到恐怖。在街上，她看不到一个人影儿，连一条狗，一只猫也看不到。贝莱舍特布满尘土的街道显得十分荒凉。

这里的居民区看起来虽然规模不大，但是，这里的建筑给人的印象还是很深的。有些楼房有许多层，建筑材料有大理石、经过打磨的花岗石和其他贵重的石头。像在埃奈萨城里那样的手工作坊，史苔拉很少看到。

“你能闻到龙形怪兽的气味吗？”过了半天，史苔拉问道。她感觉到好像有人在看着她们。

“你的意思是说，我是否已经闻到了它的气味？”

“反正都是一回事，难道不是吗？”

“你这个家伙！”塞沙明娜叹了口气，“关于气味的问题，你们全都那样迟钝。”

“多谢。那么龙形怪兽到底在哪里呢？”

塞沙明娜用鼻子尖指向一条宽阔的大街前面，说：“就在前面。”

史苔拉大步流星地在这条石子路上走了好几分钟。她迫切地希望摆脱看不见的观察者。可惜她不知道往哪里走。大街弯弯地画出一个很大的弧，史苔拉正向顺时针方向走着。忽然，她看见了一个广场。

“是那儿吗？”史苔拉激动地问道。

“等一等。”

又走了几分钟，房屋渐渐消失，史苔拉站在一个椭圆形的广场上。这里铺地的石子有黑色的，有白色的，也有红色的，并且摆成各种式样。广场周围的楼房十分豪华，大理石的正面墙壁像镜子般闪闪发光。其中，一幢楼房立刻跃入史苔拉的眼帘。

那是一幢巨大的用玫瑰红的花岗岩建造的楼房，它使人感到不像别的楼房那样简朴，形状几乎像一个立方体，显得庄严无比，顶上还有许多塔楼、挑楼、侧翼和窗户。建筑师的头脑还算清醒，给这座楼房——就史苔拉所能看到的——开了一个门，也许是唯一的门。此刻，史苔拉正向那个门走去。

“你大概已经向雪貂学到了一点什么。”明娜嘲弄着史苔拉。她完全靠自己找到了正确的道路。

“即使瞎母鸡也能找到粮食。我们到了里面，你就仍然是一条无声的皮领子，明白？”

“永远遵命，女主人！”

“算了！我只是不想吓着那个男孩，假如他在什么地方藏着的话。”

“假如他化身为龙形怪兽袭击你怎么办？”

“那我就跳起来咬住它的咽喉。”

“那你就这样做吧。”

当然，它的建议不是认真的，但是，它对此表示怀疑，难道任何重量级的对手都吓不倒她？

当史苔拉想敲那个玫瑰红大厦的大门时，大门却在她面前令人吃惊地打开了。无论如何，她得到的是这样一个印象，因为她的指关节还没有接触到门的黑色木板，门就自动地敞开了。

“好像有人热烈期待着我们的到来。”她小声说道，然后就进入大门。

这个姑娘慢慢地走到正对着大门的大厅中间。她惊奇地望着墙上和屋顶上的绘画。整个大厅都是用木头镶嵌的，天才的画家一定为此花了很多时间。每一个方块里都画着不同的题材，有动物也有植物。地板是马赛克，表现着生命的循环。

这个建筑物里面也像外面的大街上一样荒凉。史苔拉仔细地倾听着，可是，她一点点动静也没有听见。她耸了耸肩，继续探索着这座宫殿。

她离开大厅，穿过正对着大厅的走廊。她认真地逐个巡视走廊两边的门，那些门在两旁列着队，如同欢迎贵客的行列。她一边走，一边将它们一一打开。

那些房间也都布置得富丽堂皇，它们的用途似乎迥然不同，有专门用来书写的，有当图书室的，有当卧室和更衣室的，也有当会客厅和休息室的，甚至还有做餐室和接见厅的。每一个房间内装修的材料都不同，有贵重的木材，有绸缎，有精加工的石板，全都光彩夺目。可是，所有的房间都没有一个人影儿。

“怎么办呢？”史苔拉小声地对皮领子说道，“向上还是向下？”

“我主张去地下室。”

“我有点害怕。”

尽管如此，她还是接受了侦察员的建议。向地下室去的路她刚才一进走廊就发现了。那个门从外面看和别的门一模一样。几乎不能想象，也许是因为房子的主人在地下储存了最珍贵的葡萄酒，所以才想尽一切办法让客人迷失方向，阻止他们目标明确地走向酒窖。

除了葡萄酒之外，史苔拉什么都想碰一碰。这座粉红色的宫殿里那样豪华，地下室却是一个潮湿发霉的地窖。她找到一根蜡烛，点亮了它。在黄色烛光的保护下，她开始探索这个地下的世界。

地下室的一个个房间向她述说着不解之谜。其中一个房间好像是一个炼金术士的实验室，到处都是大大小小的玻璃瓶和螺旋状的玻璃管子。靠墙的架子上放着各种玻璃容器和陶罐。在几个罐子里，史苔拉甚至发现了草药、青蛙和植物的奇形怪状的根——当然全都是干的。在另一个房间里，她发现墙上挂着许多锁链。门虽然是敞开的，但是里面有带铁栅栏的窗户，这毫无疑问地说明了它的用途。一阵寒冷的感觉爬过她的脊背，她赶紧离开了那间牢房。

在外面潮湿的地下室走廊里，那种不寒而栗的感觉仍然不愿离开她。史苔拉再次感到秘密的观察者在注视着她的眼睛，但是，蜡烛光圈之外的幽灵却深不可测。

与那个牢房相连的是几个仓库，然后是木匠房、铁匠房，再后是资料室——房间里堆满了尘土覆盖的书籍和文件夹，最后又是一个餐室，从空柳条筐、碗橱和写着名字的陶罐可以想象这里从前的用途。

地下室里也没有龙形怪兽、小男孩或者别的居住者的踪迹。史苔拉又高高地举起蜡烛，想看一看整个荒凉的地下室，现在所有的门都敞开着。她看到的唯一活动着的东西是跳动的烛光。史苔拉松了一口气。现在，她可以安心地转向更光明的地方了。她为此感到非常高兴，兴高采烈地转身向地下室的楼梯走去——就在这一刹那间，她吓出一身冷汗。

首先，她大叫一声。当她确认自己的心脏还在跳动的时候，便气喘吁吁地说道：“布瑞纳尔？肯定是你吗？”

那个男孩一动不动地站在最下面的一级石头台阶上，像一个蜡人似的。他对史苔拉的惊叫声毫无反应，他的脸色更加苍白，他的皮肤也比上一次见面时显得更加透明。他身上穿的还是那件旧衣服，左肩膀下面被长矛击中的地方，斑斑血渍已经干了。当布瑞纳尔·寇若斯开始轻轻地说话的时候，她起初几乎没有听懂。

“很好，你来了，史苔拉。我们感谢你。”

姑娘慢慢地接近那个男孩。他的紫红色眼睛在烛光里显得很奇特。“你胳膊还疼吗？”史苔拉问。

“这个伤口，你给我们的这个伤口，并不使我们感到疼痛。完全相反，正是这个伤口使我们现在还活着。”

“为什么……”史苔拉一定要弄清楚这个问题，“你为什么谈到自己的时候，总是说‘我们’？”

“我们召唤你来到这里，是为了向你透露一个秘密。跟我来！”

史苔拉还没来得及回答，布瑞纳尔就已经从那个台阶上向档案室走去。她跟在男孩后面。那件薄薄的睡衣在他那瘦瘦的身体上晃动着，就像挂在一个扫帚把上一样。

在档案室里，布瑞纳尔目标明确地抓住一本很小但却很厚的书，书架便像房门一样，“吱嘎”一声打开了。

“你要把我带到哪里去？”史苔拉吃惊地问道。

“到我们痛苦的王国里去。”布瑞纳尔一边回答，一边进入一条很宽的通道。

史苔拉身后的秘密大门又自动关上了。

“现在，吹灭你的蜡烛。”布瑞纳尔说道，“你可以拉着我们的手，这样你就不会撞到墙上去了。”

“为什么我们不能让蜡烛亮着呢？”

“因为不仅仅我们在这下面。假如他们发现了我们，那就不好了。”

史苔拉本来还想再问，布瑞纳尔说的“他们”是谁，可是那个男孩没有给她机会。她刚把蜡烛吹灭，布瑞纳尔就拉起她的手向前走去。

不知怎么，史苔拉觉得男孩的皮肤是冷的，但他的小手的关节放射着生命的温暖。在小男孩拉着她穿过黑暗的走廊时，史苔拉不得不想到，这个脆弱的生命对许多人的死亡负有责任。但是，她没有把手抽回来。也许是因为布瑞纳尔把她的手抓得太紧的缘故。真正的原因更多的是因为她对那些不幸事故有一种模模糊糊的同样负有责任的认识。

布瑞纳尔走进好几个岔道，不久，史苔拉就明白了，假如没有别人的帮助，她自己永远也走不出这个黑暗的迷宫。她把自己交给了那个小男孩，可是，她自己对此一点儿也不觉得有什么不适。

突然，她听见从远处传来许多声音。那些声音在这个地下通道里显得更加低沉。布瑞纳尔从蜡烛熄灭之后就没有说一句话。史苔拉听见，他怎样轻轻地打开了一个门，然后把她拉进一个小屋里。

门重新关上以后，他说道：“你不要点亮蜡烛，我们有足够的光。”

“这儿是什么地方？”

“我们处在创世纪城的历史档案馆里。”

史苔拉首先听到一阵轻轻的摩擦声，然后她面前突然出现一点火焰。无论如何，看起来很像是火焰。现在她才看到，布瑞纳尔刚才干了些什么。门旁边悬挂着一根玻璃管，男孩正在用他的衣服袖子使劲地摩擦它。他在玻璃管上摩擦的时间越长，那个发光的玻璃管子就越明亮。史苔拉惊奇地发现那个管子沿着墙壁和天花板伸展到整个房间。这时候，玻璃管子已经呈现出一个令人迷惑的样子，让人觉得那只能是奇迹。不一会儿，整个房间里便像被早晨的太阳照亮那样。从墙一直到天花板都是书架，只有灯管通过的地方是书架之间的空隙。

“又是一个图书馆。”史苔拉皱起眉头说道。她对“历史档案馆”这个概念缺乏象。

“在幻想世界里知识非常重要。这里保存了创世纪城现在和过去的全部资料。”布瑞纳尔不动声色地回答道。他走到一个桌子旁边，那里有两把椅子，他自己爬到其中一把椅子上。

史苔拉学着他的样子，在另一把椅子上坐下。这样一来，他们就面对面地坐着，互相看着对方的眼睛。史苔拉本想继续刚才中断的谈话，但她好像觉得布瑞纳尔此刻想自己决定干什么似的。

沉默了一会儿之后，她觉得好像过了很长时间，他忽然说道:“很好，你自己来了，史苔拉。”

“你的话使我感到很害怕。”她坦率地承认，“丢下陪同我的那些人，当然不是一件很容易的事情。”

布瑞纳尔点点头说：“我们的痛苦仅仅是历史的一部分。你可以把我们从痛苦中解放出来。在我们向你提出要求之前，我们想把这个地方的秘密告诉你。”

史苔拉紧张地点了点头。

“创世纪，”布瑞纳尔用一种十分平静的声音说道，“是科学的一个安全所。本来，建立这个城市是为了减轻人类的苦难，可是这期间，这座楼房的主人所干的事情，却与建城的宗旨背道而驰。现在，我们对你讲的这一切，将耗费你的很多力气。不仅因为这部历史极其惊人，它超过了一个正常人所能接受的程度，而且，首先也因为你必须撩起你记忆上的面纱，然后才能跟上我们。你是否为此做好了准备？”

史苔拉点点头。她从桌子上把手伸过去，把他的小手握在自己的手里，坚定地说道：“我准备好了听你讲述全部真实情况。”

布瑞纳尔的紫红色眼睛审视着她。然后，他似乎相信了史苔拉的坚定，因为他现在已经开始小声地、滔滔不绝地讲了起来。

“我们已经说过：创世纪城早就已经无视人类的幸福。他的最高统治者是一个科学家，一个教授，他叫阿尔图尔 · M. 劳伊德。在很多年前，他就开始研究这部历史，这里面画着一切生命的构造图。”

“你是说我们的遗传基因吗？”

“我们说的正是这个。教授本来想用这种知识进行杀死病毒和其他危险疾病的研究。然而，他的这个高贵的意图不久便成了幻觉。创世纪城里有一种观念在蔓延，认为创造就是一系列的循环，这是人人都能够做到的，因此必须消除。灾难正沿着自己的轨道运行，就像人们通过控制基因创造的一种细菌那样，灾难也能够完全像别的细菌那样攻击生命，但它只能对人产生致命的影响。假如这种人为的不幸被完全释放出来，那么，一个星期之内，就不会再有人活在世上。对此，我们要正确地理解，史苔拉，我们谈论的不是关于一个城市、一个国家，而是全世界。几天之内，世界上的人种就将灭绝。”

史苔拉不知所措地看着男孩的面孔。有一瞬间，他的面部表情失去了控制。他一定在忍受着难以形容的痛苦。不过，他很快恢复了自我控制。他甚至微笑了，也许这只是为了安慰史苔拉。

“因此，我们请你单独来见我们。也就是说，劳伊德用生物炸弹把他的基因公司试验室保护了起来，那种炸弹里含有危险的细菌。假如你的陪同者，你刚才提到的那些人用武力侵入这里，那他们就将付出自己的生命。”

“因此，全人类也将遭到同样的厄运。”史苔拉震惊地低声说道。突然，她感到后脑勺有一种强大的压力。

“你怎么了？”布瑞纳尔问道，她的双手哆嗦了一下，没有逃过他的眼睛。

“没什么。我只是有一瞬间想到我的头晕可能又要发作了，不过，那可能是我的错觉。”她再次握紧了布瑞纳尔的双手，身子向前倾着，急切地问道：“有没有什么办法使生物炸弹去掉引信？”

布瑞纳尔没有立刻回答，他悲哀地看着史苔拉。忽然，他从自己的椅子上站起来，走到门口，轻轻地打开门。他紧张地听了听通道里的动静。史苔拉从她的位置上似乎也听见有几个男人在争吵。过了一会儿，那个男孩又关上门回到桌边。当他重新坐好之后，他的手自动地向史苔拉的手伸过去。

“是劳伊德教授在外面吗？”她的眼睛看着门口问道。

布瑞纳尔的眼里划过一道敏锐的火星，回答道：“是他的人。几天来，他们一直在试图控制我们，但是他们只获得了部分成功。虽然他们不大可能发现我们，但是我们还是必须小心。”

史苔拉想起塞沙明娜曾经说过的话，于是问布瑞纳尔：“我已经怀疑了很长时间，是不是我身上有什么引起你恐惧的东西，因为你……我指的是，德拉基……或者你们两个，总是见了我就逃走。真正要赶你走的到底是谁呢，是劳伊德的人还是我？”

“你们大家。”

史苔拉不解地望着布瑞纳尔。

“我们第一次相遇的时候，我们就注意到了你身上的身份证号码。我们从前就认识那个号码，所以我们非常惊恐。我们想把自己的卡给文本转送到美国的在线服务器上去，可是你很快地发现了其中的一大部分。你自己也知道，后来发生了什么事情：你把我们追到 AOL 的服务器上并找到了剩下的另一部分。今天，我们对此感到很高兴，可是，当时我们真担心你是狄卡坡的间谍。”

“你认识狄卡坡？”

“这个房间里，”布瑞纳尔做了一个一览无余的动作，“存放的文献全部是创世纪的历史，从起始到今天。劳伊德教授和狄卡坡是人们常说的合作伙伴，即使那个入侵者计划的主人直到不久之前还没有意识到这一点。”

“这你必须好好地给我解释一下。”

“阿尔图尔·劳伊德通过他在麻省理工学院——你称之为马西诺夫——接触的人获悉，在国家安全局，也就是你说的埃奈萨，有一个计划，我们深信不疑。也就是说，入侵者计划的基础，是麻省理工学院的研究者们开发出来的，但是，当时他们没让学院知道，后来这个东西被他们据为己有。早在那个时候，劳伊德教授的卓越理智显然就转向了那边，走上了不该走的小道。无论如何，他知道什么样的权利能够伸到那里，所以，他终于把那个未完成的入侵者弄到自己手里并继续开发了它。正因为如此，劳伊德就把狄卡坡当成了自己的代理人，并给这个入侵者计划的负责人出了一个非常好的报价。”

“那么说，狄卡坡连想也没有想他这样做会成为叛国者，并且还是某一个犯罪集团的同谋，就把入侵者计划出卖了。我简直不能理解！”

“是的。直到几个小时之前，他自己还不知道自己是从谁那里得到了那笔付给叛徒的酬金。可是，事情的发展变得更为严重了。后来，当他们，不仅是劳伊德教授，而且连入侵者计划都进入死胡同的时候，创世纪的主人让狄卡坡悄悄地得到了毒品……”

“神经增强剂。”史苔拉脱口说出，“可是，难道不是狄卡坡的医生说的，那种兴奋剂是他自己……？”

“我们从档案里查到了盖里特博士。他只是把毒品调配了一下，以便入侵者可以进行短时间的旅行。”

史苔拉不慌不忙地点点头。这两个星期里所有支离破碎的信息现在都有了一种含义，就像一种拼板游戏那样一块块衔接起来了。

“你现在了解了其中的关联，”布瑞纳尔满意地说道，“这是很重要的，因为你有责任让入侵者和基因公司的主人受到正义的惩罚。狄卡坡的失足可能主要是由于贪财，但这也不是唯一的一次。当这个计划因神经增强剂而获得决定性的飞跃时，他再次出卖了修改后的入侵者。最晚现在，他必须知道，还有另外一种力量，正在使用像入侵者那样的机器工作着。”

“也许他知道并希望那个陌生的仪器能置于他的控制之下。”

“至少这是他前几天的目标。为了达到这个目标，什么都不会吓退他。”

史苔拉慢慢地点着头：“你原来以为我是狄卡坡收买的帮凶，怪不得你见了我就跑。”

“还有另一个原因，劳伊德的走狗一直在观察着我们。在阿米科、阿芒、华尔斯特里欧、马西诺夫和其他所有你给予非常美的名称的地方，我们都必须留下一点痕迹，这样你就可以跟踪到我们，但不至于引起我们的监视者的注意。”

“在这些地方，你真的和我玩了一场卡给影戏。”

“差不多吧。你父亲的卡给游戏成了我们生命的一部分。”

“你是怎样学会这个游戏的呢？”

布瑞纳尔又一次微笑了，但史苔拉知道那是多么困难。“卡给来到我们中间。正如我们今天所知道的那样，它飞进幻想世界成千上万的城市里，只有在很少的情况下才被人们觉察。但是，在基因公司里，从我们当时的状态和卡给中产生出一种新的东西。所以，我们突然就可以在网络里自由地运动了。这条道路不是他们自愿为基因公司的主人扫清的。他们想用自己的研究给人类一个新的开始。然而，他们没有想到，他们的‘创造物’也能转过来反对他们。”

“因此，这就开始了卡给突变物的乱砍乱杀！”史苔拉小声说道。

“我们觉得这个词汇并不特别悦耳，听起来那么可怕。”

“可怕，你说的？难道你所做的那些事情，用那个名称不是恰如其分吗？”史苔拉的控诉因为她的柔和的声音而减弱了一些。

“我们只是想把你引到我们这里来，使你注意我们。我们的意图并不是伤害任何人。这一点你必须相信我们。”

“你发射了两枚火箭，布瑞纳尔！”

“为此，我们事先考虑到了能够使它们去掉引信。难道你真的以为我们本来不能让那些可怕的武器爆炸吗？”

史苔拉激动地看着苍白男孩的脸，布瑞纳尔的解释听起来很合乎逻辑，他那双紫红色的眼睛一眨不眨，然后是她把自己的眼睛垂下来看着桌面。这时候，她发现自己的双手发生了异样的变化。

“布瑞纳尔，你瞧！”她镇静地喊道，“我变老了。”

史苔拉手上的皮肤突然布满了皱纹，看起来就像羊皮纸，而那种变化还在继续！史苔拉恐惧地向上提了一下袖子。胳膊上的皮肤也开始变化，并一点一点地向上蔓延。

史苔拉清楚地看到，新的皱纹怎样形成，棕色的老人斑像蚂蚁那样爬到肘部。她不知所措地用手捂住脸。不过，脸上的皮肤仍然和在幻想王国里第一次醒来的时候一样光滑。

“我这是怎么啦？”她几乎惊恐地哀叹起来。

布瑞纳尔从他的椅子上站起来，再次握住史苔拉的手，好像那是两只受惊的小鸟儿似的。“镇静些，史苔拉。这是狄卡坡干的，他要阻止你离开幻想世界。假如你在这里变成了一个衰老的人，或者你在这里死去，那么你就再也不会活着返回你的世界了。不过，他现在还不能达到他的目的，我们将阻止他。”

这时候，史苔拉也站起来了。由于布瑞纳尔紧紧抓住她，才使她没有激动地走来走去。“你必须把炸弹的引信去掉！你能够做到吗？”史苔拉问道。

“好，我们能够做到。”

史苔拉感觉到这时候还有一种难以描绘的东西正在阻止这个男孩迈出拯救的一步。同时，她看到自己的皮肤衰老得越来越快了。要不了多久，她就会歇斯底里地叫喊着，在地下室里奔跑。不过现在她还能控制自己，不让自己叫出声来。

“你到底怎么了，布瑞纳尔？你为什么不早点把那些可怕的武器的引信去掉呢？”

“因为让你来的目的还没有完成！”

“什么？”

“我们还没有向你提出我们的请求。”

“那你还犹豫什么，布瑞纳尔？为了帮助你我愿意尽我所能。”

布瑞纳尔伤心地看着她说：“那你就把我杀了吧。”

“你说什么？”史苔拉不知所措地说：“这事我可不能干！”

“可是，你必须这样做，史苔拉，我们再也不能继续忍耐了。从根本上来说，我们真的很可怕，我们没有权利生存。”

史苔拉将那个男孩的手拉过来，不是因为她觉得自己马上要离开他，而是为了重新好好地看看他。当她第一次触摸着自己手上皱纹的时候，她感到一种异样的恐惧顺着头发根向下延伸。她迅速抓住布瑞纳尔的双手，俯身向着他，全力以赴地强迫自己露出一个平静的微笑。

“还有一点你没有告诉我，我的小弟弟。你是谁——或者更确切地说——你是什么？”

“我们就是儿童之网，大脑编队，这你早就知道了，史苔拉。我们感觉到了。”

史苔拉的脑海里浮现出许多只猫的图像，许多受虐待的造物，它们的头上插着许多电缆，那仅仅是为了维持它们的生命，以便把它们的大脑提供给一个可怕的机器使用。史苔拉的理智拒绝继续想下去。所以，布瑞纳尔现在对她继续说道：

“我们是六十四个孩子的大脑。我们出生后不久就被迫和大脑编队连在一起。我们当中没有一个超过五岁。可是，对教授和他的走卒们来说，这没有任何妨碍。一个人的大脑在最初的几年里能力最强。以后可以通过更好的材料替换。在贝莱舍特城里干的事情恰恰就是这个。我们大家全是克隆人，从唯一的生殖细胞里创造出来并被借母生出来的人。这就是基因公司真正可怕的成就：起初他们只复制细菌和植物，后来就复制动物，最后他们竟敢复制人，唯一的区别就是基因公司把他们的大脑和一个机器连接了起来。”

“可是，他们不能这样干！”

“史苔拉，”布瑞纳尔握住她的手，“相信我们吧，他们能够而且已经这样做了。儿童之网就是活生生的证明。你在幻想世界的时间不多了。我们不能把一切都讲给你听。再讲一件事：劳伊德指望从自己的发明中得到巨大的权力与财富。起初，他自以为他能按小时出售大脑编队的能力——从来没有这样一台计算机，不仅速度难以置信地快，而且能进行有创意的思考。后来，劳伊德的理智促使他用测量锤测量他的造物的黑暗面有多深。借助大脑编队，他能够控制全世界的信息流，任意偷窃或者操纵数据。对于他来说，我们仅仅是他用来达到自己目的的工具。”

史苔拉总是摆脱不了布瑞纳尔令人感到恐怖的请求。

“可是，你们到底都是些孩子呀！即使我能够那样做，我也永远不会去杀死你。”

“我们本身什么也不是，只是一群呱呱乱叫的怪物。”布瑞纳尔反驳说，“首先通过大脑编队，我们才成为这种此刻正在和你谈话的次大脑。不过，我们永远不是一个真正的整体。这个大脑编队变成了今天存在的这个样子，同时，这一群被克隆的孩子就像蜡烛一样被消耗掉：被点燃，烧尽。所以，是否熄灭我们这最后的六十四根蜡烛，这又有什么要紧呢？”

现在，史苔拉甚至不用手触摸也能感觉到自己的面孔在变得松弛并起了皱纹。她说话不由自主地加快了：“你不可以这样说，布瑞纳尔！在真正的生活中我也有一个身体，我的细胞也在不断地更新。尽管如此，我也不能把它们随便扔掉。”

“但是，我们为自己的存在而烦恼。”布瑞纳尔回答道，同时他瘦弱的身体像接到命令似的猛烈战栗起来，“即使我们被人为地创造出来，但是，我们仅仅是真人的副本。我们不能更久地过这种艰难困苦的生活。我们很痛苦！我们想死！”

“不，布瑞纳尔！相信我，正确的道路并不总是我们能够找到的。一定还会有另外的可能性。我向你保证，我……”

“安静……”布瑞纳尔静静地听着，“我们相信有人在逼近我们。”他急忙走到门口，小心翼翼地打开门。这时候，连史苔拉也能清楚地听见窃窃私语般的谈话声。

“……就在这条通道里。快，伙计们！他一定在某一个历史档案室里转。假如他真的把什么人带了进来，那么，我们就不要错过时机。”

史苔拉和布瑞纳尔对视了一瞬。

“来！”布瑞纳尔叫她，史苔拉马上向他的小手伸过去。

她没有犹豫，向男孩跑去。这时候，她惊恐地确认，自己的四肢已经不听使唤了。背也直不起来了，肩膀和腿都疼痛难忍，好像在冰凉的石头上睡过觉似的。她非常吃惊地意识到自己变成了一个老妇人。

布瑞纳尔一下子熄灭了图书室里的灯。他用自己那只没有什么保护的胳膊向墙上的灯管打了一下。一眨眼的工夫，黑暗便回到各个房间里。

“沿着这边走。”男孩请求地说。

史苔拉任凭他拉着自己走出了图书室。当她转过身的时候，她看到通道的尽头有一点亮光。追踪他们的人已经离他们很近了。

“假如我现在跑掉，那你会发生什么事情呢？”史苔拉轻轻地问道。此刻，她心里很不安宁。

“你不用担心我们，我们是他们最喜爱的孩子。他们将试图继续控制我们，可是我们不让他们控制。”

“那么你还会去把生物炸弹的引信去掉吗？”

“首先你要保证杀死我们。”

“布瑞纳尔！”史苔拉发现自己的声音太大，所以马上压低声音，但声调却更加迫切了，“布瑞纳尔！这件事我决不能答应！”

“那么，我们就不得不自己结束自己的生命了。当我们把你们世界上计算机里面存储的所有信息统统消灭的时候，我们的生命也就终止了。”

史苔拉感到脊背酸疼，他们拐进地下室的另一条黑暗的通道里。“整个人类的文明将和你们一同走向毁灭。”史苔拉自语道。

“只有这样，我们才能阻止他们把我们的痛苦转移到别人身上去。”

“不，布瑞纳尔！”史苔拉气喘吁吁地说道，她感到头晕了，“你不可以这样想。假如你引爆了生物炸弹，许多无辜的人将会死亡。幸存下来的人和死人也没有多大区别。人类应该知道你的命运。也许只有这样，人类将来才会产生足够的思想……”

就在这个时刻，史苔拉看到了朦胧的灯光。他们已经到达书架墙通向粉红色宫殿普通地下室的另一边。

布瑞纳尔拉着她来到通道的另一边，顺手关上了那个秘密的小门。

这期间，史苔拉的眼睛已经习惯了那种黑暗，为了继续谈话，她和布瑞纳尔一起迅速地向下面走去。她感到眼前发黑，额头上沁出冷汗。

“那么好吧，我们信任你，史苔拉。从现在这一瞬间开始，你的陪同者们将能够听懂我们说的每一句话。也就是说，我们现在对你说的，也是对他们的指示：我们将把基因公司的生物炸弹引信去掉。这一点我们可以向你保证，史苔拉。五分钟之内，他们将冲进这座大厦。”

“我向你们保证，尽一切所能拯救儿童之网。你们必须醒来！这才是你们的出路，而不是去死。总有一天，你们肯定也会像别的儿童一样。你们将会玩耍，会在水里扑腾，会玩小孩子们玩的游戏。”

“我们不知道你们的儿童世界。”布瑞纳尔目光呆滞地说道，从他的眼睛里史台拉第一次看到不是痛苦的东西，“为了我们，快向前走！”小男孩催促说，他的声音又变得坚定了。“你必须赶快，这样狄卡坡就不能通过你的意识获得力量了。假如他达到了目的，他就能夺取大脑编队，并且把它和入侵者合而为一。那样一来，就没有人能够逃脱他的监听和控制了。只有你能够阻止这种行为，史苔拉！”

“可是，他们到底会不会相信我呢？”

“当你回到自己的世界时，你就会回忆起我们刚才谈话的那个房间。在那里，你将找到足够的证据来证明劳伊德和狄卡坡的罪行。现在快跑吧！”

史苔拉又紧紧地握了一下布瑞纳尔的手。书架后面已经传来低沉的说话声，那个神秘的小门时刻都有被打开的可能，追踪者将从那里冲出来。一种内在的冲动驱使她把手伸向自己的肩膀，她抓过那个白色的柔软的毛皮，把它递给了那个男孩。

“这个给你，拿着它。”

“你的雪貂？”

“你知道它不是一条皮领子？”

布瑞纳尔微笑了：“德拉基和白鼬的老师是同一个人！”

“好好照顾这个小男孩。”史苔拉对塞沙明娜说道。

雪貂这时候忽然开始动了起来，它好像刚刚从玫瑰小姐的睡眠中醒来那样。“我会那样做的，史苔拉。我总是做你希望我做的事情。”

“再见。”布瑞纳尔回答道。塞沙明娜补充说：“别忘记我。”

史苔拉摇了摇头。一颗泪珠从她那布满皱纹的脸上滚落下来，她再一次举起手来告别。然后，她便像一个老太婆那样踢里踏拉地向楼梯走去。她走得正是时候，因为那个用书架伪装起来的秘密小门此刻正在被推开。

史苔拉再次回头向地下室的通道里看了一眼，发现布瑞纳尔和塞沙明娜已经不见了。在那些追踪者从那个小门里冲出来之前，她也像自己的朋友们一样消失了。

上面，在玫瑰宫殿的底层，史苔拉还远远没有来到安全地带。用不了多久，那些追踪者也会来到这里，他们在寻找布瑞纳尔及其同情者。史苔拉绝望地摊开双手，发现指关节突出，显得很滑稽而又可怕。

她吃力地沿着走廊向前走去。还没有走到进门的那个大厅，她就又听到了后面追踪者的声音。

“他们一定在向上面跑。”然后，她就听到了脚步声。

当史苔拉踉踉跄跄地走到大厅中间的时候，她意识到自己的力量随时可能用尽。

她先前轻轻关上的门，现在已经被冲开。看到三个和人迥然不同的形体在光滑的地面上滑行，她感到非常吃惊。

她的追踪者很像巨大的昆虫。它们用四条高跷一样的腿向前运动，另外还有两条腿，或者叫两条长臂，显然是用来进攻的。它们脑袋上的嘴和眼睛都有锋利的钳子保护，嘴和眼睛上，有成百上千的节肢动物的小眼睛在闪闪发光。一件棕色的夹克遮护着那个怪诞的形体。史苔拉听见一种刺耳的唧唧声，然后，那唧唧声就变成可理解的说话声。

“那边！那只是一个毫无抵抗能力的小老太婆。在她走出去之前抓住她。”

说话的那只昆虫可能是它们三个当中的小头目，因为另外两个正要执行它的命令。这时，它们遇到了意想不到的困难，光滑的马赛克地面使它们长着倒钩的爪子根本抓不住。

史苔拉吃力地向门口走去，同时回头看了看她的追赶者。现在它们站在走廊上，奇怪的叉着大腿，很有点像饮水的长颈鹿。它们终于又找到了平衡点，正小心翼翼地不停地向前迈着僵硬的腿，并逐渐加快速度。

史苔拉绝望地踉踉跄跄地走着。她感到自己的脚冰凉，很奇怪，好像它们不再属于她自己似的。她就像卷入一场没有希望的赛跑，而那些可怕的昆虫简直要向她扑过来了。她觉得玫瑰宫殿的出口怎么变得那么遥远，简直可望而不可即……

这时候，一进门的大厅里发出一声巨响，大门的两扇门板向外飞去。史苔拉难以置信地看到，两扇厚重的大门像秋风中的落叶，被卷起来抛向广场上空。它们还没有从她眼前消失，她便感到一股巨大的力量抓住了她的身体。

她知道这种力量，那看不见的手头一天就在象牙塔里抓住过她。在被旋转着提到半空中的时候，她看到那几个奇怪的昆虫站在大厅里，歪着脑袋，正莫名其妙地看着自己的猎物忽然被夺走，而它们自己竟然丝毫没有感觉到。

然后，史苔拉被卷上天空。下面大厅门口那几只大昆虫已经倒在一边。玫瑰宫殿像一个没有做成的奶油夹心饼那样收缩到一起。她越飞越高，高得连整个幻想王国看起来都微不足道了，如果形容一下的话：幻想王国就像没有星星的黑暗宇宙中的一个盘子那么小。

史苔拉最后的思想停留在一种惊异中，那景象令人感到敬畏。幻想王国真的美极了！这使她想到一个大蜘蛛网，网上挂着一颗颗闪耀着朝霞的露珠。但是，当她要沿着宇宙中联系着自己世界的丝路走去的时候，她的目光却迷失在没有尽头的虚无里。

史苔拉摇了摇头。一颗泪珠从她那布满皱纹的脸上滚落下来。她再一次举起手来告别。然后，她便像一个老太婆那样踢里踏拉地向楼梯走去。

崩 溃

瓦尔特·弗里德曼被责任和沸腾的良心拔河一般地来回拉扯着。他该怎么办呢？狄卡坡要把史苔拉送进永恒的朦胧状态，他甚至还要把她父亲干掉。

时间一分钟一分钟地飞跑着，弗里德曼和自己的怀疑进行着斗争。国家安全局要刺探人的隐私，窃取他们的数据，甚至要操纵他们。但是，狄卡坡的打算和他们的方法已经明显地不再一致。另外，入侵者计划负责人说过，美国的国家安全成了赌注。已经有很多人在这个祭坛上成了牺牲品，想到这里，弗里德曼不禁感到一阵痛楚。

然后，他又想到史苔拉，那个倔强的姑娘，她虽然不信任他，但她仍然还是很可爱。不，他不能任这件事情发展下去，他必须帮助卡尔德父女。

当他首先做出这样的决定之后，他就很快地向卡车拖车的侧门走去。他使劲地敲门，但什么动静也没有。弗里德曼又敲了一次，两次……

狭窄的小门终于被人向外推开了，葛文把全部愤怒都泼到他头上。

“你疯了吗，瓦尔特？我们正在进行网络旅行。”

“给我把教授叫出来。”

“现在不行，瓦尔特。他坚持要待在女儿身边。”

“恰恰是为了她。我必须和教授说句话。”弗里德曼的绝望在某种程度上给他的声音添上了翅膀。他的每一句话，马克在拖车里面都听得清清楚楚。他在葛文旁边也伸出了脑袋。

“怎么回事，瓦尔特？您为什么这样激动？”

“我有话要对您说，马克。现在！事关您的女儿和狄卡坡。”

“旅行之后再说不行吗？”

“不行！”弗里德曼脱口而出。

马克终于明白了，事关重大。他从车上跳下来，给葛文一个手势，让她回到史苔拉身边去。“怎么回事，瓦尔特？”

安全负责人用手抚摸了一下后脑勺上的头发。他回答前首先是用头指了指卡车的车头。马克跟着他走到车头和拖车之间的空隙。

“狄卡坡和麦克穆兰在里面，”弗里德曼小声说道，同时用大拇指从肩膀上指着那里。

“这我知道。我虽然不喜欢，但是我不能采取任何行动。”

“我偶然间听到了他们的谈话。”

马克耸起眉毛。他听着弗里德曼简单地介绍刚才偷听到的他们谈话的内容，心中的担忧在不断上升。

“谢谢。”弗里德曼说完，马克轻轻地说道。马克的眼睛里放射出决断的光芒。“我们必须中断旅行。立刻！葛文和她在拖车上的同事能做到吗？”

弗里德曼不停地摇着头。“狄卡坡完全可以从他的控制室里控制入侵者，如果他愿意，甚至能改变模拟方式。在这种情况下，卡车里的仪器就会显示出完全不同的数值……”

“……而工程师还以为一切都处于最佳状态。”马克愤愤地做着结论，“我一直感兴趣的问题是：我与红约翰是否势均力敌？”

“您想冲进这个活动房吗？”

马克冷笑了一声。“可以这样说吧。”

“即使被定为叛国行为，我也决定和你一起干。”

马克感激地把手放在这位国家安全局官员的肩膀上。然后，他们便一起溜到活动房后面。

“如果门从里面闩上呢？”马克悄悄地问弗里德曼。

“那我一定有借口让他把门打开。您去试一试。”

马克点点头。他轻轻地转动着门把手。门是开着的。声音立刻从车里传出来。狄卡坡那种带着哭腔的声音是不会听错的。

“您能不能快一点呢，麦克穆兰？”

“我们把她的神经结构调整到足够强的指标以后，还需要持续几分钟。然后，我们才能调整到最强点，并把她牢牢地固定在那个地方。”

“那你就少加点水，多加点水泥。”

“您说什么？”

“快一点吧，麦克穆兰！在旅行记录屏幕上您已经被人发现，那个小东西已经接上头了。”

“可恶的是，他们刚谈了头一句话之后，就又开始用那种秘密语言交谈了。我不懂那种语言，您呢？”

“那有什么要紧？估计布瑞纳尔刚好在用几个关于我们的温热的谎言款待她。”

马克向弗里德曼点点头，他们在行动前已经进行了分工。当马克冲向麦克穆兰的时候，弗里德曼应该冲向狄卡坡。他们深深地吸了一口气——就在这时候，他们俩突然感到某种冰凉、坚硬的东西抵住自己的脖子。

“不许动！”那两个人当中的一个喊道。

尽管如此，马克还是抑制不住地把头微微转向弗里德曼。

安全负责人背后站着一个特种兵。他用黑色条纹把自己的脸化妆成印第安人那种样子。

、“外面发生了什么事情？”活动房里传出狄卡坡的声音。他几步就来到门口，把门全部推开。当他看到两个俘虏的时候，幸灾乐祸的微笑在他的脸上散布开来。“卡尔德教授和受到我高度评价的安全负责人。”亲切的表情转眼之间变成一个没有表情的面具，他转向两个士兵并命令道：“说出你们的名字并开始报告！”

“士兵巴克菲斯特和士兵维尔布尔，先生。这两个人好像马上要冲进车里，先生。他们已经打开车门并向里面偷听，先生。”

狄卡坡点点头，他脸上又露出一个得胜的微笑。“我将在斯莱德将军面前表扬你们的警惕性。我很高兴，我请求他派了哨兵。我们的怀疑现在已经得到证实：作为斯库尔系统的发明人很可能是这样，也就是说，卡尔德教授和网络恐怖分子穿一条裤子。当然，这使我很失望，没有想到他把我的安全负责人争取了过去，为他的阴谋诡计服务。现在，无论如何，我必须选择一个更好的办法。”

马克在竭力克制自己的战栗。正当狄卡坡以前所未有的傲慢和教训口吻指责他的人事安排和安全政策的时候，麦克穆兰在平静地继续调整着入侵者的仪器。时间在飞快地过去，马克担心自己的女儿却无能为力，连最微小的事情也做不了。

“我们应当怎样处置他们两个呢，先生？”二等兵巴克菲斯特问道。

“先把卡尔德和弗里德曼关押起来。如果他们要逃跑，就开枪打死他们。”

“先生？”

“他们俩是间谍。他们应该对许多美国人的生命负责。这些恐怖分子要杀掉我们当中的一个是不会有丝毫犹豫的。你们要始终想到这一点并采取相应的行动。明白了吗，巴克菲斯特？”

“是，先生。”那个士兵斩钉截铁地回答道。

马克在思考自己解除两名士兵武装的可能性。但是，他很快放弃了这个计划。这些特种兵是一支精锐部队，他们全都受过严格的近战训练，与他们较量只能以失败告终。但他也不想接受这冰凉的钢刀架在脖子上的现实。假如他现在跟这两个士兵到别的车辆上去，那就一切都完了，他再次看到自己的女儿时，即使在最好的情况下，她也将成为一个不省人事的病人，再也不知道任何事情，也不再会和人说话，她将永远成为梦幻的俘虏。

他又想起自己的诺言，即在史苔拉进入旅行状态之前他对她说过的话。我保证待在你的身边。马克的背部肌肉阵阵发紧。他必须尝试一下，想尽一切办法拯救史苔拉。

“放下你们的武器！”

马克以为自己耳朵听错了，他惊惶失措地转过头去。突然，他看到树林后面的树叶里出现了一个简直令他难以置信的景象。五六个男人，全都穿着黑色的战斗制服，显然里面都穿着防弹背心，全部用自动化武器武装，头上都戴着篮球帽，制服上写着三个大写的字母：FBI[1]。

① 美国联邦调查局。

“你们要在这里把事情搞乱吗，年轻人？”巴克菲斯特问道。虽然他的武器还拿在手里，但是，他也不敢动了。

“我要用同样的问题反问你。”好像同样从天而降的第七个美国联邦调查局的人说道，“你们在威胁那两个可能把我们从本世纪最大的灾难中拯救出来的人。我是克罗奈尔·海泽尔，负责指挥这支特种部队。我再说一遍：放下你们的武器，否则我们就要照章办事了。这虽然不那么令人感到高兴，但是请你们相信，命令已经下达了。”

当巴克菲斯特和维尔布尔终于缴械投降时，克罗奈尔转过身，对正在惊异地看着这个戏剧性场面的入侵者计划负责人说道：“狄卡坡博士，您被捕了。”

“什么？”那个意大利人尖锐而急切地喊道。他早就感觉到自己处在一种走投无路的境地。逃跑是不可能的，但能够赢得时间。

马克意识到情况万分紧急，红约翰没有出来帮助他的上司。毫无疑问，这个狄卡坡的得力助手得到指示：永远不要让史苔拉重新醒来，因为她可能是对入侵者负责人进行控诉的主要证人。麦克穆兰还在里面调整控制仪器。无论如何，他必须立刻停止！

“我这里有东西给你，瓦尔特。快从我这里拿走！”马克突然说道。这个活动房的入口距离林中的地面只有半米高。马克一把抓住狄卡坡站在车门里的两个脚腕，使劲往前一拉。完全出乎意料之外的对手失去了重心，往后倒下，后脑勺碰在衣柜上，躺在那里。

现在这个行动唤醒了红公鸡似的国家安全局官员的保护直觉。他三步两步便迈到他的上司面前，要去帮助他。在匆忙中，他没有发现马克已经躲到一个柜子后面，在活动房里隐藏起来。当弗里德曼把计划负责人像拖一只湿口袋似的从车里拖出来的时候，红约翰被重重地击中了一拳。

在麦克穆兰出现在门口的时候，马克像豹子一样窜出来，拳头准确地向那个贴身保镖的下巴颏打去。那个家伙一个踉跄，翻了个白眼，然后就被进攻者从旁就势一推，不偏不斜从车门口扑了出去。在车下，他被许多双手摁住，并被看押了起来。

马克摇了摇他那疼痛难忍的右手，像一只钻进鸡窝的狐狸那样怪笑着说道：“我憎恨暴力。”

“看现在的你，这是很难让我相信的。”弗里德曼开心地回答道。

“我还是我，瓦尔特。这件事早就应该做了！”

“什么事情？把那个意大利人从地上拉开，还是当面给他一拳？”

“两者都应该。”马克寻求帮助地向外面看着联邦调查局反恐怖特别行动小组负责人，“你们是否带来了熟悉里面这台机器的人，克罗奈尔·海泽尔？”

那位三十多岁的瘦高个儿军官还没有来得及回答，一个很大的声音从露营者的摩托车安全帽下面传出。

“是，有。”

马克惊奇地弯着腰把头伸出车门外，想看一看说话的人是谁，但他立刻被迫面对两个出乎意料的景象。

他首先看到一个瘦高而自负的中年黑人，顶多三十来岁，穿着一双运动鞋和一件挑衅性的 T–Shirt，根本不想和这些冷面的联邦调查局的人配合。单凭那一缕缕塔法里教教徒的鬈发，他就能够成为西印度群岛瑞格舞蹈团的一名成员。那个男人喜气洋洋地向马克笑着，好像他要说服马克买下一辆不是很好的旧车似的。

虽然这个奇人的出现已经使他感到迷惑不解，可是，当他看到第二个景象，即那个鬈发黑人身后的另一个人时，马克才真正地目瞪口呆了，好像一声惊雷突然在身边响起来似的。

“菲菲雅娜！”这个名字他还能叫出来。然后，他就被自己的感情控制了。他一下子从车上窜下来，踉踉跄跄地跑过去，根本没有看见那个滑稽的黑人从身边走过去，跳进车里，赶快去找计算机的键盘。对马克来说，此刻只有一个人，只有她。

菲菲雅娜旁若无人地哭着搂住了马克的脖子。“我们是不是来得太晚了，马克？”

“我想说来得正是时候。但是，你要冷静，宝贝。你带来的那个瑞格舞团男人是谁？”

菲菲雅娜的身子向后仰了一点，她想看看马克的眼睛。她用两个食指从脸颊上向两边抹去眼泪，回答道：“还会是谁呢？史苔拉和你把他送到我面前的呀！”

马克目瞪口呆地看着活动房子，从那个敞开着的车门里传来噼里啪啦的键盘声。“他就是……”

菲菲雅娜点点头：“The dark Listener！①”

一阵无拘无束的大笑从马克的嗓子里释放出来。“假如现实生活真的往往就那么简单，为什么我们总是把这个陌生人想象得那样高大和神秘呢？一个黑人！所以，他是一位黑色窃听者。”

“在窃听方面他真的在行！在计算机上，他发现了那么多恶劣的阴谋诡计。无论如何，他向我讲述了一切。我们现在应该去看史苔拉。”

马克点点头。他也同时想到这一点。他们俩正想着还能采取别的什么行动，那位黑色窃听者已经大笑着出现在那个活动房的门口了。克罗奈尔·海泽尔还没有把狄卡坡及他的同谋押走，因为他们还没有把握在关闭入侵者的时候是否需要他的帮助。出于这样的原因，那位黑色的鬈发现在也向入侵者计划负责人送去了一个甜蜜的微笑。

“你没有想到我们这么快就又见面了吧，对吗，阿米科·密欧？”

狄卡坡吐了一口鲜血——他跌倒的时候一定咬破了自己的舌头。“我早就想到了，那个愚蠢的明信片后面隐藏着的就是你，布朗。”

---

① 英文：黑色窃听者。

“好吧，现在您可以安静地想一想全过程了。”窃听者的微笑更开朗了，“也就是说，您赢得了一个较长的假期，阿尔班。愿您在那个美丽的小岛上好好休息。”

“你这个头脑简单的家伙能和我作对？永远别想得逞！最多三天以后，我会官复原职，然后我将在全球追踪你。”

“我喝茶等候，阿尔班。顺便说一声，傻瓜：三个月之后的今天是世界器官捐献日。现在我就可以肯定，您的大脑将被捐献出来，想到这一点了吗？”

狄卡坡在四只紧紧抓住他的大手里猛烈地反抗着，想直起身子。他真恨不得一口咬住那个窃听者的咽喉。但是，联邦调查局官员的手像钳子一样抓住他，使他不能挣脱。因此，他不得不又吐了一口鲜血。

“我们能把他带走了吗？”克罗奈尔·海泽尔转身问那个窃听者。

他点点头。“听着，希望我们的小星星在那边卡车里很快苏醒过来。我已经导入了唤醒程序并通知了其他操作人员。”

“现在你们不再需要我了。”弗里德曼说道，“我去把情况通知行动指挥部。我们回头见。”

马克像告别那样举起手。

此刻，窃听者在升高了的活动房瞭望台上，送给已经感到轻松一些的卡尔德夫妇俩一个完美的微笑。

“嘿，我干得怎么样？”

“请您下来，让我们拥抱您一下。”马克神采焕发地说道。

窃听者从车上跳下来，接受了邀请。“此外，在现实生活中，我叫贝尔奈，贝尔奈·布朗。我喜欢简单，不拘礼节，行吗？”

“没问题，贝尔奈。我叫马克，你早知道了。”

“一个聪明人，我们的窃听者。”菲菲雅娜微笑着说道。

“那么聪明，聪明得头发都卷起来了。”贝尔奈大笑起来。

“以后，你必须详细地讲一讲，你们是……”马克伸开两臂，指着所有美国联邦调查局的人，“怎么到这里来的。不过现在我们要看看史苔拉怎么样了。还有一点，我很感兴趣的是：你从哪里弄到入侵者计划的信息？它那样机密，连名称都没有向外界透露过。”

“啊，是这样。不过，我曾经也在那里面待过。我是狄卡坡这个计划工作队里的第一批成员。当汤姆·温费尔德和伊安·麦克库彬事故发生以后，我就彻底厌倦了国家安全局。从那时起，我就排除困难成了一名道德电脑黑客①，当然，我得到了各个公司上司的许可，测试了他们的计算机网络的安全。有时候，美国联邦调查局刑事犯罪

① 英文：Ethical Hacker.

科的计算机有问题也要求我去帮忙。这些接触非常有用。然后，这也使我见到了菲菲雅娜，她甚至为我铺平了通向总统的路。”

“这个行动命令是总统亲自下达的吗？”马克惊奇地问道。

贝尔奈大笑着说道：“当他听到自己的老法学教授的外孙女为了拯救国家而出行并因此陷入困境的时候，立刻开了绿灯。”

马克从头到脚打量着贝尔奈，皱起眉头仔细地看着他的 T-Shirt 上的文字：“强大密码文，为了一切人！”

“你真是一个奇人，贝尔奈，但是，我很喜欢你。我们好像似曾相识，这可能吗？”

贝尔奈的笑声更响了。“我也问过自己，你会不会自己再来，教授。当你作为博士研究生在伯克莱工作的时候，我听过你的几次报告。”

“有时候会提出几个相当不礼貌的问题！”马克哈哈大笑起来，“现在，我想起来了！滑稽，当我第一次在史苔拉的旅行纪录上看到你的绰号时，我立刻就觉得你好像有些面熟。”

“在学院网络里我还有个绰号：‘黑色发现者’——同样的肤色，同样的使命。‘黑色发现者’当时在网络空间发掘了大量有趣的事情。”

马克拍了拍贝尔奈的肩膀说：“一切都清楚了，谢谢你，朋友。不过，现在让我和菲菲雅娜去看看史苔拉吧。”

贝尔奈和史苔拉的父母一起向前走去。“如果你们不反对，我也一起去。我很想看一看，IRL 中的流星是什么样子。”

作为回答，菲菲雅娜左手挽着她的丈夫，右手挽起贝尔奈。他们三个人还没有走出十步，便看到亚加夫、贝尼和吉米口从另一辆卡车那边匆忙地向这边跑来。那个日本女人瞄了一眼马克身边那个很有魅力的女人，马克相信自己看到了在她脸上有一瞬间掠过一丝失望的表情，但是那种表情一秒钟之后便消失了。

在马克向他的陪同者简单地介绍了对他来说最重要的网络龙形怪兽工作队的成员以后，亚加夫便口若悬河地说了起来：“我们在控制屏幕上跟踪了史苔拉的旅行。”他激动地说道：“她接上了头！基因公司里的一个什么人和她进行了谈话。但是，谈话开始以后不久，整个谈话就开始使用那种密码语言。我们想，可能就是他，这时候，谈话忽然又能够听懂了——我想，这完全是有意识的，马克。”

“不要这样紧张。我必须到车里去看看史苔拉。她到底说了些什么？”

“我觉得——请不要笑话我——好像她在和一群孩子说话。那时候，他们谈的是关于一种细菌炸弹，这期间一定已经被除掉了引信。我已经通知了克罗奈尔·海泽尔和斯莱德将军。攻击基因公司大院的行动现在随时可以开始了。”

“儿童之网，”马克用凝视的目光小声说道，“关于孩子，史苔拉还说了些什么？你试着回忆一下，亚加夫！这很重要。”

“等一等……这里还有一点……”

“她保证要拯救儿童之网。”贝尼帮助亚加夫说道，“她好像说了这样的话：‘你们必须醒来！这才是你们的出路，而不是死亡。’”

“然后，对方还向她提到某些关于劳伊德教授和狄卡坡博士的证明。”吉米口补充道。

马克点点头：“亚加夫，你看看，是克罗奈尔，还是将军，或者别的什么人现在负责指挥进攻行动。搜查基因公司整个建筑物的时候不要蛮干，那里面好像有孩子。”

“作为人质？”亚加夫惊奇地问道。

马克摇摇头：“特种部队的士兵们应该想到更严重的事情。我有这样一种预感。但是，假如他们发现了孩子，让他们不要动，立刻调医生和救护队去。”

亚加夫皱起眉头，但还是点了点头：“此外，海泽尔明确地向斯莱德将军递交了几份文件。现在是特种部队和联邦调查局反恐分队的联合行动。斯莱德要为他手下人的行为向你和弗里德曼表示道歉……”

“这个以后再说，亚加夫。现在我真的必须……”

“卡尔德教授？”

马克吓得大吃一惊。他根本没有注意到葛文的到来，她的声音里有某种东西令他不快。“出什么事了，葛文？”

“史苔拉。她不醒——”

菲菲雅娜发出一声惊叫。

“但是……”马克难以置信地凝视着那个强壮的女工程师，“她还没有……我想说的是，这是以前曾经发生过的事情。她已精疲力竭，她需要一段时间，直到……”

“不，教授。”葛文同情地把手放到惊慌失措的母亲的胳膊上，“迄今为止，我们一直在仪器旁边仔细地跟踪着，她是怎样慢慢地醒来的。甚至昨天，当她需要那么长时间才醒来的时候，我也在。但是今天……”

“真的？”

葛文长出了一口气，说：“对不起，卡尔德教授。我看不到您的女儿要从幻梦状态醒来的任何迹象。”

克罗奈尔·海泽尔的士兵接管了大院的安全任务。斯莱德将军的士兵接受的任务是冲击整个建筑物。他们就任务的分工达成了一致，因为这两支特种部队的人从他们接受的训练看，分别行动可能比一起行动更好。但是，所有的战士有一点是共同的：都戴着防毒面具——好像布瑞纳尔提到的杀人细菌给他们留下了某种印象似的。

制服守门员只用了几秒钟。在他拉响警报之前，他已经呼吸困难地面朝下趴在地上，等候被带走。

特种部队的一个士兵接替了守门员的角色。他的伪装使人在三十米之外看不出他和原来的守门人有什么区别。

基因公司大院被封锁得密不透风。为此，美国联邦调查局反恐分队设置了一道严密的包围圈。他们的黑色作战制服使他们和树林的阴影完全融为一体。

一部分美国军队的精锐战士已经爬上了两层楼的不容易被觉察的屋角。他们将和冲进底层的行动小组一起同时冲进楼里。在平坦的楼顶上，几个天窗已经被占领。另一些士兵手里拿着专用绳索在上面做好了准备。只要一声令下，他们就会跳下去，进入二楼。

地面上的士兵们已经占据了楼房附近若干有利的制高点并且已经点燃了烟幕弹，风一吹，很自然就产生了浓烟，因此基因公司里的全部监视摄像机一下子都变成了瞎子，看不见即将发生的事情了。

斯莱德将军的行动命令是同时通过六十个头盔对话麦克风下达的。一转眼，基因公司里就乱成一片。窗户玻璃被打碎，眩目弹爆炸了，全副武装的士兵立刻系统地搜查了楼房里的每一个角落。

负责侦察的专家已经完成了全部任务。他们事先已经用红外线照相机和高灵敏度定向麦克风侦察到什么地方可能会有反抗。地面建筑物部分的六个人全部被“中立化”。因为那些完全出乎意料之外的基因公司工作人员没有进行丝毫反抗，他们顺从地被抓起来，完全是兵不血刃。

特别“敲击点”，正如斯莱德将军的侦查人员所说的那样，是地下设施。估计那里是基因公司整个建筑物的核心。

在他们发现了地下的实验室侧翼以后，一切都进展得很迅速。借助眩目弹，精锐部队的士兵们闯进了入口。出乎意料之外的效果也在他们那边。他们很快冲进了地下第三层，也几乎没有遇到反抗。基因公司的十四名工作人员，当他们想把计算机中心烧毁的时候就已经丧失了战斗力。

“这里是二号码头。五个人，躲在计算机之间，先生。他们有武装。克林斯的腿上中了一枪，不过已经没有危险，先生。”少校约翰·李伯曼，两个小分队的队长之一报告说，他们的任务是确保底层的安全。

“找到孩子没有？”斯莱德将军的声音从头盔里面的扩音器传出来。

“没有，先生。我们估计他们可能在计算机房后面。”

“我们的行动不能拖延很长时间，二号码头。根据我们的信息，孩子们急需医务护理。把计算机房里的几个电脑怪物熏出来。”

“先生？”

“躲在计算机房里的人很可能就是那些网络恐怖分子。给他们一点麻醉毒气，然后你和自己的人一起继续前进。如果还有人反抗，你们就见机行事。明白吗，二号码头？”

“是，先生。那孩子们呢，先生？”

“我马上派救护队下去，也为了克林斯。就这些，二号码头。祝你成功！”

“谢谢，先生。”

在第一次冲锋的时候，李伯曼的小组便已经在计算机房里发射了一个探针，一个极其敏感的麦克风在一个很短的箭头上，箭矢紧贴着天花板插进墙里。在紧接着的短暂而又激烈的交火中，基因公司的人没有一个人发现那支箭。

用耳机跟踪探针噪音的监听哨伸出大拇指指着上面，说：“该干什么你们还没有统一意见吗？有人建议把‘生物代谢池’消灭掉。现在我们应该在他们占上风之前冲进去。”

李伯曼点点头。他希望恐怖分子中间的混乱大于他们反抗的决心。对地下第三层的冲锋从开始到现在一共还不到五分钟。少校发出进攻的信号。

一个金属罐几乎无声地在光滑的塑料地板上滚动着，那里面释放出无色无味的气体。为了转移恐怖分子的注意力，李伯曼在楼道里大声地喊了几句口令：“大家不要开枪！楚克，放下武器！对，这就对了。现在可不能干蠢事。我们必须和计算机房里的人谈判。”

当然，在这之前，他已经通过麦克风传达了这样的命令：“我现在得发出一点噪声，这是为了迷惑他们。毒气六十秒钟以后才开始发挥作用，再检查一下防毒面具。假如里面有人提前采取行动，我们就马上冲进去，解除反抗者的战斗力。”

那六十秒钟流得像松脂一般缓慢。当监听哨开始感到不安的时候，才刚刚过了四十五秒。“他们发现了什么，杰克？”

紧接着响起一阵清脆的手枪射击声。楼道里及计算机中心的玻璃门首先成了牺牲品，碎玻璃碴子像雨点一样落在士兵们身上。

“你们这些猪，想让我们睡觉！”一个男人从计算机房里喊道，然后又放了两枪。李伯曼用他那坚固的自动武器上的激光瞄准器，对准那个乱打一气的射击者连续扣了三次扳机。计算机中心里面隐蔽的攻击者中弹之后立刻转了个身，像口袋一样慢慢地倒下了。

接着，从李伯曼射出第一枪到敌人全部崩溃的几秒钟里，二号码头的其他成员立刻冲进去，像做外科手术那样准确地使另外四个恐怖分子丧失了战斗力。

“我是二号码头。”李伯曼再次通过头盔里的无线电装置报告说：“计算机中心已被我占领，先生。五名俘虏，其中一个重伤。我们没有任何损失。敌人只是把计算机钻了个窟窿。我们现在继续攻击其他房间，先生。”

“使用麻醉毒气了吗？”

“是的，先生。”

“那就再等几分钟。我不希望孩子们发生什么事情。救护队随时可能赶到你们那里。他们带去了氧气……等一等，二号码头……”李伯曼听不清指挥官和另外一个人谈的什么，过了一会儿，将军的声音又响了起来：“把我们的孩子接出来，二号码头。现在，我不得不考虑到别的。狮子已到。”

“知道了，先生。我们在等待救护队，然后我们再继续前进。”李伯曼知道那个外号“狮子”的人是谁。阿尔图尔·M.劳伊德教授本人一定在上面出现了。不过，这不是他的任务。

几秒钟之后，八名救护队队员和两名急救医生在数名精锐战士的陪同下到达，他们带来了两箱子氧气面罩。然后，二号码头便开始冲击最后的堡垒。

医务人员谨慎地先隐蔽了起来，然后，计算机中心旁边的房间才被一种特殊的定向爆破技术把门轰开。一个炫目弹给那些战士们决定性的几秒钟，他们利用这几秒冲进那个非常大的大厅。令人惊异的是，也许可以令人松一口气了，小分队队长看到，这个大厅里除了六十四个赤身裸体的孩子之外——整个大厅显得空空荡荡。

约翰·李伯曼的意识本来完全集中在战斗上，他的大脑一直在想着怎样从无数的刺激中过滤出对他来说最直接的威胁。所以，他开始根本顾不上深入观察这一极不平常的景象。因此，这一幕对他来说简直像受到猛的一击。

他身旁一个士兵不禁呕吐起来，连李伯曼的胃里也在翻腾，不过他还能控制住自己。他不知所措地看着整个大厅。他的理智不能……不，简直根本不愿意接受这个事实。

大厅里有四个高大的不锈钢球体，球面上各种大小不同的显示器在闪烁着。每一个球体上连着十六个小床，向上越来越细的柱子，使球体看上去就像几朵巨大的开放着的花。每一个“花瓣”似的小床上躺着一个赤身裸体的孩子。其中有几个看起来顶多六个月，但是，最大的孩子也不会超过六岁。这些可怜的一动不动的男孩女孩，无一例外地头朝中间的锥形柱子躺着。孩子们光秃秃的脑袋上连着电缆，电缆直接地通向中间控制塔。另外，几个看起来很脆弱的孩子身上连着测量计，显然那是用来观察生命功能用的。

是的，他们都还活着！约翰·李伯曼不知道他应该为这些可怜的孩子感到高兴还是惋惜。他自己也有一个三岁的女儿，想到有人竟敢这样对待孩子，他不禁义愤填膺。

当医务人员开始关照那些小病号的时候，发现那些孩子惊人地相像，这引起了少校的注意。在那些同龄孩子中间，他简直看不出他们之间有任何区别。所有的孩子都完全没有头发，淡蓝色的眼睛，呆呆地凝视着天花板，很少眨眼。李伯曼用手抚摸了一下其中一个孩子的没有表情的脸，眼睛也没有反应，它们好像是玻璃球。他不得不克制心中的恐惧。虽然他还不清楚这个计划的全部背景，但他知道，他处在一个什么样的建筑物里。基因公司从事的是基因技术的研究。

大厅里有四个高大的不锈钢球体，球面上各种大小不同的显示器在闪烁着。每一个球体上连着十六个小床，向上越来越细的柱子，使球体看上去就像几朵巨大的开放着的花。每一个“花瓣”似的小床上躺着一个赤身裸体的孩子。

若干年前，当苏格兰卢斯林研究所里第一只克隆羊多莉问世的时候，他就以极大的怀疑追查过研究者的所作所为。不久以后，夏威夷大学的一位不可一世的教授瑞佐·亚那基马奇介绍了他的克隆老鼠，据说是一个以自然方式生出来的啮齿目动物的副本。又过了几个月，日本石川市地方牲畜研究中心报道了他们的“产品”——几头克隆牛。伦敦《星期日时报》发出悦耳的声音，宣称这一进步提高了“动物和人的商业克隆的可能性”。

李伯曼摇着头看着那些孩子的身体。“原来他们真的这样干了！”他不断地重复着这句话，“原来他们真的这样干了！”

阿尔图尔·M. 劳伊德决定不投降，他已经太深地卷进了复杂的阴谋、贿赂和欺骗的网络里。早在他选择公司地址的时候就已经开始了。他的直通马萨诸塞州政府的关系网和机智的操作，使他搞到了这样一个紧挨着天堂池湖的位于列欧敏斯特国家森林中的偏僻地方。因此，他自己在麻省理工学院那个抛头露面的职位被他滥用来加速自己的秘密研究。他不止一次地从那个利欲熏心的入侵者计划负责人手中搞到了高度机密的文件。然后，这个实验就一发不可收拾了。

这个大脑编队突然发疯地玩起来了。一定是某种病毒袭击了这个超级计算机的生物代谢池。要把所有的实验和智能机器都重新控制住，结果只能以失败告终，因此世界上的灾难就要堆积如山了。劳伊德虽然费尽九牛二虎之力，想抹掉那些蛛丝马迹，然而，撒在基因公司周围的天罗地网已经收得越来越紧了。

教授启动了他的梅塞德斯牌汽车发动机。本来，他想在自己的办公室里开枪自杀的，可是后来他失去了勇气。就在整个大楼陷入一片混乱之前，他突然乘私人电梯直接到了地下车库。他在那儿坐进车里以后，花了几分钟时间追忆了自己的一生。错误太多了！他希望也许还有第二次机会！他后悔地看了一眼旁边座位上的左轮手枪。如果现在他把武器对准自己的太阳穴扣下扳机的话，那么，他和他的家庭就不用在公审法庭上受罪了，新闻记者将会像秃鹫降落在一具尸体上一样聚集到那里。

上面的大楼系统全部被特种部队控制了，这时候，劳伊德却忽然决定要孤注一掷，再拼一下。他不能再次失败，只能胜利。所以车库的自动门刚一打开，他的脚就猛地踩下油门。不锈钢汽车像箭一样射了出去，一下子窜上斜坡，接着来了一个危险的急转弯，便直奔院子大门。

停车场似的基因公司大院静得令人难以置信，精锐战士们的注意力完全集中在接管研究中心的建筑物上。劳伊德的脸上掠过一丝魔鬼般的狞笑。如果他能够保持镇静，那么他就能冲出去。

忽然，他发现了大门前面五十米远的地方有穿着迷彩服的士兵。他们像幽灵似的不声不响走出树林并在栅栏门前各就各位。至少有十二支枪口已经对准了迎面而来的梅塞德斯汽车。劳伊德急忙刹车并转动方向盘。

这辆高级越野汽车的车身摆动了一下，车轮在柏油路面上发出一阵怪叫，横着越过草坪，向树林开去。那边，在大院的南头，有一排加拿大铁杉树和一个旁门，在一般情况下，那个门只有花工运送东西时出入。对于他的那辆如同炮弹一样射出去的汽车来说，那个门是不堪一击的。从那里到东边的普林斯顿 140 号国家公路就不远了。他的这辆汽车在高低不平的原野上行驶一点儿问题都没有。

劳伊德呆呆地凝视着漆成火红颜色的栅栏门。他的汗津津的手更紧地抓住了方向盘，同时踩下油门——这时候，他看到了枪口闪起的火光。

当子弹穿进他的汽车时，他就知道这下子全盘皆输了。一颗子弹击中了他的臂膀。那只手不得不自然地松开了方向盘。越野车因此突然左右摇摆起来，汽车飞快地冲向门口的那排铁杉树，撞在一棵树干上。

仿佛宿命一般，在汽车冲向铁杉树的一刹那间，一根低矮的树枝折断了，连着树枝的那一部分像一根锐利的长矛刺进挡风玻璃，刺入了教授的胸膛。然后，梅塞德斯车头才撞到那棵树干上，与此同时，弹出来的安全气囊也被树枝戳破了。阿尔图尔 · M. 劳伊德的脑袋“砰”的一声撞在方向盘上。尖锐而又漫长的喇叭声宣告追捕行动结束。

几秒钟之后，第一批急救人员赶到车旁。一个人摸了摸教授脖子上的血管。

“他活着！”

然后，院子里便响起各种命令，树枝很快地被锯掉，失去知觉的教授被架出来。另一些人立刻用灭火器的泡沫把汽车覆盖起来。但是，要扑灭拱起来的车头发动机下面因短路产生的火星已经太晚。当救护人员抬着受伤者匆忙离开的时候，汽车爆炸了。

苏 醒

乘风飞行首先听到的是呼呼作响的声音。耳朵后面某处好像有什么东西在爬：那是一种温暖的、触电一样的感觉。风慢慢地减弱了，什么声音钻进她的意识之中。其中一个声音特别刺耳。那声音很高，有点急迫，似乎连续不断。

“现在，她已经这样躺了八个小时了。我已经不忍心再这样看下去！我们必须赶紧采取别的措施！都是我的过错！”

谁这样痛苦地指责自己，史苔拉说不出来。但是，现在有一个声音像温暖的涟漪在她的体内起伏荡漾。

“不管怎么说，她在两个小时之前闭上了眼睛，贝尔奈。神经学家认为这是一个好的征兆。”

“妈妈？”这个词汇突然从史苔拉的口中滑出来。

“史苔拉，我的孩子！”菲菲雅娜惊喜地喊道。她的面孔出现在史苔拉的眼前。一阵暴风雨般的亲吻倾泻在她的脸颊、前额、鼻子和嘴唇上。柔软而温暖的双手抚摸着她。然后，妈妈便短暂地消失了。“你们瞧啊，她终于醒来了！”

让史苔拉感到惊异的是，菲菲雅娜看起来像一个发型往后梳的贵妇。颜色浅黄的头发做成高高的发髻，像比萨斜塔那样立在头上。她穿着一件带金银丝的锦缎面料大衣。她的身后站着一个黑人奴隶，那个奴隶头上戴着一个非常奇怪的卷曲的黑色假发套，正在专心致志地用一把鸵鸟毛扇子为菲菲雅娜扇风。所罗门正从一个很高的装饰着交错枝杈的窗户前面转过身来，准备好好地看看醒来的女儿。

史苔拉想努力弄清楚自己到底在什么地方。周围的一切那样豪华，她那疲倦的身躯躺在上面有华盖的床上。难道她从天上掉下来以后，被人接住，送进了一座宫殿？

“我在哪里？”

“在马塞诸塞州总医院。”所罗门回答道。这时候，他已经来到床前，正幸福地微笑着，用手指撩开她脸上的几缕头发。他穿着一条紧身裤子，配一双齐膝长筒袜，头上戴着一顶扑了粉的假发，和他很不相配。

“在医院里？”

“你已经睡了很长时间，小星星——如果可以这样说的话。你现在感觉怎么样？”

“我好累啊……你们大家一个个怎么都那样怪，就像……像在一个关于路易十六的电影里那样。”

“你说什么？”菲菲雅娜担心地问道。

“她又产生幻觉了。”所罗门没等史苔拉回答就说道，“上一次就是这样。”

“这儿的那个奴隶是谁？”史苔拉想知道并费力地指着那个拿扇子的黑人。

“他？”菲菲雅娜大笑起来，声音像银玲一般清脆悦耳，同时展开双臂，请那位皮肤黝黑的陌生人到跟前来。当他胆怯地走到史苔拉的床前时，菲菲雅娜说道：“你仔细看看他，看你能不能想起他是谁？”

史苔拉把眼睛眯缝起来，然后又睁开。可是，这样做也无济于事。她觉得这个头发极少的不认识的人非常陌生。她父母从哪里找来这样一个黑皮肤的小伙子？

忽然，她的脑子出现一个念头。“黑色窃听者？”史苔拉难以置信地问道。

“就是我，仁慈的小姐。”陌生人回答。他脸上露出一个豁达大度的笑容。

“你是从幻想世界逃出来的吗？”

窃听者爽朗地大笑起来，但是他马上就控制住了。“对不起，我不想笑你，流星。你真的还有点迷惑吗？我们最后一次见面是在布莱克桑的聊天室里，你还记得吗？”

史苔拉慢慢地点点头。“原来如此，有时候，区别幻想世界的人和现实中的人真的很困难。”

史苔拉想努力弄清楚自己到底在什么地方。周围的一切那样豪华，她那疲倦的身躯躺在上面有华盖的床上。难道她从天上掉下来以后，被人接住，送进了一座宫殿？

“我们很快会对上号的。我叫贝尔奈·布朗。”

“为什么不叫查理？”

贝尔奈一下子目瞪口呆了。然后，他又开怀大笑起来：“马克，你的女儿真是一个鬼灵精！”

所罗门也笑了：“她这一点很像我。”

“你怎么能那么快就学会了耶西卡和我的秘密语言？”史苔拉直截了当地问这位电脑黑客。

迄今为止，贝尔奈一直在说英语，但是，现在他却用最流行的柏林方言回答道：“我是在柏林出生、长大的。我父亲是一个军官。”

史苔拉难以置信地凝视着那个黑色窃听者。在家的时候，她很少和黑人打交道，他们的外号叫“柏林油子”。

“现在你要尖叫起来了吧，啊？”贝尔奈又说了一句方言。

这时候，有人敲门。门缝里露出一个熟悉的面孔，那张面孔比这个黑色窃听者的面孔还要黑。

“亚加夫！”史苔拉高兴地喊道。至少三米高的门现在完全被推开了，那位非洲人大踏步来到史苔拉的床前，他的身后跟着吉米口和贝尼。

“你为什么不穿一件像样的衣服？”史苔拉惊奇地问这位网络龙形怪兽工作队队长。

亚加夫不知所措地低头看着自己说：“我不懂你……”

“嗯，”史苔拉开始吃吃地笑起来，“你为什么只穿着这样一身乱七八糟的树叶子？看起来，好像你想和那个身上只挂着无花果树叶的亚当比赛似的。”

“你可别当真，”所罗门安慰那位非洲人，“现在她的理智刚刚觉醒，她的感觉还处在幻梦和现实之间。”

史苔拉竟然没有对吉米口和贝尼的衣服也做一番说明。这个日本女人把脸抹得粉白，身上穿着一件和服，和服那样瘦，使她只能迈着小碎步往前走。这种走路的方式，看起来就像一个悬浮移动着的瓷娃娃。相反，贝尼看上去就像从前国王的海上舰队的舰长，他的海蓝色的制服裤子还挺合身，但他的两腿之间骑着一把很长的大刀，走起来很不方便。看到那个羞涩的头发鬈曲的小伙子立刻彬彬有礼地问候她的身体状况，史苔拉很高兴，觉得心脏一阵突突地跳动。

不一会儿，史苔拉周围的人就有说有笑了，不过，这整个兴高采烈的场面在她看来好像蒙着一层纱幕。在这种所谓恬淡轻松的幻觉旁边，她总觉得还是有点玄玄乎乎的东西。

“布瑞纳尔怎么样了？”

她的问题使在场者的好情绪一下子都烟消云散，所有人都不做声了，谁也不敢说话。

“你们倒是说话呀！”史苔拉要求道。

终于，亚加夫叹了口气：“我刚和斯莱德将军通过电话，他还在列欧敏斯特国家森林。可惜他不能详细讲述儿童之网的事情。显然，人们还不知道怎样才能把那些孩子与仪器分开，同时又不影响他们的生命机能。”

史苔拉不知道大脑编队的真实情况，她只知道那个小男孩的描述。“你是说，孩子们如果互相分开会死掉。”

“他们利用那些孩子干的事情极其可怕，史苔拉。在你目前这种状况下，我还是不讲的好，那会使你更加激动。”

“可是，我已经答应他们，让他们成为正常的孩子！”史苔拉绝望地说道。

“是的，我知道。我们从你的旅行纪录里也看到了。你不要放弃希望，我们……”

又一阵敲门声使亚加夫停住话头。一个穿号衣的侍者进来了，他捧着一个银白色的托盘，上面放着一封信。他把托盘送到亚加夫面前。

“斯莱德将军的一封信，先生。他让我特意送来，事情十分紧急。”

亚加夫从托盘上拿起信封，打开，抽出一个纸条，飞快地看了一遍。忽然，他严肃的面孔露出喜色。

“将军让我把这个消息告诉你，史苔拉。他写道：‘刚才医生们把第一个孩子从大脑编队中分离下来。那是一个大约一岁半的小女孩。分开之后几分钟，孩子就从麻木状态中醒来了。她的眼睛转动着。然后，她张开嘴，清楚地说出了一个词汇，声音很大，令人惊异。虽然只有一个词汇，但是医生们立刻决定用那个词汇给她命名。’”

“她说的什么？”史苔拉小声地含着眼泪问道。

亚加夫看了一眼纸条，连他也有点被感动了，不过，现在他微笑了：“那个词汇很短，只有六个字母。那个小姑娘说的是：Stella——史苔拉。”

星期三早上，史苔拉感觉自己的状况已经明显好转。过了一夜之后，她的幻觉已经消失。只是贝尔奈还有一个假发套。史苔拉不能摆脱自己的怀疑，也许那个电脑黑客就是那个样子。

史苔拉的房间是一个单间。她收到别人送的花，一些花瓶刚好摆在地上。这样一来，房间里的气氛就令人感到舒适多了。这里没有地毯，只有一种灰色的塑料贴面。粉刷成灰白色的墙壁上挂着一条条不那么雅观的电线。不过，房间里倒是有一个浴室。

还在贝尔奈早上来访之前，她就已经打听到了这件事。天性使然，她恨在夜壶里撒尿。当她的目光落到洗手盆上的镜子时，她的脸扭成一副要哭的样子。

夜里，所罗门和菲菲雅娜轮流守在史苔拉的床边，以便及时过来照顾他们的有时会哭喊起来的孩子。

“你到底怎么啦？”菲菲雅娜问道。女儿泪流满面的样子使她手忙脚乱起来。

“我从来没有照过镜子。”史苔拉抽泣着说。

“你说什么？那不过就是一面镜子呀。”菲菲雅娜指着洗手盆上的镜子说道。

“我不是这个意思。”史苔拉哭着说道，“我说的是在幻想世界里。所有的人都一再地对我说，我多么漂亮。我听到的恭维话太多了，而我从来没有照照镜子看一看自己。”史苔拉的眼泪又泉水般地涌出来。

菲菲雅娜抱住自己的女儿，拍着她的后背鼓励说：“你在现实生活中就是很漂亮嘛！为什么需要梦幻中的那些献媚之词？”

“真的？”史苔拉的手摸了一下鼻子，“我的下巴上又长出一个粉刺。”

“不瞒你说，我像你这么大的时候，看起来就像一块发面点心。”

史苔拉推开母亲说：“肯定不是这样！”

“就是。”

“那你是怎么让那些脓包消失的呢？”

“1% 的化学品，9% 的水，90% 的耐心。然后，钱包里当然总是瘪瘪的。”

“我有异议，尊敬的阁下。”所罗门在她们背后说道，母女俩一起惊异地回头看着他，“在我的家里，我想多彩多姿更好，你们说呢。假如我的两位美人都一样漂亮，那我会觉得很无聊。”

史苔拉睁大眼睛，嘴巴也张开着：“这就是说，你们……”

菲菲雅娜点点头说：“昨天夜里，马克和我进行了一次长时间的谈话——你睡得像一只冬天的鼹鼠似的。马克使我相信了我们的生活将来会是另一个样子。”她微笑了，几乎像一个羞涩的少女，“此外，最近几天发生的事情也使我睁开了眼睛：没有你们两个，我反正也坚持不了多久。”

史苔拉忘记了她的化妆品方面的问题，像一条蟒蛇缠住了母亲的脖子。然后，她使劲地向父亲招手，让他过来。当他来到她伸手够得到的地方时，他也哽噎住了。他们在一起，眼里含着喜悦的泪水，度过了一个长长的极其美好的时刻。

快九点的时候，贝尔奈登上讲台，史苔拉又躺到床上。

现在，她从所罗门、菲菲雅娜和贝尔奈的口中第一次得到一个综合的报告，她思想上最后的黑点终于被照亮了。

她知道了黑色窃听者贝尔奈·布朗的全部令人难以置信的故事。他十五岁的时候才和他的父母一起离开德国。他回归到一个对他来说只是在假期中认识的故乡，这使史苔拉想起了自己不愉快的生活经历。贝尔奈讲到他早先在伯克莱大学的生活，讲到和卡尔德的第一次相遇，以及他后来在国家安全局的工作。他的父亲，在那期间已经成为五角大楼的一位要人，为他弄到了那份工作，贝尔奈讲着这一切，就像讲述一次不成功的露营似的。后来，入侵者第一阶段发生的事故，使他一劳永逸地睁开了眼睛。作为一个有道德感的电脑黑客，他和美国联邦调查局刑警科计算机班的自由合作，保证了自己的生活来源。

从那时候以来，这位热情的电脑黑客几乎撬开了一切可能撬开的东西。“相当多啊,比大多数人想象的还要多。”贝尔奈冷笑着确认道。在他的电子“私人动物园”里，他养殖着那些病毒，就像别人在鱼缸里养金鱼那样。他的主要兴趣是那个秘密的入侵者计划。

他在美国联邦调查局工作，偶尔也被中央情报局雇用。贝尔奈在离开国家安全局之后，始终观察着狄卡坡的变化过程。他掌握了足够的证据之后，就想把那个意大利人的阴谋诡计公之于众。当马克的卡给游戏程序逃入因特网并打入基因公司的大脑编队中去的时候，他就把所有的美好计划都扔到一边去了。这个游戏中无害的小龙发展成为一个虚拟的怪物，因此，化名为黑色窃听者的贝尔奈就忙得不可开交了。

用他自己的病毒——史苔拉手中的黑色长矛——他成功地连接到入侵者上，使它穿过网上空间一同进行了漫游。最后，那种病毒帮助了史苔拉与大脑编队建立了接触。史苔拉遗憾地想起了那个男孩左肩上的血迹。

在卡给出现之前，贝尔奈已经掌握了足够的可疑线索，认清了狄卡坡是一个无耻之徒的本来面目，好像在几年前，那个意大利人就已经把入侵者的秘密出卖了。真正的委托者仍然在这宗肮脏的交易里，但却退居幕后。现在，已经水落石出，隐藏在幕后的就是这个劳伊德教授，贝尔奈说道。

“可惜，我们仍然缺少法律上可以使用的证据。”电脑黑客结束了他的报告，“假如我们不能在最短的时间内证明，那么狄卡坡很快就会重获自由。”

“那劳伊德教授呢？”

贝尔奈和所罗门交换了一个眼色，所罗门点点头。“阿尔图尔·M. 劳伊德企图从基因公司的大院里逃走，可是，他的越野汽车撞到一棵树上。他受了重伤，不过，医生们确信他的状况不久可以稳定下来，并转到监护病房去。”

“那个阴谋家就在你下面的第四层。”菲菲雅娜说道。

史苔拉需要几分钟才能消化这些信息。很荒谬的是，她很怕那个对这全部故事负有最大责任的人。

“此外，有警察看管着他。”贝尔奈补充道。显然他和史苔拉心里想的一样。

“搜查历史档案馆！”史苔拉突然说道。

马上就有三个人坐到她的床边。所罗门拿起她的手问道：“你刚才说什么？”

“布瑞纳尔曾经把我领进一个档案馆，我们在那里面谈话，狄卡坡找不到我们。那个男孩说，关于基因公司的过去和现在的历史档案全都在那里面。”

“侦察员应该立刻搜查那里。”贝尔奈说道，然后就准备离开病房。

“等一等。”史苔拉在后面喊道。

贝尔奈转过身，疑惑不解地看着她。

“谈到档案馆，还有一件事:在米亚德堡，当我被狄卡坡的两个马屁精追踪的时候，我曾经几乎要陷入一个‘秘密的城市档案馆’里。”

“不错！”所罗门接着说道，“告诉专家们，他们应该梳理一下密码数据状况。地址一定在史苔拉最早的旅行纪录里。在撬开密码的过程中我很乐意助你一臂之力。”

贝尔奈把嘴咧得老大，笑了一声说道:“这就没有必要了。你看你面前站着的是谁，有史以来最伟大的核桃夹子！”

“牛皮大王。”史苔拉轻轻地微笑着说道。

塔法里教信徒挠着他的卷发，然后说道：“不过，到紧急的时候，我还可以找艾莱克特拉。没有她和她的朋友，我们不会这么快就破译了儿童之网的消息。”

“明白这个道理是改正的第一步。”

贝尔奈大笑起来。“我很快就回来。我要赶紧把你的指示传达过去。你的精神闪电金子般的宝贵，史苔拉。现在，把狄卡坡和劳伊德教授抓起来法办，那只是一个时间问题。”

“在游戏当中付出感情多的地方，对那里的回忆也就多。”所罗门在贝尔奈离开房间以后念念有词地说道。

史苔拉疑惑不解地看着他，问道：“你这话是什么意思？”

“唉，没有什么。当贝尔奈提到你的‘精神闪电’的时候，我又忽然想到了这一点。”

史苔拉不喜欢所罗门的声音里带着一点别的什么东西。他身上明显地缺少卷发窃听者那种快乐奔放的精神，这使她有点误解。“你是什么意思，爸爸？我突然想到档案馆的事情难道不好吗，嗯？”

所罗门试图微笑一下，可是，他却没有能够令人信服地笑出来。“我的肚子里有一种特别的感觉。就是这样，好像这个故事还没有结束似的。”

“布瑞纳尔怎么样了？”史苔拉的声音听起来已经很久没有这样快活了。她在星期三的夜里睡得很沉。她甚至又做梦了——梦见许多小蝴蝶，它们借助汽油推动的螺旋桨在威尼斯上空翩翩飞舞。史苔拉坐在自己的病床上，穿着一身颜色很浅的运动服。刚才所罗门告诉她一个消息，在入侵者和基因公司的服务器上，果然找到了发送到那里去的被隐藏起来的数据档案。

首先，人们担心基因公司计算机上的信息会不会在计算机中心交火的时候受到损害，但是，他们很快就证明那种担心是没有必要的。历史档案根本没有用密码加以保护。其中包括很有意思的东西——约会日期、钱的数目、进展过程——未经允许的向国家安全局的技术转让。可惜，就是找不到狄卡坡的名字，只是多次出现“战场的主人”这个称谓，可是，这在法院里能否成立，还是个疑问。

现在，埃奈萨的“城市秘密档案”——即全部狄卡坡个人的负债表——密码还没被破译出来。但是，贝尔奈有信心很快就能把这个硬核桃敲开。他马上把档案的摘要用电子邮件发给耶西卡，态度一点儿也不傲慢。“我们在一起是强大的。”最后，他用这样一句激昂慷慨的评论作结尾。

“关于大脑编队，几乎都是好消息。”当菲菲雅娜坐在史苔拉的床边握住她的手时，所罗门告诉她：“六十四个孩子全都已经和那些仪器分开了。但是，这个巨大的变化会不会产生严重的后果，现在还不能肯定。”

“这是你的消息中唯一的美中不足吗？”史苔拉怀疑地问道。

“可惜不是。三个较大的孩子昨天夜里死了。”

史苔拉咽了一口唾沫。她不得不想到幻想世界里那个男孩乞求的眼睛。她是否许诺的太多了呢？

“没有你，他们大家可能很快都要走上这条路的。”菲菲雅娜安慰着史苔拉。她能感觉到这个消息怎样地震撼着自己女儿的心。

所罗门悲伤地点点头。“我们不应该忘记，那些孩子从来不曾感觉到真正的爱。很久以来，人们就已经知道，仅仅这样一种匮乏就能杀死一个孩子。此外，那些最可怜的孩子只被机器人的手移动过，移动的程度仅限于为了使肌肉不至于完全萎缩。他们缺少的东西太多，所以，几乎不可能全部拯救那些孩子。”

“人怎么能这样对待别人？”史苔拉摇摇头，喃喃地说道，“他们根本不可以克隆人。那个机器——真是一个鬼东西！”

所罗门抚摩着女儿金黄色的头发说：“可惜，科学家也是人，小星星，他们也会犯人类所犯的一切错误。大脑编队在技术上是一个大胆的计划——可惜是不道德的。假如人们把自己关在象牙塔里的话，这样的事情可能很快就会发生。”

一阵轻轻的敲门声，打破了充满房间里沉思的宁静。

“请进。”菲菲雅娜说道。

“贝尼！”史苔拉看见门缝里的卷发头时高兴地喊道。

“打扰了吗？”

“哪里话！只管进来好了。作为朋友，你这几天很少露面。”

“你睡得那么多，史苔拉。”

“那你应该叫醒我呀！”

“我给你带来一样东西。”

史苔拉左看看，右看看。“鲜花？”

这个明显的暗示几乎没有起作用便烟消云散了。贝尼强忍着“坏”笑。不是一束香花，而是一卷厚厚的报纸掉了下来。“你看过今天的报纸了吗？”他问。

史苔拉皱起眉头看着《波士顿世界报》的大标题。她没有找到贝尼严肃的面部表情暗示的标题，然后，贝尼用食指在报纸边缘的一篇豆腐块大小的地方点了两三下。

史苔拉急忙和她的爸爸、妈妈一起看那篇短文。

阿尔图尔·M. 劳伊德逝世

——计算机切断了麻省理工学院教授的“生命线”

波士顿消息 阿尔图尔·梅莱迪特·劳伊德教授两天前在一次交通事故之后被送往波士顿马萨诸塞州总医院，今天夜里去世。为了支持劳伊德的生命功能，医院把他和一个生命保持系统连接在一起。这个系统由一台中央监控计算机控制。由于迄今不明的原因，这个刚刚启动不久的计算机系统大约于午夜时分自动停止了向病人提供营养。医院领导无法解释这一现象。至今未发现仪器出现任何技术故障。同时，急救站还有另外十一名病人也连着同样的系统。可是，所有其他仪器都运转正常。原本，计算机监控程序出现微小的故障便会立刻发出警报，而且这个系统也未发生任何问题。劳伊德是在被发现没有致命危险的情况下去世的。麻省理工学院为一个伟大科学家的逝世表示哀悼。

“人们那么尊敬他，可是他的行为竟然那样肆无忌惮。”贝尼并不感到怎样遗憾地评论着那条报道。

所罗门耸了耸肩说道：“算了，用不着对这样的事情感到惊奇。我还记得，1997年‘德国最大的学术骗局’，我们那里的报纸是怎样报道的。当时，那是非常罕见的事件。那时候，我甚至感到相当震惊。在马克斯·德尔布吕克中心，基因研究的科学成果是伪造的和从别的科学家那儿复制的，研究者竟把那个赝品随便地当作自己的劳动成果公布出来。刚才我还和史苔拉谈到这件事：有许多动机驱使人违背一切道德原则！在马克斯·德尔布吕克中心，可能是要出成果的压力驱使人去那样做。今天，科研机构处于越来越激烈的竞争之中。为了使捐款人慷慨解囊，他们必须拿出成果。根据史苔拉对我讲述的一切，我认为，劳伊德这样做主要是为了追逐金钱和权力。”

史苔拉呆呆地望着前方。“真的很滑稽，没想到一个计算机就能熄灭教授的生命之光。听起来好像是‘布瑞纳尔的复仇’。”她摇了摇自己的身体，想赶走那种令她不寒而栗的感觉，“我想，拆开了大脑编队，也许我们就安生了。”

尾　声

在史苔拉的全部经历中，美国总统的邀请大概算是最令她激动的事情了。星期六一大早，她就和父母一起来到华盛顿。自她出院以来，已经过去九天了，九个轻松愉快而又极其美好的日子是在康涅狄格州布拉德福市她去世的外祖父庄园里度过的。菲菲雅娜决定不再卖那份财产。

在那个很大的乡村别墅里逗留，勾起了史苔拉对童年美好时光的回忆。那几天，她第一次知道了所罗门怎样思念他的岳父岳母，他学会了如何表达自己的感情。他和菲菲雅娜都与女儿进行过多次坦率的交谈。他们让史苔拉明白了，在前几个星期可怕的计算机事故中，她的责任多么微不足道：她只是把“卡给”游戏软件从“卡奥斯”中“劫持”了出去，不过如此而已。可是，为了解决这场危机，她所作的贡献与那一点点错误相比，分量不知要重多少倍。没有她，布瑞纳尔——儿童之网，真可能成为任何人也不能制服的猛兽。自从明白了这一点，史苔拉良心上的伤口才开始彻底痊愈。

在布拉德福的日子，对史苔拉来说，在身体上和精神上都是一种复原。他们全家一起躲避着媒体热闹的喧哗。有好几天，他们不仅在美国，而且在全世界成为头号新闻人物。人们举行庄严的仪式，庆祝人类在最近几个星期里屏息观望的伟大戏剧落下帷幕。唯独不合新闻界人士胃口的是，最主要的演员史苔拉·卡尔德小姐消失得无影无踪。他们的猜测一天比一天荒诞。一家有线电视台甚至散布谣言，说那位年轻的德国姑娘——勇敢的网络旅行者，可能飞往新的网络空间并在那里失踪了。

华盛顿笼罩着轻松愉快的气氛。那天是七月四日，美国人的国庆节。史苔拉对那种过于热情奔放的爱国主义大游行、公众的庆祝集会和理所当然的电视台的现场直播不那么感冒。此外，她也不得不总是想着那个星期天。她从不同的消息来源获悉，假如这个世界上最强大的人在他的官邸进行私人会见恰好是星期天，本身就是一个非同寻常的事件。

可是，当那一天终于来临的时候，史苔拉很快就从容不迫地应付了那个不寻常的事件。在总统的椭圆形办公室里，首先用来招待客人的有点心、咖啡、茶和汽水。亚加夫·纳布古、吉米口·施拉卡巴、本雅明·伯恩斯坦也在场——正如总统说明的那样，被邀请的是——“反抗者的坚强核心”。贝尔奈·布朗请求原谅，太出头露面有损于黑色窃听者的声誉。

然后，在驻美记者们急风暴雨般的闪光灯中，所有客人都获得一枚勋章。史苔拉觉得这一切都很奇特。所罗门事先对她说过，这种荣誉属于国家元首们的标准礼仪。他们企图以此抹掉他们在其他领域的失误。

有了这样的思想准备，史苔拉成功地在总统和总统夫人——她的话比她丈夫的话多得多——面前表现为一个既勇敢又可爱的小女孩，同时也是一个无所畏惧的德国“奇女子”——这个头衔是总统亲自给予的，他很为自己和自己的那点已经退化的德语知识感到骄傲。

后来，在不公开的情况下，那位担负大任的人物向史苔拉表示了真诚的或者说不那么虚假的谢意。总统甚至请他的这位“女世界拯救者”原谅，说她“只是半个美国人”。谈到阿尔图尔 · M. 劳伊德突然神奇地去世，这位国家元首又振作起来，做了一个真正重要的说明。后来，他眨了眨眼承认道，他刚才说的——“正义是直觉的和天生的，同时，也像感觉、视觉和听觉一样，是我们本质的一部分。”——那句话是美国第三任总统托马斯 · 杰弗逊说的。

是的，史苔拉想了想，也是。布瑞纳尔——完全和她一样——在幻想世界里能够感到、看到和听到，他们能感觉到什么是违反正义的。所罗门私下小声说道，关于因特网在卡给突变物和大脑编队影响之下开发出一种间脑① 的命题，也许真的应该提出来了。史苔拉借此机会自言自语地总结说：假如超级大脑有权以这种方式获得权力，那么，人们就应该冷静地更长久地严密监视这个世界上的坏人。

临别的时候，史苔拉问总统，假如请他通过邮局把黑色窃听者的勋章寄给他是否太麻烦。总统听了笑得像一个小男孩。没问题，他回答道，必要的话，他可以派一架直升机给贝尔奈 · 布朗送去。

“哦，请不要。”史苔拉摆着手拒绝道，“窃听者喜欢秘密行事。先生，您最好把那个东西放在一个定制的盒子里，让小吃店的外卖服务员给他送去。”

总统眨了眨眼，说：“嗯，好主意。我们就这么办。”

在白宫前面，卡尔德一家和“网络龙形怪兽们”告别，这是所罗门对亚加夫、吉米口，以及贝尼三驾马车戏谑地称谓。他们约定，在秋天，也就是印第安人的夏天，当新英格兰的树叶变红的时候，他们将在康涅狄格州卡尔德庄园重逢。

史苔拉简直不想放贝尼走。贝尼比史苔拉大七岁。几天前，所罗门在向这个年轻人分析她的感情时，就仔细地观察过他。现在史苔拉号啕大哭起来，但是很奇怪，贝尼觉得根本就无所谓。他们约好互相写信。本雅明 · 贝恩斯坦与史苔拉告别，胆怯地吻了她，表达了真正的友谊，也许还有更多的含义。

最后又剩下他们三口：史苔拉、所罗门和菲菲雅娜。他们沿着林肯纪念馆和华盛顿纪念碑之间那条平坦的长池塘② 散起步来，显得那样悠闲。

一个小姑娘在喂一只深棕色的小松鼠，他们停住看了一会儿。史苔拉的父母亲谈

① 原文为Metahirn，间脑，副脑。
② 英文：Reflecting Pool，即反射池塘。

在那个很大的乡村别墅里逗留，勾起了史苔拉对童年美好时光的回忆……史苔拉良心上的伤口才开始彻底痊愈。

论着他们的未来。菲菲雅娜告诉她，什么东西促使她为家庭做出了最后的决定。她认为，最新发生的事件向她指出，人们不应该逃避问题，而应该迎头而上。

史苔拉到处巡视的目光发现了草地上一颗别人丢弃的花生米。她捡起花生米，用舌头发出啧啧的声响，想吸引一只小松鼠过来。令她感到惊异的是，一只白色的显然患有白化病的小动物突然从旁边的树上跳下来，一直奔到她面前。在离她大约两米远的地方，它犹豫地停住了，但仍然感兴趣地打量着她手上的食物。

"过来！"史苔拉引诱着那个生气勃勃、毛绒线团一样的小动物。

它那呢绒般的耳朵竖立起来，小爪子迈着小碎步向前接近了一些。一个鲜明清晰的回忆在她眼前一晃而过，耳畔响起了她永远不能忘记那句话："你将在你绝对想不到的地方见到我。"

史苔拉禁不住微笑了。当那个胆怯的小动物从她手里叼走了那颗花生的时候，她小声说道："真好，你又来看我了，可爱的小塞沙明娜。"

星期一中午，史苔拉和父母亲一起经法兰克福回到柏林。在飞行过程中，过去四个星期的经历翻来覆去在她的脑子里萦绕着，不仅有虚拟世界的经历，也有现实世界的经历。她又想起在纽约的夜里梦见的那个巨大的核桃夹子。当时，所罗门把网络龙形怪兽看作是一个有病的天才，唯一的可能是他想用那些事件引起世人对它的注意。史苔拉想，真的很奇怪，从某个方面来看，事情还就是这么回事。当然，核桃夹子毕竟不是布瑞纳尔，不是网络龙形怪兽，也不是德拉基，更不是随便人们怎样称呼的大脑编队集体大脑的幻象，更确切地说，那是狄卡坡的幻象。真险，只有毫厘之差，他就会把史苔拉的精神碾碎。怪不得她在幻想世界里很不情愿走进那个名叫核桃夹子的旅馆。

幸好有所罗门和很多新朋友在那里为了她进行斗争。现在，史苔拉望着窗外的云海，不能不想到贝尼。他是否又接受了联合国给他的新的危险任务？是否已经出发？再见面时，她一定要缠住他，让他把自己的全部秘密告诉她。想到这里，史苔拉现在就为秋天的重逢感到兴奋了。

为了将来审判狄卡坡，美国联邦调查局的官员已经请证人提供了证词，以便在必要的时候拿出来使用。在这件事情上，所罗门表示很乐意配合，他向美国当局提供无限的支持。星期一早晨，他们上飞机之前，亚加夫还再次往旅馆打了电话。

"贝尔奈和他的电脑黑客们已经撬开了狄卡坡的密码。"那位平常总是四平八稳的非洲人十分高兴地报告说，"你们的艾莱克特拉又提供了决定性的建议。本来这只是一个玩笑：也许入侵者的头目利用了一个相当古老而且极少使用的算法。侦察部门曾经期望从一个国家安全局的职员那里得到一些更重要、更复杂的东西，因为他们自己破译不了那个密码。"

“后来呢？”所罗门迫不及待地问道，“在埃奈萨的城市秘密档案馆里有没有一些可用的指示？”

“嘿，那可是一个真正的宝库，马克！基因公司历史档案馆里的文件和狄卡坡的秘密文件像齿轮一样啮合在一起。约会日期、贿赂金额、入侵者的内部结构、公式和神经增强剂的生产过程——就像一种拼板游戏，那些小板块被分别藏在两个纸箱子里。现在，联邦调查局将它们拼合起来以后，整个巨大阴谋的完整图像就呈现出来了。我们掌握了狄卡坡最重要的东西，马克！也许他不会直接被送上电椅，因为最近发生的那些不幸事故无法直接地归咎于他，但是，有一点是铁板钉钉的：他养老的地方将会是铁窗坚壁。因此，我想在你们回家之前把这一切尽快地告诉你们。”

“谢谢，亚加夫。你是一位真正的朋友。”

“再见，马克。一路平安！”

在杜勒斯国际机场，他们一家再次受到夹道欢呼，而他们认为那简直是活受罪。也就是说，新闻界的人士闻风而至，在候机大厅里用热烈的掌声迎接了网络女英雄史苔拉·卡尔德和她的父母亲。幸好总统做出一个宽宏的姿态，为这个年轻的勋章获得者派出了几个他自己的安全保卫人员，才使他们的登机相对来说比较顺利。

回到柏林家中，史苔拉犹豫了一下，是否应该首先打开计算机，看看有没有新的邮件。但是，所罗门说，她不该把孩子和洗澡水一块儿泼出去。虽然最新的经验使她对技术有了一种陌生感，然而诅咒一切新事物和具有现代气息的东西肯定是错误的。他这样向她解释说：许多东西，即使我们已经习以为常，可是它们也大都建立在曾经是新事物之上。用正常的怀疑武装自己，不论什么时候都可以检验新的事物，把好东西保留下来。

史苔拉判定电子邮件基本上不是什么坏东西。尽管如此，她从华盛顿回来之后，在打开一个邮件之前，还是首先扫描了一遍病毒。这样，她在打开电子邮件信箱的时候就不用担心了。

嗨，史苔拉！

好消息！ :-)

现在大脑编队里的孩子们都很好，没有出现新的死亡。虽然还有些东西让人摸不着头脑，但他们发育正常。他们的运动机能还远远落后于正常的同龄孩子。但是，令人感到惊异的是，大多数的孩子醒来之后都会说话，而且说得很好。甚至不到一岁的孩子也会说话。他们总是询问一个名字“史苔拉”。他们指的到底是哪一个史苔拉呢？ ;-)

此外，他们当中一个四岁的孩子玩计算机甚至比一个成年人还熟练。%-)

我相信，黑色窃听者几年之后将遇到严峻的竞争者。;-)

问候你，你的父母亲和艾莱克特拉。另外加上一个结实的吻。:-×

你的黑色窃听者 -=#-)

史苔拉刚好读完这封邮件的最后一行，下面大门的铃声就响起来了。这是他们回家后的第一个来访者！她从写字台前的椅子里跳起来，冲下楼梯，来到门廊。菲菲雅娜已经在客厅里，所以先行一步，第一个走到门口，所罗门紧跟而来，史苔拉位居第三。

“耶西卡！”门一开，她就喊起来。

“史苔拉刚刚拯救了你的生命。”菲菲雅娜严肃地说道，但却向金黄头发的姑娘眨了眨眼，她把左手放在所罗门的肩膀上，接着补充说道：“本来，如果没有那个密码词，我可能会把你看作将来只能得到我们超级教授书面辅导的狂热爱好者之一。此外，我要告诉你，我叫菲菲雅娜。”史苔拉的母亲这样自我介绍，同时向耶西卡伸出右手。“我对你以你相称，可以吗？”

“我宁愿这样。”耶西卡回答道，她的那一对酒窝使她的微笑显得更加动人，“认识你真高兴，菲菲雅娜。”

“我们还没有吃早点——喷气式飞机还让我们心有余悸。吃个早午餐怎么样？”

“好啊。不过，我本来只是想来看看流星。”说着，她便转向史苔拉并且用她们的秘密语言说道，“我们仍然是朋友，你觉得怎么样，同意吗？”

史苔拉满面春风，热烈地点着头。为了不使父母疑惑，她仍然用大家都能明白的语言说道：“也就是说，我们当然在这里吃饭。不过，吃饭以前你跟我一起到楼上我的房间去好吗？我刚刚收到一个电子邮件，你可能会对它感兴趣。”

耶西卡对来自化名黑色窃听者的贝尔奈的消息几乎像史苔拉一样高兴。她们两个立刻开始喋喋不休地讲起来，俨然是多年未见的最好的朋友。

史苔拉对别人的那种几近狂热的不信任已经属于过去。

“你是如何在那么短的时间里就成功地破译了澳大利亚矿业协会服务器里的密码的？”史苔拉目瞪口呆地问道，好像她才刚刚听说关于这种密码文分析的重大成就似的。

耶西卡耸了耸肩。“其实并不那么难。我估计，你的德拉基在想，知情人一定会找到钥匙的。窃听者和我——也完全和狄卡坡一样——都按照极少使用的算法研究了秘密档案馆。决定性的建议是从他那里来的，除此以外，我们发动了一个残酷暴力攻势①。”

“一个什么东西？”

① 英文：Brute-Force-Angriff.

“人们这样称呼那种坚忍不拔地彻底检测一切联络可能的工作方式。”

“明白了，当然计算机可以极快地进行这项工作。”

“不过，也不是那么敏捷。假如密码比较长，那么要找到正确的密码顺序可能需要很长时间。所以，我返回来使用了一个经过检验的程序，几年前，我曾经使用它让美国国家安全局的打算落空。”

“那时候你干了什么？”

“如果你问我，我只能说不知道。你们编程家有一种怪诞的幽默。对于‘因特网倡议’这个词汇你所理解的具体含义到底是什么？”

“那是一大堆具有相同思想倾向的人，他们都只有一个目标：捉弄一下国家安全局。”史苔拉冷笑了一下，“我现在究竟掉进了一个什么样的社团之中？”

耶西卡点点头。“为了撬开你的阿米科手稿，我们与几百名编程迷取得了联系。”

“你好像有一个很大的熟人圈子，耶西。”

“大都是虚拟的熟人，几个志同道合者，也只是当我呼吁计算机朋克[①] 进行一次解码行动的时候才即兴参与的。另外，我的两个最老的网友你已经认识了。”

史苔拉把右边的眉毛耸起来。“嗯？”

“布莱克桑的稻草人海莱西亚和阿尔贝特·爱因斯坦。”

“他们？”

这时候楼下传来诱人的呼喊。

“饭好了！”

“那好吧，我要吃一个小红萝卜，用一头穿在肉串上的公牛点缀。”史苔拉一边说一边指引耶西卡向门口走去。

她们刚到底层门厅，门铃又响起来了。

“你们高兴得像一群鸽子。”她说着便向显示客人的小显示器跑去。她几乎还没有往里看就吃惊地向耶西卡转过身。

“什么东西？一头龙形怪兽？德国联邦新闻局的人？还是法院强制执行人员？”

“更糟！——蒂姆·施罗德。”

“就是那个中断了联系的侏儒吗？他的电子邮件总是塞满你的邮箱。”

史苔拉点点头。

“好极了，那就让他进来吧。”

“你疯了吗？我受不了他。”

“真的吗？可是，你对我讲过，你还时常给他出主意。”

“那算什么，有时候，他也挺可爱的。”

---

① 英文：Cyberpunks，即计算机朋克。

“是吗？那现在我就更感兴趣了。如果他不让你喜欢，我可以折断他的脖子。”

“耶西，蒂姆才十六岁。”

“我梦中的男人反正应该比我小。否则，他会跟不上我的速度。”

“你简直让人没有办法，耶西！那好吧，我让他进来。”

当蒂姆站在敞开的门口的时候，他羞怯地微笑着，几乎有些歉意地说，他从报纸上知道，制服网络龙形怪兽的人回来了，史苔拉心中一定在微笑。本来，他显得笨拙的时候就很有点孩子气。

“我只是想第一个向你表示祝贺。”蒂姆嗫嚅着说道，笨手笨脚地向史苔拉伸出手。

“谢谢！”史苔拉回答道。她从眼角瞟见了耶西卡的微笑。

“另外，我也必须告诉你，我们多么想念你。”

“我们？都是谁呢？”

“嗯，我和……其他几个人。”蒂姆脸红了。

史苔拉觉得很可爱，但她忍住了，没有发表评论。同时，她咬住了下嘴唇。

“我从报纸上看到，你得了一枚勋章。”蒂姆说道。这当然是为了转移话题。

“一个丑陋的东西。你想看看吗？”

“嗯，那太好了！如果我不必立刻就走的话。”

“小星星，那边是谁呀？”菲菲雅娜的声音从厨房里传出来。

“一个同学。”史苔拉回答道。然后，妈妈肯定会意识到她刚才说的是谁，她一定会笑起来。“妈妈，我认为，我们需要再添一个盘子。”